Memory
House

记忆坊出品

II
明月听风 著

逢君正当时

破军卷 上

江苏凤凰文艺出版社
JIANGSU PHOENIX LITERATURE AND
ART PUBLISHING, LTD

目录

壹
狼烟起

　　安若晨在四夏江军营里待了一天就启程回去了。毕竟军营重地，又是战时，她也不宜久留。

　　这一日她只在龙大的帐中待着，哪儿也没去，但她不觉得闷，只有欢喜。她觉得对将军有说不完的话，甚至不说话只是坐在一旁看将军批卷宗也是欢喜。能在一起的时间太少，她不舍得睡。她将别离的日子里发生的事，点点滴滴全与龙大说了。龙大认真回话，点出每件事里的问题，给她出主意，教她谋对策。

　　后来安若晨还是睡着了，醒过来的时候，发现自己在龙大的怀里。他正看着她，见她醒了，对她温柔一笑。这一笑暖如春风，安若晨的心怦怦地跳。结果龙大对她道："一定会开战的。若你见着狼烟起，莫慌张。我身经百战，不会有事的。"

　　安若晨宁愿自己没有醒，若一直在将军怀里做着没有战争没有细作的美梦该多好。

　　可是她醒了，她知道她该走了。"我也会照顾好自己，将军莫担心。"

龙大摸摸她的头。

"我们约好了，只攻不退。我会等将军平安归来，带我回京成亲。我还等着挑剔将军家里府宅太大，二弟三弟不够听话，还要哭哭闹闹，问将军要钱银买新衣首饰的。"

龙大哈哈大笑："听起来真是不错。"二弟三弟不够听话，他继续笑，好想看看他家安管事为人嫂子会是什么样呢。

安若晨走了，走之前去看了一眼曹一涵。

曹一涵不方便与她说话，只是看着她。安若晨看到他脸上的伤，知道曹一涵吃了苦头，他受的苦，是为了他的命。为了他还有命能回到南秦皇帝身边报信。安若晨明白他的意思，她对他点头，承诺要为他办的事，一定办到。

安若晨上了马车。龙大没来送她，曹一涵没能露面。安若晨随着摇晃的马车朝着中兰城进发。不在一处，不同方向，但安若晨知道，他们大家都把对生活的美好愿望，融在了努力里。纷乱凶险，不算什么。她见过了将军，觉得浑身满是干劲。她有许多计划，回去后便要与那唐轩较量较量，从他这处入手，定要找出破绽来。

安若晨上路后一日，半途中忽听得卫兵大喊："看，狼烟！"

安若晨钻出马车，跑到高高的山坡上眺望。不是四夏江，却是另一个更远的方向。灰烟弥漫在高空中，似狰狞的利爪。

"是石灵崖。南秦选择先攻石灵崖。"蒋松看着远处那些隐隐的烟，对安若晨喊道，"上马车，我们得赶紧回去。四夏江很快也会开战了。"

安若晨飞快地跑回车上，还未坐稳，车子已经驶了起来。

安若晨说不清自己此刻的心情。开战了——这个许久以来一直钻在脑子里挂在嘴边的事，居然真的发生了。

这个时机，跟细作有关系吗？是跟唐轩被捕有关，还是因为曹一涵见到了将军？霍先生之死竟然也没能争取到太多时间。安若晨觉得难过。但她不慌张。

从前她想过无数次战争若发生时她会如何，现在她知道了。她不恐慌，她可以办到的。将军在前线御敌，她在中兰为他把细作抓出来。

这一日，姚昆在太守府里沉着脸思虑。而钱裴在安府做客，与安家众人吃喝谈笑。

龙大这头自然也知晓了军情。烽火突燃，灰烟刺眼。

龙大听得卫兵相报后不急不缓地步出营帐看向天际："开始了。"

果然不出所料，他们选择了他不在场的石灵崖。想来只是试探，还未到大战时候。

"将军。"朱崇海领着将官们整装待发，只等龙大一声令下。

"去吧。"哪有坐着挨打的份，总要有所回应才好。他虽不愿战，但也不惧战。

很快，四夏江上驶出一排船，朝着南秦的方向去。越靠近对岸时，阵形就越排得清楚，竟是斜成长长一条直线。南秦那头发现这船阵，朝着船上放箭。但因船阵是斜的，后排的船与前面的船距离甚远，离对岸就更远，普通弓箭根本就射不到。

南秦能击中的只有少量驶在前方的船，但船上没什么人，只有数面战旗飘扬。掌舵人该是躲在船舱之中。南秦大将紧皱眉头，不明白龙大卖的什么关子。没运兵将，这船靠近了南秦又有何用？

船只越靠越近，南秦派数船迎战，要将萧国的船队挡在江中。两军相近之时，变故突然发生了。

"咚咚咚"一阵鼓响，号角吹起。只见"唰唰"的一排动作，龙家军的船队居然将船板掀至江中，那些板子宽大，是事先设计好的，一块挨着一块，一船连着一船，很快排成了一座浮桥。一大批水兵井然有序却又极快速地踏着浮桥冲向了南秦的战船。

一时间箭羽齐飞，火弹发射，转眼工夫，龙家军已经趁乱攻上了南秦战船。

南秦军措手不及，慌忙应战。但失了先机，阵脚已乱。落水的落水，死伤的死伤。南秦将领大声呼喝："撤！"

朱崇海一马当先，双刀舞得虎虎生风，一口气砍倒十余南秦兵。见得南秦大将的船居然要退，反手取了背后弓箭，搭箭拉弓，"嗖"的一声，一支箭带着一封信射在那大将所在之船的船舷上。

南秦船队速速撤退，龙家军也未追赶。这一役时间不长，但他们虏获了三艘南秦军船，俘了近百人。俘虏由浮桥被扣回到龙家军的船上，然后浮桥收起，龙家军退回江边。

南秦大将拔下朱崇海射来的那箭，看了上面的信，顿时气得七窍生烟。上面写着：小打小闹，不成敬意。犯我萧国，吾必诛之。落款署名：龙腾。

南秦小心戒备，但龙大这边似小试牛刀后养精蓄锐，再没进犯，只是战旗飘扬，刚才那一役并不是做梦。

入夜之后，南秦接到了突袭石灵崖的军队报告。那边打得颇是艰难，但伤亡不重。若强军猛攻，应该是有机会。退兵之后，大萧兵将并未追击，而是躲在崖后不动。

南秦众将商议，看起来，原先的判断没错，石灵崖是比四夏江好打。

安若晨终于回到了中兰。蒋松于近城时便领兵速往总兵营而去，前线既是开战，他这处也有许多事务要办。安若晨的车子在卢正、田庆的护送下驶进城内。

进了城门没走多远，突然听得马车外头有位妇人尖声大叫："安若晨你个贱人，你还我女儿命来！"

两匹马儿一阵嘶啼，马车猛地晃了一下。车夫大声骂道："你不要命了！"想来是来人冲到车前，险被马儿撞上。

安若晨吃了一惊，坐稳之后反应过来了，这声音她认得——四姨娘段氏。

段氏在马车前哭喊："我是不要命了。我女儿被安若晨这贱人害死了，我还要什么命？安若晨你出来！你还我女儿命来！"

安若晨揭了车幕帘往外看，段氏穿着丧衣，举了个写着红字的大白布巾。

安若晨心里一震，难道她离城这些日子，四妹找到了？她死了吗？

田庆在马车旁对安若晨道："莫出来，交给我们处置。"

安若晨道："问清楚怎么回事。"

田庆点头。

车前段氏还在叫嚷哭泣，她那身惊人的打扮和声嘶力竭的姿态引来了不少人看热闹。段氏连哭带号，指着马车叫骂。人群越围越多，卢正拍马上前，向段氏喝道："此乃护国大将军衙府马车，速速让开。"

卢正这般说，段氏哭号得更凄厉了："将军怎么了，将军便可强抢民女，便可谋害他人性命？我女儿才十二岁，还是个孩子啊！将军和那贱人杀了我女儿！安若晨你给我滚出来！今日不是你死便是我亡。我不怕将军，我要让你以命抵命！"

人群里有人大叫："怎么回事，快出来说个清楚。"

"是杀人凶手？！快报官吧！"

"真是可怜，快拦下来，交给官府。"

"前线打仗了，跟那个有关系吗？发生什么事了？"

"快出来。"越来越多的人在喊。

马车里的安若晨听得周围的叫嚷，突然明白了。来来去去叫得最大声的只有几个声音，其他喧杂都是弄不清楚怎么回事的。这与她让村民围山用的招数一样。

马车被推得晃了起来。卢正领着卫兵在车前拦着拥上的人群，田庆在车旁赶人。而车后门这时却猛地被人拉开了。

一个男人趁乱闯进了马车，一把拽住安若晨就往外拖。他手掌有力，动作敏捷，眼神犀利，一看就是练过武的。

事情发生得太突然，电光石火之间，安若晨只能凭本能放声尖叫："有细作！抓细作！"她脑子里只有一个念头，若她被拖入人群，便会被迅速掩掉踪迹，田庆、卢正如何救她？

安若晨被拖到了车边，她放声大叫："细作！这人是细作！抓细作！"一边喊一边干脆在马车边上一踹，借力扑向那人，竖指戳他眼睛。

那人万没料到安若晨如此泼辣，眼睛一痛，惨叫一声松了手。可另一人也扑了过来，朝着安若晨抓去。

安若晨欲再使戳眼这招，这人却有防备，一把握住安若晨手腕，反手一转，将安若晨胳膊拧到身后，再一压她肩膀，将她制住。安若晨曲膝后踢，踹向那人胯部。也不管踢到哪里，反正一边猛踹一边大叫："南秦细作抓人了，南秦细作抓人了！别放走他们！"

那人被踹中要害，"啊"的一声惨叫，手劲一松，安若晨迅速转身，再往他眼睛一戳。又有两人扑来，安若晨戳完便退，朝着田庆的方向跑："抓细作！"

周围老百姓终于反应过来，这两天城里正热议打仗呢，细作什么的可比凶手严重，于是纷纷大叫："有细作！"

田庆排开众人赶到，一剑刺向抓住安若晨的两名男子。那两人扭身躲开。卢正也赶到。那几人见再无机会，扭头要跑。人群将他们拦住，那几人足尖一点，几个纵跃，跳到旁边铺子顶上，飞奔而逃。

卢正要追，田庆喊道："小心调虎离山。"

车前头，卫兵和车夫已将段氏抓住。段氏大喊大叫，车夫往她嘴里塞了布，将她绑了。

安若晨喘了喘气，理了理头发衣装，走到车前查看状况。卢正和田庆小心护着她，警惕地看着四周。安若晨看着段氏，段氏看到她顿时又"唔唔唔"地挣扎，目光凶狠。

"你见着四妹了？"安若晨问她。

卫兵取下段氏嘴里的布，她又破口大骂，翻来覆去就是那几句，却不答安若晨的问题。

安若晨皱眉头，摆摆手让卫兵再堵了她的嘴。周围百姓见此情景，议论纷纷。有一包着头巾村妇打扮的人在人群中看着这一切，悄悄地退了出去，走远了。未有人注意她的身影，大家的注意力都在段氏这边。

听着大家的议论，安若晨也知道动静闹得太大了些，还是得安抚善后才好。于是安若晨站到马车上，对四周人群大声道："各位乡亲父老，如今边境开战，城中细作猖狂，他们欲夺我们大萧家园，杀我们大萧百姓。方才那四人利用疯妇拦街，欲扰乱城中次序，制造危情。大家莫慌，仔细想想，可有人瞧清楚模样了，若有线索，请速报官。下回若是再见到他们，也请速速报官。我们不上前线打仗，却也能在城中守卫。细作必须铲除干净，中兰城方有安宁。"

她声音响亮，话说得清楚，又极有气势，众人赶忙点头应和。

安若晨再转向段氏，大声吩咐卢正、田庆："将她抓回去报予太守大人，细细盘查。"转身又吩咐了几位卫兵，再对一众围观人群道，"事关重大，我们得报官处置。有谁人见到这妇人如何出现的？是否有同伙？方才那些劫人细作又有谁曾见过？还请大家帮忙，若有线索，请与我一道去衙门报官。"

卫兵们进入人群仔细打听，还真打听到了些。有人目睹段氏是有轿子送到那路口，一直藏在轿中未现身。待安若晨的马车到了，段氏才拿着红字白巾冲到路中间拦车。但等事情闹起来，最后再看，却又不见了那轿。

段氏被扭送至了衙门，安若晨带着人证，击鼓报官。

姚昆听说是安若晨击鼓，大感意外，待听得缘由，见到段氏，又听了一众人证之言，静默沉思。他让衙差去将安之甫抓来，又将人证证词记录画供，而后他带着安若晨到了后堂。

安若晨未等坐下就迫不及待问："大人，那唐轩一案，可有进展？我问过将军了，有些事，我可以与唐轩对质，逼他供词……"

姚昆紧锁眉头，打断了安若晨的话："安姑娘，是这般的，我把段氏那头先放下，就是想先告诉你。"他说到这儿，却又停下，似在琢磨该怎么说。

安若晨顿然有了不祥预感，她坐下了，问："大人想告诉我何事？"

姚昆道："姑娘走后，我审讯唐轩无果，人证方面也无进展。去云河县取证需要时日，我恐耽误军情。于是我想了个办法，假意将唐轩放了，让人暗地跟踪于他，看他会与何人接头，希望由此找出线索，将他同伙抓到。"

安若晨的心沉了下去，无故放人，傻子都知道有诈，怎会给他线索。安若晨问："大人是以什么理由释放唐轩？唐轩服气吗？之前便说要去云河县核实其身份，如今还未核实，如何放人？"

姚昆似未听到安若晨的质疑，自顾自接着往下说："唐轩出狱后就径直回了福安县，酉时左右出门，买了酒菜，独自去了月光湖泛舟。可待船驶回时，只有船夫一人。船夫道，船到了湖中，唐轩让他停船莫打扰，他便坐到船尾去了。而后听着声音似唐轩在喝酒吃肉，隐隐似有哭声，听不真切，而后安静了许久，接着唐轩突然跳江了。"

安若晨吃惊地瞪大眼，猛地站了起来："什么！"

姚昆道："安姑娘，唐轩死了。船夫下水救人，未救上，摇船上岸报了官。钱大人组织人去捞，第二日，也就是昨日，在湖中找到了尸体。我让仵作验尸了，确是溺亡。"

安若晨目瞪口呆。她想起了龙大的交代：若是太守大人放走了唐轩，就表示太守大人是细作或者被细作控制着，那你就离开中兰。

安若晨眨眨眼，努力镇定。可是现在太守大人既没有关着唐轩继续严审，也没有"释放"他。他是试图在诱出线索时，让唐轩意外身亡了。

安若晨摇摇头，再摇摇头，一时也辨不清这里头的门道。究竟怎么回事？难道唐轩不是解先生，只是一个小细作而已，所以可以随便死一死是吗？可如若这样，谁又是闵公子之后的联络人？谁有权力决定唐轩的生死？

安若晨瞪着姚昆，不知道自己还能不能相信他。假意释放，诱敌之计，这听起来合情合理，虽鲁莽，但确实称不上错。可他们明明说得好好的，她走之前，他也没与她说打算用这个计谋行事啊。就算突发奇想，难道等不得几日？

安若晨咬咬牙，她没有资格，亦无立场谴责太守。人家贵为太守，而她不过是平民。就算今日她已嫁给将军，官员家眷又凭什么斥问太守行事。所以当夫人还真不如有个一官半职的强。

安若晨深吸一口气，将烦躁和怒火压下，问姚昆："大人派人跟踪，并没有找出什么线索，是吗？"

"对。"姚昆点头。

"唐轩是被灭口的，那船夫不可疑吗？"

"我亲自审了那船夫，他不会武。若唐轩是细作，定是会武的。船夫不会是他的对手。我再审了其他以湖谋生的相关人等，那船夫在湖边掌船二十余载，是本地人，为人老实，附近百姓皆认得他。我已派人日夜盯梢，看他有无可能与可疑人物接触。但目前并未发现疑点。"

安若晨不说话。

姚昆又道："如今有些市坊传言，说唐轩是正经商贾，被污罪名，关进牢狱，狱中受辱，心里难平，被释放后一时想不开，投湖自尽了。"

安若晨话都不想说了。制造传言，引发坊间言论猜测从而影响事态，这些都是太常见的手段了。

"这些传言，对你我皆是不利，对龙将军也很不利。"姚昆道。

安若晨很努力才忍住冷笑，最重要的线索没了，还要考虑民间传言对自己利不利的小事吗？将军在前线开战了，而平南郡却还乱糟糟，安若晨觉得心情也很糟糕。

姚昆等了一会儿，见安若晨完全没有要搭话的意思，于是将话题转回到今日这事上："你四姨娘带人劫你，这事蹊跷。我会好好审审安家。我先前曾听说，你四妹失踪后，你四姨娘有些疯癫。不知她去哪里找的那些人。也许也是被别人利用了。"

安若晨还是不理他，姚昆无奈只得自己分析："若是你四姨娘想为你四妹报仇讨命，当命人直接刺杀于你。如今却欲将你劫走，更像是细作所为。她一内宅妇人，是如何与这些人接触的，需要细细查究。"

安若晨看了他一眼，终于开口了："除了细作，还有一人有嫌疑。便是钱裴钱老爷。他想报复我，将我抓回去解恨，这是众人皆知之事。大人要去查查钱裴吗？"

"好。我会一查到底，绝不姑息。"

安若晨发现不对劲了，今日太守大人的态度有些不一般啊。她多疑的心再次蠢蠢欲动。

"如今前线开战，我接到军报，军情还好，想来南秦还有顾忌。只是安姑娘与龙将军关系密切，还是要多多小心，提防细作对你下手。若你为人质，龙将军的仗便不好打了。"姚昆道，"姑娘平素少出门，若要出门，也多带些人手。"

"大人放心。"安若晨故意道，"我不会因思虑过重压力太大而自尽的。"

姚昆没什么表情。

安若晨又道："若我自尽，定是他杀，还望大人莫要放弃追凶，定要还我公道。"

"我记住了。"姚昆回道，"若姑娘遭遇不幸，我定不会被表面蒙蔽。"

"其他人的不幸，也望大人能如此想。"

姚昆点点头："我确是如此想的。同样的，若我有不幸，也绝非意外，无论旁人如何说，望姑娘坚持追查。"

安若晨一愣，这是出的哪招？

姚昆若无其事，似方才没说什么奇怪的话，只道："我要再去审你四姨娘一案了，姑娘可愿一起？唐轩之死虽有遗憾，但有事发生，就是线索。无论如何，都要好好查下去。"

安若晨皱眉头。若是演戏，这也演得太好了点。

江定山上的小屋旁，安若芳伸长脖子等着，看到静缘师太回来了，欢喜地迎上去："师太，城里如何了？我可以回家了吗？"

静缘将头巾摘了，把背上的竹筐放下，摇了摇头。

安若芳的笑脸敛起，小心问："发生什么事了？"

"你娘要杀你大姐，闹到官府去了。"

安若芳吃惊地瞪大眼。

"再等等吧。"静缘有些烦心，往屋里去，一边走一边嘟囔，"这般有精神瞎闹腾，就该丢到战场去，杀杀敌就老实了。"

安若芳僵立那儿，满心焦急，却也不知如何是好。

姚昆确是认真仔细地审段氏半路拦车一案。他派了捕快衙差一堆人去安府缉了安之甫过来，又将安府团团围住，不许进出。对四房及府内管事，各房姨娘逐一盘查问话。安府顿时如炸了锅，这才知晓段氏做了什么事。

安若希更是如遭晴天霹雳。自见了薛叙然，她便满心惦记上了。若能嫁到薛家该是多好。每听到一次爹娘提"钱老爷"三字她的心就打战一次。前两日钱老爷还在他们安家住了一晚，他脸上的笑容让安若希想起他扎在她耳边的匕首。

她想离开这里，离开这个家。若能嫁给薛公子便好了。越是这般想，她就越觉得薛公子好。

大姐说这事交给她，可过了这些日子也未见有动静，连薛家都没有再来了。她那日厚着脸皮又跑到喜秀堂伴装买首饰，想看看能不能再碰到薛夫人或是薛公子，可惜都没见着。

安若希日日焦心，好不容易有了大姐的消息，却是四姨娘半路劫她？

安若希想起那包毒药，打了个寒战，但又觉得这事有些怪。四姨娘若是敢这般半路拦人撒泼早就去了，大姐带着丫头到处走，甚至常常独自出门，这些在安府里都偶有相议。四姨娘明知道。但她那会儿不去劫，偏等着有大队卫兵和护卫的时候劫马车。她疯了吗？

段氏还真表现得跟真疯了似的。姚昆审讯，问她为何如此，她说安若晨诱拐了她女儿，还将她杀了。问她哪里来的消息，她说这还用问吗？就是安若晨杀了她女儿。问她可见过她女儿，她说女儿被安若晨杀了，她哪里见得到。问谁人告诉她女儿被安若晨杀了，她答说安若晨说的。

安若晨坐在堂上，看不出段氏的破绽，她疯得很真实，真的似笃定就是如此，事实真相就是如此。

可安若晨不相信。

姚昆也未信，他问段氏何人唆使她如此做，何人为她写的布条，何人送她去的那儿，同伙都有谁。段氏一脸茫然，只说是安若晨。

安之甫跪在一旁听审，直气得簌簌发抖，忙插话喊道："大人，求大人明察。小人并不知这愚蠢妇人做了何事，不是小人指使的。小人再有十个胆子，也不敢唆使家人到街上掳劫将军衙府的马车。那些细作，小人也不知道。小人现在才知道出了这等事。"

姚昆正愁找不到人开刀，当下怒喝："安段氏乃是你的姜室，内宅妇人，有何见识，若无人教唆嘱咐，她能干得出这事来？她不识字，如何写的布条？如何知晓安大姑娘的行踪？你不知情，何人知情？！"

安之甫惊恐地愣着，表情比段氏还茫然。他怎么会知道，他真的不知道啊。

安之甫答不上来，连想瞎编些什么线索向太守大人交交差都没办法。

说不出来，自然就得罚。姚昆从桌上签筒里抽出令签往地上一丢，喝道：

"各打十大板，打完再来说话。"

段氏吓得嗷嗷大哭，安之甫也大呼冤枉。但衙差可不管这些，听了大人的令，拖了两人下去受刑。很快十板打完，段氏已然昏了过去，安之甫发现后也想装晕，但已然来不及，他又被拖回了堂上。

安之甫伏在地上，身边是闭眼昏迷的段氏，安之甫一边偷眼看她的惨状，一边惊恐得抖若筛糠。

姚昆又把所有问题再问了一遍，安之甫一把眼泪一把鼻涕，真的是不知道编不出，哭着发毒誓求饶。姚昆见时机差不多，命人将他们二人收监入狱，来日再审。

安若晨安静地看着姚昆审案，不插话没动作，只耐心看着。段氏被衙差拖起时，睁开了眼睛。一睁眼就在找安若晨。安若晨冷静地看着她，那段氏却忽然对她冷笑了一下。那笑容似厉鬼索命，仿佛对拿下安若晨性命胸有成竹似的。

这细微的一瞥姚昆也注意到了。待堂上清静了，他问安若晨："姑娘如何看？"

"那个地方，离城门不远。"安若晨道。

"嗯。"姚昆点点头。

"城门处有大批的兵吏守卫，若出了事，他们会速速赶到。我大喊抓细作，没多久确有城门兵士过来查看了。"安若晨想了想当时情形，"我的马车有卫兵队护送。人手虽不多，但比那四人可多出许多，不计他们混在人群中煽动捣鬼的，我的护卫人数确是占优。仔细想想，我虽遇着凶险，但对方劫人的计划并不周详，所选地点亦不恰当。"

事实上，安若晨如今回过神来，已是后悔。她不该嚷嚷找细作，不该煽动百姓认为这是细作劫人。当时围观的众人回去相议，恐怕也会意识到这一点。这不合理。细作选这个地点这个时间劫人是脑子出了问题？若再有人蓄意相议，那她以后再指控细作，这可信程度自然大打折扣。这一招，她在安之甫身上用过。

姚昆没说话，他也觉得这事做得手段太粗糙了些。不似从前什么解先生、闵公子、刘则他们的做派。有人故意利用段氏办了件蠢事，但是为什么？

姚昆将心中疑虑说了，安若晨没说话。她不知道姚昆有没有注意到她刚才自责后悔的那事，她现在担心这些就是细作的目的。因为先前的案子证据并不充分，对唐轩的指控更是只凭猜测。若有人能证实她安若晨总是诬陷别人是细作，总是将事情都说成是细作行事，那么从前努力查到的结果，就有可能被全盘否定。如此一来，将军对她的重用，与她之间的感情，都会成为强抢民女，渎职欺民的罪证。

　　而能说动段氏帮着对付她的，她只能想到钱裴。若钱裴真的是这个目的，那他有可能在帮细作，也有可能在制造报复将军的机会。

　　安若晨对姚昆并不放心，当然不会提醒姚昆这个。两个人干坐着，姚昆热脸贴了冷屁股，也觉尴尬，于是道："那今日就这般，姑娘先回去。我若查到什么线索，再通知姑娘吧。"

　　安若晨客气应了，走得很干脆。

　　到了夜里头，姚昆还真拿到了线索。郡丞和捕头从安家回来了，说全都审了一遍，原是没甚结果。后二小姐房里有个小丫头神情有异，吓唬吓唬，便招了。说是今日听得门房说来接段氏的轿子，其中一个轿夫似是福安县钱老爷家的。于是他们再审门房，便确认了。确是有个轿夫门房依稀认得，那轿夫先前抬过钱老爷来。

　　姚昆沉默不语。众人知晓大人与钱老爷的关系，正想着如何给大人台阶下，姚昆却命人备马车，连夜去了福安县。

　　姚昆先见了钱世新，与他仔仔细细将今日案子说了。钱世新听完先是吃惊，而后大怒，当即差人去将父亲请来。钱裴未到时，姚昆问钱世新近来可有注意到钱裴有何动静。钱世新皱着眉头，说前线开战，自己忙着公务，没怎么留心父亲的事。他交代过管事的，若父亲又闹麻烦，定要告诉他，也未见有人来报。只是他知道前两日父亲是在中兰城过的，今日才回来。

　　姚昆听罢点点头，也未说什么。钱世新叹了口气，道："不能让他肆意妄为了，他这般下去，会给我们惹下大麻烦的。如今开战了，巡察使也快到了，我定得好好管教他才好。"做儿子的说要对父亲施管教，他似乎又觉不妥，苦着脸看了姚昆一眼。

　　姚昆道："你既是也这般想，那有些事，我真得认真办他了。你说得对，起码别让他给咱们惹麻烦。"

　　钱世新忙点头称是。

　　不一会儿，钱裴来了。钱世新厉声斥责，钱裴装模作样听完，一脸惊讶："竟有这等事？可我轿夫换过好几个，那门房又说的是谁？"钱裴将管事找来了，说自己记不清，让管事答话。

　　姚昆耐着性子说了轿夫姓冯。那门房只记得姓冯。

　　管事答姓冯的轿夫因为手脚不干净早被撵走了，早已不在府中做事。至于他的去处，他们只管撵人，并未打听。他是卖身进府，未曾在中兰成家，老家听说是在外郡。管事一板一眼地答："若是大人需要，小的可找当初那位人牙子再问问。"

　　姚昆不说话。钱世新瞪着管事。钱裴与管事嘱咐："不如带大人去看看府里的人名册子，下人进府出府都是有记录的，让大人看看安心些。也莫怪罪到自己父亲头上才好。"他说完又补一句，"我在这儿与太守大人说说话。"

钱世新皱眉，这是要把他支开的意思吗？他看了一眼姚昆，姚昆对他点头道："麻烦钱大人了。"

钱世新前脚一走，钱裴就对姚昆微笑："没想到竟出了个小乱子。害得太守大人白跑一趟，还真有些不好意思。"

姚昆道："你不害我，我自然就会护着你。"

钱裴笑道："这话说得，大人是我的学生中最有出息的，我骄傲都来不及，怎会害大人。再有，大人莫忘了，若不是我，大人怎会当上太守？说起来也是教人伤心，我一直相助大人，却换来大人的谋害。所幸我运气不错，想害我的人，内疚难过，竟自尽了。"

姚昆道："你当我不知吗？你能这般为唐轩出面，他又怎会杀你。他有细作嫌疑，你不让我查他，我可以不查，但为了平南安危，自然也留他不得。现在我们两清了，如何？"

"不如何，你借刀杀人，怎么算都是我吃亏些。吃亏便罢了，还是吃暗亏，教我心里如何舒坦？"

"吃点亏不是坏事。"姚昆道，"想想你后头还会犯的案子。你需要我。咱们互相逼迫，破罐破摔，最后都没甚好处。不如通力合作，就似十七年前那般，不是挺好。"

钱裴不说话。

姚昆再接再厉，问他："你想要什么？"

钱裴答得飞快："安若晨和安若芳。"

"安若芳死了。安若晨倒是可以的。"

"安若芳未死。安若晨心里明白。"钱裴看着姚昆，忽笑道，"这般吧，你若是能帮我将安若芳弄到手，再帮我抓住安若晨，我会将十七年前发生过的事通通忘了。如何？"

姚昆皱眉："安若芳的事我完全不知道，帮不了你。安若晨不能动。安若晨出了意外，龙将军如何安心打仗。你等打完仗吧，到时我帮你。"

"好吧。"钱裴盯着姚昆看，终于点头，"那我们，就念着师生情谊，相安无事吧。"

这晚姚昆回到衙府，将主簿唤来，先记案录。写上他今晚去了福安县钱府，查出那轿夫早已离开钱府，没有任何证据显示钱裴与此事有关。

第二日，安若晨来太守府，找太守夫人要霍先生的骨灰。她说曹一涵心有怨恨，在军营大骂龙将军，龙将军军威受损，只得将他扣下。她想着先拿上霍先生的骨灰，日后若有机会再去军营，就把骨灰还给曹一涵。

蒙佳月细问了前线军营一事，又担心曹一涵的安全，关切了一番后，把骨灰给了安若晨。

太守听闻安若晨来了，将安若晨叫过去，主动与她交代案情。

安若晨听得查到轿夫，然后轿夫又与钱裴没关系，火气腾地上来了。反正他就是想帮着掩盖真相就对了。安若晨克制着怒火，这般烦躁生怨不好，她告诫自己，要耐心。

"要耐心。"

安若晨听到这话吓一跳，还以为自己漏口说出来了呢。

姚昆见安若晨望过来，继续道："我知姑娘对唐轩一事不满，我确有疏忽，但姑娘切莫消沉。"

"那大人打算通缉轿夫吗？"安若晨如今对官府查案那套颇是熟悉了。

"不。"姚昆答。

要耐心，安若晨对自己再说一遍，然后又问："那么大人打算如何查究？"

"我昨日与钱裴问话，他说了些事，我觉得挺有意思，故而答应不再追究他这事，这般稳住他，才好继续追查。"

安若晨忍不住讥道："这种事我做过了，结果证人死了，证据死了。"借口啊，全是借口。太守就是在拖延大家的时间，模糊事情的重点。

"钱裴说他知道姑娘四妹活着。"

安若晨一愣，这下是真的相当有耐心了："他如何知道？"

"他没说。他想找到姑娘四妹。"

"他与大人说这事还真是奇怪啊。"

姚昆稍僵了僵，这安若晨也太敏锐了些。他道："我斥责他逼婚之事，他就提起了。我是想着，他既然知道姑娘四妹的消息，也许再查探查探，就能知道他的消息来源。若此事与细作有关，唐轩也与细作有关，而唐轩住在福安县，死在福安县，钱裴也在福安县，那么唐轩的事，钱裴是否又知道呢？"

安若晨坐直了，怎么办，她真的觉得有什么事在太守大人身上发生了。

"钱裴对姑娘、对我，甚至对自己的儿子都是提防的，但他对姑娘父亲却无防心。"

是啊。安若晨认同这个，她父亲又坏又蠢，钱裴根本没将他放在眼里。她昨晚就想好了，要利用这次这案子将她想办的事情处置了。段氏被谁利用，这个有点太明显，而安之甫入狱也给了她打交道的机会。可是难道太守大人也有这意思，要从安家下手？

"钱裴利用疯癫的段氏对姑娘不利，自然还会想办法继续利用安家。动作越多，就越有机会找到破绽，姑娘觉得呢？"

安若晨觉得挺好。太守大人你动作越多，就越容易让人看出破绽。与钱裴关系紧密又让钱裴看不起的何止安家而已，太守大人你自己也是，你不觉得吗？

"大人想我如何做，直管吩咐便是。"安若晨道。

安若晨去了女囚狱房，见到了段氏。

段氏面容憔悴，但换过衣裳整理过头发。安若晨知道姚昆派了大夫给她治伤瞧病。大夫诊断说段氏得了癔症。

安若晨不能确定段氏究竟有没有病，她怀疑她是装的。此时此刻段氏看着她的眼神，锐利、仇恨，然后竟然似乎还有些得意。确像是疯的，但安若晨觉得正常的段氏看到她也会这般。

"四姨娘，四妹还活着。"安若晨开口的第一句话就是这个。

段氏顿时两眼放光："我就知道你会这么说。"

"怎么知道的呢？"

段氏没说话，眼里现出了警觉。

"是不是告诉你的那个人还交代了你，不能对外说。"

段氏还是不说话。

安若晨问："如若说了会怎样？杀了你？"

段氏没什么表情。

安若晨看了看她，又道："我猜四姨娘不怕死。听说四姨娘曾经闹过上吊，后来被爹爹几鞭子抽下去，不敢死了。"

段氏眼睛动了动，她回忆起了那时的情景。

"既是死都不怕，为何怕鞭子？"

段氏抿紧了嘴。

"我也怕鞭子。"安若晨道，"活着受苦，比死了难过。所以我对自己说，为了不挨鞭子，不受折磨，一定要逃出去。"

"逃出去"这三个字将段氏刺激了，她厉声大叫："你这毒心肠的，你害死了芳儿！你说！你究竟做了什么，为什么要害死芳儿！她怎会不见，怎么去的！我连她最后一面都未曾见到！"叫到最后，又哭了起来。

安若晨冷静地等着，等段氏稍稍平静了，说道："四妹也怕鞭子，也怕被折磨。她年纪小，在家里也算受爹爹喜爱，她没挨过几次打。但她看挨打这种事看多了。爹爹不高兴起来，想打谁打谁，打丫头，打仆役，打我，打四姨娘你，四妹看在眼里，她怎么想？"

段氏不哭了，她睁着泪眼看安若晨。

"四妹没有死。"安若晨道，"我得到消息她没死，但我还没有找到她。钱裴也得到了消息，钱裴也想找到她。"

段氏的表情动了动。

"钱裴告诉你四妹死了，他在说谎。"

段氏没有否认。安若晨心里确定了，就是钱裴，于是又道："四姨娘，你不该做这样的事。"

段氏缓过神来，厉声道："怎么不该做，你们空口白牙说什么都行，芳儿未死，又在哪里？就算她活着，她也必是在受苦。而你这贱人呢！你自己享受荣华富贵，可怜我的女儿。你不该过得好，安若晨，你不配过得好。你就应该被钱老爷抓去，日日被他凌辱，你受尽了折磨，我才能欢喜。"

安若晨平淡地道："那你可曾想过，若四妹没有逃，如今在钱府里日日被凌辱，受尽了折磨的，会是谁？"

段氏一愣，瞪大了眼睛。

"你怕鞭子，四妹难道不怕吗？而这世上还有比鞭子更可怕的东西，四姨娘不知道吗？"安若晨盯着她的眼睛，"四妹怕得被钱裴摸了一下便吐了，她躲起来，她害怕被找到。我找到她，她抱着我哭，她求我带她走，求我不要让她被那个恶心残暴的老头糟蹋，四姨娘知道吗？"

段氏喘着气，泪水又湿了眼眶："你说谎，是你怂恿芳儿逃，芳儿这么小，怎么敢逃？当时你可是说得清清楚楚，是你怂恿芳儿的！"

"我若不这么说，挨鞭子的会有谁，被锁起来的会有谁？"安若晨道，"四姨娘，你是四妹的亲娘，我不相信四妹没有与你诉说过她的恐惧。你看，你记得当初的每一件事，那你可曾记得四妹与你说过的话？"

段氏的泪水顿时涌出眼眶。她记得，她当然记得。女儿抱着她哭成泪人，她说她害怕，她不想嫁给钱老爷。

"你怎么回应她的我不知道，我只知道，在她绝望之时，她选择了向我求助。老实与你说，四妹要逃的事，是四妹自己提的。我当时与你一样惊讶。"

"不可能，不可能！"段氏哭叫着。

"我那时被爹爹锁在了屋子里，没办法带着四妹逃了。四姨娘，你想想，四妹那时候是有多害怕多恐惧才敢自己离家出走。你怕鞭子，怕得连死都不敢了，四妹呢？"

段氏哭得上气不接下气。

"我一直在找四妹，从未放弃。我得到消息，四妹活着。四姨娘，你莫干傻事，你若有个三长两短，四妹如何回家，你们如何团聚？"

段氏哭得脱力，坐在了地上继续哭。

安若晨蹲下，眼睛与她平视："四姨娘，你有没有想过，我有卫兵队护卫，大街之上，人来人往，城门近旁，官兵威立，周围这么多眼睛看着，大家全能做人证，你闹这一场，能把我怎样？可是你若进了牢里，或是在众目睽睽之下出了什么事，这些消息定会传遍大街小巷，四妹也许会听到，她会焦急，会担心，会想尽办法来看你。她一现身，会落在谁的手里？"

段氏瞪着她，似才醒悟过来。

"你做这事，能得什么好处？"安若晨问她。

"有人会趁乱将你抓走，你将不得善终。"

"你觉得能成功？"

段氏不说话。安若晨耐心等着。在安府里，钩心斗角，人人算计，段氏能争宠能过得不错，自然也不是笨蛋，就算报仇心切，安若晨相信她也不会完全没有思虑想法。

段氏终于开口："就算这次不成，可你的名声臭了，龙将军不会要你，中兰城人人厌弃你，你还会有这么多的护卫吗？"没人护卫，别人想下手自然就方便许多。

安若晨微微一笑："四姨娘将对付我的心，用一半在保护四妹上头，该有多好。"

段氏咬着牙，瞪着她看，一直瞪着。

安若晨走出牢房时，正遇着谭氏与安若希，两人正往男子牢狱的大门去，想来是去探望安之甫。

安若希看到姐姐心狂跳，真想冲过去问一问薛家的婚事如何，还有希望吗？可惜她不能这么做。而安若晨只对着她冷笑了一下，转头就走了。

安若希被这冷笑笑得心里难受，这时听得母亲骂："那贱人，这笑是什么意思？看我们笑话吗？"

安若希忙拉着母亲宽慰，也安慰着自己，是因为母亲在姐姐才故意这表情的，明明说好了，她不会丢下自己不管。这般想又更悲哀，明明亲生母亲就在身边，而她却指望着一个"外人"莫要丢下自己。

安若希与母亲进了牢里。安之甫状况很不好，打板子的伤只是草草处理了，衣裳头发乱成一团，同室的还有两个犯了偷盗的小贼，看到美貌的安若希进来，顿时露出了猥琐的表情。

安若希别过头去当看不到，听着母亲与父亲叙话。谭氏宽慰着安之甫，太守大人昨日去了福安县，查了那轿夫。钱老爷与这事无关，当然更没证据表明安之甫与这事有关，而大夫也做证说了段氏有疯病，所以定会无事的，只要再忍耐忍耐，很快就能出去。

安之甫又愤怒又焦急，是钱裴的轿夫，还与钱裴无关，那与谁有关？他道："既是钱老爷能摆平此事，那你们速去找他帮忙。我在这处，简直度日如年。"

"去了，去了。"谭氏忙道，"今日一早打听清楚了消息，荣贵就赶紧去福安县了。老爷放心，很快就能出来的。"

安荣贵确是去了福安县，但并没有见到钱裴。门房说老爷一早就出门去了，没在。

安荣贵忙问何时回来，门房的回答让安荣贵目瞪口呆。"老爷带着行李，坐了马车，听说是出去游玩数日，也没说何时回来。"

安荣贵当场傻在那儿，他钱府的轿夫带着四姨娘犯了事，拖累了安家，而他居然游玩去了？这再如何，把关系撇得再清，也不能游玩去啊。

门房看他表情，问他是否有急事，然后将管事叫来了。管事淡定道："贵府的事我听说了，太守大人昨日确是来审过案。但老爷不在，有何事我也做不得主。我给公子出个主意，不如去找找钱大人。这案子他也清楚，昨日是一道跟着太守大人查的。"

安荣贵想了想，想起当初钱世新对他们父子和蔼亲切，也确实是交代过有事可找他去。安荣贵心一横，拐个弯，转到县衙门找钱世新，这个时候，钱大人应该是在衙门处理公务。

安若晨回到紫云楼，陆大娘来报事，趁四下无人，将话题转到正事上。第一个，安若晨昨晚交代她去与薛夫人说的事，她一早去办好了。薛夫人听得安若晨这头有动静很是高兴，满口答应下来。"我问了薛夫人的意思，她说薛公子未答应也未有不答应，这事她会好好劝。不会辜负姑娘相助的好心。"

安若晨点点头。陆大娘又报了另一事。她说李姑娘看到了钱裴一早大包小包地拿着行李上了马车，又与仆役呼喝，言语间听着似是外出游玩。至于去了哪里，李姑娘就不知道了。又听得些钱府八卦，说是钱裴昨日夜里打伤了个丫头，又与钱大人吵了一架，但具体状况如何并不清楚。

李姑娘是陆大娘在福安县新招揽的一位线人，中年货郎，常在钱府周围活动。看到了这大动静赶紧就留信县郊树洞。另一线人见到树上绑着布巾信号便去取来送予陆大娘。

安若晨听罢，细细琢磨。这般任性行事钱裴干得出来。可太守说了，不追究他，他安枕无忧。她爹爹和姨娘在牢里，而她刚遭过一劫，自然会走动追查，且事情里涉及了四妹。无论是放线钓鱼也罢，看看热闹也好，钱裴毫不理会这边状况跑掉了，这又不像他的做派。

安若晨试图跳出事情的细节看大局，这是龙大指出过的她的毛病。

唐轩死了，有几个可能：一是唐轩就是解先生，所以解先生死了。二是唐轩不是解先生，所以是解先生杀了唐轩灭口。三是唐轩不是解先生，而解先生没打算杀他，他是被第三方杀的。比如钱裴。

无论哪一种，钱裴的位置都让人起疑，他不是解先生的重要帮手就是压根没把解先生放眼里。

事情就在福安县发生。唐轩舍中兰城而居于福安县，避追查风头那自是不必说的，重要的一点是，福安县安全，有人脉。细作不会跑到一个孤立无援的地方安家。

唐轩就是解先生，是闵公子的接手人，安若晨觉得这种可能性非常大。他是外乡人。

闵公子被通缉得在城中无法施展拳脚，于是来了唐轩，唐轩又死了，总得再来一人。前线刚开战，这里的细作作用何其重要。所以唐轩之死，总得有人交代。姚昆不追究，南秦却是一定会问的。

问谁呢？

安若晨忙翻出了地图仔细看。认真想了一遍，她去找了赵佳华。

赵佳华听得安若晨所言，挑了挑眉头："你想让齐征和李秀儿去？为何？"

"因为齐征熟悉各地菜货种类价格，去尝菜挖角厨子谈起来才像个识货的，是正经做这事的人。可他年纪小。李秀儿见多各官家夫人，善应酬懂说话明世故，她照应着齐征一起相谈会更好。"

赵佳华摆脸给安若晨看。安若晨恍然状，哦，原来不是问这个吗？那重新解释一下："因为我推测钱裴往茂郡去了。茂郡既是发生了使节被杀一案，又有东凌虎视眈眈，那里定是也有细作。我不知道钱裴是否会在茂郡通城与人见面，抑或是沿途的城县。总之我列出来了，齐征和李秀儿速速出发，快马加鞭还有可能追上。钱裴的性子，定不会亏待自己，沿途吃好喝好那是必须，所以只要往好店去，就有机会查探到。就算见不到人，能打听到他与什么人接头也是好的。"

赵佳华继续摆脸："安大姑娘啊，我们的状况你也清楚，受你恩惠，帮你任何事都义不容辞。可是我们没钱啊。别说去品菜挖角厨子了，到那些好店里坐坐喝杯水也得要钱啊。招福酒楼一直没钱赚，我们还常常倒贴你钱银……"

安若晨掏出几张银票。

赵佳华立时闭嘴，拿过银票看了看，一脸惊奇："你不是比我还穷，居然有钱了？"赶紧将银票收入怀里，"放心吧，这事一定给你办好。"

安若晨细细叮嘱："留心钱裘，亦要留心衙门的人。"

安若晨从招福酒楼离开后，很快另一位客人也离开了。

那客人急急奔走，到了一条街外的香品铺子里。薛叙然正坐在铺子里慢吞吞地挑着沉香，见得来人，轻声问："跟上了吗？"

自从与安若晨结下了梁子，薛叙然便开始留意起她来。听说她入城时被劫，他暗暗好笑，又好奇被劫后她会做些什么。那什么刘则案当真是她破的吗？还是市坊之言夸张了？

薛叙然派了人去打探，且这般巧自己今日难得出一回门，却远远见到了安若晨，于是索性在香品店坐下了，让手下悄悄跟了过去。薛叙然喜屋里熏香，对香品要求高，总得亲自挑，店家是巴不得他坐久些，那般买得更多。

这坐了好一会儿，薛叙然终是等到了消息。

"安若晨去了招福酒楼，点了些点心茶水，招福酒楼老板娘亲自招呼的她。别的倒没看到什么可疑的。"

薛叙然有些失望，想了想让人备轿，准备回府。这安若晨刚刚被劫完怎么没啥动静呢，她不忙乱些就有空摆弄他的事，真是烦得很。今日一早她可是又让人来跟娘说亲事了，都怪他太心软，真的不忍心让娘太难过。也许不该拖着了，跟娘说些硬气话，娶谁都好，不是安家姑娘就成。

薛叙然一边想着一边走出店铺，一抬眼却正好看到了那个安家姑娘——安若希。她正低着头，没精打采地站在一家铺子外头，薛叙然仔细一瞧，谭氏正在铺子里买东西，想来安若希是在等她娘。

不是故意来与他偶遇的就好。薛叙然这般想时，安若希正转脸。

一见到薛叙然，那两只眼睛明显发光了。

那闪光让薛叙然直嫌弃，撇了撇嘴，给她一个大白眼。

安若希愣了愣，未意识到自己眼中光芒，自然不明白薛叙然在嫌弃什么。她不服气了，不过是不经意看了你一眼，怎么了？！

安若希本能地也一个白眼回敬回去。眼神流畅自然，她于安家自小磨炼，娇蛮跋扈的表情很是到位。

薛叙然一愣，皱了眉头。

安若希也下意识地皱眉头，等等，她刚才干什么了？

薛叙然见她皱眉，更不高兴了。这是他做什么表情她便学着做什么表情吗？！讽刺他？报他上回拒婚之仇？

薛叙然气呼呼地上轿，火速走了。没眼看她，一点都不想看到她，小心眼的姑娘，表情还挺多。

安若希愣愣看着薛叙然远去的轿影，很想捶胸顿足，眼睛啊你为什么白他一下啊！薛公子你听我解释，我真的不是故意的。

稍晚时候，姚昆等到了钱世新。

钱世新表情并不太好，显着疲态与无奈。

"昨日夜里大人走后，我父亲又犯了浑，弄伤了个丫头，还打骂了好几个家仆，摔了一屋子东西。我说了他几句，他便不痛快了。一早便置气出走，说是外出游玩，不碍我的眼了。"钱世新摇头叹气。

"那轿夫的事，可有眉目？"姚昆表面上不追究，但实际还是拜托给了钱世新。钱家里头的人与事，钱世新自然更方便问到真切的消息。

钱世新再摇头："没有新消息，不止府里，我今日在县里还提审了些相关人等，没人有那轿夫消息，也没人知道那轿夫勾结了什么人。"

姚昆也叹气："不着急，慢慢查吧。这么些大活人，总不能凭空消失了去。找到他们，证实与钱老爷无关，这才能不落人口实。不然传到坊间，轿夫是钱府的，百姓可又会说闲话了。"姚昆未告诉钱世新，他派了人盯着钱裴的举动。钱裴与钱世新大吵一架离家游玩的事，他全知道。他的人会一路跟着，看钱裴究竟要到哪里去。

钱世新与姚昆又叙了叙话，说了些公务相关，又提到今日安家的公子安荣贵来找他，为自己父亲求情。说父亲安之甫确是不知道段氏做了这样的事，平素跟那轿夫也无往来，更不知道那些劫人的汉子是何人物。安家除了那疯癫的段氏被人利用，确是冤枉。"他大概是想着事情是被我父亲的轿夫拖累，让我念于此帮着说项。"

姚昆道："严格说起来，安之甫管教不严，应当担责。轿夫追查不到，安家还不好好惩处，如何与百姓交代？"

钱世新应着："大人说得是。关上几天，待风声过去，再放了吧。"

姚昆正是此意，点了点头。

钱世新与姚昆说完事情，告辞离开。至衙府大门近处，看到了衙头侯宇。

钱世新神色如常走过去，侯宇对他施了个礼招呼"钱大人"。

钱世新点点头，而后飞快地道："铃铛没了，你可有消息？"唐轩死得太突然，一点没交代。钱世新不禁有些心急。

侯宇道："没消息。不过既是没新的指示，那自然就是一切照旧。计划没变，耐心等待。"

钱世新颔首，若无其事离开了。

这天晚上，安若晨给龙大写信，交代她回城后发生的事。在军营时，龙大与她定了些暗语，所以写起信来她放心许多。只是事情比较纷乱，她猜疑的心思重，也不知该怎么说好。于是这信写了许久都没写完。这时却听得丫头报，说太守府方元方管事求见。

安若晨忙让人备茶迎客。方元仍是那副有礼淡定的模样，他道："我家夫人想起还有几件曹先生的衣物漏了，嘱咐我过来送一趟。"

安若晨忙客气说麻烦了方管事。方元将东西递过来，安若晨一接，却是觉得沉甸甸地很是重手。

方元微笑着轻声道："十七年前的案录卷宗，可是不好找。这过了十多日才翻出来，希望没耽误姑娘办事。"

安若晨大喜过望。虽不知这案录有没有用，但研究清楚从前案情，总觉得心里才会踏实。她自然明白方元定是费了许多工夫才能将东西拿到手。她拿了些银子，想给方元以示谢意，方元却拒了。

"姑娘，我家大人夫人都是忠义之人，姑娘与他们一般，值得敬重。区区小事不足挂齿，姑娘拿银子出来，还真是折辱我了。"

安若晨听得汗颜，连声道歉。

"姑娘认真查案，说起来也算是为大人解忧，我替大人谢过姑娘。"

安若晨更汗颜了，她的嫌疑名单里太守赫然在列啊。真希望是她怀疑错了，不然她真有些没脸见一直这么帮助她的方管事。

方管事紧接着又告诉她一个消息，说是方才太守才收到驿兵的报信，巡察使大人队伍再有十日左右会到。梁德浩大人会直接往茂郡，其属官白英大人来平南。姑娘若有事，可提前准备，素闻梁大人与白大人都是刚正不阿，疾恶如仇的好官，定能帮上忙的。

安若晨再次感谢了方元。送走方元后，安若晨又琢磨上了。

刚正不阿的好官到了这里，对细作们该是重大打击吧。所以唐轩必须得死，他在牢里就是个祸端，迟早会被严审出来。

太守大人放他出去钓大鱼是碰巧了？他若在牢里待着，会比在外头待着安全。细作若想在牢里下手，风险太大了些。

安若晨给龙大写完信，想着办法将暗语夹在日常报告里说明局势，言明唐轩已被灭口，事态疑点众多，她不能离开。

四夏江军营里，曹一涵与南秦俘兵被囚在一起。几日相处，曹一涵与那些兵士已混熟，大家见他是霍先生侍从，又是文人，对他还算照顾，发放食物和水时会让一让他。这夜里，大萧一兵士忽地过来敲栅栏高喊："今夜里将你们转至石灵崖，一会儿上囚车都安分点，稍有动作，格杀勿论。"

南秦众俘均是惊讶，一领头的喊道："为何去石灵崖？"

那大萧兵士冷笑道："你们南秦不是能打吗？对着自己人看还能不能下得去手。"那兵士说完就走了，留下南秦众俘们一脸震惊。

"什么意思？是石灵崖军情告急，所以要用我们去做人盾吗？"

"他娘老子的，我就说大萧人心狠手辣。"

"我去他娘的龙腾，龙家军的威名竟是这般来的吗？他是打算将咱们尸首挂在石灵崖上威慑咱们南秦大军吗？"

大家七嘴八舌地骂了起来。有一兵士突发奇想："啊，咱们把军袍脱了，就算挂上了，未有军袍谁知道是不是南秦兵，那我南秦大军看到尸体也会不为所动。"

大家纷纷应和。有人喊脱了会冷，有人喊冷死也比受辱强。大家开始脱起来。

曹一涵幽幽说了一句："人家真想这么干，弄些衣裳有何难的。要给尸体穿什么，甚至啥都不穿，不是简单得很嘛。挂了尸体就是威慑，管你死的是谁。我南秦将士看到，又怎会无动于衷，战争残酷，谁又不知道呢。"

众兵士顿时停下了脱衣的手。可别没被挂出去就什么都不能穿了。"刚才是谁提这馊主意的？"

一兵队长坐在曹一涵身边，对他道："曹先生，我们虽为阶下囚，但军魂是有，义胆仍在。霍先生是为我南秦牺牲，被大萧所害，这事一定得让皇上知晓啊。无论如何，我们会护着你的。"

曹一涵心里真的感动，自身难保，竟还想着护他。他们南秦的兵士心地多好。霍先生说得没错，权贵玩弄权术，苦的是这些朴实勇敢的兵将与勤劳谋生活的百姓。曹一涵哽咽点头："我一定尽力，一定尽力。"他想霍先生了啊，这么善良的人，怎么就这般去了！他想念他，他甚至没能带上他的骨灰和遗物。他若不能完成所托，如何有脸见先生。曹一涵忽然悲从心来，伏膝大哭。

当晚，这一百零三名俘兵加上曹一涵，被运往石灵崖。临出发前曹一涵与众俘看到了龙腾大将军上马。只匆匆一瞥，他们的囚车便驶起来了。但大家都明白了，原来竟是那位传说中的龙腾大将军亲自押他们去石灵崖吗？那之后他会在石灵崖督战？大家顿时更紧张了。

中兰城这头，一连两日，都没什么大事发生。安若晨被劫一事在市坊间的谈论度低下来了，但另一件事悄悄生温。事情还传到了谭氏的耳朵里，谭氏认真一打听，顿时气不打一处来。原来竟是早有这事了，她竟然不知道。

谭氏于衙狱里探望安之甫时，忍不住将这事说了。

"什么？当初薛家来提亲，安若晨那贱人居然敢从中作梗？！"

"可不是。也是丫头听到传言与我说的，我便让她去仔细问了，确有此事。那贱人定是瞧着薛家不错，见不得我们好，欲报复呢。只她不清楚当初可是我们拒了薛家的，她的如意算盘可是打错了。"

安之甫咬牙，却是不这般想："我们拒了薛家的事，媒婆子间定然也是知晓的，安若晨又何必再派人去与她们威胁阻喝。"

"老爷的意思，薛家那头还想再继续议亲来着？"

"定然是如此。媒婆子肯定是拿了薛家的主意想继续谈这事，那贱人听闻了消息，才会做出如此下作之事。只我们家傻傻地以为拒了便是了结了。"

谭氏可是气不过："当真是贱人，如此说来，咱家那些不顺遂的，指不定哪些是她在背后做手脚。"

一个声音传了过来："爹爹和二姨娘在说哪个贱人呢？我吗？"

安之甫与谭氏转头一看，还真是安若晨。

安若晨确认谭氏已收到消息，又听到报她来探监了，于是也认真打扮了一番，光鲜靓丽地过来示个威。她特意带着田庆与卢正进来，后头还跟着两位狱差。那真是威风八面，非常嚣张。

安之甫愣在那儿，喝问："你来做什么？"

"来看爹爹啊。"安若晨一脸无辜，"我们父女许久未见了，爹爹好不容易坐趟大牢，我来看看牢里的爹爹怎么个狼狈可怜，受报应的。啊，听说爹爹挨板子了，舒服吗？"

安之甫怒极，谭氏也气得一指安若晨，正要开骂，卢正一剑便横了过来，差点削掉她的指头。谭氏吓得后退两步。安若晨微笑道："二姨娘，别指指戳戳的，礼数呢？"

卢正收回了剑，退回安若晨身后。田庆与狱差低语两句。狱差点头，转身去搬了椅子来，安若晨道了谢，四平八稳地坐在了安之甫的牢房前。

谭氏忌惮着卢正，不敢骂，但掩不住目光凶狠，满脸怒气。安之甫也是气急败坏，从前这个任他打骂，只会哭求说"女儿错了，求爹爹责罚"的大女儿，已经在他面前如此张狂了。

安若晨坐下后又道："就算不舒服，也该习惯了。听说上回爹爹状告商舶司刘大人，也挨板子了。"

"安若晨，你待如何？"安之甫一口老血差点吐了出来。难不成上回那事也真有她动的手脚？

"不如何。"安若晨慢条斯理道，"就是来气气你的，没想到二姨娘也在呢，那就一道气气吧。"

谭氏咬着牙，确实是被气到了。她与安之甫互视了一眼。

"如今看你们过得不错，我就安心了。大牢好坐吗？真是托钱老爷的福啊。你们该好好与钱老爷感恩才对。上次挨板子是因为他，这回也是。钱老爷真是安家的贵人，爹爹记得多拜拜他。啊，对了，差点忘了告诉你，我听说一件有趣的事，薛家居然向二妹提亲呢，真是太傻了，是不是？怎么会想着跟安之甫做亲家呢。我一时好心，便去找了薛夫人。她说是有高僧批命，二妹的八字好，能扶薛家公子命数。我就笑她真傻，天下的姑娘这般多，怎可能只二妹的八字好。安家的人，怎么可能好。"

安之甫与谭氏简直气得要七窍生烟。

"当然，除了我之外。我是好的，将军说要娶我，婚书都定好了。回头打完仗，我便随他回京城做我的将军夫人去了。至于二妹嘛，薛家这么好的人家，真的轮不到她，你们等着瞧吧。"

谭氏又惊又怒："安若晨，你要做什么？！"他们拒婚是一回事，但被别人故意搅黄了又是另一回事。

"我不做什么啊，我就是要让安家的女儿嫁不出去罢了。安老爷，安夫人，你们不就是想把女儿卖个好价嘛，我告诉你们，一个铜板都卖不掉。听说爹爹拒了薛家呢，干得太好了，就该这般。只不过薛家居然还未死心，你们放心，我会让他们别再来烦你们的。你们让二妹三妹好好在家里待到老吧。转告她们，我这做姐姐的真抱歉，也不是针对她们，谁让她们有你们这样的爹娘呢。不止薛家，以后不会有任何权贵富商人家再跟安家提亲。想用女儿换利，醒醒吧！"

安若晨说完，起身便扬长而去。

安之甫与谭氏瞪着她的背影，待再看不到，谭氏对安之甫道："老爷，这事不能忍，绝不能忍。"

安之甫也是恨得咬牙，先前薛家来提亲他是拒了。按钱裴的意思，薛家与他们不对付，如今有事相求倒是厚着脸皮来了，这亲事结了之后也定是从薛家拿不到好处，还是拒了好。他那头有更合适的亲家人选，由他来安排。

安之甫先前什么都听钱裴的，可如今真出了事，还是钱裴惹出的事，他拍拍屁股游玩去了，压根没顾及他这头受难，还有那什么更合适的亲事在哪儿呢？连影子都未曾见到。

安之甫越想越气，谁说从薛家拿不到好处？如今薛家求着他们，彩礼聘金还不是由着他们提。安之甫心一横，不行，不能这般窝囊。不能教那贱人太嚣张，不能教钱裴将他们看低了。薛家这亲事要结！

"你快去打听打听，别让丫头去市坊听那些闲话，做不得准。当初薛家带的哪个媒婆子过来的，直接找她问清楚了。待知晓那贱人做了何事，我们再行对策。"

谭氏急匆匆回了府，赶到女儿房中，安若希正在练字。谭氏愣了愣，这女儿近来倒是变了样，安静乖巧许多。之前总闷在屋子里绣这绣那，如今又改好念个书习个字了？

谭氏先不管这些，她问安若希最近有没有见着安若晨。

安若希垂了眼低声道："姐姐已经不再见我了。之前每次去也探不得什么消息，总被她冷嘲热讽，我也不爱去了。"

谭氏气极："这贱人，当真欺人太甚。"

安若希心怦怦狂跳，也不知姐姐做了什么。谭氏扭头走了，安若希想了想，继续练她的字。一边写一边想着薛叙然给她的白眼，哼，他给她眼色她也没怪他呀，她不小心白过去他便恼了。小心眼。她要把字练得美美的，日后写给他看。

薛叙然在家里一连打了好几个喷嚏。坊间传言他当然也听到了。他还是没狠心跟母亲放狠话彻底拒绝，忧她伤心是一方面，另一方面他也好奇，事情最后究竟会如何。安家就算想赌这口气，难道钱裴能答应？

他可是也听说了，钱裴说了要给安家二姑娘张罗婚事。这话是从安家传出来的。

还有两家富商在打听安若希的婚事，觉得她这般抢手，八字定是富贵扶运的，想问问他家还有没有机会。这些是媒婆子传的。

薛叙然想起那个一下子在他面前装乖巧可怜，一下子又没把持住原形毕露给他白眼的安若希。就这般的姑娘，还能成香馍馍了？

齐征与李秀儿飞快地赶了两天路，终于找到了钱裴。他果然住的是最好的客栈，吃的是最好的酒菜。齐征与李秀儿以姐弟相称，也住进了同一家客栈。

这是茂郡与平南郡相邻的田志县，客栈名字贵升。齐征查过了，钱裴交了三日的房钱，看来是打算在这处多住几日。李秀儿很快与跑堂的混熟，她如今对酒楼菜品也是通晓，几番话下来跑堂被她逗得哈哈笑，直夸她人美又有本事。齐征与李秀儿点了许多菜，真的摆出一副细细品的模样来。

跑堂和厨子招呼了，厨子相当卖力，希望能得夸奖。齐征与李秀儿吃好了菜，私底下给了跑堂和厨子赏钱，与他们聊了聊。齐征道菜很是不错，确是与他们中兰有些区别。他家酒楼想比别家强，菜品上换些新口味那是必须的，只是又担心中兰的那些老爷们不喜欢。

跑堂的便道，那是不必多虑的，他家的这些菜色，老爷们吃过好的，都识货，喜欢着呢。这不李老爷陈老爷还有钱老爷，都是从中兰那头来的，吃过菜都赞不绝口。尤其是钱老爷，这几年时不时来这儿住上几日，对他们这儿可是满意得很。这不，挺巧，如今这钱老爷正就住这儿呢。

"几年常来，总住你家啊。"齐征一脸惊奇样。

"那是。三四年了吧，自打第一回来过，便说我们这儿好，菜也好吃。"跑堂骄傲脸。

齐征与李秀儿互视了一眼，这时间怎么这么巧，又是数年前开始的。

"看来这位老爷真是相当喜欢你们这儿，他总有机会来，是买卖人吧？在这儿做生意？"

"也没做生意，未曾听他那些仆役说过什么买卖事。也不见有人来谈事啊，倒是周边的山水都游遍了。应该是来游玩的。我们这儿，老爷们爱玩的地方可多了，那松林山，有水有山，景致好得很，船亭也是一处景致，还有啊还有啊，嗯……"跑堂似乎还想说什么，看了一眼李秀儿，又不好意思说了。

李秀儿心里有数，与齐征再套了些跑堂的话，夸了夸厨子，给了赏钱。

齐征与李秀儿回到屋里商量，觉得钱裴在这里也许真有什么事。时间上有疑点，且总来一处，说不定有什么接头联络的。

"小二说了，无人来议事。"

"那就是在别处。方才小二一脸不好意思，我猜他想说花楼。"

齐征装老成地摸摸下巴："确有可能，钱老爷好色。那种地方鱼龙混杂，寻欢作乐，也顾不上看别人在做什么。就跟赌坊似的，盯着骰子都来不及，有时连身边站的是谁都不知。"

两人商议了一番，白日里先去打听别的，夜里钱裴若是真去了花楼，齐征便混进去打探，看看他与谁人接触。

谭氏按安之甫嘱咐的请来了媒婆子打听薛家亲事的消息。她说先前薛家来谈过，他们没敢答应，就是怕薛家公子命不长，女儿嫁过去受苦。而且左思右想，对方要靠女儿来救命这种事真的有些稀奇，所以她还是想再打听打听清楚，实情究竟如何，省得日后惹了麻烦。

媒婆子这边快言快语，也不瞒着谭氏："确实有高僧给薛家公子批了命，要靠女方八字来扶。按理说说亲不好拿这事来说，但薛夫人是有顾虑，怕二姑娘嫌弃薛公子命短，这才说了。这不是想着二姑娘嫁过去后，薛公子病便能好，命数便能长，就无短命之忧了。不过你家不答应，自然也能理解。夫人也不必发愁此事了，我听说，薛夫人已经在找其他八字合适的姑娘了。"

谭氏一听，忙问："找着别的合适姑娘了？"

媒婆子道："实话与夫人说吧，薛夫人为了儿子，找遍了咱们平南郡的媒婆子，也花了大价钱到处请人拿姑娘八字。最后咱们这平南郡也有别的姑娘八字相合，只不过嫁的嫁了，或是身份不合适，只二姑娘最有可能。但如今二姑娘这亲事不成，薛夫人已在外郡去找了。"

"外郡？"

媒婆子尴尬地笑了笑："说起来，我也是听说，贵府大姑娘找过薛夫人，建议她莫要干耗时间，你家不想结亲便算了，再找别人。所以薛夫人一是让我们继续找着，二是安管事那头在帮她联络外郡的夫人，帮衬着这事。我又听坊间传，大姑娘放下话了，让大家不许给安家谈亲事。"

谭氏咬紧牙关，恨得说不出话。什么坊间传，明明就是你们媒婆子相议，坊间才知道的。好你个安若晨，你果然干了这等龌龊事。

谭氏连找了两个媒婆子，质问究竟是否收过安若晨的话，结果竟都是一样，安若晨是让婆子找过几个媒婆，让她们间互相转告着。这一传十十传百，差不多所有的媒婆子都该知道了吧。

其中一个姓林的媒婆子还道，有户人家来与她打听安二姑娘的情况，因为听得高僧批命说她旺夫，也想议议亲的。可第二日又来说不议了。她细问缘由，那家也不好说明白，只道听说不合适便罢了。林媒婆道："若是不合适，自己不知道？还得听说着不合适？"

谭氏一听，这里头定是有安若晨捣的鬼。不只是薛家，竟连别的家议亲她都想插手毁了。谭氏再去了趟衙狱，与安之甫商议此事。安之甫听得谭氏如此这般一说，气得直跺脚："那个贱人，当真是贱人，就这般见不得我们好。不行！她欲毁了这事，我们偏偏还要做。你速去处置，找那薛夫人说说，把亲事定下来。让希儿便嫁进那薛家，狠狠打那贱人的脸。"

李秀儿和齐征这一日未探出什么有用消息来。田志县正如小二说的，有几处略有名气的景致，还有一处颇有名气的，便是他们这儿的花楼，叫点翠阁。

白日里钱裴一直在客栈休息，未见任何人，也未出去游玩。但他的仆役出门了一趟，两手空空出去，两手空空回来。出去是从钱裴房里出发，回来第一时间又进去了。齐征见惯了这些下人的举止，当初赌坊里老板嘱咐牛哥办事，牛哥也是这般姿态。齐征觉得这仆役定是去安排什么事去了。

傍晚时钱裴没在客栈用晚饭，李秀儿和齐征便觉得他晚上看来是要出门的。果然，天色黑了之后，钱裴打扮齐整，出了客栈。

齐征与李秀儿不敢直接跟，怕被发现。钱裴走了好一会儿，齐征才赶紧出门。到了点翠阁，看到了钱裴的马车，松了口气。他年纪小，自知也没贵公子气度，身边也没人撑场面，于是耐心等了等，等到一个老爷前呼后拥地进了点翠阁大门，就急忙跟了上去，混在那些仆役身后，看着也像是这家的小仆似的。

齐征进去后找了个机会，给个小鸨公塞了些钱，说他家老爷想知道平南那来的钱老爷在哪间房，一会儿想去攀交攀交。小鸨公痛快地报了，说是二楼桃花间，又提醒齐征与老爷说，晚一些再去，钱老爷屋里有客人呢。

齐征大喜过望。找了个僻角站着，等了一会儿，趁无人注意，摸上了二楼。

桃花间在楼上拐角靠里，还挺隐蔽。

齐征想从门缝里偷看，但楼道里常有人走动，他没有机会。有人来给桃花间送菜，齐征慌忙敲隔壁房门，假装自己是这屋的。

送菜的敲桃花间的门，与齐征几步之遥，还看了齐征一眼。齐征对他笑了笑，佯装镇定地推开自己手边的门。

这一推居然开了。

桃花间的门也开了。送菜的跑堂进了去，齐征听到桃花间里有钱裴的说笑声。齐征想迈一步过去偷看一眼，却见跑堂的正出来。齐征赶紧一闪身躲进了他推开的门里。简直天助他也，这屋里没人。

齐征把门掩上，跑堂的也正好从桃花间里出来，门迅速关上了。

齐征在门后头偷看着，心里有些着急。桃花间的位置虽偏僻，但楼道却是一览无余的，楼道里人来人往，他若在门外窥探，定会被抓住。齐征转身看了看身后这屋子，那边有扇窗户。

齐征过去把窗户打开，探头一看，楼下是条后巷，而隔壁桃花间的窗户半开着，若他能爬过去，也许能见着钱裴与谁人在一起。

齐征心一横，仔细看了看窗户状况，有窗框可上手，楼壁上有装饰的格子。齐征先转身回去把门闩上了，然后小心翼翼地从窗户爬了出去，抓稳了窗框，踩着楼壁格子，向隔壁桃花间窗户那边探过身子。

刚探头就见着那屋里有人身形一动，齐征忙缩了回来。听说话动静似有人敬酒。齐征屏气听着，隐隐听到太守二字。齐征心跳得快，听不清，只得再往那头靠了靠，靠近些，听得清楚了，一个男子的声音正道："从前留着安若晨是为了从她那儿得到龙腾的情报，如今龙腾打仗，离得远了，前线军报从她这边拿不到，她没这用处了。"

齐征听得大惊失色，难道说安姑娘就是细作？可是安姑娘明明是查细作的人啊！

这时候钱裴道："所以嘛，我就说……"

才说到这儿，忽地楼下一声厉喝："喂，你是谁！在做什么？！"

钱裴立时消了音。

齐征转头一看，点翠楼后巷竟有打手巡查，抬头见得他了，正指着他大喝。

齐征吓得差点摔了下去。

下头的打手还在喝叫，齐征看到还有两人也朝打手这头奔了过来。钱裴的屋子里传来椅子挪动的声响，想来是有人起身。

短短的一瞬，齐征全身的汗毛直竖，冷汗湿了后背。他脑子里一片空白，一切凭着本能行事。他猴子一般地往回攀，迅速窜回隔壁屋的窗子。正往里钻，听得钱裴那屋的窗子打开，有一人探头出来查看。

齐征也来不及看对方是什么人是何模样，跳下窗台时回身匆匆瞥了一眼，只看到那人的手，戴着个绿油油的翡翠扳指。

齐征一落地便往外冲，丝毫不敢耽误。

隐隐听到隔壁桃花间有人大叫："是个孩子！"

齐征冲出楼道，往楼下跑。钱裴屋里有打手奔出，一探手差点抓到齐征的衣领。

齐征玩命逃窜，跳上了楼梯扶手滑着往下冲，冲到半途看到一姑娘领着客人正上楼，对方被他惊得一愣神，他伸手一扯，借着下滑的力道，硬是将姑娘胸前衣裳扯下一大片来。

那姑娘尖声大叫，被拖得在楼梯上踏空两格，脚差点扭了，又要捂胸又要站稳，尖叫声响破屋顶。周围人乱成一团，好几人被这姑娘撞倒在楼梯上，楼上冲下来追逐齐征的打手被挡了一挡，只得大声叫骂："抓住那小子！"

齐征心跳得快，一滑下楼梯又推翻一个捧着托盘送菜的小二，顺手抄过一盘油浸豆腐往地上泼，一个冲过来的打手正正踩中，脚下一滑摔倒了，扑翻旁边一桌子。尖叫惊呼杯碗摔地的声音此起彼伏。

齐征不敢也来不及回头看，泼完了菜便闷头钻进人群，朝着大门的方向跑去。

"哪里跑！"一个肥壮的打手跨腿架起马步横在大门处大声喝。

这阵势齐征可是见识过的。当初赌坊里头那些个打手护院可比这些凶狠。已然没了退路，齐征一个倒地向前滑，麻利地从那汉子胯下钻了过来。滑过去时还给了那汉子要害处一爪。

大汉惨叫一声，捂裆向前扑倒。

齐征在他身后爬了起来，抓紧时间继续跑。出了大门却见更多的打手围了过来。那些后巷的已经听着动静奔过来了。齐征脑子发晕，觉得完蛋了，定是跑不掉了。

咬着牙猛冲，听到身后打手们叫嚷的声音越来越近，齐征头皮发麻。这时却听得一阵"嗒嗒嗒"的马蹄声响，打手们惊呼，似是被冲散了。齐征下意识地回头看，这时听到了李秀儿的声音："上来！"

竟是李秀儿骑着马儿赶到。

齐征大喜过望，拉住李秀儿伸出的手用力一跃，跳上了马背，两人一骑飞奔逃窜。身后的打手护院们破口大骂，有人叫嚷着："追，找马来，不能让他们跑了。"

齐征回头看，看到打手们有的还在跑着追，有的已然回头，想来是找马去了。

"我们目标太明显了，跑不远的。"

"说得对。"李秀儿应着。

李秀儿策马跑出一段，拐弯进了另一条道，在一个小道路口跳了下来。齐征没空多想，也跟着她下了马。

"上马车，快。"李秀儿叫道。

齐征这才发现李秀儿将他们的马车停在这小道里了。他麻利地爬了上去，坐上了赶马的位置。

李秀儿用力抽了马屁股一下，那马儿飞奔着跑了。李秀儿转身爬上马车，齐征扬鞭驱马，将马车朝着小道的另一方向疾驰。

"披上。"李秀儿丢给齐征一件旧布衣，再给他一顶遮阳草帽。齐征火速穿戴好，不细看还真像一个瘦小老头儿车夫。

马车驶出没多远，打手们就赶到了附近，叫嚷搜寻之声远远传了过来。李秀儿迅速缩回车内不敢露脸，齐征甩着马鞭压低了帽檐。

一个打手模样的人突然从旁边的街口窜出，骑着马冲过来，齐征吓得手一抖。那打手与他们马车擦肩而过，奔向他们身后。齐征与李秀儿听到这人大叫："没有，没找到。那马儿上面没人，他们肯定混在人群里了，仔细找找。"

齐征松了口气，咬牙猛抽马儿几下。马车狂奔，过了一会儿，终于再看不到那些打手的踪影。

齐征这下子才真是放了心，问李秀儿："你怎么会来？"

"这么危险的事，总得有人接应才好。我在客栈也不放心，想了想，有备无患。"

"幸好幸好。"齐征擦擦冷汗，"备得挺齐全的，救了命了。你这脑子突然灵光了，简直老板娘附身。"

"就是华姐告诉我的。临走时她说了，到了地方先摸清地形，准备些乔装的，换辆马车跑，别人认不出。"李秀儿也是紧张得不行，这下子松了口气，"我就把咱马车停那儿，再去买了匹马，马儿方便些。我在点翠楼附近看着，若是你没事就好，若有什么情况，我好接应你。"

果然是老板娘啊。齐征很高兴。老板娘真是好人，又聪明又美貌。就是她让他们学骑马的，说中兰城不安稳，安姑娘又总拿细作的事找他们，学会骑马能逃跑，比能打强。

李秀儿又问齐征："你怎么回事，他们发现你了？你打听到什么了？"

齐征心一紧，犹豫了好半天："我听到，我听到他们在说，安大姑娘是细作。"

李秀儿傻眼。

这一天，谭氏根据她派人打听到的薛家夫人行踪，与薛夫人在布庄里偶遇了。薛夫人客气有礼，却没再似从前那般提儿女亲事。谭氏心里暗暗着急，看来这薛夫人真是被安若晨说动了，如今怕只怕她们在外郡找的人里，真有八字相合的。

谭氏请薛夫人就近去喝茶，薛夫人答应了。

一番客套寒暄后，谭氏未提薛家公子之事，反而说起了自家的麻烦。她说去年始家里就不太平顺，儿女亲事闹得满城风雨，得罪了官老爷，惊动了将军，四姑娘还失踪了，至今下落不明生死未知。还有家里买卖出了几桩事，最后只能赔钱了结。再然后四房段氏又得了疯病，前段日子还被恶人利用，做出当街拦车掳人的事来。这事安家上下全都不知，老爷受了拖累。如今两人还在牢里，也不知太守大人何时才愿放人。

薛夫人安慰了她一番。

谭氏长长一叹，说她去庙里也请了高僧算，高僧说是因为流年犯煞，不止安家，你看连平南郡都打起仗来了，这劫难来得大，若是近期能有喜事冲一冲，化解煞气，家里的灾祸自然可免。但若是违背天意，损人不利己，祸事怕会越来越多。

这话里的暗示意味很是明显，薛夫人却是道："大姑娘与将军的亲事已经定下，日后便是将军夫人了。这该算是喜事，大喜事，定能破解的。"

谭氏脸上青一阵白一阵，心道这薛夫人果然偏向安若晨，居然不接她这话。谭氏一番挣扎，最后不得不硬着头皮直说："大姑娘早已离了安家籍簿，她姻缘如何，与我们安家无关了。她与将军定亲，礼数都未经安家。高僧所言，自然不是指她。"她顿了顿，观察了一下薛夫人的脸色。

薛夫人虽未接话，但正看着她，想来并非全无希望。

谭氏振作精神，忙道："前些日子，我家老爷为生意的事烦忧，自是顾不上好好为希儿的婚事打算。故而夫人托媒婆子说亲，老爷都给拒了，如今想来，是不妥当的。这不，后头糟糕的事一件接着一件，老爷还受牵连被冤入狱。我把高僧所言与老爷说了，老爷甚是后悔。"

薛夫人听到此处，脸上终于有了松动，问："那安老爷如今又是何意思？"

谭氏忙道："也不知薛家公子如今是否已定了亲。既是高僧批命，我家希儿与薛公子天生一对，命中注定，那我们可不好逆天而为，还是促成这事为好。"

薛夫人想了想，道："定亲倒是还未曾……"

那是还有后话？谭氏忙截了这话头道："既是未曾定亲，那我们先前谈的亲事，便还作数吧？"

薛夫人颇是为难："这般吧，待我回去与老爷商量商量。"

谭氏有些失望，但一想未回绝便是好的，于是又赔着笑，直称便等薛夫人的好消息。

齐征与李秀儿紧赶慢赶，终是平安回到了中兰城。赵佳华见得他们的神情便心里一紧，忙将他们带回府里，又差人速将那马车卸了，将陆大娘给准备的一些新菜货送到招福酒楼，就说是齐征、李秀儿带回来的，让厨房收拾备下。

一切安置好，齐征、李秀儿换过衣服用过饭，赵佳华等他们喘好了气，这才关一屋里问话。

齐征仔仔细细将事情说了，李秀儿在一旁帮着补充。赵佳华听到齐征被发现追击就皱起了眉头："他们认出你了吗？钱裴认得你吗？"

齐征抿嘴沉思："应该不认得吧？"

"可我们在客栈说过来自平南，做酒楼生意，想尝菜请新厨子。钱裴知道有人偷窥查探，说不定也会回客栈打听。再一推算到安姑娘这头，做酒楼生意的朋友，不就只有华姐你嘛。"李秀儿道。

赵佳华颦眉思虑片刻，说道："你们确是去品菜请厨子的，沿途不止一家客栈可以做证。只是这事你们没办好，到了田志县，齐征听小二说点翠楼的姑娘美貌，老爷爱去，便起了色心，想去看看。"

"我没有。"齐征喊冤。

赵佳华瞪他一眼："你去了之后，没财没貌的，自然没好姑娘招呼，于是你偷偷上了二楼，想去看看花魁的模样，门口窥视不得，故而爬了窗户。"

齐征抿抿嘴，硬是把抗议的话咽了回去。行，他受点冤，看姑娘就看姑娘。

赵佳华道："谁人问你们，你俩都得这么说。秀儿，你找机会与下人们抱怨几句，说好好办个差事，结果被齐征不懂事毁了，姑娘没看成，还被护院打了。别往大了张扬，找两个嘴严的抱怨两句就行。这日后若出什么事，我们有人证撇清关系便好。"

李秀儿明白了，点头答应。

齐征道:"那安姑娘的事怎么办?"

赵佳华深吸一口气,看着齐征:"你仔细想想,他们说的可是那话?"

"千真万确啊。那人说的就是将军在前线打仗,从安若晨这头拿不到军情情报了,所以她没用处了。然后钱老爷刚要说话,我就被发现了。"齐征挠头,"他们要杀安姑娘,这怎么告诉安姑娘啊。她是细作,她若知道我们知晓了这事,会不会对我们不利啊?"

赵佳华没说话。

齐征又道:"可她不是办了刘老板和娄老板的案子吗?她不是查办细作的人吗?"

李秀儿咬咬唇,她也不明白这事。安姑娘若是细作,那她也伪装得太好了。

赵佳华思虑许久:"在我们搞清楚状况前,暂时什么都别告诉她。就说你还没听到什么就被发现了。陆大娘那头也一样,什么都不能说。齐征,尤其是你,记住了吗?"

"可是,他们要杀她……"李秀儿小小声,支吾着问,"我们,我们不向安姑娘示个警吗?"

安若晨连着数日琢磨十七年前那卷宗。这日听说齐征他们回来了,她便领着春晓乘马车去了薛家。

陆大娘则趁着这时候去了招福酒楼探消息。

安若晨与薛夫人寒暄了几句,问了问安家的态度,事情的进展以及薛公子的状况,薛夫人一一告之。安若晨听罢想了想,说想与薛公子聊聊。

薛夫人犹豫,生怕还没松口答应婚事的儿子言语间将安若晨得罪了,又或是谈得不欢喜一恼之下真的强拒婚事。安若晨笑了笑:"我看薛公子也是个心软之人,我多与他说说我二妹的事,我走了之后,我二妹在家里确实处境不好。若是薛公子不爱听了,我便出来。"

薛夫人心事被道破,便不好再拒。于是领着安若晨去找薛叙然。

薛叙然自然不想跟安若晨说什么客套话,母亲在这儿他不好发挥,于是让母亲回去休息,他与安大姑娘自行磋商便好。

薛夫人在外人面前要给儿子留颜面,未曾反驳,只让人上了好茶好点心,便出去了。

最后屋子里剩下薛叙然与安若晨二人。薛叙然直截了当地问:"有何贵干?想给你妹妹说亲?上回不是已经说过了吗?"

安若晨道:"我有件十七年前的旧案,想请薛公子私底下帮我悄悄打听打听。"

薛叙然瞪她："你还真当全平南是你安若晨的地盘了？想使唤谁便使唤谁吗？太守大人还未死呢。"

"公子这话说得，我不过一介平民，哪能跟太守大人相比。再者说，我不是使唤公子，我是在拜托公子呢。"

薛叙然仍瞪她："说一句相求拜托便行了？你当我是什么人？"

"你是薛家独子，父亲薛书恩，母亲薛陈氏，均是中兰城人士。你今年十六，生辰是十一月十一日。你母亲生你时难产，险些丢了性命，你也险些丢了性命，但最后母子均安，天佑薛家。你自小身子不好，却聪明过人，四岁识字，六岁吟诗，你父母皆以你为傲。你亦是个孝顺孩子。知道自己体弱多病为父母添了不少麻烦，于是尽力乖巧，不让他们操心操劳。"

薛叙然撇眉头："你这是在显摆查我家查得挺清楚是吗？"

"确是查得挺清楚。我还知道你们薛家的各商行生意，你父亲的管事帮手，你身边的丫头护卫，你都看过哪些大夫，你喜欢去哪些店铺。"

薛叙然脸沉了下来。

"为了不浪费时间，我就不一一举证证明我确是知道。我只说重点吧，我还知道你私养密探和谋士，涉嫌谋反。"

"这罪名扣得挺大的。"薛叙然一脸无辜和不以为然。

"我还知道你好奇心重，我要查的这事涉及平南安危，你薛家再如何都是住在此处活在此处，你的密探谋士，动的那些小脑筋，难道不是为了保护你爹娘吗？薛老爷为人清正，不太会变通，在鱼龙混杂的中兰城做买卖，确实是该多小心。你亦心疼母亲操劳，想着若是能将对薛家不利的事提早知晓，暗地处置，你爹娘便能安稳如意，过得自在。你时日不多，便想趁着你还在着，多照顾他们一些，是不是？"

"安姑娘神通广大，什么都知道，什么都尽在掌握，怎么还需要我这般体弱多病的小人物帮忙？"薛叙然冷笑，"莫不是姑娘想下个套引我上钩，然后再逼我必须娶姑娘二妹。"

安若晨正色："你娶不娶我二妹，与我没甚关系。她大概确是有可能会成为细作绑架要挟我的手段，但若真的发生，我不会为了她做出任何对不起将军，对不起大萧的事。我拼死逃出安家的那一日，就已经与安家没有关系了。我二妹其实与我并不和睦，我失踪的那位妹妹，就是我四妹，我反而更心疼些。"安若晨顿了顿，垂下眼睑，似回忆了一会儿，道："当初将军就嘱咐过，我的命，我四妹的命，都在大萧安危的后头。"

薛叙然不以为然："龙将军还真是大义凛然啊。"

安若晨不理他的语气，道："所以二妹若是能嫁个不受钱裴支使的人家，我是会松口气，但她若嫁不了，最后被谋害了，那也是她命不好，我是没办法的。"

薛叙然皱起眉头盯安若晨，这家伙是在放苦肉计吧？

薛叙然顺水推舟道："既是如此，那安大姑娘不必为你二妹烦恼了，她命不好，不怪你。"

安若晨也顺势道："那么薛公子该是对我相求拜托之事没有疑虑了，对吧？"

"自然还是有的。"薛叙然才不吃她这套，说道，"安姑娘既是知道我有谋士探子，又说我有谋反嫌疑，再者亦是知晓我对姑娘极不欢喜，姑娘又怎敢相信我会诚意相助？"

"将军相信你，我便相信。"

薛叙然嗤之以鼻："将军大人若说屁是香的，你也觉得屁是香的吗？"

"若将军大人需要我这么说，我便这么说。再者我觉得能用屁形容自己，薛公子挺有肚量，胸怀宽广，当是可以信任托付的。"

薛叙然一噎，真是口误，怎把自己套进去了。

他翻了个白眼，然后想起了安若希给他的白眼，这一想真是不能服气。

他道："那这般，我若是愿意为你查这事，你就说服我母亲，不跟你们安家结亲。"

安若晨摇头："那多不合适啊，又不是我劝你母亲去结亲的，我凭什么拦她。再者说，我觉得公子思虑错了。其实娶我妹妹挺好的，起码净慈大师说的是娶一个。你想想，若是这个娶不上，最合适的没有了，那缺一补十，找十个八字好但不是那么配的姑娘一起撑起这喜气，你岂不是更麻烦？"

薛叙然又被噎住了。

缺一补十，什么狗屁！

薛叙然气啊！

"你威胁我？！"想到十个叽叽喳喳会翻白眼的姑娘围着他打转一起叫相公就不禁打个寒战。

安若晨笑了笑："怎么会，我这正是有求于薛公子的时候，傻子才会干威胁的蠢事。我若是求不着公子了，那才是威胁。"

薛叙然脸一沉，很好，那就是如果他帮了她，她得求着他办事，就不这么对付他。如果他不帮她，她求不着他了，她就想法让他娘给他娶十个"进补"喜气。这不是威胁是什么？

薛叙然不说话，他思考着。

安若晨看他脸色，道："薛公子聪慧过人，自然也不怕什么威胁。"

薛叙然白她一眼，那还用说。

"只是这事颇有难度，结局难料，也许什么都没有，又也许会有惊天大发现。薛公子错过了，颇是可惜。"

薛叙然撇嘴，道："你也不用激我。我与你不熟，你却来求我这事，若无阴谋诡计，便是身边无合适查案之人。太守大人及其夫人对你颇是照顾，你却不找他们帮忙，这事与他们有关？另外，你怀疑身边有奸细，却不知道是谁？"

安若晨眨眨眼睛："我方才已经夸赞过薛公子聪慧过人了。"

薛叙然皱起眉头："所以你一身的臭麻烦，还要把你二妹往我家里塞。"

安若晨学方才薛叙然的一脸无辜和不以为然："这事方才也说清楚了。二妹不重要，她如何，都是命。随她去吧。"

薛叙然绷着脸一副年少老成样："说吧，事情是如何的，你想查什么？我先听听这事究竟有无危害。"

陆大娘到了招福酒楼，似办事路过的模样，与酒楼里的熟人打了打招呼，扫了一眼没看到齐征，便似随口问了问齐征近来可好。另一位跑堂与她说，齐征可长进了，受老板娘重用，都能出门办差事呢。这不下午刚回来，这会儿到老板娘府里报事去了。

陆大娘笑了笑，闲扯了几句家常，让跑堂的与齐征说一声她来过便好，不用那孩子挂念，她近来也不错。跑堂的一口答应。

陆大娘聊了一会儿，又买了盒点心，然后走了。

过了好一会儿齐征回到招福酒楼，听得跑堂转的话，点了点头。他明白，陆大娘在老地方等着他，让他报消息呢。

齐征心里发怵，拖了许久，再拖不下去，这才硬着头皮去见了陆大娘。

陆大娘果然在老地方耐心等着。见了齐征，仔细打量他，摸摸他脑袋拍拍他胳膊，舒了口气："还好还好，平安无事。"

齐征听得更难受了："大娘。"要骗陆大娘吗？他非常挣扎。

"可探听到什么消息？"陆大娘问。

齐征张了张嘴，低下了头："大娘，对不住。什么都未查到就被发现了，我们着急逃了回来，没办成事。"

陆大娘吓了一跳，一把拉住他："被发现了，逃回来的？是什么状况，你速与我说。钱裴看到你了吗？你们逃回来可有被人追踪？如今可是还有危险？招福酒楼安全吗？快与我说说，我得找安姑娘想想办法。"

齐征不敢抬头，陆大娘越说他就越内疚。陆大娘完全没有责怪他办事不力的意思，反而只关切他的安危。

齐征硬着头皮将赵佳华嘱咐的谎话说了。其实其他的内容全是真的，只一样，就是他攀上窗子没听清任何话，然后就被打手发现了。

陆大娘皱着眉头思虑半晌："秀儿姑娘说得对，依钱裴的狡猾，他回客栈一打听，便该知道是招福酒楼派的人。"

齐征安慰："也许他没多想呢。"

陆大娘瞪他一眼："你可切莫掉以轻心，钱裴这辈子能混得如此得势，可不是靠贤德。他既是有手段，就没有笨脑袋。这人心狠手辣，你们务必要当心。"

"好的，好的。"齐征赶紧一口答应。

陆大娘急着要走："不行，我要赶紧回去报给姑娘。让她想想办法。那些细作若是想杀人灭口，这可怎么办好。"陆大娘又嘱咐了齐征要小心，莫让陌生人靠近，莫落单等等，齐征赶紧都答应了。

陆大娘转身走了，齐征看着她的背影，心里五味杂陈："大娘！"

陆大娘停下转身："怎么？"

齐征噎了半天，挤出一句："你自己也要当心啊。"成日与细作嫌疑人在一起的，是大娘自己啊。

陆大娘安抚地对他笑笑，点了点头。

陆大娘走了。齐征猛敲脑袋，怎么办，到时若真有人来灭他的口，是钱裴派的人还是安若晨啊？他心里其实真的害怕。谁不怕死呢。

陆大娘回到紫云楼便将事情报了安若晨。

安若晨吃了一惊："未打探到消息，但是暴露了，逃回来的？"

"是啊。"陆大娘将齐征所言仔仔细细说了，说到紧急处不禁流露出心疼。齐征不过是个半大不小的孩子，李秀儿也只是个手无缚鸡之力的弱女子，如此险境，他们能毫发无损逃回来，真是万幸。

"姑娘，得想想办法，不能让钱裴谋害了齐征他们啊。"

安若晨沉吟思虑："既是没听到什么，想来钱裴也不会贸然下杀手。鲁莽行动只会增加暴露自己的机会，钱裴没那么傻。莫看他张狂，似没脑子不顾后果只想行恶，其实他小心谨慎得很。"

陆大娘道："可是万一钱裴以为齐征听到了什么，可不会这般轻易就算了。"

"确是如此。所以，将齐征接来紫云楼住两天。"

陆大娘一愣。

"找个由头，赵佳华不是让他们对外说是齐征好色想看姑娘所以攀窗户嘛，那就顺着这个编，便说你说齐征闯祸了不争气，将他接到紫云楼管教几天。"

陆大娘道："可这不是长久之计，护得这孩子一时，他总得出门啊，再者说，秀儿姑娘和赵老板她们还在外头，钱裴也可能对她们下手。"

"钱裴为什么下手？是为了灭口。可是口已经开了，该传的消息都传了出来，灭口就没必要了。"安若晨道，"这事情要速办，在钱裴查到偷听的就是齐征之前，把齐征带回来。钱裴也许已经在赶回来的路上。一旦他入了城，查到招福酒楼确是派人出过远门尝新菜找厨子，那他心里定是清楚怎么回事。若他再打听到齐征已入了紫云楼，他便什么事都不会做了。因为我该知道的事已经知道，他对招福酒楼的任何一个人下手就都是自找麻烦。"

陆大娘明白了，她赶紧出门往招福酒楼去。行到半路，有一马车从她身边驶过，风吹起车窗幕帘，露出车内人的样貌，正是钱裴。

钱裴低首敛眉，神情严肃。

陆大娘大惊失色，抄小道急跑，喘着粗气奔到招福酒楼，火急火燎一把抓住了正在堂厅擦桌子的齐征，将事情如此这般一说，道："你收拾几件衣物，与我走吧。"

齐征吓了一跳，怕去紫云楼被囚禁，又怕真被钱裴灭口，只得道："我怎么都得与老板娘说一声。"

"速去速去。"陆大娘推着齐征转身，一起往后门去。穿过后门过街，便是刘府，赵佳华此时就在府里。

齐征没留意，在他转身之时，酒楼门口正走进一个中年男子，他扫了一眼酒楼堂厅，见到齐征，顿时眼角一动。齐征被陆大娘带走了，那男子仔细看了看齐征的背影，问迎上来的跑堂："那位刚离开的小哥，可是这酒楼里的？"

跑堂应道："正是。客官有事吗？"

那人笑道："我前两日听他说贵酒楼的厨子手艺好，特意来尝尝鲜，怕认错地方了。"

跑堂笑道："没错没错，肯定就是我家。客官外地来的？齐征前两日去外地尝新菜去了。"

"正是。我就是在酒楼里遇着他的。当时听得他说姓齐，叫什么福酒楼。我正好来中兰，便慕名来了，幸好找对地方。"

跑堂哈哈笑，招呼他坐。那人却道："不急吃饭呢，我先周围逛逛，买些东西再回来。齐小哥这是去了哪儿？我一会儿回来能让他招呼吗？还可叙叙旧日。"

跑堂忙应话："我问问啊。"转头大声问另一位跑堂齐征干吗去了。另一跑堂刚从后门那儿过来，应道去刘府了。跑堂便对那客人道："客官放心，他很快回来的。"

那客人点点头，转身走了。

齐征领着陆大娘进了刘府，让陆大娘等等他，他去与老板娘说说。

单独与赵佳华一屋后，齐征立时没了伪装，露出慌张模样来："老板娘，安姑娘要让我去紫云楼住下，这是好事坏事？"

赵佳华细问他缘由，听完所述，也不敢肯定："她说得很有道理。"

"是有道理。可我进了紫云楼做人质，你与秀儿姐也不敢将事情说出去。是不是也有这道理？"

"莫慌，她不知道你听到了什么。钱裴刚回城，也不可能去与她说。"

"我进了紫云楼，便被她拿住了，到时她再慢慢打听我究竟有没有听到，听到什么。"

赵佳华叹气："确也有这可能。"

齐征咬牙："我也不能不去，大娘还在她手里呢。"他想了想，"大娘对她毫无防范，这般也不行啊。要不，我们趁这机会，把听到的与大娘说说，然后我进了紫云楼，与大娘一起配合着，探探安姑娘究竟是如何。"

赵佳华道："陆大娘对安姑娘可是忠心耿耿，我直到如今都不敢相信，陆大娘又怎么可能信，她转头便会告诉安姑娘。以安姑娘的机敏，马上能举出上百条理由说服陆大娘是你听错了或者这就是钱裴的阴谋。甚至，让陆大娘对我疑心。而安姑娘自己，也很难再相信我们了。"赵佳华看着齐征，再道，"如此一来，我们大家互不信任，会出什么事，就不一定了。"

齐征懂了，就如同刘老板与娄老板的下场一样。他想了想："老板娘，你还是愿意相信安姑娘的，对吧？虽然我很肯定自己没有听错。"

"不是听错的问题，而是有时候人说话，会有歧义。只是如今事情太过匆忙，我们还来不及去证实究竟真相如何。"

齐征点头："那如此，就先不与陆大娘说。我还是去紫云楼，老板娘，你让秀儿姐带着她娘，还有刘茵，先出城去吧。就说打仗了，在这儿不放心，让她们先走。待日后查出了真相，再接她们回来。若是安姑娘是好的，我们也不算办了坏事，若她真有问题，我们防范着，也是没错的。"

正说着，陆大娘在外头敲门催促："齐征，你与赵老板说完了吗？快些吧，万一钱裴来了便糟了。"

赵佳华与齐征对视一眼，赵佳华道："好孩子，你去吧。多加小心，若安姑娘真是细作，陆大娘和你都有危险。但莫忘了，那里是紫云楼，是军方的地盘，她再三头六臂，也不敢在紫云楼正面与你冲突，你要小心的，是她的计谋。那姑娘巧舌如簧，死人都能说活了。你莫入她的套便是。她若是与钱裴窝里斗，我们都是棋子，如今还不到杀棋子的时候，你莫激怒她，莫戳穿她，一定要装作不知道的样子。其他的事，交给我。我会想办法的。"

齐征点点头，深吸了一口气，转身开了门。

陆大娘站在外头,一脸焦急,刚要开口,赵佳华便摸摸齐征的脑袋推了他一把:"好了好了,放心去吧,你回来还是菜货小总管。我就是帮你盯着几天,不抢你的买卖。再者说了,钱裴不是入城了吗?安姑娘的意思是让钱裴知晓你把事情都告诉了他便好。今天钱裴就会知道你齐征小爷进了紫云楼,所以你等着吧,明天安姑娘便将你踢回来了。"

齐征很配合地苦着脸。陆大娘失笑,竟是担心菜货买卖被人抢了吗?这孩子!她拉过齐征,向赵佳华告辞。

赵佳华送他们出门,说明天就去紫云楼看齐征,陆大娘满口答应。二人走了,赵佳华的脸终于垮了下来。要不要将茵儿送走呢,她犹豫着,她真的很想相信安若晨,但知人知面不知心,她在刘则身上可是验证过的。道貌岸然实在是太容易伪装。而糟糕的是,她知道安若晨与她一样多疑,也许比她更多疑些。

赵佳华叹气,回屋细想对策。

陆大娘一路数落着齐征,二人正要回酒楼收拾衣物,陆大娘觉得齐征为了点小利耽误时间,真不是男子汉所为。正唠叨着,忽听得有人喊:"齐征。"

陆大娘与齐征转头看,是个不认识的中年男子。

那男子道:"真是对不住,我有负杨大哥的嘱托,来晚了。"

"老爹?"齐征立时关切。

那男子道:"数年前,杨大哥给我捎了封信。可我外出远游,回来时已经太晚了。赶来中兰,途中又遇着些别的事……"他说到这儿,警惕地看了看陆大娘。

齐征注意力完全被吸引,他走过去:"老爹给你捎过信?说的什么?"

那男子再看一眼陆大娘。

齐征道:"她是陆大娘,是我的亲人,不妨事。"

陆大娘警惕问:"你如何认得齐征?"

那人道:"说来话长,事关重大,我们得找个清静的地方说话。"他说着,看了看一旁的巷道。那处确是僻静无人。

齐征下意识地要跟他走。陆大娘一把将他拉住,问那人:"你如何认得齐征?"

那人道:"我来中兰一段时日,打探清楚了情况,原是想找齐征交代,结果他数日前离城,耽搁了。今日一定得把杨大哥的嘱托办好。"

齐征急急问:"老爹说了何事?"

陆大娘仍有疑心,道:"有话进府里说,那处更安全。"

那人正领头往巷子去,闻言道:"不行,不能让……"

他话未说完,却看见了齐征的表情。

齐征在看他手上的翡翠扳指，他脸色僵硬，似想到什么。

那人果断出手，齐征同时间大叫："大娘快跑！"

齐征小猴子一般溜得快，陆大娘却是反应不及，只觉眼前一花，脖子一痛，说不出话。

那人面露狠色，掐着陆大娘的脖子，看了看周围，对齐征道："想要她的命，莫吵嚷，跟我来。"

齐征已跑出几步远，陆大娘痛苦地挥手，让他快走，齐征又如何能走，红着眼眶追上来："你莫伤她，莫伤她。"

三人进了巷子，那人钳制着陆大娘，问齐征："你在田志县，都打听到了什么？"

齐征抖着声音，语无伦次道："菜，菜……还有厨子……"

"别装蒜。"那人压低着声音狠道，"点翠楼，你都听到了什么？"

齐征看着痛苦挣扎却发不出声音的陆大娘，心疼得差点落下泪来，他哽咽着："我想去看看姑娘的，听说那儿的姑娘美，还没看着，就被人发现了，我就跑了。"

那人冷笑了，他倏地掏出一把匕首，一挥手，削掉了陆大娘的一缕发，说道："若再不好好回答我的问题，接下来要割的，就是她的耳朵，若再不行，就是眼睛了……"一边说，一边将匕首架在了陆大娘的脸旁，贴着耳朵根。

"不，不，不……"齐征慌得跺脚摆手，急得说不上话，如站在火团上煎熬，眼泪终于夺眶而出，他"扑通"一声跪下了，"大爷，大爷，求求你，我真的什么都没听到，还未曾听到，就被人发现了。我所言句句属实，每个人都问我听到什么，我真的没有听到。我这是正准备去见安姑娘，告诉她我什么都没有听到……"

陆大娘被掐得喘不上气，脑子嗡嗡作响，齐征这是在做什么，为何要扯上姑娘，这情形她怕是活不了了，他不赶紧逃，为何还扯出了姑娘？

齐征嗷嗷大哭，鼻涕眼泪齐飞，一边哭一边跪着爬向那人："大爷，你相信我，我真的什么都未曾听到。不然你一刀捅死我，灭了我的口便安心了，你放了大娘吧。她什么都不知道，是安姑娘找我的……"

陆大娘有些听不清，她觉得自己正在拼命挣扎，但实则已无力道，她眼前发黑，齐征的声音像是从远处飘来，听不真切，她心急如焚，不要暴露姑娘，不要毁了灭敌大计……

齐征哭着求着已爬到那人脚下，磕着头，已然泣不成声。

"安姑娘如何与你说的？"

那人冷冷地问。其实齐征听到什么不重要了，因为已经来不及，没在入城前截住齐征，这会儿他听到的消息肯定已经告诉了不少人。安若晨竟然能想到要追去田志县，这实在完全出乎他们的意料。她知道什么？她有什么计划？这些可比齐征偷听到什么更重要。

在处置安若晨的时候，同时也要将她的耳目眼线和情报全都处置了，不留后患，才能对付龙腾。

齐征抹着眼泪，抽泣着道："你放了大娘，我什么都告诉你。"

那人冷道："你告诉了我，我便放了她。"他稍稍松了松掐着陆大娘颈脖的手，将匕首移开，以示诚意。

齐征看着他的举动，道："安姑娘说，钱老爷定是会去茂郡的，让我沿途找最好的客栈酒楼，定能找到他。"

"找钱老爷做什么？"

齐征再抹一把泪，道："找钱老爷……"他说到这儿，突然扑了上去，一把握着那人拿匕首的手腕，用肩背冲撞他的胸膛，同时头顶撞向那人下巴。

那人始料不及，未想到齐征竟敢突然发难。

齐征这一下是用尽了全力，一下将那人撞退几步，两人一起翻倒在地。陆大娘终获自由，也摔倒在地捂着脖子大口喘气。

"大娘快跑！"齐征喊着，一口咬上那人拿匕首的手腕，不料那人却已反应过来，手腕一转，用匕首柄狠狠给了齐征脸上一下。

齐征痛得叫都叫不出来，感觉牙都要掉了。紧接着腹部又是一痛，重重挨了一拳。

陆大娘倒在地上，想叫喊救命却无力出声，她咳着，努力吸气。

齐征被打倒在地。那人掐着他的脖子，拖着他到陆大娘身边，冷道："现在，我杀了婆子，省得你以为我没胆。然后你要不要活，就看你答得好不好了。"

齐征挣扎着，陆大娘也努力想爬开，但一切都是徒劳。那人高举起匕首，狠狠向陆大娘扎去。

"唰"的一声，一个人从墙头跳了下来，一剑劈向举匕首那人。

那人眼角看到人影，又听得利刃破空之声，下意识地滚地一闪，险险避过。

齐征定睛一看，却是田庆。

田庆停也未停，扬手一剑再攻向那人。

"快走，回刘府去。"田庆喊着。

齐征二话不说，爬起来架起陆大娘，连扛带拖地要带她离开。田庆与那男子激烈交战，打得难解难分。齐征不敢多看，巷道狭窄，刀剑无眼，他与陆大娘差点被拳脚波及。两人艰难行出巷口，却听得身后"啊"一声叫。

齐征回头，看到那男子与自己一步之遥，背对着田庆，而田庆的长剑刺穿了他的胸膛。

齐征眼见着那人满身浴血，瞪着眼似鬼妖一般的狰狞表情，吓得脚都软了。

那男子直直瞪着齐征，然后"咚"的一声，倒在地上。再没动弹。

齐征愣愣看着那男子的尸体，转头对上了田庆的双眼，差点又哭了出来："田大哥！"死里逃生啊！

"没事吧？"田庆问。

齐征点点头。再看了看陆大娘。陆大娘此时已缓和许多，还说不得话，只点了点头。

田庆蹲下来去翻那男子尸体，再问："他是什么人？"

齐征刚张嘴，被陆大娘用力捏了一下胳膊，齐征转头，陆大娘瞪着他。齐征改口道："也不知是什么人，他说老爹给他写过信，有事要告诉我，结果突然劫了陆大娘，问我都知道些什么。"

田庆在那男子身上没翻出任何东西来，听了齐征的话皱眉头，抬头看他："你知道什么？"

齐征愣愣地说："我也不知道我知道什么呀。"

陆大娘在一旁艰难开口："田大人……"只说几个字，喉咙就疼得不行。

齐征忙替她问了："田大哥，你怎么会来？"

"听说你回来了，来看看你如何。你没出过远门，有些担心。酒楼的人说你在刘府，我便在酒楼后门等你，听到这头有声响，便过来看看。"田庆看了看陆大娘的脖子，道，"赶紧带陆大娘去看大夫，这里交给我吧。"

"田大哥要如何处置？"齐征有些紧张。

"报官。"田庆一副理所当然的样子，"他当街行凶，被我击毙，自当报官的。"

田庆报官了。这下子惊动了许多人。赵佳华到了，安若晨到了，姚昆派人到招福酒楼一番问询，那个与死者谈过话的跑堂也被唤到了堂上。

没人认得死者是谁。只那跑堂供证，说那人自称是在城外酒楼见过齐征，听齐征夸过招福酒楼菜好，所以特意来尝菜的。

齐征摇头，一口咬定未曾见过。

跑堂的毫不挣扎，便道："哦，那他便是骗我的。"

姚昆脸都要黑了，他觉得自己才是受骗的那个。一个个过来全说的不是实话。

姚昆将所有人都问遍了，最后独留下安若晨。

"安姑娘，你如何看？"

"既是用杨老爹作诱饵，那定是聚宝赌坊的余党，对聚宝赌坊的事很清楚，说不定是来寻仇的。聚宝赌坊里的人关的关，走的走，只有齐征在了。"

"如若是这般，那向跑堂打听确认齐征身份，该是问他从前是不是在聚宝赌坊的，对赌坊只字不提，也是奇怪。"姚昆盯着安若晨。他有感觉，这姑娘在背着他做些什么事，不然这些人也不会口供对不上，遮遮掩掩。

"是奇怪啊。也不知他究竟是何来历。"安若晨若无其事，很是无辜地道，"请太守大人务必严查，若是聚宝赌坊余党仍在，不止齐征，赵老板她们的性命也会受到威胁。再有，当初赌坊里封存了许多钱银人名册和兵器毒药等等，这些也不知会不会招来恶人的觊觎。"

说得跟真的似的。姚昆皱眉。姚昆派了人跟踪钱裴，却是没有得到任何有用消息，而这般巧齐征是从田志县回来，那里也正是钱裴出去游玩的最后一处。

姚昆干脆问了："安姑娘，齐征与李秀儿出门，是否是你的安排？你有何计划？可是发生了什么事？"

"大人。"安若晨仍是那副表情，"我虽算得上与招福酒楼有些交情，但招福酒楼不是我开的，那里的人也不是我的手下。方才赵老板和齐征他们的证词都说了，是去尝菜招新厨的，毕竟他们酒楼的生意一直不太好。"她顿了顿，却问，"大人为何有此疑虑，是否大人有线索？难道，是钱老爷？"

很好，姚昆敛眉，这反问得他无法再细究下去了。姚昆再抬眼看看安若晨，道："此人身份我会查清楚，当街行凶，事有蹊跷，又是件人命案子，不可轻忽。我怕是还会打扰姑娘和田大人，还望姑娘见谅。"

安若晨忙客气一番。

姚昆又道："我今日已放了安之甫，安姑娘若是能从安家，或者从安家之外取得任何线索……"他加重了"任何线索"四字语气，"还望姑娘告之。姑娘也明白如今局势，可信的人不多，我们还需坦诚协助，方可将细作剿灭。"

"大人所言极是。"安若晨也加强语气。

两人都装模作样地客气了一番。姚昆讪讪让安若晨离去。

安若晨回到紫云楼，思虑半晌，去找陆大娘。陆大娘已看过了大夫上了药，正躺着休息，见得安若晨来忙起身。安若晨在陆大娘面前毫不掩饰自己的愁容，今日所有人的口供她都听了，私下里也问了遍。如今想来想去，只想问陆大娘一句："大娘，当时情形，田大人杀那男子，是不得不为之吗？可有活擒那人的余地？"

陆大娘拿了纸笔写：当时情形并未看清，待回头看，那男子是背对田大人的。

安若晨沉默不语。

陆大娘想了想又写：也许那人正想砍杀我与齐征。

安若晨点了点头，让陆大娘好好休息。

安若晨回到屋里，仍是满心疑虑。死者是谁？定是细作。但究竟是谁？什么身份？在组织里什么位置？与钱裴是何关系？与唐轩又是何关系？现在中兰城里，细作都听从谁的指示？为何是由外郡来的人直接动手，这般急切，不顾暴露的危险，发生了什么事？

安若晨这时候真切切感觉到了危险。

将军说得是对的，他预料到在唐轩这里会出意外，果然如此。唐轩死后细作的行动似乎脱序失控，而她还未能从他的死里看出玄机找到线索。

安若晨想念龙大了，若是将军在便好了。安若晨叹口气，将龙大从石灵崖给她回的信拿出来再看一遍。信写得特别特别简单，只说来信收到，勿念。

这封信也让安若晨担忧，简洁得什么消息都没有透露，而她去的信明明报了许多事，他却一点提点指示都没有。笔迹是将军的，但信的内容却不像他该说的呀。

安若晨原想再给龙大写信，如今却犹豫了。将军信里的意思，是不是在警示她不要再报告细作之事了，写信不安全？

安若晨有了孤立无援的感觉。她担心将军，不知他如今境况如何。

贰 |

张良计

玉关郡安河镇。

小雨淅淅沥沥下个没完，雨滴敲在青石小路上，滴滴答答没完没了的细微声响扰得人心烦。一家连招牌都没了的破旧客栈门外，一个高大健硕的汉子骑着一匹快马急速奔来。他身上穿着蓑衣，头上戴着宽大的蓑帽，待奔到客栈门前，抬头看了看，停了下来。

客栈里人不少，避雨的，打尖的，住店的，小二忙得没空去迎这壮汉客人。汉子也未在意，他下了马，先把马牵到了檐下马栏处，将它拴好，拿出块布来给它擦了擦身上的雨水，从包袱里掏出两块草饼喂了它，又把一旁给马喂水的水桶提了过来，放在马儿跟前。他拍了拍马儿，这才走进客栈里。

小二这时才得了空，打眼一瞧，这可是匹好马，可惜看那汉子打扮却不像是富贵人家。小二迎过去，汉子指了指外面的马，嘱咐小二拿草料喂喂，一边说一边打量了一圈客栈里头，说道："住店。可还有房？"声音语调不似装束那般粗犷，甚至还似透着些威严。

"有的，有的。"小二领着汉子上楼。客栈不大，房间统共也就楼上这么六间，大汉上得楼来，似要抖一抖身上的雨水，用力跺了三下脚。这跺得楼道里"砰砰"作响，吓得小二忙道："客官，您轻着点，咱这楼可旧了，您这力气该把楼跺塌了。"

大汉闻言不再跺，安静地跟着小二进了最里头的屋子。

大汉进了屋，只说让来壶水，别的不需要，他赶路累了，得好好歇息会儿，让小二莫要打扰。

小二应了，收了钱银，很快送了壶水上来，然后退了出去。

待下了楼，小二这才反应过来，送水的这趟，那汉子虽把蓑衣蓑帽脱了，但他竟然未瞧见那人长什么样。似乎不是正巧侧了身便是背着他。有人叫唤来碗面，小二应了，赶紧忙去，将这事抛在了脑后。

楼上屋里，大汉将包袱打开，拿出干粮吃着。啃完两个饼，有人敲门，"咚咚咚""咚咚咚"，连敲了五遍三下。大汉擦了擦手，去开了门。

门外，站着个五十左右的男子，慈眉善目，青衫素装，却也一身贵气。

大汉与他对视一眼，均未说话，那人进得屋来，大汉忙将门关上了。

男子转身，对大汉施了个礼："龙将军。"

龙大回礼："梁大人。"

梁德浩看了看龙大桌上的干饼，把手上拿的油纸包放到了桌上，笑道："我便知道你着急赶路，吃不好东西。来，给你留了只烧鸡。"

龙大谢过，先将吃的摆一边，一副赶紧认真谈事的样子。

梁德浩也不扯闲话，坐下了，便问他："何事让你如此着急见我？"他于途中例行公事将行程报各官员，不久却收到龙大的回信，约他单独见面。于是他带了三个护卫，离了大队悄悄出来。他这头倒是无妨，但龙大身负战事，擅自离开前线，落人口实，那可是"逃军叛国"之罪。

梁德浩猜，龙大定有重要的事才对。可他仍是责备："你这般行事，太过鲁莽。若是被人认出来，或是被人知晓你丢下大军离开，那可不得了。"

龙大微笑道："大人不会在皇上面前参我一本。"

梁德浩道："也就是我，换了别人你可要糟。"

龙大浅笑："换了别人，我可是不敢了。"

"所以你究竟有何要紧之事？"

龙大不答，却是问："大人为何做这巡察使？边境纷乱，细作猖獗，此次可不同以往。茂郡与平南都凶险暗藏，大人过来，不但有性命之忧，处置不好，怕是会与茂郡太守史大人那般，无端惹祸上身。"依梁德浩太尉之职及其在朝中的地位，他要推拒不做这巡察使该不会是难事。

梁德浩摇头叹道："我若不来，你才有大麻烦。你若有了大麻烦，边境危矣。"

龙大挑了挑眉头："我有麻烦？"

梁德浩道："罗丞相举荐他的长史彭继虎任巡察使，彭大人本就是督察吏官，也算合适，皇上让我们商议，若无异议便是他了。但彭继虎那日却来我府上拜访，与我打听许多你及龙家的事。听那意思，罗丞相有意借此次机会，将你处置了。你偏偏还留了个把柄。"

龙大笑："我有何把柄？"

"你让家中为你筹办婚事，又让你二弟找御史大夫谢大人为你荐媒，谢大人本就与罗丞相共同辅事，罗丞相一直提防戒备，你此举让罗丞相颇是琢磨，猜你是否另有深意。彭大人直截了当地问了我，龙将军与谢大人走得如此近，是何关系？"

龙大弯弯嘴角，未解释。

梁德浩又道："还有你那位未来夫人的身份，竟是个商贾之女。"梁德浩瞪龙大一眼，"你自己说说，究竟是怎么回事？京城里那许多姑娘，你皆不入眼，去到那边境小城，竟遇着心仪之人了？这消息在朝廷里传开，人人相议。都在推测其中门道。"

龙大淡淡道："大人们日理万机，辛苦操劳，能与坊间一般闲话热闹，放松放松，也是不错。"

梁德浩没好气："莫打岔，与你说正事呢。你离开京城大半年，是为边境战事，如今战事正急，边境危机重重，情势不明，你却搞了出与商贾之女勾勾搭搭，乱军淫营的情事来。你自己说，这不是个大把柄是什么？那些瞧你不顺眼，时时想整治你们龙家的诸官正偷笑呢。"

这罪名扣得重，龙大没反驳，静静听着。

梁德浩又道："茂郡太守史平清定是官位不保，皇上已下了旨，削官流放定是要的，是否牵连他族籍家人，待我去细审了案情再行定夺。他的奏折禀得乱七八糟，东凌到底是闹何事他不知道，南秦大使被何人所杀他也不知晓。后又说是东凌阴谋，挑衅我大萧与南秦关系。后再改口，又称是南秦阴谋，欲拉东凌结盟侵害我大萧。又说那些游匪许是流入了东凌国境也说不定。边境处有连绵不绝的大山，流匪藏身处太多。"

龙大点点头："流匪集结，不是一日两日，无论居于何处，他们均得吃穿用，劫财劫物定不止一回两回。若无任何线索，突然冒出来，之后消失无踪，那自然不是流匪。"

"无论是谁，总之史平清没有证据，说不清楚。东凌和南秦将这事赖定我们萧国身上，我们辩无可辩。就算史平清的推测是对的，我们查不出真相，只能背这黑锅。南秦也罢，东凌也罢，发兵征讨我大萧，师出有名。这便罢了，史平清收拾不了那局面，已够糟糕，你偏偏还要接回个南秦皇帝暗地里派的密使，然后死在姚太守府里。你是觉得史平清独自背罪太过孤单，你也要凑凑热闹？"

龙大不说话，他当然知道事情的严重性。

"我那时已上路，接到消息已是晚了。皇上旨意，让我务必将两郡之事查清，督导前线之战。尤其是要将你在这些事里的关系严查明白。"梁德浩微皱眉头，道，"若不是我来，你当真是会有大麻烦。"

龙大倒是不慌，抬手施了个礼："多谢大人。"

梁德浩道："你自己数数，你有多少把柄。御史大夫那头，也被问了话。问他为你荐媒之事，你在里头可有何不可告人的隐秘。那商贾之女究竟是何来历，是否与南秦有关？"

龙大微微一笑："皇上是怕我糊涂，中了美人计吗？"

"可不止皇上，文武百官皆吓了一跳。你一向不近女色，不爱酒肉寻欢，人人皆知。如今出来才多久，就闹出婚事来，还火急火燎地大老远弄婚书礼定籍簿文书。人都不在，如何定？那女子身份低微，听说还是逃婚逃家的。也就是你家弟弟愿意任你胡闹。这简直太出格了些。莫说权贵，就是寻常人家也没有这般办婚事的。你且说说，那女子究竟是怎么回事？"

"也没有什么太特别，就是在那时候，我知道她便是我该娶的人。"

梁德浩简直无语，龙将军果然还是年轻气盛，热血冲动，对这男女之事把持不住。虽然说这话为时已晚，但他还是用长辈口吻道："那你也仔细权衡，待合适时机再张罗婚事也不迟。这节骨眼上，怎能犯糊涂。"

"我得保护她。正因节骨眼上，我不得抽身，若不速将她身份定下，恐有后患。此事说来话长，确是留下了把柄祸端，但已经如此，想法解决便是了。"

龙大说得云淡风轻，梁德浩却是一脸忧心。

龙大又问："梁大人，你方才所言，彭继虎向你透露了查办我的意思，于是你便向皇上请命，任这巡察使吗？"

"是的。"梁德浩点头，"我与其他人商议了，其他合适的人选，不是正有要事脱不得身，便是压不住彭继虎。若与彭大人一般，皇上定是不愿，反而疑心我们推荐人选的用意，到时反而更累了你。思前想后，我便毛遂自荐。茂郡这事确是蹊跷，我愿意来，皇上自然是欢喜的。"

"皇上对南秦之战有何思虑？"

梁德浩道："这事无论如何，无法辩解。南秦师出有名，时间一久，南秦皇帝定是能召得各国相助，届时我萧国大危。皇上的意思，若是事态不对，便与南秦议和。平心公主与南秦皇帝的年纪差不多，年纪小些的还有如意公主。到时议和，可探探南秦皇帝的意思。"

龙大不动声色，心里却是第一时间想到了安之甫，无论权位多高，又或是商贾百姓，女儿似乎都是可以用来换利的筹码。他想，他的安若晨姑娘一定会对这事非常生气。

龙大道："皇上想得也太早了些。"

梁德浩道："那也是最后一步。皇上是不怕南秦，东凌兵力不盛，亦无可惧。皇上担忧的是兵强马壮的夏国借此机会起兵。他们可是一直找不到借口进犯，如今虽是与南秦八竿子打不着，但若南秦兵败，定会向各国求助，或者，夏国借机主动借兵，从固沙城侵入。到时我们腹背受敌，那恐是吃不消了。"

"固沙城有穆老将军在，夏国亦不敢轻举妄动。况且目前为止，东凌还未发兵。而玉关郡的援军已经到了茂郡，东凌若是想帮南秦，已经失去了最佳时机。"

"那对我们也算一大幸事。"

龙大道："眼下问题在于，三国之间，只有两个盟国。南秦与东凌是盟国吗？"

梁德浩一愣："难道不是？"

"表面上看，确是的。但大人该看过我的奏折，我们在南秦的密探被南秦杀害了。"

梁德浩道："看过，细作之事，在中兰城闹得颇大。"

"不止中兰城。中兰城里可没人知道我们南秦密探之事。南秦大使在茂郡被杀，霍先生冒险前来协商，结果也诡异丧命。不是一般的细作，官府之中，甚至朝堂之中，定有人相助。"

梁德浩脸色一变："龙将军，这话可不能乱说。"

"只是合理推测，又无胡乱栽赃定罪，称不上乱说。不知是谁，不知有多少人参与其中，但定不是几个南秦细作能干出来的事，也绝不可能是单枪匹马的叛国求荣。这其中，定是有惊天大阴谋。"

"为何会这般推测？"

"事实便是如此。为何能一次又一次杀害南秦大使却成功脱身？为何毫无线索？我在中兰城的将军衙府也被人安插眼线，不但调虎离山，破坏查案，还栽赃陷害，谋害忠良。"

梁德浩皱起眉头。

"大人。"龙大道，"大人任巡察使来此，虽对我是好事，但大人一旦离开京城，大人的职权便由丞相大人暂代，京城及周边的兵将统率就全落在丞相大人手里了。"

梁德浩想了想，再细想了想，脸色一变："你是说……"

"就事论事。我方才说了，不知道是谁，也不知道有多少人，且还不能断定其目的。我只是在说大人走后，朝堂里的一些变化。我离开半年多，朝中有何问题，大人比我清楚。"

梁德浩道："难怪你着急找我私下见面，你是想速将此事商议，好在大军入茂郡之前想好对策？若那时我已做好了安排，你再见我，便迟了。"

梁德浩与龙大仔细商议了许久，转眼一看窗外，雨停了。

"今晚天黑后我便走。"梁德浩道。

"我子夜时分再离开，与大人错开时候。"

梁德浩点头，略一沉吟，又道："将军放心，我会去信京都尉任大人，让他多加防范。也会上奏皇上，将前线之事与他细报，不该说的，我自不会多透露半个字，断不会打草惊蛇。"

龙大施礼谢过。这上奏之事，由梁德浩来办，自然比他来得有说服力。

"大人路上千万小心。"

"龙将军请放心。我虽离大军远，但无人知晓我的行踪，不会有事的。将军也请多保重。"

入夜，龙大躺在床上小憩，四下寂静，他留心听着外头的动静声响。不一会儿，外头隐隐传来脚步声，声音到他门前停下，有人轻轻敲了两下他的房门，然后便离开了。很快，有两扇门开关的动静，四个人的脚步向外走着，之后便是下楼的声响。

龙大明白，这是梁德浩带人离开了。

龙大起身，站在窗口往外看，很快看到梁德浩一行四人四骑举着火把离开了客栈，奔进了客栈旁边的树林里。穿过树林，便能抄近道绕到山后的官道上。这般更适合夜间赶路，行程也短上许多。

龙大眼见着他们进了树林，刚想转身关窗，却耳尖地听到一声大叫。

"有刺客！"

龙大习武，耳力自然比常人要好。听得那大叫，他拿上大刀，足尖一点，从窗户跳了出去。

刚落地，便听到树林里传来刀剑相击人声呼喝的声音。龙大毫不迟疑地冲进了树林里。

林中，七八个蒙面黑衣人正在袭击梁德浩一行人。梁德浩三名护卫已然跳下马来，奋力抵抗。梁德浩虽是太尉，掌管军事兵权，却是文官出身，平日习得一招半式，此情此景下却难以自保。一刺客大刀挥来，梁德浩狼狈地从马上跌落下来。面前一刀砍了过来，他险险一滚，躲过这一刀。拔出短刀戒备，惹来刺客的讥笑声。

马儿受惊跑到了远处，三名护卫迅速后退，将梁德浩护在圈中。但对方人多势众，武艺高强。一护卫挡下一刀，却被一人一脚踹飞，另一人赶上，向着梁德浩面目直指一剑。另一护卫挥剑击开这剑，腰上却被一刺客砍了一刀。护卫一声惨叫，倒在地上。另一刺客欺身而上，一剑刺进倒地的护卫胸膛。那护卫一声闷哼，本能地伸手要握住那剑，却无力挣动，四肢猛地一松，双臂落在地上，就此断了气。

　　梁德浩大惊失色。这时一名刺客又朝他砍了过来，另两个护卫一个正以一敌三，一个身上挂彩正狼狈滚地躲开致命一击。梁德浩下意识地举起了手中短刀，却听得"嗖"的一声，一把大刀飞至，正正插进了那刺客的胸膛。

　　刺客身体猛地僵直，低头看了眼胸口的大刀，在梁德浩的瞪视下直挺挺地倒了下去。

　　梁德浩转头，一眼便看到飞跃而来的龙大。他大叫一声："龙将军！"

　　正准备攻杀梁德浩的刺客一看这情形，对视一眼，一起转身冲向龙大。

　　龙大停也未停，在树干上一蹬，借力腾空横腿一扫，踢中一刺客脑袋，那人闷哼一声倒地，龙大足尖点地，脚尖一勾，已将倒地那人的长剑握在手里，侧身一挡，"铛"的一声架住一人大刀，反手一掌将左边袭来的另一人拍开。手腕一转，长剑一挑，"唰唰"两剑砍向持刀那人。

　　那人的大刀与龙大的长剑相撞时，虎口被震得发疼，还未及反应，眼前一花，龙大的长剑已经挑开他的刀冲他砍了过来。那人本能往后一跃，龙大却在此时转腕撤剑，侧身一让，长剑往后一刺，身后向他攻来的一刺客被剑刺穿胸膛，当场毙命。

　　龙大丝毫未停，看也不看，拔剑转身，飞起一脚侧身踹去，将左边再攻来的那人踹开，抢前两步，一剑刺向使大刀的那名刺客。那刺客赶紧举刀来挡，不料龙大脚下游移，错身翻掌一击，避开那刀，一掌击在那人胸膛。

　　那人"噗"的一声吐出一口鲜血，被击飞数步，撞到树干上，"砰"的一下摔在地上。

　　龙大未管他，回身一甩，将手上长剑挥出，"嗖"的一下，长剑刺进一刺客胸膛。那刺客惨叫一声，梁德浩的一名护卫已从刀下逃出生天，赶紧给那人补了一脚。那刺客倒地，再也没能动弹一下。

　　龙大踏前一步，从最初倒地咽气的刺客身上拔出自己的刀，反身挥刀，"唰"的一下，不但架住刺客砍来的一刀，还硬生生飞速追砍过去，一下削掉了对方的脑袋。动作一气呵成，毫无停歇。

　　梁德浩目瞪口呆。

　　他是听说过龙大在战场上的威名，但从未见过他如何杀敌。平素相交倾谈，龙大虽掩不住一身武将气势，但也算得上儒雅有礼。如今利刃在手，转眼工夫便杀了六人。而他气也不喘，面色不改，转身又看向余下的两位刺客，平静地向他们走去。

那两名刺客蒙着面，看不清神情，但脚步已经慌乱。他们不再恋战，转身便跑。

龙大道："莫让他们走了。"

梁德浩的两名护卫愣了愣，赶紧追了上去。

龙大又道："跑得最快的那个死！"他的声音不大不小，却清清楚楚地传到每个人的耳里。逃跑的那两个脚下一软，竟吓得不敢再跑。两人对视一眼，似在看到底谁跑得更远一些。这一停顿，梁德浩的护卫赶上来，长剑架在了他们的脖子上，而龙大，也站到了他们面前。

护卫们在那两名刺客膝后踹了一脚，那两人"咚"的一声跪了下来。

蒙着脸的黑布头罩被掀开，身边的长剑被踢到了远处。梁德浩走过来，手里拿着赶路时护卫拿着的火把，之前遇袭时火把摔在地上，现在捡回来重新点燃了，这才光亮了些。

就着火把亮光仔细看了看这两人，无人认识。

梁德浩问："谁人派你们来的？"

那两人咬着牙，不吭声。护卫们一压架住他们脖子的长剑，喝道："说！"

那两人似察觉自己有线索价值，不会被杀，竟道："有种便杀了我们。"

梁德浩皱起眉头："你们知道我是谁？"

那两人未说话，但眼神已给了答案，确是知道梁德浩是谁。

"你们来，是要取我性命？"

一刺客讥道："这不是明摆着的吗？"

梁德浩再问："谁人派你们来的？"

那两人不说话了。梁德浩的护卫气得猛踢他们几脚，给了他们几个大嘴巴子。那两人嘴角流血，就是不说。

龙大淡淡开口："问口供，留一个人就行了。"

那两人一愣。

"知道内情的那人留活口，另一个杀了。"龙大声音平静，说出的话却冷血残酷。

护卫们手上的剑压在刺客们的脖子上，犹豫着，谁是知道内情的？杀谁合适？

跪着的两人脸上也是一阵青一阵白，他们看着龙大的眼睛，已吓得身上冷汗浸透了衣裳。

龙大抿了抿嘴角，似乎很是无奈地道："分不清谁知道的比较多，就随便杀一个吧。"

话音刚落，两个人抢着答："是罗丞相派我们来的！"

梁德浩脸色一变："他竟然敢！"

龙大没说话，只盯着那两人看。

梁德浩气得，手一指这二人，喝道："将他们绑了，押回营里严审处置。我一定要上奏皇上，好好治罗丞相之罪。"

一名护卫应声，去远处马儿那找绳索去了。两名刺客跪在那儿，动也不敢动。

龙大忽问："罗丞相何时下的令？"

一名刺客答："梁大人领兵离开京城时，罗丞相便下令，让我们尾随，待梁大人离得京城远了，便寻机下手。"

梁德浩大怒："岂有此理！他是要造反不成！"

龙大又问："你们八人，全是从京城一路跟来的？"

那刺客答："是。"

龙大再问："你们如何知晓梁大人在此？"

刺客答道："我们一直盯着大人行踪，见他只带着三个护卫出门，便觉得机会来了，于是跟了过来。"

"你们可知，我是谁？"

两名刺客对视一眼，一人小心翼翼道："龙将军。"

"何时认出我的？"

两名刺客又对视一眼，一人道："将军到客栈时，我们便留意了。"

这时候护卫找了绳索过来，与另一护卫一起，将这二人五花大绑。

梁德浩冲龙大一抱拳："龙将军，这二人我带走了，定会将他们好好盘审。将军与我说的事，我记在心里，若有任何线索，定及时报予将军。将军若有发现，也请随时与我联络。"

这话里意思很清楚，他已将此次遇袭与龙大说的那些线索联系到了一起，这次抓到人证，便是重大突破。审问之后的消息，那当是极重要的。他明白事情严重性，定会小心处置。

龙大点点头，回了梁德浩一礼。

护卫们将马牵了过来，将两个被绑得严严实实的刺客架到了马上。一护卫大声提醒梁德浩当速离此地，谨防这些刺客还有同伙。

梁德浩闻言向龙大告辞，二人就此别过。

梁德浩带着人走了。龙大站在原地，静静等了好一会儿，确定他们已经走远。他在树林里转了一圈，一共七具尸体，一具是梁德浩的护卫，六具是刺客的。他猜梁德浩会差人通知本地府衙来处理这些尸体。

龙大想了想，弯下腰仔细查看每具尸体的状况，一个一个认真搜了身上，摸了他们颈脖。

这时候一个人影悄悄进了林子，唤道："将军。"

龙大应了声，来人是他龙家在玉关郡的掌事人孙建安，就是他与安若晨说的正广钱庄的孙掌柜。他约梁德浩玉关郡见面，一是因为梁德浩途经此处方便，二也是因为此处有他龙家人手。

"如何？"龙大问。

孙掌柜道："这些人曾向如风的草料里投药。我们的人故意出现，投药那人就赶紧走开了。我们偷偷把草料换过。后那人有再来查看草料被吃的情况，见全吃没了，便走了。方才客栈里有人听到林中动静，欲过来察看，我们给拦下了。无人知道这里发生过何事。"

"嗯。"龙大点点头，指了指手下这人，"他还未死，速将他带回，看还能不能救活。"

"是。"孙掌柜应了，挥了挥手中的火把，很快两个人奔了过来。见到龙大均恭敬行礼，然后速按指示将那人抬走。

"若这人撑不过去今晚，便将尸体运回来，若是活下来了，找个尸体把这里的缺补上。"

孙掌柜应了。

龙大朝林子外头走，一边道："纸笔可有？"

"有的。"孙掌柜跟在后头，"我屋里都备着呢。"

龙大一路走回客栈，去了孙掌柜的房间，在那儿写了一封信，卷成纸卷，封好，交给孙掌柜："用飞鸽传书，发给老二。"现在龙家的私信都比军里发出的军文安全些。

孙掌柜接过，应了，又道："二爷来信问，是否要派人来接安姑娘？"

"安姑娘可曾与你联络？"

"未曾。"

龙大皱皱眉头，他离开四夏江，又从石灵崖悄悄出来，怕是错过了她的信。可虽未有安若晨的信，军中急报他却是看到的。安若晨刚离开四夏江军营没多久，他便收到消息说唐轩死了。这状况比他预料的还糟。城中细作的布置怕是又有变化。而他最担心的还是密探名单泄露之事，内忧外患，里应外合，这才是最大的危机。怕是他们龙家军前线奋战，身后便有人捅刀子。

如今与梁德浩见了面，又经此行刺一事，龙大心里有了些许推测，与他原先的预想不太一样。真相究竟如何，怕是还得再行查探了。安若晨未曾联络孙掌柜，该是又有什么主意。他得速回去看看她的信才好。

龙大与孙掌柜道："不用让老二接她。老二那头的目标也大，派人出京会被盯上，如今并非好的时机，让他别轻举妄动。我的信他看了之后自会知道该如何安排。安姑娘这边你多费心，我打仗忙碌，怕是不能照应太周全，你联络联络，做好接应她的准备。若是她到了你这儿，你好好照顾，回头我来接她。若有事，便传信给我。"

孙掌柜一一应了。龙大看了看窗外夜色，他该走了。那些人不敢直接对付他，却对付他的马？龙大抿抿嘴角，战时擅离军营，确是叛逃大罪呢。龙大再一次感觉到了威胁。

"对了。"龙大行至门口又转身。孙掌柜忙恭敬听着。

"再给安姑娘些钱银，若她钱不够花，该怪我了。"

孙掌柜嘴角抽抽，努力控制住表情。龙家大爷，威武冷峻的龙大将军，那位姑娘您还没娶回家呢吧？您花钱这么爽快，二爷那颗守财的心会痛的。

安若晨这日在屋里坐了半晌，夜里时候拿了令牌出去了。战时戒严，无令牌者不得随意出行，故而街上没有旁的行人，只偶尔遇到巡街的卫兵或是衙差。安若晨的马车畅通无阻地到了刘府。

等门房通报之时，田庆忍不住与安若晨道："姑娘，我知若是能留下活口，严审探查线索是好，但那人武艺不差，我也不能三两下将他拿住，他当时杀向齐征、陆大娘，我一时情急，没顾上避开要害。这事是我办得不好。"

安若晨宽慰他："田大哥不必自责，我明白当时情形。也亏了田大哥及时赶到，不然齐征和陆大娘今日怕是凶多吉少。这人死了便死了，我们定还能找到旁的线索的。"

田庆张了张嘴，似还想说什么，却又咽了回去。

门房出来说夫人有请，安若晨不再等田庆说话，进刘府去了。卢正拍拍田庆的肩膀，悄声问他："是又喝酒了？下手没个轻重的。"

田庆皱眉，一脸不豫地跟着进了刘府。

安若晨与赵佳华单独一屋说话。安若晨拿了些银票出来，道："你安排安排，带着茵儿她们，先离开避一避吧。这酒楼先让掌柜的看着，回头打完仗了，你们再回来。"

赵佳华先收好了银票，然后才问："为何？"

"前线开战了，细作的头子换了人，策略与以往不一样，我觉得，也许他们要开始肃清城内反细作的眼线。简单地说，就是我的眼线。"

赵佳华问："细作的头子是谁？"

"我觉得是解先生。"

"闵公子?"

"解先生只是个代号。我不知道是谁,我猜从前闵公子就是解先生,后来他不在了,我又猜是唐轩。唐轩死了,现在我不敢乱猜了,猜得多了,觉得谁都有可能是。"

赵佳华沉默好半天:"我走不了。"

安若晨皱眉:"为何?"

"这城里确是危险的,像是个瓮,把所有人关在了一起。但正因为所有人都在一起,大家互相盯着彼此的一举一动。细作要杀人,就有可能露马脚,行事还要掂量掂量。离开了这里,瓮没有了。没有人互相盯着了,我们死在途中,岂不是太好编理由。什么马儿失控马车滚下山崖,战乱流匪劫财等等,到时死都白死。"赵佳华盯着安若晨,"在这儿,不是还有你嘛。我们若是出了一星半点意外,在你眼皮子底下,在太守大人眼皮子底下,总该会有人盘查。你说,这里是不是要比逃出去安全?"

有道理,但安若晨觉得哪里不对。她一时想不出来,最后只得道:"那把钱还我吧。"

赵佳华似没听见一般,淡定地低头喝了口水。

安若晨颦眉,确实有哪里不对。

田庆去看望了齐征。齐征今日受了伤,又受了惊吓,赵佳华将他接回府中住,说是府中有护院,比酒楼的通铺安全些。

齐征见到田庆很是高兴。田庆仔细看了看他的伤,那脸肿得跟馒头似的,说话都嗡嗡的了。田庆见他并无大碍,于是问道:"你与我说实话,今日欲杀你那人,你当真没见过吗?"

齐征抿抿嘴。

"你仔细想想,哪怕有一点线索也好,这般我才好帮你查出他的身份来。知道他是谁,才能知道他为何要劫杀你。若不弄明白,如何保证后头没有别人再来对你下手。下回,我可不一定这般巧能赶来救你了。"

"田大哥。"齐征心里很是感动,田庆一直对他很好,关心他,照顾他。除了杨老爹,再没有哪位男性长辈能让他如此亲近尊敬。

"田大哥,我,我跟你说,这事确实需要查查。但这事极机密,万不可透露给任何人。"

这么严重?田庆极严肃道:"你说。"

这一日安府与安若晨这头俨然两副景象,他们喜气洋洋,杀猪摆酒上香还愿，因为安之甫和段氏终于被释放回府了。

谭氏忙碌张罗一早上，备了轿接人，又迎待安之甫沐浴更衣焚香吃斋拜佛祈愿辟邪等等。全府上下团团转，各房围着安之甫嘘寒问暖，抢着表现体贴，安家竟似过年般热闹。

而段氏回来之后就被丢在了院子里，只两个婆子为她打水净身换衣布饭菜。段氏似乎也没在意，不吵不闹，让她干什么她便干什么。谭氏觉得如此甚好，省得麻烦。

安之甫心情大好，不只是因为终于离开了牢狱那个鬼地方，也因为钱世新对他特别照顾。这数日钱世新有到狱中探望，为他安排了单独的牢房，又有好食净水，又嘱咐了狱差准安府的人随便探视。昨日钱世新特意到牢里与他说："已与太守大人说好了，明日便放你出去。"

果不其然，今日一早狱差便来叫安之甫，嘱他做好准备，又办好了文书等等，没半点为难，让他与段氏回府了。

这般一来，安之甫觉得也算因祸得福，钱裴是把他坑了，但是换得钱世新的内疚弥补，也是好的。再怎么说，钱世新是官老爷，得他照应，也算得太守大人照顾。安之甫先前不敢巴结好钱世新是担心惹了钱裴不痛快，如今这事未得罪钱裴，又与钱世新攀交，当真不错。

安之甫如此一想，确是安慰不少。他回到家中一顿好吃好喝，加上姜奴们伺候着，顿然又拾回了威风。看着各人都顺眼，尤其是谭氏，这段时日辛苦操劳，持家有功。安之甫心头一热，当众宣布这日便扶谭氏为正室，让管事安平去置办些礼数，晚上全家一起吃个喜庆饭，算是把事情定了。二房院子也收拾收拾，弄得喜气些。院子便不用搬了，二房院里的丫头仆役均赏些喜钱等等。

谭氏喜出望外，激动得眼泪差点落下，她自觉这些年忍辱负重，又为这家倾尽全力，如今终得所报，真是得偿所愿。三房薛氏与五房廖氏心有不甘，咬牙切齿，但也面露欢喜，上前道贺。安若希、安荣贵也很为母亲高兴。一家子欢声笑语，喜庆热闹。

薛氏抓着这时机，与安之甫道："老爷，我前日收到了表叔的信，他们县里的粮行，二公子十六了，家里正打算张罗婚事。那粮行老板姓杜，家中两位公子两个姑娘。大公子已成亲，另立门户去了，在外城做买卖，混得风生水起的。杜老板的粮行是他们县里最大的，那些粮油买卖将来是要给二公子的。杜家境殷实，为人和善，二公子也是相貌堂堂，风度翩翩。我表叔说了，那是个顶好的人家，他觉得二公子与我家兰儿很是般配，于是写信过来相问，看看咱们安家是何打算。"

薛氏说着，仔细看了看安之甫的表情，接着道："兰儿也十五了，该到许人家的时候了。这杜家这般合适，我寻思着可以带着媒婆子过去看看，若是当真不错，就相谈相谈。老爷意下如何？"

全家人都静了下来，安若兰垂着头，有些害羞的模样。

安之甫问："是你那个在祁县的表叔？"

"是呀，"薛氏忙道，"祁县杜家，表叔说粮油买卖做得挺大的，周边县镇都有分行，还有许多地，下面养着好些农户呢。那杜老板是个大方的，聘礼这些肯定不会少。我表叔与杜老板也有些交情，所以这才攀上了这事。"

安之甫心情好，又听得对方家境好买卖旺，还是个地主，顿时两眼放光，连称这事不错。

薛氏赶紧道："那我便托人给表叔回个信，让他将这事谈下来。回头我也找个媒婆子跑一趟。"话说着，眉眼间掩不住喜色。

谭氏暗白她一眼，对薛氏抢风头很是不喜。还说什么"也"找个媒婆子，凑热闹给人添堵呢。

安若希看了一眼安若兰，她正转头看向她母亲，母女俩相视一笑。安若希心里有些不是滋味。她明白的，那什么祁县的表叔与三姨娘哪有这么亲，过年时都未见什么礼数，他大概连安若兰今年多大了都不知道。他们县里谁家谈亲事怎会巴巴往上凑，肯定是有人拜托了才会去攀这事的。

原来三姨娘闷不吭声地悄悄帮三妹张罗了。她竟然也知道要嫁到外郡去，而且还找着了好人家。

安若希低下头，捏着自己的衣角，脑子里又浮现出薛叙然那张脸。要是，她能嫁给薛公子就好了。

"薛家那事如何了？"

安若希似心声被偷听，吓了一跳。抬头看，原来是安之甫正问谭氏。

谭氏答道："前日才与薛夫人见了面，她说再回去与薛老爷商量商量。这两日忙着老爷的事，还未得空问问。再者我也想着，不能显得咱家急巴巴，到时被他们拿捏了。不过老爷放心，我打点了陈媒婆，嘱咐她盯着点薛夫人，若是有什么风声动静，会来与我说的。"

安之甫听罢便不再问，倒是对祁县的杜家很有兴趣，与薛氏多问了几句，又嘱咐安平带着媒婆子跑一趟，好好打听打听这事。事情怎么办，想要什么条件，他都仔细嘱咐了。

薛氏笑得眯了眼，全都一口答应，安若兰头越发低了，只嘴角的笑掩也掩不住。

谭氏真见不得她们这模样，恨得牙痒痒，被扶为正室的喜悦都被三房这一手搅得少了大半。当晚吃完了饭，办完了正室礼数，谭氏就找人把陈媒婆叫来了。

陈媒婆来了便道："哎哟，我是想着明日一早便来拜会夫人的。"

谭氏笑道："也不是着急什么，就是今日家里有喜事，这不有果礼和点心，想着给陈嬷嬷留了一份。"

陈媒婆自然明白，先说了一番好听话捧了谭氏，这才道："还真是巧了，今日我去了薛府，问了问薛夫人的意思。"

谭氏一边慢悠悠嗑着瓜子，一边竖起了耳朵。

"夫人，你猜怎么着，巧得很啊。安大姑娘今日也去了薛府。"

谭氏猛地坐直了："她去做什么？"

陈媒婆摆着手势，说书一般："我去的时候，正撞着安大姑娘走了。她看了我一眼，皮笑肉不笑的。哎哟，我从前是不知安大姑娘会这般狠绝的神情啊。"

真的假的，谭氏忍着打断陈媒婆的冲动。安若晨那贱人最是会装模作样，在外人面前那绝对装得端庄乖巧，陈媒婆这什么身份，还值得安若晨那贱人给狠绝呢。

陈媒婆继续道："我见了薛夫人，忙问她方才那是否是安家大姑娘，薛夫人笑了笑，竟是不答。我再问是否有事，薛夫人说无事。"

谭氏皱了眉头。陈媒婆看她的神情，笑道："夫人放心，我与薛夫人打交道可不是一回两回，我便直接说了，听说安姑娘与安家不合，莫不是来阻姻缘的。薛夫人叹了口气，又说无事。我好一番劝，说既是高僧指点，这婚事办好添好，若是被恶意阻挠，怕得惹祸。我将夫人与我说的那套又细细与薛夫人说了。我说你瞧安家，先前不答应，结果出了一串祸事，松口要议亲了，马上时来运转。我瞧着薛夫人的脸色立时舒展了，颇是动容呢。"

谭氏道："可不是嘛，正是这道理。这可不是瞎说的。"先前她与薛夫人说的那番话虽是急中生智，但自她与薛夫人说开了表示愿意结亲之后，喜事真的一桩连着一桩，她自己竟也觉得便该是如此。今日又被薛氏这般比压，对安若希嫁到薛家之事便更有决心了。"你且说说，这婚事薛夫人如今是何意思？"

陈媒婆道："薛夫人说，外郡那头，倒是有个挺合适的姑娘，可家境不太如意，有老有小，很是拖累。薛夫人颇担心届时那姑娘入了门还得折腾，相比起来，自然是安家更合适。但薛老爷却是恼了之前被安老爷拒过，觉得安老爷并不真心愿结这亲。"

谭氏忙问："那他家究竟是怎么个意思？"

媒婆子道："薛夫人让我明日过来打听打听，看看夫人这头是不是能给个准信儿，若是十打十定了主意的，她再去劝劝薛老爷。薛夫人是觉得两家在同一个城里，家境相当，也算是门当户对。日后往来，也不麻烦。二姑娘进了门也能安心陪伴薛公子,不必挂心家里。"

谭氏心里有了谱,让媒婆子稍等。她去找了安之甫,与他将事情说了,又点了点媒婆子话里头的意思,再强调了下安若晨还不死心,仍盘算着阻挠这事。

安之甫喝多了几杯,有些醉意,听得这些怒气冲冲,冲谭氏喊道:"这门亲定得结上!让安若晨那贱人瞧好了!"

安之甫亲自去了偏厅,与陈媒婆道,薛家要是还想结这门亲,便赶紧定,不然过了这村没这店。他安之甫出了牢狱的头一件事,便是为女儿谈门好亲,冲冲喜去去晦气。若薛家没甚诚意,两天内不给个准话,那他也没办法,只好另寻好亲事。

陈媒婆听了,赶忙应声,连夜去薛家报信去了。

陈媒婆与薛夫人相报此事时,薛叙然也在自己的院子里听他的密探报事。

"安若晨的护卫杀了一个人,不知身份?"

"衙门里头现在也未有消息说死者是谁。今日突然冒了出来,说是招福酒楼的那个少年跑堂,叫齐征的,在外郡遇见的人。但齐征却说未曾见过此人。此人用他义父名义诱他到暗巷,突然出手要杀他与陆婆子。那位叫田庆的军爷正好撞到,便将他们救了。"

"他义父又是谁?"

"原来给聚宝赌坊守门的,与陆婆子的亡夫是旧识。聚宝赌坊的暗道被查出时,官府曾给他义父开棺验尸,从骨头上查出当初是中毒身亡,是被赌坊害死的。"

薛叙然搓搓下巴:"这般有故事?安若晨的日子过得真是有意思啊。今日这案子的案录拿到了吗?"

那人将案录递了过来。主子爷的性子他太清楚,不把事情查得周全,回来被问噎住了,会惹主子爷不高兴。

"办得很好。"薛叙然接过案录,迫不及待地打开。

手下淡定道:"少爷,药该凉了。喝完了药,该睡了。"

薛叙然撇眉白他一眼,有这般扫兴的吗?

手下继续淡定:"夫人会查房的。"

薛叙然噎得,忽然有点羡慕安若晨。她研究案录时,没人查房催睡觉吧?

田庆、卢正护着安若晨的马车回紫云楼,路上卢正问田庆:"齐征如何了,与你说了啥?"

"没什么。"田庆笑了笑,"年纪小,吓哭了。我就是安慰安慰他。"

"哦。"卢正没在意，不再问了。

田庆看了他一眼，又看了一眼安若晨的马车，也不再提这事。

安若晨又收到了龙大的信。这回信里颇有内容，但也只是说些家常，写了些军营生活战情琐事，又说挂念她，让她好好照顾自己，别累着云云。

安若晨把那信看了好几遍，字里行间琢磨又琢磨，恨不得把字拆开了解析其意，正面反面对着光瞪了半天，也未曾瞧出信里有何玄机。若上封信简洁得有些不寻常，那这封就是普通得不寻常。

两封信只有一个共同点：他没有回应她信里所报的事情和疑惑。就好像他没有看过她的信一般。

信相隔的时间是一天，这表示连着两天给她写信了，但写成了这样。

安若晨确定这信确是将军写的，笔迹是他的，语气口吻是他的，所以信里一定含有深意，只是她想不明白。安若晨为此懊恼焦急。

钱裴坐在马车里，他对面坐着一个人。

"怎会让叶群飞来处置齐征？"

钱裴冷哼："我说我心里有数，我来办便好。他偏不听。我就不明白了，怎么一个两个的，都觉得自个儿挺了不起的。"

他对面那人抿抿嘴，知道他指桑骂槐，把前两任解先生都一起骂了进去。

钱裴瞥他一眼："我哪里说错了？叶群飞管好自己的茂郡便好，那头也有许多事要处置。可他偏偏觉得自己无所不能，插手插到我平南郡来了。"

"毕竟唐轩死了，总得有人接手平南的联络。"

"那也轮不到他。"钱裴盯着面前的人，道，"难道联络管事的非得你们南秦人？如今可好，又死一个。这回还是自己害死自己，本不必如此。"

"如今说这些又有何用？"

"自然是有用的。不点醒点醒，你们不长教训。再有，你小心点。安若晨数次动手你皆拿不到消息，是否她对你起了疑心？"

"她大概对所有人都有疑心。"

"那便是对你也有。"钱裴哼道，"她要上秀山你不知道，她挑唆了村民你不知道，她找了齐征跟踪于我你也不知道，你在她身边还有何用？"

那人咬牙："你也不必故意编排我。我做成了多少事，打探到多少消息，这都是有数的。我是整个计划里，于龙腾军中位置爬得最高的一个，我的作用，不是你一个市坊老色鬼能取代。"

"我对取代你没兴趣，你既是知道自己的位置，那最好不过。你得明白，你很重要，不能再给安若晨机会把你挖出来。"

"说来说去，你就是想把安若晨弄到手。"

钱裴笑道："也到合适时机了不是吗？这事我与叶群飞谈好了，只是半路杀出个齐征，姓叶的自以为是，弄巧成拙。如今我还得帮他打点茂郡那边的手尾。"

"你也莫自以为是，茂郡不是你的地盘，巡察使马上就到了，你别把那头搅乱了。"

"总得有人传消息，叶群飞也不能白白死了。说到这个，我有消息给你。我收到飞鸽传书，龙腾私离军营，与巡察使梁大人在安河镇见面。"

那人吃了一惊："私离军营？这可是战时。"

"这能判个什么罪来着？你们军里什么讲究？"

"叛逃兵将，于帐前立斩都行了。龙腾在想什么？"

"这我就不清楚了。信很短，未有太多嘱咐，只说了他私离军营之事，让我们想办法拿证据，人证、物证，总之有真凭实据，闹得人尽皆知才好。"

那人皱了眉头："龙腾给安若晨写了信……"

钱裴冷笑："你当他这般傻，会把这等重罪之事写到信里？"

"这种时候写信，也该是有所安排。"

"是有安排，说不定就是让安若晨诱出军中奸细。你最好莫要妄动。"

确是很有可能。那人不说话了。

钱裴又道："方才说过了，你很重要，可莫暴露了。那齐征也不知究竟听没听着，当时叶群飞正与我说，从安若晨这儿拿不到情报了。有心人仔细一想，便会知道是安若晨身边有奸细。"

"这个放心，齐征什么都没与安若晨说，他坚持自己什么都没听到。"

钱裴想了想："那也得小心处置。"

"确是要小心，如果要抓安若晨，她身边的眼线暗探，还有太守，还有军方，都得应对。你刚才说了，弄巧成拙，可莫犯了同样的错。就算逮了人最后把我们自己暴露了，那可得不偿失。龙腾一步步安排，竟然还与她定亲，说不定就是计策，等着我们动手呢。"

"自然是看好时机再动手。"钱裴斜了他一眼，又问，"那尼姑可有消息？"

"没有。我知道你关切什么，安若芳也没有消息。"那人顿了顿，道，"起码我没听到消息。不过安若晨不似从前了，所以还得再琢磨。她近来挑衅安家是何用意？她二妹的婚事她真的关心？"

钱裴冷笑："我真不想编排你无用的。但你在安若晨身边，这些事你弄不明白，反倒问起我来了？"

那人一噎。

钱裴道："安家我会去收拾，安若晨对她的姐妹终究是不能全放下，安若芳的亲娘也还在，安家还有用处。龙大私离军营的证据我已安排去办了。你呢，老老实实待着，莫让安若晨起疑便好。看好齐征，盯好陆婆子，安若晨手底下还有哪些探子，能挖出多少是多少。"

马车奔驰在街上，两个人的商议掩在车厢里，无人知晓。钱裴敲了敲车头处的车厢板子，马夫听到了声响，会意。在经过一个巷子时，看得左右无人，放缓了车子速度，而后又听到车厢被敲响，再让马儿疾驰起来。

车上那人已经趁机下了马车，神情如常地穿过巷子到了另一头的街上，走进了人群里。

钱世新收到了衙头侯宇的消息，于是便去了太守府，见到了姚昆。他当然没有直说龙大不在军营之事，而是耐心地与太守议了议事，说完了福安县的一桩命案，再议到福安县的粮仓，说起军粮供应，接着便问到了前线战事。

"似乎一切顺利，尚无危机。南秦于石灵崖的几次进攻都被龙家军挡了下来。我昨日还收到了龙将军的军报，一切都好。只是军粮确是要补，还要兵器，将军要求补一千长枪，五百大刀，八百大弓，还有三万箭矢。"姚昆道，"中兰城的兵器库怕是不够，匠师们也大都被将军调到前线村营修兵器了。我已去了令函给各县，让各县速速制铸。令函钱大人也收到了吧？"

"收到了，正令全县匠师赶制，大人请放心。"钱世新一边答一边暗忖龙大的狡猾，他道，"我此次来，也是想问问，不知还缺些什么，我也好令全县早早准备。"

"不缺了。"姚昆道，"龙将军作战确是有经验。先前未开战时，他要求的许多准备我还道他思虑太多，结果却真是用得上的。他这回提的兵器，也是预备之用。粮草这些，也都充足。"

"话虽如此说，但大人还是派个属下去那前线看看问问，就算不缺什么，也叫龙将军知道大人的关切。毕竟巡察使要到了，届时白英大人问起前线战事，若是答得不仔细，被他抓着什么短处也不好。"

姚昆想了想："你说得有理。"他即刻唤来主簿江鸿青，让他派人分别到石灵崖和四夏江，问清战情和所需补给。江鸿青领命去办了。钱世新见得如此，又客套了几句，满意而归。

只要姚昆派的人到了前线兵营发现龙将军根本不在，这事便成了。届时整个平南郡衙府都是人证，市坊间也定有流言相传，龙腾名声不保，罪证确凿，龙家军整体亦受牵连，抓不抓安若晨倒变得不重要了。毕竟正主都灭了，谁还需要人质？

安若希直挺挺地坐着，非常紧张。她微笑着，努力让自己显得美貌又端庄。

然而坐她对面的薛叙然目光并不在她脸上，他看着桌上的茶壶，问她："你家里的意思，是说若明日我家不给个准话儿，这婚事就算了？"

安若希一愣，她不知道啊。她着急起来，昨日媒婆子确是来了，她没好意思直接问娘，让丫头去打听，回来说是婚事差不多成了，爹爹已经答应了。她高兴得一晚没睡好，心里实在是惦记，今日忍不住又来喜秀堂，结果运气这般好，薛公子竟然真来铺子了。见得她在，约她在雅室聊聊，没想到，竟是告诉她这个消息。

"明日吗？那，那……"安若希努力想从薛叙然脸上分析出情绪来，可惜不太看得出来，"薛公子是想多考虑几日吗？"

薛叙然终于抬头瞥她一眼，看来她不知道啊。

安若希嗫嚅道："那，打算考虑多久？我回去与我娘说说。"

薛叙然瞪她："说什么？"

安若希脸发烫："就说，让多等几日……"

"与其劝你娘多等几日，怎地不问问我如何考虑，我若考虑不好，你们等几日也是枉然。"

"公子说得在理。"

薛叙然真想给她白眼。

"那公子考虑得如何？"

薛叙然施施然道："还未曾想好。"

安若希认真思虑，所以现在要让她劝劝他吗？她看着薛叙然，薛叙然回视她。

看来确实是这个意思。

安若希清了清嗓子。薛叙然撇眉目看她，这是要干吗？

安若希开始劝了："其实呢，想得太多也未必是件好事。"说完这一句顿了顿，听上去怎么像是挑剔责怪他了，赶紧补救，"我的意思是说，思虑重容易累着，还伤身。"好像又是嫌弃他身子不好呢，赶紧再补救，"其实就是想说，遇到好的时机，就该好好把握。"

薛叙然瞪她。

安若希垂下脑袋看着桌边，她说得不好，让她再想想。

好的时机，该好好把握？这姑娘挺会偷偷夸奖自己呀。薛叙然道："你且说说，我娶了你，有何好处？"

"挺多的，容我捋捋。"安若希给自己争取时间。

薛叙然不理她，自顾自地道："坏处我倒是想到好几条。比如搭上安老爷这般的岳丈，以后被缠着要好处，着实厌烦。又比如得罪钱裴，招惹祸端。再有你安家名声在外……"他顿了顿，强调一下，"我说的是不好的名声。"再顿了顿，继续补充，"当然了，你家好像也没啥好的名声。"

安若希继续垂着头不吭气，人家说得也不算有错，没法反驳。

"总之，你家可供人碎嘴的事太多，我家与你家结了亲家，还不得招了长舌妇编排着各种闲话，日后在中兰城，如何立足？"

"编排闲话的也不止妇人啊。"安若希说完发现失言，"我是说，话也不能这般说，说得不对。"

"如何不对？"

"若是闲话让人无法立足，这城里不是早空了吗？"

薛叙然不言声，只顾瞪她了，这顶嘴顶得颇有水平啊。

安若希被瞪得又低头，道："你娶了我，自然也是有好处的。"

她等着薛叙然问是什么好处，结果薛叙然都不接这话。安若希抿抿嘴，不接话她就自己说："薛公子你想想，娶了我，能教薛夫人开心。"

薛叙然被噎得，这算哪门子好处。

安若希等不到回话，忍不住抬头看了薛叙然一眼，看到他表情，觉得他对这好处不能服气，那再继续补充："再有呢，我可以与公子保证，我不会改嫁的。"

薛叙然一口气差点上不来："还未成亲，不，还未定亲，你便想着我身后事了吗？"

安若希撇眉头，认真道："不是咒公子死，人人都会死，我是说，就算公子走了，我还在呢，我会替公子尽孝，照顾好薛夫人和薛老爷的。"

薛叙然一愣。这答案真是他万没想到的。

安若希继续道："我从前是有些不懂事。我姐姐逃家之前，我于家中的处境不是这般。情势变了之后，我也明白许多事。所以薛公子不能只听外头的名声来判断我。"

她从前以为她是最受宠爱的，其实不然。宠不宠爱不爱，只是看有没有用处。许多人都是这样。她对大姐也是这般，从前看她百般不顺眼，她得了势，能扶助她，竟也顺眼起来了。若是从前薛家来提亲，她定然也会嫌薛叙然体弱命短，但嫁给薛叙然便能脱离钱裴魔掌，她便心心念念，一心要嫁他。当然这事不能说，不然薛公子会生气。总之，如今她不再天真娇蛮，通了许多事理。

"薛夫人与薛老爷只有公子一位独子，平素定是相当疼宠的。公子孝顺，也是人人皆知的事。我若能有机会，定也会好好孝顺公婆，不让相公在这事上忧心。"

薛叙然抿抿嘴，安若希这招真是有点狡猾，颇有些她大姐的做派了。他故意道："孝顺公婆，相夫教子，本就是为人妇者该做的事，这有何好拿出来说的。我娶别人，别人也会同样如此的。"

安若希噎了噎，继续努力，道："就算孝心是一样的，其他方面却未必有我好呢。那公子你想想，好歹如今你也知道我是如何的，见过我的模样，总比以后那些不知如何，不知模样的强吧。万一错过了我，下次遇着个更不如意的，公子会后悔的。"

更不如意的？薛叙然简直不知如何评叙："安姑娘真是会劝慰开解啊。"

"只是摆出了事实。"安若希紧张地捏了捏手指，等了好一会儿，薛叙然没再说话，安若希小心翼翼问，"那薛公子如今考虑得如何了？"一边问一边在脑子里继续想词，要争取下去，不能泄气。

"好啊。"薛叙然突然道。

安若希愣了愣，"好啊"是什么意思？指的是什么好，还是只是个语气词，后头还有话？

薛叙然忍不住又瞪她了："你既是劝说我半天，我答应了，你总该表现得欢欣鼓舞才对。摆个这副傻模样来是想让我别等以后，现在就后悔是吗？"

安若希张大了嘴，然后猛地跳了起来："啊啊，公子是说，是答应婚事的意思是吧？"

薛叙然没好气："难道'好啊'这两个字是拒绝的意思？"

安若希火速转身往门外奔："我去告诉我娘！"

薛叙然瞪她背影，刚要叫住她，安若希自己已经在门口处及时停下了。她回转身，对薛叙然施了个礼："忘了问公子还有什么话没有。"

"有。"薛叙然真想摇桌子，"姑娘须牢记，若要入我薛家门，矜持端庄不可忘。"

安若希用力点头："便是想提醒公子的，这事不该我告诉我娘啊，是该公子让媒婆子告诉我娘的。"

薛叙然咬牙："这还用你提醒？"

安若希难掩喜悦，笑靥如花，蹦着走了："那我回家等公子。"人都已经蹦到门外去了，还不忘纠正，"错了，是等媒婆子。我回去了啊。"

安若希兔子一样蹦走了。

薛叙然抚额，简直没眼看那雀跃的背影。坊间究竟是谁在传安二姑娘跋扈又厉害的？谁！蠢成这样她究竟是怎么跋扈的？！

薛叙然忽然觉得自己上当了，他肯定是中了安若晨的计谋。那诡计多端的姑娘对安家用了激将法，对他用了利诱计。她肯定是猜到他好奇心重，拿个什么十七年前的旧案拐他。他想查下去，想弄清楚安若晨究竟在搞什么鬼，就得找个路子暗地里与她保持联络。不然平白无事，没亲没故的，他与她见面会招惹怀疑。可若他与安若希定了亲，有安家这层关系掩护，那事情就好办多了。

薛叙然越想越是有些不服气，一想到安若希那傻模样更不服气，但他不生气，他只是觉得他得讨回来，不能被安若晨牵着鼻子走，也不能让安若希那傻瓜被安若晨牵着鼻子走。

既是要定亲，日后是他薛叙然的娘子了，那安若希就得明白，这世上只有一个人能牵着她走，且得是指哪儿走哪儿。就是他，只有他薛叙然才行。

田庆回到紫云楼时天色有些晚了，卢正正在院子里练拳，见他回来问道："去哪儿了？大半日不见你。"

"有事？"田庆将一旁树桩上挂着的汗巾扔给卢正，"姑娘不是说今日不出门，我便去了招福酒楼，教了齐征些拳脚功夫。聚宝赌坊那儿留下的麻烦也许不止一桩，万一日后又遇着凶险，他也得会自保才好。"

"他确是不知那人身份吗？"卢正问。

"太守大人那头可查出什么线索了？"田庆反问。

卢正摇头："说是派了人去齐征住过的客栈，吃过的酒楼去查了，还没那么快有消息。"

"牢里那些聚宝赌坊的人呢？也不认得那人吗？"

"没听说。"卢正擦好了汗，看了看田庆，"你还真是与那孩子投缘。那日若不是你及时赶到，那孩子怕是凶多吉少。他遇着你，也是遇着贵人了。"

田庆脸色难看："只可惜将那人杀了，若是留下活口便好了。"他停下话来，挥了挥手，"算了算了，不说这些。姑娘今日做了什么？"

"她与古副尉聊了半天，我问了问，古副尉说姑娘向他讨教前线战事，借了些兵书。"

田庆垮了垮脸："姑娘当真志向远大。"

卢正笑起来："莫笑话人家。我瞧着姑娘心思颇重，前线开战，她大概心里没主意，会担心将军吧。"

田庆敛了表情，正色问："你说，她为何不来问我们？从前这些事，她都是向我们讨教的啊。"

卢正愣了愣。

田庆问："姑娘会不会有什么主意？"

"什么主意？"

田庆耸耸肩："不好的主意，怕我们向将军告状，所以偷偷自个儿琢磨呢。"

卢正皱皱眉。

田庆道："我们还是多盯着她一些，可别让她闯祸了。"

安若希回到家中，抄了一遍经，看着自己颇有进步的书法，忍不住笑。菩萨啊菩萨，她就要嫁给薛公子了呢，菩萨你也为我欢喜，对吧？不行，实在按捺不住，蹦到花园欲摘几枝花，好好布置自己的闺房，再描幅绣样，女红也要好好练才行呢。回头她要给薛公子亲手绣个香囊。

在花园里遇见了安若兰。安若兰见了她不笑不避。自上次安若希抓到三妹与人碎嘴编排她狠毒害死老奶娘，打了一场后，姐妹两个私下见面便似没见着对方一般。

不过这次安若希心情好，她对安若兰扬了扬下巴，很得意地摘了花走了。哼，嫁到外郡又有什么好的，谁都没有她的薛公子好。

安若兰瞧着她跟瞧疯子般，回了她一声"哼"，莫名其妙。

第二日，安若希盼了一天的陈媒婆终于上门了。安若希真想给她披彩绸撒花瓣。满心欢喜又恐节外生枝，于是偷偷在窗外窥听。

陈媒婆果然是来为薛家谈定亲的，她带来了薛夫人列好的聘礼单子，欲相谈婚期和细节，若没问题，两家便拿庚帖礼书过礼了。

谭氏看了看，聘礼是不少，但相比她与安之甫想象的要少，薛家头一回来提亲时，可是说了条件任开，只要把二姑娘嫁过去，什么都能答应。如今还真是不一样了。

安若希的耳朵就快长到窗框里，未听得谭氏应声，心快要跳出胸膛。

过了好半天，谭氏终于开口："这般吧，我再与我家老爷商量商量。"

安若希的心一沉。陈媒婆也是愣了愣，道："这个，前日安老爷不是已经拿定了主意了嘛。"

谭氏笑道："老爷说的是愿意结亲，可这结亲不也得看礼数和诚意嘛。"

安若希紧张地咬住了唇。陈媒婆却是会意了："夫人觉得哪里不合适，只管说便是。我回去与薛夫人说，让她再琢磨琢磨。"

谭氏又笑："其实也没什么，只是这礼数合不合适，也得看薛夫人的意思。我这头，再与老爷商量一下。"

陈媒婆谈过这许多亲，自然也明白谭氏的心思。她定是嫌聘礼少了，但要是说得太明白怕薛家不高兴，不争取争取又不甘心，留个活话，后头还有余地。

陈媒婆忙附和："也是也是，这事是得与安老爷商议的。那我回去与薛夫人报了，等夫人这头的消息。"

谭氏道："让陈嬷嬷费心了。若是薛夫人着急，还望陈嬷嬷帮着美言几句。"话说着，塞了一粒小碎银过去。

陈媒婆赶忙收下，喜滋滋地道："夫人放心。我会瞧着薛夫人脸色说话的。若是薛夫人看重这亲事，抬一抬礼数也是应当。"

谭氏听得如此说，知道陈媒婆是明白了，又客套夸赞一番。

安若希在窗外垮了肩，垂头丧气地走了。心里颇有些难过，可惜无人可述。

陈媒婆走了，这一日也未再来。谭氏整日忙府里琐事，安若希未有机会与她细商，事实上，安若希也不知自己能说啥。礼单她看了，她自己觉得挺好的。只是她自己觉得好没用，一切还得看爹娘的意思。

之后安之甫回到家中，安若希黏着谭氏跟着去了。安之甫看完礼单，听完谭氏所述，也是与谭氏一个想法，拖延拖延，吊吊薛家的意思，看看还有没有可能再多要些聘礼。若是薛家小气，那到时他们回嫁妆时也少拿些出来。

安若希松了口气，不是又反悔了就好。

谭氏听得要少嫁妆，给了安之甫一个眼色，意思女儿还在这儿听着呢。嫁妆多少可是涉及女儿的利益了。

安若希瞧见了，忙道："爹娘不必担心，薛家是大户，女儿嫁过去又不是挨饿受穷的。眼前礼数多点少点其实不是最紧要的，嫁过去之后，女儿帮衬着娘家多拿些好处，那才是好的。"

谭氏心里宽慰，直夸女儿懂事，安之甫也觉舒心，赞谭氏："还是你教导得好，若是各房有你一半明理懂事，我也就省心了。"

谭氏有些得意，但想起四房段氏，又有些添堵。昨夜里她试探着问了问安之甫的意思，依她看，是想将段氏赶出府去才好，但安之甫竟然装没听见，扯到别处去了。谭氏脸上谈笑，心里却是打定了主意定要找机会将那疯婆娘弄走，莫要被她祸害了。

秀山静心庵里。静缘师太在佛堂安慰安若芳："你不用慌，隔了这许久，他们搜查不到，不会留人手在此处。也许偶尔再来看看，查不到什么的。你今夜在密室休息一晚，我去处置些事，明日回来，一切都不一样了。你很快就可以回家去。"

"师太要去处置什么？"走到今时今日，安若芳没有刚开始逃家时那般害怕了，最坏的结果还能如何，就当她未曾逃出家。她只盼着娘亲和大姐能平安，她能再见到她们。也希望师太平安，不要再卷入凶险之中。

静缘摸摸她的脑袋，答道："去扫清你回家的阻碍。"

静缘师太去了中兰城。

钱裴于福安县和中兰城的两处府宅她都探清楚了。福安县里钱裴的老宅防守更严密些，再者她对福安县并无对中兰城这般熟，所以尽管中兰城里郡府衙门和军方都在搜捕她，静缘师太还是觉得在中兰城下手最合适。

钱裴现在就在中兰城。

钱裴与南秦那头的细作组织有关系，静缘师太是知道的。这也是当初她没有对钱裴动手的原因。当初若是杀了钱裴，会惹来闵东平的猜疑，而她因为最早时并不在意，没打探整个组织里的人手情况，她没把握能护好安若芳，故而按兵不动。

可现在不一样了。闵东平死了，刘则死了，唐轩死了，前线开战，城里暗藏的奸细必定蠢蠢欲动，衙门和军方都在找她，安若芳跟她在一起太危险。这种时候，杀掉钱裴正好。安若芳平安回家，后头会如何，就看这小姑娘的造化吧。她能做的，已经为她做了。

静缘乔装打扮成农妇模样，趁着黄昏时混在归城的农户贩夫人群里一起入了城。她先潜入了钱府隔壁的那个空院里，那院子雅致秀美，家具摆设颇是讲究，但屋子是空的，静缘猜想这处也许是从前给闵东平住的。一门之隔，方便行事。此时空寂无人，正好给她藏身静待。

静缘一直等到了夜半。她脱掉了外裳，里头穿的是夜行衣，用黑罩头将头脸挡好，只露出了眼睛。她拿好原先藏于袖中的短剑，翻过墙去，跃进了钱府。

钱裴住在东院正南大屋。静缘冷静地潜在墙边暗影中向东院靠近。整个府宅里头静悄悄的，偶见护院打着哈欠坐于园中廊下，静缘都静静地避开了。

她已经很久没有这般杀人了，静缘的步子很稳，满身的血却在叫嚣着兴奋。她想杀人，就杀这个人，非常想。这一定会是这些年来她杀得最痛快的一次。

东院到了。静缘跃了进去，拔出了短剑。剑刃在月光下泛起银光，透着极欲沾血的渴望。

院子里没有人，所有的屋里都没点灯。静缘从屋廊边暗影处往前走。她并不着急直奔南屋，而是先察看了一圈院里各房，紧挨着南屋的小房里，两个丫鬟睡得正香，一人躺床上，一人半卧在门边的榻上，想来是要值夜。还有两个护院模样的睡在靠近院门的小屋里。

静缘看完了，来到南屋外，窗户半开着，借着月光可以看到床上卧着一人，半侧着脸，正是钱裴。

很好，所有的情况一如所料。静缘轻轻地推门。钱裴并没有闩屋门。这很正常。在他的宅子里，他的院子里，周边都是他的下人，他自然是放心大胆，睡得安稳。

静缘走了进去，二话不说，手起刀落，一剑砍进钱裴的颈脖。

钱裴猛地一震，脖上的血喷溅而出，染了静缘一身。静缘再砍一剑，几乎将他脑袋砍掉。她静静看着钱裴血流如注，觉得心情无比舒畅。就是这样，杀人就是这样的感觉。

静缘看够了，把剑蹭在被子上擦擦血迹。然后，她的动作顿住了。

被子上，钱裴的手指指节粗壮，覆有老茧。

这不是一个养尊处优的老爷的手，这茧分明是长期编竹绳或是其他劳作才会结成的。

静缘朝钱裴的脸看去，血迹将他的容貌染得看不真切，静缘盯着他，这人长得很像钱裴，染血之前她没太仔细，染血之后，还真觉得不好判断了。

地上的血越流越多，淌湿了静缘师太的布鞋。静缘师太猛地转身欲走，这时门外却有两个护院巡过，两人见到一黑衣人出来，再一看屋内满地血，顿时尖声大叫："有刺客！有刺客！"

静缘想也未想，挥剑便砍。一剑刺进一人的心窝，另一人转身便跑。静缘足尖一点，两个起落跃到那人面前，探手又是一剑。那人尖叫着挥刀相迎，"铛"的一声虎口发麻，他的大刀竟是不敌对方短剑之力，再握不住，刚要矮身躲闪，"唰"的一下，胸前一痛，却是被剑横劈砍过。

那人一声惨叫。倒在地上。

这边的动静已经惊动了院门那屋里的护院，两人未穿外衣提着刀便杀出来，大声叫喊着"有刺客"。静缘剑尖一指，点足跃上，一剑砍翻一人，也不恋战，奔出院外，准备离开。

刚出院子，却听得身后有轻微的破空之声，却是另一护院拍向院门，放出暗器。静缘转身挥剑，击落箭矢。但空中银光点点，静缘心知不妙，暗器不止这个。静缘挥舞短剑，一边飞跃而起，但仍未完全避过。她只觉得右腿右臂刺痛，竟是针刺袭来。

上面一定有毒。不然针有个屁用。

静缘火速往一旁的树上跃去。不远处传来护院打手吆喝的声响，好些人赶来了。

静缘毫不理会，从树上跃到阴影角落，遁暗而逃。腿上及手臂开始发麻。静缘翻出墙去，从怀中掏出一颗药丸塞进嘴里咽了。身后远远有人追来的呼喝和脚步声响，静缘向前跑，然后转了一个弯，跑回了钱府旁边的那个空院里。

很快，钱府上下全都惊醒了。静缘听到些许嘈杂声响，但很快没有了。没人往这个院子来，静缘安静打坐，过了好一会儿，暗暗庆幸那针上并非什么厉害剧毒，约莫只是些麻痹药物，他们大概想捉活口。

静缘面无表情，却知道情况比她想象的糟。她杀的那人，一定不是钱裴了。钱裴需要找个替身为自己受死，想来许多事他都早有准备，他的身份也超乎她的预估。

无论哪方面，她都低估他了。

钱府折腾了一晚，并没有抓到刺客。护院追着黑影追到街上，还惹来了巡街的衙差、卫兵，众人一起将那范围圈起搜捕，却没有抓到人。

闹成这样，衙门自然是知道了。姚昆很快赶来，并派人火速赶往福安县通知钱世新。

待到了钱府，见得钱裴安然无事地冷静坐着，姚昆震惊。

"确是有人闯进了我的宅子。"钱裴道，"杀了我一个下人。被护院发现了，打了起来。"

姚昆像模像样地开始查案。下人身份如何？平素可与人结怨？刺客的目标是谁？是杀错了人还是就冲着那下人来的？刺客如何进入？说了什么？可有人看清刺客相貌……

钱裴一概答不知。护院也只供述，刺客身形像是个女的，但究竟是不是，他们也不敢肯定，因为天黑，对方蒙着面，且一声未吭。也许只是身形瘦小些的男子或是少年也说不定。

"女的？"姚昆看向钱裴，脑子里已然想到那个失踪的静缘师太。却未有人知道那位师太是否会武，但与细作之事有所联系的女子，其中最为神秘莫测的，目前他只知道这人。

这边钱裴却道："定然不是安大姑娘了。她虽恨我，但应该没那本事打得过我这些护院。"

姚昆听明白了，钱裴并不想追究此事。钱裴不想追究的，他却是想了。姚昆装模作样附和了钱裴，说应该不是安大姑娘，但他也会问一问。死者既是被人杀害的，衙门怎么都得立个案调查明白，不能放过凶手。

钱裴没多言，准姚昆将尸体带走，也让护院回了姚昆的问话，然后送客关门。

姚昆是送走了，但天未亮钱世新却是赶了过来。所有的问题又问了一遍，钱裴对儿子比对太守大人更不耐烦，赶他去问姚昆："所有情况都与姚昆说了，尸体他也带走了。我无事，别烦我。"

钱世新简直气得噎住，干脆往郡府衙门去了。

天亮时，钱府半夜遇袭的消息已开始在中兰城中传散。

静缘回到了静心庵，与安若芳一起藏身密室。她道："真抱歉，事情没办好。恐怕你近期还不能回家。"

侯宇悄悄进了钱府，与钱裴面对面坐着。

"是屠夫？"

"应该是她。"

"究竟是怎么回事？我也未听说哪里出了差错，她怎地就突然倒戈了？再有，她为何会对付你？"

"因为安若芳。"钱裴微笑，"之前的种种莫名其妙和推测在屠夫动手之时就明朗了。安若芳活着，在屠夫手里。"

侯宇皱眉："这表示什么？"难道屠夫早早就与安家有瓜葛？安若芳是她带走的？这变数也太大了。

钱裴还是微笑，他想的完全是另一回事："这表示让我不痛快的人，总会付出代价的。安若晨是这样，安若芳也是这样。"

侯宇眉头皱得更紧："你莫想着私怨。大局为重。再有，这事必须跟上头说。你被屠夫盯上了，必须速速撇清楚干系，中兰城不能由你联络牵头。不能因你而坏了所有的事。"

钱裴冷冷看他一眼："我对权势不感兴趣，若不是那些个没用的，我也犯不着这么累。你放心，我是着眼大局呢。屠夫想做什么，我约莫能猜到了。"

侯宇并不是很信任钱裴。谁会相信一个利欲熏心的老色鬼呢？

但每个解先生给他的紧急联络人名字，都是钱裴。甚至当唐轩被捕后，钱裴居然有权决定他的生死，当钱裴说出那句暗语让他听从指令时，侯宇是非常惊讶的。

有权决定解先生生死的人，那是能直接越过解先生与上头联络的。侯宇不明白为什么是钱裴，他也不明白钱裴图什么。钱裴不想当官，也不想辛苦去做买卖生意，他更喜欢中间过一道手谋利，喜欢别人恭敬畏惧拍他马屁的模样。这老头子心理有毛病。这是侯宇的结论。于他看来，钱世新可是比他老子稳妥多了。所以他最不明白的是，既然姓钱的父子俩都在做同一件事，为何互相隐瞒。

不过那都与他无关。他只要把事情办成，拿到钱，后半辈子金银满屋吃香喝辣不用再看任何人脸色，甚至许多人都要看他脸色就行了。他不该只是个衙头，是姚昆错待他，好些年了，明明他做事最好，提拔的却永远是别人。

侯宇依钱裴的嘱咐回到了衙门，等着钱世新。

这城里确是潜伏了不少细作，侯宇觉得自己是知道最多名字的那个，按嘱咐，他是好几个人的联络人，若是解先生出了什么问题，那几人就得联络他，由他来传递消息。而他，则是需要去找他的联络人——钱裴。

如今钱家父子两个要通过他一个外人来传话，还真是有些讽刺。

钱世新与姚昆商议了许久才出来，还去看了尸体，问了仵作。钱世新离开时，心情非常沉重。凶手手段凶残，却也冷静。第一剑便砍颈脖，确保对方无法呼救，也无活命的可能。凶手气力颇大，一刀几乎断颈。仵作觉得凶手该是个男子，但又听闻目击过凶手的人证称对方身段似女子，于是仵作又改口不能由伤痕断定行凶者是男是女。

钱世新看到了侯宇，侯宇冲他使了个眼色，于是钱世新似随口问了问一旁值岗的衙差昨夜里是哪些人巡街遇到钱家护院一起追捕人犯的。那衙差不是太清楚，看得侯宇在，忙道："谁人值岗，侯衙头最是清楚了，大人可去问他。"

钱世新顺着衙差指的方向过去了，与侯宇互相施了礼。

左右近旁无人，钱世新道："你可有什么消息？是屠夫吗？"

"听起来确该就是她了。"

"为何对我爹爹下手？"那死去的老头是个替身，再明显不过。

"大人可去问过钱老爷？"侯宇装不知。

钱世新皱眉头，回去当然得再问，惹上屠夫，这可是大事。当初唐轩嘱咐他查屠夫是否藏私，怀疑闵东平的失踪与她有关。如今看来，屠夫确实是背叛了他们。

"屠夫是否知道我们每个人？她起了叛心，我们都有危险。"

"我倒不是这般想。"侯宇道，"屠夫虽喜怒无常，但她不会做费劲不讨好的事。一来她不知道我们都有谁，二来她杀我们做什么？这对她百害而无一利。"

"杀我父亲对她又有何利？"

"唐公子说过对屠夫的疑虑，如今我想明白了。是安若芳。"

"什么？"钱世新吃惊。

"虽不能十成十确认，但事情确有可能。安若芳失踪了，这么长的时间，没露行踪便是死了，可安若晨收到了安若芳还活着的消息。是谁透露给她的？她到处寻找，还去尼姑庵。"

钱世新将所有线索串了起来，也明白了："安若晨不知道屠夫，但她有安若芳在屠夫手上的线索。"

"现在也许她知道屠夫了。屠夫欲杀你爹，可不是为了什么家国安危反叛报复，是为了安若芳或安若晨。"

钱世新皱眉，那他爹爹岂不是性命堪忧，躲过这次，还能躲过下回吗？而且屠夫成了安若晨的帮手，那还了得？

钱世新想了想，镇静下来，缓了脸色，道："唐公子说过，屠夫这人冷傲，她定不会听从安若晨的支使。再有，她若与安若晨接触，紫云楼那头会有消息的。但屠夫始终是个祸害，必须除去。唐公子的猜疑是对的，闵公子的失踪也许与屠夫有关。"

"也许闵公子发现了屠夫藏着安若芳，所以才遭了毒手。"

"我们得把她引出来处置了。"

安若晨在紫云楼里听到钱府遇袭，大吃一惊。出的是命案，案录送到紫云楼。安若晨翻看着，眉头皱了起来。卢正问她："姑娘要去郡府衙门看看情况吗？"

安若晨想了好一会儿："太守大人此刻查案必是忙碌，钱裴与钱大人必定也在。我还是不去添乱了。"

田庆也问："那姑娘今日出门吗？"

卢正看了他一眼。

安若晨也抬头看他，想了想："不出去了。你替我去一趟招福酒楼，把案子与齐征说说，提醒他们多当心。"

田庆答应，很快走了。

安若晨让卢正也下去了，她去探望了陆大娘。陆大娘脖喉处的伤好了些，进食说话还会痛，却已经着急要为安若晨出去奔走。听得钱裴这案子也是惊讶，欲开口请命，安若晨按住她的手背，阻止了："大娘，你好好养伤，莫着急。这案子最蹊跷的地方不是有刺客，而是，居然有替身。"

陆大娘怔了怔，也反应过来了。

"什么身份的人，会给自己准备一个替身？"安若晨似自言自语问着。钱裴也许比她原先猜的还要复杂。

凶手可能是女的，她只能想到一个人——静缘师太。想到静缘师太，自然就会想到四妹。

"得想办法安插人手到钱裴那儿去。"陆大娘吃力地说。这是她一直未办成的事，到这节骨眼上她更是着急。上回赵佳华说的那个钱府丫头收了好处只敢透露那点小消息，欲让她探更多却是没机会了。钱裴把府里的下人换掉了一批，那丫头便在其中。后来能找到的最接近钱裴的，只能在他门外远远看看而已，这实在是没多大用处。

"我们有人手。"安若晨道。

"谁？"

"我爹爹。"她有个推测，这推测对不对，就得看钱裴这两日有没有去安府。

钱裴去了安府。

安之甫听得门房报吓得差点没跳起来。刚听安平报完钱府夜半遇袭之事，钱裴便找上门来了？安之甫第一个念头就是那刺客可不是他找去的啊。

安之甫小心翼翼地将钱裴迎了进来。一时也不知该不该表示一下自己听说了惨事，聊表慰问。因为钱裴的表情一点都不像需要慰问的，也不像是来兴师问罪的。安之甫命人奉了茶，心里有些着急，"有何贵干"这几个字不好问出口啊。

"我是来赔不是的。"钱裴说话了。这话又把安之甫吓了一跳。昨天有刺客把钱老爷吓变样了？

钱裴微笑道："我那轿夫出去勾结了些匪类，教唆贵府四夫人对付安大姑娘，让安姑娘受了惊吓，又累得安老爷和四夫人受了苦，我心里委实过意不去。"

"啊，啊……"安之甫打着哈哈，勉强应道，"都是过去的事了，不值一提，不值一提。钱老爷莫往心里去。"

钱裴摆摆手："确是对不住，没管教好下人，将他遣走时定是招了他的怨恨。我那时被太守大人训问呵斥，又与我儿吵了几句，心里很不痛快，便出门散心去了，没考虑到安老爷被拖累，是我未处置好。还望安老爷大人大量，莫与我计较。"

安之甫忙摆手："哪能哪能。这事不怪钱老爷。要说也是我家那贱妾昏了头，怎会干出这等事来，让钱老爷不痛快了，钱老爷莫怪罪。"

钱裴笑了："安老爷客气。既是说清楚了，没了误会，那便好了。"

安之甫赔着笑，心里直发毛。

钱裴道："我这次来，还有一事。也不知安老爷听说了没，昨夜里，有匪类闯进我府中，杀了我的下人。我未住在主屋，逃过了一劫。"

安之甫装成惊讶的样子："竟有这事？"

钱裴点点头："我猜想，也许这也是那轿夫的同伙，受他指使，欲报复于我。"

安之甫张大了嘴，这次是真吓到了。

果然钱裴下一句便是："也不知他会不会来安老爷家中报复，所以我赶紧来看看，给安老爷提个醒。毕竟上次的案子，是因为四夫人没办成，坏了事，累得那轿夫被查到了。他为了被遣走的小事记恨我，自然也会为那事记恨安家。"

安之甫叫道："那可与我们安家没有关系啊。"

钱裴道："安老爷放心，我与我儿还有太守大人都说了，让太守大人夜里头多派些人手来安府外头巡卫，莫让安府也遭了那些匪类的毒手才好。"

安之甫赶紧点头，连称正是正是。

钱裴又道："我思前想后，也未想出那轿夫的线索，不知四夫人是否能想起什么来？"

安之甫忙道："她疯疯癫癫的，大夫给瞧了病，让她每日喝药呢。若是她能说出什么来，我也不会受那牢狱之灾。"

"这样啊。"钱裴沉思了一会儿，道，"要不让我见她一面。我亲自问问她，方可安心。"

安之甫想了想，实在不好拒绝，便让人把段氏带过来了。

段氏素颜素衣，干净端庄，清瘦柔弱的模样，倒更显出她的美貌娇容来。进得屋，规规矩矩地跟安之甫、钱裴施了个礼。

钱裴端详打量，道："我瞧着四夫人，不似痴傻的呀。"

安之甫忙道："她总是这般，一阵好一阵坏的。"

钱裴问段氏："夫人，你可认得我是谁？"

"钱裴钱老爷。"段氏答得流利，看了安之甫一眼。

钱裴也看了看安之甫，道："安老爷，你在这儿，四夫人有些紧张，怕是不敢回话呢。让我与夫人单独说几句话吧。我就问问轿夫的事，若有线索，也好解除我们两家的麻烦。"

安之甫愣了愣，看看段氏，道："那我去嘱咐人安排些酒菜，钱老爷留下用饭吧。我一会儿便回来。"

安之甫走了，屋里就剩下钱裴与段氏。

段氏姿态表情未变，钱裴却是收起了笑容，叹了一声，道："没想到最后竟是失了手，还累得你与安老爷遭了罪。我原是想帮着你们出来，但我若是插手，安若晨会更纠缠，怕你们的麻烦更大。不过我儿去与太守大人说了，你们定会无事的。这不，平安回家了便好。"

"多谢钱老爷。"段氏应声。

钱裴又道："若是芳儿也能平安回家就更好了。我与她是没甚缘分，但你们母女之情，莫要被剥夺了。"

提到安若芳，段氏顿时动容，她咬住唇，手指捏住了衣角。

"我昨夜里收到了消息，芳儿姑娘想回家。"钱裴看着段氏，向她迈了一步，放软了声音道，"她想回家，却不知道婚约已经取消。我猜谁说她都不会信，但若是你说的，她便会信了。你得让她知道，回到母亲身边才是最好的，没有危险，没有任何她不喜欢的人。你得告诉她，你想念她。"

段氏看着钱裴的眼睛，动了动嘴唇，却说不出话来。

"你说的话，必得让她能听到才行。我给你安排，如何？"

段氏眨了眨眼，嘴唇又动了动，眼眶慢慢红了，泪水在眼眶中聚集。

钱裴对她笑了笑，正待嘱咐她该怎么办，段氏忽地一个耳光甩了过来，大声骂道："安若晨你这贱人，你还我女儿来。你有本事，把我也杀了！"

钱裴猝不及防，正正挨了一下，"啪"的巴掌声响，甚是响亮。

"安若晨！你这贱人！"段氏骂着，抢着胳膊要再打钱裴。钱裴急忙后退。

"贱人你不得好死！"段氏尖叫着追了上去。钱裴转身躲闪。

"安若晨你赔我女儿的命！"段氏抄起花瓶追着钱裴砸，一个猛扑，钱裴被逼到墙角抱头躲闪，段氏疯了一般左右开弓地打着，"贱人！贱人！贱人！"

在外头听到声响的安家仆妇冲了进来，见此情景目瞪口呆。

安平和安之甫也闻讯赶了过来，喝令将段氏拉开，押回房去。

钱裴没受伤，但一身狼狈。

安之甫简直不知该如何是好。糟糕了，钱老爷没被刺客伤着，却被他家的疯妇打了。

"早说她是疯癫的"这话当然不能说。安之甫只得道歉赔罪，还让安平叫谭氏来，让谭氏领婆子去将段氏打一顿，教训教训她。

钱裴整好衣裳，摆摆手，将谭氏拦下了："她既是病了，打她又有何用。闹得病更重了，就不好了。莫管她，让她休息去吧。"

谭氏给了安之甫一个眼神，一口答应，退下去了。

安之甫对着钱裴颇尴尬，偏偏钱裴不觉得。他四平八稳地坐好了，居然打算等饭吃。安之甫只得赔着笑脸与他聊。

谭氏去了四房院子。段氏未进屋，就在院子石椅上坐着，平静又落寞地看着院子里的树。

谭氏过去扬手给她一个耳光。

段氏挨了打，竟未大喊大叫，不挣扎不躲闪，她甚至没有看谭氏一眼，似什么都未发生，转正了脸，继续盯着树看。

"你这疯妇……"谭氏指着她，想骂骂不出来，对一个完全没反应的人，确是没有打骂的气氛。可事情怎么能就这么了了。谭氏正待让婆子动手，以示惩戒，安若希赶来了。

"娘。"安若希听得事由，忙过来看看。打了钱裴，简直是大快人心，但安若希也害怕，这事后患无穷，不知会如何。

安若希把谭氏拉到一旁劝，四姨娘有病，打她又能如何，到时疯得更厉害，闹得家里鸡犬不宁，爹爹怪罪下来就不好了。且谭氏才被扶正，就对其他房动手责罚，传出去也不好听。再有今日这事，最重要的不是处置四姨娘，而是摸清钱老爷的心思。

"娘你想想，四姨娘再疯，怎会无缘无故打人。钱老爷为何要叫了四姨娘去？这里头打的什么主意？是四姨娘难管，还是钱老爷难防？娘莫忘了，钱老爷可是刚坑过咱家一回的。"

谭氏一听，确是这道理。被段氏气糊涂了，差点耽误了正事。

"我去问问老爷。"谭氏说着，转头指着段氏嘱咐婆子，"莫要管她，晚膳也不必给她了。"

段氏似听不见，眼皮子都未动一下，木头似的，呆呆盯着树看。

婆子赶紧应了谭氏。谭氏走后，当真也不管段氏，都回屋去了。

安若希见得众人散了，叹了一声，转头也欲走，却见段氏正盯着她看。安若希吓了一跳，退了一步。

段氏见得她如此，也不说话。静静看了她一会儿，转过头去再盯着树，好半晌忽然道："我没事。我还要活着见我女儿呢。"

那声音冷飕飕的，安若希吓得起了鸡皮疙瘩，也不及细想，赶紧跑了。

身后似还飘来一句："我女儿活着……活着相见……"

赵佳华也在考虑着女儿的事。所有人的危险加起来都没有她女儿的危险来得让她忧心。她悄悄筹划离城事宜，马车行李住所沿途路线目的地等，很快都安排妥当。

计划是这样的，巡察使快要到了，待官大人们来了之后，太守也好，钱裴也好，安若晨也好，所有人大概都很忙，他们要与巡察使周旋，自然顾不上他们这些小人物。借这机会，分头悄悄离城。陈婆子、苹儿和两名护卫带着刘茵先离开，紧接着李秀儿及其母亲、义妹，再加上齐征一起走，而赵佳华垫后，她的目标最大，她在城中，若遇任何情况，可为前面离开的人编造各种说辞，为他们争取时间。

赵佳华把李秀儿和齐征找来，与他们细细说了安排。李秀儿没异议。赵佳华遵守承诺，对她及母亲照顾有加，这样的关头也绝不舍弃，她对赵佳华感恩，一切都听从赵佳华的安排。

但是齐征不。他先是问："老板娘，你不是说，跟安姑娘说好了，留在城中才是安全，往外逃细作更容易下手嘛。我们为何要逃？"

赵佳华瞪他一眼："你真傻还是假傻。我不这么与她说，能将她稳住吗？你怎知她不是试探我们。再有，若真有计划安排，当然越少人知道越好。不告诉安若晨才是最安全的做法。傻子才会跟别人承认'是呀，我们真的要逃'。"

李秀儿也白了齐征一眼。

齐征不死心，支吾半天，扯东扯西，又道："那这样吧，老板娘你与秀儿姐走。我最后再走。你也知道，陆大娘、田大哥他们时不时会来找我，若我不在了，他们该疑心了。酒楼的事也得有人照看不是？"

"有我在，他们疑心什么？我把你派出去办事了，这哪里不行？酒楼的事我也会嘱咐好，哪里轮到你照看。你这般不痛快，我倒是该疑心了。齐征，我待你不薄，你因为打探消息险些遇害，我觉得亏欠，为免你再度遇险，我才为你如此安排。我们这些人的身家性命都在一起，我女儿的命也捏在这儿。你必须与秀儿一起走。你留下，会拖累我们，泄露行踪。"

这话说得重。齐征咬牙。但想来想去，他还是不愿："老板娘，我不能走。我必须留下来，与细作拼到最后一刻。前线在打仗了，城里需要人。紫云楼里牛鬼蛇神危机四伏，太守大人与钱裴也很是可疑。甚至安姑娘也忠奸难辨。整个城里，知道这秘密的又有几个？心系忠义的又有几个？我是一个。"他顿了顿，加重了语气，"我不能走。我发誓就算我死了，我也不会泄露你们行踪半句。但我不能走。"

赵佳华看着他的眼神几乎是震惊："齐征，这些什么忠义、国之安危、细作，与我们老百姓无关。我们帮着安若晨做了些事，已经仁至义尽了。该自保的时候就得自保，城里死了这许多人，教训还不够吗？！你一个孩子，你能做什么？你连谁信得过都不知道。"

"陆大娘是信得过的，田大哥是信得过的。"

"他们都是安若晨身边的人！"赵佳华斥他，"一日不能确定安若晨站哪边，一日便不能相信他们。更何况，安若晨不是细作，那也是她身边的人是细作。田庆比安若晨更可疑！"

"不是的。"齐征真生气了，脸红脖子粗地争辩，"田大哥忠肝义胆，一心为国，他是好人。他与老爹是一样的。老爹就算瘸了腿，就算只是个赌场看门的，也心中有家国。所以他才会牺牲。这般胸怀，你不懂！你们妇道人家，心中只有小利，只有争妒。我们男子汉大丈夫，绝不能临阵脱逃。"

这次赵佳华真的是震惊了。"齐征！"她喝他，"你从前可不是这般想的，你被田庆蛊惑了吗？"

"我一直都是如此，老爹一直这般教导我。如今我经了许多事，更是如此想了。如今前线在打仗，我得留下来。临阵脱逃，我怎么有脸与老爹交代？！"齐征一脸倔强，赵佳华气得抿紧了嘴。

安家这边，钱裴赖着不走，吃完了晚饭，还要喝茶听曲。待了这半日，把安家近来发生的大小事全聊了一遍。听说谭氏被扶正，忙让下人回府取来一对贵重的玉镯子恭贺。安之甫与谭氏收下了，战战兢兢。

接着说到薛家亲事，钱裴问得非常仔细。安之甫心有些虚，毕竟之前是答应了钱裴不应这门亲的，于是安之甫把那套高僧说辞搬了出来，道自己不敢不答应，以免日后家宅更得遭殃。又言说这事安若晨从中作梗，见不得他们安家好，所以他无论如何，也要将这亲事结了。

钱裴微微一笑："既是如此，那安老爷便好好操办婚事吧。没什么比家宅安乐，身家性命更重要了。"

安之甫听得他并未责怪，松了口气，忙道："正是，正是。"

钱裴问了问眼下与薛家定亲的情况，安之甫据实以告。钱裴恭喜了两句，却又道："安老爷心愿是好的，只是有安若晨在，你们想安乐过日子，怕是不能够。"

安之甫心里一跳，看了看钱裴。

钱裴道："不如这般吧，我替你除掉这隐患，免得她继续祸害安家。谢便不用谢了，你我相交一场，我不帮着你，谁又能帮你呢？"

安之甫目瞪口呆，话都说不出来了。谁要谢？又是谁祸害谁？

钱裴毫不在意他的反应，继续道："你让尊夫人去信薛夫人，告之她这婚事你们安家定是要结的，但安若晨曾就这事威胁过你们，这其中有所误会，你们担心薛夫人被安若晨蒙蔽，所以呢，让薛夫人约安若晨出来，大家一起坐下好好聊聊，将事情解决了。以免婚事后头还会节外生枝。"

安之甫张了张嘴，这是用完了段氏那个疯子，如今又想用上薛夫人吗？安之甫道："那薛夫人定不会答应的。"

"只要尊夫人用词得当，信中说清利害关系。那薛夫人护子心切，恐有意外，当然愿意去做。"

"可上回才发生了段氏劫车的案子，安若晨听得是与我们安家见面，定有提防，她不会来的。"

"就是因为如此，才须得让薛夫人写信邀她。告诉薛夫人若是尊夫人亲自邀约，安若晨定不会赴约，也就没机会把事情处置妥当。所以得有劳薛夫人出面。而借此见面机会，两家当着安若晨的面将婚事敲定。这般安若晨便会死心，再无机会动手脚。"

安之甫还在犹豫。

钱裴又道："你且放心，这回安排定会妥当。你们便约在福运来酒楼的石阁雅间，那屋子隐秘，好谈事，后窗临着后巷。屋子两边有折拉门板隔开另外两间屋子，我派人在那屋子里，安若晨进屋见薛夫人，自不会把护卫带进去，她在屋子里坐好了，两边便有人出来劫她。届时尊夫人大叫救命，护好薛夫人。其他的事，便与你们无关了。"

安之甫大惊失色，僵在那处，下意识地道："万万使不得。"他细细想了一遍。钱裴这话里的意思，是要在那屋子两边布好人，将安若晨从窗户劫至后巷带走？

"万万使不得。"安之甫再次道，"如此一来，我夫人与薛夫人岂不是麻烦大了？太守大人怪罪下来，我们两家轻则牢狱之灾，重则杀身之祸啊。"

"怎会？你瞧瞧这回，谁人有罪？不都好好的。"

安之甫被噎得，好半天挤出另一个推拒的理由："但薛家若是明白过来我们害了她，自然也不愿结这亲了。"

钱裴笑道："那是劫匪看着薛夫人衣着华贵，故而跟踪潜伏，欲绑架薛夫人捞几个钱花花。但因尊夫人舍命相救，劫匪慌了，只劫走了安若晨。薛家要如何怪你们？只会感激，更相信两家亲事是帮运扶命的，这亲事铁定能成。"

安之甫摇头，这件事他真不愿干。他是恨安若晨，但他确是不敢干出这种事来。"安若晨是未来的将军夫人，她若出了事，我们全都得遭难。"

"她那位将军，前线打仗呢。哪里顾得上她？太守如今一堆麻烦，也顾不上理这烂摊子。上回那轿夫及其同伙太守还未抓着人，许是那些人又回来再劫安若晨，谁知道呢。与你我又有何干？薛家更不会在意。薛家只在意二姑娘能不能嫁过去让他家儿子续命。"

安之甫仍想拒绝，钱裴脸一沉："安老爷，我好心帮你，你莫不识好歹。如今你只得安若晨一个敌人。这个敌人不除，你便多了一个敌人，便是我。我不止会对付你，还会对付薛家。我会教薛家明白，与你家结亲，非但半点好处没有，更会惹祸上身。届时你不但丢了亲事，还会有牢狱之灾，性命之忧。你自己好好想想。"

安之甫不说话了，钱裴要对付他，还真是易如反掌。

钱裴目光凶狠，安之甫心有些慌，他想了半天，硬着头皮问："钱老爷，你方才说如何行事，再细细与我说说。"

钱裴如此这般如此这般地将细节又说了，听上去似乎颇为周密，而后他掏出一封信："让尊夫人照着这信的内容和意思重写一份，送给薛家便是。"

安之甫接过，心跳如鼓，如今他再蠢也是知道，钱裴是有备而来。

"钱老爷。"安之甫挣扎半天，终还是问，"嗯，这个，昨夜里你府上遭劫之事，不会是安若晨干的吧？"

钱裴看了看安之甫，笑起来："安老爷想到哪里去了？我们不是在谈二姑娘的婚事吗？不是大姑娘在阻挠二姑娘的好姻缘，我才好心帮着安老爷处置吗？我是不知，原来在安老爷这儿，好心也会成了驴肝肺。"

"不，不，不。"安之甫慌摆手，"钱老爷一片热心，我自然是感恩的。只是突然想起钱老爷家里遭劫之事，若是与安若晨有关，那我们还得从长计议不是？不然搅乱了太守大人办案，大人怪罪下来，我们安家是受不住的。"

"安老爷多虑了。"钱裴道，"安老爷只管把信写好，约好了人，后头的事交给我便好。"

安之甫完全不明白钱裴的用意，只觉这薄薄的信甚是烫手。最后没了办法，只得道："那便听钱老爷的，我这就找夫人商议去。待事情办好了，回头我去府上报钱老爷知晓。"

钱裴道："好，商议去吧。我便在这儿等安老爷消息。这信今晚便递出去，约她们明日见面吧。"

安之甫脸抽了抽，这么急？明日？

钱裴看他神情，扬着声音道："安老爷赶紧的吧，我的耐心也是有限的。"

那声音里透着的威胁让安之甫吓一跳，思及这不听话的后果，安之甫心一横，去找了谭氏。

谭氏听得安之甫所言，大吃一惊。反复问了又问，仔细想着这里头的各种利害关系，终也是同意照办。她将此事告诉了安若希，让她心里有个数，若是薛家或是其他什么人问起，让安若希也知道如何应对。

安若希吓得惨白了脸，叫道："娘，此事万万不可。薛夫人约了大姐出来，大姐便被劫了，那薛夫人再傻也会明白怎么回事。这亲事定会黄了，她家再不可能与我们结亲。"

"不会的。此事各项细处都想妥了，到时我拼了命地护她，再弄出点伤来，她还能有什么怀疑。官府那边，钱老爷自会摆平。"谭氏安慰女儿，"你莫担心。"

"娘，万万不可。"

"若不这么办，亲事才真的会不成。钱老爷说了，若不依他吩咐，便会对付你爹。到时，可就不止亲事没了这么简单。轻则牢狱之灾，重则性命之忧。"

安若希想起当初钱裴对她的威胁，惊得僵立当场。

"婚事重要？还是我们安家的安危重要？"

安若希说不出话来，她红了眼眶，心如刀绞，握着谭氏的手，眼泪落了下来："难道我们一辈子都要受他逼迫？"

谭氏回道："莫犯傻。"

安若希泪如雨下。嫁给薛公子是她逃离这一切最后的希望，近在咫尺的希望。可是如果利用了薛夫人，那这希望就要化为泡影。"求求你，娘，求求你。"

安若希在母亲那里并没有得到她所希望得到的回应。谭氏嫌她烦闹，将她遣回屋去。安若希心里已然绝望，低头默默回去了。

回到屋子，擦干眼泪，她开始认真想整件事。按理，爹爹经了四姨娘那一事后，被钱裴摆了一道，不该再应承他这事，毕竟刚从牢里出来，哪里还敢再冒险。若他有胆子谋害大姐，照他对大姐的恨意，早动手了。她信钱裴定是对爹爹说了狠话的。就如同那时，他对她说的狠话一般。

想起这个，安若希打了个寒战。再想起薛公子，心如刀绞。

无论如何，她嫁不了了。安若希知道。无论照不照钱裴的要求去做，她都嫁不了了。做了，薛夫人看不起她家，觉得她心毒，定不敢让她进门。不做，钱裴对付他们，定也会毁了这婚事。

安若希呆呆坐着，想起从前自己跑到安若晨那叫嚣斥骂，她还问过她，如果她是她这般处境，能如何办？

安若希又想起，安若晨说过她曾问四姨娘，会否为了保护四妹而拼死抵抗爹爹。她记得大姐说当时四姨娘像看怪物一般看她。如今她也知道自己母亲的反应了。虽然她没有问同样的问题，但她已经知道母亲会如何答了。

安若希开始磨墨，琢磨如何悄悄给安若晨递封信示警。但一抬头，却透过窗户看见一个脸生的仆役在院子里晃。她把窗户关了，叫来丫头一问。那是钱裴的手下，说是在等谭氏写好信。

"钱老爷在府里住下了。老爷让好生招呼他带来的那些属下。"丫鬟道。

安若希心里一慌。她怕她写的信送不到安若晨的手上，还会暴露了自己。安若希盘算了好一会儿，不写信了。她出了门，带着两个丫头逛园子，不出所料，她看到有人在暗处一路跟随，盯着她的一举一动。

看来信送不出去，她自己也没法出去通知大姐吧。

安若希站在湖边，看着那一潭死水，想着这一团糟的家，想到她没有机会嫁给薛公子了，想到日后薛夫人看到她时鄙夷的目光，想到薛公子会对她厌恶，她真有就此一跳的冲动。

安若希闭了闭眼，站了许久，然后猛地转身，去找谭氏。

谭氏刚把信写完，她琢磨又琢磨，改了好几遍，才把钱裴信里的意思用自己的话说圆满了。自认有理有据，极有说服力。她又看了一遍，打算给安之甫和钱裴过目后便送出去。

这时候安若希走了进来，第一句话便是："母亲，我想到件事，若这事不解决，怕爹爹的计划成不了。"

谭氏一愣，忙问："何事？"

安若希道："薛夫人之前既是跟大姐相交，她会否真愿替你瞒着大姐将她骗来？若她觉得欺瞒不好，要用劝说的，把事情与大姐说了，劝她与你坐下好好解了恩怨心结。那大姐还会来吗？"

"可总得一试。"谭氏道，"反正我们按钱老爷的吩咐办，若事情不成，他也怪罪不下来。"

安若希又道："就算薛夫人瞒着大姐将她约来了，大姐开门看到娘，也会扭头便走的。"

谭氏沉默，确是如此。

"若是大姐先到，娘未曾到，钱老爷的手下便动了手。那没娘护着拦着，万一薛夫人有个好歹，这仇就结大了。闹到官府去，钱老爷可是不会保咱们家的。想想四姨娘这事，钱老爷是如何对我们的？"

"依你说，如何办？"

安若希叹气："若依我说，自然是这事办不得。钱老爷一心只想抓到大姐，不管不顾。说句不好听的，他老糊涂了，色欲熏心，豁得出去，只顾自己，哪会管我们安家的死活。"

谭氏皱起眉头。

安若希又道："莫说对咱们，就是对钱大人，钱老爷但凡有些为儿子仕途着想的意思，也不会干出这等事来。钱大人对他颇是忧心，还得为他做的事奔波善后。这回是帮我们了，下回可否会相帮，他是官老爷，顾着自己才是紧要。娘，钱老爷此人太毒，爹爹也没那制住他的本事，咱家受的教训还不够吗？不可与他为伍。"

这道理谭氏哪会不懂，她道："如今说这些又有何用？钱老爷在这儿盯着，不办是不成的。"

安若希咬了咬唇，心一横道："那我去吧。"

"什么？"

"事情还按钱老爷吩咐的办，信我来写，见面的人换成我。就跟薛夫人说我与姐姐好说话，这般好相劝，恩怨方能解开，婚事才能顺顺利利。这般虽是出格了些，但薛夫人应该也能理解。这般，出事时，我护着薛夫人，这才坐实了我能给薛家带来福运之说。而姐姐见是我，想来也不会扭头就走，就算薛夫人提前告诉她是与我见面，她也不会对我防范太深，会来的。再者，薛家若是生疑，我是小辈，平素与钱老爷未有打交道，他们不好怪罪。就算怪罪下来，我一人承担，这般娘亲和爹爹便能抽身出来。这家里，只要娘在，爹爹在，便能想法救我。但若是因这事爹、娘被关了大牢，我们一家子如何办？"

"希儿！"谭氏听得感动，一把将女儿抱住，"你真真是娘的好女儿。你说得有理，确是该这般才好。"

是吗？是该这般吗？所以女儿顶罪便没关系，就该这般？安若希在心里苦笑。也许她方才真应该跳下湖去才好。

谭氏当即让安若希写了信，然后她拿着信去找安之甫和钱裴商议。由她去解释为何换安若希出面。安若希告诉她，便说是娘亲的主意，不然钱老爷疑心重，会以为我们不听话，想从中搞鬼。谭氏觉得在理，便这般办。

安若希在谭氏的屋子里焦急等待，生恐会被钱裴识破。但安若晨帮她促成婚事，让她与薛夫人和薛叙然见过面的事，应该无人知晓才对。钱裴也定不知道的。安若希很紧张，她希望是如此。

安若希打的主意，无非就是这信由她来写，交到薛夫人手里，薛夫人一看便知有诈。而若是谭氏写的，薛夫人知道谭氏与安若晨不合，也许就真信了。必须让薛夫人知道这里头另有隐情，这样薛夫人就会拒绝。这般，大家都相安无事，钱裴便利用不了他们了。

安若希等啊等，终于等到谭氏回来。谭氏说安之甫和钱裴都答应了，觉得这事由安若希来办可行性更高些。那封信已经差人给薛家送过去了。只是钱裴又说，届时他会派他的人做轿夫送安若希去。

安若希心里咯噔一下。这是派人监视威胁于她。

但她不能拒绝。

"好。"安若希答。

她知道根本到不了送她赴约那一步。只要薛夫人看了信，便会知道怎么回事，她会通知大姐，那大姐便会有所防范。安若希心里很难过。信送到的那一刻，便是婚事毁了的那一刻。谁会跟一家子毒心肠的人家做亲家呢？

不怕的，不怕的，留得青山在，不怕没柴烧。

安若希回了屋，躲在被子里偷偷垂泪，也许，青山早不在了。

叁 过墙梯

　　钱裴这一夜竟是就在安家住下了。安家上下小心翼翼。安若希听得消息没大反应，说了句："哦，他葬在这儿都没事，随他吧。"

　　报信的丫头听得汗毛直竖，跑掉了。

　　安若希哭了一场舒服些了，反正薛家亲事黄了，薛夫人不会搭理她家了，随便吧。她倒是要看看，钱裴还想闹出什么事来。

　　安若希闷头睡觉，可辗转反侧，并未睡好。第二日一早，安家竟然收到了薛夫人的回信。信上说，她很高兴安家同意了婚事，也能理解安家的苦衷，既是双方婚事已定，为免节外生枝，她会约安若晨出来，大家坐下好好谈谈，也请安夫人勿担忧顾虑，只要安家莫再变主意，这婚事定是不会有变数了。

　　除了钱裴，所有的人都有些愣。

　　安之甫与谭氏是意外，怎么这意思变成他安家铁了心结亲不得改主意了，那聘礼不能再谈了是吧？安若希则目瞪口呆。怎么回事，薛夫人竟然看不懂这信吗？

　　钱裴很满意，吃早饭时胃口格外好，就连应付钱世新派来请他回府的仆役都很有耐心，好声好气打发人家走了。

安若希坐立不安，只得寄希望于大姐识破这一切，莫要应允赴约。

可近午时时，薛家又送来了一封信。薛夫人说她已经约好安若晨，一切照安家嘱咐办的，安若晨会来。今日申时，在福运来石阁雅间会面。

安之甫和谭氏松了一口气。安若希感到绝望。

安之甫与钱裴商量动手的细节，他无论如何想保住与薛家的亲事，为了掩人耳目，让钱裴务必让手下先佯装袭击安若希与薛夫人，待安若希拼死保护薛夫人后，再动手劫安若晨。这般，他们便能从这事里撇干净关系。

钱裴一口答应。安若希半点都不信他。

谭氏与女儿促膝长谈，教她要如何表现。告诉她薛夫人如何性情，她要表现得端庄有礼才能讨得薛夫人欢喜。又道匪徒冲出来的时候别怕受伤，别躲别跑，要扑过去将薛夫人护住，受点伤还是好的，这般用了苦肉计，便无后患了。安若晨被劫后，她的护卫冲进雅间，要给他们指路，要表现出姐妹情谊，要痛哭，等等等等说了一堆。

安若希垂着眼一一应了。

终是到了要出发的时候，钱裴当着安之甫与谭氏的面，对安若希道："今日之事，便有劳二姑娘了。若是二姑娘没办好，我会很遗憾的。"

安若希白着脸，话也说不出，只得点点头。

钱裴的两个手下抬了轿子，将盛装打扮的安若希送去福运来酒楼。

安若希在轿子里晃啊晃，心里冰凉。

到了地方，小二热情上前招呼。安若希说了石阁雅间，小二领着她往里走。

石阁在福运来的最里面拐角，靠着后巷，景致不好，但屋子里布置得极雅致，奇石盆花，很是赏心悦目，也算是弥补了位置上的劣势。喜欢安静说话不受打扰的客人，常挑这间。

随安若希来的两个轿夫似护卫一般跟着安若希过来，在雅间外头候着。安若希猜测他们也许是为了到时拖一拖安若晨的护卫，好让里间得手。

小二敲了敲石阁雅间的门。安若希闭了闭眼睛，对自己说别害怕。

小二听得里间有人应声，便推开了门。安若希走了进去，一抬眼，愣住了。

雅间里没有薛夫人，却坐着薛叙然。

薛叙然安静坐着，表情淡淡的，看了安若希一眼。他的小厮站在一旁伺候，正给他杯子里倒茶。那茶壶一看就是自己家里带的，旁边小几上放着个小暖炉，小厮倒完了茶，再将茶壶放回暖炉上。安若希想起来，薛叙然说过，他不喝普通茶，只喝药茶。

安若希一直盯着那小厮的动作，呆了好半晌才反应过来，忙施了个礼："见过薛公子。"

薛叙然微皱皱眉，似乎嫌弃安若希的呆样。也没说话，只指了指一旁的位置，示意她坐。那小厮出去了，雅间门在安若希的身后关上。

安若希没由来心跳加快，拘谨地过去坐下。完了，她感觉这比见薛夫人更糟糕。这般境况，见薛夫人是惭愧，见薛公子是羞愧啊。还真不如昨日一闭眼就跳湖了好。

安若希不知道该说些什么，薛叙然也不说话。室内如此安静，安若希更不敢开话头了，仿佛一说话便打扰了他的清静。她自己坐那儿发呆胡思乱想，既然薛夫人没来，那是不是其实大姐也不会来？若是大姐不来便太好了。这般大家都不会有麻烦。

想到这儿她转头看了看，这屋子左右似乎真的是可活动的雕花屏壁，拉上便是装饰用的壁墙，折起便可将小雅间变大雅间。他们在这处说的话，壁墙后藏的人能听到吗？

"这雕花屏壁很好看？"薛叙然忽然开口问。

安若希吓了一跳，忙转回目光，道："是挺好看的。"

然后又没话了。

安若希局促坐那儿，既希望薛叙然再说些什么，又怕他说出他们原来见过面的话来暴露了她与大姐一起算计的事。

所以说，做人真的不能做亏心事，总有一天会有报应。她现在就遭报应，还一报接着一报，也不知何时才能是个头。

"安二小姐很爱发呆？"薛叙然又说话了，只是这话说得，安若希涨红了脸。

"不是。"

"那是因为与我孤男寡女共处一室紧张了？"

"是。"安若希稍松了口气，他替她找好了理由，这般挺好。

"安二小姐怎么不问问，为何来的不是我母亲？"

"啊。"安若希吓了一跳，这个问题她确是很想问，但她怕一问就露馅，她赶紧打圆场，"我猜大概是薛夫人身体不适，无妨的，薛公子来也一样。我能跟姐姐见个面，把话说清楚便好。无妨的。"信里说的目的就是要与安若晨谈判，所以这话该是能圆得过去吧？墙后的人听到不会起疑吧？

安若希紧张得脑子里乱糟糟。

"那你怎知我便是薛叙然？你见过我？"薛叙然又问。

"……"安若希整个人呆住，是啊，她一进门便说"见过薛公子"，她怎么知道的，她不该知道的啊。

啊啊啊啊，那到头来，说错话露馅的是她自己？

完了完了。等等，薛公子这般问，是在帮她？

安若希赶紧抖擞精神，答道："未曾见过，可我听说过薛公子的年纪样貌，又听说薛公子体弱，如今见了，便觉得八九不离十。再者薛夫人既是约好了在此，那薛夫人不在，来的肯定是薛公子了。"

"你肯定吗？"

安若希傻傻地张大了嘴，要演得这么深入吗？

"那，那公子是薛家公子……吗？"

"我是。"

安若希松了一口气。

"我母亲身体不适，但又说今日会面极重要，便让我替她来看看。"

安若希再松一口气。

两人一时间又无话了。安若希坐得很僵，动也不敢动。忍不住又乱猜，薛叙然说的这些话真的假的？他是否已经知道了这信里有内情？难道薛夫人回信说约好了大姐是假的，薛公子故意来探探情形而已？

完了，安若希觉得自己一坐到薛叙然身边就又傻又笨，脑子根本转不过来。那股"毛遂自荐"的聪明劲儿去哪儿了呢？

算了算了，聪明又有何用。反正无论怎样，她也是嫁不成薛公子了吧。

安若希偷偷看了一眼薛叙然，他正盯着桌上的点心看，手指似无意识地敲着桌面，好像在思考。安若希觉得他又比上一回俊俏养眼了。虽然瘦且苍白，但胜在气质卓然，手指白净修长，比姑娘家的手还要秀气。

安若希把手藏在了桌下，不想被比下去。她这么悄悄一动，薛叙然的目光扫了过来，安若希赶紧低头盯桌面，脸上火辣辣地发热。

她真希望可以嫁给他。安若希觉得很难过。

这时候突然传来轻轻敲门的声响。安若希吓得差点跳起。

薛叙然应了声，门被推开了。门外站着安若晨。

安若希的心怦怦跳，她猛地站了起来。她看着大姐，她想对她大叫"你快走"，但她不敢。她想冲她拼命使眼色让她起疑别进来，但是门外稍远处站着钱裴派来的轿夫。那人的眼神越过安若晨正盯着她。

安若希什么小动作都不敢有。她只能呆呆的，似乎有些惊讶地看了她一眼，然后她身边那个名叫卢正的护卫在门口扫了一眼屋内，确定安全，对安若晨点了点头。安若晨想了想，走了进来。

安若希的心沉到了谷底。看姐姐的表情，她似是什么都不知道。安若希看着卢正关上了雅间的门，将那轿夫的目光挡在了门板之外。

安若晨走到了桌边。

"大姐。"安若希低声唤，觉得自己的声音都有些抖，心虚得厉害。

安若晨看了看她："二妹。"然后目光转向了薛叙然，"这位一定是薛公子了。"

"是啊，是啊。"安若希不敢看薛叙然的脸，怕在他脸上看到嫌弃表情。大姐果然比她机灵。

安若晨坐下了，安若希紧张地跟着坐下。现在不是羞愧的时候，她得做些什么，必须警告姐姐，要迅速，马上。不然等钱裴的人动手一切都晚了。

安若希不理薛叙然的反应，伸手一把将他面前的药茶杯子拿了过来。没办法，小二没进来，身边没丫头，而她从进门就紧张，连杯水都没给自己倒。安若希一边努力维持着声音的正常，说着"大姐，好久不见了"，一边伸手蘸了茶水，在桌面上写了两个字——快走。

安若晨低头看了看字，眼中已有了然。她应道："是啊。"桌下有人碰了碰她的膝盖。安若希双手在桌面上，那桌下的手自然就是薛叙然的。安若晨伸手，握住了薛叙然递过来的几张纸，不动声色地飞速塞进袖里，嘴里再应了一句："确是很久未见了。"然后她站了起来。

安若希完全没察觉安若晨与薛叙然之间的小动作，她对安若晨挥手，示意她快走，嘴里却又说着："听说大姐与龙将军定亲了，真是恭喜。这可是天大的喜事，我们安家上下也全都跟着沾了光。从前的事，大姐莫要再记恨我们吧。大姐喝茶吗？我给大姐倒一杯可好？"

安若晨趁她说话的工夫，已经退到了门边，她回头看了妹妹一眼。两人目光交会，似千言万语，却没有说一句话。

安若晨打开门出去了。安若希看到她那两个护卫迅速围到了她身边，低语两句，该是不知道发生了何事。安若晨一句话都没说，领着他们离开了。而钱裴派来的轿夫一脸震惊地看着，扭头看向屋子里的安若希。

安若希用手掌盖住了"快走"两字，装作撑着桌面大喊的样子，对屋外喊道："大姐！你怎么走了？咱们一起喝喝茶说说话不好吗？"

那两个轿夫没顾上管安若希，急急跟了出去。安若希不知道他们想干吗，难道还能光天化日之下从将军挑选出来的两名护卫手里抢下安若晨不成？

薛叙然的小厮出现在门口，轻声问："公子？"

薛叙然挥挥手，小厮退下了，顺手把雅间门关上。

安若希没在意这些，她还在想那两个轿夫，还有这墙后面的埋伏。大姐走了，埋伏应该不会怎样了吧？她用手掌擦掉桌上那两个字的水迹，眼眶红了。

真丑陋，最不堪的一面让薛公子看到了。这便是他们安家的真面目，丑陋的，无情的，互相伤害的家。姐姐以后真的不会再见她了，薛公子该也是一样。

安若希的眼泪落在了桌上。她觉得好羞愧，她不敢看薛叙然的表情，害怕在他脸上看到鄙夷。

她该走了。

安若希低着头，轻声道："薛公子……"

"嗯。"

"我……"想为自己辩解两句，但也不知能说什么。算了，还是走吧。她回家去，有的是需要解释的。她得说不知道姐姐为何突然走了，她尽力了。轿夫可以做证，埋伏在屏壁那边的人可以做证。她有热情招呼姐姐来着，但她低估了姐姐对她的怨恨，总之姐姐走了，这不能怪她。他们安家把能做的全做了，不能怪他们安家。

这么说可以吧？安若希心里叹气，也只能这么说了。

"你能不能别用手擦桌子，很脏。"

"啊？"安若希吓了一跳，下意识收手抬头，果然在薛叙然的脸上看到了嫌弃。她张了张嘴，正想说点什么，忽然听到屏壁那头传来了"砰"的一声响，似有人踢翻了什么东西。

"小心！"安若希一声大吼，猛地朝薛叙然冲了过去。将他扑倒在地，护在了身下。

薛叙然猝不及防，眼前一花，被一下从椅子上撞倒在地上，身上还压了个姑娘。他痛得龇牙咧嘴，好半天没缓过劲来。

安若希小心翼翼防备着，可并没有人拉开屏壁冲进来，反倒是薛叙然的小厮闻声打开了雅间门赶忙来看看发生何事。这一看，竟是自家公子被安家小姐压在了地上。

安若希整个傻眼，与小厮大眼瞪小眼好半天才猛地跳了起来，慌乱涨红着脸猛摆手："不，不，不是你想的那般。"

小厮什么话也没说，他跟随公子，做事极是稳重。他想什么了？他什么都没想。

安若希继续努力解释："我被椅子绊了一下，不小心把薛公子撞倒了。"

小厮过来将薛叙然扶了起来。薛叙然肩膀落地，脚也踢到了椅子上，此时皱着眉头，也不说话，自有一股薄怒盛威的气势。安若希后退几步，很是沮丧，觉得自己再丢人不过了。

她低了头，小声说"抱歉"，小厮将薛叙然扶坐在椅子上，替他整了整衣裳发冠。安若希觉得自己衣裳肯定也有些乱，头发也许也乱，但她不敢摸。她就在薛叙然的瞪视下，脑袋越垂越低。

被瞪了半天，没人骂她，也没人理她。安若希嗫嚅着说："那，那我走了。"

薛叙然问她："你的丫头呢？"

安若希愣了愣，摇头："没带。"为免丫头误事，也免得事情被更多人知道露了风声，所以安之甫和钱裴只派了那两个轿夫送她。

薛叙然"哼"了一声，斥她："莽莽撞撞。"然后起身，率先走了出去。

安若希觉得这莽莽撞撞骂的是她扑倒他还有趴在他身上，也许他是谦谦公子，"不知廉耻"这四个字他说不出口吧。安若希又想哭了，他就这般走了，竟连句告别的客气话也未曾与她说。

安若希没敢看薛叙然的背影，她呆呆站了一会儿后，这才慢吞吞地走了出去。

酒楼外，两个轿夫站在轿子旁等着。他们居然在啊，没追着大姐跑掉吗？安若希看着那两人，忽有些不安。

这时一个人从另一旁走了过来："安小姐。"

安若希转头，来人竟是薛叙然的小厮，再一看，薛叙然的轿子停在另一边，他还没有走吗？

小厮道："安小姐，我家公子请小姐过去说两句话。"

咦？安若希不知薛叙然想说什么，但心中已有狂喜。还能多说两句话，简直是老天眷顾。

安若希紧张地走过去，又高兴又忐忑，想蹦，但要稳重，太稳重了些，差点同手同脚迈步。

到了轿前，小厮上前掀开轿帘，薛叙然抱着手炉坐里头，皱着眉头看看安若希，问她："怎么出来这么慢？"

"……"安若希不知道怎么答。他没说他在等她啊，怎么有要求她快步跟上吗？

安若希呆立。薛叙然不耐烦了，于是又问："你有何话要与我说吗？"

"……"这问题更难了呀。安若希不知道能说什么。她忽然怀抱着最后一线希望，想问问婚事还能成吗？她其实只在乎这件事而已。

她没敢问，觉得没脸，于是又愣了一会儿。

薛叙然示意小厮把轿帘放下来，不理她了。

轿帘落下，安若希再看不到薛叙然的脸，心中一阵失落。唉，还真是只有两句话呢，一句不多，一句不少。安若希叹了口气，慢吞吞地转身，踏着老太婆一样的缓慢步子，朝自己的轿子走去。

安若希脑子一片空白地上了轿，心里也不知道在想什么。回家后要遭遇的责难，钱裴会对他们安家采取的报复，以后的日子，她都没有心思去想。她就在轿子里发呆。

这一生只见过薛公子三回，以后再见不到，她会记得他多久呢？也许会很久吧。毕竟这段日子，她把他视为自己的救命稻草，是她脱离眼前这种生活的唯一希望。她对他的惦记这么多这么深，所以，应该会惦记很久。而他，很快便会将她忘了。还会有别的八字合适的姑娘嫁给他。不知道会是什么样的姑娘，肯定会比她好的。

安若希叹气，居然比她好呢。真不服气。她也可以变好的，只是没人给她机会。她希望他能活得久一点。虽然这不关她的事了，但她还是希望他能活得久一点。少些病痛，能过得好。

安若希再叹一口气，她居然还能操心别人，她自己都要顾不上自己了。对对，她该操心自己，这次事情没办好，回家也不知该怎么办。她拨了拨轿帘，想看看到哪儿了，她还有时间再琢磨琢磨，给自己想想辩解的好理由。要像大姐从前那般，装得特别无辜，要哭要乞求，说跪就跪，装出可怜来。

可往外一看，安若希愣住了。这是哪里？这般偏僻，这不是回家的路。

"停轿。"她大声喊。

可那两个轿夫充耳不闻，竟走得越发快了起来。

安若希大惊失色，掀开轿帘再大声叫："停轿！"

前面抬轿的轿夫抬高轿杠，安若希一个不稳向后仰倒，撞到轿子后壁上。她再傻也明白过来怎么回事，这二人不是要送她回府，她被劫持了！

安若晨坐上了马车，顺利离开。

无人跟踪，无人阻劫。只除了刚离开时雅间外头有两个轿夫打扮的人尾随出了福运来。他们看着她上马车，并没有其他举动。

安若晨行出一段后，田庆向她报告并未发现危险，她松了口气。

安若晨在马车里悄悄拿出薛叙然给她的信，飞速看了一遍，将信收好，再想了想，掀开车帘对卢正道："卢大哥，给二妹的解药你带着吧？"时间差不多了，她前几日问起，卢正说他时时带在身上，一有机会便会给安若希。

卢正愣了愣，道："带着呢。"

"你这会儿找我二妹去，看看她那边是何情形。若没机会单独见面，便与她说，让她回去传话，今日这事没完，我不会善罢甘休的。"

卢正应了，明白安若晨的意思，放狠话的时候，便是悄悄给药的时机了。这般不会引起猜疑，又能借机打探一下今日之事的玄机。卢正嘱咐田庆和卫兵护卫好安若晨，自己策马转头疾驰而去。

安若希这头，明白了自己的处境后，已吓得冷汗直冒。她掀开轿帘大声喊"救命"，一边用力晃着轿身一边极力尖叫！可是她没有看到任何人的身影，也没听到有人的声音。

轿子猛地停了下来，轿帘被掀开，前面的那位轿夫探进身来，恶狠狠地对她道："闭嘴！否则现在就杀了你！"

安若希想都不想，扬手一个巴掌就扇了过去。

那轿夫一下被打蒙了，万没想到安若希竟然敢动粗。他咒骂一声，伸手将安若希拖了出来。

安若希放声尖叫："救命啊！救命！"

轿夫伸手捂她的嘴，她张嘴便咬。轿夫吃痛，松了手，甩手给了安若希一巴掌，安若希脸被打歪一旁，双手乱舞，十指指甲在那人脸上一通抓。

另一轿夫赶来，拿了块布捂着安若希的嘴，与先前那轿夫一起，挟制着安若希将她拖到一旁的巷子里。

安若希全身的血液都冷了，恐惧充满了她身体的每一处。她拼命挣扎，她想起府里被打死的丫头，如今自己也要与她们一般了吗？

安若希掰不动轿手挟制住她的手，她乱抓着，碰到了自己的头发，她拔下一根发簪，扎在那人的手背上。那人吃痛，叫了一声松开了手，安若希的头撞到地上，一阵剧痛，她的脚却还被另一人抓着。

她眼前一花，那人放开了她的脚，扑上来压在她身上，竟用力扯开她的衣襟。安若希恐惧得已经叫不出声，她什么都看不清，紧握着簪子用力一刺，竟戳到了那人的眼里。

那人一声惨叫，安若希还未反应过来，拔出簪子欲再刺，鲜血喷涌，溅到了她的脸上。她猛地一惊，似乎吓醒了。

那人捂着眼睛哀号，另一人过来扶他。安若希爬起来欲跑，却被未受伤的那人追上，抓着她头发用力往地上一掼。安若希狠狠摔在地上，她也未叫，握着簪子在地上挪着往后退。她瞪着那人，簪头的花样戳破了她的手掌，她浑然不觉，只紧紧握着，用簪子对着那人，表情僵硬。

那人看了看眼睛受伤还在痛叫的兄弟，掏出把匕首向安若希走去，说道："本不想伤你太重，你自找的。"

安若希坐在地上，背靠着墙，已经退无可退。她瞪着那匕首，脑子里一片空白。

就在这危急的一瞬，一条长鞭甩了过来，将那人拿匕首的手腕卷住了。鞭子主人用力一拖，将那人拖离安若希跟前。

眼睛受伤的那人一看情势不妙，顾不上眼睛痛楚，也掏出匕首冲了过来。拿鞭子的大汉二话不说，与那两个缠斗起来。

安若希全身僵硬，呆呆看着这一切。她不认识拿鞭子的大汉，她甚至不敢想现在正在发生着什么。她只是本能地握紧簪子，就这样坐在墙根处。

这时候另一个大汉加入了战圈，他与拿鞭子那人是一路的。二对二，钱裴派的两个轿夫很快便不是对手，被那两人一前一后打倒在地，踩在脚下动弹不得。

这时候巷口传来动静，一顶四人轿被抬到了巷口。轿旁站了个小厮模样的少年，他看了看巷内情景，在轿帘旁说了几句。轿子里传出薛叙然的声音："把她叫过来。"

小厮去了。他走到安若希跟前，对她道："安小姐，我家公子有请。"

安若希没有动，她还保持着那个姿势。

小厮又说了一遍，安若希终于转过头来，看了他一眼，那眼神，却似不认识他一般。小厮又说了一遍。安若希还是没反应。

小厮很沉着地回到轿旁，又低语了几句，再道："似乎是傻了。"

没一会儿，轿帘被拨开，一身贵公子气的薛叙然走了出来，他走到安若希面前，跟她说："认得我吗？"

安若希看着他，脸上的表情终于有了变化，嘴唇打着战，似乎回过神来了。

薛叙然又道："冷死了，跟我走。"

天气明明很好，不算冷。安若希看着薛叙然，脑子里先冒出这一句，然后她终于反应过来发生了什么事。她知道自己的样子一定很狼狈，她的衣裳还被撕破了，她也觉得冷了，那种害怕的冷。她不想见到薛公子，不，她想见到薛公子，却不该是在这样的情形之下。

还不如昨日就跳了那湖就好了。她想着，又发呆。

薛叙然不耐烦地伸出手，道："你走不走，不走我走了。"

安若希一听，下意识地想伸手拉住他。薛叙然一看她那手，脏兮兮还有血，于是改拉她那显得还有些干净的衣袖。

安若希爬了起来，就这样被薛叙然扯着衣袖，牵进了他的轿子里。

轿子里颇大，但坐两个人便有些挤。薛叙然往边上靠了靠，不想被安若希蹭一身脏。使鞭的大汉过来隔着轿帘问："公子，这两人如何处置？"

"跟那两个一样，先押回府里。"薛叙然吩咐。

大汉应了，退下办事去。

安若希这时候是真的清醒过来了。她好想哭，又不敢哭，憋着憋着，猛然一个大喷嚏打了出来。

薛叙然躲也没处躲，脸黑如墨，差点没忍住要把安若希踹下轿子去。

他掀开轿帘，忍着脸呼吸几口新鲜空气，道："回府！"

轿夫们抬着轿很快离开，大汉们押上钱裴的那两个轿夫也走了。

听到动静赶到的卢正藏身暗处看着他们离开，他听到了后面几句话，知道发生了什么事。他想了想，转身上马，从另一个方向朝着郡府衙门而去。

薛叙然的轿子晃啊晃，朝着薛府进发。

薛叙然一脸忍耐，挤在轿子边上。安若希偷眼看他，心情简直跌宕起伏。他救了她，却又一脸"本公子真倒霉"的模样。她想显得端庄优雅点，可惜衣裳扯破了，头发也乱了，她小心摸了摸，这头发拢一拢是拢不回原形了，拆了重梳这会儿又没机会。

罢了罢了。安若希在心里长叹三声。就当自己已经死了吧。自我安慰着在厌恶自己的意中人面前视死如归也算一种境界。

安若希想通了，干脆又发起呆来。不能再想薛公子，得想想现实。恶人被抓到了薛府，那能请他们帮忙报官吗？可是报了官她的名节就没了。

钱裴打的就是这个主意吧。让人污了她的身子，她日后再也没法嫁人。届时他再恩惠似的找他能控制的人家，把她当好处塞过去当妾。又或者他更狠毒些，兑现他当初威胁她的那些话。不只是让她不能嫁人，他要让她生不如死，这是对她不听话忤逆他嘱咐的下场。

安若希打了个寒战，握了握拳，发现发簪还捏在手里。掌心的伤口在痛，脸上被掌掴的位置也还有些火辣辣地疼，而她很害怕。这次躲过了，下次呢？钱裴不会放过她的。都等不到她回府去狡辩解释，钱裴压根就没打算听什么解释。他只做他想做的事，根本不在乎别人，不管道理、苦衷、理由，到他那儿这些全是放屁。

安若希又闭了闭眼，无妨无妨，大不了一死。临死前，她没违背自己的意愿做坏事，她帮了姐姐，从前对姐姐的种种不好，就算扯平了吧。临死前，她遇到了心仪的公子，虽然这位公子并不欢喜她，但却救下了她。看，虽然她从前又刁蛮又坏心肠，但坏事落在她的身上，她受了教训，心有悔改，老天爷也没亏待她。

那就这般定了吧。她随薛公子回府，若他们要报官，她便当证人。不不，她要劝他们报官，她要做证人。都打算死了，名节被毁算什么，反正也嫁不成薛公子了，没关系。

要报官，必须报官。她去击鼓鸣冤，必须把钱裴整倒，不能再让他欺负爹娘弟弟，家里还有三妹呢，还有荣昆，他才八岁。虽然这个家里头大家相互并无真情实意，只讲利，但她反正豁出去了，就为他们做些好事吧。

安若希认真想着，她去报官，太守大人肯定会包庇钱裴，所以她得要求钱大人也到场，毕竟这是他的父亲。她也不要颜面了，便学四姨娘大喊大叫，惹得一众百姓过来瞧热闹，然后她当众自尽，以死明志。

这般总行了吧。搭上一条人命，太守大人和钱大人总不能不管吧。钱大人是好人，也许因她的死而内疚，就愿意惩治亲父。

想到这儿，安若希有些发愁，要怎么死才好。撞死在衙门里的柱子上？万一没撞死撞傻了呢。要不用匕首抹脖子？要是一刀下去没抹断，没死成还痛呢。安若希想，要是有不疼的死法就好了，她怕疼呢。

安若希长叹一声。做个怕死又自私的好人当真是艰难啊。

不经意一转头，看到薛叙然正撇着眉头在看她。那一脸嫌弃，安若希又要叹气了，做个被意中人嫌弃的好姑娘当真是艰难啊。轿夫大哥们，你们辛苦了，让轿子走快些吧，不然她还未完成遗愿便暴毙，死因还是很丢人的"被嫌弃死的"，那她可真是死不瞑目。

安若希把脸转向一边，对着轿子的另一面，继续发呆想怎么演绎出刚烈受害小姐的悲剧好告倒钱裴的计划，这"面壁思过"状一直维持到薛家。

薛府里，薛老爷不在，薛夫人忧心忡忡焦急等待着。她收到安若希的信时便觉得很不对劲。明明那姑娘跟她大姐对这婚事毫无异议，且是暗地里积极促成的，怎么会写这样的信来？

只有一个可能——这是安家让她写的。可是她与安家议亲事已到最后一步，哪里还有什么安若晨阻碍破坏的担忧，若真是害怕受阻，那赶紧好好儿地将事情定下，早日行了婚礼不就好了。简单的事弄得神神秘秘鬼鬼祟祟，似要做什么坏事一般。

薛夫人想不明白里头的用意，但觉得安家的心思重，真不是个值得相交的。难怪老爷对他家很不欢喜，安若晨也嘱咐说这亲事成了，莫要给安家一点好处。

薛夫人越想越觉得心里不舒服，便将信拿给薛叙然看。这婚事儿子虽是应承了，但如今有古怪，自然得告诉他。不然万一招了麻烦，她也是不愿意的。

薛叙然看了信，笑了起来："母亲，这信里信外的意思很明显了。"

"是何意思？"

"安家人蠢得与猪一般的意思。"

"……"薛夫人摆脸给薛叙然看，"怎地说话如此粗俗。"

"好吧。"薛叙然耸耸肩，好好与母亲分析这事，"你想啊，这事无论如何，当是长辈与长辈商议，怎地能轮到安二小姐自己抛头露面来处置。"

"确是如此。"

"信里解释了安大小姐与安二小姐能说上话，故而让安二小姐出面。但既是能说上话，让安二小姐私下去找安大小姐说说，这不就结了？把家丑亮在未来亲家母和未来婆婆面前，岂不是没脸没皮。这般行事，反倒容易坏了亲事。再者说，若是安夫人想与母亲一起与安大小姐相谈和解之事，那一起去那紫云楼拜会，岂不是更显诚意。"

薛夫人想想："正是。只是她也可以说是长辈岂有去拜会小辈的道理，约出来才好。总之，这信里处处透着古怪。"

"不古怪，只是蠢笨又没颜面罢了。不过有些人家没脸没皮惯了，便不觉自己这般是没脸没皮的。就如同蠢惯了便不觉得自己蠢了。"

"叙然。"薛夫人又得提醒儿子注意说话了。

薛叙然不以为意："儿子说的是实话。"

薛夫人拿儿子没办法，想了想，叹气："也许你从前说得对，不该结这门亲。安家确是没甚好心肠。我瞧着那大姑娘挺正派，见了二姑娘又觉得乖巧听话的模样，不像传言里那般。原是想着，无论如何，嫁过来了，还不是由着我们薛家拿捏着媳妇。可如今看来，还未过门，他家的花花肠子便绕起来了。今后若是真进了门，怕是烦心事还多着呢。"

薛夫人心里烦闷："事情与你知道便好了。娘再想想法子，也许外郡真能找着别的合适姑娘。安家既是如此，这婚事便不结了。这信我不回，便当没瞧见。安大姑娘那边，我叫人给她送个信，让她好生防范着。安家这般，想来是要对付她的。"

薛叙然垂下眼皮："安家的意思，确是想借母亲之手，将安大姑娘蒙骗出来。他们自己不好接近，便打起母亲的主意来了。"

薛夫人想到这个颇有些生气，罢了罢了，这婚事不结也罢。

"母亲，你给安家回信吧，便说很欢喜他们考虑好了不再犹豫定亲之事，既是亲家了，便按他家的要求，约安大姑娘出来。"

薛夫人有些愣："这是为何？"

"挺有趣的，我好奇。"

薛夫人垮脸，真说想"儿子啊，年轻人好奇心莫要太重"。

薛叙然又叹气道："成天在家里闷得慌，也没什么事可做，当真要闷出病来了。"

薛夫人当即改口道："好，好。娘给安家回信。你打算如何？"

薛叙然如此这般如此这般地一交代，薛夫人又忧心了："不告诉安大姑娘吗？若她没个防备，出了什么事可如何是好？"

薛叙然老神在在："有儿子在，她能出什么事。"

薛夫人照办了。

这日薛叙然赴约去了。薛夫人眼皮直跳，总有不祥预感。

果不其然，真出事了。

薛夫人听得丫鬟来报，说她从库房回来，正巧看到公子的护院押了两个五花大绑的人回来，似是从后门入府的，直接去了公子院里。

薛夫人吓了一跳，忙让丫鬟去问清楚。结果丫鬟跑了一趟回来回话，说未得公子嘱咐，他们不愿说。只说待公子回来再处置。

薛夫人没办法。她儿子凡事特别有主意，虽然孝顺听话，可但凡他自己想办的事，她与老爷都不好管。不得不承认，确是从小太宠了些。

薛夫人继续等，终是等得薛叙然回来了。先是听到有数人进了院子的动静，而后丫鬟一脸惊讶奔进来，"公子回来了"这话还未说完，薛叙然就进屋了。

"见过母亲。"薛叙然淡定从容行了礼。薛夫人却是看到丫鬟站在他身边一个劲儿冲着外头比画。

薛叙然看着母亲的视线方向，转头看了一眼丫鬟。丫鬟赶紧收了手，端庄站好。

"母亲，安家二小姐来了，得劳烦母亲招呼招呼。"薛叙然道。

薛夫人的丫鬟忙道："公子的轿子停在屋外呢。"

薛夫人一惊，人来了没领着进屋，却把轿子直接抬到她院子来了，这是怎么个意思？

薛夫人赶紧急步到了屋外，一看果然院子里停着薛叙然的轿，轿旁有薛叙然的护卫守着。

薛夫人愣了愣，这架势还真挺吓唬人的，若她掀开轿帘，不会看到安二姑娘被五花大绑吧？

薛叙然跟在薛夫人后头，清了清嗓子道："二姑娘路上遭了劫，仪容有些不整，母亲给她找身干净衣裳，让她收拾整理，喝点热茶说会儿话，我先去看看那些个匪类。"

薛叙然说着，便要往院外走。

薛夫人还未从震惊中回过神来。遭了劫？仪容不整？

薛叙然走了几步，又回头道："对了，母亲切勿报官。"

薛夫人瞪眼："我得报你爹。"报官这事自然得从长计议，要报也是安家自己去报，事关姑娘家的名节，可开不得玩笑。且安若希又是与薛叙然见面时出的事，又被带回了薛府，这弄不好，他们薛家可得背锅。薛夫人说着，给了丫鬟一个眼色。丫鬟会意，跑出去叫人到铺子里找老爷回府。

报给父亲就报吧，这个薛叙然没意见，他也阻止不了。薛叙然带着自己院里的人走了。

薛夫人见院子里再没男仆，这才上前去，隔着轿帘道："安姑娘，是我，外头没人了，你可愿出来？"

安若希涨红脸，不愿出也得出啊。其实她觉得若有个地洞可钻就更好了。从地洞一路钻回家里，从此再不见人。

安若希自己掀了轿帘，赧然又尴尬地出了来，低头轻声唤："薛夫人。"

薛夫人看得她身上的血迹和一身脏乱，吓了一跳，但恐安若希再受惊吓，于是若无其事拉过安若希的手冷静问："可曾受了伤？"

安若希摇摇头，很羞愧："给夫人添麻烦了。"

"不麻烦，不是你的错。"薛夫人和蔼道。安若希听了，心里更是难受。薛夫人既没追问发生了什么，又不责怪她招惹祸事，不但第一时间关切她是否受伤，且接着安慰她别往心里去，不是她的错。

她一定是位好母亲，好婆婆。安若希忽然有些想哭，可惜不是她的婆婆。

"我……"安若希觉得她该说些什么才好。

"先进屋吧。"薛夫人道，"我给你找身干净衣裳，你洗漱收拾喝杯热茶，休息好了咱们再说话，可好？"

安若希摇头："多谢夫人。我觉得……我觉得我还是去报官吧。"

薛夫人皱起眉头。

"我……"安若希咬咬唇，"我知道是谁想害我。夫人，我得去报官。"

薛夫人道："你一个小姑娘，莫自作主张，既是知道谁欲害你，就不急于这一时。我们两家差一点就算定好亲了，你又是被我儿带回来的，我不能对你的事袖手旁观。我让人去请你父母过来，大家把事情说明白，商议个对策。对那些恶人如何处置，是否报官，如何报官，听听你父母的意思，如何？"

安若希摇摇头。若是她父母来了，恐怕钱裴也会跟着来。就算钱裴不来，定也会交代好了，她爹爹不敢报官的。然后所有的事情又都回到原点。

薛夫人对安若希的拒绝也不着急，只是耐心道："那这般吧，你先进屋，咱们坐下聊聊。你与我说说究竟发生了何事，然后我再让人送你去郡府衙门。"待拖得老爷回来了，事情再做安排也好。

安若希不好意思再推辞，只得硬着头皮与薛夫人进屋去了。薛夫人张罗她换衣，洗脸，梳头，一顿忙碌后，刚坐下喝口水准备说话，一个丫鬟跑进来报："夫人，郡丞大人带着几位捕快来了。说是有人报官，安家二姑娘遭劫，被我家公子救下，公子还逮了匪类进府，郡丞大人说太守大人嘱咐他过来问案，要把人带回去。"

薛夫人吃了一惊："谁人报的官？"

丫鬟还未答，又一个丫鬟跑了进来："夫人，安大姑娘来了。"

安若希吓了一跳："大姐来做什么？"

两个丫鬟一起答"不知道""不晓得"。

不知道谁人报的官，不晓得安大姑娘来此做甚。

后进屋的丫鬟补充道："安大姑娘原是说要见夫人，后看到郡丞大人，又说要见公子了。这会儿正与郡丞大人在堂厅说话呢。"

薛夫人起身，与安若希道："我先出去看看，你在这儿稍坐。"

安若希张了张嘴，还未发表意见，薛夫人已然走了。

薛夫人来得堂厅，安若晨似与郡丞说完了，她见得薛夫人，忙施礼客套，言说冒昧前来打扰，因是她身边负责护卫安全的卢正卢大人正巧看到薛公子救下她二妹，唯恐恶人脱逃，于是报了官。她听得消息，赶紧过来探望。

郡丞夏舟也见过薛夫人，说辞与安若晨的一致。说是卢大人快马来衙门报官，称其看到安二姑娘被匪类攻击，薛公子见义勇为将人救下。卢大人不明事由，但看得事态严重，恐薛公子与安二姑娘再遭毒手，于是报太守大人速派人处置案情。太守大人未见薛府和安府有人报官，于是派人到两家看看，问清事由，将匪类押回衙门严审，也请薛公子与安二姑娘回去问话。

卢正在一旁也说了几句，印证事情确如安若晨和夏舟说的那般。

薛夫人客套应话，多看了几眼安若晨，心里疑惑，不知道是不是她与官府联手合计什么打算。

安若晨道："薛夫人，给贵府添了麻烦，实在过意不去。大人们尽忠职守，一心为民，实在值得赞誉。夏大人既是来了，不如把我二妹叫出来，让她与大人说说究竟发生了何事。"

薛夫人微皱眉头，依她看，应该先让薛叙然出来应话，他们能讲清楚说明白的事，不必让安若希一个小姑娘面对责难。

夏舟也道："还得请薛公子一起才好。毕竟两位都是当事之人。"

薛夫人接这话正想嘱咐丫头把公子请出来，结果安若晨抢道："既是两位当事人，夏大人还是分开问话为好。"

夏舟愣了愣，这意思，竟然是担心苦主与人证串供吗？夏舟被安若晨盯着，只得道："也好。"

薛夫人心里有些不痛快，但她素来为人和善，又是面对官老爷，不想争执反驳，于是让丫鬟去请安若希。

很快，安若希来了。她很紧张地向众人施礼。安若晨远远看着她，冷傲无礼，丝毫没有应话客套亲近的意思。薛夫人对安若希顿时怜惜起来，她走过去，握住了安若希的手，道："大人们只是想问问话，你莫紧张。"

安若希点点头。

薛夫人将安若希拉至身边坐下，又道："今日安二姑娘遇着了祸事，被我儿救下，来到我这儿便是我家的客人。大人们奉公领命而来，愿为安姑娘做主，这是好事。但她毕竟是位姑娘家，今日受了很大的惊吓，身边没有亲人可不行。我已派了人去请她父母，大人们有话慢慢说，也给安姑娘稳稳心神，等等家人。"

安若希本就是受害者，薛夫人又摆出为她做主的架势来，夏舟自然也不好太过咄咄逼人，连忙称是。他与安若希说了几句，话语委婉和善，没能直入重点。

薛夫人身边的丫鬟与薛夫人极有默契，听得薛夫人说已派人去请安家老爷夫人，便知其意，赶紧退了出来，找人速去安府。刚奔出堂厅没多远，忽被人自身后一把拉住。丫鬟吓了一跳，回头一看，却是安若晨。

"这位姐姐，我得马上见薛公子，还请带个路。"安若晨客客气气，抓着丫鬟的手却用了几分力。

丫鬟被她的气势震住了，没多想就领着安若晨往薛叙然院子去。

到了公子院门处，这才反应过来公子性子孤傲，可不是谁想见他便愿见的，正想圆场说几句，却见薛叙然领着人急匆匆出来，见得安若晨，劈头便道："来得正好，进来说话。"

丫鬟愣愣地看着安大姑娘火速与公子一起进了院子。公子身边小厮道："你忙去吧，莫多嘴公子的事。"

丫鬟没琢磨过来究竟发生什么了，但想起夫人的嘱咐，她赶紧先找人去安府再说。

安若晨与薛叙然进得屋子，均未坐下就开始发话。

"你审出来了吗？你抓的那些人。"

"你找人报官？脑子坏了吗？"

两人同时说话，瞪着对方均是不满。后安若晨道："不是我让人报官的。我是担心钱裴对二妹下手，找了个理由让卢大哥去寻二妹，如若在路上发生什么，他也好护卫一阵。这么巧他看到你将二妹救下。他知道钱裴并非好人，恐二妹回到家里再遭不测，事情被安家压下来，便火速去报了官。他报完了官才回来告诉我，我便赶来了。"

薛叙然皱眉，道："审了，没费多大劲，吓唬吓唬便招了。躲在墙后的那两个是先抓回来的，说是钱裴嘱咐了你们说话说一半时便出来将你劫走，打算丢到后巷接应马车里。我的人查了一圈，后巷路口是停了一辆马车，未见车夫。许是见人被我擒走，便跑了。"

安若晨道："才两个人，如何劫我？"

"听听你那口气。"薛叙然讥她，但他也不得不承认，这样的人手安排确实草率了些，"也许其他人手与车夫一般，被惊动便跑了。"

"劫我二妹的人呢？"

"钱裴派的两个轿夫。说是钱裴嘱咐他们，将那笨蛋劫到僻静处，撕她衣裳毁她名节，吓唬威慑于她。原因是那笨蛋不听话。"

安若晨坐下了，皱起眉头："钱裴没那么蠢。"

薛叙然也坐下："我也觉得确是蠢，但确实像他会干的事。"

"是吗？"

薛叙然道："钱裴不一直是这般吗？自以为是，荒诞淫虐，不计后果。觉得所有人都该巴结讨好他，对于不与他为伍，不听从他指示的人，他是会报复的。你到中兰城、福安县，甚至全平南郡去问问，认得他的人都会这般说。"

"不，不。"安若晨满脑疑虑，"他不是这般蠢的。他定有什么计划。"

薛叙然顿时有了兴趣："什么计划？"

"不知道。"安若晨脑子有些乱，似乎有什么事呼之欲出，但又抓不到头绪，"他定有计划，他绝没有这般蠢。"

薛叙然道："他上回不是找了你四姨娘拦你马车，那也很蠢，可就是他干的不是吗？那轿夫的线索被挖了出来，他虽找了理由逃脱，但依我看，那也是仗着太守大人会庇护他。他被刺杀，躲过一劫，但肯定心里恼火，这才想着教训报复于你。"薛叙然说到这儿顿了顿，问，"那刺客是不是你派的？"

安若晨白他一眼："我若不是为将军办事，一举一动会被算到将军的账上，我还真是想。"

"他会不会故意这般闹到官府，趁机将刺客案栽赃给你？"

"把自己也栽进去？"

"确是不必如此。"薛叙然道，"那就是他没料到我会插一杠子，以为半途对你妹妹逞凶也不会被人瞧见，你妹妹不敢言声，不会告他。"

"重点是我会。"安若晨仍是想不透里面的玄机，"他找人劫我不是吗？不可能得手，而我一定会把事情闹到官府去……"

这时门外小厮来报："公子，夫人有请，郡丞大人请你过去问话，还有，大人要求将擒来的贼人交由捕快大人们。"

薛叙然与安若晨对视一眼。来了，人要交出去了，不止那四个钱裴手下，还有安若希。而事情也朝着理所当然的方向发展。但钱裴究竟打的什么主意，他们还未猜到。

事情确如理所当然的那般有了结果。人证、物证皆在。钱裴因意图谋害安若晨，命人侮辱安若希的种种罪责明确，钱世新震怒，亲自于堂上跪禀，恳请太守姚昆依律处置。姚昆自然也不会再包庇钱裴，将他收押入狱。

这一切顺顺当当，毫无波折。四个手下到了堂上被姚昆一审便全招了，连板子都未用到。钱裴原是嘴硬，但其手下招供，他自然也无可狡辩，于是也认了。安家就更不用说了，安若希是事主，亲自指控，全都说了，安家其他人也不必多说什么。最后看到钱裴入狱，钱世新愧疚满满对他们说定会对安家补偿，安之甫松了口气，颇有因祸得福的感觉。

再有薛家。事情这般了结，薛家自然也觉得安慰。薛夫人颇心疼安若希，但又厌嫌安家。原是想着亲事拖一拖再说，怎料薛叔然竟然道："出了这事，我若不娶她，谁还会娶她呢？她家人是讨人嫌的，她却遇事沉着，为人着想，颇有担当。若娘不把亲事定下，怕是安二姑娘会被人指指点点，安家顾全面子，将她送走。安姑娘借机出家为尼，了却余生也是可能。"

薛夫人吓了一跳，这么一想确有可能。与薛老爷商量，薛老爷也吓了一跳："儿子竟然如此替人着想，今日太阳确是打东边出来的吧？"

薛夫人白了他一眼。

今日太阳是打西边落的。落下之后，天未全暗之时，安家众人从衙门回府，还未坐稳，薛夫人就带着陈媒婆上门了。

安之甫和谭氏喜出望外，原以为出了这事婚事得黄了，没料到薛夫人却是说安若希勇敢无畏，是奇女子，净慈大师所批命数果然有其道理。婚事还是照旧，按原来谈好的办。

安之甫和谭氏自然一口答应，再不敢提什么加聘礼之事。安若希听得消息，捂嘴藏住欢喜，伤也不疼了，心也舒畅了。忍不住在床上打了好几个滚。

薛夫人真是好人。嘻嘻，她以后也会是薛夫人。

安若晨这头。回到了紫云楼便回屋里休息，没出门。卢正来见她，说今日没来得及把药给安若希，他这两日得再去，正好借着这案子的事，说是安若晨过问，寻机见见安若希，把药给她。

"虽是假的，但还是得按时给药。省得日后再有变故，将军的布局安排出了差错，便不好了。"

安若晨点点头，道："今日多亏卢大哥及时处置，也算救了我二妹一命。不然依钱裴的性子，不止我二妹，怕是无辜的薛家也会受拖累。"

卢正笑笑："姑娘客气了。大家无事便好。如今钱裴进了大牢，姑娘也可安心了。"

安若晨道："你去安家时，顺便探一探安家的动静吧。钱裴虽是入狱，但他的耳目手下都还在外头，也不知会生出什么事来。"

卢正应声，退出去了。

安若晨坐在灯下思虑，安心吗？怎么可能安心。她再看看桌上的卷宗，这是今日案录以及周长史送来的函报——巡察使梁大人派来的监察属官白英白大人，明日入城。

安若晨看看函报，再看看案录。她之前就打听过，白英是个刚正不阿的好官，疾恶如仇，行事果断，所以深得梁德浩的重用。此次巡察处理与邻国冲突，查清边郡大案真相，难度与压力自不用说。人人都说，梁德浩将最信任的白英派到平南郡，便是为了确保事情稳妥无差错。

安若晨撇了撇眉头，难道钱裴故意做这些"蠢事"，是为了应付白英？

第二日，巡察使官的大队人马入城。姚昆领着众官吏到城外相迎。却听领头的官员道："白大人领着护卫清早先行入城了，嘱咐我们晚半日才到。"

姚昆怔了怔，这是打算悄悄微服私访是吗？

姚昆不动声色，客客气气地夸赞了一番白大人的尽职与细心，又道大人们一路辛苦，将众人请回府郡安顿洗尘。

白英在晚膳前才出现。他穿着便服，带着两位同样便装的护卫悠闲自在地晃进郡府衙门。姚昆小心翼翼，但未大惊小怪。私访便私访呗，他自认为官兢兢业业，除了钱裴，可没留下什么话柄在坊间相传的。

果然白英在饭后便开始问话，第一条就是说的钱裴。

也难怪，昨日才处置的这人，又是个坊间传闻甚多的人物。平南郡里，憎恨钱裴的与巴结钱裴的人一样多。钱裴入狱，有人甚至放了炮仗庆贺。

白英在城中一溜达，听得满耳朵的钱裴。提起这事，钱世新一脸惭愧，白英盯着他看，目光锐利，姚昆赶忙帮着说话："钱大人正直廉洁，是个好官。他对其父所为素来不满，闹得分府而居。钱裴所为，实不该由钱大人担当。"

白英点头："这个我也听说了。我还听说昨日钱大人当众跪地上禀，要求严惩父亲。"

"正是如此。"姚昆道。钱世新与他对视一眼，给了他一个感激的眼神。

白英又道："钱裴逍遥多年，百姓怨声载道，钱大人既是不满，却未处置，难不成，是太守大人一直庇护？昨日钱大人下跪陈情，也是为了让太守大人莫要再庇护下去？"

姚昆一愣。钱世新吃惊，忙道："白大人英明，自然明白坊间传言虚虚实实，多是夸张之词。只要有实证，无论何人违律，我与太守大人都不会放过。百姓对太守大人赞誉有加，白大人于坊间走动，定是也能听到。"

姚昆未说话。白英看了他一眼，挥了挥手道："好了，你们二人莫要在我面前摆出这副官官相护的姿态。为官里头的门道，我见得多了。也不扯这些不相关的，太守大人知道我来这儿是做什么的，相关卷宗案录，细作及军情相关，都给我一份。"

姚昆忙应承，又问白英可有去前线军营视察的安排。白英正问前线战情如何，一衙差进来报，说姚昆前几日派去前线的官吏回来了，说是有事禀报。

白英朝姚昆看去，姚昆解释了一番龙腾大将军对军需上的要求，并说他派人到前线查看询问，以防有所疏漏。

"如此甚好。"白英道，"太守大人细心，正该如此。"他让衙差把人叫了上来。那官员风尘仆仆，显然刚刚赶了回来。

"情况如何？"姚昆问他。

那人报："我去了石灵崖，未见着龙将军。"

钱世新眼皮一跳，心中暗喜。

"楚将军说，龙将军安排好换俘之事后便回四夏江去了。四夏江宽阔线长，不好守，龙将军得亲自压阵。到石灵崖露了脸，是威慑南秦。南秦摸不透龙将军行踪，自然就猜不透我军策略，不敢轻举妄动。"

白英皱起眉头："那战情如何？"

那人嗫嚅着道："我在那儿只待了一日，正逢南秦攻战，我瞧着，南秦兵强马壮，士气高昂，倒是楚将军这头，似乎有些畏缩，虽挡住了南秦攻势，但未敢出兵反攻。我悄悄打听了，听说南秦连日强攻，楚将军吃了几回败仗，失守了两道关卡。"

白英恼了："那他与你吹嘘什么威慑南秦。是要龙将军在才会打仗不成？"

钱世新一脸担忧："总不能将龙将军劈成两半，一半放四夏江，一半放石灵崖。"

白英又问："那四夏江那边又如何？"

那人忙道："我又连夜往四夏江赶，见着了龙将军。"

钱世新一怔，竟然真在四夏江？这倒是可惜了，错过了在白英面前告龙腾一状的机会。

"我将太守大人所言与龙将军说了，又说了他如何计划安排，说回来禀告大人。龙将军说军务不便透露，我们按他的要求供粮供兵器便成。我又与他报了石灵崖的状况。他说是我打仗还是楚将军打仗，我这么懂，换我上阵好了。"那人说得颇有些委屈，只是众位大人没人帮他说话，他这抱怨话说完，换来一片沉默。

最后是白英开口："你将事情写清楚，我要禀报梁大人。我此番主要察纠平南郡内诸事，前线战情，得梁大人处置。"

姚昆心道，可不得梁大人处置吗？白英的官衔与他一般，都在龙腾之下。虽拿着皇上旨意巡察，但终究也是隔着梁德浩一层授权，要管龙腾，还真轮不到他白英。

屋子里又是片刻安静，白英忽然问："听说龙将军在中兰城里，与一商贾之女定了终身？"

"是。"姚昆答。

"那女子与细作案有关？"

"是。"

"那我先看她的案录。一会儿差人送到我屋里来。"

姚昆一口应承。

白英又道："派个人传话给她，让她明日来见我。"

"是。"

白英又想了想："她住在何处？"

"紫云楼。那处目前是用做将军府衙。"

"龙腾在时她便也住那儿吗？"

"是。"

白英点头，沉吟片刻道："莫叫她过来了，我过去。我要亲眼看看，龙腾是怎么安置这姑娘的。她的案录，凡是与她有关的，无论大小事情，全都给我。"

姚昆当场叫人进来嘱咐了。之后他继续与白英叙着话，心里颇有些担忧。真是托龙腾大将军的福，白英一来便对安若晨有了成见。

安若晨与钱裴，一个在将军府里逍遥，一个在牢里受严惩。白英的注意力全在安若晨身上，却完全忽略了钱裴。这不是一个好开始。但姚昆暂时想不到什么对策。

姚昆让方元给安若晨递了消息，向她示警。安若晨听明白了，琢磨一晚。

听上去前线之战大萧吃了亏。而白英已将此事当作把柄派人向梁德浩大人禀报了。如若前线败战失利，往后退守，哪怕只失一村一镇，恐怕将军领战无力之名便坐实了。倘若再担上一个好色误事，混乱军纪，从而导致战败的罪名，那将军怕是得由着这帮人拿捏，无辩驳之力。

安若晨有些不信龙大会战败。他从未显露过担心，一直信心满满稳操胜券。他只是不希望开战。起码在安若晨的认知里情况便是如此。她一直记得将军说过的话，一旦开战，无论胜负，皆有流血牺牲。武将不惧战，但也祈愿不必战。

安若晨抿抿嘴，所以是南秦隐藏了实力，将军错判形势？抑或是楚将军刚愎自用，向将军隐瞒了实情？

交换战俘，以稳定形势。方元称这件事白大人很是不悦，觉得显了软弱灭了军威，让敌军嚣张，惹来轻视。但安若晨不这么想，她猜测将军肯定另有图谋，比如说，有一个人，必须回到南秦去——曹一涵。

安若晨不能确定龙大的计划是什么，但交换战俘让曹一涵混在南秦俘兵中回到南秦，换了她也会这么做的。只是后头会是何情形，安若晨想不到。她猜龙将军也想不到如今中兰城内是这般状况。

安若晨镇定心神，她得好好应对白英，莫要给将军拖了后腿。

一夜不安，第二日安若晨早早起来，收拾打扮，严阵以待。为给白英留个好印象，安若晨衣着妆容皆端庄朴素，楼里各处亦维持以往模样，不敢布置装点，生怕落了话柄，遭了白英的嫌弃。

未等到白英，却先收到了一封龙大的信。

安若晨赶紧拆开看，原以为这信是及时雨，会有提点指示，不料平淡无奇，只是家常问候。龙大信中说前线仗还在打，让安若晨照顾好自己。还说这两日梁大人和白大人就应该到茂郡和平南了。梁大人和白大人都是刚正好官，一心为民，且处事严格。他交代安若晨若有机会见到大人们，定要恭敬客气，仰见他们的品德风骨。

安若晨看信看得一脑门疑惑，将军这隔空拍马屁是有深意吧？

又看了一遍，没看出什么机关。实在是信不长，能琢磨瞎猜的空间都有限。这时候陆大娘领着春晓来报，说是白英白大人已经进紫云楼好一阵了。古文达、周群、卢正、田庆等留守紫云楼内的众官士全都整装相迎，那白大人却令众人不要通报安若晨，只在大家的陪同下先去楼里各院各处转了一圈。有丫头看到了，偷偷来报，陆大娘这才知晓。

安若晨听罢，觉得其实也没必要偷偷来报，紫云楼里人多嘴杂，诸位大人这么浩浩荡荡地满地走，怎么瞒得过。白大人不过是特意说了不要通报，然后走来走去让她知道。

果然是"处事严格"啊，这下马威下得。安若晨苦笑，白大人一点也不想掩饰对她这个"狐狸精"的不喜。

安若晨又等了许久，其间还听得院外有不少人声喧杂，似大队人马路过。想来是白大人的巡查经过了她的院子，但却没有进来。非但没进来，连个仆人进来报"白大人"驾到的都不曾有。

安若晨只装作不知，继续等。终于等到有仆人来唤，说是白大人在前院军衙议事，传安姑娘过去见见。

安若晨撇撇眉头，这见面地方挑得，真是严肃啊。安若晨整了整衣妆，去了。

紫云楼是衙府，前头的衙堂是整个院府中最有肃杀之气的地方，后头还设有衙牢。龙大除了处罚军中违律官士外，鲜少用过这里。安若晨一路走过去，看到好些面生的卫兵，士服也与龙家军不同，想来是白英带来的。

到了衙堂，倒是未有被拖延，卫兵通报后安若晨便能进去了。进去一看，堂上正中坐着白面留须一脸威严的官员，应该就是白英。姚昆、钱世新各坐左右，旁边是紫云楼、郡府衙门的各官士。

白英未抬头，没理会安若晨。他正拿着册子在与古文达、周群等人问话。安若晨在一旁垂首恭敬等待，听得一二。原来是白英要了军中各部卷宗案录，查验各岗各人的授令处事情况等等，甚至还有驿兵传令兵等的往来，令书信函记录。

安若晨听到白英提到龙大书信时心里一动。驿兵送达信件的记录清清楚楚，前几日的，包括今日早晨的。她忽然明白龙大一直写信回来的用意了，他想让这些记录在册。

钱世新也听到了，他看了安若晨一眼，安若晨也正往白英这方向看。钱世新不动声色移开目光，暗忖龙大果然留了一手。他那时既不在石灵崖，又怎会有从石灵崖送出的信。看来若是要证明龙腾私离军营，得是梁德浩大人亲自做证才行。

"安姑娘。"这时候白英忽然转向了安若晨的方向，先前虽未瞧她一眼，但却清楚知道她在哪里，"我正想知道军情，今日送达的信里，龙将军可曾提到一二？"

安若晨反应很快。白英这话问得突兀，他要查军情，哪里用得上探究私人信函内容。"回大人。"安若晨恭敬回话，"将军与民女的信中未提军情。"

白英却未放过，再问："前线开战，龙将军忙于御敌，百忙中来信，定是有要事。不提军情，又交代了些什么？"

安若晨答道："将军忙里抽闲匆忙写得几句家常，未提半点军务军情。"

白英竟道："信可还在？不知可否让我看看？"

姚昆担忧地看着安若晨，恐她脾气起来了会针锋相对摆出几番不给看的大道理，她在这方面多伶牙俐齿他可是知道的。其实白英重点不在看信，只是试探安若晨反应。这女子是个如何的人物，龙将军与她又是如何关系，这些才是白英想知道的。

安若晨低头行礼恭敬道："大人想看，民女便去拿来。"

白英毫不客气："那多拿几封吧。"

安若晨答应了，施礼退了下去。

姚昆与钱世新对视了一眼。古文达、周群等人均不敢出声。白英瞥了卢正、田庆几眼，这二人恭敬立于一旁，也未说话。先前白英已经仔细问过，这二人一营尉一护军丞，都有官职在身，竟被指派护卫一普通民女，就算是未来将军夫人，那也是之后的事。这般施令，无理无据，折辱军士。

田庆与卢正均辩解了安姑娘在查城中细作，他们除护卫安全，亦有协助查案。姚昆也解释了几句，但这无法令白英满意。

不一会儿，安若晨拿着三封信回来了。

"回大人，这是最近的三封信。"

白英接过了，算算日子，这三封信应该是龙大押人去石灵崖的时候开始的。他逐一看了，果然真的半个字都未提军情如何，最后一封写得最多的还是梁德浩大人与白英大人是好官，你要有敬意之类的内容。

白英有些被噎着的感觉。龙大将军可不是这么善拍马屁会做人的人啊。他清了清嗓子，将信递给了安若晨。安若晨抬臂齐肩，垂首恭敬接过。

似乎没挑出什么毛病来。姚昆与钱世新再对视了一眼。

白英这时候又道："我听闻安姑娘许多事，也看了安姑娘的卷宗案录，安姑娘经历颇是坎坷，遭遇奇险，又化险为夷，还破解了些细作案子。安姑娘能走到今日实属不易。商贾之女，立下奇功，摇身一变，将军夫人，这也能算是传奇了。"

安若晨垂首应话："是民女万幸。"

白英道："你是作为细作案人证入的军营重地，又是因查办细作案而任了紫云楼管事。"

"是。"

"但我未曾见到你于军中的卷宗。"

安若晨稳稳地答："大人，所有案录清清楚楚，太守大人和周长史大人那儿都有的。"

"不，我不是说案录，是你的行事载册。"白英道，"衙门行事，自有值岗安排，军中行事，也有军士行事载册。何人命你做何事，你何时行事如何行事，不是都该记入册中？"

周长史脑袋垂得低低的，记录里确实没有安若晨的。她并无军中官职，也从来没人嘱咐他要向安姑娘追问记录行踪。上任长史李明宇也未有对安若晨的行事做周详记录。有关安若晨，有案才有录，平日行事，无人过问拦阻，权力是大了些。周长史有些心虚，觉得有失职之嫌。

安若晨张了张嘴，想起死去的探子，想起龙大说过，无须报事记录，便是她与军中其他人相比最大的优势。可是这话不能这么直白地说。于是安若晨辩道："当初恐军中有细作，龙将军让我秘密行事，故而一直这般安排了。"

"细作是李长史？"

安若晨心里咬牙，着实不忍这般诬陷李长史，可她却只能道："确是。"

"可是李长史身怀指证你是细作的证据。"

"那证据粗糙，大人定可辨识那是伪造的。"

"所以，你的秘密行事让细作有可乘之机，可伪造证据加害于你。"白英道。

安若晨这回无可辩驳，只能应"是"。

"你自己被冤事小，但会牵扯连累龙将军，也会拖累所有相关案情。你可明白重要性？"

安若晨再应"是"。

白英道："既是军中细作已除，已无泄密之险，那从今日起，你的行踪行事，都需报备入册。你虽不在军中任职，但身份特殊，又肩负重责，再有，前线开战，不可能事事推由龙将军回来安排解释，你的事，便归由军中管辖，按律例规矩办。日后打完了仗，龙将军带你回京，你是家眷，到时自然就不必这么麻烦了。"

"是。"安若晨心乱，原以为白大人只算旧账，未料到他竟然堵住后路。军中奸细仍在，城里细作四伏，钱裴、姚昆这些事还未查清……

安若晨抬头飞快看了一眼姚昆，却听得白英道："为避嫌，你还需将从前行事交代清楚。何人给你下过令，让你做何事，你联络何人，何时行事，都写一写吧。这般，我也好与梁大人解释明白。"

安若晨心里一震。

没人对白英的嘱咐有异议，安若晨自然也不会。

白英再问询一番，最后要求周长史将相关卷宗准备一份送到他于郡府衙门的居处，这才罢了。

安若晨惴惴不安，与众人一道小心翼翼地将白英送了出去。

白英一行人各自上轿，刚出紫云楼不远，钱世新看到路边树后站着个人，竟是段氏。

钱世新心里一动，故意让轿夫停下，他下轿朝段氏走了过去。

段氏见得钱世新，一脸惊吓。钱世新问她："夫人怎么在此？"

段氏不语。

钱世新再问："夫人来找安大姑娘？"

段氏仍不语。

这时白英、姚昆听报钱世新停轿，于是也过来察看。钱世新对段氏道："或者夫人可有什么冤情，想向白大人陈情的？"

段氏看到数人过来，吓得转身便跑。

白英向钱世新投以询问的眼神。钱世新道："是安家的四房，安若晨的四姨娘。"

姚昆道："她定不知白大人是何人，也不知我们来。也许是想找安姑娘。"

钱世新与白英道："这妇人自女儿失踪后便有些疯癫，我还是让人跟着，送她回府去吧。不然在外头游荡出了意外就不好了。"言罢，挥手唤来一手下，嘱咐了下去。

那手下匆匆跑开，追段氏去了。白英想了想，问姚昆："这段氏恨安若晨入骨吧？"

"是。"

"她女儿失踪一案，可查出线索？"

姚昆忙道："惭愧，并无线索踪迹。"所有的事，都记在案录中交给白英了。姚昆明白白英这般问，不过是想表示责备。

果然白英听了，摆出一脸不豫，转身回轿去了。

姚昆暗自叹气，他觉得安若芳之事，也许另有玄机。段氏口口声声女儿活着，安若晨一直不动声色，这些还是莫与白英说罢。

静心庵里，静缘师太给密室中的安若芳送了早饭，与她道："你家里都好，你二姐定了亲。钱裴入狱了，这般倒是不好杀他了。"

安若芳差点被馒头噎着，上半句听得欢喜，下半句转得太快，她有些吓着。师太真的一直心心念念惦记要为她杀人吗？

"师太。"安若芳将馒头咽下去，还没说完，静缘师太便道："我知道，我没有冒险。我定是看清楚状况才动手。"

安若芳捧着半个馒头，努力想着这话该怎么聊。

静缘师太又道："我再打听打听，他既是入了牢狱，你家里头该是没了威胁，若没甚大问题，我便送你回去。"

安若芳忙问："那钱裴为何入狱？"

"莫担心，这回与你娘无关。钱裴欲劫走你大姐，又派人侮辱你二姐，其手下被抓到现行，且供认不讳。证据确凿，无可抵赖，钱裴当场被判入狱十年。如今便在郡府衙门大牢里关着呢。"

安若芳吃了一惊："那我大姐、二姐可有事？"

"她们都安好。"静缘师太道，"不马上送你回去，是因为我还需要再查探查探，不是故意拖延，你莫担心。"

安若芳摇头："师太可莫这般想，我不担心，师太于我救命之恩，我只愁不知如何报答。"

"不必你报答，你好好活着，过好自己的日子便好。"

安若芳咬咬唇："若是，若是我回家了，师太要去哪儿？"这静心庵被查封，肯定不是长居之地。

静缘师太静默一会儿，道："有人临终前告诉我一件事，我得去查一查。若他未曾说谎，那表示我从前有件事还未解决圆满，得去处置。"

"我们还能见面吗？"

静缘师太看着安若芳。安若芳也正看着她，抿着小嘴，眼睛里是真挚的关切。这种眼神，静缘许久许久未曾见过了。静缘忍不住伸出手，摸了摸安若芳的脑袋，好半天才低语："也许不再见面更好。"

白英回到郡府衙门，让姚昆去忙，却是将钱世新留了下来。

姚昆与钱世新互视一眼，互相给了一个安慰的眼神。

姚昆退下后，白英朝椅子摆了摆手招呼钱世新坐，态度是客气的，但一说话便又尖锐起来："我看了案录，安家那些乱七八糟的事，似乎总有你父亲的踪影。"

钱世新立时露了羞愧，站了起来施礼："我父亲确是做了些不光彩的事，是我督管不周，请大人责罚。"

"原是该罚的。但他既已被判罚入狱，平南郡又是这么个危机四伏的状况，还有用得上你的地方。"白英顿了顿，"这账且先记着，日后算吧。"

钱世新忙谢过，表了一番忠心诚恳。

白英又道："来此之前，梁大人曾与我相议过平南郡的所有官员，对你颇是欣赏。只是你这父亲，给你拖了不少后腿。"

钱世新垂目低首。

白英道："到中兰城之前，我还走访了其他三个城县。福安县倒是不错，前线虽有战事，但百姓并无惊恐，市坊间谈笑如常，日子安乐，衙门行事严谨认真，巡察得力。你不在县里，也一切井然有序。与些百姓人家聊起，他们倒是都对你赞誉有加。"

钱世新忙夸赞了一番他的那些县官，亦称早在战前便多给百姓疏导安排，幸亏得了百姓信任，又道全仗着龙将军在前线驻守边防，挡住南秦侵略，平南郡百姓才得安乐。

白英听得他这般道，"哼"了声："龙将军威名在外，屡建奇功，我是对他佩服的。可没料到他到了平南却是犯糊涂。我常说，为官者，莫恋权贪财好色，否则必出差错。你看龙将军，被个姑娘迷了，行事也乱七八糟起来。其他的不说，李明宇我却是认识的，他为人耿直，忠心耿耿，怎会编排污蔑一个姑娘是细作？那证据既是粗糙，便也可知李明宇不会这般蠢伪造这些东西出来，这里头定有内情，可竟无人去查。竟就这般将他定为细作结案了！"

钱世新低着头，微皱起眉头。

"龙腾这人，得了威名，便刚愎自用。识人不清，用人不明，办的事情疑雾重重竟睁眼看不清。这些案子……"他用力拍了拍桌上那厚厚一摞案录，"看似翔实，实则大多都是悬案，没头没尾，未查明结果，就这般放着了？！"说着还真是动了怒气。

钱世新道："这个，也不能全怪龙将军。"他支吾着，似乎有顾虑不好开口，最后道，"毕竟龙将军是来边境打仗的。"

"可不是！"白英隐忍怒气不发作，"他是来守城打仗的，可不是来迎娶个上不得台面的商贾之女。他任由那商贾之女任性妄为，瞒天过海，再任由姚昆草草结案，睁眼闭眼。他还压不住姚昆吗？"

钱世新面露尴尬不说话。

白英盯着他，缓和了语气，问道："你觉得姚昆如何？"

钱世新答道："太守大人一心为民，忠心为国，是个好官。"他抬头，看着白英，为姚昆说话，"大人，安若晨的那些案子我也是知晓的，里头牵扯众多，好几条人命，又事关南秦细作阴谋，确不是短短时日能纠查清楚……"

"好了好了。"白英打断他，"你这人，别的都好，只一点，太顾及颜面，事关亲友便畏首畏尾。顾念情面便是绑了自己双手。铁面无私这词，你须得好好琢磨。"

钱世新忙道："大人教训得是。"

"这些案子，我会彻查到底。蛀虫不除，前线危矣。"

"大人所言极是。"

"你须得助我一臂之力。姚昆被龙腾摆布，这些事情里也不知道有多少机密，你与他交情甚好，这些年，相信他也帮着维护你父亲不少事，你们既是互有把柄，你该能从他那处套得些消息才是。"

钱世新愣了愣。

白英加重语气："如何？"

钱世新忙应道："下官一定全力以赴。"

白英满意点头："如此，那你盯紧安若晨。我让她写清楚案情原委，线索由来，联络人等，她必得交代清楚。我来应对姚昆，届时你审查安若晨。每一件事，每一个案，每一个人，但凡前后对不上，圆不了话的，都是线索。没有故意为恶便好，若是真查出这当中有违律犯案，从中谋利的，严惩不贷。"

钱世新赶忙答应，想了想，说了说自己的一些点子。白英听了，觉得不错。二人一番商议，终是定好策略。

钱世新从白英的居院出来，去找了姚昆，告诉他白英对其有戒心，问了自己不少关于案情的看法。

姚昆叹气，自认问心无愧，不怕查。

"白大人初来乍到，是要先给个下马威。总要办些功绩给梁大人和皇上看看，不然他如何交差。待我给他找些功绩出来，他便不会只想着找我麻烦了。"姚昆深谙为官之道，如是说。

"确是这道理，待我也想想办法。"钱世新顿了顿，又道，"白大人还问起我爹与安家的纠葛，真是件大麻烦。我得去处置好安家那头，这段日子可别到白大人这处闹将了。若有什么，也请大人为我美言。"

"这个自然。"姚昆一口答应。

"安姑娘那边，白大人有何打算？"姚昆问钱世新。

"白大人对安姑娘一个小小商贾之女高攀龙大将军自然是有些看不起，他在等安姑娘的供述文录，想看看安姑娘有没有什么诡计阴谋。这个我们就没办法了。安姑娘问心无愧，自然是不怕查的。"钱世新说着，叹气，"只盼她莫要为了让自己脱身，将我爹的事编排得太过，到时白大人盯上我爹爹，一件一件旧账翻出来，我们俩又是麻烦。"

姚昆皱起眉头。是很麻烦，因为他确实想不到能怎么帮安若晨。安若晨肯定在那些案子里说了谎，隐瞒了这么多内情。她怎么查出来的，如何找出的线索，因为事关查办细作的机密，他睁一只眼闭一只眼，未追究太细。但白英不一样了。白英若是拿着安若晨的供述与那些案子一条条地对，定是会揪出她的假话。他本就对安若晨有成见，到时怕是不会轻易放过她。

姚昆沉思半晌，想不到这事能怎么办，就算想帮着安若晨拖延时候都不能够。白英催起来，根本没有拖延的借口，况且拖得一时，也是无用。龙腾那家伙在这种时候不可能跑回城里为安若晨撑腰，何况他自己的麻烦就够多的。前线战事，可不能有一丝一毫的差错啊。

安若晨在给龙大写信。她仔细说了白英到紫云楼的事，说了白英要求她交代所有查案手段、线索及联络人。在信的最后，她写道，自己一定好好配合白大人，将所有的事都说明白。她觉得白大人确如将军夸赞的那般，是个刚正不阿，严肃严明的好官。有白大人在中兰城严查酷审，那些细作定不敢冒头犯事，城中郡里的情报定不会泄露半分。她让龙大安心前线战事，打灭南秦的入侵野心。

安若晨写完了信，仔细看了一遍。将信放到桌上。然后她去了校场，牵出战鼓，为它刷毛，给它上了鞍。

"战鼓啊。"安若晨抚着马儿的脖子，看着它圆滚滚的眼睛，不禁想起龙大望着她的温暖眼神，"战鼓啊，我没别的办法，只能靠你了。"

战鼓自然不明白安若晨在说什么。它动了动，看着安若晨，似乎有些期待与她一起跑几圈。

安若晨笑了笑，拍拍它，轻声道："委屈你了。"

安若晨翻身上马，骑着战鼓在校场里跑了起来。

钱世新从姚昆那儿出来，去了郡府牢狱。钱世新其实不想来，他对钱裴的怨气还没有消，差点就被这老糊涂拖累，坏了大事。怎会这般蠢，做这么轻率鲁莽毫无顾忌不将所有人放在眼里的蠢事。他爹爹真是老了，还真当自己是平南郡的土皇帝吗？

钱世新隔着牢房栅栏看着钱裴。姚昆许是念在他的情分上，给钱裴安排了一个干净透气的单间。钱世新看着又来气，因为住得太好了，所以他的父亲还未尝到教训吗？竟然还对他笑。

钱裴对儿子笑道："今日过得如何？听说巡察使大人派的属官来了。"

钱世新不愿与他多谈，沉默好半天才道："待我忙过这阵子，就将你转回福安县。"

钱裴却道："何必这么麻烦。在中兰城也挺好，姚昆不敢对我如何，你转我回去，对我差了不好，对我好了又落人口实，不如就让我留在这儿，好坏都是姚昆的责任。"

钱世新不说话，都这样了，他还敢妄言姚昆不敢对他如何。怕就怕姚昆为了转移白英的关注，翻出些钱裴的旧事来大家一起死。钱世新冷笑摇头，实在没法与他再说下去，他转身出去了。

侯宇就在牢狱外头等着他。他们约好了，他今日值守牢狱，而钱世新要来探监。

"情况如何？"侯宇问。

"白英将了安若晨一军，那姑娘麻烦大了。"钱世新将事情粗略一说，道，"她无论怎么写，都会被抓到把柄。说越多错越多，她不可能把每个细节都圆清楚。所以要么就是她抗命被罚，龙腾被教训，要么就是她不得不上报所有的事，留下把柄，依旧是龙腾会被教训。情况也许还能再好一些，以此拿到他们的重罪证据，被杀被剐被如何处置，就看梁大人或是皇上的心情了。"

"这倒是好。可那安若晨会如何应对？"

"她还能有什么别的办法？"

"也是。"侯宇笑了笑。

安若晨骑着战鼓在校场上绕着圈奔驰。她如今骑术很不错了，多亏了时常练习。想念将军时，她就常骑马。马儿奔跑起来，风儿吹在脸上，头脑便能格外清醒。将军每句话每个表情她都记得。将军就是在这里教会她骑马的。他在这里骑着如风围着她绕圈圈，他在这里对她大笑。

只可攻，不可退。

安若晨闭上眼，随着马儿迎风飞驰。

当下的情况是有点糟，但她的心仍镇定。

"安若晨一定愁死了。"

"她必会拖延。但白大人将追讨她供述的事交给了我，正好名正言顺，我会让她拖延不得。"钱世新道，"虽然前头吃了不少亏，但隐忍坚持到如今，事情可是比预期来得顺利。前线的事如何？"

"昨日已经飞鸽传书，若是顺利收到，他们该会抓住机会的。石灵崖是个大破绽，且梁大人很快会收到白大人的报信，这般对应起来，时机正正好。"

钱世新点头。

侯宇又道："既是到了这一步，白大人又将事情交给你了，一切都如预料那般，那么从今日起，你便可联络遣使其他人。暗号是，解铃还须系铃人，只是要将铃铛绑紧些，打上四个结才好。"

钱世新心里一动："打四个结？"

"正是。"

"谁人授的令？"

"解先生。"侯宇道，"第三位解先生。"

"而我是第四个。"

"正是。"

钱世新笑了起来，暗里明里，他都有重要的位置。他道："我能知道他是谁吗？"

"他暂时不方便，有些事，需要在暗处才好办。他说若有机会，他会亲自告诉你。"

"好。"钱世新也不客气，"既如此，你将我能用上的人告诉我。我先对付安若晨，然后是姚昆。"

侯宇附到他耳边，轻声说了几句。

钱世新听罢，愣了一会儿，有些惊讶。

侯宇微笑："确是如此，'绣娘'在军中潜伏已久，如今就在安若晨身边。不过安若晨对她身边的人也是提防，我们颇有一阵子未能掌握她的心思了。那姑娘确是极狡猾的，如今白大人将她逼到绝处，且看她会交代什么吧。"

"从明日起，我便会每日派人去讨要供述卷案。"钱世新对安若晨会写什么，也是好奇。她今后出门见人事事都得报备，还能耍出什么花招来？

陆大娘带着两个丫头到马圈，给马夫们量了衣裳尺寸鞋长等。要换季了，该给楼里众仆换备新的衣裳。马夫们很高兴，聊了几句，然后陆大娘似不经意问怎么没看到安姑娘的马。

马夫一指校场方向："那个可不就是安姑娘，正骑马呢。"

陆大娘笑道："那我去找她，有事得她拿主意。"

陆大娘领着丫鬟朝安若晨走去，离她越近，越是紧张。安若晨先前到她屋里，与她交代了一番。她虽不赞同，但也想不到更好的办法。姑娘说得对，那供述绝不能写。不能写，还不能让人拿着这事责怪。

可这太冒险了，如若出了差错，可是会赔上性命。

陆大娘看着安若晨的马上英姿，很是心疼。她咬咬牙，在安若晨拐弯过来时叫了一声："姑娘。"

安若晨闻言转头一看，却是没能把握住平衡，面露了惊吓，一拉马缰，战鼓抬腿嘶叫，安若晨一声尖叫，从马背上摔了下来。她似太过紧张，竟抓着缰绳不放，被战鼓拖拽了一小段，在地上滚了几滚这才静止。

陆大娘和丫鬟们大惊失色，慌忙叫人。

校场边巡守的卫兵见状忙奔了过来。那头远远看着她们的马夫们也吓得跳起，朝这边跑来。

陆大娘赶到安若晨身边，不敢碰她，眼泪先落了下来。

"姑娘。"一旁的丫头叫着，安若晨动也未动。

"姑娘。"陆大娘唤她，未听到安若晨的声音，她咬咬牙，招呼了丫鬟，一起小心翼翼将安若晨翻了过来。

安若晨紧闭双眼，脸色惨白，似没了知觉。额头上有道划痕，脸上也有些细碎的小擦伤，但看上去没什么大的外伤。

这时候卫兵和马夫赶到，陆大娘含泪唤一个丫头快差人去请大夫，又让卫兵快去找板子，将安若晨抬回屋去。她一连声地唤，可是安若晨毫无动静。陆大娘再忍不住，哭出声来："是我不好，我把姑娘吓着了。"

"不怪你，不怪你。"丫头忙安慰，"陆嬷嬷只是叫了声姑娘，姑娘定是有心事，正入神，这才惊着了。"

"就是，就是。"马夫也道，"嬷嬷快别自责，方才我们都看到了，是战鼓突然惊蹄，马儿就是这样，有时候也不知怎地突然发起脾气来，姑娘没把好缰绳，这才出意外的。"

陆大娘只顾着哭，也不知听没听进去。丫鬟和马夫守在一旁，一脸愁容。

不一会儿板子拿来了，众人轻手轻脚将安若晨抬回了屋，搬到床上。安若晨在这个过程里依旧没甚反应，只是搬动时似乎有些疼痛，微微呻吟了一声。陆大娘连声唤她，安若晨却似没听到，没有反应，只皱了皱眉头似在挣扎，而后又晕了过去。

陆大娘催着叫大夫，丫头奔走打听火速回报，说已经去了再等等。

卢正、田庆、古文达等人均被惊动，前后脚赶了过来，陆大娘把人都先赶了出去，自己带着丫头先给安若晨检查检查身上可有大伤。丫头转身去拧热巾子时，安若晨微微睁开了眼睛，看到陆大娘就在眼前，悄声对她说了三个字："我没事。"

陆大娘顿时松了一口气，再次红了眼眶。她用嘴形询问："可伤到了何处？"

安若晨用视线瞥了瞥自己的左胳膊。她摔下马时用胳膊护着头，落地时砸到了左胳膊。

这时丫鬟拿着巾子转身过来，陆大娘大叫："姑娘，姑娘。"安若晨顺势闭上了眼睛。

丫鬟忙问如何，陆大娘抹了抹眼角，称方才似乎见得姑娘睁开了眼睛。丫鬟给安若晨轻轻擦了擦脸，道："没醒呢，碰她都没甚反应。"

不一会儿大夫来了，陆大娘出去迎。卢正、田庆等人在屋外已听丫头和卫兵说了事情经过，见陆大娘出来忙问如何，陆大娘简单说了说，将大夫领进了屋。

众人在外头继续等，周长史犹豫半晌，道："白大人说了，姑娘的去向、动静都得上报，这个……这个摔了马受伤的事，是不是该派人与大人说一声。"

话音刚落，众人的目光便剜了过来。

卢正道："你急什么？"

田庆道："怎么不惦记着报将军呢？"

周长史张了张嘴，颇有些委屈。

古文达道："你等等看大夫如何说的，现在去报也是无用，白大人多问几句你答不上，那便讨他厌嫌了。"

"好的，好的。"周长史觉得这理由甚好。

又等了许久，终等得大夫出来。大夫对着众人询问的眼神直摇头："胳膊摔着了，但多严重不好说，都有擦伤，稍晚些该肿起来了。安姑娘没清醒，也没法好好问她，我先开药，上夹板子稳定勿动养着。身上摔淤的地方擦擦药过一阵就好。这些都是小事，如今就担心她摔着脑子，若是久久不醒，便是要糟。"

陆大娘道："我会盯着状况的，全照大夫嘱咐的办。若姑娘睁眼了，便与大夫说。"

大夫点点头："先抓药吧。今日先将药喂了，看她能不能喝下。我明早再来。"

众人又围着问了几句，大夫一一答了，这才告辞离去。

陆大娘赶忙张罗人抓药送大夫等一通忙，古文达对周长史道："这样吧，你先等到明日，看看姑娘今夜里的状况如何，醒没醒，大夫再来看过，病情轻重有个结论，你再报白大人吧。"

卢正、田庆一起点头："对。"

陆大娘回头瞪过来："谁要报白大人？"

周长史一句话堵在胸口，大家这眼神，他又不是叛徒！这报事不是你们的责任你们自然不忧心。到时白大人怪罪下来，头一个问罪的可不就是他嘛。

没人去报，但白英不久后还是知道了。原因是夜里他派了一个传令兵过来嘱咐，说是请安姑娘尽速将入紫云楼后得到的指令受到的安排，还有办的事联络的人都写一写，白大人等着要向梁大人报事。那传令兵道："大人让我问，如今写了多少了，写多少拿走多少。"

周长史心想，催得这般急，是防着串供还是怎地？他再拖延不得，只得相告安姑娘下午骑马摔着了，至今未醒。

于是白英带着钱世新过来了。

众人又再聚到安若晨的院子里，陪着白英探病。

这摔得时机太好，白英自然有疑心。叫来了相关人等仔细一问，将大夫也盘问了一番，完全找不到疑点。甚至安若晨正准备写供述的架势都摆好了，文房四宝还摆在桌上未动。陆大娘推测，也许经得事太多，姑娘要在脑子里理一理，这才是骑马放松放松。也因此走了神，被叫唤声吓到。

陆大娘这话竟然还有物证相佐证，安若晨给龙大写的信还摆在桌上，众人因为先前忙碌未留意，如今给白英一解释，说在桌上的笔墨纸砚时看到了。

白英可不客气，只当那纸是写好的供述，拿过来一看，却是写给龙大的信。信里附和龙大对白英的夸赞，还说一定好好将事情交代清楚让白大人安心好交差。

一字一句简直是将白英噎得死死的，什么怀疑之词都没法说了。

每一处都值得怀疑，每一处都无破绽。

白英只能道："好好照顾安姑娘，若她醒了，便来报我。"

白英与钱世新回到衙府，问他："你如何看？"

钱世新道："身边的丫鬟婆子帮着她掩饰说谎是有可能，可卫兵马夫各位大人不会全被收买。再有大夫瞧过病，她身上也确有伤。我想就是碰巧了。哪会有人拿自己的性命来赌呢，不过是写个供述，不至于如此。安姑娘不似心中有鬼之人。"

白英点点头，未说什么，让钱世新出去了。

钱世新回了中兰城的府宅，寻思了好一会儿，叫来了手下陆波。陆波并无官职，名义上是他的随仆，实际却是得力干将。钱世新毕竟身为县令，许多事亲自出面颇有不便，陆波便是他的臂膀耳目，为他暗中行事。

钱世新与陆波如此这般交代一番，让他悄悄去与紫云楼里的接头人"绣娘"联络，探一探安若晨究竟是何计划。

陆波听完也是吃惊："她真摔假摔？"

"七八人亲眼所见，自然是真的。"

"她当真豁得出去，这摔不好就真要了命了，不然摔出个残疾也是够呛。"

"所以更要提防她的打算。她连命都不要，其他的事更是敢的。如今正到了关键时候，切不可被她破了局。"钱世新说着，细细一想，从前似乎还真是每每关键时候突然出了岔子，最后事情都能与安若晨牵连上。

陆波明白事情严重性，忙应了。

钱世新再与他交代了一番，然后命人备轿，他去了一趟安府。

安之甫对钱世新到访很意外，但也欢迎。钱家老子是煞星，这儿子却是福星。

钱世新客客气气，向安之甫问候了安若希的伤情，又再为自己父亲所为道了歉。然后他提到今日上午在紫云楼外见到段氏的事，询问了一番段氏的情况。"我派的人说将四夫人安全送回了。我想着四夫人身体不好，自己一人出门也不知是为何？"

安之甫叹气道："那婆娘有些疯癫，我让婆子丫头守着她的院子，但一时没留心，竟被她偷偷跑掉了。后来自己回来，我们也是吃了一惊。原来是大人派人相护，多谢大人了。"

钱世新假装想了想，道："这么说来，安老爷不知她外出之事，那想来也并未授意她与安大姑娘联络。"

安之甫忙摇手："自然没有。"

钱世新笑起来："其实家人之间走动也不是什么坏事。从前是我父亲别有居心，弄得安老爷与安姑娘尴尬了。如今我父亲为他做的错事受到惩处，安老爷便放心吧。与不与安姑娘往来，那是你们自家事，与外人无关。"

安之甫闻言顿时松了口气。

钱世新又道："我这次来是有两件事，一是为我父亲所为赔个不是。二来我对安家有愧，总想替我父亲弥补安老爷。想来想去，也不知能做什么。我近来在中兰城待的时间长些，安老爷有什么事可随时来找我。再有，不知安公子可有兴趣入衙门做事？我看安公子沉稳懂事，是个可塑之才，加以栽培，能成大器。若是安老爷、安公子愿意，我便留心留心，若有合适的位置，可为安公子安排。"

安之甫喜出望外，这是说他们安家要出个公门里的人物吗？安之甫连声答应："钱大人抬举，我们自然是乐意的。"

钱世新笑道："刚开始，定是得从小吏做起，不过安公子聪明伶俐，相信很快便能有所作为。"

"好的好的。"八字还未有一撇，但安之甫仿佛看到儿子穿着官服骑着高头大马一身威严的景象了。

"还有呢，四夫人生着病，那般乱跑，可是容易出事。紫云楼毕竟军衙重地，擅自闯入可是会被砍头。我有些担心四夫人不知轻重，万一犯了什么事，又惹了麻烦。毕竟她对安大姑娘一直心有怨恨，安老爷又不能将她关起来。"

"能的，能的，我这就将她关了。锁在屋里，严加看管。"

"这般怕是会落人话柄，说安老爷凌虐妻妾，闹得不好，日后我若想给安公子抬抬位置，恐遭人闲话。"

安之甫顿时语塞。

"四夫人想来是受了刺激，在府里总会想起失踪的四姑娘。锁在屋里只会加重病情。安老爷不如将她送到外头静养，待病情好转，不吵闹疯癫了，再将她接回来。"

"这个……"这事其实谭氏也与他说过。但安之甫从前确是极宠爱段氏的，毕竟花容月貌，惹人怜爱。如今要将她丢弃，他有些于心不忍。送走之后，有谭氏在，想再接回来就不容易了。

钱世新看他为难模样，问道："安老爷觉得这事不好办？"

"这个，家丑不好外扬，但钱大人也不算外人。"安之甫巴结着，将顾虑说了说。

钱世新表示了理解："那用我的名义呢？我安排地方接四夫人去静养，毕竟四夫人被我父亲拖累，遭了牢狱之灾，我为她做些什么，也是应该的。待她病好了，我便将人送回来。夫人看在我的面子上，不会说什么的。总不能我送人回来了她却不让进门，安老爷你说对不对？"

安之甫一听，觉得不错。正为段氏的事闹心，这般安排，倒是解决了问题。安之甫心情舒畅，连声谢过。对钱世新的感激又添了几分。

紫云楼里，陆大娘给安若晨喂了药，收拾了被褥，在安若晨屋里摆上板榻，打算就陪在她身边伺候。春晓要换她，被她赶下去了。待夜深了，再无人打扰，陆大娘坐在安若晨床边，握着她的手，轻声唤她名字，告诉她屋里没别人了。

安若晨睁开了眼睛，陆大娘悬着的心终于放下："姑娘，你真是吓死我了。"

安若晨一脸病容，面色惨白，扯出个微笑："我让你写的信，递出去了吗？"

"递了，递了。"陆大娘忙点头。安若晨安下心来，她嘱咐陆大娘写了封信，若她未摔死，便将那信托人送出去。那信是用陆大娘的口吻写给玉关郡兰城正广钱庄孙建安掌柜的，说安姑娘受伤，需要龙家人接出城去静养。信里用了龙大教的暗语，以确保孙掌柜会帮忙。

"姑娘写给将军的信，今日也交给周长史送出去了。"陆大娘道。

安若晨点点头，问："白大人是何反应？"

"他将所有人都问了一遍，很是警惕。"

"也不知他是何意图？"

陆大娘不说话。安若晨搞不清楚，她自然更不清楚了。

"大娘，你把我受伤的消息放出去，越多人知道越好。让他们都来看望我吧。"

"姑娘，你的伤可严重？大夫说摸脉按骨，说你的骨头怕是伤了。"陆大娘真是佩服安若晨，这般疼，她竟愣是能装成没知觉，就是不醒过来。

"没事。这种伤我经过，从前被我爹爹打得，可比这狠多了。"安若晨龇牙动了动胳膊，真的好疼啊。真是多亏了她那亲爹，她太知道受了伤重病会是什么反应和模样，半真半假演起来一点不难。她喘了喘气："大娘，我不能与白大人对着干，我也不能将那些线索和那许多暗地里帮助我的人泄露出去，我得离开这儿。"

"我明白。"陆大娘安慰她，"我留下，姑娘。总得有人接应和联络，我留在这儿，会有些用处的。"

"大娘，我真不甘心啊。"她好像败了，原以为查到钱裴这一步总该有些突破，结果巡察使来了，她反而成了靶子。

"没关系，没关系，总还会有机会的。"

安若晨闭了闭眼，她真想念将军啊。离最后一次见面不过半个月而已，却觉得已隔了半辈子这么长。"大娘，我还有机会见着将军吧？"

陆大娘劝她不要用摔马这招时她没怕，如今摔完了没大事她却后怕了，真害怕再见不着将军了。

"姑娘。"陆大娘不知该说什么。

安若晨却忽然笑了起来："我没事，我就是胳膊疼得厉害，又躺了半天身子僵了，就胡思乱想起来。如今这境况可没什么大不了的。不过是钱裴入狱罢了起来。白大人对将军不满，对我有疑心。太守大人不知是敌是友。算不上太糟。"

其实最糟的，是不知将军那头的情况如何。他是真的打了败仗，还是为了让曹一涵能回到南秦才故意这样？他可知这事贻人口实，又可否扭转局势，反败为胜？安若晨又想起自己对曹一涵的承诺，也是忧心。她能做到吗？将霍先生的骨灰周全地送回去，能做到吗？

曹一涵随着南秦兵入了南秦军营，见了南秦大将，遭了几番严查盘问。所幸他与被俘的南秦兵结下患难情谊，一众人帮他说话，为他作保。曹一涵在营中住了数日，听得南秦连连取胜，暗自心焦。

这日听得重大军情，原来东凌竟有大军就在附近，准备与南秦军会合，共同灭杀萧国。曹一涵坐不住了，正琢磨着如何办。几位南秦兵却来与他叙话闲聊，透露今日将军言道，皇上闻得霍先生死讯，悲愤万分，已御驾亲征，正往前线来。全军上下振奋鼓舞，士气高涨。立誓要攻下石灵崖做迎君大礼。

曹一涵听着听着，猛地站起。他在送羔羊肉的几个牧民里，看到了一张熟悉的脸。他居然敢这么混进南秦军营里。

一旁的兵士吓一跳："怎么？"

曹一涵忙道："皇上来了，我要见皇上。霍先生的冤屈，我要上禀皇上。"

兵士道："就算来了，也轮不到我们去说话。到时皇上身边定然全是大官，守卫森严，可不会让你近身。"

"皇上知道我是谁。"

"那好吧。"兵士耸肩，"到时你见着了，也算了却心愿。"

可曹一涵等不到南秦皇帝赶来了。稍晚时候，他终于找到了机会靠近谢刚。谢刚飞快地道："我不能久留，一会儿得跟着牧民们一起出营。"

"皇上要来了。"曹一涵也不废话，直入重点。这对他来说是个很好的消息。

"我知道。"谢刚没什么表情。

"东凌大军就在附近，会与我南秦一起联手攻石灵崖。"

"我知道。"谢刚很镇定。

曹一涵讪讪，那你还有什么不知道的？

谢刚道："东凌还有一队人马往关城方向去了。"关城是南秦都城往石灵崖方向的必经之地。

曹一涵不懂，这表示什么？

谢刚道："若是辉王确有谋反之意，皇帝离京，便是他的极好机会。若是皇上回不去了，皇位岂不是唾手可得。"

曹一涵一愣。

"霍先生最担心的事，要发生了。"

中兰城钱府。

陆波与紫云楼里的"绣娘"见面后急忙回来，向钱世新细细报了。

"那陆婆子向外头递了信？"

"是的。递往玉关郡。"

"果然啊，那姑娘确是有安排。先弄伤自己躲过供述，然后逃到外头去。避开了这一阵再回来，到时局势变了，就没人再逼她交代了。"钱世新沉吟，"当然不能让她走。她可是重要筹码。"

安若希一大清早就发现家里有些不对劲，后仔细一问，还真是不对劲。钱世新居然派了位夫子留在府里说是要教导安荣贵读书，为日后他进衙门当差做准备。陪同夫子一起住下的，还有四位武夫护院。说是除了礼仪规矩书册，安荣贵还得学些拳脚，磨炼一下体格。

安若希顿时不安起来，钱大人对他们安家这般用心，还真是让人惶恐。只是人家摆出的架势像模像样，还真开始给安荣贵上课了。安之甫很是满意，对大家耳提面命，一定要待客人恭敬，不得无礼冒失。安若希将满腹疑虑都咽回肚子里。算了，犯不着又惹事，反正她能顺顺利利嫁给薛公子就行。

到了下午，安若希又听到个惊人的消息。坊间都在传，大姐安若晨昨日骑马受伤，摔得半死，幸得福大命大，又从鬼门关那儿转了回来，捡回一条命。大家各种揣测，有说是细作在马鞍里动了手脚，有说是前线龙将军战败，安若晨听得消息伤心过度精神恍惚，未拉好缰绳。还有说是安家报复，收买了马夫对安若晨的马动了手脚。

这番传言将安之甫气得七窍生烟，拍着桌子嚷："我呸！那祸害，谁沾上谁倒霉，我们躲都躲不及，谁有闲心害她。"

谭氏也是气，因着陈媒婆上门来，说的也是坊间相传的这事。她说薛夫人把她叫了去，问她安家是不是又与安大姑娘闹起来了。谭氏听着很不痛快。什么叫他们安家跟安若晨闹。薛家既是亲家，就该站在安家这边说话，居然还向着外人。

谭氏可还记得安若晨一心想破坏这门婚事。现在婚事虽谈定了，但礼数还要等吉日才能办，这关头薛家又开始挑他安家的刺了，反反复复的态度也真够让人嫌弃的。谭氏说了几句不好听的，安若希在一旁暗暗心惊。

安家人并不知道，安若晨听说了传言也是一惊。什么细作、安家谋害于她可不是她想散布的内容。陆大娘也说她绝无安排这个，她往外透露的，只是单纯摔马意外而已。于是安若晨心里有数了，有人利用传言，在拖她后腿呢。

果然白英来探望她时说话重点一直围着她摔马的真相上。陆大娘说是意外，自责领罚，但白英还是将所有马夫都提审，从马儿的来历到平日的驯养照顾再到出事那天的所有细节，全都问了个遍。先前大家都说是意外，如今有了借口，正好从里审到外。

"这马儿是龙将军送给安姑娘的定情物。将军亲自挑的，安姑娘的马术也是将军教的。"

"安姑娘给马儿起名战鼓，平日里对马儿很是宠爱。"

正经线索没问到，倒是将白英肉麻住了。这两人互相讨好腻歪的程度真是够了。

钱世新在一旁道："我倒是想起，那日我们在紫云楼外见着了安家的四夫人。她生病脑子糊涂，怎地跑到这么远的地方来，会不会当中也有些隐情。不如，我到安家从侧面探听探听，说不定能查到些什么。"

白英点头，将这事交给钱世新办。

安若晨醒了，但看起来仍是虚弱，说话迷迷糊糊，眼睛半睁半闭。白英却不放过，对她道："若真有人谋害于你，那定是你从前查案涉及的相关人等。我让钱大人再把你的案子仔细审读，你若想起什么，对案情亦会有所帮助。"他叫来了周长史，与他道安若晨受伤，不便写那供述，便由周长史安排人听安若晨口述，帮她记录下来。

这是要逼成啥样？周长史苦着脸，只得应下。白英还想再嘱咐安若晨，一转头，却见安若晨已然昏睡过去。周长史看着，颇有些羡慕。他也好想能晕过去。

白英皱眉，也不知安若晨真的假的，再叮嘱周长史一番，这才作罢。

钱世新得了白英的令，像模像样地带了人去了安家。安府上下吓了一跳，钱世新却是私下安慰安之甫，既是白大人下了令，这怎么都得查查，但他心里清楚安家不会对安若晨下手，只是这般不巧，那日被白大人看到段氏在紫云楼外，这才生了疑。

这一番言语暗示，段氏果然又给安家招麻烦了。安之甫脸色难看，钱世新叹气，道："我尽快找个地方，将四夫人接走安顿吧。她到了福安县，离安大姑娘远了，自然就闹不出什么事了。"

安之甫忙一口答应。钱世新又与安之甫嘱咐了一番，留下了四个手下在安府。

安若希心有些慌。今日一整天她在府内走动，看到钱世新留下的那些护院在到处走动，令她颇有被窥探监视的感觉。这一转眼，家里又被塞进来四个人，这里究竟是安府还是钱府？钱世新打的什么主意？还有，她最紧张的，就是连官府都来查他家谋害大姐一事，那薛家会怎么想，原本就对她家轻视怀疑，这下闹到官府了，薛家会相信她家是清白的吗？

她名节毁了，本就心虚。薛家虽说不嫌弃，但她一日未进门，一日便觉得不踏实。

安若希坐立不安，有很多话想与人说。不，是想与薛公子说。她得告诉他，她家里没干坏事，这回真的是被冤枉了。再有今日母亲说的那些，也不是真心话。总之她很想知道薛公子是如何想的，有没有怪罪她家，陈媒婆有没有碎嘴乱说？

安若希越想越不安，焦急起来，觉得得尽快见薛公子一面，不然难听话传到薛府，薛公子闹起脾气来退婚，那就真的没挽回的余地了。毕竟他是那随心所欲的脾气，加上对她也不是那么喜爱。万一呢？

可是已经很晚了，出门不合适。安若希挣扎又挣扎，最后心一横，不行，她不能等到明日薛府上门退亲再来后悔。现在就去！她想见薛公子！

安若希悄悄行动，避开了所有人独自出了门。月光皎洁明亮，照亮了她的路。她出了门便撒腿狂奔，向着薛家的方向去。她脑子发热，脸蛋发烫，身上似有使不完的劲。薛公子呀薛公子，他见了她又该嫌弃了吧？

越怕越有些泄气，但又不甘心回头。忽又想到，正值战时，全城宵禁，该会遇到巡城的官兵和衙差吧，要是那样，她不得不返家，可不是她不努力。

结果一路跑到了薛家外头，什么人都未遇到。

巡城官兵呢！衙差呢！中兰城危矣，老百姓靠着你们护卫真的可以吗？

安若希撑着膝盖喘粗气，想敲自己脑袋，傻子！大半夜的去敲薛家门才真会被退婚！可是她真想薛公子呀。未能听到他亲口说一句"我娶你"，她便觉得不安心。今日母亲说话那般难听，媒婆子不会到薛家乱说吧。

安若希呆呆地看了薛家的围墙好一会儿，真心嫌弃自己。她垂头丧气，转身欲回家去。

这一转身，愣了。四个大汉，穿着薛家家仆的衣裳，正盯着她看。

安若希吓得退后两步。他们不认识她吧？一定不要认识她！也不要记得今晚见过她！

那四个大汉不说话，也没有上前靠近她。安若希正想着如何解释，这时候又奔来一个大汉，客客气气地冲安若希施了个礼："安二小姐。"

安若希认得他，是那个使鞭的汉子，当日便是他救下了自己，他是薛叙然身边的护卫头子。

安若希见到熟面孔，对方又是有礼，心下也安定下来。打算客气寒暄几句告辞回家，至于这些护卫回头怎么跟他家主子薛公子报事，她就不去想了。没脸想。

安若希还没开口，那大汉却又道："安二小姐，我家公子有请。"

安若希僵立当场。

观音菩萨，如来佛主，各路神仙啊，他家薛公子为何这么晚不睡？

"我还是不打扰了。"安若希挤出微笑，"薛公子好好歇息吧。我，我是来找我家的狗的。它也不知走哪儿了，我正巧走到这而已。"

大汉道："公子白日歇息太多，刚刚才用过消夜，此时精神尚好。他听说二小姐散步至此，便让我来请二小姐。"

散步至此……

安若希继续努力微笑。

"安二小姐，请。"

拒绝可以吗？应该要拒绝的。但安若希发现自己脚步轻盈，气也不喘了，脚也不累了。她要见到薛公子了。

片刻后，安若希坐到了薛叙然屋子的外厅里。薛叙然看上去确实精神不错，不像是刚被扰醒的样子。她进屋时，他正捧着一本书在看。见得安若希来了，他抬头静静看她两眼，淡淡地道："我正在猜你是会来还是不来。"

安若希僵了僵，居然这样，那早知道不来了，好歹留下个矜持的名声。

不过，名声管什么用。安若希咳了咳，主动坐下了。既是一开始没矜持，后面也莫矜持了吧。

"我想喝水。"她说。

薛叙然微抬了抬手，一旁的丫鬟忙去给安若希倒了水。安若希渴得，一口气把那杯水全喝了。

薛叙然一脸嫌弃表情："你特意来我这讨水喝的？"

"不。"安若希摇头，"我没来，是你请我来的。你请了我，我顺便讨杯水喝。"

"你大半夜的瞎跑什么？遇着什么事了？"

"你怎么知道我在外头的？"

"我家护卫守着宅外，老早就看到你了。便来与我报，有一可疑女子。"

"你家守卫得比中兰城还严呢。"

薛叙然道："总得防着钱家的人报复。他们请些匪类，也不是难事。"

也对。安若希点点头，小心谨慎些总是好的。

"所以你大半夜这般危险在城里晃是怎么了？出了什么事？被赶出家门了？"

安若希摇头。

"那是为何？"

安若希想啊想，咬了咬唇："我说是出来找我家狗的你信吗？"

薛叙然用看傻瓜的眼神在看她。

安若希重重一点头："我便当你信了。"

薛叙然白了她一眼。

"你没被欺负？"他问。

"没有。"安若希低头看着手里的杯子，忽然心情大好。

"你笑什么？"

"我没被欺负。"安若希又说了一次，然后抬头看薛叙然，"你身子好些了吗？"

"本公子身体没那般糟。"

"那就好。"安若希道。

这简单的三个字却让薛叙然有些别扭起来。他忽然也不知还要说什么好。

过了一会儿，安若希道："那个，嗯，有些传言不是真的。就是我大姐摔伤的事，不是我家干的。"

薛叙然没什么表情："自然不是你家。你爹爹哪有这种本事。"

安若希垂下头，因为没本事而得来的信任真是伤自尊啊。

薛叙然问："你大晚上跑来这儿就为了说这个？"

安若希摇头，一本正经道："自然不是，我是出门找狗的。"

薛叙然没好气瞪她。居然耍无赖。

安若希被瞪得心乱跳。反正都来了，让他亲口说那三个字过分吗？

"那个……"安若希期期艾艾。

"哪个？"

"就是……啊，我想到了，今日钱大人来我家了。他说想提拔我弟弟进官府当差，还派了夫子来教导他。"先找个话题让自己冷静一下。

薛叙然皱起眉头："他有什么阴谋？"

安若希摇头："虽有些古怪，但钱大人是好人，与他爹爹不一样。"

"笨蛋。"薛叙然骂她。

"你是聪明蛋。"安若希夸他，想说这样我们配一起正正好。但是没好意思说。

薛叙然给她个白眼："你想想，若钱大人真是好人，他爹还能猖狂至此？上次你爹入狱，不就与钱裴有关吗？便是七岁小儿也明白，这人既是作恶，便得看管好了。钱大人管着整个福安县，若是有心管他爹，还能管不住？你家里被钱裴祸害可不止一回，他若有心弥补帮忙，哪需等到今天？你弟弟如何，你还不清楚？那是个扶得起的贤士良才吗？还提拔到衙门里，那不是给自己脸上抹黑吗？钱大人为官多年，岂会做这等坑害自己的傻事……"说到这儿薛叙然顿了顿，所以钱世新究竟打的什么主意？

安若希听得不太专心，她真爱看薛然叙这般认真思考说话的样子。模样虽还有些少年的稚气，但表情气度却是老成，一派大家风范，儒雅睿智。

薛叙然正深思，转脸却看见安若希直勾勾盯着他看的花痴模样。

这眼神！矜持呢！

薛叙然微眯着眼试图犀利暗示，但安若希似乎没看懂，还坦然迎着他的目光问："然后呢？"

什么然后？薛叙然回过神来："我说到哪儿了？"

"钱大人为官多年，岂会做这等坑害自己的傻事。"安若希提醒他。

哎哟，居然还听进去了？薛叙然没由来有点烦躁，也不知烦躁些什么。于是道："然后你要好好提防，别看谁都是好人。"

"我提防也没用啊，我爹可高兴了。我可不想招惹他生气。我只想着……"

"想什么？"

安若希直勾勾看着薛叙然，酝酿勇气想说"只想着嫁为薛家妇"，刚要开口，薛叙然却道："好了，你不用答了。"

安若希张着嘴，被噎住。她想回答。但被薛叙然这么挡了一下她又不好意思说了。

安若希泄气垮肩。薛叙然看她半晌："你真没被人欺负？"

安若希摇头。

"真没受什么委屈？"

安若希再摇头。

薛叙然不高兴了："所以你大半夜的独自跑出来是嫌命长吗？这才过了几日，受的伤遭的罪都没让你害怕警醒吗？"

安若希心虚低头，她当然也会怕，这不脑子一热干了蠢事。

薛叙然看她这样就来气，挥了挥手道："行了，行了，你下去吧。我看见你就头疼。"

安若希嘟囔着顶嘴："我又不是你家丫鬟。"还下去呢，赶谁呀，"我是你未过门的妻子。"她硬着头皮说完，脸已通红。

薛叙然瞪她，被她这模样也扰得脸发热，于是更用力瞪她："我自然知道你是谁！"

安若希猛地一抬头，激动得目光闪闪："我是谁？"

"你是……"薛叙然用力顿住，差点被她拐了，"安若希！"

安若希撇嘴："你还未定主意吗？是不是薛夫人想定亲，但你并未答应？"

"我不答应你能进门吗！"

"我这不是还没进门吗？"

"你没进门那你站的何处？"薛叙然要被她气死。

安若希眨眨眼："所以我们说的进门不是同一件事？"她反应了一会儿，"啊啊啊，你是说，你是同意的。"

薛叙然给她白眼。

安若希很是无辜："可不能怪我多疑，毕竟你脾气古怪，反复无常，未曾听你亲口说，总觉得你又会反悔。"

薛叙然跳了起来："谁脾气古怪，反复无常！"

安若希吓得也跳起来，本能地绕着桌子躲开他伸出的手："我就随口说说，你瞧你就生气了。"

"你还说我小气？！"薛叙然绕桌子去抓她。

"我可没说！"安若希绕着桌子再躲。

两人一人占一边正对峙，忽听得门外传来薛夫人的声音："叙然，你睡了吗？"

薛叙然和安若希猛地一惊，慌张对视。

糟了。

薛叙然着急忙慌四下一看，指了指衣箱子，安若希猛摇头，大家闺秀才不会躲箱子里。薛叙然又指桌下，安若希再猛摇头，大家闺秀才不会钻桌子底。

薛叙然瞪她了。安若希也回瞪回去。

"我进来了。"薛夫人在外头道，看了一眼一脸无奈的薛叙然的护卫。

向云豪确是无奈，在夫人刚来时他便大声招呼"夫人来了"，以向公子示警，可公子似乎吵架太专心，未曾听到。屋子里有人声被夫人听着了，让他连编谎说公子睡下了都没办法。

薛夫人推门而入，既是听到屋里隐隐传出人声，她也早有心理准备，但进得屋内还是吓了一大跳。

薛叙然正襟危坐，面色红润，双目炯炯，精神得不像话。

"叙然。"薛夫人爱儿心切，深恐他发烧，忙过去抚了抚薛叙然的额头。看到儿子往后躲她的手，这才想起屋子里定还有别人。转头一看，桌子另一头坐得笔直的，却是安若希。

安若希努力严肃端庄，但她面颊粉红，眼波如水，配上直挺挺的背脊还真有些怪。

"呃……"薛夫人身为长辈，面对此情形认真琢磨该如何问话才好。她是来监督儿子好好休息的，可不是来捉奸。

"是我让人接了安姑娘过来，商议商议婚事。"薛叙然抢先解释。

安若希投过去感激的眼神。

薛夫人头疼，你俩的父母长辈皆健在，啥时候轮到你们两个小辈自己偷偷摸摸夜半三更地商议什么婚事。

"这会儿商议完了，我正要派人送她回去。"薛叙然又道。

安若希用力点头。

薛夫人看看这个看看那个，过了一会儿终于决定确实应该先将人家姑娘送回去，要批评私下批评儿子好了，不能让姑娘家的面子抹不开。"你莫管了，我让婆子领轿送回去。"

安若希顿时面露紧张。

薛夫人道："就说是我接姑娘过来看看首饰，明天赶着让工匠制簪的，一时心急，没注意时候，失礼了。让婆子带上点礼物赔个不是。"

"挺牵强的。"薛叙然小小声点评。

薛夫人瞪他。薛叙然赶紧闭嘴，好吧，总比他都没想到怎么送回去的周全些。

薛夫人出去嘱咐婆子，让她先张罗备轿。待转回来，薛叙然和安若希对视的目光赶紧分开，薛叙然清了清嗓子道："娘，要是安家问怎么把人接出来的……"

薛夫人没好气："你怎么接出来的我就怎么接出来的。"

安若希低下头，恨不得缩到地里去。薛叙然瞪她一眼，清了清嗓子，硬着头皮道："正好在她家外头碰上了，所以没来得及知会安老爷安夫人呢。"

薛夫人抚额，简直没法听。大晚上的，怎会在家外头碰上了？！

薛叙然再瞪安若希一眼，继续道："她出来捡东西。"

安若希猛地抬头，咦，这理由似乎不错："对，对，我在院子里玩，结果一阵大风，把我的风筝……"

薛叙然重重咳了两声："风筝没出墙，倒是将她的帕子吹了出来。她出来捡帕子。"

安若希噎得，对对，大晚上的，谁人放风筝啊，是帕子，应该是帕子。安若希满脸通红，小心翼翼看一眼薛叙然，再看一眼薛夫人。这母子二人都撇过头去不看她。

安若希又把头低下。好吧，她知错了。反正就是她出门捡帕子，遇着薛府的人请她过来喝茶吃东西看首饰，于是她就来了。

薛夫人在这屋是待不住了，她道她出去看看轿子备得如何，让安若希准备准备，一会儿就出来。

薛夫人走了，屋里只有薛叙然和安若希二人。安若希低着头不说话，薛叙然想了半天，挤出一句："下回可不能到处乱跑了。"

安若希点点头。

"后日便正式下聘定礼了，不会再有变数了。"

安若希飞快瞅了他一眼，又垂首再点点头。脸儿通红，心在歌唱。

薛叙然看她那模样，脸也热了，一时不知还能说什么好。过了一会儿，忍不住问她："你姐姐没让你做什么吧？"

安若希眨眨眼，认真想想，摇头。大姐说日后不再见面了，还能让她做什么呢。

薛叙然道："她未欺负你便好。"

安若希看着薛叙然傻乎乎地笑。薛叙然当看不见，又道："我打算明日递帖子，与母亲去紫云楼看看她。听说她摔得伤重，怎么都去看看才好。"

"哦。"安若希在想要不要她也表示一下关切，显得她对亲人也是情深义重的。还没想好怎么关切，薛叙然却又道："你去不去？"

安若希一愣。

"若是你与你母亲也去，说不定我们能遇上。"

安若希顿时精神一振，眼睛发亮，这是在绕着弯约她吗？她想去呀！这样就又能多见着薛公子一回了。"我回去与我母亲说说。"

薛叙然便道约好了时候就差人去告诉她，安若希欢喜答应了。这时候薛夫人在外头唤，说轿子备好了。安若希吓得跳起来，薛夫人催促了，她着急忙慌要往外走，薛叙然拉住她："你记着，小心钱世新，要是有什么动静，你就来告诉我。知道吗？"

"知道知道。"安若希欢喜得掩不住笑。那她想来看薛公子时，就有理由了。

安若希喜滋滋到连蹦带跳，走到门口想起来，忙放缓脚步端庄开门。薛叙然瞪她的背影，嘀咕一句："笨蛋。"

结果安若希出了门却突然回身对他扮了个鬼脸："我听见你编排我了。聪明蛋。"

未等薛叙然说她，她一溜烟跑掉了。

薛夫人看着安若希，从前未发现这姑娘这般活泼。再看看儿子，他正很有精神地瞪着安若希。薛夫人心想，高僧的话果然是对的。

安若希的回府并未引起什么大动静。谭氏与安之甫正商量儿子安荣贵的事，对女儿不在家又突然回来这事完全不知道。薛府婆子打点好了安府的门房，客客气气，门房也就未曾大惊小怪。

安若希飘着回房，途中遇着妹妹安若兰。安若兰瞪她："半夜三更的，你去哪里了？"

安若希压根不想理她，继续飘回房，安若兰在她身后道："你可是定亲的人了，夜半出门，传出去像话吗？你不要脸，我还要呢。"

安若希猛地转身，走到安若兰面前，道："你说得对，传出去像话吗！这倒是提醒我了，你就是个爱碎嘴编瞎话扯是非的，你记住了，若这事传了出去，我就找你算账！"

算账两个字铿锵有力，安若希说完，抬着下巴睨了安若兰一眼，转身走了。安若兰气得跺脚，转身看到母亲站在不远处，忙奔过去哭诉："娘，你看那贱人，只会欺负我。"

薛氏摸摸女儿的头，安慰道："莫理她，咱最后过得比她强，那才能气死她呢。"

安若兰不满，甩开母亲的手嚷嚷："就是你这般没出息，凡事看人眼色，不敢出头，才总会被人压着。我可不想与你这般。"言罢扭头跑了。

薛氏站在原地，没什么表情。

周群很有些为难，他压根没找着什么机会与安若晨说话，更别提与安若晨写那什么供述了。原想着男女一室不太方便，于是他将这事拜托给了陆大娘，结果眼看两日要过去了，陆大娘一个字没写。她说姑娘伤重，昏昏沉沉的，怎么忆事说话记供述啊？再等等。

周群无话可说，于是再等一日。一早钱世新派人来问供述，说白大人嘱咐了，每日都会来取。周群只好急巴巴地再去找陆大娘。陆大娘沉思严肃悲切状问他："周大人，我家姑娘是人犯吗？"

"不是。"

"犯了什么十恶不赦的罪吗？"

"没有。"

陆大娘的眼眶红了："那为何白大人这般逼迫姑娘。她伤得这般重，待她养好伤不行吗？"

周群无言以对，噎了半天只得道："嬷嬷啊，白大人也是焦急，前线情势不好。白大人许是想着能找出些线索反制南秦，为前线解围。"

陆大娘惊得不敢哭了，问他："可是有什么消息？快快，你进来，快与姑娘说说。"

周群被催促着进了安若晨的屋子，安若晨被陆大娘唤醒，听说前线失利，竟得白大人想法解围，顿时也急了，惨白着脸喘不上气，好一会儿才缓过来。

周群心说这般也好，你知道着急，赶紧配合白大人把那些案子后头的细节说说，他也好交差。于是周群像以往那样，将这两日最新拿到的消息与安若晨分享。比如南秦皇帝御驾亲征。比如东凌国集结大军与南秦联手，强攻石灵崖。再有石灵县眼看情形不对，已令全县撤退，退到了高台县。若是石灵崖失守，怕是连高台县也得撤。

周群期待着安若晨表个态度，可安若晨悲切地唤了声"将军"，然后就晕过去了。

周群呆立当场，愣半天被陆大娘请了出去。看到古文达前来探病，他摇头叹息："古大人啊，长史这活真不好干啊。"

这活确实不好干，因为这之后周群非但找不着机会让安若晨写供述，还眼睁睁看着她那屋里访客探病进进出出。太守夫人、校尉夫人、各个府的夫人，还有村民代表、街坊代表、各家酒楼、人牙媒婆等等。似乎安姑娘死里逃生这事简直比前线打仗还要重要，人人要来沾沾运气。

周群只得去与钱世新报，说安若晨深得中兰城百姓喜爱，大家排着队来探望，安姑娘感恩不忍拒，但病体虚弱，被这般打扰确实不利休养，她时常昏睡，还是等姑娘稍好些再与她细细讨论吧。

钱世新自然说不得什么，事情闹得满城皆知，大家联合着在白英的眼前上演一出未来将军夫人贤良淑德做尽好事深受爱戴的戏码，他是傻子才会在明面上对着干。

就让安若晨拖延去吧，那份供述不重要，那不过是挑毛病抓把柄的手段，这手段不成，换一个便是了。

钱世新要掌握几点，一是都有谁去探望安若晨，接近她与她密商的人都有可能是她暗地里安排的线人。是她的线人，就有可能知道安若芳的下落。而且安若晨肯定是想借这个机会与她的线人联络交换消息。白英盯着她的行踪，她就干脆布了这迷障，让线人自己来找她。

钱世新自认看穿了这一点，可惜线索却不好把握，因为探听回来的消息是，人不少，每一个都没与安若晨见面多久，大概就是进屋看望一会儿打声招呼的工夫。每一个都查探跟踪的话，一来是人手的问题，二来耳目太多恐会招来猜疑，暴露自己。而那些与安若晨交情颇深的人，像招福酒楼赵佳华什么的，盯了一段日子了，没发现什么异常。

钱世新要掌握的第二点是时间。陆大娘写信给了一家钱庄，钱世新将信劫了下来。他知道了安若晨的出逃计划。劫了信，这事暂时能拦住，但拦不了多久。过一段时间，安若晨或是那孙掌柜说不定会发现中间出了问题。他得赶在他们发现问题之前，将安若晨拿下。名正言顺，理直气壮地将她拿下。

"安之甫必须死。"钱世新交代陆波。

"家有丧事，她便得留下？"陆波猜测意思。

"不，安若晨可不会在乎安之甫的丧事。她是凶手，所以她得留下。"钱世新冷冷地道。

肆 伤情怨

谭氏这两天觉得很是舒心。一是她儿子安荣贵被钱世新大人看中，正在加以栽培，且才两日工夫，便找着了位置安插。钱大人说近来他需常在中兰城处理公务，而福安县那头也不能疏忽。故而需要人手为他传递公文跑腿传话的。他让安荣贵试试。

安之甫与谭氏自然欢喜，安荣贵也颇是得意。别看只是个跑腿的小差，但那可是在钱大人身边，能与钱大人说得上话的，算是亲信。再者说，钱大人怎么会找不到传话的小吏，这摆明了就是照顾安荣贵，拨个职来予他。

安若希忍不住问谭氏："钱大人图啥呀？"

谭氏瞪眼："可不是吗？钱大人能图啥呀。他是官老爷，不贪财不好色，前途无量。如今还被白大人重用，飞黄腾达指日可待，他能图我们什么？"

安若希说不出话来。

谭氏道："就算图什么，也不是我们安家吃亏。有这好机会，便先把握了。你弟弟进了公门，多结交些人只有好处没有坏处。日后你嫁进薛家，官府里有亲人撑腰，于你也是大大地长脸。"

没错，让谭氏得意的第二件事，就是与薛家的亲事。在安若晨受伤一事上，薛家虽然找陈媒婆来打听，似有怀疑和看低安家的意思，但最后还不是乖乖地抬着聘礼礼书来了。薛夫人似还担心那事惹得安家不痛快，还特意多打了两支金簪给安若希，意喻成双成对结喜讨吉。谭氏很是满意，薛家让陈媒婆来打招呼，说薛夫人和薛公子会去紫云楼探望安若晨病情，这也表示薛家在意安家的反应，提前知会。

安若希趁机说不如我们也去。这般向薛夫人示个好，表示我们家与大姐尽弃前嫌，可不会再闹出什么麻烦事来，让他们安心。

若是从前，谭氏是不愿去的，但钱世新交代她了，安大姑娘既是受伤，坊间又有那传言，夫人还是找个时候去探望探望，以澄清流言才好。

说起钱世新，谭氏又有另一桩高兴事，那就是钱世新说了，他于福安县找了房子，准备将段氏接过去休养。这般远离了安若晨，段氏便不会再闹出什么来。这个与让谭氏去探望安若晨一样，都是为了避免安家落下什么不好的名声。他既是想栽培安荣贵，就得杜绝安家惹麻烦，否则也是拖累了他自己。

谭氏觉得在理，她心中是一百个欢喜，觉得钱世新处置了段氏真是青天大老爷知道如何为民做主。她也提醒了钱世新与安之甫，在让段氏搬走之前莫要走漏了风声，不然段氏闹出事来不好看。安之甫自然也是这个心思，钱世新更不会有异议。

谭氏打好了算盘，她是安府正房夫人，儿子入公门，日后求个一官半职，女儿嫁到薛家，富贵风光。那整个安家便是牢牢掌握在他们母子手里。如今撵走了段氏，只需再对付了五房，趁安贵昆年纪小将他打压下去，便再没人能威胁到他们的地位。

如此这般，谭氏心中得意，便觉得去见见安若晨也没什么。反正那贱人断了胳膊断了腿躺床上，说不定也不会让她们进屋。正如女儿说的，她还能借着这事向薛夫人表个态度，让女儿踏踏实实地嫁了，莫要再闹出什么幺蛾子来。

于是谭氏与薛夫人约好时候，随意备了些礼，准备一起去紫云楼。

安若希雀跃欢喜，在屋里好一番打扮，想着可以见到薛公子，忍不住傻笑。刚收拾妥当，却听丫鬟来报，说四姨娘来了。

安若希吓一跳。段氏进了来，一身素衣，清瘦可怜，目光清澈，美貌羸弱，看不出半点疯模样来。婆子丫鬟小心翼翼地跟着她，生恐段氏又借机偷跑。

"我就与二姑娘喝杯水说说话。"段氏口齿清楚，柔声软语。

安若希有些不忍心，便挥挥手让婆子丫头都出去了。

段氏也不废话，直接道："二姑娘，听说你与夫人要去紫云楼见大姑娘，能否带我一起？"

安若希简直无语，心里叹气，道："四姨娘，我不能帮你下药，也没法带你过去下药。你就死了这心，好好过日子吧，好吗？"

段氏也不恼，轻声道："我不是想下药，我就是想与大姑娘说说话。"

安若希摇头："我是做不了主的，你得去问我娘。"

段氏沉默，过一会儿道："夫人定是不愿的。"

"娘若是不愿，我如何带你去？"

段氏叹气："是啊。"

安若希看着段氏那样，有些不安："四姨娘，若没什么事，那我便准备出门了。"

段氏抬头，直勾勾看着安若希，道："二姑娘，这家里，我也不知还能与谁说话。这事便拜托你了。我去不了，你帮我带句话给大姑娘。"

安若希不知怎么拒绝好。

段氏继续道："大姑娘曾问我，可否愿意拼了命护我女儿。我那时糊涂，如今我想明白了，我愿意的。我会的。我想保护我女儿，我想见到芳儿。二姑娘，你见着大姑娘，帮我与她说说。我想明白了，求她让芳儿回家吧。钱裴进牢里了，没人会再伤芳儿，让她回家吧。"

段氏语气平静，安若希却听得颇是心酸。

段氏停了一会儿，再轻声道："让我女儿回家吧，我在家里等她。"

安若希与谭氏去紫云楼了。没事先递帖子，只能跟着薛氏一起进去。原以为安若晨会拒绝见面，没料到她却请他们四人一起进屋。

薛夫人客气寒暄了一番，送了些药材补品。薛叙然没说话，只替母亲将药材盒子递过去了。安若晨让陆大娘收下，放在她床头的案几上。道谢之后，再没什么话。薛夫人见得安若晨苍白虚弱，便不久留打扰，起身告辞。

从头到尾谭氏跟隐形似的，既未与安若晨说话，安若晨也未看她一眼。但这时安若晨却说："二妹且慢走，我与你说两句。"

安若希看向薛叙然。薛叙然白她一眼，你娘在那边，要询问合不合宜请看那边。

薛夫人出面解围，邀谭氏出去说话，说正好商量商量婚事细节。谭氏听了觉得颇得意，感觉薛夫人在安若晨面前提起两家婚事，似替她给了安若晨难看。陆大娘赶紧说到偏厅稍坐，喝喝茶吃些点心。

屋子里只剩下安若晨姐妹，安若晨看着妹妹模样，有些感慨："看来你这几日过得不错。"

安若希有些扭捏："薛公子未嫌弃我。我们婚事定了，礼数也过了，就等成亲呢。"说着说着，掩不住有些脸红。

"恭喜了。"

"家里也给三妹谈亲事呢，是祁县粮油商家的公子。"

安若晨点点头，她对安家的事没什么兴趣，她对安若希道："留你下来只是想与你说，你未中毒。将军让人给你吃的，只是普通的进补丸子。那什么每月都得服解药，是骗你的。"

安若希瞪大眼。

"将军恐你被人利用，谋害于我，于是才出此下策。我这回受伤，也想了许多，这世上总有意外，万一我们真不能再见了，恐你还惦记着自己身上的毒，所以先与你说清楚。"

安若希继续瞪眼，还未从震惊中反应过来，过了好半天，她问："你受伤真的是被人害的吗？"

"说不好。我也是糊涂，不知事情究竟如何发生的。如今每天脑子昏沉，想不出什么来。"

安若希皱紧眉头："那，你是觉得自己还会出事吗？为何像留遗言似的？"

安若晨也回瞪她："我与你说，你未中毒，你该欢喜。然后其他的事，与你无关。"

安若希不高兴了："说得对，与我无关。关我什么事。反正你若真死了，也轮不到我给你收尸办丧事的。"她说着便要走，安若晨也不拦她，闭了眼躺回枕上要睡了。

安若希走了几步回头看，看到安若晨不理她更生气了。她嚷道："我忘了说了，四姨娘让我告诉你，她说她想四妹了，她会拼命保护四妹的，希望你能让四妹回家。"她顿了顿，道，"当然了，她疯言疯语，你也不必在意。我知道四妹不是你劫的。"

安若晨不说话。

安若希想想："难道真是你劫的？你后头找到四妹了？"

安若晨叹气，睁开眼睛："我若知道四妹在哪儿就好了。你让四姨娘好好过日子吧，别多想了。若是四妹平安归来，我也替她们母女团圆高兴。"

安若希杵在那儿。

安若晨赶人："你快走，看着你便烦心。"

安若希扭头走了。哼，她也不愿意多待呢。

安若希出去，看到了薛叙然，顿时心中一喜。小步奔过去，唤道："薛公子。"

薛叙然问她："你姐姐说什么？"

"没什么。"

"没什么是什么？"

"就是……"安若希耸耸肩，"像留遗言似的，让我好好过日子。"她偷偷看薛叙然，补充道，"我告诉她我们定好亲了，她恭喜我。"

薛叙然一脸嫌弃："矜持呢？"

"方才还见着来着。"安若希厚着脸皮答。被薛叙然白了一眼。

安若希正想问娘在哪儿，一转眼却看到卢正站在院门口守卫。他此刻正在打量自己，见她看过去，微笑点头打招呼。安若希想着卢正给自己药丸，虽知道不是毒，但还是有些怕他，不禁下意识地拉住了薛叙然的袖子。

薛叙然又嫌弃，问她："做甚？"

安若希老实答："拉你袖子。"

薛叙然没好气："我是问拉我袖子做甚。"

安若希看着他，努力想答案。目光太热烈了些，薛叙然忽然觉得脸有些热。他恼羞成怒，一甩手将袖子扯了回来，转身朝偏厅去，既是没什么事，就该催母亲回府了。

安若希跟在他身边，也不恼，袖子没了，那也不用答了，挺好的。反正她也想不到又矜持又合理的理由。

陆大娘将人送走了，回到屋子里。看到薛家送来的补品盒子被打开了，她也未在意，将盒子重又盖上。安若晨道："拿走吧，不必放这儿了。"

安若希与谭氏刚离开不久，陆波便到了紫云楼。自白英到紫云楼巡察后，钱世新奉令追查办事，每日派人进进出出紫云楼，几日下来，卫兵们已经习惯，看到衙门的令牌便放行了，未再细细盘问。陆波进来找"绣娘"很是方便。

陆波将事情说了之后，问："如何，能安排吗？"

"绣娘"想了想："可以，你们把人证安排好，这事可行。到时将我保下来，我可奔到将军面前报信，正好争取埋在他身边的机会。"

陆波道："好，那时大人已掌握中兰城，所有在押的人怎么处置，大人可拿得主意。你记得，要将龙大煽动违抗军纪，他若罔顾前线回来救人，便可治他的罪了。这几日好好琢磨如何办，别临到阵前乱了手脚。"

"这个明白。""绣娘"点头，又道，"安若晨确是不知安若芳在何处，今日她见客我偷听了，没说什么特别的事。安若希问到安若芳的下落，安若晨说了她不知道。那个情形下，她该不会向安若希撒谎才对。"

陆波皱皱眉。

"绣娘"又道："其实找到安若芳也无用，安若晨不会受威胁的。况且马上要收网了，安若芳用不上了，我倒是觉得，段氏便放着吧，多一事不如少一事。"

陆波道："那边的事与你无关，你便不用管了。掌握段氏不是为了安若晨，是为了屠夫。"

"绣娘"不语，他想起了闵东平。闵东平离开之前，还与他约好了再见，可惜，竟然从此再无音讯。这个事，与屠夫有关吗？闵东平对屠夫可是隐隐抱怨过几回的。

"屠夫是个隐患，不除不行。"陆波道。

"绣娘"点了点头。确是如此。他也这样认为。

安之甫一早就收到钱世新的指示，一是福安县的房子已经准备好了，这两日便可安排段氏搬过去。二是钱世新建议趁着这时候把安若晨母亲牌位移出安家祠堂，将正室之位空出来给谭氏。

传话的正是住在安家的那位先生，姓李，名唤李成安。他说这个是他的主意，钱大人也觉得不错。毕竟谭氏如今已被扶正，安荣贵怎么都算是嫡长子，在族谱名分上，给谭氏更多，便是给了安荣贵更多。日后安荣贵一路高升时，不会有人拿他的出身身份做文章。

安之甫其实不在意这个，他不过是边城商贾，哪里讲究这些。他只琢磨赚钱，可绕不明白这里头的弯弯道道。他周围的那些买卖人，谁又在意什么嫡长子什么身份的，给钱就行。给足了好处，什么买卖都能做。什么宗族祠堂牌位家族名分，那是安若晨母亲范氏最在意的，生前就一直唠叨个没完，惹他厌烦。没想到如今这事竟会被提出来。

谭氏听了，赶忙附和，直说李先生说得在理。买卖人不讲究，文人和官老爷们却是讲究的。她如今是正室，是该享受这待遇。再者说，安若晨都离了安家的户籍，凭什么她母亲还占着位置。这说出来，外人都耻笑安家。安若晨这般有本事，自己走了，也把母亲带走便是。这般断得干干净净，日后安家就当没有过她们母女。

李先生又道，两件事一起办，也算是对家里各房清理整治，段氏被送走一事，便不会惹来过多的猜疑和口舌。

谭氏再次附和。如此正好，在女儿成亲前，将家里多余的人都清出去，之后踏踏实实地办婚事，可不会再有闲杂人等闹些不痛快惹烦心了。

安之甫见得谭氏如此积极，想到段氏楚楚可怜的模样，心里有些犹豫。他想了想，点头应允，将事情交给谭氏去办，自己出门去了，眼不见心不烦。

谭氏见得他那神情便知他心思，怕他回来反悔，于是火速请了先生过来，意思意思摆了个仪式便将范氏的牌位请了出来，白布包好，先摆回范氏原来的院子，待处理好迁坟的事再一道将牌位送出去。

这事惊动了各房，大家纷纷过来打听。谭氏解释了一番，推到了八字风水安宅辟邪之类的理由上，说是先生算了，范氏八字与安家不合，惹来不少祸事。如今家里头正是转运的时候，该做些调整。一切都是老爷定下的，她是按吩咐办事。

大家听如此说，自然不再言语。但段氏却冒了出来，冷冷问了一句："那收拾我的行李，也是为了安宅辟邪吗？"

谭氏抬了抬下巴："你生病了，老爷怜你，让你出去静养。"

"说得真好听。"段氏昨日里听得安若希回来说安若晨并不知道安若芳的下落就闹了顿脾气。这一晚上过去，怨气与烦躁有增无减，再遇着要被遣走一事，怒火顿时被点燃了，"谭静华，你真是狼心狗肺。范心娴死了这么多年，你连她牌位都不放过，下一步是打算去挖她的坟吗？你也不怕她化成厉鬼找你算账！"

谭氏火冒三丈："你这贱人，又讨打吗？"

"打呀！"段氏喝道，"把我往死里打。你倒是试试看，我死了会不会找你！活着的时候我斗不过你，正好死了再试试。"

段氏转向三房薛氏、五房廖氏道："你们就这般看着，就看着吧，她斗完了范氏的牌位，再弄死我，接着就是你们了！这么大的宅子，只容得下她一房，其他人皆是多余的，她见不得谁人好，她谁都不会放过。先是大姑娘和我的芳儿，接着就是你家兰儿了，还有你，你最该小心，你生了儿子，你竟然敢生儿子，这贱人得多恨啊。你等着瞧，收拾完所有人，她不会放过你儿子的。你儿子能平平安安长大吗？"

"来人！"谭氏怒喝，"把她给我拖下去，关到屋子里去。行李收拾好，即刻押上车送走。"

段氏尖叫着张牙舞爪，婆子一时不敢近身。段氏尖叫道："我不走，我死也不走！你想将我送到外头弄死。我要等我女儿，我不走。我女儿会来找我的。有本事，直接把我在这家里弄死，我死在这儿，她好歹还知道我的葬身之处！"

谭氏冲婆子大喝，婆子赶忙看准了机会冲上去。段氏竟力大无比，一把将她推倒在地，继续尖叫道："不不，我不死，我要活着见到我女儿。我要亲眼看看她如何了，不然怎能瞑目，怎能瞑目？"她跪倒在地，竟换了哀求姿态哭了起来，"求求你，让我留在这里，让我做什么都行，我做牛做马伺候你，只要让我留在这里，我要等我女儿，我要等我女儿回来。"

"娘，四姨娘病了，莫与她计较。"安若希试图帮着说话，"她生病了，哪里知道轻重。去了外头人生地不熟，不好养病呢。还是再等等吧。"

"是啊是啊，二姑娘说得是。我不知道轻重，去外头会闯祸，还是关在家里好。"

"你闭嘴，没你说话的份。"谭氏对段氏喝道，"别以为耍赖便能行，这事是老爷定好的，可不是我欺负你。这家里被你闹得还不够吗？今天就跟我滚出去！"

谭氏口气坚定，段氏自知留下无望，顿时换了面孔，狠狠地瞪着谭氏，那眼中的恨意，让安若希非常难受。

"娘。"安若希看看其他姨娘，竟没人出来帮着段氏说句话，安若希只得硬着头皮继续努力，"娘，你就看在死去的四妹分上，再跟爹爹说说……"

安若希话还未说完，段氏却是跳了起来，冲安若希喝道："谁死了！你说谁死了！你敢咒我女儿！你们母女一唱一和，装什么好人，恶心！你这贱人与你娘一样，与安若晨一样，都是贱人！不得好死！"

安若希目瞪口呆，简直要吐血，真是好心没好报，她要是再帮她说一句话，她安若希就是，就是薛公子说的"笨蛋"！

安若希咬牙忍怒，可段氏却还在发疯，反正没机会了，她豁出去了。婆子过来拉她，她一把扇开，丫头过来，她一脚踹开，一边打一边骂："安若希你别得意，这个家的女儿，都没好下场。你咒我女儿死，你们也没一个能好的！等着瞧！安若晨会被细作杀了，砍下了头送给龙将军。你嫁给那短命鬼，日日伺候着端屎倒尿，看着他断气，守一辈子寡。安若兰这毒心肠的，被老爷再送给钱老爷日日受折磨……"

所有人倒吸一口冷气，简直不敢相信段氏竟然说出这种话来！

谭氏气得七窍生烟，正待叫役仆和婆子们一起上，把这疯妇拖走，结果所有人都没有安若希动作快。安若希冲上去，一个巴掌甩过去，扇得段氏头一歪，再说不出话。

"你敢骂薛公子！敢咒他断气！你这疯妇！我还想帮着你，我呸！你被送走了好，我管你去死！"

敢骂薛公子的，她就是不答应！

段氏被安若希打得整个人愣住。然后她一声嘶吼，朝安若希扑了过去。一把将安若希扑倒在地，扬手便给她一巴掌："你敢打我，你也是个贱人，敢打我。"

安若希被按倒在地上，脸上挨了一巴掌，也不示弱，挥舞手臂左右开弓用力回击，嘴里骂道："你才贱人！你个疯妇！你敢咒薛公子，我不会放过你的！"

她抓住了段氏的头发，一把揪住，用力翻身，反骑在了段氏的身上。两人一阵厮打。

谭氏又惊大怒，冲下人们喝道："愣着干什么，快将她们拉开！"

婆子丫头仆役们一拥而上，将安若希和段氏拉开。安若希头发也乱了，衣裳也扯破了，脸上被打得微红，下巴有道指甲的划痕，颈脖处还被挠出一道血痕。

段氏看上去也不好，头发乱糟糟，脸上有两道挠痕，微微渗着血，左眼一直在眨，似是被打到，鼻子还渗了些血迹。她被拉开，还在破口大骂。骂得全是薛叙然短命烂骨，骂安若希贱人配残子。

安若希怒得满脸通红，被拉着还拼命伸脚踹段氏："不许你咒他，你这毒妇！你才不得好死，你歹毒得连你女儿都不敢留在你身边！她为什么走！你没有护着她，没人护得了她！她为何走？！"

安若希大喊大叫，段氏倏地静了下来，不挣扎了。她瞪着安若希，死死瞪着。

三房薛氏紧紧抱着被吓哭的女儿，小心地看着这一切。五房廖氏抿紧嘴不说话，安荣偎在母亲怀里，有些兴奋地看着二姐与四姨娘争吵。

安若希不管不顾，段氏方才骂了薛叙然那么多，她才骂两句怎么够。"大姐没母亲了，那便算了。四妹呢，她母亲活着。可她母亲为她说话了吗？护着她了吗？明知道钱裘是那样恶心的恶人，谁护着她了？你怪别人！你凭什么怪别人！四妹离家这么大的事，居然连你都不告诉，为什么不告诉你！你可是她母亲！为什么她信大姐却没有信你！你也配说别人！现在还说什么你愿意护她，晚了！你等她，她在哪里？！"

"希儿！"谭氏一声吼，将安若希镇住，她一挥手，"把二小姐和四姨娘都送回房去。"

真是说得什么乱七八糟。不但骂了段氏，连全家都一同骂了。没有人拼命力争过不让安若芳嫁。那时候，钱裘看上了安若芳便意味着安家的荣华富贵将被保住，意味着安家不会得罪权贵，且财源滚滚。为什么反对？虽然她才十二，虽然钱裘是那样一个人，但那时候，所有人都觉得这样的交换是值得的。他们惹不起钱裘。

只有安若晨。

只有安若晨不服，非但不服，她还反抗，用命在反抗。安若芳逃了，她也逃了。从此，安家整个全变了。

谭氏看着女儿用力甩开丫头的手，昂首阔步回房的背影，忽然觉得自己的女儿也变了。谭氏觉得这事情不妙，安若希骂着段氏，却又似在骂她。她想了想，把众人都遣走了，让下人将段氏押回房里。她打点好杂事，然后去了女儿院子。

安若希换了衣裳，正抿着嘴板着脸让丫鬟梳头，一看就知道仍在不高兴。谭氏挥手把下人遣退了，自己亲手帮女儿梳发。安若希垂眸不说话，谭氏温柔地帮她梳好头，坐在她面前，道："希儿，你怪娘？"

"没有。"安若希嘟着嘴。

谭氏道："我知道这婚事委屈了你……"

"不委屈。"安若希飞快地道。

谭氏叹气："你从小争强好胜，是个倔性子，就便算了，你还藏不住事，喜怒哀乐全放在脸上，这般容易被人看透。所以几姐妹里头，你总是吃亏。"

"我不吃亏，我有娘护着呢。"安若希道。这说的确是实情，从小到大，哪房哪个姐妹让她不痛快了，谭氏是定会带着她讨回来的。

谭氏笑了笑，抚抚女儿的发："你知道我是护着你的便好。这婚事确是委屈了，娘心里清楚。薛公子身子不好，你日后嫁过去是要吃苦的。娘教导你的，你不爱听，但这个你一定得记住。莫要花太多心思在薛公子身上。那些情啊爱啊，是害人的东西，是假的。这世上，只是利益是有用的，是真的。你看看娘，在这家里吃了多少苦才爬到正室的位置，娘心里也苦，可这也是为了你和你弟弟。嫁给一个男人，若拿不到好处，便是白嫁。你一定得明白这道理。你看看你大姐，你以为她真是与那龙将军两情相悦？不过是互相利用罢了。她贪图龙将军权势能护她，那龙将军利用她在城里查案做挡箭牌。每个人，都是有目的的。只有你这般傻。"

安若希想说自己也是如此，嫁给薛公子便能达成所愿。但一想她的所愿是摆脱父母的摆布，这又没法与母亲说，顿时闭了嘴。

谭氏又道："你不能听到别人说薛公子什么不好你就暴跳如雷，他是你未来的相公，你心向着他也不算错，但为了他失了颜面，受了伤，或是损失了什么就不好了。他是你相公，你该想法从他那拿好处。他若去得早，你手上有好处也才能有依靠。说到底，娘和弟弟，才是你真正的靠山，你懂了吗？"

安若希抿抿嘴，点了点头。

谭氏道："娘教导你的，都是有用的。早日生子，早日掌家，这才是为妇之道。薛夫人是个好拿捏的，届时你拿着薛家骨肉，这个婆婆自然也会听你的。到时我们与薛家再合伙做些生意，将他们的生意也拿一起，这便安稳了。"

安若希捏着手指，不敢反驳，再点点头。

谭氏与安若希说了好一阵子话，见得女儿乖巧，这才放了心。婆子不时跑来报，说段氏哭闹，一会儿再来报，说段氏跪在院子里求见老爷。谭氏烦不胜烦，领着安若希出门逛街去，将段氏晾着。爱哭爱闹便哭闹去吧，这般更会惹老爷生气，待老爷回来了，亲自命那疯妇上马车，到时可就不会有人能嚼舌根了。

对段氏，谭氏也不敢做得太过，毕竟段氏今日说穿了她的心事，她并不想在这阶段让四房、五房联手来对付她。待女儿嫁出去了，她再一个一个慢慢收拾。

钱世新这几日过得小心翼翼，计划正在推进，每一步都很关键，可不能出半点差错。这日一早驿兵送来龙大给白英的信函，信上很是客套了一番，又说他收到了安若晨的信，知道白大人已到中兰，对从前细作案情严查细审，让人很放心。城中有白大人，会是前线有力支援。只是安若晨马虎，竟从马上摔下，给白英添了麻烦，恳请白英多包涵。龙大又说他在前线打仗，无法分身，只得去信家中管事，让管事到中兰城来照顾安若晨，不给各位大人添麻烦，以免耽误正事。

信中还说了些前线战情，却未提石灵崖节节败退一事。这让白英很不满。

"倒是知道快马加鞭送信来给他那未婚妻子说话，可怎么不说说他前线都打得什么仗！他只盯着四夏江，石灵崖是如何打算的？就算他攻过江去，石灵崖失守，直入平南，他也是无力回天。难不成要比比看哪边先打到对方都城去吗？！东凌与南秦联手，多少兵力，攻防如何，他只字未提！"

姚昆帮龙大说话："算算时候，龙将军写这信时，大概东凌兵才刚冒出来，龙将军也未得消息。每日前线均有军报回来，我们与龙将军得到的消息是一样的。蒋将军领兵封了四夏江和石灵崖入平南的关卡，龙将军用的是三足兵阵，一点击退，另两点皆有机会围堵夹抄。"

这个战略是龙大一开始就定好的，军营及各路线关卡皆是以此安排，早早布防。卷宗其实也给了白英，只是姚昆觉得白英一开始就对龙将军有所成见，故而疏忽。所以严格说起来，还真是安若晨红颜祸水。姚昆暗自叹气。白英觉得龙腾来打仗却沉迷了女色，果然吃了败仗，于是怎么看怎么都觉得龙腾做得不对。

白英确是对龙大的作为反感。但前线军情他管不了，只得都报给了梁德浩处置。只是白英心焦，万一龙大真是糊涂犯下大错，南秦与东凌挥兵直入杀到中兰，那可如何是好。姚昆表现得不紧不慢，也让白英厌烦。

"姚大人，我与你说的那些案子，卷宗可都准备好了？"白英把注意力转到他着急待查的事上。姚昆认真应答，心里有些不安。白英挑到的都是像安若晨那些案子一般的旧案，他当时在处置上睁了只眼闭了只眼，没想到白英心思缜密，一件连着一件地找了出来。

钱世新在一旁静静看着姚昆应付白英，他的心思在另一头，他盘算着时间。很显然龙大也写信给其他人了，会不会就是安若晨去信的那个孙掌柜，那是龙府的人手？假设龙大接到安若晨的信马上致信玉关郡，就当他用的信鸽，速度更快些，那么从玉关郡到这里也需五六日……前线南秦兵何时能攻占石灵崖？南秦皇帝走到哪里了？这些事情一件接一件都得接上。钱世新算了算，时间是有些紧。

但是无妨，他这头很顺利，该是能赶在前头。今日夜里将段氏移走，明日杀掉安之甫，拘捕安若晨，接着处置姚昆。

钱世新看向窗外，侯宇正走过，对他点了点头。钱世新明白，这表示安府里的事情顺利。安若晨母亲牌位遭了屈辱，消息传了出来，这仇结大了。

薛叙然觉得很不舒服，胃顶着慌，胸口很闷，有些喘不上气。可他需要见个人，所以还是出了门。待办完事，回到轿上，向云豪与他报，安府今日出了事。

薛叙然听完直皱眉："她家怎么天天闹得乱七八糟，这是要挑衅安若晨找不痛快呢？"

向云豪道："安二姑娘还与四房夫人打架了，听说是因为四夫人说了公子的坏话。"

薛叙然简直头顶冒烟。打架？为了他？该夸她还是骂她呀？这是大家闺秀能干出的事吗？！正这么想，一转眼就看到了安若希。

安若希被母亲唠叨了一路，很不耐烦听她说什么掌家夺权之道，因为一切都是以假设薛叙然早死为前提的，这让安若希很不高兴。她看到路边有卖烤红薯的，忙说自己馋了，带着丫头买烤红薯去，让母亲先逛着。

谭氏拦也拦不住，被安若希溜掉了。她嘟嘟囔囔哪有大家闺秀买什么烤红薯，马上要嫁人了，真是成何体统。一边说一边走进了旁边一家铺子。

安若希眼角看到母亲进铺子了，舒了一口气，打算耗些时候再进去。原是不太想吃烤红薯，但站到摊子前，闻到那扑鼻的香味，还真是馋了。丫头过去买，她站在一旁等着。

一转头，看到一顶眼熟的轿子。轿子里坐着一个人，正是薛叙然。安若希顿然惊喜，露了笑脸正要打招呼，薛叙然却把轿帘放下了，似是没看见她。站在轿旁的向云豪对安若希点头微笑打招呼。安若希垮了脸，连个护卫都比薛公子有礼。他明明看到她了，却装看不见。

安若希盯着轿子，就等着瞧薛叙然要怎样，若他再掀帘看她，定会被她逮着。可是等了好半天，轿帘纹丝未动。安若希撇嘴，看一眼也好啊。

烤红薯都买好了，丫头过来唤。那轿帘还是未动。安若希心一急，接过那纸包包好的烤红薯，再指一旁的糖铺子，让丫头帮自己买包酥糖去。

丫头去了，安若希提着热烫的红薯，等了一会儿薛叙然还是不看她。她实在忍不住，朝薛叙然的轿子跑去。不理她是吧，哼，她理他便好。

安若希冲过去，手上也没有旁的东西，于是想也不想，把烤红薯朝着轿帘里丢了进去："送你吃。"

薛叙然压根没料到安若希能干出这事来，猝不及防，被一包烫乎乎的东西砸个正着。

他吓得跳了起来，接着那纸包左闪右躲，闻到了烤红薯的香味，最后反应过来，这才抱在了怀里。

安若希砸完便跑，母亲还在铺子里等她呢。

薛叙然人也见没着，只知道自己被烤红薯砸了，还听得她说"送你吃"。

吃什么吃啊！

薛叙然真是气不打一处来。这疯癫的丫头，知道她笨，却不知道能笨成这样。有向未来相公砸红薯的吗！

"她跑哪儿去了？"他问向云豪。

"回公子，安二小姐进了衣铺子，身边还有丫鬟婆子，看起来似乎安夫人也在。"

薛叙然不说话了，这样就不能抓她回来训话了。烤红薯还挺香的。薛叙然抱着，想了想，对向云豪道："盯紧安府，小心钱世新派的那些人，有什么动静便及时来报。段氏被送到哪里去也盯好了。"钱世新这么做肯定有计划，只是不知道是什么。安若希那笨蛋，被害死大概都不知道自己是怎么死的。

安之甫用完了晚饭才回府，多喝了几杯，晕晕乎乎，颇有些醉意。

进了府便觉得气氛不太对，叫来安平一问，原来是段氏闹了一日，非要等到安之甫回府见一面再走，催得紧了，便以死相逼。大家怕真闹出人命来，便等安之甫回来。

钱世新留下的那位李成安李先生也来求见安之甫，言道钱大人原是好意，只想让四夫人静养康复，安家也能避免麻烦，所以还请安老爷好好安抚处置，莫要将事情闹大了。让四夫人安静上马车，过两日安老爷再去看她也好。

安之甫无奈，犹豫了一会儿，去见段氏。

安之甫脚下打飘，慢吞吞朝段氏院子去。一路走一路想起段氏种种。想到当初初见段氏美貌时的心动，想到段氏偎在他怀里叫老爷的模样。

安之甫的几房妻妾里，范氏是德昌县衙师爷之女，谭氏是福安县富商之女，薛氏是中兰城一商贾送予他的，廖氏是他看中的一商户的女儿，她们每个人，在身份上都给他带来了某些或大或小的利益，只有段氏，是个村姑，他将她收到府里半点好处没有。但她生得极美，他喜欢她。她也很会讨他欢心。虽然在五房妻妾里，段氏是最不懂规矩最粗鄙的一个，但当年与她一起，他很是舒心。

还有芳儿，是他女儿里生得最美最乖巧的。他对她也有心疼。如今她死不见尸，他却要将她母亲送出府去了。

安之甫也不知是不是自己多喝了几杯，颇有些多愁善感起来，他甩了甩头，与自己道断不能再这般优柔寡断，一个妇道人家，赶便赶了，她如今疯疯癫癫，早已不是当年那个可人的美丽妇人了。

安之甫到了段氏那处，原以为会见着尖叫哭喊的疯妇，岂料段氏已把自己收拾得干干净净，化了一妆，精心打扮过，真真是我见犹怜。段氏见得安之甫来，双目含泪，轻唤一声："老爷。"便偎进了安之甫怀里。

安之甫许久未得段氏如此温存，方才又念了她好一番，不由得心一软。他将婆子和小仆都遣了出去，自己搂着段氏坐下了。

段氏抽泣两声，靠在安之甫怀中，久久又唤一句："老爷。"

安之甫叹气："你莫慌，不是赶你，只是让你出去休养，待你病好了，就接你回来。"

段氏楚楚可怜看着安之甫，未语泪先流，泣道："老爷不必安慰，我明白。我只是想着日后再见不着老爷了，心里难过。今日他们非逼着我上车，我多怕还未与老爷告别便成永别，这才打死不从的。"

安之甫忙道："不难过，你乖乖的，我与你保证，一定接你回来。你好好养病，早一日好了，便早一日回来，如何？"

段氏听罢，看着安之甫，破涕为笑。那一笑，竟有几分当年初见时的模样。安之甫心一软，摸摸她的脸："我让府里的丫头婆子陪着你一起去，有熟悉的人照顾，你就不用慌。那里好吃好住，又没人烦你，肯定比在这儿舒心。你想吃什么用什么，就跟丫头说。过两日，我就去看你。"

"好。"段氏抹去泪，给安之甫倒了一杯水，"有老爷这话，我就放心了。没有酒菜，就用这水表表心意。我就是惦记着老爷，怕再回不来，老爷好好与我说，我自然是听话的。"

安之甫接过水杯，仰头喝了，段氏又笑起来。安之甫将段氏搂进怀里："听话就好，乖乖的，大家都好。"

段氏点头，又道："老爷说我去了那儿会过得好，那儿是哪儿？"

安之甫一愣，他不知道。

"老爷选的地方吗？"

安之甫被噎着，过了一会儿只得道："是钱大人选的地方。他是福安县的父母官，那儿全归他管，他要找个好宅子自然容易。有他照应你，你会过得很好的。"

段氏悲伤地微笑："你连我会被送到哪儿去都不知，又怎知我会过得好。"

安之甫似被打了一巴掌，不说话了。段氏未乘胜追击，却是给安之甫留了面子，转了个话头道："我会去的，老爷让我去，我便去。"

安之甫松了口气："那就好。"

"老爷记得来看我。"

"会的。"

段氏又道："今日太晚了，福安县也不是街头巷尾的距离，行夜路多有不便，我明早再去，可好？"

安之甫原想答应，但一转念，现在已将段氏说通了，早早上了马车事情解决，若是再留一晚，明早起来她又发作闹事便又是麻烦。于是道："福安县不远，坐马车一会儿就到。定好了今日去的，那边的丫头婆子定是收拾好了屋子准备好了消夜等着你，钱大人也都安排好了，教别人空等多不好。快些出发早点安顿，今晚就能好好休息了。我过两天就去看你，放心吧。"

钱世新这头，在问陆波："事情如何了？"

"安若晨母亲的牌位已经被移，即将被迁坟的事传到了紫云楼里。那头传回话来，安若晨大怒，嘱咐了陆大娘明日一早便到安府将母亲牌位领回，且要求安家不许碰她母亲尸骨，她要将母亲迁回德昌县老家，与她外祖父、外祖母葬一起。"

"很好。就等他们明日闹将起来，让李成安在安府里点点火，最好让他们闹翻脸，吵得越凶越好。然后看好时机，明晚将安之甫引出来动手。"钱世新又问，"安若晨的手稿拿到了吗？"

"拿到了。我会照着她的笔迹写好信，明晚引安之甫出门后，将信放到他书房里。届时查起来，这封将安之甫约出门的信就是物证。"

"好。"钱世新道，"莫出破绽。明日我将安荣贵安排到福安县去。你让李成安稳住安之甫，让他别出门。这般才能与安若晨派的人对上。"

陆波应了。

钱世新又问："段氏带走了吗？"

"她坚持要见到安之甫再走，大家不敢太过相逼，怕她真寻死。他们给我递消息时，安之甫已经回府了，这会儿说不定已经安排好了。李先生盯着这事呢。今晚定会将她送走的。"

"好。你一会儿再去看看。这事务必要办好。将她送到宅子后便看好了，不许出门不许见客，其他的随她，好吃好喝照顾着。让婆子们多与她说说话，稳住她，宅子里的东西收好，勿让她有机会寻死。"

"明白。"陆波领了令，便往安府赶。

安府这头，安之甫还在与段氏说话。

段氏说了些往事，小心翼翼地看着安之甫，那探究的目光被安之甫察觉，他觉得段氏仍是担心，于是一再保证会将她接回来。说着说着，段氏却忍不住再次落泪："老爷，回不来了。"

"不会的。"安之甫酒醉头晕，脑袋发沉，开始不耐烦。

段氏又道："真的。回不来了。我再也见不到我女儿了。我好恨安若晨，又恨自己，更恨老爷。"

安之甫皱起眉头。

"老爷，我知道为何芳儿逃家不与我说了。"

安之甫按捺住脾气，问她："为何？"

"她怕我。"

"你平素对她极好，她怎会怕你。"

"我对她，也不够好。老爷要将她嫁给钱老爷时，我未能护着她。大姑娘和二姑娘说得对，我未能护着她。"

"那是我给她定的亲。"安之甫终于忍不住大声起来。如今是要怎样，哄得她两句她又开始了吗？这家里再如何，也是他做主！他让女儿嫁给谁女儿就得嫁给谁！什么叫未能护着她，难不成要像安若晨一般忤逆他不成？！

段氏不接这话，却道："芳儿怕我，是她瞧见了。"

"瞧见了什么？"安之甫心中升起疑虑。

段氏笑容飘忽："当年，我从货郎那处，买了毒药。"

安之甫一愣。

"我心里想着，我是最美的，又是老爷最喜爱的，若是没了夫人，也许老爷便会将我扶正了。我想用毒药对付夫人。"

安之甫整个呆住，万没想到段氏居然有过这样的念头。

"可我没敢下手。我胆子太小了，我只敢跟着二姐拉着三姐一起气气夫人。但是芳儿见过我拿着那包毒药看。她问我是什么，是糖吗？那时候她太小，很贪嘴，我怕她偷偷翻出来吃了，便告诉她是毒。后来夫人去了，芳儿大哭了一场，她问我夫人是不是被毒死了。我说不是，是病死的。"

安之甫没说话，心中又惊又疑，是吗？确是病死的吗？那时大夫确是说是病死的。

段氏笑笑："老爷莫怕，我未曾对夫人下毒，我真的胆小。"

安之甫松了一口气。

段氏又道："后来我又想，二姐受宠，那是因为生了儿子。若是儿子没有了，老爷的心便会全在我身上了吧？"

安之甫猛地站了起来。这疯妇，居然还想过对安荣贵下手。

段氏又笑道："老爷放心，我未曾对大少爷下手，我真的胆小。但我藏着的药包，真的被贪嘴的芳儿翻到了，她吓到了。她说怎么这东西还在。我便告诉她，这表示娘不会害别人。她听了，这才放下心来。至少我以为，她放下心来。"

安之甫的心怦怦跳，这教人如何放心？

"直到今日，我想啊想，也许我错了。她怕我，她定是觉得我是个心肠歹毒的娘亲。也许她以为夫人是被我害死的。所以她跟她大姐亲近，她想对她大姐好，为我赎罪。她相信安若晨那贱人，比相信我更多。也难怪，老爷要将她嫁给钱裴，我没护着她，而安若晨却哄骗她要救她，她自然就信了。如若当初我胆子大些，我拼命求老爷，拼死抵抗这事，老爷你说，芳儿会不会就没事了？"

安之甫皱紧眉头："我让他们备马车，你现在就走！"

段氏笑了起来，柔声道："好啊，我现在就走。老爷，你也快走了。"

安之甫看着她的笑容，汗毛都竖了起来，他开始心慌，觉得头更晕了，他厉声问道："你这话是什么意思？"

段氏还在笑，她看着安之甫，细声细气地说："我已经做了。我从前不敢做的事，如今敢做了。你道我为何敢了？因为我后悔了，我如果早些有这胆子就好了。那般我便不会失去女儿，不会人人都来问我——你敢不敢豁出去保护你的女儿。我每次听到这类话，都觉得她们疯了，怎么保护得了，我只是一个弱女子，我有什么本事保护女儿。但是如今，我忽然悟了。反正，不就是一死吗？起码我留给女儿的印象，是我疼她爱她护着她，而不是我冷漠无情置她于不顾。老爷，我也不想的。我错了一回，我想弥补。我觉得只要我耐心等，一定能等到女儿的。但是你为什么不给我机会？我没了女儿，什么都没了。原来不是她们疯了，是我疯了。"

安之甫直冒冷汗，"噔噔"后退了两步。她在说什么，他完全听不懂。

段氏没看他的表情，只自顾自地道："我真傻，是不是？有何不敢的？只有我这般苦，只有我女儿这般惨。其他人都好好的，凭什么？她们凭什么过得比我们好。她们都没我生得美，她们的儿子都做些造孽的事，她们的女儿都是贱人！只我的芳儿是好的，她既貌美，又乖巧，她该嫁个好人家，她该得夫君疼爱，该

155

得公婆欢喜，日后子孙满堂，安乐一生。芳儿这般好，她该得到这些。她很聪明，真的很聪明。她也勇敢，不然她怎么敢逃，她真的勇敢。比我勇敢多了，比我勇敢多了……"

段氏说到后头，已是喃喃自语，似乎神志飘到了远方。

安之甫瞪着她，再按捺不住，欲转身出门唤人。可刚一动，却似戳着了段氏的神经。她猛地跳了起来，扬手便狠狠给了安之甫一记耳光。

"啪"的一声，极响亮。把安之甫整个人打蒙了。

段氏打完一巴掌，又扑上来，安之甫一愣之下竟被她扑撞到地上。"哗啦"一声响，撞翻了一把椅子，二人"咚"的一下扑倒在地。

安之甫吃痛，一下子从那记耳光的震惊中醒了过来。随即涌上心头的，是愤怒。

段氏一记巴掌一个扑倒动作飞速连贯，一气呵成。她撞倒安之甫后便骑在他身上，左右开弓毫无章法地乱打。安之甫抬手臂阻挡，挥拳反击。

段氏大叫大嚷："你这杀千刀的王八蛋！你休想将我送走！钱裴想用我引芳儿出来，他还在打芳儿的主意，我不会再上当了！我杀了你，我要杀了你！你死了，芳儿就安全了。你喝了那杯有毒的水，三五个时辰之后便会肠穿肚烂而亡。没人救得了你，你活该！你该死！我要你死，要你死！我这般相信你，我把自己的一生交给你！我为你生了个这般好的女儿！这般好的女儿！你就这样对我们！"

段氏一边打一边挨打，一番话说得断断续续乱七八糟。

想当初，她是村子里最美的姑娘，不止村子里，周围四乡五里，谁不知道她的美貌，上她家求亲的人踏破门槛，她都不中意。她生得美，父母宠着她，日子也算不错。亲事上，家里与她的意思一般，既是貌美，便要嫁个好的，为何要嫁个乡下庄稼汉。然后她遇到了安之甫。

安之甫风度翩翩，家财万贯，两人一来二往，便搭上了。段氏并不在意做妾，她知道自己的身份，一个村姑，进了大户人家，做妾也是不错的。反正，日子长着呢。只要她得了宠，往后还担心什么。

她真的是这般以为，她觉得她会是最得宠的那个。后来她明白了，那只是她以为。以为而已。

安之甫听得那杯水里竟是有毒，又惊又怒。极怒之下，一拳打在段氏的太阳穴上。段氏闷哼一声，不再叫了。却拿手去掐安之甫的脖子。安之甫气得血直往脑子上涌。他来此之前，心里还存着对她的一丝怜惜，他真的打算过一段就将她接回来，可她倒好，她倒好！

安之甫两眼通红，手上用劲。待他缓过神来时，发现段氏掐他脖子的手劲已经松了，再后来，段氏的手"啪"的一下，软倒摔在了地上。

安之甫瞪着段氏。她瞪大了眼睛看着他，嘴大张着，脸色发紫。那神情，如死尸厉鬼一般。

安之甫的心怦怦怦乱跳。他这才发现自己骑在段氏身上，手正紧紧掐着她的脖子。他想松开，手却未听使唤。他瞪着段氏，而段氏也正瞪着他。只是那目光呆滞，再无神采。

安之甫明白过来了。他的手开始抖，越抖越厉害。他终于放开了段氏的脖子。吓得往后一摔，倒在地上，连滚带爬后退了好几步。

他瞪着躺在地上的段氏，脑子里一片空白。段氏一动不动，竟似死了一般。安之甫猛地一震，对了，她说她给他喂了毒，这疯妇，竟给他喂了毒。

这般一想，安之甫觉得肚子疼了起来，他正待爬起来赶紧出去唤人找大夫，门却猛地一下被推开了。

安之甫吓得又跌回地上。

他瞪着来人，是钱世新留在他府里的李先生。

安之甫如见到救星，大声喊道："李先生！"

李成安一直在外面留意着屋内状况，今夜务必要将段氏带走，等了许久，听着声音动静不太对，赶紧过来看。

进得屋来，只一眼，李成安便明白怎么回事了。

"李先生。"安之甫再叫一声。

"安老爷莫慌，且莫声张。"李成安安抚道，走过去探了探段氏的颈脉和鼻息。

"四夫人去世了。"李成安道。声音里既无惊讶，也无责怪，他甚至用了"去世"这个词。这教安之甫安下心来。他这会儿也清醒多了，杀了人的后怕感觉慢慢涌了上来："她，她，她要杀我，她给我下了毒。"

"是何毒？"李成安过来将安之甫扶起，让他坐到椅子上。翻了翻他的眼睑，看了看他的舌头和指甲。"是何毒？"他又问了一次。

安之甫摇头："不知。她说是跟货郎买的，先前是想对付我那已过世的夫人，后来又想对付我大儿子。如今，是下在了水里，让我喝了。"

"那毒水有何味道？"

"没有。"安之甫认真回想了一下，确认，"没有。"

李成安看了看桌上的杯子："可是这个杯？"

"对，对。"

李成安拿了起来，闻了闻。没闻出什么来。他左右看了看，看到段氏的头上有根银钗，便取了下来用钗子沾了沾杯里剩余的水，未见银钗变色。

李成安皱了皱眉，再问安之甫："可有哪里不适？"

李成安的一连串动作让安之甫有些安心，他想说自己头疼胸闷，但又想起喝了酒，于是深呼吸几口气，再认真感觉了一下，摇了摇头："没什么特别的。"但他很快又道，"她方才说了，要四五个时辰之后便会肠穿肚烂而亡。"

李成安冷静道："这世上奇毒不少，但寻常人能买到的毒，我倒是未曾听说无色无味，喝下去毫无感觉，且要四五个时辰才发作的。况且能从货郎手里轻易买到，那岂非杀人很是容易，衙门怕是都无法破案了。"

安之甫惊疑道："难道她骗我？"

"也许是她被骗。"李成安看了看现场情况，让安之甫先回房去，切勿声张，就当此事未发生过。他要去请示请示，看看这事如何处置。

安之甫忙提醒他："我中了毒，我得赶紧找大夫。"

李成安道："这毒是假的。安老爷想想，找了大夫，如何解释？安老爷刚才可是杀了人。走漏了消息，安老爷得入狱的。"

安之甫忙辩道："她欲杀我，我自然就还手了。这也是意外。就算去到官府那儿，这也是说得通的。"

"是吗？"李成安问，"如今白大人主事，听说他最是严苛，安老爷想试试他究竟会不会听信这些辩解之词吗？"

安之甫顿时闭嘴。

李成安道："安老爷少安毋躁，钱大人让我们来，便是要护安老爷周全的。安老爷听我的，切莫声张。我去去便回。这事交给我们吧。"

钱世新脸色铁青，简直不敢相信自己的耳朵："你再说一次。"

李成安看了一眼陆波，硬着头皮将事情又说了一遍。钱世新一拍桌子，喝道："让你们看好了看好了，这点事情都做不到？！"

李成安支吾着："是我疏忽了，以为那打斗的声响是段氏又闹腾，闹腾一会儿就该好了。但忽然一点动静都没了，我才觉得不对劲。进去一看，已经来不及。"

陆波凑到钱世新面前小声道："这会儿大家没发现，我们将段氏运走，便说带她去福安县了，屠夫定然也不会察觉的。她以为段氏活着，在我们手上，事情就还能照计划进行。待她将安若芳送到……"

钱世新怒道："她不察觉，别人不察觉吗？万一有人发现段氏已死，而安府上下全都以为人是我带走的，那她的死就会算到我头上。"

陆波一噎，确是如此，那样情况更糟。"大人恕罪，是我想得不周全。"

钱世新气得头顶冒烟，想到安之甫就怒："那个蠢货！"

158

陆波与李成安皆不敢言语。钱世新瞪着他们,想了好一会儿,道:"事情还是得办,计划改一改。"他如此这般如此这般地交代了一番。陆波与李成安领命去了。

第二日一大早,陆大娘与田庆到了安府,按安若晨的嘱咐,打算拿走安若晨母亲范氏的牌位,并要求安之甫不许动范氏墓地,待安若晨伤好了,再自行请人做法事迁坟。

结果安府里一团忙乱,陆大娘一打听,说是一早丫头发现四房夫人段氏不见了,这会儿正到处找呢。

安之甫出来见陆大娘,对陆大娘的要求满是不屑,言称范氏是他的亡妻,是他安家人,而安若晨已除去籍簿,与安家无关,无权领走范氏的牌位。如何安置范氏,那也是他们安家之事,与外人无关,安若晨无权过问。

总之一番无礼蛮横,态度极差地将陆大娘的要求挡了回去,安之甫很快赶人:"我府上还有事,要寻人,尔等回去吧。"他看了看田庆,又道,"安若晨自以为攀上高枝,就能对别人家的事指指点点,那她可是大错特错了。让位军爷过来,是吓唬我们普通老百姓吗?"

田庆不吭声,陆大娘也很冷静,未与他吵嚷对骂,只问道:"安老爷要如何才能答应?不妨开个条件,与姑娘商议商议。大夫人入土多年,安老爷决心扰了她的清静,定也是有所打算。安老爷未将大夫人放在心上,将牌位和尸骨还给安姑娘又如何?安老爷开个条件吧,这般姑娘与安老爷今后都能各不打扰,免得麻烦。"

安之甫哼道:"谁人有麻烦?敢威胁我,你们好大的胆子。若觉得不服,便去官府告我好了。看看官老爷如何判!"他挥挥手,让门房送客关门。

陆大娘与田庆对视一眼,决定先回去禀了安若晨。他们原也料到事情不会这么容易,安若晨让田庆陪着陆大娘来,也是怕安之甫耍起横来陆大娘吃亏。如今得了安之甫的态度,回去相议再说。

刚转身要走,一个护院模样的人过来与安之甫道:"安老爷,昨日请出来的牌位不见了。"

安之甫大吃一惊,陆大娘与田庆也停下了脚步。

那护院道大家分头找段氏,他们几个去了大房院子里,那里已经空了,无人住,想来段氏有可能躲在那处。结果到了那儿一看,非但没有段氏,就连昨日谭氏命人放在安若晨母亲生前房间里的牌位也不见了。

陆大娘还待再问,却被安之甫赶了出去。门房将陆大娘请到门外:"大娘,今日真是不适宜,你有何事,改天再来。"

陆大娘与安府的门房颇熟悉，便塞了块碎银给他："方才来报事的那位，瞧着面生得很，他唤的不是老爷，是安老爷，怎地不是安家奴仆吗？"

门房收了银子，便将这几日安府里的事与陆大娘说了说。说安之甫如今说话硬气，那是有钱世新大人撑腰。钱大人不止派了先生教导大公子功课，还给大公子安排了差事。先前安家被钱老爷害了，不料却因祸得福，走大运了。听说这些都是因为扶正了二夫人，因此老爷就打算整理各房，以稳运势。这不，不止将原配夫人的牌位请出来了，还准备将四夫人送走，后面还不定有什么事呢。

陆大娘听罢，与田庆速归紫云楼，将事情与安若晨禀报了。

安若晨还没琢磨出怎么回事，却听卫兵来报，说是钱世新大人来了，有话要问陆大娘和田大人、卢大人。

安若晨心里顿时升起不祥的预感。

果然，陆大娘与田庆、卢正去见钱世新后，就再没有回来。许久之后春晓慌张来报，说陆大娘他们被钱大人带来的衙差押走了。

春晓说不清发生了何事，只知道钱世新把人押走了。安若晨大吃一惊，让她速去看看情形，把周群和古文达叫来。

周群和古文达来了，两人都一脸凝重。

"他怎能随意押人，这里是紫云楼。"

周群道："钱大人手里拿着白英白大人的令牌，巡察令可拘捕任何人，包括军方将官。"

古文达补充道："若遇紧急军情，巡察使甚至有权先斩后奏，以立军威，严肃军纪，安稳军心。"

"那是督军之职，梁大人命白大人来查督平南，并无让他督军。"安若晨如今对这些官官道道也分得清楚。

"确是如此。"古文达道，"但钱大人带走他们，是为了民间案子，与军情无关。"

安若晨暗暗提醒自己要冷静，问道："是何事？"

周群道："钱大人道，有人报官，在陆大娘的旧宅子里发现了姑娘四姨娘的尸体，是被人掐死的。仵作说了，看手印是个男人所为。还有，前些日子田大人为救陆大娘和齐征，杀了一名男子，今日一早，那男子的娘子来了。先前太守大人派人去查找男子身份，一路问询，碰巧他家人也在找他。看到平南郡中兰城的查人告示，便找上门来。那人叫叶群飞，是个做园艺的工匠大师傅，手下有数个徒弟。家住茂郡石岭县，育有一子一女。他娘子道他平素常常外出谈买卖接活，也确是极喜爱美食，尝遍各家酒楼。他为人也随意些，喜欢游山玩水。这回他说

160

好了去田志县谈买卖，谈完就回，结果久久不归，他娘子便差人去田志县找他。结果却听说官府在寻人，依着样貌特征，加上他的玉扳指，便确定是叶群飞。于是便赶来中兰城查看尸首询问案情。"

安若晨认真听完，这下是真的冷静了。很详细，很周全，时间也很巧。段氏的死与她母亲牌位失踪，摆明了是要将事情与她牵扯上关系。但如果这事的分量不够，疑点不足以指控，那么加上另一个案子，事情就能更复杂些。

她重伤卧床，不能亲自做这些事，所以她身边的人就很好用了。她不能透露找齐征他们查案的事，那么那个细作叶群飞也很好用了，从凶手一转眼变成了受害者。

可是这些事情虽然麻烦，却不是好栽赃的铁证实案，无非就是多绕些时候，把大家都拖得疲惫，增加些对峙辩驳的冲突罢了。无凭无据，前线还在打仗，白英也不能胡乱定罪。

所以，他们的目的是什么？

"钱大人走了吗？"

"走了。"古文达道，"他说姑娘卧床，就好好休息，他就不打扰了。"

"嗯。"安若晨点点头，前几日来逼她写供述时，他们倒是不觉得打扰，"我知道了，劳烦两位大人多打听着案情，有什么便来告诉我。"

周群与古文达都答应了。二人走后，古文达忽回转，问安若晨："姑娘，要不要去与将军说一声？"

"说什么呢？如今还未知究竟发生何事，与将军解释不清，反而徒增烦恼。将军前线打仗也并不顺遂，我不想用些未有定论的事给他添麻烦。先看看大人们怎么说，然后再定吧。"

古文达想了想，答应了。

待古文达走了，安若晨便将春晓唤来，让她将门关好，备了文房四宝，安若晨飞快地写了封信，折好用蜡封起，交到春晓手上："这信你先收着，莫要被别人瞧见了。如若我被官府带走，回不来了，你便为我做两件事。第一件，把我被衙门扣押的事传出去，越多人知晓越好。第二件，到玉关郡兰城找正广钱庄孙建安孙掌柜。将这信交给他，便说你是我派过去的。"

安若晨声音极稳，眼神镇定，春晓看着，不那么慌了，便问："若有人拦我，该如何办？"

"先挑两位壮实的家仆，骑快马到武安郡去。"

"去那儿做何事？"

"也不必做什么特别的事，买些特产吃食回来便好，若有人问，便说是我馋嘴想吃，你差人买好想讨我欢心的。"

"行。"春晓想了想便懂了。武安郡与玉关郡是两个方向，这招是调虎离山。

"然后你去找招福酒楼赵老板，她那酒楼时常有马车出城，让她帮忙将你带出城去。"

春晓点头。

安若晨又道："这两日须得一切如常，你莫露破绽。我在屋里养病不方便，得劳你在外头多打听陆大娘的案子。有什么消息，便来告诉我。"

这话提醒了春晓，她忙道："姑娘，你正养伤呢，他们不能把你带走。这里怎么都是将军的地方。"

"他们可以说紫云楼里不安全，为让我能好好养病，护我周全，得让我搬到衙府去住。"安若晨苦笑，"只要想抓人，有的是办法和说辞。"

春晓咬咬唇，希望姑娘猜得不对。

但事实证明，安若晨猜对了。

那天陆大娘和卢正、田庆都没能回来。古文达去衙门问了消息，说是案子疑点甚多，陆大娘等三人未能完全证明自己无辜，但各位大人也没法确认陆大娘等人有罪。白英认为有必要将他们暂押衙府，以免串供，待日后案子审明白了，再行定夺。

安若晨笑了："串供？与谁串供？"

古文达面露忧虑："姑娘还是多小心。白大人不愿与我多说，这些还是太守大人告诉我的。案录说是也不能给。他会与白大人再好好商议这事。"

安若晨点头："叶群飞一案，田大人与陆大娘就在现场，人也确是田大人杀的。我四姨娘一案，尸体是在陆大娘旧居发现。我猜，卢大人和田大人昨夜里也正好出门了。"

"是，他们二人出去喝酒了。时候还颇晚，回来时与巡夜的衙差遇着了，互相打了招呼。"

"所以衙差们可以证明他们昨夜行踪诡异，确有作案时间。"

古文达一脸无奈点了点头，确是如此。

安若晨道："但有一点，他们没有动机。"

古文达再点头："没错。"

"可我却是有的。"

古文达这头点不下去了，只得道："姑娘，我还是速报将军吧。白大人到此后，处处针对，分明是想借此立功。巡察使一向如此，不拿些把柄，治些罪名，他们回京无法交代。姑娘正撞到这关口上，白大人定会借机发挥。"

安若晨想了想，点头："好，给将军提个醒吧。我若招惹了麻烦，便会拖累将军。如今情势大致明了，他该知道的。"

"那我即刻去办。"古文达施了个礼转身出去，到了门口却站住了。钱世新带着人，正朝这头走来。

"姑娘。"古文达唤了一声，却也来不及与安若晨多说什么，钱世新转眼便到了眼前，古文达忙施礼招呼，"钱大人。"

屋里的春晓一惊，看向安若晨。安若晨也正看向她，与她道："来了。"

钱世新在门口与古文达打过招呼，便进得屋来，一番言辞与安若晨猜得差不多。他说今日审案未有结果，还须得安姑娘协助。但安姑娘身体欠安，需要休养，也不好来回奔波。再者白大人顾念到这段日子城中不安稳，紫云楼里又有人涉案，恐姑娘的安全受到波及，所以想接姑娘到衙府暂住。一来方便照应，确保安全，二来便于查案，免于姑娘奔波劳累。

安若晨笑笑，她当初躲避被查审的理由，如今却变成了他们囚禁她的理由，这石头这么快就砸脚上了，真是防不胜防。

安若晨应道："大人好意，我自然推拒不得。我收拾些行李，这就跟大人走。"

钱世新的场面也做得足，说让轿子到房门前等候，免得安若晨劳累。

安若晨想让春晓给她收拾衣裳，又想换装收拾一番。钱世新叫了他带的丫鬟来，让这些丫鬟办，自己领着春晓和古文达出去了。

春晓有些不安，这些人这么突然地过了来，未再给她与姑娘说话的机会。幸好姑娘一早交代好了，不然她真不知该如何办才好。

安若晨确实没机会再交代春晓任何事，她被钱世新带来的丫鬟扶上了轿，就这样被抬走了。

古文达写了呈报，让驿兵给龙大送去。

驿兵从周群那儿也领着三封呈报，他将四封信放好，背上驿旗骑马出城。在城门时出示了驿牌，一位拿着巡察令牌的官吏要求查验他的信。驿兵时常送信，未出过差错，又是在城门兵将眼皮底下，于是不疑有他，将信递给那人。那人当着驿兵的面翻了翻，未拆损呈报，只验证驿兵身份一般看了看信上的封蜡印章，一旁有兵士向驿兵问话，问前线情况如何，驿兵答了两句，转头接过验信人交回来的信，扫了一眼，四封没错，随手塞回马背包囊中，冲各位守城将兵一抱拳，策马离去。

陆波看着那驿兵背影微笑，守了一日，幸好未错过。

安若晨到了衙府，直接被抬到了厢房里安置。她仔细观察了，厢房外头，好几个衙差守卫着，白英这是摆出了严加看管的架势了。

安若晨进屋后，丫鬟扶着她上了软榻，让她靠坐在榻上稍事休息。不一会儿白英等人来了。白英客套了几句，免了安若晨起身行礼，又将钱裴说的那些话再说了一遍，然后道："我有些问题得问问姑娘。"

安若晨镇定道："白大人请说。"

"你四姨娘段氏是否因为你四妹安若芳失踪一事，与你起过数次冲突？"

"是的。"

"你最后一次见着她是什么时候？"

"她被钱裴唆使来劫我马车那回，我到牢里看了她。"

白英看了姚昆一眼："安姑娘在这郡府衙门里，倒是出入随意啊。"

姚昆不言声。这数日白英挑他的错处挑得够多了，他猜若是可以，白英也很想像囚禁安若晨一般将他囚起来。

安若晨道："白大人言重了。我严守律例，可未做任何伤天害理之事。四姨娘对我有误会，又生病了，被投入大牢，我去探视，也是合情合理。进监牢之时，也是按衙门规定办了手续入了名册才进去的。大人一查便可知。"

白英又问："探视时，你与段氏说了什么？"

"她口口声声说四妹活着，被我藏起来了，我问她是如何知晓的。"

"你四妹活着？有她的行踪消息？"白英又看了姚昆一眼。

姚昆无语，行了，这事又算到他头上了。他办案不利，居然也没查到。

安若晨道："我也只是听到传言，却从未有过我四妹行踪的真正线索。"

白英却道："可案录上明明记着，你四姨娘当时犯案，说的是你杀了四妹，可未曾提过半句你四妹活着一事。她劫你马车，是想为女儿之死讨回公道。"

"她表面上是这般说的，但于马车前我抓到她时，她挨得我近，悄悄与我说了一句，说有人告诉她，我四妹活着，在我手里，让我把四妹交出来。我很惊讶，后来想明白了，她口口声声说是我杀了四妹，且当众劫马车，闹得满城风雨，我这杀人罪名背上了，若想要自证清白，将四妹交出来才能解围。"

白英一愣，这倒是合情合理："你先前为何不说？"

"先前那案子审讯时，我四姨娘说话颠三倒四，疯言疯语，太守大人英明，并未中了我四姨娘之计，未定我的罪名。我说出来，对案情也无助益，且也不能确定是否是四姨娘的疯话。大人看过卷宗，自然明白，自我四妹失踪后，我四姨娘便有些疯癫。我无法确定，自然不能乱说。但我心里疑惑，故而去监牢里探视，希望私下里只我们二人时，四姨娘能多透露些消息。"

白英问："她可曾透露什么？"

"她说我四妹活着之事，是钱裴钱老爷告诉她的。她仍是坚持让我将四妹交出来。"

白英这回转头看了看钱世新。钱世新面无表情，只认真听着。

安若晨继续道："我与四妹说，四妹逃婚离家，我亦逃了，钱老爷对我们恨之入骨。若是四妹还活着，真的回到了家，恐还会遭钱老爷的毒手。我爹爹就是个贪利忘义的小人，见着了钱老爷只会点头哈腰，唯命是从。钱老爷好幼女，盯上了我四妹，当初与我定亲，也不过是个幌子，因我四妹年幼，他恐直接谈亲事我爹爹不答应，后头会不好再谈。于是先定下我这门亲，然后再用玉石生意卡着我爹的脉门，再谈四妹同嫁。因着有我的这门亲在先，我带着四妹，能照顾她，这事似乎就没那么恶心无耻。这是他们的想法，但于我看来，恶心至极，我四妹亦吓得魂飞魄散，听得消息当场吐了，惹来我爹一顿教训。这事安府上下全是知晓，大人去一问便知。我四妹是怎么失踪的，是钱裴逼的。当时我爹恐我逃婚，将我打得半死锁在屋里，我四妹吓坏了，几近绝望，这才跑掉了，无人知道她的生死。"

这些细节，白英自然是不知道的。他听完，面色极难看。

安若晨观察着，接着说："我四妹生得貌美，人人皆知。大人去打听打听，她的美貌，谁不夸赞，这亦是我父亲心中最大的得意。他是打算等她十五及笄后，谈门好亲。但迫于钱裴的逼迫，只得同意将四妹嫁了。钱裴为了将我四妹弄到手，可谓花尽了心思。所以我告诉四姨娘，钱裴让她来劫我马车，想用这种手段让我交出四妹，背后的意图不言而喻。别说我不知道四妹在哪儿，就是知道，难道她这个做母亲的，真还愿未将女儿抱暖，便送到那恶人手里被糟蹋吗？"安若晨顿了顿，从左到右看了三位大人一圈，道，"大人问我为何探监，与我四姨娘说了什么，便是这些。"

三位大人皆是不语，白英的脸色越发难看了，而姚昆颇是难堪，他心里有了不祥的预感，安若晨为了自保，将这祸事甩到钱裴那儿，而未严查钱裴一事，白英定会算到自己头上。

姚昆看了钱世新一眼，钱世新皱着眉，似在深思。姚昆猜测钱世新也是倍感压力。所以他就说嘛，不要把安若晨逼急了，这姑娘越被逼迫就越是机敏，何况她手上还真是拿着不少把柄的。

安若晨这时又道："各位大人明察，表面上似乎四姨娘恨我入骨，实际上，她将我的话听了进去。我前几日摔伤卧床，二姨娘和我二妹来探病，我二妹说四姨娘托她来给我传些话。四姨娘想告诉我，说她想通了，她会拼了命地保护四妹，她说钱裴已经入狱，没人会再伤害四妹了。这些话，大人去问我二妹便知。四姨娘与我早已尽释前嫌，我们的共同目的，是保护四妹。虽然不知她是否活着，虽然不知她在何处，但我们对她的心是一样的。四姨娘不恨我，我亦不会伤害四姨娘。陆大娘与卢大人、田大人更没有理由伤害她。我能想到会对四姨娘下手的，不是我爹，便是钱老爷。请大人明察。"

姚昆忍不住再看了钱世新一眼，钱世新也正好看过来。两个人交换了眼神。非常好，这事转眼便推出去了。

白英也看了他们二人一眼，问道："你们如何看？"

钱世新抢先道："大人，安姑娘所言不无道理，其中种种线索还待查验。我即刻安排，细审安家。而我爹爹，已在狱中，按说他与段氏没法接触，从前有什么怨结也拖淡了，倒不至于痛下杀手。但为了保险起见，查明是否幕后仍有估想不到的内情，可查一查探监名册，看他都与谁人接触说话。他要做此事，也只能是授意别人施为。再有，劫安姑娘马车一案，上回太守大人已经查明，是我父亲府中被撺走的一个轿夫干的。那轿夫离府多时，也不知集结了什么人，我们估计，恐怕是细作，他们利用了段氏与安姑娘的仇怨才做出这事，想趁机劫走安若晨，以控制前线战局。也许是细作为了灭口这才杀了段氏。这数种可能，都得认真研查。"

白英沉思，细作！"若是段氏之死又与细作有关，那便是重中之重。也许段氏掌握着什么内情，而从前你们疏忽了。"他看了一眼姚昆。

姚昆不说话。

白英道："那就劳烦钱大人速派人去查究这些，我与姚大人再研究从前案录，找找破绽。"

钱世新应了。白英转身对安若晨又道："为了安全起见，安姑娘便住在这儿吧。有丫鬟伺候，也不会有所不便。姚大人找位大夫来，再给安姑娘瞧瞧病。莫让别人以为我们怠慢了才好。从前案情种种，也还需要安姑娘协助查办，许多细节内情，安姑娘才知晓。方才段氏一案，可不是得靠着安姑娘的消息才有新的进展，其他案子，也许也会如此。还望安姑娘莫要私藏，尽数告之才好。"

安若晨心里明白，到了这一步，想说身体欠佳不能配合供述是不行了。于是安若晨问："敢问大人，我四姨娘的尸首在陆大娘旧居中被发现，是谁人，何时，如何发现的？"

姚昆道："陆大娘的隔壁邻里，昨夜听到陆大娘屋内似有人说话，以为是陆大娘回来了。早晨发现陆大娘的屋门下面落个发簪，断定是陆大娘遗落的，便去敲陆大娘的门。但屋内无人应，她便隔着院门往里看了看。院门缝隙大，正对着屋门，屋门未关，看到一双女子的脚横在地上，似有人晕倒在地。那人误以为是陆大娘急病晕倒，便赶紧唤人。岂料进去后发现不是陆大娘，却是一个陌生妇人的尸体。仵作验了尸，段氏大约是死于昨日夜里。而那簪子是段氏之物，想来是搬尸入屋里掉的。安老爷道，昨日他将安姑娘母亲的牌位请出，而段氏与牌位一同失踪，怕是段氏欲拿牌位引诱姑娘出来相谈借以谋害姑娘，不料却被姑娘所杀。"

安若晨道："我昨日是听说了母亲牌位遭辱之事。让陆嬷嬷与田大人今日去安府相问此事。"

白英却道："事后假意询问，借此掩饰自己不知情，也是凶嫌常用的手段。"换言之，安若晨方才说了一大堆，但他未查清之前，仍未排除安若晨的嫌疑。

安若晨不慌不忙道："段氏半夜偷了牌位，如何联络我？安家说她昨夜失踪，也就是说，白日里的行踪是清楚的，她可是全日在家？那在家中又发生了何事？大人们把凶嫌锁定在我与紫云楼里的人身上，是不是会忽略安家那头？卢护卫或是田护卫都是军中将官，身怀武艺，要杀人，为何用掐的？一掌便能拍死，一剑便能砍掉脑袋。处理尸体也是草率，为何会放在陆大娘家中？搬回四姨娘屋内伪装成上吊自尽岂不是好？这便罢了，怎地还会如此粗心掉落发簪不知，还弄出这般大的声响让邻里听到。"

钱世新垂下眼眸，从前是听说安若晨反应极快口齿伶俐，也曾被她抓住钱裳的事情指责编排，但事关案情上还是第一次这般正面与其交锋，果然是思维敏捷。其实这事情确实破绽颇多，但在白英面前，压力巨大，加上已被囚禁，处境堪忧，她还能镇定自若，侃侃而谈，也算是个人物。

姚昆不言声，安若晨这本事他太熟悉，他倒是好奇白英如何应对。只是他觉得安若晨用错了方法，她越是张扬机智，白英对她就会越发反感。

果然白英反驳道："未一掌拍死，正是为了掩饰凶手会武。藏尸于无人空屋内，也许是为了掩饰段氏已死的事实，让人以为她离家出走失踪，以此达到其他目的。落下发簪虽太过大意，但也是人之常情。"白英顿了顿，道，"安姑娘放心，事实真相如何，我一定会查清楚。不止这案，姑娘莫忘了，之前还有一案，同样是田庆与陆婆子，卷入了一场命案中。那叶群飞的遗孀可就在中兰城里，等着我们还她一个公道。这倒是巧了，两件案子，都与同样的人相关。"

安若晨无言以对，叶群飞遗孀什么的，他了解不多，这种情况不宜多说，何况她已经感觉到，白英的语气不是太好。她想她又犯了将军曾经提醒过她的错，聪明劲儿该藏的时候得藏着点。她错了。她该多了解些白英再做应对的。

白英接着道："看来姑娘康复情形不错，那我就等着姑娘尽速将从前领命查案的种种细节忆起，以助我厘清这许多案子线索。"

安若晨恭敬应声："民女定当全力以赴。"

"姚大人。"白英转向姚昆，"嘱咐丫头婆子们多加照顾，莫让安姑娘累着，也莫让她再磕着碰着，受伤了就不好了。"

姚昆同情地看了安若晨一眼，看吧，真的是招了白大人厌烦了。

安若晨心里叹气，反正都这般了，那就再多说几句吧："说起受伤，不知大人们可曾验过我爹爹身上手上脸上可有抓痕？若他没有，安家管事安平身上可有？四姨娘被掐死前或许曾经反抗过。"

白英一愣，转头看了看钱世新。钱世新忙道："我这就派人去查。"

春晓在紫云楼里焦急等待，等到深夜，安若晨和陆大娘、田庆他们没一人回来。古文达和周群带回消息，说白大人留安姑娘在衙府里住，拨了丫头婆子照顾，应该这几日是不会回来了，而陆大娘和卢正、田庆的涉案之事还在查。

"没事的，查清楚就回来了。"古文达如此说。周群也是如此认为，毕竟是军方的人，白英再如何也不敢轻易下结论，还是要与龙将军交代的。

春晓问："可以去看看姑娘吗？她的东西没带全，恐她在那儿住得不方便。"

"怕是不行。今日我们也未能见到。"周群道。

春晓心一沉。

当天夜里，春晓找来两个仆役，按安若晨交代的，让他们明日一早便出城去，去武安郡买些特产美食回来。记得快马加鞭，速去速回。她想让姑娘回来时便能吃上。

然后春晓去与周群打了招呼，说既然姑娘一时半会儿不回来，楼里也没什么紧要的事，她想趁着这几日回家里看看，三四日便回来。周群可没心思管她家里如何，这种时候多一事不如少一事，便答应了。

第二天一早，春晓盯着那两个仆役出发。她并不知道仆役骑马刚出紫云楼不久，外头街上便有人快速奔至钱府报信去了。没多久，数人骑着快马奔出，到了城门处一打听，朝着那两个仆役离城的方向追去。

春晓未带任何人，也未拿包袱，与平常出门办事似的与卫兵们打了招呼便出去了。到了外头，小心谨慎观察，顺利到了刘府。

赵佳华自然是认得春晓的，听得她的来意，脸垮下来："安若晨当我是送货的吗？"齐征被衙差带去问话关了一晚，今早才刚放回来。这安若晨又丢个麻烦给她。

中午时分，招福酒楼一辆去外郡采办货食的马车毫不惹眼地出了城，朝着玉关郡方向而去。

安若晨待在郡府衙门的这一晚并无特别事发生。白英走后，姚昆为她找来了大夫瞧病。安若晨装病装痛练了多年，驾轻就熟。大夫便诊出了这位姑娘怕是伤着了骨头，骨伤未愈，气血亏损，劳神伤阴，须得安静休养等等。开了药与药膏，安若晨换完药喝过汤药呼呼大睡。

有人监视便监视吧，她辛苦点，睡觉！

睡得天昏地暗，不省人事。白英听罢话都不想多说，只嘱咐明日早上待她醒了，便让文书先生去记供述。

第二日一早文书先生真去了，安若晨一边吃着早饭一边被盯着说案录。于是安若晨说了一个时辰钱裴是如何谋害她家觊觎她四妹的，如何设套如何逼迫，在她家都发生了什么，几房姨娘为这事都什么反应，几位妹妹都说了什么。

文书先生写得头顶冒烟，几次打断想让安若晨说说重点，安若晨只道这些都是事情的由来，白大人要的就是细节，欲从细节中找出蛛丝马迹，她不知哪些是有用的，故而得将事情从头到尾都细述一遍。完了又从头再说一次。

之后太守夫人蒙佳月来探望安若晨，文书先生简直是用看救命恩人的眼神看向夫人，找着了机会诚恳告退。

蒙佳月是来示好的。先是问候了一番，看看安若晨缺些什么，然后说了说案子。她说姚昆说了，这案子疑惑重重，破绽太多，证明安若晨和陆大娘等人无罪只是时间问题。只是白大人想借机扣下安若晨，所以就算罪名洗清，恐怕安若晨还得在这儿住上一段时日。

安若晨倒是不急不躁，只说她住哪儿都一样，但希望太守大人看在将军的面子上，能快些还陆大娘等人清白，莫让他们受了委屈。毕竟田庆、卢正是军方的人，这般以嫌犯之名扣押他们，将军名誉受损，军方威名扫地，影响颇大。

蒙佳月忙道这个明白，大人已经与白大人说明利害关系。又告诉安若晨，田庆、卢正与陆大娘皆未被关入牢狱，只是关在了另一个院内分房而居，状况安好。那个少年齐征今日一早也放了。事情很快解决。她希望安若晨日后见着龙大，也能替姚昆说句话。毕竟这次事情，姚昆冒着惹怒白英的风险，极力为安若晨等人开脱，顾念着龙将军的声誉，真的尽心尽力。

安若晨自然明白她的意图，一口答应了。蒙佳月一心为姚昆，自然是想白英与龙大两边不得罪，日后无论哪边得势，姚昆都不吃亏。安若晨想起薛叙然给她的情报，不禁沉思。

蒙佳月走后不久，方元来了。

安若晨见着方管事自然大喜。方元也确是来给她报消息的。他告诉安若晨，看到不少生面孔在郡府衙门和太守府外的两条街上乔装游荡。"这里我再熟悉不过，闭着眼都能知道哪个铺子哪个摊贩哪个岗值，甚至哪里种着树，哪里结了果，我也知晓。如今确是不平常，似有不少人守着这街头街尾的。姑娘可有派人来此？"

安若晨吃了一惊："不是我的人。"古文达也不会这么蠢让军方的人着平民素衣乔装包围衙府，又不是要造反了。

方元道："也不是衙门的人手。"

两人对视着，都感觉到了疑虑与危险。

钱府里，侯宇问钱世新："需要这么急吗？总觉得没十足把握。"

钱世新问他："你在这事里掺一脚时，可觉得会有十足把握？事情能走到如今这一步可不容易。若不抓住时机，那才是真的会出差错。安若晨现在咬死我爹不放，总把事情往他身上扯，你也知道，我爹那些勾当并不光彩。白英反感厌恶，积得多了，我未必能再哄住他。一旦他对我不再信任，转而选择姚昆，我们后头的事就没法办了。今日我与姚昆去探望安若晨，她把叶群飞的底细问个遍，还要求见他妻子。她一定有所计划。我们不能冒险。白英若与她多见几回，恐怕会被她那三寸不烂之舌说动。我们必须速速下手，将事情了结。"

侯宇道："万一主簿不听摆布呢？时间太急，恐难说服他。"

"那就别说服了，换一个方法。他妻儿性命，他必是会在乎的。届时他下不了手也无妨，只要他露出蛛丝马迹，能让我们把账算到他与姚昆头上就好。"

侯宇思虑怎么处置，钱世新加重语气："莫忘了还有龙腾那头，如今他连连战败，正是天助我们。待等他反应过来，重整旗鼓，前线局势扭转，事情恐怕会有变故。再者等他派的人到中兰城接安若晨，事情必生变故，我们筹码又少几分。趁着如今还能拖住他时，赶紧动手吧。"

侯宇闻言忙点头。龙腾手握兵权，杀将回来确会是最大的麻烦。侯宇道："行，我去安排江鸿青，定让他乖乖照办。"

凌晨的四夏江，天水相连的那端才隐隐显出一抹蓝，天快要亮了。

朱崇海点将完毕，正向龙大请示。

驿兵刚刚离开，龙大拿着那四封信粗略一翻，沉吟道："没有她的信。"

朱崇海严肃点头："待我们拿下南秦，说不定就有了。"

龙大飞快看了遍信："也未提她的境况。"

朱崇海挠挠额头，所以呢，将军，仗还打吗？

"我告诉她要派人去接她，她该明白我的意思，成与不成，也该回个话。"

"也许那表示她默默接受。"

龙大不语，上一次她表现出默默接受的模样时是她暗地里组织了人手查刘则一案。这姑娘没有默默接受这回事，好与不好行与不行，她会给个主意。所以她那头肯定有状况了。

朱崇海想了想："将军要派人去看看吗？"

"看了也没用。"除了他自己，谁去都压不住白英。再者说，派个大将，违了战时军律，派个小兵，除了跑腿传话别无他用。

所以，唯有让安若晨离开那个地方才能安心。但孙掌柜离得有些远。龙大将四封信往桌边一放，压在了另一封信的上面。那封被压的信是梁德浩写来的，他说惊闻石灵崖连连败仗，让龙大勿要只重四夏江，快想法解决石灵崖危情。他建议龙大将四夏江先放放，加派重兵到石灵崖。他那头也会调令兵马去石灵崖解围。

不过龙大并不打算听梁德浩的。他有自己的计划。四夏江的攻战早已安排好，既然石灵崖那头南秦与东凌联合重兵的事已经显露，那正是强攻四夏江的好时机。

龙大站起来，整了整身上的铠甲："走吧。"攻下四夏江，占领南秦武安郡，他才能有机会回中兰去接他的安姑娘。她自己定是没法离开，所以才使出了那摔个半死的下下策。

校场里，两万兵列队整齐，分营分队旗帜飘扬。十四将于阵前精神抖擞，见得龙大提刀跨马奔至，众将一举拳头，身后旗令兵挥旗，全营兵士发出震天吼声。

龙大策马跃上点将台，一举长刀，长啸喝道："战！"

全营兵士呼应："战！"长枪杵地，大刀敲盾，"咚咚咚"响彻天际。

"胜！"

全营大呼："胜！必胜！"助威的敲击声伴着吼声于静寂晨色中分外震耳。

声音隐隐地传到了江对岸，南秦的兵将听到了，一人皱着眉头嘀咕："他们日日天不亮就开始操练了。"

另一人道："生怕别人不知道他们嗓门大似的。"

"是啊，天天这般吵吵。听说了吗？他们在石灵崖败得一塌糊涂，夹着尾巴逃，只能在这边嚷嚷了。"

"就是，光嚷嚷有屁用，有本事真打过来呀。"这人话刚说完就被旁边的兵士白了一眼。

一将官骑马奔过，喊道："莫松懈，戒备，盯好江面。"

"是。"兵士嘴里应着，心中不以为意。这般天天听着对岸的呐喊迎接天明，都成习惯了，起初真以为要打过来，慌得不行，现在觉得龙腾大将军的威名大概是靠喊出来的。

南秦兵士们小声唠叨嘀咕笑话着，天边慢慢地亮了起来，今日的风还挺大，呼呼刮得脸疼。随着风声，对岸呼喝叫喊的声音时不时飘来，南秦兵士们都知道，他们这清早操练最少得一个时辰，离结束还早着呢。兵士们缩了缩脖子，躲着那冷冽的春寒。一士兵打了个哈欠，半口气卡在喉咙里，含着泪水的眼睛却似乎看到了什么。

那兵士的哈欠还没咽下去，一束火烟已经蹿到他的面前，"嗖"的一声划过他的耳边，落在了他身后的地上。兵士大惊失色，"敌"字刚出口，另一支箭射至，正刺进他的胸膛。

他身边的兵士惊慌大叫，但已经来不及，放眼望去，乌泱泱的一大群水兵从水里冒了出来，江边战船上被点了火，船上的守卫兵将这才发现敌军来了，慌忙应战。

对岸的操练呼喝声仍隐隐传来，但对面江边在晨光中冒出许多船只，这头已上岸的水兵拉着粗绳，绑到了攻下的战船上，用盘索轱辘绞着粗绳往这边拉。大萧战船顺着风就着拉力神速地朝南秦这边冲来。南秦众兵将大惊失色。

号角吹起，战鼓敲起，但越来越多的大萧兵从水里冒了出来。南秦兵将心里明白，照着这形势，分明是半夜里就潜了过来，天边微光时的呼喝呐喊取代了战鼓声，给了这些水兵进攻的号令。

转眼间，大萧南秦两边兵士打成了一片。大萧旗兵扛着战旗占据了战船最高杆顶，旗令挥舞，向江中及各路兵士呈报战况及进攻形势。鼓令手依着旗令用力击鼓，大萧兵士人多不乱，虽倒下不少，但其余的很快摆开了阵形，士气震天，吼声震耳欲聋。

一南秦兵士忽地指着江面大叫："那，那个，那个……"

众人望去，大惊失色！原以为大萧的战船只是拼速度往这边冲，没承想他们竟是摆开了阵形，船上放下了一排排浮板桥，船上众兵士踏着浮板桥一路奔向岸边。滞后的战船也并非跑不快，而是停在了需要的位置，将两岸串联起来。对岸的兵士已经踏上浮板，不必坐船，直接往这边冲了过来。

风挺大，但浮板一块挨着一块，斜着排成一片，靠着船边，竟也稳稳当当。大萧兵士一个接着一个奔来，急而不乱，训练有素。

这时候一个高大魁梧的汉子身着铠甲，手持长刀，一马当先，竟率马冲上战船。那马儿在船上也不惧，扬蹄跃进，一船跃过一船，飞速冲了过来。

几位大将紧随其后，策马踏船，转眼杀至。

南秦一大将看清来人铠甲装束，再一看大萧兵将的神情，听到他们的震耳欢呼，顿时明白了："是龙腾！是龙腾！龙腾来了！"

主将到！大萧众兵将如有神助，欢呼雷动，战鼓震天。龙腾一马当先，"唰唰"砍倒一片。南秦大将忙策马相迎，龙大以一敌三，转眼便砍杀了一员。

南秦兵退守，却发现旁侧防堤不知何时竟被击穿，大萧兵瞬间涌入！三名大萧将领已杀入堤后！

堤上督战将官脸色铁青，大萧如此攻势，必是策划筹备已久，这龙腾竟是不顾石灵崖败象，沉住气强攻四夏江，以为如此便能掐住南秦脉门吗？

将官呼喝着让兵士点烟，向石灵崖示警。写上密文，放飞信鸽。

黄昏时分，一直密切关注四夏江战况进展的石灵崖南秦主将得到了确切消息，四夏江失守，龙腾率军占领了江生县，直逼武安城。

石灵崖全军整个震动，南秦与东凌迅速集结兵力，决定全力攻打石灵崖。不能再被石灵崖缩头缩脑的大萧兵拖延了，哪怕血流成河，也要杀进崖内，夺取石灵县，踏平高台县。看看龙腾还打不打算要中兰城了！

伍 风波降

中兰城。

安若希听闻安若晨被捕，坐立不安。而关于段氏之死，众说纷纭，流言四起。安府里传得最多的当然是安若晨派人动的手。也有人说是四姑娘回来索命。

安若希却是害怕的，因为她偶然听到了父亲安之甫与母亲谭氏说幸而那毒妇下的毒是假的。只听到这一句，谭氏便发现了安若希，把她叫进屋去，那话题便就此中断了。

但安若希有了联想。毒妇下毒，是指的四姨娘吧。她想起段氏给她的那包毒药。安若希当初把毒药还回去时，把药粉洒了换了白色脂粉。段氏未察觉，也一直未找她。难道最后她用那个毒对付爹爹了吗？这猜测让安若希很是后怕，若她没换掉，也不知是何后果。她又想起四姨娘与她说她要等女儿回来时的表情。只可惜，四姨娘无法再如愿了。

安若晨被关到郡府衙门一事，安之甫与谭氏颇是欢喜，谭氏还与她埋怨："她是重要嫌犯，岂能只是软禁。想当初，你爹爹被段氏那贱人拖累，事情完全

174

与他无关，他都被关了大牢。不行，我去与老爷问问，我们要不要击鼓鸣冤，将事情闹大了，让安若晨那贱人也要牢里待着去。"

谭氏说完当真找安之甫去了。安若希想了想，找了个理由说要买胭脂，带了一个丫头上街去了。特意选了离薛府近的地方逛，逛着逛着，逛到了薛府那儿。丫头见了，笑道："小姐，这不是未来姑爷家吗？"她看安若希的样子，又笑，"小姐再忍忍，快成亲了，很快便能见面。如今婚前，可是不能见的。"

安若希嗔道："谁人要见他了。"过了一会儿却又道，"你去，与门房道你想见见薛公子的那位向护卫。"

"小姐要让护卫传话啊。"丫头想了想，这般该是可以的，"小姐想说什么，我替小姐说了吧。"

"便是问候一下薛公子近日身体如何。"

丫头捂着嘴偷偷笑，跑过去了。不一会儿，那个使鞭的名叫向云豪的护卫出来了，与安若希的丫头说了几句话。安若希趁着丫头没注意，拼命指了指自己脚下，希望那向护卫能明白。向护卫似乎不明白，很快进府去了。安若希很失望，她是想说自己在这里，希望向护卫能过来与自己问候一声，到时她便悄悄求他传话。结果可好，人家转头就走了，根本没懂。

安若希带着丫头往回走，轿夫们在街尾歇脚等着呢。

这时候薛府门忽然开了，一个丫头模样的跑出来，唤住了安若希："姑娘，夫人听说姑娘路过此地，想邀姑娘进来喝杯茶。有些薄礼，也想请姑娘带回去呢。"

安若希大喜，丫头又乐了，悄声道："小姐，薛夫人对你真是好呢。"

安若希进薛府了。她的丫头被安置在了前院小厅吃茶等着，而她跟着薛府那丫头一直走，未见到薛夫人，却是走进了薛叙然的院子。

安若希一看竟是到了薛叙然院子，顿时紧张起来。

她确是想找他，但没觉得自己能见到他，只想着若是能有人帮忙传个话就好了。如今竟然到了他的院子，下一步便是进他的屋子，然后站到他面前……

哎呀哎呀，心怦怦直跳。

是为何想见他来着？对了，她想起来了。

安若希已经站到了薛叙然的面前。

他看着精神还不错，安若希心里很高兴。

薛叙然撇着眉头，一脸嫌弃地看着她。这姑娘，又傻乎乎地笑了。待进了门，天天看着他，天天傻乎乎地笑？

"你找我？"他问。

"啊？"安若希一时没转过弯来。

"向护卫说你拼命打手势，却又遣了个丫头与他说话，你不是找我是要做什么？"

"哦。确是找你。"安若希听完薛叙然的话又高兴了，看看看看，她家薛公子多么聪明，仅听得护卫一言半语便知道她的意图，还会派个丫头来，还会用薛夫人做幌子。处置及时，方法得当。

"然后？"薛叙然觉得如果安若希再不好好说正事只会傻笑的话，他便要让她站到树前面笑够了再回来。

安若希终于想到时间紧迫，事态紧急，看了看屋里，没有别人，那她便光明正大多看两眼薛公子好了，一边看一边道："我大姐被衙门扣着了。"

"为何？"薛叙然其实知道，但得装作不知道的样子。

"我四姨娘的尸体在大姐的管事陆大娘旧居中被发现。衙门找上门来，我爹报说我大姐母亲的牌位与四姨娘一样，都失踪了，于是向官府报称大姐想通过四姨娘拿回母亲牌位，四姨娘想趁机报复大姐。结果最后落了此结果。"

"什么乱七八糟的。"薛叙然这回脸上的嫌弃相当真实。

安若希咬咬唇，觉得颇是难以启齿，但她心里信得过薛叙然，超过其他任何人："具体细节我也不是太清楚，我就是，就是想看看薛公子有没有什么办法，帮帮我大姐。我也不知她在衙门如何了，最后会不会蒙冤。我知道我大姐的，她挺聪明，若是她想对四姨娘下手，不会落下如此把柄的。"

薛叙然没好气："她这般聪明，还需要别人帮忙？"

安若希忙道："自然还是薛公子更聪明些。"

这马屁拍得，诚恳得让薛叙然颇是受用。但薛叙然却还是泼了冷水："案子衙门那头已经在审，且又是命案，你大姐顶着护国大将军未来夫人的头衔，若她自己没办法脱身洗冤，寻常商贾之家又能如何？再者说，这案子如此蹊跷，死得这般蠢，若不是你大姐干的，那是谁干的？你大姐洗了冤，真凶就要伏法。我倒是觉得，你多些担心真凶才对。"

安若希张了张嘴，明白过来薛叙然说的是何意思，她有些心虚，但怎么也得为家里辩驳几句，不然薛公子以为她家全都是歹毒凶手，那可如何是好："我爹爹没必要杀姨娘啊，已经定好了要将她送出府去的。况且，若是他干的，他何必闹得这般大。家中丫头妾室丧命，悄悄处置了便罢了，为何要把尸体搬到外头，闹到官府去，这不是给自己挖坑吗？"

薛叙然看了看她，点头："你说得对。"

是吗？安若希咬咬唇，她就是随便说说，薛公子居然没挑毛病。

"你四姨娘死后，家里还发生了什么？"

安若希想了想："就是上衙门做证，那天夜里我爹爹是在我娘院子里过夜的，说是打算第二天一早送我四姨娘走的。"

"去哪里？"

"去福安县，具体不知是哪儿。钱大人帮忙找的地方，给我四姨娘静养养病的。"安若希想起自己与段氏打的那一架，尴尬地挠挠下巴，"四姨娘不愿走，在家里闹了一天。晚上就失踪了。"

"晚上就发现了？"

"第二天早上她院里的丫头发现的。"

"为何晚上没发现？"

安若希语塞："四姨娘有些疯癫，丫头们对她也不是太上心。"

"可她不是闹了一天？上不上心，闹起来总得去看看吧。"

"我爹回来了，四姨娘便不闹了。"安若希说到这儿一顿，不对，四姨娘不闹，爹爹该闹呀。安若希想起那毒，爹爹什么时候知道毒是假的呢？未知是假的之前，不是该闹腾找大夫救命吗？这事一点动静都没有。她爹安安稳稳地在她娘屋里过夜去了。这不对啊，就算一开始就知道是假的，那四姨娘下毒这事，怎么都该受罚。可爹爹也毫无表示，这事静悄悄就过去了。

"怎么了？"薛叙然见安若希发呆，便问她。

安若希摇摇头，不知该怎么说。她真是糊涂了，不该来这儿说这事的。她也弄不清究竟是想帮帮大姐多些，还是想借这事来见见薛公子多些。这事这般不光彩，不该让薛公子知道的。

薛叙然看她那愁眉苦脸的样子就来气，干脆直接问了："那个钱大人在你家又做了什么？"

"没做什么。钱大人似乎挺忙碌，我弟弟在帮他办差呢，听他说钱大人忙得脚不沾地。"

"他不是派了人在你们府里？"

安若希点头："我也未留心他们在我家都做些什么。倒是常看他们转悠。"

"安若希。"薛叙然严肃唤她。

"薛公子。"安若希也严肃，提醒薛叙然怎能直呼她名字。

薛叙然才不理，只道："我们还有一个月便成亲，你能让自己平平安安等到那天吗？"

安若希瞪大眼。

"莫管闲事，当什么都不知道。别打听，别让别人起疑，尤其别招惹钱世新手下那些人。让自己越不起眼越好，知道吗？"

安若希看着薛叙然，看着看着，抿了嘴想笑。薛公子关心她呢，这真让人欢喜。

"莫笑。我认真的。"薛叙然板脸，"等你进了我薛家门，我才能名正言顺护你。未到那日，事情都可能会有变数。你姐姐这事，我没法帮，你也不要管，好吗？"还未成亲呢，先把岳丈送牢里去，这婚事到时还能作数？这姑娘太傻了。

安若希愣愣看他，完了，现在不只想笑，还想哭。薛公子在乎她呢，也在乎他们的婚事。安若希咧着嘴傻笑起来。

薛叙然给了她几个白眼。安若希见了，更是傻笑："那我走了。"看着薛公子，忽地觉得不好意思，"公子放心，我定会平平安安的。"怎么都要嫁过来，你放心吧。

薛叙然叫住她："你那什么，若是以后有事找我，自己不方便的，让你丫头到喜秀堂去，与掌柜说你想买支喜鹊立梅枝的簪子。"总不能每次都到他家门口瞎比画。

"哦。"安若希应了，"那我走了。"

"等等。"薛叙然又叫住她，"若是掌柜说没这样式的簪子，是确是没这样式的，不是你不能见我的意思，明白吗？"真怕她蠢到某个境界误会了。

安若希顿时撇眉头，才刚对她好些，又嫌弃她笨了？"怎地不明白，不就是个传话的暗语吗？我这般聪明怎会不明白。"

薛叙然瞪过去，还对他嚷嚷起来了。

结果安若希居然不怕他瞪，还有话说："还有啊，我要是说，想找支喜鹊看着特别喜气的，便是有紧要的事，你速派人来找我啊。若是我说想找支梅花开得好看的，便是一般问候，问你好不好而已。若你没什么不好的，便不会回话了。"她说完，抬了抬脑袋，"瞧，我也懂编暗语呢。"

"这算哪门子高明暗语。喜鹊看着喜气的是哪般模样？"

"便是喜气的模样。"

"那是何模样？"

安若希顿了顿："成亲后再告诉你。"反正就是喜气，哼。

安若希走了。出了院子先前那丫头在等她，手里拿着个果脯礼盒子，说是夫人送的礼。安若希在心里用力夸赞她家薛公子她未来的夫婿想得周到，见他一面当真是欢喜。一想到她家里这般那样，她真是不想回去。怎地婚期还有这么久呢，她等得着急。

安若希带着丫头回了府，在府门外不远的地方见着了一位瘦削的尼姑。那尼姑似路过的，寻常走路。与安若希擦肩而过时看了安若希一眼。安若希觉得这位姑子眼神颇是锐利，有些冰冷。她这般模样定是不好化缘啊，她想。

安若晨在郡府衙门厢房里待得烦躁，白英与太守大人并未来提审，也没人来给个话，这事就晾着了？究竟是要如何？这案子破绽如此多，她不信他们真能把白的说成黑的。或许他们就是打算这般耗着。但是耗着，有什么用处呢？

安若晨忍不住下了床走动走动，装病最辛苦的就是躺着，她胳膊还是疼，但躺久了全身疼啊。她停在了窗前，看看外头的状况，窗外一切如常，有衙差把守，偶尔还有白英领来的卫兵巡视走过。安若晨深呼吸一口气，告诫自己要冷静，必须沉住气。

这时候屋角的衙差看到她了，忙走过来。这衙差是方元交代过的人，叫安子，与方元相熟，方元托他照顾她。安若晨在这儿两日，安子常偷偷帮她打听事，也帮着给方元传话。所以安若晨知道了古文达想见她被白英阻拦了，知道了齐征被释放了，陆大娘与田庆他们还被押着。安子甚至还会在有人过来时说话或是咳嗽示警，让她可以装睡。

安子跑过来，到了安若晨窗外，小声问："姑娘有何事？"

"可有新消息？"安若晨早摸清他们换岗时辰，安子应该刚换岗过来不久，想来之前有机会去打听。

安子摇摇头："今日白大人、太守大人关门议事，没什么新消息。"

"钱大人呢？"

"与他们一起呢。几位大人似是商议重要的事，关屋里许久了。其他人都不让进。"

安若晨皱皱眉，再问："我的丫头春晓可有来探望我？"

"未曾。"

安若晨点点头，希望春晓顺利出城找到孙掌柜。古文达给将军的信，将军应该也收到了，只不知将军是否有空处置。还是寄希望于孙掌柜吧。

安子还想说什么，却远远看到有人过来，安子忙跑开了，站回屋斜角边上值岗的地方，背脊笔直，严肃端正。

想来走过来的人是个人物。

安若晨伸头张望，看到一位同样穿着衙门差服的男人缓缓走来。瘦瘦的，高个子。他的腰带是红色的，与寻常衙差的灰色腰带不同。是个衙头呢，难怪安子这般紧张。

那人走近了，走到了安子面前。安子恭敬施了个礼。也不知那人与安子说了什么，从安子的举止动作来看，他似乎应了声"是"。之后安子施了礼走了，而那衙头招了招手，唤来了另一位衙差，站在了安子的位置上。

他把安子调走了。

安若晨仔细看着那衙头。他忽然转过头，也看了安若晨一眼。那眼神让安若晨心里本能地不安起来。她面上镇定地迎视着那衙头的目光，对他有礼一笑，微微施了个礼。那衙头也冲她微微一笑，点点头，抱拳施了个礼，然后走了。

安若晨看着衙头远去消失的背影，有风拂过，窗前的树枝摇曳，沙沙作响。

真可疑呀，他调走了衙差中唯一会帮助她的人。

方管事特意准备了银耳润喉汤，配了些甜枣软糕，领着位他信得过的小仆，给姚昆于郡府衙门中的书房送了过去。

他再一次被拦在了外头。

拦他的是白英手下的卫兵："大人们在里头议事，不能打扰。"

方管事和气地笑着："便是瞧着大人们议事辛苦，这才准备了这些汤水点心。大人们总得休息休息，吃点东西。"

那卫兵想了想，正犹豫，屋子里走出一人。卫兵忙施礼唤道："钱大人。"

方管事也忙恭敬施礼："钱大人。"

钱世新看了看小仆手上的东西，再看看方管事，微笑问了怎么回事，然后挥手让卫兵将东西送进去。卫兵领命接过托盘，进书房去了。方管事和小仆被留在了外头。

方管事未动声色，只关切问道："各位大人后头是何安排，是否要回太守府用饭？还是将饭菜送到此处来？还需要些什么？小的好安排准备去。"

钱世新道："把饭菜准备到此处来吧。大人们议事，恐得到夜里头才能完了。大人们的饭菜，准备四人份的便好。白英大人的侍卫将官，八人，单备一桌，其他人等，便随着衙差卫兵们一起用饭便好。"

方管事听了，应了声，又似好奇问道："不知大人们都议的何事，竟是要这许久？"

钱世新撇了撇眉头："方管事这问得，我竟不知如何答了，倒是不知太守府里的规矩，竟是内宅管事过问官府公事的。"

方管事忙惶恐施礼："是小的莽撞逾矩了。小的真是不该。因着夫人问起来不知我家大人何时回府，我这一着急，当真是糊涂。大人恕罪。"

钱世新挥挥手，再不理他。

方管事施礼退下。心里头暗暗盘算，四人分量的饭菜，那屋子里便是太守姚昆、主簿江鸿青、白英以及钱世新了。而屋子外头，衙差们都排不上头，全是白英的手下。

方管事领着小仆退下了。走了稍远，回头看了看，再四下张望了好一会儿，确认没人，便低声对那小仆道："石头，还记得吗，若被人发现了怎么说？"

"我养的小猫丢了，我正找猫呢。"

"好。当心点，去吧。"

小仆机灵地一点头，猫着腰贴着墙角一溜跑，小心地钻进了书房外围的花圃树丛里。

方管事回到太守府里，大管事朱荣正等着他。

"如何？"

方管事摇头："还是进不得。那守门的卫兵原是犹豫，但钱大人出了来，将我们挡下了。我打听大人们议的何事，钱大人也未曾透露半句，言语之间还有责备。只说会到夜里，让饭菜送过去。"方元如此这般地将事情详细与朱荣说了。两个人脸上皆有愁容。

朱荣道："我问过衙门文书库房管吏了，白大人将近五年的卷宗全都调了过去。今日便这般与大人耗了一日，怕是在翻旧账找毛病。"

方元皱眉："大人为安姑娘说话，也不是无理无据，此案确是太过牵强，就连文吏也道，主簿大人那处也是说不出什么铁证来。依规矩，便该将人放了，往别处再仔细探查。日后找出新线索，再抓人不迟。"

"那白英大人久居京城，与大人素未谋面，但似乎成见颇深。想来也是想借这案子给大人个下马威。"

方元道："我瞧着，钱大人的态度不太对。难道白大人真是抓着了什么把柄，钱大人想撇清楚干系，便故意如此？"

朱荣恼道："他亲爹可还在牢里关着呢，他能撇清什么干系？"

方元却是道："包庇纵容还是大义灭亲，那还不是一张嘴的事。"

朱荣皱眉。

方元继续道："自龙将军领兵入城，悬案是一件接一件，白大人若是有心刁难算账，有的是借口。"

"这些事都是与细作有关，也不全是大人的责任。再者说，如今前线战情如此，须得全郡上下齐力支援，太守之位何其重要，谅那白大人也不敢妄动。"

方元道："你说得对，前方战况才是最紧要。打了胜仗，便能腰板挺直，声音大些，若败了，便是做什么都不对了。也不知四夏江的具体情况如何。"

坊间传言有村民说昨日在山上看到四夏江那头焚烟传信，但衙门这头还没有收到官方的战报。方元与朱荣愁容相对，真有些着急，盼着战报又有些担心会是坏消息。若是四夏江也打了败仗，那就太糟糕了。如今只能寄希望于龙大将军，千万要挺住才好。

一个传令兵气喘吁吁地由衙差领着赶到郡府衙门太守书房那儿，大声道："奉龙大将军之命，向白大人、姚大人报重要军情！"

卫兵将他拦下，查了他的令牌，问了他的姓名，正待进屋去报，一直坐在窗前盯着外头情形的钱世新抢先进了来："何事？"

传令兵缓了口气，一脸兴奋，将那话又说了一遍。

钱世新看他的表情，心里一动，将他带到一边，道："大人们正在商议要事，你把事情告诉我，我转告大人们。"

传令兵兴奋道："报大人，龙将军亲自领军，于四夏江大败南秦，已杀到对岸，攻占了南秦的江生县。"

钱世新不动声色，冷静道："如此，战线推到江那头，防守恐怕不易，南秦随时会反扑，龙将军可需要什么援助？"

传令兵笑着摇头："南秦焚烟报信，于是石灵崖那头的南秦与东凌集大军猛攻，欲在石灵崖处取胜，以钳制龙将军于四夏江的战果。但那样正中了龙将军的诱敌之计。楚将军退守石灵县，南秦与东凌大军长驱直入，一路追击。楚将军领军边打边退，石灵崖口一封，各村各处陷阱一拉，各处埋伏的军队涌出，将他们尽数拿下了。"

钱世新脑子一蒙："你说什么？"

"大人，我们在石灵崖也大胜，瓮中捉鳖，拿下了他们近万人的大军。"传令兵很是兴奋，为自己能来报此消息而感到自豪，"南秦没戏唱了。石灵崖与四夏江，全是我们的！"

钱世新缓了一缓，想消化一下这些消息："近万人，如何擒得住？"

"石灵县早已腾空，各处都做好了困敌的准备，擒得住。人手、粮食、兵器全都备得齐齐的。具体细节我也不知，但事情就是如此。"那传令兵掏出一封信来，"这是龙将军亲笔信函，要交给白大人和姚大人的。"

钱世新接过那信："给我吧，我拿进去给他们。"他垂下眼，看着信封上龙大苍劲有力的笔迹，还有他的封蜡，问道，"有传闻昨日四夏江处有起烟，便是这战事吗？"

"是的。"传令兵答。

"你方才说，龙将军攻下了南秦边境的江生县，于是石灵崖那头接了消息，这才猛攻石灵县。那你是如何不到一日工夫拿着战报赶回来的？"他在撒谎，一定是。这是龙腾的诡计。

那传令兵笑道："龙将军料事如神，成竹在胸。他让我拿了信先回来，若是看到四夏江那处有南秦的黑烟，便是他已攻到江生县，接着石灵崖扬旗鸣鼓会有大战。我一边往中兰城赶一边留心，看到石灵县和高台县灰烟连绵，便知楚将军大胜。按将军的嘱咐，马不停蹄给大人们报信来。两处的军情捷报，此时也定在路上了。"

侯宇也一直在不远处守着，看得屋前有动静，便过来了。他站在钱世新不远处听完了那传令兵的话，与钱世新互视一眼。

两人心中都明白，这战报来得如此急，还未开打便让传令兵上路准备，龙腾果然对中兰城内的境况有戒心。他必是有十足把握才敢如此安排。早早清空了石灵县，暗设擒敌陷阱，他的战略计谋设得长远，那什么连吃败仗，狂傲自大，也必是与楚青一唱一和地演戏。龙腾不在石灵崖，南秦大军才敢去攻那处，就是因为盯紧了石灵崖，反而忽略四夏江，被龙腾两处得手。

钱世新笑道："这真是天大的好消息，我这就去与大人们禀报。你一路辛苦，快先去吃杯茶歇歇脚，让厨房给你做些热饭菜。"钱世新转向侯宇，"带他下去吧。"

传令兵与侯宇均应了声。钱世新又嘱咐那传令兵莫离开衙府，大人们说不定还得找他问话。

传令兵施礼，跟着侯宇走了。

钱世新看着他们的背影消失，将龙大的信塞到怀里，然后转身回到屋前，与守门的卫兵低语了几句，进门去了。

躲在树丛里的石头屏声静气，他之前还担心他们说话他会听不着，结果这般巧钱世新带着那传令兵往屋边一站，竟就站在他藏身之处的前面。

石头听得捷报很是兴奋，龙将军啊，那可是个大大的英雄。真想见到真人一面。可这激动只能压着，半点不敢动。直到钱世新回到屋里，石头还蹲在原地，大气不敢喘。

等了好一会儿，再无动静。石头有些耐不住了。他小心退了出来，躲过卫兵的视线，穿过衙府后门，朝太守府奔去。

方元与朱荣正在细细商议，今日无论如何，多晚都得见到太守大人一面，眼下究竟是何状况，需要做些什么，他们心里也好有数，早些安排。

正如此这般地推断着各种可能和想着对策，却见方才去书房外头潜伏的小仆石头飞奔回来。

"见过朱管事、方管事。"石头跑得有些喘。

"如何？可探听到什么？"

石头道："因得藏得好些，故而离书房有些远，卫兵还挺多的。"

"说重点。"朱管事板着脸打断他。

石头忙道："未曾听清屋内说得什么，倒是白大人嗓门挺大，似乎很是生气。但是门外的事我听清了。有位传令兵急急来报，说龙将军在前线打了大胜仗。"

"什么？"朱管事、方管事异口同声，很是关切。

石头将那传令兵所言一五一十地全说了。朱荣、方元惊得目瞪口呆，而后狂喜。龙将军大胜，那他家大人也算立下大功，颜面有光，白大人还真不能如何了。若翻旧账，那就得琢磨对峙查验了，但如今紧要的，还是当前战事！

朱荣忽地内心一动，问道："那钱大人听了传令兵所言，如何说的？"

"钱大人拿了信，说会与大人们好好说这事，然后让侯衙头带着那军爷下去歇息用饭了。"

"然后呢？"方元追问。

"然后钱大人就进屋去了。"

"进屋之后呢？"

"就没了。"石头挠挠头，"我等了一会儿，没什么动静，便赶紧回来报信了。"

朱荣与方元再对视一眼，如此重大的消息，钱世新进屋一通报，屋子里那不得炸了锅去？就算各位大人从容冷静笑不露齿，那也得出来嘱咐一声给各县通报，给京城通报，给巡察使梁大人通报，怎地会一点动静都没有？

朱荣赶紧嘱咐石头："石头，你速去郡府往各地信吏传令兵差爷们歇脚的院里寻那令兵去，便说是夫人听说了消息，请他过来问话，也慰劳感谢一下他远途辛苦。将他带过来。"

"哎。"石头点头应了，正待拔腿跑，方管事叫住他："当心些，若是遇着了别人，问你干什么去，只说给厨房跑个腿，晚上要给各位差爷布饭的。"

石头答应了，飞快跑掉。

朱荣与方元等着，心里都有担忧。过了好一会儿，石头回来，喘着气道："朱管事，方管事，小的去了，那院里今日没有来客。我特意问了守院的衙差，就说是要布饭，问问有没有客人需要安排的。那差大哥说，今日并无人来，不用安排。我转了一圈，未见着那令兵。"

朱荣与方元俱是一惊。

朱荣将石头遣下去了。方元道："说起来，侯宇今日还干了一事。他将安子从安姑娘屋前调开了，换了宋立桥。"

朱荣没说话，衙头调遣衙差换岗换值，那是很正常的事。但他调走安子，又把带着重要消息的传令兵给带没了，这就诡异了。

方元道："我再去一趟吧，便说是问问大人们有没有特别想吃的。你去与夫人说一声，还是提防着些好。"

两位管事分头行动。方元又去郡府，出来应他的仍旧是钱世新，他听得方元的问题，像模像样地点了几道菜，谢过方管事费心。方元客套应过，再退回太守府。

　　这次朱荣与蒙佳月一道等着他。方元面色凝重："钱大人丝毫未提将军大胜之事，从神情上瞧，似什么都未发生一般。"

　　蒙佳月心一沉："大人可还在那屋里？"

　　"该是在的。"

　　"我去找他，便说有急事，那钱世新还拦我不成。"蒙佳月怒气冲冲，甩手要走，两位管事忙拦她。

　　"夫人莫要冲动，待想想这事如何处置。毫无准备，便是大人出来见了你，又能如何？"

　　"我便告诉他龙将军前线大胜，发了军报回来。"

　　"夫人从何得知？"

　　"我……"蒙佳月一噎，对的，她从哪里知道？她让家仆派人偷听到的。胜仗便胜仗了，又如何。白英、钱世新可以说是等正事谈完再议战事，或者说待一会儿吃饭时再说这大喜事。总之她捅出来了，他们顶多说没想瞒啊，这不正准备说呢。可她呢，她怎么知道的？内宅妇人竟敢遣人偷听军情机密，这还了得！

　　蒙氏退后，再退后，一屁股坐在了椅子上。

　　"他们肯定在打坏主意，肯定有。我得告诉大人，得让大人当心。"

　　方元道："我方才去郡府衙门那趟，发现当值人手里衙差被调走许多，与之前又不一样了，许多卫兵、生面孔，也许都是白大人的人。"说也许，是他并不认得，反正穿上了兵服，大家互相以为是其他大人手下的，也不是不可以。

　　蒙佳月紧紧抿着嘴，忽地用力一拍桌子："岂有此理，他们想造反不成。"

　　"夫人！"两位管事齐声喝止，这话可不能乱说。

　　蒙佳月闭了闭眼，努力冷静了一会儿，然后睁开眼，道："朱管事，你速找队可靠的人手，我要将文海先送出去。送到武郡我表舅家里，先避上一避。"原是打算一家人死守中兰，战火烧来也绝不回退。可现在不一样了，不是敌国战火，竟是同僚阴谋。

　　姚文海是姚昆与蒙佳月的儿子，年方十二，好学多才，姚昆对这独子寄予厚望。如今这境况，虽未知将会发生什么，但蒙氏第一个念头便是护好大人的骨肉。她又道："从府里调队护院过去，接应接应大人。若有人问，便说是我突然病倒，昏迷不醒，让大人回来看看。"

　　朱管事赶紧去办。

　　蒙佳月转身要去内宅与儿子先通通气，嘱咐他些事。方元却是叫住她，提醒道："夫人，若事态真如我们猜测，那安姑娘也危矣。"

蒙佳月想了想："先将她带过来，便说我有话问她，留她在府中吃个晚饭。在太守府里，总比郡府衙门那儿好些。她那案子不是没证据吗？将军又大胜了，那白大人还能冲进太守府将她抓到牢里不成？"

方元忙去办了。

郡府衙门外，一位面容严肃的尼姑正站在墙根处。方才，她看到侧门那儿有辆破马车，有两个衙差出来，抬出个麻布袋子。从形状来看，袋子里装的是个人，只不知是死人还是打晕的，不会动。那两衙差把麻布袋丢上了马车，未曾注意到暗角的尼姑，转身回了衙门，关上了门。

马车急驰而去。

安若晨心里很不安。她试图向门外那个看守她屋子的衙差套套话，但那衙差对她懒得理会。安若晨除了问出那衙头名叫侯宇外，其他的再问不出来。

安若晨与那衙差道自己胳膊很疼，头也很疼，许是伤症又犯了，让衙差帮她请大夫来。衙差却说今日衙府里忙碌，没有人手，让她先睡一觉，等一等。

安若晨又说自己胳膊抬不起来，想让婆子和丫头来伺候。那衙差仍是那话，没有人手，让安若晨在屋里自己好好休息。

安若晨这下是明白了。出事了，那个衙头确有古怪，这个衙差也有古怪。安若晨关好门窗，坐在屋子里静思。但她脑子空空，半点法子也想不出来。她这边这般，也不知陆大娘、卢正、田庆他们又如何。

这一天快要过去，忽地有人敲门，方元在门外唤道："安姑娘，我奉夫人之命，给姑娘送些吃食和换洗衣裳来。"

安若晨忙将门打开，方元捧着一包东西站在门外，安若晨下意识地看了看屋外那个衙差，他也正往门口这边看，对上了她的目光。要说这衙差当值守岗的位置还真是好，站在斜角，窗户屋门的情形都能看清。

安若晨将方管事请了进来。刚一关门，方元的面色便凝重起来，小声将今日发生的事飞快说了一遍。

安若晨心狂跳："将军打了大胜仗？将军安好？"

"确是。"方元道，"先前几场败仗，那是诱敌之计，让南秦军自傲自大，看轻了楚将军。龙将军打到江对岸，攻下南秦边城。由此引得南秦军冲过石灵崖，闯入石灵县，楚将军瓮中捉鳖，将他们全部俘获。"

安若晨大喜，捂了面大笑，果然是将军，是那个智勇双全的将军。她欢喜得快要落泪，被困郡府，前途未卜她都不在乎了。将军安好，将军打了大胜仗，谁也不能拿将军的把柄了。

"姑娘。"方元道，"今日之事甚是古怪，姑娘万事小心。"

安若晨赶紧道："钱世新拦下了传令兵，便是要隐瞒将军胜仗的消息，只是这么大的事，他不会蠢得以为自己拦得下。所以，他们定是要动作了，如今这般，不过是为了争取一些时间。"

方元点头："夫人已将公子送走，朱管事领了人守着太守府。太守大人那头，也已派了人过去接应，无论如何，要见到大人一面。后面如何对策，还得让大人定夺。我们胡乱瞎猜，既无规矩，也难成事。只是姑娘这边，我们能做的不多。"他说着，将布包打开，几件女裳下面，是套小一号的衙差服和帽子，"姑娘赶紧换装，我去打听打听大人那儿的消息，而后过来接姑娘。姑娘先到太守府里暂避，夫人说了，到时便说是她邀姑娘过去说话。"

安若晨心里一阵感动，这节骨眼上，太守那头已够教人担忧，而太守夫人还愿冒险护她。"方管事。"道谢的话，安若晨竟不知要如何说才能表达感激。

"姑娘快准备吧。我去去就来，若生了变故，我脱不得身，也会嘱咐别人来引开外头那衙差，他叫宋立桥，是衙头侯宇的心腹，侯宇让他在此，怕也是有打算的。总之姑娘见机行事，先离开这院子，想法往太守府去。到了那儿，便安全了。陆大娘他们被关在东院那头，我已差人报信，让他们自行想法脱身。如今郡府衙门里满是陌生官兵，姑娘小心。"

安若晨应了，将衙差服藏在床褥下，道："方管事，你可知郡府的信鸽养在何处？哪些鸽子能到四夏江？我们需要给将军报信。"

方元想了想，这个倒是疏忽了，他道这就去办，接着施了个礼，匆匆离开。

安若晨关了门，从门缝处偷偷观察。那宋立桥走前几步，盯着方管事的背影，又招手唤过稍远处一个衙役，与他说了些什么。那衙役匆匆跑掉了，跟着方管事离开的方向。安若晨心里一沉，只盼着方管事莫要出什么事才好。

宋立桥看那衙役离开后，转头看了看安若晨的门。然后走回到他值岗的位置。

安若晨扣好门，迅速退回屋内，将那身衙差的衣服换上了。她低头看了看，猪狗牛羊鸡鸭鹅，胸有点太显眼，这般看不着正脸都知道这衙差不对劲吧。安若晨从方管事拿来的薄衫里扯了一块，将胸使劲裹好。她家将军说过，不欢喜她裹胸，想到将军，她心头发热，她一定要躲过这劫，她要见到将军。

一切都收拾妥当，安若晨的心怦怦乱跳，她在等方管事，她很紧张，胳膊的疼也顾不上了。

等了好一会儿也不见方管事来，倒是听得外头有人大声说话。安若晨透过窗缝往外看，只见一个她未曾见过的衙差在与宋立桥说话，宋立桥似是不耐烦，那衙差又道"就借两日，定会还你的"云云，似在向宋立桥借钱。

安若晨仔细看着，宋立桥被那人拉着面向窗户这头，与那人争执了几句。安若晨迅速奔到门边，悄悄打开了门，从门缝里挤了出去，随手将门掩好，然后贴着墙避开宋立桥的视角迅速退到了屋子的后墙根上。这边是片竹林，无人看守，安若晨正待松一口气，却见一小仆从那竹林里冒了出来，看见她了。

四目相对，安若晨全身僵住。

那小仆却是将手指摆在唇边，对她做了个嘘声的手势，而后招了招手，让她快过去。

安若晨没犹豫，这节骨眼上，她没机会犹豫。她奔了过去，小仆带着她钻进了竹林里，并小声与她道："方管事过不来了，方才他欲找人出府办事，却被卫兵拦下了。说今日大人们商讨要事，任何人不得出府。方管事正想办法，他让小的来，先领你过去。"

不得出府？安若晨忙问："谁也没出去吗？"方管事他们想着让太守大人的公子逃出去，成功了吗？

"这个小的便不知了。"小仆答，"便是方才方管事派的人被拦下了。之前有未有人走小的不太清楚。"

小仆左右张望着，颇有些紧张。他领着安若晨穿过竹林，要横过一个院子，他先出了去，一路看好了，冲安若晨招手，安若晨赶紧奔了过去，紧跟在他身后。

两人一路小心观察一路急走，躲一段跑一段。正欲冲向一个院门时，有卫兵交谈的声音，似在正往这边而来。小仆拉着安若晨躲进了一个大屋子后面的矮树花丛里。将将躲好，两个卫兵从他们面前的花丛走过。小仆与安若晨皆屏声静气，丝毫不敢动弹。

等那两个卫兵走远了，小仆悄声道："我先去探路，一会儿来找你。"

安若晨点头。小仆猫着腰跑了。

安若晨躲着，忽听到身后的窗户里传来争吵的声响，听上去竟似太守大人的。她往后退了退，贴在墙根处，头顶便是窗户，这下听得更清楚了。她听到太守姚昆道："白大人，你如今说这些又是什么意思？欲加之罪，何患无辞。这会儿岂是翻旧账栽罪名的时候，前线战事吃紧，我们商议一日，绕来绕去却净是往我身上泼这脏水，于眼下危机又有何助益？"

白英喝道："姚昆！若不是你失职，龙将军疏于职守，你非但不及时上报，还帮着他，战况能有如今模样？我们说再多，还是得等梁大人的大军赶到方能解决前线之危，而如今在我这儿，最紧要的，就是肃清地方，重整新绩，还地方太平，还百姓安乐，为前线做好支援，否则，不止你这平南郡危矣，我萧国也会危矣。"

姚昆也大声嚷道："大人！"

"莫要多说！"白英再喝，"我须得将你拿下，今日说的那十八桩案，六件事，你仔仔细细都交代好了，不然，我便将你就地惩治。"

他话音刚落，却突然"啊"的一声惨叫。

安若晨吓了一跳，下意识地起身趴在窗边往里看，却见是主簿江鸿青一剑刺进了白英的腹部。白英捂着肚子"噌噌"后退，血一下涌了出来，染红了他的手掌和衣裳。

江鸿青待要再刺，太守一把将他拦下，大叫："你这是做什么？"

江鸿青道："下官依大人吩咐，若是情势不对，便要处置。"

姚昆目瞪口呆："我何时说过让你这般！"

白英忍痛怒喝："姚昆，你想造反！"

江鸿青闻言又待上前砍杀白英，白英已然大叫："来人，来人！"

姚昆奋力护着，夺下了江鸿青的剑。无论如何，刺杀朝廷巡察史，这可是要杀头的重罪，江鸿青疯了吗？

这时钱世新领着人从屋外冲了进来，见此情景大吃一惊："白大人！"

白英伤势颇重，血流如注，脸色惨白，他拼命喘气，叫道："拿下他们。"虽是大声呼叫，可声音却是虚弱了。钱世新赶忙过去扶他，对众卫兵喝道："拿下！"

姚昆手里拿着剑，已是整个人僵直，脑子一片空白，怎会如此，怎会如此？那些编排他的旧账，他可以慢慢耗细细磨，总会想到办法解决。为官者，有些事不得不做，从前他做过什么自然清楚，把柄如何，后路怎样，他自然也是知晓。他有把握能脱身，又或者，不会太惨。或是最后龙大能在前线取得胜果，那他便有出路。

可如今，刺杀巡察使，剑还在他手上，他如何说得清？！

姚昆将手中的剑丢下，大呼："不是本官所为！"他看向白英，白英却是紧闭双眼，靠着钱世新。钱世新大声呼喝着叫大夫，根本未曾看他这边一眼。

而江鸿青呢？

他总不能污这事是他所为。

姚昆听得一声惨叫，猛地转头，却见一名卫兵一剑刺进江鸿青的心口。江鸿青一脸不可置信，却就此一命呜呼。

窗外的安若晨紧紧捂着嘴，生怕自己叫出声来。她看得清楚，江主簿未曾反抗，他只是站着，等着那些卫兵将他拿下，而那卫兵二话不说，一剑便刺了过去。

太守大人呢？太守大人……

安若晨还未看得姚昆如何，却感觉到颈上一凉，微微一痛，她全身僵了，侧头一瞧，一柄长剑架在了她的脖子上。

"不想死的话，就莫要乱动。"一个男声低声在她耳边道。

安若晨的心停了半拍，她轻微地呼吸，不敢有大动作，那剑贴着她脖子上的皮肉，划一下死不了却很痛。

"不想死的话"，意思是这人并不打算杀她。

安若晨眨眨眼，冷静下来，问道："不乱动是如何动？我就这般站着好，还是该做点别的？"

那男声道："慢慢转身，离开这里，回你的房去。"

安若晨慢慢地转身，她差不多贴着墙转，那人没法跟着转到她的身后去，于是安若晨看到了他的样子——衙头侯宇。

侯宇道："别耍花样，走。"他手上的剑稍压了一压。安若晨觉得脖子一痛，想来该是被划伤了。

安若晨没挣扎，顺从地移了步子，她走得很慢，好半天才挪了两步。她的手悄悄握住了袖中的匕首，自知情势不妙后，她在紫云楼便一直贴身带着以防不测。她不希望有用上匕首的时候，论武力她毫无胜算，但她不能回那屋子去，她得想办法，不可让他们用她来要挟将军。

"快走。"侯宇压低了声音喝。

安若晨泣道："太害怕了，腿抬不起来。我胳膊疼，肩、背也疼。刚才一跑，又扭伤了。"

侯宇一愣，压着剑的手松了一松，没料到这姑娘会突然耍起赖皮来。他咬牙道："莫要花招，走！"

"我与大人无冤无仇……"安若晨转身，对着侯宇开始落泪，"大人为何欲置我于死地。"反正先胡说八道，听听对方想要如何。

侯宇皱紧眉头，若不是担心闹出大动静来，真想两个耳光甩过去将这婆娘痛打一顿让她哭个够。"你若听话，我便不会杀你。但别人可就不一定了。"

安若晨的脑筋飞快转着，别人又是谁？

她继续低声泣着："我与别的大人也无仇怨啊，我四姨娘之死，那也与我无关，若是大人们找到了证据，早就将我关到牢里去了。"

"关你到牢里麻烦的还不是我们。"侯宇道，"快走！否则我划掉你的脸，砍了你的手指。"话还没说完，那书房的窗户忽地"砰"一声巨响，一个人从窗户里撞了出来。

这突如其来的变故吓了侯宇一大跳，他下意识地转头一看。

安若晨抓住机会，拔出匕首直刺侯宇胸膛。

侯宇反应也快，眼角看到安若晨动作便迅速后退，但仍被刺中，他惨叫一声再连退几步，捂住了伤口。血染红了他的衣裳，他勃然大怒。

安若晨可不管伤到何处，更不管侯宇的反应。她刺完便跑，动作之迅速，让跳窗而逃的太守大人目瞪口呆。

这是那个重伤的安若晨？怎么跑这儿来了？还这身打扮？假冒衙差，这是要做什么？来不及细想，身后屋里已有人冲到窗户这头追来，待姚昆反应过来时，发现自己已跟着安若晨在跑。

安若晨那个气，不是分头跑比较容易逃脱吗？而且太守大人你目标也太大了，你得招来多少追兵啊！

心里刚抱怨完，只见一群护院和衙差忽地涌了出来，越过他们，迎上前去拦下了那些追兵。两边二话不说，率先打了起来。

护院、衙差和捕快们大喝："大胆，竟敢在郡府衙门内行刺太守大人。"

卫兵们也大叫："尔等逆臣贼子，竟敢造反。太守姚昆谋刺白大人，我等奉命将他拿下。"

这群护院是奉了朱管事之命来的，对姚昆忠心耿耿，带着同样忠心的捕快衙差们，又岂会听卫兵们编排这些。一边奋力砍杀抵抗一边怒喝："胡说八道，明明是你们欲谋害太守大人！"

安若晨可不管这些，她头也不回地继续跑，没跑一会儿被姚昆赶上拉住了："跟我走。"

安若晨喘着气回头一看，有四个捕快护着姚昆在逃。安若晨权衡一下眼前形势，好吧，看来跟着姚昆比她自己乱跑好些。现在这里混乱，也不知哪些是敌哪些是友。

"田大哥和卢大哥呢？"安若晨一边跟着姚昆逃命一边问。

姚昆气喘吁吁："在另一头，太远了，我们如今顾不上回去找他们了。"他带着安若晨，往郡府外方向逃去，那四个捕快将他们护在中间，小心戒备着四周。

"夫人让我去太守府。"安若晨道。

"不行。我们若是回府里，他们便有借口抄家，伤我家人。"姚昆面容极严肃，话说得颇有气势。

这话让安若晨心里一动。如此危急时刻，这太守大人还是以家人安危为先。

这时候一队衙差迎面奔了过来，姚昆大喜，叫道："快来人！主簿大人谋反，白英大人重伤，卫兵们都误会……"

话还未说完，那队衙差已经赶到，一刀便砍倒一个捕快。

姚昆后半截话噎在那儿，目瞪口呆，眼睁睁看着一个衙差一刀向他砍来。

"小心！他们是反贼！"姚昆方才说话时安若晨便已看到那队衙差里宋立桥赫然在列，忙大叫着。她的"小心"与姚昆的话交叠在一起，姚昆未曾注意，一名捕快却是听到了。

在一位捕快被砍倒的同时，这捕快一个急步上前，正正挡住了刺向姚昆的那一刀。

"大人快走！"捕快们大叫着。另两位捕快已与对方厮杀了起来。

安若晨与姚昆赶紧换个方向接着跑，宋立桥领着几人在后头追。安若晨眼尖，看到方才领她逃走的那小仆躲在路边树丛里，她一边狂奔一边冲那小仆摆手，示意他快跑，莫管这边了。

小仆会意，一下子隐进了树丛深处。安若晨暗暗松了口气，与姚昆左躲右闪，逃了一会儿，却见到又一批卫兵赶了过来。

姚昆这时候喊道："安姑娘，我引开他们，你和我分头走，想法见到将军，告诉他郡府里有人谋反，城里恐会有乱，让他快想法处置。"

安若晨简直要倒地不起，大人你看看对方的人数，这时候才说分头跑来得及吗？

眼看着马上就要被卫兵和衙差们团团围住，又一群衙差赶到。衙差们都穿着同样的差服，也分不清谁在帮谁，谁站在哪边，总之一顿混战。卫兵们也不管这些，冲着姚昆就杀了过来。

安若晨与姚昆狼狈不堪，欲分头跑，结果安若晨脚下一绊，摔倒在地。姚昆见状，回头来扶她。一卫兵一剑刺来，直取姚昆心口。安若晨大声尖叫。

这时一人凌空飞起，一脚将那卫兵踹开，另一个人影闪过，一掌拍开另一位杀过来的卫兵。

安若晨定睛一看，惊喜大叫："卢大哥！田大哥！"

竟是卢正、田庆赶到。

卢正、田庆顾不上多话，几拳几脚与卫兵衙差们杀将起来。田庆喊道："从北侧门出去！"

姚昆拉起安若晨，带着她朝着北侧门跑。田庆、卢正既是被放出来了，那肯定有人在帮忙，所以北侧门那头也定是做了安排的。

安若晨跟在姚昆身后拼命跑，一边跑一边回头看。卢正、田庆已经夺到了兵器，正拦下欲追赶他们的卫兵衙差。对方人数实在不少，也不知能拦多久，拦不拦得住。还有陆大娘呢，又在哪里？

奔过一个拐角，跑过游廊，正要穿过花园，忽见一胸腹处绑着绷带的瘦高男子领着几个人堵在路前。

"侯宇。"姚昆叫道，"你这是为何？"

侯宇毫不理会，并不回答，只嘱咐身后那数人道："杀了太守，留下那假冒衙差的姑娘。"

太守横剑在胸往后退，安若晨也举起了匕首。可侯宇并不慌张，只冷冷地看着他们，这时候姚昆和安若晨发现，身后也冒出来数人，为首的是宋立桥。

姚昆与安若晨只得往侧边退，但这些人也逼了过来。安若晨大叫："你们要什么？总有条件可谈。对方给你们什么好处？我与太守大人也能给！双倍！"

姚昆附和道："对，要什么都好，一切好商量。"

先拖得时间，也许还能等来援兵。

可侯宇却挥了挥手，只道："要你的命，要安若晨的人。"

他这一挥手，身后的人便扑了上去。姚昆一咬牙，举剑准备应战。他是文官，哪里有什么好武艺，但如今却也不能坐以待毙。

剑一举起，攻上来的那人"啊"的一声惨叫，胸前一个血窟窿，往后仰倒下去。

太守傻眼，不是吧，他还未曾出招呢。

这时身后一个力道拨来，太守被推到一边去了。太守与安若晨定睛一看，身后竟是站了个尼姑，表情严肃，一脸杀气。她的剑尖上，还滴着血。

安若晨还没缓过神来，那尼姑已经冲到前方一剑一个，飞快了结掉两人。

所有人都呆住。这姑子出现得突然，杀人也很突然。她不给大家任何反应的时间，动作毫不犹豫，似想也未想举剑便杀。一剑心口一剑脑袋，切豆腐一般。

太守和安若晨与那些衙差一般傻呆。衙差们本能举刀应敌，但那尼姑出手极狠，武艺高强，招招夺命，毫不留情。一转眼，已经又砍倒三人。有衙差要跑，她竟也不放过，几大步追上去杀掉才回头。

侯宇这时也反应过来。正待与那尼姑师太说两句，刚说了一句"我知你是何人，莫动手，自……"

"自"字刚吐出来，尼姑已一剑刺穿他胸膛。好似她只是刚杀完那衙差，走过来顺手给侯宇一剑罢了，正眼都未看他。侯宇目瞪口呆，完全不敢置信地瞪着自己胸膛，然后"咚"的一声，倒在了地上。

宋立桥大惊失色，他认出来了，他忙大叫："自己人！那日是我放你进来的，自己人，记得吗？"

"记得。"静缘师太淡淡答道。挥手一剑，削掉宋立桥的脑袋。

这血腥残忍的景象让安若晨本能地闭眼扭头，太守姚昆更是差一点吐出来。真的从未见过这般杀人的。对方还套着话搭着讪呢，竟这般就下手了。

那日宋立桥放她进来了，进来做什么？那日是哪日？

姚昆瞪着那姑子，脑子里有个答案呼之欲出。

静缘师太杀完了，面容平静地转过身来，对着安若晨说了一句："跟我走。"

安若晨喃喃问道："静缘师太？"秀山静心庵，遍寻不到的静缘师太。

静缘师太自觉很有耐心地再补一句："你四妹在我那儿，跟我走。"

安若晨一震，果然如此！那许多事都能说清了。安若晨赶紧跟上静缘师太。

姚昆原还犹豫了一下，但一想对方如果想杀他们方才早动手了，不必多此一举带他们走。于是姚昆也跟了上去。

静缘师太撇眉头有些嫌弃地看了姚昆一眼，仿似在说"叫你了吗你就过来"，但她最终没说话，领在前头走了。

姚昆忙喊："北侧门该是会有人接应。"

师太脚下一转，朝着北侧门方向去。姚昆暗暗皱眉，这姑子，竟然知道郡府各处方位？

静缘师太走得极快，安若晨一路小跑才跟上。"我四妹怎地在你那儿？"

静缘师太掏出一个首饰丢给她，以证明自己未说假话，然后道："那日在南城门她未赶上车队，便向我求助。"

安若晨一看东西，确是四妹的，再听未赶上车队，想来也是四妹说的。这才安心。"为何不直接告诉我？"她问。偷偷摸摸地递纸条，耽误了许多时候。

这时侧旁冲出三个卫兵，巡查到此，看到他们，大叫着："来人啊，人在这儿！"

静缘师太冲上去"唰唰唰"一顿猛砍，杀完了回来，答："她不过是想回家而已，结果你们一个一个全是废物。"说到"废物"一词还要连带着看太守一眼，姚昆憋屈得，却不敢进一个字。

三人快赶到北侧门时，卢正和田庆也已经赶了过来。但大批卫兵听到叫喊也已杀至。事实上，北侧门这头正有激战。卫兵要封府，而方元带着一群人苦守北侧门，等着太守赶到。两边正在拼杀。

"方管事！"太守远远看到，大声唤着。

"大人！姑娘！"方元也是激动。

卢正、田庆和静缘师太一路杀将过来，将姚昆和安若晨护在中间。

方元一挥手，几名仆役从墙角拉出四匹马来。"大人，快走！"方元奔入战圈，护着姚昆到马边。姚昆这才明白，这些人如此守着这圈苦战，竟是护着这些马。

静缘师太大喝一声："你们先上马！"

卢正、田庆护着安若晨上了马，转身砍倒数人，踢飞两人，也上了马。

"别让他们逃了！"卫兵们大喊。方元带的人已是死的死伤的伤，还在拼命为太守杀出一条血路来。卢正、田庆一马当先，砍倒一片。越来越多的卫兵赶到。方元提着剑，奔到墙边，拎了个笼子飞跑过来递给马背上的安若晨："姑娘，我已派人，但希望渺茫，来不及写信，这信鸽给你……"

话未说完，一卫兵砍杀而至，方管事急急转身举剑挡住，但他只有架势未有武艺，被那卫兵刺中。

方管事惨叫一声，中剑倒地。

"方管事！"安若晨大叫。那笼子她还未提稳，被那卫兵这般一冲撞，马儿受惊跳开，笼子摔在地上。安若晨紧咬牙关，挥舞匕首猛砍，砍伤那卫兵的脸。那卫兵捂脸大叫退开，被一衙差冲上来补了一剑。

安若晨的马儿受惊跳着，安若晨极力控制，免得摔下马来，她跟着卢正和田庆向前，回头看，方管事倒在地上一动不动，鲜血淌了一地，染红他身下的土地。

安若晨的眼泪夺眶而出。

一个小仆忽地从一旁冒了出来，他捡起那信鸽笼子，拼命急奔，赶上了安若晨的马儿，小小的个子举高笼子，大声叫着："给！"

安若晨抓紧笼子，来不及说"谢谢"，那小仆脚下一绊，摔倒在地。前方卢正、田庆杀开了血路，马儿们急奔起来。静缘师太赶了上来，跳上了安若晨的马背，坐在她身后。

安若晨回头看，却看到一个卫兵赶上前来，举剑刺向了倒在地上的小仆。

"不！"安若晨悲痛大叫，眼泪无法抑制。

四马五人，奔向前路。

白英受重伤后速被送回了他的院子。大夫也急急赶到了。

处置伤口之时，白英痛醒，昏昏沉沉，只听得大夫与钱世新道："伤是颇重，所幸医治及时，之后用些好药，也不是不能救……"白英听了这话，心放下一半。疼痛难熬，他又沉沉昏睡了过去。

钱世新待大夫仔细给白英处置了伤处，又开好了药方，这才亲自送了大夫出门。又嘱咐大夫，朝廷命官被刺，事关重大，值此两国交战，前线战情不稳之时，这类消息切勿外传，不然恐城中百姓惊恐。大夫认真答应。

钱世新将药方交予一卫兵，让他去抓药，然后进屋看了看白英，见他昏迷不醒，便又退了出来。唤来两个卫兵把守在屋门处，若白大人有任何动静，醒来或是唤人了，速来报他。

安置好白英院子里的事务，钱世新到郡府书房去，看了看那被姚昆撞开的窗户，笑了起来。这倒是疏忽了，居然没把窗户扣上。人说狗急跳墙，这姚昆急了，也是会跳窗的。

屋子里地上还有一片血迹，那是白英和主簿江鸿青的。屋子里的桌椅撞得东倒西歪，卷宗散了一地。钱世新没管那些，他找了把安好的椅子坐下了，环视着屋子，没能当场将姚昆也杀了，真是可惜。

不一会儿，郡丞夏舟带着白英的卫兵队长在门口求见，说有要事相禀。

钱世新心情愉悦，白英重伤，太守逃亡，主簿已死。而郡丞亦在他控制之下。该做的事，他差不多都办到了。钱世新起身，到门口亲自迎了夏舟和卫兵队长进来。

其实按官阶分，县令与郡丞官阶一般，但职守不同。郡丞辅佐太守，县令治理一县事务。但太守姚昆更重用主簿江鸿青，郡丞夏舟处理杂事更多些。而白英到此之后，相比起夏舟，却是与钱世新更亲近。议事上，钱世新也更有见地，对全郡管辖事务更熟悉。这也难怪，毕竟除了中兰城，福安县便是最重要的城县，钱世新与太守姚昆一向联络紧密，有事常常一起相议，比起夏舟来，钱世新更有分量。

如今太守逃了，主簿死了，郡丞夏舟领着卫兵队长来禀事，那讨好听话的姿态不言而喻。钱世新很满意，做足了样子，请他们进来说话。

书房里又乱又是血迹，但大家也顾不上理会这些，赶紧将事情都说了。

夏舟道郡府里多场恶战，死伤了许多人，他已差人在清点人数处置。他是万没想到太守和主簿会心存谋反之意，竟敢对白大人下毒手。他们二人平日的心腹都有谁他都比较清楚，已与卫兵队长商议好，将人都抓住先囚着，之后待白大人伤好后再慢慢细审。

卫兵队长也是报了伤亡及追捕情况。太守和安姑娘都逃了，还有卢正、田庆及那个陆婆子。他们已派人快马去追。现时初初审了些人，应该是太守府的那位二管事方元差人将安若晨等人放了。方元已在激战中身亡，他领的手下也俱被剿灭。另外还有一个尼姑，也不知是何人。那姑子武艺高强，是安姑娘和太守一伙的，她将太守等人救走了。

夏舟递上一份单子，这是粗略统计的伤亡情况，小兵小差都没写，有些官阶管些事的人都写上了。

钱世新扫了一眼，看到侯宇的名字。他未动声色，问："太守府那头如何？"

卫兵队长道："已派人过去搜查，但太守府的管事领了人堵在府门处，言道真相未明，凭何抄家？除非有巡察使或是皇上圣旨，方有权进太守府内搜查。"

夏舟在一旁点头，正是这状况不好处置，他们才赶紧来找钱世新，毕竟钱世新与姚昆的交情最好，于公于私，由他出面或许更合适。

钱世新想了想，整整身上的官服，道："那本官过去瞧一瞧吧。"

钱世新去了。

情况果真如夏舟和卫兵队长所说，朱荣领着全副武装的家仆护卫，摆开架势，护好各府门，太守府墙头之上，甚至也站了拿着大石的家仆婆子。众人与卫兵们对峙着。气氛剑拔弩张，一触即发。

钱世新到了太守府门前，先是遣退了卫兵队，让他们将刀剑收起。然后与朱荣客客气气地说话，劝解一番。他道太守与主簿谋害巡察使属官白英大人是事实，有人证，白大人也还活着。太守如今不知逃到了何处，卫兵们也是一时情急，莽撞了。但太守府也莫要摆出这等架势来，这是给太守大人添罪名。想法好好解决，才是正道。

朱管事硬邦邦地答："我家大人为何要杀白大人？当面刺杀，在身边全是白大人卫兵的状况下？此事诸多疑点。这些卫兵无令无据，空口白牙，谁人予他们权力搜府？"

钱世新道："这般吧。让我单独进去，我见见夫人，问些话。这般也算能交了差，便让卫兵们暂时不搜府不拿人了可好？但是之后他们若是得了令状或是旨意，我也是没办法了。如今大家各退一步，他们围守太守府，职责所在，尔等也莫要冲撞，莫惹罪名。"

朱管事心里自然是信不过钱世新的，但他心里明白，卫兵们若真是硬闯，他们太守府也没办法，权衡之下，钱世新拖延平衡事态，于他们也不是坏事。

钱世新看朱荣表情软了下来，明显已有松动，又道："我听说方管事为了让太守大人逃出去，已然送了性命。这悲剧本不该发生。主簿所为，未必与大人有关。大人若不冲动逃了，大家好好相议此事，仔细审审，事情定会水落石出。如今大人一逃，事情反倒是说不清楚。我来此，也是想帮大人一把。大人走了，夫人和公子如何办？此事我定会竭尽全力，想法好好解决的。如今这太守府，最紧要的便是平安撑过这段日子，待大人回来，方能对大人有所助益。不然事情闹大了，大人更是有口难辩。"

朱荣施了个礼："钱大人请稍候，我去与夫人禀报一声。"

钱世新点头应了。朱管事进了府。钱世新看了看周围，方管事及时领了人救助姚昆，这朱管事肯定也是知情。既是知情，那他肯定也知道要对付他家大人的便是他钱世新。

但对方既是没说，大家便一起装模作样吧。钱世新是不介意的。这种事他在行。

过了好一会儿，太守府门开了，蒙佳月亲自出来，将钱世新迎了进去。钱世新当着蒙佳月的面对夏舟与卫兵队长下令，封府即好，莫要攻府，莫要扰了府内安宁。夏舟与卫兵队长答应了。蒙佳月谢过钱世新，领着他进了门。

钱世新与以往一般，被迎到正堂厅，贵客一般。蒙佳月命人上了好茶，之后未语泪先流。钱世新一顿安慰。将郡府衙门书房内发生的事细细与蒙佳月说了一遍。他说白大人到此，原本就是新官上任三把火，巡察使嘛，总觉得要抓着些当地官员的不是才能给皇上交代。加之正好遇着了安家的案子，白英大概是觉得摆官威的时候到了，于是连同过去几年的案子都翻看一番。今日拿了些案追究太守大人，两边越说越急，吵了起来。也不知主簿大人是何意思，竟然叫着是听从太守大人吩咐，突然拔剑伤了白大人。白大人的卫兵们自然是要上前拿人，太守大人情急之下，便跳窗跑了。

蒙佳月捂面痛哭，大骂主簿坑害她家大人。又恳请钱世新看在往日与姚昆的交情上，要为姚昆洗冤。钱世新一口答应下来。他例行公事般问了些问题，又提出去姚昆书房看了看。没找出什么，又问了蒙佳月可知姚昆这般出逃会去哪里，让蒙佳月在白英擒到姚昆之前想法劝姚昆回来，免得祸事越闯越大。

蒙佳月只道不知，说着说着又哭了起来。

钱世新道："我那侄儿如何？可曾吓着他了？"

蒙佳月道："这说来也是巧的，昨日我表舅家那头来信说想文海了，派人来接他去住住，说过两日便回来。如今出了这事，我倒是得派人去说一声，让他在那儿多待几日才好。待这事过去了，再回来。"

"如此也好。"钱世新语气诚恳，"卫兵们封府，是职责所在，但府内生活也得有人正常进出。这般吧，除了生活采买的交代，夫人欲派人出府办事，来知会我一声，我给夫人开张令条，持令便可出去。这般与卫兵们不冲撞，大家平安无事。待大人回来了，事情过去，封府之事自然便能解禁了。"

蒙佳月谢过，道有所求时定会让门外卫兵传话给钱世新。又仔细问了钱世新这段日子居何处，再问白英大人伤势如何。

"如今事态混乱，我便暂居郡府衙门内，好处置善后。白大人伤情很重，只盼他吉人天相，能熬过来。若他活着，太守大人的事便还有转机。"

蒙佳月点头。再谢钱世新。

两边一阵客套后，钱世新告辞离去。

朱荣将钱世新送到门外，看着他离去，又仔细看了府外那些卫兵，转身叮嘱家仆护卫们小心严守。而后他回转进府，将情形与蒙佳月报了。

蒙佳月沉默半晌，道："你回头，去向钱大人将方管事他们的尸体领回来，一个一个，全点清楚了，莫要漏了谁。咱们府里欠他们的，必要将他们厚葬。"

朱荣眼眶一热，忙应了。

"若有还活着的，便接回来。"话说到这儿蒙佳月已哽咽，哪里会有活着的，灭口都来不及，岂会留下后患。

"等事情平稳些了，看看郡府那头还有哪些人能用的，千万小心，莫教钱大人发现了。给白大人瞧病的大夫，也打听打听是谁。"

朱荣道："那白大人怕是凶多吉少。"

蒙佳月点头。她不知钱世新为何如此，但白英没理由拿自己开刀。要安罪名，那也该当场刺杀钱世新，便说是杀人灭口都好，然后白英出来主持局面，这样不是更有胜算？钱世新当她是妇道人家，可她跟随大人多年，这官场里的门门道道，她也是知晓些的。但她确实猜不出钱世新的意图，借刀杀了白英，杀了主簿，杀了太守大人，他一县令，在郡中再有地位，又能如何？难不成就此还能当上太守了？可是梁大人会再派人来，巡察使一到，哪里还有他钱世新的戏唱？还有龙将军呢，龙将军前线大胜，定会回来。钱世新明知如此，却还敢这般干。

"文海那头如何？可有消息？"蒙佳月问。

"还未有消息。"

蒙佳月不语，没有消息，在这种时候便当是好消息吧，如今她只盼着她的儿能平平安安躲过这一劫。

钱世新回到衙门一居院，他的暂居之所，离白英那院子颇近。坐下没多久，一衙差进了来。钱世新一见他便问："如何？"

"方元确是派了人单骑快马欲往前线送信，被我们的人劫杀了。"陆波乔装成衙差，方便进来报事。钱世新计划周详，早已派了人监视周围，堵截各道。陆波又道："但太守的公子，姚文海，没截住。"

钱世新脸一沉："如何没截住？"

"原本是已得手，将他的车夫护卫都杀了。正欲将他绑了押走，也不知从哪儿来的一队人，杀了我们的人，将他救走了。"

"哪方的人？"

"不知。"陆波对这事也是愤愤，"待发现时，已无活口，无人可问。姚文海和那队人都不见了，未留下任何线索。"

难道是龙大派的人手？钱世新一想不对。若是龙大有人手可用，他要劫走的是太守和安若晨，而不是太守之子。钱世新皱了眉，这事有些不妙，竟有一派他不知道的人在。是敌是友？

"你去安排下，屠夫今日出现了。她帮着安若晨，也不知后头是何打算。

所有的人都得防着她，她武艺高强，杀人不眨眼，这关口上，可不能让她坏了计划。"钱世新顿了顿，道，"先前查搜秀山静心庵，说是这姑子逃了不在了，之后便将那处疏忽了是不是？"

陆波道："在别处曾发现过她的踪迹，便追着那线索往别处找了，秀山时不时有人去看看，没发现。"

钱世新沉思："派人赶紧去秀山，但不要上去。若他们真的回去了，上去只会打草惊蛇，等等消息。绣娘与安若晨在一起，会给消息的。他很清楚定不能让安若晨见到龙大。待他探得安若晨与姚昆的打算，我们再动手。这回必得一击即中，不可再出差错。"

姚文海被蒙着眼牵着走，他努力记着路，但绕得多了，他的方向感已乱，压根不知道走到了哪里。

他出了一身冷汗，有些弄不清究竟发生了什么事。他糊里糊涂听得母亲说让他快跑，家里出了事，爹爹蒙冤有难，让他先去表舅公那儿避一避。可结果出了府才走了三条街，便被人拦下了。他的护卫全被杀死。那伙人欲绑他，却也被杀死。

最后出现的那队人将他绑了，蒙了他的眼，堵了他的嘴，将他丢上了马车，但说话却又客气："公子，得罪了。不会伤你，放心。"

放心，他如何能放心。绑他做什么呢？他爹爹有难，是什么难？他们要用他对付他爹爹吗？

马车在绕弯子，姚文海心要跳出胸膛。待车子停了，他被扶下马车牵着走，又是在绕弯子。姚文海不敢挣扎，他听到自己紧张的心跳声，他不知道自己将会面对什么。

最后他们进了一个屋子。姚文海被松了绑，拿开了堵嘴的布，解开了蒙眼的巾子。再然后，一杯温温热热正好入口的上等好茶捧到了他面前。

姚文海没敢喝，他打量着这屋里，布置华丽，家具讲究，竟是不输他太守府。而他面前，坐着一个脸色苍白，看上去斯文病弱，似有十五六岁左右的贵公子。

那公子也正盯着他看，而后一叹气，道："好歹也救回来一个，不算一事无成。"

安若晨与太守姚昆等人骑马一路急奔，南城门守城官兵见得是太守，也未阻拦。太守过城门时对官兵大喝："后面有游匪伪装的衙差卫兵，将他们拿下，待我回来处置。"说完，也不待官兵们反应，马也未停，急急走了。

守城官兵反应了好一会儿，互相讨论了一番，觉得情况是这样的：太守大人有急事出城，但他知道有游匪伪装官差，于是让他们把人拦下。太守大人一会儿办完事回来要处置这些人。

正商议呢，还真有一队官差骑着马赶来了。看那打扮模样跟真的卫兵衙差似的。守城官兵速放下城门，将他们拦下，摆开架势要细细盘问。没想到那领头的凶巴巴大喝开门，说他们正在执行公务，追击叛贼。

守城官兵呵呵了，谁叛贼啊，没见着叛贼，就见着太守大人了。还有你，别嚷嚷，你那身兵服从哪儿来的呀！

卫兵队长急了，他们追捕姚昆，上马便直追而来，也没个文书令牌的。但跟守城官兵打一场？那太傻了。

守城官兵呼啦啦围过来一圈，竟要将他们拿下，说太守大人嘱咐了，回来要处置审问他们。卫兵队长火冒三丈。两边都拔了武器对峙起来。

卫兵道太守刺杀了白英大人，如今他们要捉拿太守姚昆归案。

守城官兵道没人通知他们白英大人遇刺，倒是太守通知他们尔等是游匪。他们认得太守，可不认得这些兵差。

最后卫兵队长咬牙，命一人快马回郡府拿令牌。

这时候守城官兵将信将疑了，但谁知道是不是虚张声势？两边一边对峙着一边等。钱世新听得卫兵报被拦在城门里真是气得无语。他丢了个令牌过去，心里知道他们肯定是追不上太守了。但无妨，会找到的。

给白英抓药的衙差回来了。钱世新看了看药，叫了个他的心腹衙差过来负责煎药，每天伺候白大人喝。他嘱咐着，一边将药包里最重要的两味药挑了出来。那衙差会意，应道："大人放心，小的定会办好的。"

钱世新满意点头，处置完白英，城中就基本没什么问题了。他已经确认过，主簿江鸿青的家人们全部都处置妥当。因江鸿青意图谋反，刺杀白英大人不成反被击杀，而其家人又是羞愧又是伤悲，于是"全家服毒自尽"。衙差与卫兵们赶到江家拿人时看到的便是江家人留下遗书全部身亡的景象。钱世新派了仵作过去，好好记了案件文书，放进了卷宗里。

看起来，现在只剩下太守和安若晨这些后患了。钱世新想了想，嘱咐人给他备好笔墨纸砚，他要写信。

安若晨他们出了城门，一路往秀山方向奔去。安若晨欲见四妹，静缘师太说去哪儿她就去哪儿。姚昆无处可去。逃亡一共五人，两个护卫也是安若晨的，若他脱队便会变成孤身一人，他当然不会犯傻，于是紧跟安若晨，一起往那静心庵去。

静缘师太熟门熟路，避开耳目，带着他们从山后僻道上山，无人察觉。到了庵庙，田庆跟着静心师太由正门进去，表示要搜查庵庙安全。太守、安若晨听了师太吩咐，先将马牵往后山林子里拴好。院子小，装不下这些马。

安若晨心急如焚，恨不得马上见到安若芳，但她知田庆顾虑是对的，谁知这师太究竟是正是邪，说话是真是假，先查看一番才好。

她在后院门外等着，觉得时间过去许久。

姚昆一言不发。他回想着发生的一连串事，想到他都没能与家人告别，不禁红了眼眶。前途茫茫，生死未卜，悲从中来。

卢正在庵外四周走了一圈，查看安全。走到菜园子时，被脚下的石板路绊了一下，差点摔了。他回头看了看那石板，再看了看菜园旁边的枣树，想了想。

这时候后院门开了，门后站着田庆。安若晨刚要问话，便看到一个小个子从田庆身后探出脑袋来。

安若晨的眼泪夺眶而出。

安若芳先是不敢置信，她盯着安若晨看，慢慢从田庆身后走出来，走到安若晨面前。然后想摸摸安若晨的手，又有些犹豫。

安若晨大声唤道："芳儿！"她一把将安若芳搂进怀里，放声大哭。

安若芳这才有了真实感，跟着安若晨一道哇哇哭，大声喊着"姐姐"。

卢正、田庆均走开几步，背过身让她们姐妹好好说话，姚昆远远看着她们，心里竟有些羡慕。静心师太突然冒了出来道："快进来，莫喧哗。"

太守远远地听不清他们说的什么，但看师太表情严肃冷漠，暗想这人当真是不近人情。他拍拍马儿的背，四下看了看，赶前几步，跟着众人一道进了庵里。

进了庵，静缘师太道："我去拿些干粮和水，你们尽快商议好要去何处。此处并不安全，不宜久留。"

大家面面相觑，这刚进门就被赶了。静缘师太不管他们，转身走了。安若晨拉着安若芳要去看她住的地方，其实是想找个地方好跟妹妹单独说说话。院子里只留下太守与卢正田庆三人。

田庆道："我都看了，庵里没别人。"

卢正点头："唐轩案时，派了许多人搜山，大家不见师太踪迹，就转往别处查探，倒是疏忽了此处。可今日师太在衙门杀了许多人，他们会联想到这里的，确是不宜久留。"

两人一起看向太守。姚昆发着呆，不知道能说什么。如今这境况，他并不知道还能怎么办。白英遇刺，将事情赖在他头上。梁德浩也必是会收到消息。他一身冤屈，无处可诉。恐怕去找龙大将军也无用。而他的家人还在中兰城，在白英的手上，他还能怎么办？

姚昆试图静下心来想想前因后果，但心乱如麻，并无头绪。

相比院子里的无言，安若晨姐妹两个却是有说不完的话。安若芳将自己那日逃家后的遭遇一五一十说了。

安若晨抱着妹妹，心里很是后怕。这师太杀人的样子，她可是见过的。这不是一个寻常会武的人，且她还与细作有关系。若非认出妹妹便是当初赠食的小姑娘，怕也不会收留她。她是真心护着四妹吧？安若晨直觉是如此。但这姑子狠辣冷漠，让人胆寒。四妹小小年纪，担惊受怕，日日禁闭躲藏，真是受苦了。

安若晨很心疼，忍着泪道："大姐对不起你。"

"姐姐平安就好。我们如今都平安，便是好的。"安若芳稚气未脱的脸上有着不符合年纪的老成，"你瞧，我们说好了会再见面的，果然是如此了。"

安若晨点点头，眼泪还是忍不住落了下来。她想起了已去世的段氏，她说要等女儿回来，等女儿回家，可惜，竟是没等到。安若晨咬咬牙，时候不多，后头还得奔波逃命，她须得将事情尽快说了。"芳儿，我得告诉你，你娘……"安若晨琢磨着用什么话表述好，想了好一会儿没想到，只得直接道，"你娘去世了。"

安若芳整个呆住，如遭雷劈。难怪师太欲言又止，难怪师太说须得再去城中查探。原来如此，原来如此。

安若晨向安若芳说了段氏去世的案情，免不了解释了其中的一些关联。她如何从狗洞逃生，如何得龙将军相救，如何参与抓捕细作的行动，钱裴与她的怨仇，安家的利用价值等等。

"所以，我娘是被人害死的？但还不知真凶是谁？"安若芳问。

安若晨点点头。段氏究竟是如何死的她并不知晓，她只知道是被男子掐死，对父亲的怀疑无凭无证，在四妹面前，她实在没法说出怀疑你亲爹杀死你亲娘这种事。

安若芳呆愣了一会儿，掩面大哭，骂自己不孝，对不起娘。

安若晨叹息："就算你听话嫁给了钱裴，又如何是孝？"

安若芳思前想后，泪流满面。她对母亲不好，对大姐也不好。她从前想告诉大姐也许是她母亲害死了大姐的母亲，但她说不出口。她只顾自己，明知道逃跑会让母亲伤心，她还是狠心离开了。她知道大姐真心对她，她也知道母亲真心对她，可她最后，却都对不起她们。

安若芳抱着安若晨，号啕大哭。

两姐妹相拥了一会儿，静缘师太过来唤人，她已为大家准备了干粮和水，问大家的打算。

太守皱着眉，他没有想好是去找龙将军还是回中兰城，安若晨却是毫不迟疑："我要去找将军。"

静缘师太道："那芳儿不能跟你走。你这一路必会遭到追杀。就算能到前线，龙将军败战，自身难保，芳儿跟着你，就是送死。"

安若晨叫道："将军打了大胜仗，从前的战败那是诱敌之计。传令兵今日到郡府衙门报的战情，方管事派人打探到了，千真万确。将军在四夏江打到了对岸，攻占了江生县。而石灵崖处亦擒获近万南秦军，将他们困在了石灵县。将军打了大胜仗！"那骄傲的语气，跟她自己打胜了似的。

"什么？！"姚昆猛地跳了起来，"我怎地不知？！"

龙将军居然打了大胜仗，居然打了大胜仗！这事若是当时知晓，白英便无话可说。又怎会咄咄逼人，闹得这般僵。那江鸿青也自然不会突然疯魔起来……姚昆忽然懂了。

"谁人将消息拦下了？"

"钱大人。"

姚昆转身踢翻了椅子，骂了一连串脏话："这畜生，我帮了他许多，他为何如此害我！"

没人回话，只有静缘师太冷冷地道："这些不重要。先说明白你们打算如何，芳儿怎么办？"

姚昆一噎，怎地不重要？怎地不重要？！他的性命，他家人的性命，全被人给害了！难怪主簿突然疯魔起来，非说是他支使，难怪郡府衙门里的衙差有叛变的，难怪……

姚昆对上静缘师太冰冷锐利的眼神……好吧，这些可以先放一放，说说眼下怎么办。

姚昆把椅子扶回来，重新坐下了："如此，安姑娘，你去找将军吧。我打算回中兰城。"

"回中兰？"安若晨吃惊，"大人，眼下只有将军能帮你了。"

姚昆摇摇头："将军帮不了我。既是钱世新，那肯定谋划已久。他对我知之甚深，别人我还得犹豫犹豫，钱世新嘛，他太了解我，他手上有不少我的把柄，我辩无可辩，就算到皇上面前告状，钱世新也能举出许多我的短处来。他知道我在乎什么，我若不回去，他会对我家人下手的。将军帮不了我。我必须回去，他会伤我家人。"

"愚蠢！"静缘师太骂了一句。

所有人都一呆，哟，师太居然还管太守送死的事呢，还以为她只在乎安若芳小姑娘。

静缘师太看也不看其他人，只对姚昆道："他若是要用家人要挟于你，你活着一日，你家人便能活着一日。你回去送死，他砍完你的脑袋转身便会砍光你家人脑袋，所谓斩草除根，你家人活着，便会想着为你报仇，他怎会留后患？"

姚昆吃惊，他竟是未想到这一层。或者该说，他未把钱世新想得这么狠。"万一……"他犹豫着。

"你不重要了，随便你如何。"静缘师太撇下太守，又转身与安若晨道，"就算将军打了胜仗，芳儿跟着你去前线仍是不妥。路途遥远，追兵在后，你才两个护卫，还不怎么顶用。前线战情千变万化，待你们到时，说不定南秦又反败为胜。总之芳儿不能去。你可还有其他地方安置她？"

安若晨想了想："有的。"

"何处？"

安若晨刚要答，田庆忽地跳了起来："外头有人！"

众人俱是一惊。

静缘师太皱着眉侧耳倾听。安若晨忙道："田大哥，卢大哥，烦请出去查探一下。"卢正、田庆拔出剑往外走，安若晨又道，"请务必小心。"

太守补上一句："若能生擒，抓回来问话。"

田庆、卢正应了声，翻墙出去了。

静缘师太久久不语，她看了看安若芳。小姑娘握着姐姐的手，依偎在姐姐身边，颇有些紧张地盯着后院门看。

静缘师太与安若晨道："你的两个护卫，看起来也不是靠得住的。"

安若晨不语，方才是她疏忽了，差点漏嘴。姚昆不说话，他现在对人的信任感也是极低。他曾经最信任的主簿江鸿青，最信任的钱世新，最后也不过如此。若不是他们，他也不会如今这般。

静缘师太看着安若晨的眼睛，过了一会儿道："你过来，芳儿也来。"

安若晨没拒绝，拉上妹妹起身。太守姚昆皱眉头，什么意思，撇下他要做什么？静缘师太冷冷看了他一眼道："你就在这儿待着。我们一会儿就出来。"

姚昆没法，眼睁睁地看着静缘师太带着安若晨姐妹两个去了前院。

静缘师太带着她们到了自己厢房里，说道："那个可托付的人家是谁，太守可知道？你的两个护卫可知道？"

"他们认得，但未必会想到。"

"钱世新也认得，但未必想到？"

"是。"

"是哪家？"

"薛家。我二妹的未来夫家。"

"为何能靠得住？"

"将军选的人。"不必多解释，一句话就够。静缘师太果然不再疑惑了，她只问："与你交情深吗？确定薛家会收留芳儿，会护着她？"

"薛公子会护着四妹的。不过不是为我，是为我二妹。"

"那好。事不宜迟，你现在就写信给薛家，让芳儿带着，再给芳儿一件信物。薛家怎么走，找谁，怎么说话，你且交代清楚了。我信不过你的护卫，那个太守也是个大麻烦。他目标太大，全城都是追捕他，追兵不定何时就会到了。我一会儿便带芳儿下山。"

"师太……"安若芳很有些紧张。

安若晨安慰道："无事。师太说得对。我们几人都是通缉要犯，进城后会被盯上。你离开中兰城已久，大家都以为你死了。衙门那处寻你之事早已松懈，你混在人群里入城，该是不会引人注目。师太，你不能这身打扮，须得换换装……"

安若晨话未说完便被静缘师太打断："还用得着你教！"

静缘师太转向安若芳，道："你且放心去，我乔装成普通妇人在暗处跟着你，到了薛府，再陪你进去，若是一切顺利，你就在那处藏身。"她说着，拉开屋内暗格，摸出两大包银两来，一包递给安若芳，"你拿着银子，吃住在别人家里，也不亏欠他们的。剩余的自己收好，日后若是没别人依靠，还有银子依靠。"

安若芳看看安若晨，安若晨对她点点头。安若芳接过了。

"还有你。"静缘师太转向安若晨，将另一包银两给她，"看你逃得如此狼狈，定是身无分文。我还有些寻常村妇的衣裳，你且换上逃命去。你亏欠我的。日后你若能活着，别忘了去薛府接你妹妹。我与芳儿缘分已尽，送她到那儿之后，便不会再见。与你嘛，希望也不会再见。"

"师太。"安若芳听得她这么说，眼眶红了。

"莫哭，哭也无用。快回密室里拿上你的东西，我一会儿带你走。"

"大姐。"安若芳抱住安若晨，眼泪落了下来。才见面又要分开了吗？

"莫哭。"安若晨抱紧她，"告别的话，我们去年在家里便已说过，记得吗？如今不必再重说一遍。大姐守诺，大姐信你也会守诺。我们一定会再见面的。"

"嗯。"安若芳用力点头，擦了泪，速奔去密室拿包袱。

静缘师太速准备笔墨纸砚，让安若晨磨墨写信。又拿出两套衣裳给安若晨，告诉她这屋内及庵内的机关，然后道："莫要与任何人说起芳儿的下落，谁都不要相信。待我与芳儿走后，你们也速速离开。莫打听我的事，莫害了芳儿，不然我可不管你是她的谁，定会让你付出代价。"

安若晨将信折好，道："师太，既是也许再无机会见面，有些事我得问你。"

"是我杀的。"静缘未等她问便直接说了。

安若晨被噎得。

"你们派去丰安县的探子是我杀的，闵东平是我杀的，李明宇是我杀的，霍铭善是我杀的。"静缘师太看着安若晨的眼睛，冷冰冰地道。

安若晨咽了咽唾沫，告诫自己不能害怕，不可露出胆怯的样子。

"细作都还有谁？"安若晨跳过一切，问重点。

"联络我的闵东平、唐轩，都死了。其他人与我并无接触。"

"他们俩是头目，是联络接头人，对吗？"

"对。"

"那么若来了新的联络接头人，你如何辨认真伪？"

"有暗语。解铃还须系铃人，可是系上的铃铛几个才够响。差不多这样的意思。"

"几个？"

"闵东平是一个，唐轩是两个。"

安若晨明白了，她问："若是再有联络头子，便会说三个铃铛才够响是吗？"

"那便不知了。唐轩没交代后事。"

"钱裴是细作吗？钱世新是细作吗？你可有细作的证据？"

"钱裴是。闵东平就是靠着他庇佑，我想杀他时发现的。所以一开始没敢动手，当时闵东平未死，我担心杀了钱裴惹来闵东平疑心，暴露了芳儿。后来再想杀他时，他找了替身，我失手了。"静缘师太道，"没证据。钱世新的事我不清楚。"

安若晨懂了。原来钱裴遇袭就是师太干的。

"他们不过是传令联络的，幕后的主使是谁？你为何愿意为他们卖命？他们都有哪些手段招揽手下？他们给你布置了这许多任务，总有蛛丝马迹……"

安若晨还未说完，又被静缘师太打断了。

"我回答了你一些问题，不表示我愿意接受你的盘问。我对这些都没兴趣，没工夫与你聊家常。"她冷冷说完，伸手拿过安若晨手上的信，用下巴指指房门，"你走吧。"

安若晨张了张嘴，在静缘师太冰冷的目光下将话咽了回去。她拿上静缘给的衣物银两出去了，走到院子里觉得有些恍惚，许多事她在心里都有推测，如今有些被证实了，却不知如何是好。李长史的死，霍先生的死，她知道凶手是谁，却又没法为他们报仇，讨回公道。

安若芳回来，看到姐姐站在院子里发呆，忙跑过来抱住安若晨道："姐，日后我定会有出息，也能办大事，能让你依靠。你一定要好好的，要回来找我。"

"好。"安若晨眼眶热了。经历太多生死别离，已无法描述心情。

安若晨转头，看到静缘已经换好了村妇的衣裳，包着头巾，站在屋门处看着她。

"你记住我的话。"静缘道。

哪一句呢？安若晨没有问。

安若晨独自回到院子。姚昆坐在那儿一脸不耐，卢正与田庆刚回来。

卢正道："到处都搜过了，无人。许是有走兽飞鸟的动静。马儿也好好的。"

田庆也道："我也未曾查到什么。"

安若晨点头，道："也许他们没想到我们竟然敢回秀山，得追出一段没追上才会回头来这儿搜山。我们还有些时间，先休息休息，一会儿等天色黑了再走，我们去四夏江找将军。"

姚昆没异议，却也还惦记着中兰城内的内应是何人，他希望那人能帮忙照应他的家人。安若晨道："师太说我说的那人没本事靠不住，她有别的人选，明日一早会去联络。"

姚昆皱眉，总觉得那师太靠不住。而且这地方真的不安全，她竟然还要拖到明早！

安若晨催大家快找厢房休息去，养好精神赶夜路。大家也都无话，各自找好了厢房小憩去了。

安若晨回到师太屋里，静缘师太与安若芳已经不见了。安若晨思绪万千，但也顾不得多想，先将给龙大的信写了。担心这信被人所截，她写得隐晦，只说她遇难得到四夏江，取道东南，希望看到这信的人务必将信转交龙大将军，务必让龙大看到。

强调让龙大看到是因为只有龙大能看明白她的意思。龙大在四夏江打了胜仗，所以人人以为他们会去四夏江找龙大。但安若晨打算去石灵崖。只要进了军营，进入了军方管辖的范围，他们就能得到保护。所以龙大不在也没关系。比见到龙大更重要的，是他们这一路要躲过追捕，顺利到达。

安若晨对龙大有信心，觉得他会看懂这信里的意思。然后他会派人接应他们。

不要相信任何人。安若晨有些难过，这是件多么可悲的事。可将军这般说过，师太这般说过，就连她自己，也是这样想的。

安若晨静静坐了一会儿，觉得师太应该已经带着安若芳走远了，她走出屋外，未听到任何动静，她将卷成小筒纸卷的信握在掌心里，悄悄去了后院。

一路安安静静，没有人。安若晨走到后院树下，看着挂在那里的鸽笼。那是方管事和小仆用生命递给她的信鸽，如今，她将她与太守等人的生命也要交给这信鸽了。

安若晨将鸽子抱了出来，将信塞到鸽子脚上的小竹筒里，两边塞紧了，确认不会掉，然后她举高双臂松开手，鸽子略一犹豫，扑腾扑腾飞了起来。它飞到墙头立了一会儿，安若晨盯着它看，看到它转着脑袋四下张望，而后张开翅膀，飞了出去，再不见踪影。

安若晨静静站着，等了好一会儿没见鸽子回来，没听到什么异响，于是怀着忐忑的心情回转厢房。再等一会儿，她要叫上太守大人他们起来上路了。

安若晨并不知道，信鸽刚飞出院墙外，便被人盯上了。那人一路跟随信鸽，奔了一段路，手中已捏紧了削好的竹镖，寻个了机会，正待扬手将那信鸽射下，一把剑忽地架到了他的脖子上。

"卢正，我就知道是你。"这是田庆的声音。

陆大娘刚从郡府衙门出来，就听到身后一阵喧杂声。她迅速拐进了一条巷子里，探头看了看衙门方向。许多官兵衙差大声呼喝着，将衙府门口围堵起来。

陆大娘猛地缩回头，躲避官兵们四下张望的目光。她理了理头发，整理好衣裳，若无其事地走着。

方才衙门里出了事，她并不知道究竟发生了什么，只听说白英大人遇刺，太守被冤，现在白大人的卫兵与太守的衙差打成了一团。方管事让人赶来将她与田庆、卢正放出来。田庆让她分头走，他与卢正要去找姑娘。陆大娘觉得有理，她跑不快，只会拖累了他们。

方管事找来的衙差见状忙领着她朝侧门跑，趁着那处暂时没什么人将她放了出来。

陆大娘稳步往前走着，暗自庆幸抢先了一步，若是晚那么一会儿，恐怕她会被截回去。陆大娘心里记挂着安若晨的安危，却也明白眼下自己无能为力。

陆大娘很快便看到了招福酒楼，她拐到后街，捡了几颗石头，朝着一间房的窗户丢去。很快窗户被人打开了，陆大娘贴着墙边，看了看探出头来的人，这才走出来现身。

齐征见着陆大娘，正待唤她，却见陆大娘将手指比在唇前，做了个噤声的手势。

没多久，陆大娘被领到了赵佳华的面前。

赵佳华看着陆大娘直叹气："我真的欠安若晨太多了，是吧？"

齐征在一旁刚要开口，赵佳华又向陆大娘问道："可有人看到你？"

"应该没有。"陆大娘答。

齐征也抢着道："我引开了门房和其他人，让陆大娘悄悄进来的。"

赵佳华这才缓了脸色。

陆大娘忙道："我不会久留添麻烦，只是需要赵老板帮帮忙。"

"当然需要我帮忙，不然你来这儿做甚。"

"在弄清楚究竟发生什么事之前，紫云楼我是回不去的。我家姑娘曾在城里安置了些应急用的屋子，我有地方住。但我需要些衣物吃食，还有钱银。"

"这些都没问题。"齐征抢着答，被赵佳华白了两眼，齐征没看见，继续关切，"大娘，田大哥呢？"

"他与卢正去接应姑娘去了，我也不知他们如今在何处。我得先找个地方安顿下来，之后再行打探。"

赵佳华叹气："大娘啊，我才替安姑娘送走一个，也不差你一个的。我送你出城去吧，秀儿还有我家茵儿，都转到外郡避祸去了，你去与她们会合，互相有个照应，如何？安若晨的境况，我替你打听着，到时给你递消息。"

陆大娘摇头，道："我不能走，这城中需要人张罗打点，无论姑娘如何了，我都得在这城中守着。"

赵佳华道："这安若晨给你灌了什么迷汤啊，你说你何苦，图啥呀？"

"不图啥。就是事情总得有人做。我家汉子若在世，也定会这般的。"陆大娘不愿绕着这些废话，又问，"赵老板，你说送走了一个，是怎么回事？我被带走后，姑娘可安排了什么事让赵老板帮忙的？"

赵佳华将春晓的事说了，再次劝陆大娘出城躲一躲。

陆大娘摇头："春晓还会回来的，到时也不知紫云楼里会不会被白大人控制了，得有人接应她。若她再来找赵老板，请赵老板知会我一声。再有，还得请赵老板帮忙散个消息出去。龙将军在前线大胜，打过了四夏江，又在石灵崖俘虏了近万南秦兵。"

赵佳华瞪眼："什么？伪造军情可是重罪。"

"这是千真万确的消息！龙将军派了传令兵来报白大人和太守大人，结果被钱大人拦下了。方管事派人将我们放出时就是这般说的。我们不能让这消息被拖延，必须得让全城的人速速知晓。"

赵佳华皱起眉头，钱大人故意拦下了消息，他想做什么？

齐征抢着道："行，这事能办。酒楼里头原本就人多嘴杂，谁又知道是谁传的消息，我们就说是听客人说的。这等大消息，定会一传十十传百的。"

陆大娘看着赵佳华，赵佳华无奈点点头，但加了一句："传消息便传消息，但你莫要自己去查探什么。安若晨他们还不知如何，等有他们消息了，你再做打算。"

赵佳华与齐征一顿忙乎，很快给陆大娘准备好了衣物吃食银两。三人商议好了接头的办法，陆大娘未说自己会住何处，赵佳华也不问。

齐征送陆大娘出门时，与她道："大娘，莫看老板娘嘴硬说话不好听，其实她也是向着我们的。她上回也将我臭骂了一顿，说我不识时务，不懂自保。她口口声声说要出去避祸，结果听说安姑娘受伤，白大人总找你们麻烦，她就拖到现在也不走。她是好人。"

陆大娘点头，她知道赵佳华信得过，这关口才敢来找她。"你们多保重。若是被官府盯上了，就莫找我，我自己想办法。"

齐征放心不下，好一番叮嘱。

陆大娘走后不久，招福酒楼和刘府被官兵盘查了。他们在搜寻一位四十岁左右的妇人，姓陆。问遍酒楼和刘府仆役，人人都说认得陆大娘，但没见过她。赵佳华镇定应话："听说她与安姑娘都被太守大人抓进衙门了，如今是发生何事，人不见了吗？"

当然没人回答她，官兵搜不到人，走了。

稍晚，中兰城里开始流传一个惊人的消息——龙大将军前线取胜，大胜！

这消息火速传出，并火速得到了印证。有人说难怪看到四夏江的黑烟报信，那是南秦战败的消息。又有人说石灵县那头确有人说起这事，全县大多数人都转到了其他县去，县城村落空出，就是给将军囚俘用的。一时间，全城百姓兴奋不已，还有人家点起了炮仗。

但这惊人好消息也伴着一个惊天坏消息。说是太守大人被巡察使白大人查出渎职之罪，太守大人情急之下刺杀了白大人，行凶后逃窜，同伙还有未来的将军夫人安若晨。所以太守府被卫兵团团围住，衙差们全城搜捕逆贼。

两个消息夹在一起，全城百姓心情微妙。龙大将军于前线辛苦拼杀灭敌，他家未来夫人在城里勾结太守大人一起当上了反贼？逗谁呢！这事情铁定另有内情。只是城内气氛肃杀，大家不敢明说，暗地里讨论几句，见有人来忙装正经，大家心照不宣，越发觉得事情不简单。

钱世新听到手下人来报，气得拍桌。这些要是传到白英的耳朵里，那还了得！

齐征与赵佳华听到安若晨的消息，忧心忡忡。她竟然与太守大人一起逃了，正被大批卫兵衙差追捕。这真是，半路被砍杀了都喊不得冤吧。

齐征强笑道："没事没事，田大哥武艺高强，他与卢大哥在一起呢，他们能护着安姑娘找到将军的。"他顿了顿，难掩心慌，问赵佳华，"老板娘，他们是去找龙将军了吧？找到龙将军定会安全的。田大哥武艺高强，会没事的吧？"

赵佳华没说话，她回答不了。

秀山上，天色渐渐暗了。

卢正用眼角看了看自己脖子上的剑锋，努力压下紧张，正要说话，身后田庆轻喝："莫动，手中握着何物？丢远些，让我看到。"他一边说一边压了压手中的剑。

剑在卢正脖子上划出一道口子。卢正听话地将手中的镖丢远了，说道："兄弟，你误会了。"

"误会什么？误会那日夜里你怂恿我去饮酒，还是误会你时不时会失踪不知去了何处？"

"我怂恿？"卢正嗤笑，"你喜欢喝酒，是我逼迫的？我又哪里知道会这般倒霉正好与那段氏之死时间撞上。我也被抓到衙门了不是吗？你心里不好过，但不能如此便怪罪他人。我时不时失踪又是何意？你不当值时，我也不知你去何处，难道我也该说你失踪了？我可是不知道原来我做什么都得与你报告。"

"莫要诡辩，你方才欲射杀姑娘放的信鸽，我可是亲眼所见。"

"我恐有追兵过来，于是出来巡查，未叫上你是想让你好好休息一会儿。这信鸽究竟是不是去前线的，我们都不知晓。方管事不管衙门事务，真的分得清这些信鸽吗？又或是他被人利用了呢？信鸽若是不往前线反而飞回郡府呢？那我们的动向去处岂不是全让钱世新知道了？那追兵要找到我们便太容易了。之前着急赶路，我也未考虑周全，方才看到信鸽飞出，猛然想起，但已来不及，只得想着先将信鸽击落，此事从长计议。"

"莫要诡辩。"田庆怒喝，"先前我只是怀疑，如今亲眼所见，怎会有假。我看你是未找到机会先下手灭了信鸽，又怕信鸽好端端突然死去惹了姑娘生疑，这才冒险等到如今才动手。我要将你交给姑娘和太守，你这些说辞，你当他们会……"

"信"字还未说出口，田庆忽地一哼，全身一僵。卢正赶紧就地滚开，躲闪出剑下范围。回头一看，一柄长剑刺穿了田庆的胸膛，田庆口吐鲜血，不敢置信。他一心只注意卢正，为抓到他的现行而怒火中烧，没料到一旁竟还有人。

田庆听到身后有个男人说道："你说得对，他就是在诡辩，你推断得都对，你被利用了。你发现了他的秘密，可惜太晚了。"

田庆拼了最后一口气欲回头看，那剑猛地一扭，田庆痛哼一声，"砰"的一声倒在地上。

陆波拔出了剑，看了卢正一眼。卢正舒了口气，道："安若晨放了信鸽给龙腾报信。"

陆波踢了踢脚边，卢正一看，正是方才那只信鸽的尸体。陆波道："你没截下，于是我截了。幸亏我及时赶到。"

卢正过去拆了那信卷看："无妨，她在信中未说何事，只是希望龙腾来接应她。"

陆波将信拿过去也看了看："不必管她，反正这信龙腾收不到了。庵里头是何情形？"

"那姑子便是屠夫？"其实卢正已经知道答案，但怎么都想再确认确认。

"对。"

"果然如此。她是叛徒，安若芳果然一直在她这儿。闵东平定是察觉了什么，他的失踪，必与她有关。"

"现在说这些有何用？"

卢正咬咬牙，是没什么用。只是他想知道真相。一个大活人，刚刚告别，却从这世上消失了，总该有个真相。"他们都在里头。屠夫、安若芳、安若晨，还有姚昆。"他告诉陆波。

陆波思虑："我们将这山包围了，但我没敢让人上来，怕打草惊蛇。听说屠夫武艺高强，又恐她有别的帮手。我看到你留的信号，就先自己上来看看。"

"那里头只有她一人会武，没有其他帮手。"

"好。你的身份还不能暴露，先回去。我下山叫人。一会儿你听到声音，想办法先将安若芳带出来。我们假意擒下你，再擒下安若芳，事情就好办了。"

用安若芳一人便能摆布安若晨和屠夫了，先拿下她确是好办法，但卢正觉得这事有难度："他们的计划是让屠夫带着安若芳回城躲藏，安若晨与姚昆去四夏江找龙腾。若没什么事，不会把安若芳交给我。"

陆波皱眉："那我们先引开屠夫？"

"这般吧，我就说我与田庆发现有人上山了，田庆去追踪一直未回，我们得分开行动，让屠夫先挡着，我与安若晨带着她四妹从后山走。"卢正将静缘师太带他们上山的僻道告诉了陆波。

两人很快定好计划。陆波安排人兵分两路，一路攻庵将静缘师太引开，一路到后山堵截安若晨姐妹。商议妥当，陆波忙下山叫人去了。

卢正埋了信鸽，藏好田庆的尸体，然后悄悄回到庵庙。一路上琢磨着说辞。别的都好办，就是田庆失踪了，安若晨定会盘问。卢正一边想着一边跳过围墙进了后院。

刚落地，吓了一跳。院子里站着安若晨和姚昆。

"卢大哥，你们去了何处？我正找你们。"

卢正努力平复心跳，故作镇定地问："姑娘有何事？"

"田大哥呢？"安若晨不答反问。

卢正的脑子飞快转着，现在还不是说田庆受袭失踪的时候，陆波的人还没上来。"我与田庆还是觉得方才那动静可疑，于是再出去看看。没发现什么，田庆让我先回来，怕院子里没人看着不安全。"

安若晨道："你去将田大哥叫回来吧，我们现在离开。"

"好。"卢正一口答应，转身之后停了脚步，似才想起来问，"那师太呢，跟我们一起下山吗？"

"我们目标太大，一起走不合适。我们走了，追兵自然跟着我们。师太明早再带着芳儿离开。"

卢正点点头："那我赶紧把田庆叫回来。"他打开后院门，走了出去。在门后听了听，没有听到什么动静。

卢正定了定神，朝林子里走去，他得想办法，他带不回田庆，这事如何圆？若他拖延太久不回，安若晨定会疑心。到时陆波他们未到，静缘师太带着人先走了，事情就该有变数了。这里毕竟是那姑子的地方，说不定她还有什么把戏。

卢正想着走着，看到了那几匹马。他回头看了看，四下无人，身后没人跟踪。他把缰绳解了，轻轻拍了拍它们，马儿动了动，然后开始慢慢走，找草儿吃。卢正不敢用力抽打驱赶它们，生怕它们嘶叫将庵里的人引来。他索性先不管，反正解开了，一会儿它们便该自己跑掉了。

卢正站了一会儿，满意地看到马儿果然越走越远，最后没了踪影。卢正拍了拍衣裳，酝酿了一下情绪，然后一脸焦急奔跑着冲向庵庙，一把推开后院门，小心地掩好，转身，果然看到安若晨和太守还站在原处等着他。

卢正上前几步，小声但急切地道："姑娘，事情不太对。田庆不见了。外头拴的马儿也不见了。"

安若晨表情一惊："不见了？不见了是何意？"

"就是庵庙四周都寻遍了，并不见他。"卢正皱着眉头，一脸不安，"按理他不会走太远的。我仔细找了，周围没有他的踪迹，也未听到什么动静。我去看马儿，竟也全没了。"

姚昆又惊又疑，急急问道："那他方才让你回来之时，可曾说过什么？"

"没什么特别的，就说让我回来以防有人突袭，他查看查看就回来。"

安若晨眉头皱得死紧，问道："我四姨娘死的那晚，田大哥与你去饮酒，是何表现？你平日时与他相处，可觉得他有何异样之处？"

卢正心中暗喜，面上却是大惊："姑娘怀疑田庆？不会的！"他故意顿了顿，想了一会儿道，"我，我是相信田庆的。平日时他尽忠职守，挑不出毛病来。但……"

"但是如何？"姚昆大声追问。

卢正叹气："但是他有时确是不知去了何处，我也曾问过，他神神秘秘支吾过去，我猜是去了花楼或是又贪酒了，便未多问。总之平日里并非耽搁正事的，我也不好说什么，也不曾怀疑过他。"

安若晨咬咬唇，问道："可如今这般，他悄悄离开，又是何意？"

卢正摇头，表示自己并不清楚。

姚昆急道："若他是奸细，该是去报信去了。他把马儿全放跑了，就是防着我们逃呢。我们得马上走！"

安若晨一脸阴郁："若是田大哥都不能相信，那我如何相信师太？说不定师太根本还是细作一伙的，囚禁了我四妹好随时要挟于我。我四妹年幼，当她是救命恩人。如今她当我面证实四妹在她手里，日后还不定拿她要求我何事。她不愿让我安排去处，根本就是可疑。不行，我得说服四妹跟我走。"

安若晨对姚昆道："大人，烦请你看着点院门外头，看是否有人上来了，夜色黑了，他们会点火把的。"她再转头对卢正道，"卢大哥，你随我来。"

卢正赶紧跟在安若晨身后，一起朝着静缘师太的厢房走去。安若晨小声嘱咐道："我们且当什么都未发生，先将我四妹哄出来，我就说还是舍不下四妹，想与她再说说话。待四妹随我出来了，我们就悄悄离开。你在屋外等我，若有什么意外，你便进来接应我。"

卢正答应了。到了静缘师太屋外，他依安若晨所言站得稍远，恐被静缘师太看到起疑。安若晨对他点点头，轻敲房门，贴着门听了听，然后推门进去了。卢正隔着段距离，等着。接着突然听到安若晨的惊叫声："卢大哥！"

卢正吓了一跳，赶紧冲了进去。可进屋一看，什么都没有，屋子里是空的，没人。

安若晨一脸惊恐，指着屋内道："我方才明明听到有人应声才进来的。我还听到四妹的声音。"

卢正往里走，四下看了看，空空的屋子，一桌一床，什么都藏不住。难道床下有秘道？"可听到四姑娘说什么？"他话音刚落，却听得"咣当"一声，卢正惊得回头看，发现一道铁栅栏将屋子拦成了两半，他在里面那一半，安若晨在外面那一半。

卢正大吃一惊，更让他吃惊的是，安若晨脸上的表情变了，没有惊恐没有意外，相当冷静和镇定。

卢正心一沉，但仍认真演下去："姑娘，这是怎么回事？"他回头看了看，窗户上竟然也有铁栅栏横上了。他被困住了。

"我不相信你，卢大哥。"安若晨道。

卢正的表情震惊又痛心："为何？姑娘。我对将军忠心耿耿，也一直尽心尽力守卫姑娘。姑娘嘱咐的事，我哪一件不是办得妥妥当当的。"

"田大哥没回来。"安若晨淡淡道，"有两种可能。一种是他真是叛徒，他去报信。另一种是你是叛徒，被他发现，于是被你杀人灭口。"安若晨说这话的时候，认真看着卢正的表情。

卢正努力维持着镇定，叫道："我与他武艺一般，他若是对我有防心，我如何能杀他。他怎会不向姑娘报信。"

"我不知道。"安若晨道，"也没时间去琢磨真相。我只知道我不信任你了，不能让你与我一同上路。"

"姑娘。"卢正扑向栅栏，暗使内劲摇了摇，竟是摇不动，"追兵在后，若是无我护卫，姑娘如何能顺利到达四夏江见到将军？我知道姑娘经历过许多事，对人对事容易猜疑，但我一片忠心，姑娘怀疑我事小，若是因为没了护卫半路惨遭毒手，我如何向将军交代？"

"便说是我自找的。"安若晨毫不动摇。

卢正咬牙，仍不能放弃："姑娘，田庆去通风报信，带回追兵，姑娘将我困在此处，会害死我的。"

"你装作知道我们行踪的样子投降，帮着他们追捕，又或是假装不知道田庆是叛徒，与他道你被师太暗算，不知道我与太守大人如何了。无论如何，总能编出许多话来。这有何难？"

卢正哑口无言，他竟然还是低估她了。

"姑娘。求姑娘三思。我须得护送姑娘安全到达将军身边方能安心。姑娘认真想想，若真是姑娘猜测那般，田庆怀疑我，他定会与姑娘说的，他……"

安若晨打断他："你回来的时候是跳墙的，很鬼祟，但我让你去找田大哥，你却是顺手开门出去，回来也是走门。正常出入护卫巡察环境，都会走门。我见过你们太多次做这样的事，所有的卫兵，所有的护卫，当值巡察，均是正常出入门口。做贼才需要跳墙，心虚才需要跳墙，有所发现才需要跳墙。而你当时说，周围并无异常，你只是被田大哥劝说回来休息的。"

卢正再次哑口无言。

安若晨后退两步，退到屋子门口："我不相信你。若日后证明是我多疑猜错，我向你斟茶磕头认错。但如今，我不会让你与我一道上路。"

安若晨转身便要出门，卢正却是喊道："有件事，我确是一直在骗你。"

安若晨不理，继续走。

"将军让我给你二妹下的毒，是真的毒。"

安若晨脚下一顿。

卢正赶紧道："但他不知道是何毒，他嘱咐我去找毒，嘱咐我去办。只有我有解药。"

安若晨慢慢转身，看着卢正。卢正也看着她，再次道："只有我知道解药。"

安若晨盯着他，一字一句地道："第一，我不相信你。第二，将军若让你下真毒，他会给你真毒，他会有解药。若他没有，便是你私自换了药，你违抗将军之命，你是奸细。第三，也就是我没本事，不然我会将你擒住交给将军处置。第四，我不会问你是何毒，解药在哪里，因为我知道你不会真的告诉我。你想用这个与我谈条件的算盘打错了。第五，若我二妹因你的毒而死，你等着，我安若晨活着一日，必杀你为她报仇。"

她说完，扭头便走。

卢正整个僵在那儿，好你个安若晨，竟然心肠硬到如此。卢正咬牙，那就等着吧。等安若希毒发那日，她自然就得来求他了。既是撕破了脸，便撕到底。他知道她在乎什么，她从前使的那些小计谋，他全知道。

安若晨脚步不停，拿起了包袱走出后院，姚昆站在枣树上眺望，见得她来忙爬了下来："果然是有隐隐火光，有人上山了。"

安若晨点点头，很镇定地递给姚昆一个袋子："这是钱银，师太给我的。大人拿好了。若是我们路途中走散了，大人莫管我，自己想法去找将军。我也不会浪费时间去找大人。"

姚昆看看她身后："你妹妹呢，卢大人呢？"

"没时间了，我们先离开。路上再说。"

姚昆心里一沉，知道出了事。但既然安若晨这般说，自然有她道理。他也不浪费时间纠缠问题，跟着安若晨急步快走。

薛叙然瞪着面前这个眉眼如画的小姑娘，问向云豪："她从哪里冒出来的？"

"就站在院子墙角，叫了属下的名字，说她要见公子。她说她叫安若芳，是公子的小姨子。"

薛叙然没好气瞪着安若芳："谁送你来的？"

安若芳淡定答："我大姐说那不重要，不必回答。"

薛叙然噎得，这答案肯定是安若晨教的不会错。

"大姐让我给你带封信。"安若芳将信掏出来，递给薛叙然。

薛叙然接过仔细看了一遍，又抬头看看安若芳，哼道："安若晨把我当什么人了，使唤这个使唤那个。"

安若芳道："二姐夫。"

"什么？"

"大姐说，你是我二姐夫。"

薛叙然再被噎住，然后愤愤地想，他可不是爱听奉承话的好吗！

安若芳再道："大姐说，二姐夫会收留我，让我能平安见到二姐。"

薛叙然瞪着安若芳，小小年纪就学会要挟了这合适吗？

薛叙然粗声粗气，问："你说，你喜欢你大姐还是二姐？"

安若芳看着薛叙然，认真想了想，答："我觉得二姐夫挺好的。"

薛叙然完全说不出话来。这家里头四个姑娘，不会他家安若希最傻吧？就这样那傻瓜还觉得她是姐妹里头最欺负人的。她蠢成这样，拿什么欺负她大姐、四妹呀。

薛叙然咬牙，行，看在那傻瓜的面子上，收留这个小狡猾。

安若晨与姚昆就着月光沿着来时路下山，走了一半便看到了火把和灯笼的光亮，隐隐听到有人说话声响。安若晨和姚昆躲在树林里，一人观察一个方向。两人心里明白，这条路已经暴露了。

姚昆这时轻声对安若晨道："安姑娘，马儿。"

安若晨转头看，可不是，这匹马竟然未跑远，溜达着在树林里转悠呢。

姚昆道："我引开他们，你骑上马儿跑吧。"

安若晨看了姚昆一眼，月光下，他的表情颇是真诚，他开着玩笑："我自己逃到军营，怕龙将军嫌弃我丢下你不管，于是他也不管我了。"

安若晨没应话，她看了看周围，指了指前面那个山坡道："大人，你往那边跑吧，喊一句'安姑娘等等我'，让他们以为我与你一起呢。你朝上跑，然后钻到那林子里。那儿好藏身。"

姚昆抿抿嘴，这姑娘还真是半点不客气。不过他谦让的话已经说了，自然反悔不得，待往那头去，又回头道："若有机会见到我夫人，你告诉她，我

218

心里……"他顿住，似不好意思开口，又看到安若晨皱起眉头，似要催他，他没好气道，"我对不起她，留她一人照顾孩子了。"说完，赌气般地往山坡去了。

到了那儿，回头看看，看不到安若晨了。姚昆一咬牙，罢了罢了，做个好人不容易，总是得付出代价。他往山下看了看，那些火光越来越近了，他等了等，喊道："安姑娘！等等我！"

话音刚落，便听有人喊："在那边！"两三束火光朝着这方向快速移动。

姚昆自然是不会坐以待毙，他往前跑，心想着他这般也算舍身救下了安若晨，希望龙腾能念于此，也救救他的家人。

这时忽听一个男子声音大喊着："在这儿，我看到他了！"

姚昆一惊，竟这般快！他扭头看，一个一脸横肉的汉子正朝着他飞奔而来。姚昆赶紧继续跑，钻进密林。那大汉紧追不舍。姚昆慌得差点绊倒，再跑两步，却听得身后一声闷哼，紧接着"咚"的一声，姚昆回头看，却见安若晨举着一根大木棒，那横肉脸汉子倒在地上。

安若晨似不放心，咬牙再挥棒打了两下，地上那汉子一动不动，似真的晕了过去。安若晨一脸痛苦丢了棒子，扶了扶自己左胳膊，姚昆这才想起安若晨身上伤势未愈。正待问怎么改主意不跑了，却听安若晨喊："快脱他衣服，换上！"

姚昆愣了愣，看看自己身上，一身官服，确是扎眼。他看了看林外，也不知来不来得及。安若晨催他："快！"

姚昆顾不得多想，火速扒了那人衣裳，安若晨过来帮忙，将姚昆的官服给那汉子套上。换好装，外头的声音越来越近。姚昆心跳得厉害，那汉子一头一脸的血，让姚昆更是紧张。安若晨奔到一棵树下，拉过方才那马儿，与姚昆一起将那汉子丢到马上，用腰带绑了。然后用树枝在马儿身上抽了几下，那马嘶叫一声，朝着山上的方向跑去。

安若晨拉着姚昆奔进林中，往相反方向奔。耳里听得数人喊道："在那儿，他们骑着马。快！"声音近在咫尺，惊险万分。

另一个声音对着山下高喊着："在这边，他们往山上逃了，快来啊！"

火光纷纷朝着那方向跑去。姚昆与安若晨躲了躲，待那些人离了一段距离，这才撒开腿狂奔。

静心庵里，卢正翻遍了屋子的每一个角落，甚至把床都掀了，试尽了所有的方法，掌击、脚踢、剑砍、找机关等等，都未能找到冲破那栅栏的法子。

他很着急，因他不知静缘师太去了何处，若是她比陆波先出现，恐她会对自己下毒手。所幸他等到最后，等来了陆波。

"怎么回事？"陆波火冒三丈。一群人追着姚昆跑，结果追到一看，却是自己人。火速包围庵庙，却只搜出来卢正。

屠夫呢？卢正不知道。

安若芳呢？卢正不知道。

那安若晨和太守去了何处？卢正不知道。

陆波真是一肚子火没处发。怎么这么废物，只需要再拖着他们一会儿，只一小会儿，就能把他们全围捕。结果呢！

陆波留了两个人帮着卢正找机关，其他人散出去继续搜寻安若晨和姚昆。陆波又下山了一趟，派人到沿途各关卡嘱咐，姚昆与安若晨合谋行刺了巡察使，现已逃窜，正往四夏江方向去，务必严查拦截，将他们拘捕。

搜山搜到天明，一无所获。而卢正也直到天明才被放出来。开栅栏的机关居然是屋外墙角的一块砖，与关栅栏的不是一个地方。故而在屋内摸了半天什么都没摸到。

陆波面色铁青，什么话都不想说了。只领着卢正回城，让他自己去与钱世新交代。

醉红装

钱世新在白英的床前坐了一夜。

原以为能将龙大前线战胜的消息拖延上至少一日两日，一两日能办成许多事。但现在全城皆知龙将军大胜，他的计划不得不改一改。他得抓紧时间，得让白英一睁眼见到的第一个人就是他。

白英看到钱世新时有些恍神，然后身上的剧痛与虚弱感让他想起了一切。他愤怒，痛得吸了一口气。钱世新忙道："白大人莫动，小心伤。有何嘱咐直管说。"

白英喘了喘气，问："姚昆可曾抓到？"

"他逃了。太守府的管事领了人过来，抢马杀人助他逃走，安若晨和田庆、卢正也随他一路杀戮出去，还有一个身手了得的尼姑闯了进来救他们……"钱世新将发生的事细细说了一遍，这部分用不着说谎，从表面上看事情确是如此。

白英听得一口气差点喘不上来，钱世新仔细看着他，小声道："大人莫忧心这些，好好养伤要紧。待伤好了，这些逆贼就算跑到天边去也能抓回来。"

白英气得直摇头："不行，不能让他们跑远了。他们竟敢如此，事情必不是如此简单。是否勾结了外敌，是否还有其他同伙，龙大又是否知情，是否也与他们同流合污……"

钱世新抓紧机会道："说到龙将军，今日姚昆他们逃后，坊间便有流言，居然说龙将军在前线大胜南秦，这本是大好消息，但我们未收到龙将军的军报，且消息散布的时间点太过巧合，让人不得不生疑。"

白英眉头皱得死紧："定是他们的诡计。石灵崖连吃败仗，哪有大胜？你莫要听信坊间说的，要以军报为准。那些反贼这般传，定是想混淆视听，制造事端。"

钱世新心里暗喜，忙道："大人提醒得是，我定会小心处置。"

白英又道："那主簿江鸿青身边的相关人等是否已逮住？还有姚昆身边的其他官吏，全都要扣下。姚昆既是能让主簿行事，其他人他也定是有所交代，就算没有，也该会有些消息走漏，你把他们细细审来。切莫给他们再生事端的机会，必要全部铲除干净，方能有安宁。"

"大人放心。已经在查了。"钱世新将围封太守府、查审主簿家、盘查安若晨平素交往的友人、派人追捕、沿途设卡、去信各县报急要求协捕等等一系列处置说了。白英听得点点头，说他处置得非常及时。

钱世新却是露了为难表情，吞吞吐吐道："只是……"似不好往下说，停住了。

白英虚弱地喘着气，好一会儿缓过来了，道："我知道，你只是个县官，郡官你不好动。但郡官全是太守姚昆那边的，你若不动，后患无穷。我奉了梁大人之命到此严查，原就是要好好查姚昆，他身为太守，怠慢职守，徇私枉法，梁大人也是略有耳闻，我来之前，他便嘱咐过我。这次将军在前线的事务未办得妥当，还连连败仗，他与那安若晨的婚事，亦是姚昆张罗的。这里头也不知姚昆打的什么主意。原是想逼出他的狐狸尾巴，教他露马脚，只是未料他竟是这般沉不住气不经事的，竟敢当众让主簿行凶。"他顿了顿，喘了喘气，深思起来，"这事确是有些古怪……"

钱世新垂眉，掩住目中精光，轻声道："大人快莫多想了，劳心伤神，于养伤不利。我虽官职不高，但这危急关头，又怎能推托，无论如何，定会尽心尽力查明真相。"

白英听得这话，道："梁大人夸你是可塑之材，果然如此。有我在，你不必担心官职之事。"白英说着，要强撑坐起，钱世新赶紧上前去扶，又叫了卫兵进来。

白英让卫兵去叫他的几位属官来，还有书吏先生。

钱世新恭敬站在一旁，任他张罗。不一会儿，属官及书吏都到了。白英扶着伤处，开始嘱咐。他虽然虚弱，但说话还是清楚的。他与几位属官道，城中各官员相互勾结，通敌卖国，情势危急。前线战况不明，真假难辨，还得派人去细查。龙将军那头，自有梁大人亲自过问，只是这平南郡中兰城，得靠大家齐力肃清污垢，惩治反贼叛吏。他自己受了重伤，养病卧床恐耽误时机，眼下可信任的人里，唯有县令钱世新最适宜担当重任。钱大人熟悉平南郡各事务，于众官员中也有声望，是最靠得住的人选。出事后，他亦处置及时，应付得当，有手腕魄力。

白英最后道："姚昆谋反，平南郡太守之位空缺，原该是我主持事务，但我身负重伤，恐无精力照顾周全，故而委任钱世新大人暂时代行太守之职。"

几位属官均应声，钱世新也赶紧施礼，道："下官定不负大人重托。"

白英摆摆手，与钱世新道："你做你该做的事，莫耽搁。只是有何事你都要来与我禀报，重大事宜，你我共同商议。"

钱世新自然恭敬答应。

白英又嘱咐几位属官，值此危难之际，定要齐心，全力协助钱大人。

众人齐齐答应。

白英说完这些，已觉精疲力竭，但心中挂念要将事情都处置好，便让属官依他的口述，代他给梁德浩写了信函禀报了这一连串的事，最后白英强撑着靠在床头在信上署了名，属官替他用了印。白英仔细再将信看了一眼，确认所报之事无甚遗漏，点了点头。

书吏按白英的吩咐拟好了钱世新代任太守令状，白英又亲自签名，用了官印，再当众交代了钱世新这个如何办那个如何办，钱世新一一答应。

这番事做完，白英终是体力不支，伤口又渗出血来。钱世新忙叫人换了药，伺候白英睡下了。他拿着令状和官印，看着白英白里透青的脸色，好言安慰大人好好养病，定会无碍的。

白英早已昏睡过去，众属官听了，代大人谢过。钱世新客套一番，与大家一起出去，说莫要扰了大人休息。

大家很快走了。屋子里，剩下白英孤单单躺床上。钱世新于门口回身看他，不禁露了个微笑。他转身出来，一脸担忧，当着各官员的面，嘱咐手下衙差务必仔细照顾好大人。

钱世新的满意并没有维持太久。他回到居院没多久，陆波回来了。陆波带回了坏消息。于是钱世新赶回钱府见卢正。

卢正无奈又不甘心："安若晨不会再信我了。不能让她见到将军。"

钱世新黑着脸："这是自然。若龙腾也不信你，那才是糟。"

卢正抿紧嘴，若失去将军的信任，那他几年潜伏的辛苦全白费，这个后果他不能接受。

钱世新问："安若芳被送去了哪里？"

"不知道。安若晨准备说的时候，被田庆打断了。后来安若晨便起疑了，改口说师太自己有托付之处。"卢正想了想，"太守夫人、候都尉夫人、刘家夫人、薛家夫人，这几人她都有些交情。还有城中的祥云寺她很喜欢去。锦春街里有个善堂，收留孤儿，教穷人家孩子们念书的那对夫妇，她也常来常往。还有招福酒楼的赵佳华，陆大娘的人脉朋友，另外方元也一直很照顾她，他虽亡故，但他在城中也有人脉关系……"

钱世新没好气："你直接说全城皆有可能不就行了。"

卢正闭了嘴，不言声了。

钱世新想了想："城里的事你莫管了。你带些人，去追安若晨。你对她最是熟悉，她的想法，她的行事方式，你最清楚。想一想她会怎么逃，在她到四夏江之前，将她拦住。安若芳的下落，我来找。"

卢正道："说到安若晨的行事，我猜她并不想去四夏江。"

钱世新愣了愣。卢正道："我确是熟悉她的想法，人人以为该这么办，她就会反着来。去四夏江的风险可比去石灵崖大多了。她要去能护她周全的地方，那地方不一定要有龙将军，不是吗？"

钱世新想了想，拍拍卢正的肩："去吧，把她抓回来，要活的。将姚昆杀了，弄成意外。然后我们按原来计划好的，你去找龙腾，成为他身边最信任的部下。"

姚文海走出屋子，看到院子里坐着那个小姑娘。那是昨晚那个使鞭的壮汉送过来的，说这姑娘也是落难人，暂时没有更合适的地方安置，让他们一起做个伴，互相照应。

姚文海却是觉得，大概这小姑娘是被派来监视他的。他没理会，听完了就回屋睡去了。早上一起来，却是又见到了她。

安若芳听到脚步声，转头看了看，与他道："厨房里有粥和小菜，你若饿了便自己去盛。"

姚文海不急着吃，他在院子里转了一圈，各间房看看。院子小，只有三间房，几眼便看完了，没有别人，只有他们俩。于是姚文海双臂抱胸沉着脸问："就咱们俩吗？孤男寡女的，如何住？"

安若芳道："我问了，会有人过来给咱们送吃食，照应生活所需，但为免走漏风声，所以不会有人过来伺候。"

姚文海皱眉头："本少爷可不在乎有人伺候。"他说的是男女授受不亲。

安若芳再看看他："你不是落难躲避仇家吗？既有安身之所，保全性命，便该感激。若有不满，走便是了。门口又没恶人拦你。"

姚文海被噎得，这才发现了："你在对我发脾气？"

安若芳道："我不是在好好与你说话吗？"

姚文海过去，坐在了安若芳的对面，问她："你叫什么名字？"

"静儿。"

姚文海撇眉头："假名？"

"不算。是我救命恩人给起的名。"

"那你那位救命恩人呢？"

"她说没法再保护我了，跟着她太危险，可是我也没法回家。"安若芳说着，目光飘到了墙头。昨夜里，师太一直悄悄跟着她。她在这处安顿好了，抬头看到师太在墙头看着她。师太没说话，只静静看了她一会儿，对她点头微笑，似在鼓励她。她想对师太说些什么，师太却扭头走了。

姚文海等半天，安若芳却没再说话。姚文海也随她的视线看去，墙头没东西呀，树上也没东西，天上也没什么特别的，所以她在看什么？

"静儿。"姚文海问她，"你知道这儿是哪里吗？"

"不知道。"

"你是来监视我的吗？"

"不是。"

"那个公子你知道是谁吗？"

"知道。"

"是谁？"

安若芳道："没人让我告诉你。"

"……"所以就是不告诉他的意思？"那他是好人还是坏人？"

"应该是好人吧。"安若芳答。

姚文海垮脸给她看，"应该"是什么鬼。是就是，不是就不是。姚文海烦躁地换了个坐姿，再问："那可知我要在这里待多久？"

"我自己都不知道要在这里待多久，怎会知道你的。"

姚文海总碰钉子，皱眉不高兴："既是一起落难，你就不能友善些？"

"如何是友善？"安若芳转头看着他，"安慰你别着急，一切都会好的？我不知道以后会怎样，我没法安慰你。我连你发生了什么事都不知道，我没法安慰你。我自己的事都顾不上，我也不想安慰你。"

"我才说一句，你顶回来好几句，这般就是不友善。"

安若芳干脆就不说话了。

姚文海等半天，忍不住问："你发生了什么事要躲在这儿呀？"

安若芳静默了好一会儿，就在姚文海以为她不想说的时候，她忽然道："我娘死了。"

姚文海顿时软了下来，他的悲伤也涌上心头："我，我还不知道我爹娘如何了。"

安若芳盯着地上，再道："最疼我的姐姐，也不知现在如何了。有人在追杀她。我的救命恩人，也不知要做什么，肯定很危险。"

"你很担心他们吧？"姚文海看着安若芳的小脸，轻声道，"我还不知道我爹爹究竟遇着了什么麻烦。他出门时，还与我说笑，让我今日定要将那册书念完，他回来要考我。"

安若芳转头，看着他的眼睛，看到他眼中的忧虑。"然后呢？"她问。

"然后我娘突然叫我逃。我家管事安排了一队人护送我，可最后他们全都死了。杀他们的那些人欲将我掳走，那位公子的手下忽然出现，将我救下了。他说他不会伤害我，让我安心待着，等他弄明白怎么回事，事情都解决了，就把我送回父母身边。"

竟然是遭遇过这般凶险，安若芳同情地看着他，道："我觉得，你可以相信他。"

"为什么？"

"因为我姐姐相信他。我姐姐很聪明的。"

姚文海听了心里稍安，他清清嗓子，道："你可以叫我阿海。"既然她用假名，那他也不必暴露自己真实身份。

安若芳点点头表示听到，却说："我最后与我母亲说的一句话，是我困了，回屋午睡。"她又盯着地面，语气迷茫，似陷在回忆里。

姚文海不知该说什么。

安若芳继续道："从那之后我再没有见过她。我对不起我娘。我真的，太对不起她了。"

姚文海看她红了眼眶，娇弱可怜，顿时心软，安慰道："她一定不会怪你的。"

"我宁愿她还在，宁愿她怪我。"安若芳眼泪终于落下，"我再也见不到她了，我宁愿她骂我打我，我宁愿当初听话嫁了，我宁愿是自己死了。"

姚文海摸摸鼻子，得，这安慰的话没说对。

"我不会放过害死她的人，我一定要为她讨回公道。"安若芳抹去眼泪，咬牙道。

"她是被人害死的吗？那你知道谁是凶手？"

"差不多吧。"安若芳再揉揉眼睛。姚文海忍不住递了个帕子过去。

安若芳不接，说道："会诬陷别人的人，自然嫌疑重大。"

姚文海瞪大眼，忘了被拒绝的难堪，有些惊奇了，这小姑娘还挺有头脑啊。

安若芳转过头来，看着他。姚文海忙用帕子擦擦脸，装忙。安若芳道："希望你爹娘没事。"

"嗯嗯。"

"希望我姐姐也没事。"

"当然当然。"

安若晨又累又渴又饿，带的干粮和水不多，都得省着点吃喝。马上颠簸，她的后背胳膊很疼。

她与姚昆险险逃下山来，摸黑进村偷了两匹马，留下了银子。然后一路急赶，天初亮时，他们刚绕过一个村子，想冒险走条正路，加快速度。可是很不幸，才拐上大道没走多远，便听得迎面而来的两个赶车的在抱怨，说最近也没什么事怎么突然设卡了，把车上的货全翻乱了，也不知坏没坏。回去要被掌柜的说了。

安若晨与姚昆对视一眼。安若晨拍马上前问了几句，原来前方有官兵设了卡，人车都要搜查，也不说为什么。

两人无奈，只得调转马头，跑上了山路。绕过这座山，希望前面能走运些。

结果到了前路并未走运。路过驿站时正遇官兵在驿站里盘查，安若晨与姚昆根本就没敢停，催马快奔。驿站中一位兵士看到他们俩，还跑出来喝了一声："喂，你们两个，干什么的？停下！"

会停才怪！

安若晨和姚昆装听不见，用力抽打马儿，跑得更快。隐隐听到后头有人喊叫，他们都不敢回头看，只管拼命向前奔。之后再拐进山路，又得绕一个大圈。

已经临近午时，两人非常疲惫，就连马儿也快跑不动了。好不容易发现了一条小河，姚昆与安若晨赶紧停下来，让马儿歇一歇，喝上几口水。

"这样不是办法。"姚昆道。

"我们还有多久才能到？"安若晨问。其实她已经不知道此时身在何方，全靠姚昆带路。

说起来姚昆这一路倒也让她意外，原以为官老爷养尊处优，什么都不懂。

可姚昆却对郡里的每个县每个乡都清清楚楚。他说他在平南郡任太守这些年，不敢说做得多好，但他确实尽心尽力，他走遍了郡里的每一处，与许多老百姓说过话，认真了解过民情。郡里的每条道他都知道，许多路都是他拨银派人修整的。

"约莫才走了三分之一吧。"姚昆叹气，"越往后，他们调集的人手会更多。到时不止官道，山路也会被封。我们这一路遇到过村民，也被官兵看到了，他们根据这些都能推断出我们的去处。一男一女，一老一少，两匹马，什么都没有，急着赶路。这特征太明显，追踪我们的方向不会太难。到时封山堵路，我们成功到达的可能越来越小。"

安若晨自然是明白的，她道："还未到最后一刻呢，大人莫泄气。"

太守摇头："不泄气，只是有牵挂。"不知他的妻儿如何了，他甩开杂念，随手捡了根断枝，在地上给安若晨画地图，"你看，这是中兰城，这是静心庵，这是四夏江，这是石灵崖，我们眼下在这儿。绕过这山，有条小河，我们不能回官道，大路也不能走。这河流向四夏江，路途比较好找，也容易被发现。若我还能带着你，便打算从果子村后的这山绕过去，绕过去之后又能看到河了。总之你见到了河，便知自己正往四夏江去。他们若是沿着这路追你，便以为你是逃向四夏江。在这里，有个二牛山，山下牛鼻县，这里往东走，一路有山，便是石灵崖方向。这般走虽然绕得路远，但颇是隐蔽。"

安若晨认真看着，知道姚昆的意思。

姚昆仔仔细细说完了路怎么走，果然说道："他们想杀我，不会留活口。我死了，平南郡便在他们掌握之中。我猜这是他们的目的。但他们不敢杀姑娘，你活着，龙将军才有可能被他们胁迫。所以若我们遇敌，莫管我，你跑你的，我想法把他们引开。只是你若见到了将军，莫忘了替我美言，定要救我家人。"

安若晨却提了另一个主意："若我们被包围了，无路可逃，大人便劫持我吧。"

姚昆一愣。

"他们想要我活着，大人以我性命相逼，也许他们一时不敢动手，我们便能拖得一些时候。"

姚昆简直无言以对，想象一下那画面，他用剑架在安若晨的脖子上，大喊着再过来我便杀她。然后钱世新的人马团团将他们围在中间。就算不敢过来，也不会放他们走。于是，他和他的人质饿着肚子顶着寒风在中间，敌方围着他们喝酒吃肉等着他体力耗尽。

姚昆叹气："那般怕是更糟，逼得对方急了，不管你的死活，将我们一起杀了。"

"谁知道会怎样呢？"安若晨喝了一口水，"反正不能任他们摆布。拼到最后一刻，不要放弃，也许还有希望。当初在安府，我以为我死定了，结果我逃出来了。大人跳窗时，是不是也以为自己没退路了，结果不是也逃出来了？我们不能泄气，能坚持多久就坚持多久，也许将军会突然出现救我们。"

姚昆笑起来："龙将军哪里知道我们如何了？他此刻，也许在与反扑的南秦大军对阵。钱世新为了混淆视听，也许派了另一个传令兵回去回话。将军以为我们一切安好。他还等着打完仗回城里接你，又哪能想到如今你与他相隔不远，只是生死一线。"

"也许那鸽子没被打下，也许我派出去的丫头找到了孙掌柜，也许方管事派的人成功到了前线，也许陆大娘在城中找到了帮手来寻我们，也许夫人也找着了办法脱困，派人来救我们，也许将军自己有事需要回中兰城……"安若晨笑道，"大人你瞧，这么多好的也许呢。"

姚昆看着她轻松的模样，竟然也觉得前路还颇有希望。

"我要活着见将军，大人也要活着，见到夫人。"

姚昆听得动容，想到蒙佳月，顿觉振作："你说得对，有这么多好的也许呢。"

钱世新一直在等抓到安若晨的消息，可惜一直没消息。他自然也不能闲着。全城都在搜查静缘师太，无果。还有失踪的陆大娘，也还未有音讯。钱世新去了安府。

安府上下早听得传言，见得钱世新来忙恭敬相迎。

钱世新也不客套绕弯子，直接说昨日在衙门里发生了凶案，姚昆与安若晨勾结，刺杀了巡察使大人，行凶后潜逃。他已派人追捕，但恐安若晨的余党仍在作乱，或是帮她又逃回城里，所以希望安家协助，若是有安若晨和陆大娘的消息，哪怕是半点不靠谱的风声，也要来报他。

安之甫一口答应。

钱世新又道，除了安若晨和陆大娘，安家还得提防一个姑子。"她约莫三十多岁的模样，瘦削，冷酷，武艺高强。她昨日在衙门杀了许多人，助安若晨逃脱。我听到线报，也许当初四姑娘便是被这姑子劫走的。"

安府众人均惊得倒吸一口气。安若希马上想到了她在府外见到的那个姑子。

"她杀人不眨眼，非常危险。且与安若晨勾结，还不定做出什么事来。你们务必要小心。若是有见到她这般模样的，速来报我。若是有四姑娘的消息，也来报我。找到这姑子，也许就有机会找到四姑娘，找着四姑娘，便能将这姑子擒拿归案。"

安家上下均猛点头。钱世新忽然看向安若希，安若希赶紧也猛点头。

钱世新也不久留，只说会多派人来安府护卫他们安全，走时还真留了五名衙差。

安之甫千谢万谢，命人给这些差爷准备居处，照应起居所需。之后李成安领着两人来与安之甫商议此事，安之甫将家人及全府仆役都召了来，将事情说了，嘱咐他们若是看到蛛丝马迹定要即时上报。

马上有一门房便道确有一姑子来过，说是来化缘，又说府上有黑雾压顶，近期是否有灾有难，小则失物，大则血光横祸。当时门房听得大惊，觉得遇上高人。

"然后呢？"李成安忙问。

"然后便走了。"门房没敢说觉得那姑子说话神准，便与她说了许多事，还给了她几枚铜钱，姑子谢他的好心肠还赠他符纸，让他随身带着避灾。

李成安皱起眉头，问其他人："还有谁人见过？"

安若希不说话，装作若无其事的样子。

李成安又问有没有人见过陆大娘，众人皆答没有。

安若希觉得，这下子她家算是遇上大事了吧，大姐生死未卜，杀人狂魔在她家绕圈，钱大人派人将她家监视得严严实实，事态严重，该是可以到喜秀堂问问喜鹊簪子了。

可是一整日都未找到出门机会，安若希关切大姐安危，但是薛公子不让她跟钱世新的那些人手有接触，她听话，完全没接近那些人。只得从丫鬟婆子嘴里听着各种传言八卦，她听得颇认真，觉得这些拿去与薛公子聊聊也是挺好的。

入夜了，安若晨与姚昆躲在一座山上。水喝没了，干粮也吃光了。饥肠辘辘，还很冷。两个人都睡不安稳，警惕着周围的动静。下半夜时，看到了山下有一队火把的光亮沿着大道过去，那定是搜查他们的兵队。庆幸还未被找到，又惶然不知还能好运多久。

衙府里，钱世新的心腹手下将钱世新叫醒了，告诉他，白英伤重过世。钱世新急忙换衣，培养好了哀痛的情绪和表情，赶到白英的屋子。

不一会儿，白英的属官和郡里各官员都赶到了。钱世新悲痛疾呼，白大人被叛贼逆臣所害，大家定要齐心协力，将凶手缉拿归案，严护城中安宁，绝不让细作趁乱生事。

众人齐声附和，表达了忠心报国，与叛贼誓不两立的决心。

230

钱世新忙着给白英安排后事，为各官员布置防务，各岗职安排等等，转眼天已大亮，吃了早饭，有衙差来报，说是狱中的钱裴又吵着要见大人了。

钱世新这会儿没工夫理会父亲，让衙差不必理他。衙差道："钱裴也知大人会是这话，他说只消转告一句便好，他说侯宇大人生前对他颇多照顾，他闻得侯大人死讯很是遗憾，让大人别忘了好好给侯大人办丧事。"

钱世新愣了愣，挥手让那衙差下去了。

钱世新处理了些公务，想了想，最终还是决定去大牢看看。

钱裴见得儿子来，很是高兴。他笑道："听说你当上了太守。"

"还不是。只是暂行太守之职。"

"那便是了。当初姚昆也是这般，之后便受了皇上的御旨，成了太守。"

钱世新皱了皱眉，不喜欢父亲话里的意有所指："你想见我，就是为了说这些吗？"

"倒也不是。只是我为人父亲，自然会惦记着儿子的状况。衙门里头出了大事，我猜你需要帮助。"

钱世新冷笑道："父子之情什么的，从你嘴里说出来就像个笑话。"

钱裴正经严肃："这不好笑。"

钱世新也严肃："确实不好笑。"他转身欲走，却听得钱裴在他身后唤他名字，还问他，"你喜欢铃铛吗？"

钱世新一僵，停下了脚步。

安若晨与姚昆又绕过了一座山，他们不敢走大道，不敢进村子，不敢找驿站和饭馆，没有时间也不敢打野味捉鱼，在山里找到些果子，涩得很，但两人还是吃下去了。

安若晨一路走一路说："太好吃了，我好饱，好饱。"

姚昆听得苦笑，这般自己骗自己真会有效果吗？他抬头看了看天色，现在只走了不到一半的路，天黑之前肯定是到不了石灵崖兵营关卡了。马儿已经跑不动了，人也精疲力竭，他心里是有些沮丧的，他觉得不会成功，他们该是到不了。

正待叫住安若晨商量商量对策，他骑的马儿忽地"咝"了一声，腿一软，将他摔了下来。姚昆叹气，看吧，真的得停下来商议商议才行了。前面的安若晨回身看，姚昆从地上爬起来冲她招招手，还没来得及说话，却见安若晨一脸惊恐大叫："大人！"

姚昆心知不妙，就听得"唰"的一声，一支箭从他耳边擦过，他连滚带爬地躲开，安若晨已经催马朝他奔来。一个声音大叫着："那女的留活口，莫伤到她！"

数支箭又射过来，两支射在了姚昆的马上，一支射在了安若晨的马上，还有两支射向姚昆。姚昆与安若晨碰头，那两支箭被安若晨的马儿挡住了。马儿嘶叫着倒地，安若晨摔倒在地上。

顾不得喊痛，安若晨强撑着摔到的腿站起来扑向姚昆："大人！"

她一把将姚昆扑倒在地，两支箭再从二人身边飞过，又一个声音大叫着："莫伤那女的，留活口！"

这个声音安若晨和姚昆都认得，是卢正。

他们转头四望，一群官兵从四面八方涌了出来，正在将他们包围，林子离他们二人还有些距离，但话说回来，就算离得近，依现在这般被团团围住的状况，他们也逃不进去了。

安若晨往姚昆面前一站，张开双臂对卢正喊道："莫伤他，我中了毒，只有他有解药。他说见到了将军才会给我。不然不出三日，我必死无疑。"

所有人一愣，弓箭手搭好的弓停住了，卢正的脸色一阵青一阵白，她这是在讽刺他还是唬他呢！

"姑娘，这般耍人有意思？"他冷笑。

只这一来一往两句话时间，姚昆已经拔出了剑看好了方向，他拉着安若晨后退，背靠在一棵树上，把剑架在了安若晨脖子上，然后大声喝："都别过来！也别乱放箭，我若伤到了，剑就拿不稳了。"

卢正的脸色这下黑了。很好，这招比毒药强，很有安若晨的做派。

安若晨冷冷地看着他："你呢，那般耍人有意思？"

卢正道："我可没骗你，你二妹确是中了毒。"

"是吗？多久会毒发？"

"我最后一次给她'解药'的一个月内，算算日子，她该是没机会活着上花轿了。"

"所以你是用最后一次'解药'的机会下的毒？这世上怎会有这样的毒。"

"自然是有的。你不用套我的话，我未曾说谎，你可以不信，但她毒发之时，你便会知道了。她不会马上死，先是咳嗽头痛，以为是普通风寒，接着大夫会给她开治风寒的药，她越吃，状况便会越严重。直到她死。所以，我是不是说谎，你自然有机会知道。但我猜你不希望真的亲眼验证。我有解药，你跟我走，你和你二妹的性命都可保住。"

"没看我被劫持了吗？如何跟你走？"安若晨淡淡地说。

"莫与我说笑话。"卢正道。

"谁人与你笑话。"姚昆大声喝道，"谁乱动一下，我的剑可没长眼睛。我若死了，她也别想活。"

232

"你听到了。"安若晨道，"不如我们商量一下如何解决这事。"

卢正看了看形势，他不信姚昆真敢伤安若晨，但他觉得安若晨自己敢。姚昆背后的树算不上粗壮，未能挡住他全部后背，他侧身有空当，他的头部也是可击中的部位。弓箭手是最适合解决眼下状况的选择，但若是后背和侧面射中，姚昆未能控制他的剑，恐怕安若晨脖子真得挨一下。

看来得与他们耗上了一段时间，等他们松懈了疲倦了撑不住了，若能听话最好，若不听话，弓箭手一箭射穿姚昆的脑袋，而他们赶上去拨开剑，一拳将安若晨击倒在地，很容易便能将她制住。

"我要去商量一下。"卢正道。然后他往后退。为首的官兵也跟着他退开，而其他人则上前一步，将姚昆和安若晨围得更紧。

卢正与官兵首领说了打算，嘱咐好他们的分工，找最好的弓箭手站好位，寻好姚昆的空当，重点在他的头。他会负责与安若晨谈判，分散他们的注意力。这两人很累了，撑不了多久。

这边安若晨看不到卢正，她扫视了一圈包围他们的人，与姚昆道："他定是与人商议如何拿下我们了。"

姚昆苦笑："那确是迟早的事。"

"最起码现在我们还活着。"

姚昆再苦笑，劝道："姑娘，若你被擒，莫急着求死。他们虽会用你要挟将军，但龙将军机智过人，是个有谋略的将才，他不会甘愿听从他们摆布的，他会将你救出来。"

安若晨没说话。她脑子里是龙大的笑容，真想见见他啊。她想象不到这些人会要挟他什么，但卢正能在军中潜伏这许久，能获得信任，证明这幕后之人是有手腕且蓄谋已久的。她真怕自己害了将军。可她想见他，真的很想见。

不一会儿，卢正回来了。包围安若晨和姚昆的官兵们互相悄声传递了信息，移动了一下位置。安若晨看着他们的行动，心里很警惕。

卢正看着她的表情，道："姑娘，你该知道，今日你定是走不了的。"

"当然了，我不走，我累了，我要骑马。若是有马车就更好了。"安若晨东拉西扯。

卢正抿了抿嘴，按捺住脾气，道："若是姑娘愿意跟我走，马车我可以安排。"

"想让我去哪儿呢？"

"自然是个安全的地方。"

"你们会向将军要求什么呢？"

"能要求什么呢？"卢正很机警地反问，然后道，"我们只是帮将军保护好姑娘，教他能安心打仗。"

安若晨道："将军定会感动的。你知道，我总愿意把自己在将军心里的地位想得特别高，想象着自己对他特别重要，可是男人啊，我娘说，男人都是薄幸的。卢大哥，你说，我对将军真的这么重要吗？"

卢正简直要写一个"服"字给安若晨，这反问得，若换了别人，大概真的会被她唬住。确实啊，龙大将军呢，打过数十万兵将的大仗，连灭三城不带落泪眨眼，从来没闹过什么女色艳闻，区区一个商贾之女罢了，真的这么重要？

"姑娘，我在你身边护卫，很久了。"卢正忍不住提醒她。他不是别人，他是她的护卫。先别说龙大对安若晨的情不自禁他看在眼里，就是安若晨对付别人的这些小手段他也看在眼里。她是狡猾的，会演戏，一肚子主意，她的话不可信，不能听，不要理。这般处置便对了。

安若晨自然明白他这话里是什么意思，她微笑："我记得呢，你曾经是我的护卫。我真感动，你教导了我如此重要的学问，让我长了见识，这可是旁的护卫做不到的。"

卢正脸抽了一抽，她这又是讽刺他了吗？

卢正注意到姚昆听他们说话听得入神，手上的剑松了松。卢正的手背在身后，悄悄打了个手势，提醒弓箭手注意。

安若晨这时候问："杀了太守大人你能领赏吗？"

这话提醒了姚昆，他复又集中了精神，把剑再架稳了。

卢正不说话。

"把我抓回去，你能领赏吗？"

卢正还是不说话。

"卢大哥，我很好奇，你们做这些，能得到什么呢？"

卢正反问："我也好奇，你拖延这时间，又能得到什么呢？"

"我在等将军。"安若晨答，"你知道的。"

"我只知道将军不可能来。那信鸽死了，方管事派出的人死了。春晓从紫云楼派出的两名仆役也被追回了。传令兵的消息也回去了，也许将军这会儿正听传令兵报事呢。"

"另一个传令兵吗？将军会疑惑原来那个呢。"

"不会。传令兵路途劳累，回程由另一人报信是很正常的安排。"卢正镇定地看着安若晨，"所以将军不会来，等他得到中兰城出大变故的消息时，姑娘已经在安全的地方睡大觉了。"

安若晨不说话。

卢正等着她，等了许久，她还是不说话。

最后是卢正没忍住，他看了看姚昆，再看看安若晨："无论耗多久，结果都是一样的。我不想伤了你，姑娘。姚大人气数已尽，你帮他什么好处都得不到。他甚至会拖累将军。他谋反，他伤了白大人，将军不可能护他。护了他，将军会背上谋反的罪名。姑娘希望这样？姑娘想害了将军？"

姚昆听得心里恨极，好你个卢正，竟然这般狡猾，挑安若晨最在意的软肋说事。

安若晨还是不说话，她看着卢正，眼神里一丝软化犹豫的意思都没有。

卢正只得又道："你们没了体力，根本撑不了多久。我如今也是怕姚大人误伤了姑娘才没有动手。但过了一会儿，只怕姚大人会累得剑都拿不动了，到那时，结果还不是一样？不如现在便痛痛快快的，大人与姑娘都不必受累。"

"我乐意受这累，我乐意耗着。"安若晨开口，"此时，此刻，我仍活着。"她鼓励着自己，也鼓励姚昆，"卢大哥，我的事你既是清楚，你想想，我哪一次放弃过？哪一次不是撑到最后？"

"何必？"卢正语气讥讽，"结果已定，又何必嘴硬。"

安若晨咬咬牙，她确是嘴硬，但她不能放弃，绝不放弃。"从前，我也以为是死定了。但我没放弃，我拼到最后一刻，然后我见到了将军……"

卢正大声喝断她，这女人是疯魔了吗！"没有将军！不会有人来救你们！"

"们"字刚出口，就听得"嗖"的一声响，一个弓箭手"啊"的一声惨叫从藏身的树上摔了下来。

卢正大惊失色，只这一刹那，身后左侧的林中忽地冒出一队骑兵，竟然如此悄无声息，他们的注意力全在安若晨身上，竟是未曾注意到周围。也定是这队骑兵先打探好了情况，悄声掩了过来。

所有的事只一刹那间便发生了。

树上的弓箭手惨叫倒地，更多的箭射来，卢正身边数人均中箭倒地。大家反应过来，挥舞刀剑拨挡。卫兵首领大声叫喊："放箭！退后！"

但卢正知道，来不及了。

因为竟然没有箭是射向他的，对方要留他一命。而他没有听到有人叫喊指令，骑兵队居然能如此安静便将他们包围，这么训练有素，他所知只有一个人能办到。

一匹战马如箭般冲了过来，从卢正头上跃了过去，马上之人长刀一挥，一刀砍掉了卫兵首领的脑袋。他回身，反身一刀，刀尖挑起一个弓箭手，将他抛向安若晨的方向，正好撞开一名欲趁乱砍向姚昆和安若晨的卫兵。马儿与他配合得当，转身一脚，后蹄踹飞一名冲上来的卫兵，然后撒开蹄冲向安若晨。

卢正转身便跑，丝毫不敢恋战，他根本不用仔细看那人是谁，那人也未将他看在眼里。

龙腾，龙大，龙将军。

"我在等将军。"他想着安若晨的话。怎么可能，怎么可能。

安若晨的心里也在狂喊怎么可能，怎么可能。她瞪大了眼睛，仔细看着战马上的那个高大男人。

"从前，我也以为是死定了。但我没放弃，我拼到最后一刻，然后我见到了将军……"

她的眼眶发热："如今这一次，也是一样的。"

姚昆吓得顾不上周围还很凶险，赶紧把剑一丢，大叫："我没有要杀安姑娘的意思！"

龙大没理会他。他驾着马，围着安若晨在跑，他的大刀挥舞，他的眼神凌厉，如风的马蹄声声，步伐轻快稳健，有如舞蹈。龙大砍倒一个又一个围攻安若晨的卫兵。卫兵们往后退，再往后退，他们发现退无可退，骑兵队已经将他们包围。卫兵们赶紧丢下了武器，跪下，双掌抱头。

卢正没跑出多远，还未能上马，两把大刀便已架住了他的脖子。另两个骑兵跳下马来，将卢正绑上。

龙大骑着马围着安若晨转圈，一圈又一圈，直到所有卫兵都跪下了，直到每一处都确定安全了。

安若晨看着他，想起她学骑马的那会儿，龙大也似这般，在她身边转着，还问她"你学会了吗"。

"将军。"

龙大御马到她面前，低头看她。

她仰头，也看着他。

她的眼眶发热，她想哭，但她不能哭，多久没见将军了，好不容易见到，该是欢喜兴奋的，怎能落泪！

龙大向她伸出了手。

安若晨看着他的手掌，眼泪还是划过了脸颊。她郑重地将自己的手放进了他的掌心里。

他紧紧握住，有点严肃。

然后她看到他嘴角微微弯起的弧度，紧接着一股力道将她往上拉，她丝毫不抵抗，任他弯下腰来，一拉一握，搂着她的腰将她揽上马去。

她把头埋进他怀里，藏住眼泪。

"将军。"

"是我。"

钱世新转头看向钱裴，钱裴对他微笑，说道："若是喜欢，便得将它系紧，不然摔了便不会响了。依我看，系上三个结就好，但若是你喜欢，系四个结也无妨。"

钱世新呆立一会儿，慢慢走了回去，隔着栅栏站到了钱裴面前。

钱裴继续道："一开始，一个铃铛就够响了。但不巧被个姑娘破坏了，得两个铃铛一起才响。但结没系好，铃铛摔了。"

钱世新吸了一口气，转头看了看这牢狱，钱裴独自关在一间，且与其他关着人的牢房隔着几间空的。

钱裴道："侯宇安排的，这般他与我说话时比较方便。"

钱世新还未从震惊中缓过神来，他只能瞪着钱裴。

钱裴又道："我听说衙门里出了大乱子，侯宇死了。我猜你定是会遇上些麻烦。毕竟侯宇知道的，比你多些。没了他，确是一大损失。"

钱世新仍有些不敢置信："是你？"

"一开始就是我，不然你以为铃铛们如何安身。强龙压不过地头蛇，他们外来的人，总得找些本地势力扶助。人海茫茫，他们能找谁？谁又信得过？自然得找我。我能安置他们的住处，给他们安排身份，帮他们物色人选。"

"你推荐了我？"

"不。我与辉王见面时，他与我提起这事，我拒绝了。我都这年纪了，吃香喝辣人人巴结，想做什么便能做什么，我对当官没兴趣，也不缺财，我何必费力辛苦蹚这浑水。谁当皇帝，打不打仗，与我又有何相关。"

钱世新不说话。

钱裴道："我知道你觉得当个县令是屈才了，你想要更高的位置。我也觉得是你应得的。我的儿子，本就应该呼风唤雨。我过得舒坦，我儿自然也得如意。这件事我记在心里，对付姚昆我有办法，用不着靠别人。四年前，你声望渐高，羽翼丰满，我犯了错，你严惩于我，还与我撕破了脸，分了宅子，百姓称赞，人人赞颂，这正是大好时机。我只要让姚昆告病请辞，并向皇上举荐于你，这事便差不多了。但偏偏他们来告诉我，已与你谈妥了，你会协助闵东平于平南活动。事成之后，平南便是你的。"

钱世新抿抿嘴，对父亲将自己说得多为亲儿着想不以为意。若他真有心为自己，便不会荒淫无度，拖累他的名声，让他在百姓面前丢脸，在众同僚中抬不起头。这样的父亲，不过是个任性妄为、毫无廉耻、无德贪婪的小人罢了。若不是因为有这样的父亲，他也不会觉得此生最高只能做个县令。他明明学识渊博，勤政爱民，仕途无量，但偏偏父亲作恶多端，令他蒙羞。他曾想调任外郡，却屡屡受阻。他觉得就是因为他父亲恶名在外拖累于他。若不是如此，他又怎会铤而走险，做这样的事。

"如此这般境况，你才说当初如何如何，又有何用。你编得再好听，又能如何？用这事威胁我放了你，不可能。我不但不能放你，我还得将你关回福安县，离我越远越好。你除了丢我的脸，拖累于我，还能做什么！"

钱裴笑道："我还能让姚昆当上太守，也能让你当上县令，还能让姚昆处处抬你，让全平南的官商巴结讨好你。"

钱世新欲说话，钱裴摆摆手，继续道："你不必着急反驳，姚昆能当上太守靠我，你能当上县令也靠我。当初我倒是想让你直接当太守，我知道你喜欢做官，有野心。不过那时候你年纪太轻，资历不够。所以我帮了姚昆，我能控制他，便先让他替你占个位置。你道你为何升职去外郡总是不成？是因为你太顺遂了，所以你以为当官是件简单的事。其实不然。每个郡都有自己的势力，你在平南平步青云，姚昆处处对你提携，不是因为你比别人好多少，是因为我替你铺好了路。你企图去外郡不成，便是证据。外郡不是我的地盘，没办法帮你。"

钱世新噎得，气得咬牙道："那还多谢父亲了。"

"不必谢我，反正你也不是真心的。"钱裴道，"我年轻时也想做个规矩的好人，但后来发现，不规矩，不好的人，才过得好。这一点，姚昆最清楚。"

钱世新皱了皱眉，所以姚昆是怎么了？

钱裴看着儿子的表情，道："别着急，我让你来，就是想告诉你。你手上须得有筹码，事情才能办好。现在最麻烦的，一个是屠夫，一个是龙腾。"

钱世新脑子里数个念头闪过，他连屠夫都知道，所以他真的是第三任解先生？"你还未说你怎么掺和进这事里的。"

"因为你呀，儿子。"钱裴看着钱世新的眼睛，道，"我是个只想对自己好的人，可惜生下了你，谁我都可以不管不顾，我的骨肉却不行。你可以不相信，但事实确是如此。你以为他们当真看中你，想借你的人脉才干，将平南郡双手捧你面前吗？那样的话，他们为何不选姚昆？"

钱世新抿了抿嘴角。这事情他想过，他比姚昆果断，他比姚昆有野心。姚昆对妻儿太过宠溺，婆婆妈妈，他却不一样。他为了前途大业，是可以丢掉家累的。

"是因为我。我对他们才是真正有用的人。姚昆和你，都有野心，却无狠心，你们都被道德礼教拘束，做起事来，只会绑手绑脚。若是他们找上姚昆，我是不会插手，但如若你与他们一伙，为他们做事，我却不能袖手旁观。"钱裴慢吞吞地道，"这就是，他们招揽你的原因。"

钱裴不待钱世新反应，继续道："有我为他们打点一切，将你隐了暗处，你才能踏踏实实，安安稳稳地等着收取胜果。可惜中间出了些小差错……"

钱世新冷笑："是因为你好淫贪色招惹了安家出的小差错吗？"

钱裴不理他的讽刺，道："到了如今这一步，很快就要有结果了。南秦皇帝死在亲征路上，南秦新皇上位，会与我们大萧议和……"

钱世新再次打断他："龙腾大胜南秦，都杀到了江生县，如今不知会不会连武安城都攻占了。石灵崖那处擒获近万南秦与东凌军。南秦是换帝议和，还是根本就得投降？"

钱裴愣了愣："果然是龙家大将啊。二十年前如此，如今也是如此。"他想了想，道，"那也没关系。就算龙大胜仗也不影响，南秦那小皇帝必死，如此计划照旧。你如今最紧要的，是要顾好自身安危，屠夫都杀到衙门来了是吗？"

"她救走了安若晨和姚昆。"

"安若芳定在她的手上。我思来想去，她与我无冤无仇，为何暗杀于我，定是为了安若芳。"

钱世新皱眉忍耐，这种事听起来就觉得父亲恶心。

"我为了避祸，才躲到牢里来。"

钱世新又皱眉头，钱裴白他一眼："不然你以为我会这般蠢？"

钱世新不说话，他确实觉得父亲又坏又蠢。

"我进了大牢，屠夫才不好下手，白英也才会忽略我，对你更加信赖。安若芳也才有可能安心回家。待你抓到她，就有与屠夫谈判的筹码。再有，屠夫救走了安若晨，卢正定会跟着，可有消息传来？"

钱世新耐着性子将后头发生的事说了说，因为他确实需要知道更多的内情，侯宇死了，这个比较麻烦。

"不该让卢正追捕安若晨。不论你们后头拦住了多少通往前线的消息，安若晨摔伤之事是已经光明正大去信龙腾的，龙腾定会猜测出城中局势，别的不说，敢将安若晨逼迫到摔伤躲避供录，这分明就没给龙腾面子。安若晨做什么怎么做，不都是龙腾授意？白英那人啊，果然是太古板迂腐了，不会变通，脑子里打死结。"

"不也正因此，才会让他来中兰吗？"钱世新插嘴。就是因为白英固执守旧，不可能接受大局计划，无法招揽他入伙，才有可能被他阻碍，所以他才必须死。他的身份重要，他的死会有大用处，这才有了那一系列的安排。白英并不知道，他踏入平南郡的那一刻起，便是踏上了死路。

钱裴道："事到如今，你便做好卢正落入龙腾手里的准备吧。到前线路上不止有你们设的关卡，还有军方的。龙腾能弃驿兵不用，专派传令兵提前赶路等他大胜的战果，这般快便来报，就是觉得城中有异动了。他要用大胜的消息来保护安若晨。他不会只做这一件事的。"

钱世新道："我也觉得是如此，才希望能将安若晨尽速捉回来。"

"卢正落到龙腾手里，怕是会有麻烦。"

"有何麻烦？你有嫌疑，我有嫌疑，白英有嫌疑，卢正有嫌疑，田庆有嫌疑，姚昆有嫌疑……在安若晨心里，每个人都有嫌疑。若安若晨真逃了出去见到龙腾，她向龙腾报告所有人都有嫌疑，与卢正被抓后果不是一样吗？"

钱裴对儿子的从容有些吃惊，他笑起来："我倒是低估你了。我儿果然有胆识。"

钱世新对父亲的称赞不稀罕，他道："所以不必管龙腾，他那头自有人处置，最坏的结果一早便有预期，都安排好了。你倒是说说，还有什么紧要的？"照钱裴所言，他该是平南郡里知道最多内情的人了吧。

钱裴道："小心屠夫。她从前帮着闵东平杀了不少人。闵东平失踪也许便与她有关。她失控了。我猜是与安若芳有关。"

"因为她死去的女儿？"

"你知道？"钱裴有些惊讶。

"唐轩与我说过。"

钱裴皱眉："这姓唐的确是不如闵东平靠得住。"

"他怎么死的？"

"我处置的。"钱裴道，"他迟早会坏事。向你泄露屠夫之事，便是证明。总之你记住，屠夫这人比龙腾麻烦，她杀人不眨眼，可不管理由与后果，所有的一切都依她欢喜而已。她是疯魔的。闵东平也许是察觉了安若芳的下落，所以遭她毒手。她来杀我，大概也是如此。你在城中大肆搜捕安若芳，会被她记恨。她不会放过你。"

钱世新心里一震。

钱裴道："她也不会放过我。"

"所以，"钱世新沉吟道，"安若芳的行踪不重要，眼前要办的，是让龙腾对付屠夫吗？"

"她也是细作啊，她还杀了许多人。"钱裴对儿子的想法很是赞同，"她救走了安若晨，与她说了许多话，安若晨定是会有一堆问题，而以屠夫的脾性，完全不会否认。难道安若晨还能打得过她？你若抓回了安若晨，便让卢正去报信。若抓不到安若晨，便是安若晨自己与龙腾报信。屠夫是唯一当面向安若晨承认罪行的细作，卢正又算什么呢？"

钱世新不得不承认这确实有道理。屠夫的血债里，可是有龙腾最在意的霍铭善。

"现在，我要告诉你，若姚昆未死，如何让他成为你的内应。"

钱世新有些吃惊，抬眼看钱裴。这能办到？

"那是他最害怕的事，你捏着他的七寸，他必对你言听计从。"

衙门外不远的茶楼前，一个包着头巾的村妇挽着个菜篮子在听人议论衙差的行动。听说全城在搜捕一位姓陆的婆子，还有一个姑子，带着个十二岁的小姑娘。那小姑娘生得极美，听说就是安家失踪的四姑娘。

有人道："四姑娘不是死了吗？"

"他们也说不准。我小舅子就在衙门当差。他说上头就是让他们搜人，没说具体的。总之生得貌美的小姑娘都得小心。这阵子别出门了，省得被官差误会，抓回去一看不是，也会白白受个惊吓不是？"

村姑听完，默默地走开了。挽着篮子的手捏了捏，手痒，心里也难受，真想杀人。

安若晨抱着龙大的腰，满心欢喜。不，不该说欢喜，那是形容不出的心情。比欢喜更甚出百倍千倍。

"将军。"她又唤一声，听到将军"咚咚咚"的心跳声。

龙大一夹马腹，将她带至无人的一旁。

"让我看看你。"

安若晨没抬头，只伸出右手："将军有帕子吗？"

"……"

安若晨吸吸鼻子，再道："有梳子也成。"

龙大望了望天，叹气："算了，那你还是莫抬头了，要是不小心看到，我也恐会后悔怎地没带帕子和梳子。"

安若晨抓着他的衣襟猛抬头，瞪他，这是笑话她吗？这种时候，历劫重逢，不是该说些好听的话吗？

龙大被她瞪笑了，看着她的脸道："真的脏兮兮乱糟糟的。"

安若晨抿嘴。却见龙大低头，亲了亲她的额头，又啄啄她的眉心。

安若晨心里顿时被温暖涨得满满的，眼眶又热了。她听见龙大道："我的姑娘这般好看，用不着帕子和梳子。"

安若晨用力眨着眼睛，可不能再哭了，太丢脸。想调侃将军说这些情话语气不太对，怎地跟与士兵下令似的。还没开口，又听龙大道："我的姑娘还很勇敢，非常机智。"

安若晨的眼泪没受控制，不知怎地就冒出来了。安若晨忙又伏在龙大怀里，借着衣裳抹去泪水。

"我不知道你会来。"她哭着说。

龙大挑高了眉头："我怎地听到你说在等将军。声音之大，山那一头都能听到。"

"我只是希望你会来。"她心里，一直盼望着。

龙大抱紧她，其实心里也后怕，只差一点，真的只差一点。

"我昨夜躲在山上，迷迷糊糊睡着，做了个梦。梦见将军了。"

龙大心疼，知道她一定受了很多苦。他低头亲亲她发顶，脸颊挨着她的脑袋，认真听她说。

"我梦见我一直在狗洞里爬着，很冷，地上全是血，每爬一步，手上都沾得黏糊糊的，我要爬不动了，身上也很疼，可是那洞似无止境，我很害怕，觉得不行了，定是没希望了。可是那时候我听到你叫我。"

"我说什么了？"龙大问着，轻轻捏了捏安若晨的左臂，信上说她左臂伤得重，方才她也一直是在用右手。

安若晨痛得一缩，龙大皱了皱眉，看来这臂伤还未愈。

安若晨挪了挪坐姿，不让龙大碰她胳膊，道："你说，晨晨啊，我在这儿啊，你坚持住，再爬一会儿就能看到我了。"

"我叫你晨晨？还是用这种语气说话的？"龙大的眉头挑得老高。

安若晨也撇眉头："就是这般的。我听了真欢喜，便答应你了。"

"嗯。"龙大有些想笑，明明经历凶险与苦痛，她怎么能说得这么好笑，"晨晨啊。"他故意用那语气唤她。

"将军笑话我呢？"安若晨摆出严肃脸。

"未曾。"龙大也严肃。

"将军你过来，我有话说。"安若晨继续严肃。

龙大挑眉头，晨晨啊，你凶巴巴哦。他听话地低下头来，耳朵挨近她。

安若晨迅速在他脸上啄了一记，红着脸道："我真高兴你来了。"

龙大简直要捂心口，他家晨晨姑娘居然会用这招了？正要亲回去以表他这长时间的牵挂与想念，安若晨却道："我知道是谁杀了李长史和霍先生了。"

"……"原来是真的有话说，不是哄他过来亲亲的。

龙大领着骑兵队，将安若晨、姚昆、卢正及那些被俘虏的官兵衙差押回去了。

姚昆分到了一匹马。他得了救，精神松懈下来，疲惫席卷全身，好几次瞌睡得脑袋点啊点差点从马上摔下去。想建议龙将军不如我们快马奔驰赶紧到目的地，可看了看最前方的龙大，他用披风裹着安若晨，稳稳抱在怀里。不说话也没大动作，只是骑马慢吞吞地走着。

姚昆也不说话了，明显安若晨睡着了，龙大不想扰她。姚昆强打精神，安慰自己能感觉到累感觉到痛，那表示还活着。活着就是好的。他活着，他的家人也必是平安。姚昆想着蒙佳月的笑容，想着儿子调皮捣蛋时的表情，振作起来。

安若晨醒过来的时候发现自己独自睡在一间帐子里。床硬邦邦的，但那不是她腰酸背痛全身难受的原因，是多久没好好睡一觉了？那些逃亡奔走，就像是刚才做了个梦。安若晨晃了晃脑袋，清醒过来，她坐起身，这才发现自己的左胳膊被布巾绑上了夹板。

摸了摸脸，好像擦洗过了，头发是散开的，该也是梳过了。安若晨学着龙大挑眉头，她是睡得有多死才什么都不知道。她站起来，环顾四周。帐子挺大，各类家具一应俱全。安若晨摸到屏风后，找到了她想找的，拆了碍手的夹板，把自己打理好。出来看到桌上有张字条，是留给她的。上面是龙大苍劲有力的字迹。

龙大说自己要出去打个仗见见敌军大将，然后转头就回，让她把小炉上热着的粥和包子吃了，要是无聊就看看书，累了就继续睡。

安若晨叹气，又想笑。叹气是因为需要打仗，她真的很讨厌打仗。忍不住笑是因为这语气说得跟出去打个猎一会儿就回来似的。安若晨看到了门边架着的小炉，上面蒸热着一大笼食物，有包子、粥和小菜，安若晨这会儿觉得饿了，一口气一扫而空，吃完了竟还想要，但她有些不好意思，这实在是吃得太多了些，算起来得有三人的量吧。

不行，忍住，不能让将军手下的兵士以为未来将军夫人是个饭桶。

安若晨慢吞吞收拾了餐具，缓了好一会儿，终于把食欲压下去了。

然后将军还没有回来，安若晨看了看桌上，还真有书。《龙将军列传》和《龙将军新传》。真烦人啊，这有什么好看的。安若晨哈哈大笑。

精神很好，不想再睡，但将军没交代可以出门，安若晨就连帐子门都没掀开。她索性磨了墨，铺好纸，开始将最近的这些事列一列。重逢固然欢喜，但形势险峻她也没忘。

太守大人被诬陷刺杀巡察使，将军将其收留，如何澄清？主簿江鸿青已死，谁还能做人证？至于钱世新拦下传令兵的战报，安若晨都能想到他的说辞。他只需说当时议事正忙，原想待过后再与大人们禀报，没料到主簿却对白大人动手。

安若晨把这事仔细一想，杀人被抓个现形，人证死亡，然后他们还一起逃跑，一路杀将，甚至细作杀手还于大庭广众之下杀了许多人救下他们。这真是跳进四夏江也洗不清。

安若晨叹口气，在这事后面画个圈以示重点。

接着往下整理。安若晨写下了"陆大娘"三个字。

陆大娘如今何处？若她平安脱身，想来也得在中兰城东躲西藏，赵佳华定会帮助她。但她若想查到什么线索怕是不易。安若晨现在只希望陆大娘能平安。

静缘师太是杀手，先前许多案子行凶者都是她。她该是会将四妹送到薛叙然那处的，安若晨这样希望。若是送了，那静缘师太之后要去哪里？做什么？四妹告诉她静缘师太说有一事未了，要去了结。

但他们需要静缘师太。她承认她做过的事，她能成为证人。最起码，她能证明李长史是无辜的，还李长史一个清白。她还能证明霍先生是被细作杀死，并非自杀。师太定还知道更多的事，作案多起，怎可能一无所知。只是静缘师太当着自己的面愿意承认，是因为自己不能拿她如何，但换了将军，换了梁大人，她的态度便不一样了吧？再者说，又能到哪里去找她呢？

还有卢正。他也是细作。许多事定是他干的。安若晨觉得卢正会是个很好的突破口。是他们唯一抓到的细作。若他能坦白一切，说出钱世新的计划，那太守大人该是能洗刷冤屈。

薛叙然、太守夫人、二妹、古文达……安若晨列了一长串名字，每写一个，便琢磨这人身上的事。不知不觉，她盯着名单思虑已许久。帐内点着灯，她也不知什么时候了，忽听得外面有龙大的声音，他问卫兵："她醒了吗？"

卫兵答："未听得姑娘唤人。"

然后是龙大嘱咐备吃食的话，听起来他马上要进来了。安若晨不知他身边是否有别人，赶紧将手上的纸折了起来藏进怀里。

龙大掀帐入内，一眼就看到安若晨睁着大眼睛背着手端正站着一副迎接的样子，不禁笑了："还说怎么都得把你唤起来了，不然睡了一天一夜，得饿坏了。"话刚说完，转头看到一旁小炉上的吃食全都空了，他不禁挑了挑眉。

安若晨清了清嗓子，装作不知道那些吃食分量有多少的样子，问道："现在是什么时辰了？"

"过了酉时了。"龙大笑了笑，"该吃饭了。"

安若晨有些脸红，忙转移话题："将军今日顺利吗？我听说将军攻占了江生县，是打算继续朝着南秦内城打过去吗？"

"当然不。"龙大道，"虽能拿下武安城，但其防守严密，打下去会让我将士死伤惨重，最重要的是，我并不想要他的武安城。今日是将他们赶出石灵崖十里外，划好界线，议妥了停战。"

安若晨愣了愣："将军去了石灵崖又跑回来了？"

龙大大笑："此处便是石灵崖军营，我未带你去四夏江。四夏江局势稳定，有朱将军他们在便好。石灵崖战俘太多，倒是有许多事要处置。如今都安排好了，暂且等着吧。"

"等什么？"

"等辉王与我大萧叛臣的下一步。"

刚说到这儿，外头有卫兵询问可否进帐。龙大应声让他们进来了。三个卫兵进帐，向龙大与安若晨点头行礼，然后一人摆开小桌，一人打开食盒拿出饭菜热汤，另一人收拾了原先的小炉和餐具。摆置好后，一卫兵过来给龙大卸铠甲换装，另一人倒掉铜盆里的脏水换上净水。安若晨站在角落分外端庄地看着，不声不响，生怕惹人注目。好在卫兵们动作迅速，做事麻利，且目不斜视。

安若晨看着看着，一转头，发现龙大正看着她微笑。她立时涨红脸。将军看着她，卫兵们看着将军——于是他们全都知道将军在看她。

安若晨只好盯着帐顶，将刚才琢磨过的种种事情再琢磨一遍。

卫兵们忙完施礼退出去了，安若晨赶紧严肃掏出自己写的笔记递给龙大。龙大接过了，一本正经问："这是表示你对我心无杂念，一心扑在破解案情上？"

安若晨脸红了红，忙道："兵士面前，将军总得注意点威仪。"

龙大哈哈大笑，安若晨也不知哪里好笑。龙大认真看完她写的，很多内容安若晨只列了人名，但龙大看懂了。他将那纸就着灯火烧了，然后拉安若晨到桌前，一边盛饭一边问："还吃吗？"

"吃。"安若晨老实不客气。她可是饿了许久的，多吃一些怎么了，理直气壮。

龙大又笑了。

安若晨撇眉头看他。

龙大道："把你接回身边了，颇是开怀。"

安若晨接不上话，原来打了胜仗后，说情话的本事也会提升的。

龙大未再调侃她，盛了两人的饭，他招呼一声开始吃，显然也是饿了，吃饭的速度跟打仗似的果断又有效率。安若晨看着，觉得自己也想笑了，这般笑来笑去的，真是傻气啊。她为龙大布菜盛汤，自己倒是没吃几口。

龙大很快吃完了饭，开始说正事："你说的那些，眼前暂时都不是最紧要的。"

安若晨认真听着。

"我审了卢正，他什么都不肯说。他一直潜伏于军中，我推断军中情报与嫁祸李长史的事是他干的，但其他的事，比如刘则、徐媒婆这些，未必与他相关。他从军五年，能混到今日的位置，颇费工夫，除了努力，还需要许多机遇运气。为了不暴露，他不会参与太多其他计划。他比其他的探子都来得重要。"

"所以除了我们已知和怀疑的那些人，他没有透露更多？"

"他除了承认给你妹妹下毒，其他什么都不说。什么毒，解药是什么，他也不说。他只说解药在一个只有他知道的地方。"

"他想用什么交换？"

"放了他。"

"那他得用情报换。不止解药，还有细作名单，他坦白了，我们查证属实才行。"

龙大挑了挑眉："晨晨啊……"尾音拖得长长的。

安若晨立时反应过来自己僭越了，赶紧用巴结的语气道："一切得将军做主，将军英明神武，定会有好主意。将军觉得怎样合适，只管吩咐。"

龙大戳她额头："拍马屁。"

安若晨想辩解自己没有，是真心尊敬。

"颇教人欢喜。"

安若晨不辩解了。对，她刚才就是真心尊敬着拍马屁呢。

"他嘴很硬，我对他用了刑，暂时没效。他也明白我不会杀他，他有价值。你不要去看他，不要问他话，不要理会他。他觉得拿捏着你，你出面他会更有信心。"

安若晨点点头，问："那太守大人呢？"

"他的事暂时没办法，若我没猜错，白英应该已经死了。"

安若晨吃惊。

"白英这人疾恶如仇，也自视甚高，他若是认定了什么事，就会一直钻到底。姚昆与我说了白英入平南后的种种事，他明显被人利用，是个棋子。但这棋子不能用太久，因为久了，白英会发现问题，一旦他察觉真相，非但不是棋子，还会变猛虎。"

"他们需要白大人挑剔我的种种疑点，需要白大人谴责太守大人的种种不是，然后在他意识到情况不对之前，将他杀了，解除隐患，还给太守大人坐实了罪名。"

"没错，所以我想要不了多久，有关白大人死讯的官文会发到这里来。一起来的，应该还有钱世新暂代太守之职的消息。若是他们一切顺利，那钱世新日后便会是皇上御封的太守，名正言顺，还会有临危受命，勇于承担的美名。我们前线大胜，逼和南秦的功劳，他也会沾得一份。"

"将军！切不可让他得逞！他们父子二人，全都是叛国贼子。"

龙大道："你说得没错，但因为姚昆的谋反之罪，我们暂时还不能动钱世新，钱世新之上还有人，他们是绑在一条船上的，破解一个，其他的把柄就都能抓到了。所以，除了卢正之外，我们还需要其他人证。"

"静缘师太！"

龙大摇头："静缘师太行踪不定，且武艺高强，抓她太难。有另一个人，更容易下手。"

"谁？"

"钱裴。"

安若晨张大嘴，惊讶道："将军要回中兰审他？"

"当然不是。中兰如今是钱世新的地盘，我一不能离开前线，二没有正当的名目，三在衙门还不能用刑。自然是掳到军营来。"龙大用右拳击到左掌掌心上，以示这事必须是武力手段。

安若晨两眼发光，听起来很解恨！"将军，请务必多揍他几拳！"

龙大摸摸她的脑袋："从前时机未到，有些主意不能显露，许多事也不能做，确是拘谨了些。如今取得大胜战果，怎么也该轮到我们居功自傲，为所欲为了。"

安若晨撇眉头，将军你的意思是夸自己呢吗？用词颇讲究啊！

龙大又摸摸她的眉毛，看着她的眼睛："留你在中兰，没能好好照顾你，是我不对。我须得仔细谋划，安排妥当，火速取胜，方可扭转一切。所以这些日子让你受了委屈，你莫怪我。"

多简单的话，但安若晨就是很受感动："不委屈。将军须得照应战场，凶险四伏，我未能好好助将军一臂之力，还让将军挂心，拖了将军后腿，是我不好。"

"好吧，是你不好。"

安若晨顿时垮脸，将军，你能让感动多留一会儿吗？

她的表情让龙大欢喜，他哈哈大笑起来。

安若晨撇嘴，就知道将军拿她逗乐子呢。

"将军，军中可会有其他奸细？"

"我不能十成十肯定，但前线各军营都严查过，也用军情计划试探过，暂时没有查到异样。"龙大道，"说到这个，太守大人与我说了你们为了向我求救使出的各种办法，他问我最后究竟是从哪儿收到了消息。我告诉他，只是碰巧要从四夏江赶到石灵崖，途中听驿兵道沿途有另一拨官兵设了许多关卡，我这才顺道去找了找你们。"

安若晨反应过来："所以其他的那些路子都没能成功传消息，是吗？"

"你猜我如何知道？"

"古大人的密信。"负责探子的将官，怎会只有驿兵这个路子。而这事不能让别人知道，所以必须瞒着太守。

"这个就是我的问题了。你如何知道古文达信得过？"

"你支走了谢大人，必须得有一个靠得住的人继续办事。城中局势何其重要，我当然不会以为将军把这事交给我了。军方正经查案的，肯定有安排。别的人不好说，古大人跟随谢大人多年，谢大人若信不过他，自然不敢将这么重要的职责交到他手上。将军也不会认同。"

安若晨看看龙大，见到他眼中的赞许，心中欢喜，又道："当然，也得防着军中别的细作，所以古大人行事小心，显得束手束脚，啥事不敢干，处处与周长史商量，又常去信蒋将军拿主意，似乎是为了避免步谢大人后尘。他碌碌无为的姿态做得好，我一开始也对他无甚信心，后来反应过来了，但也不敢与他太多接触，以免让细作察觉怀疑。我被细作们盯得紧，大家以为我才是大麻烦，这时候古大人便有施展拳脚的余地了。"

龙大点头："你让他查的事，他也告诉我了。"

"将军觉得如何？"

"姚昆确实会是个隐患。他定有把柄捏在钱裴手上。得小心防范。"

"我们该怎么做？"

"第一，你胳膊的夹板还得夹上。"

"……"

"你与太守大人逃到我军营来，这事是瞒不住的。加上白英死讯，再有近万战俘需处置谈判，梁大人定会到此军营巡察过问。你意外摔伤，又被人迫害，伤情更重……"

安若晨赶紧点头，对梁大人也用苦肉计装可怜，这个可以的，这种事她在行。

龙大道："我自然心疼不舍，又趁着大胜，士气大振，喜气洋洋，于是便将婚礼办了。"

安若晨呆愣愣，怎么原来她演苦肉计不是用来对付梁大人，是用来对付将军骗婚的吗？

龙大一本正经严肃脸："你成了将军夫人，名分身份摆在这儿，他们在明面上不敢轻易动你。你我夫妻，相伴随行，你不离我左右，他们暗地里也不好下手。再有，兵士们尊你一声夫人，你也才能名正言顺地使唤他们。"

安若晨想提醒将军，内眷妇人，不得插手公务，更何况使唤兵士呢。不过将军说了，居功自傲，为所欲为……安若晨用力点头，将军说行那就是行的。她肯定被将军带坏了，真欢喜啊。

"安若晨姑娘，你的头点得太用力了些。成亲一事，好歹装个样子羞涩推拒说会不会太快什么的。"

安若晨撇眉头："白捡了个二品夫人之位，干吗推拒？快，接着说第二条。"先在自家将军面前练练将军夫人的气势。练完了，她自己也觉得好笑，看着将军笑了，她也没忍住。

龙大清清嗓子，摆回严肃脸，道："第二，你二妹身上的毒，先当是真的吧。我们得想办法拿到解药。可不论这事最后结果如何，薛叙然定会着恼。"

"我已经告诉二妹毒是假的了。"

"所以她若真的毒发，薛叙然定会将这笔账算到我们头上。而你四妹在他手上，他一怒之下，做出什么事来，就不好了。不但你可能会受到胁迫，你四妹会有生命之忧，那静缘师太也会生气。"

安若晨不敢想这后果。要比任性，薛叙然大概不会输静缘师太太多。但是论任性起来就杀人，薛叙然完全不会是静缘师太的对手。到时中兰城腥风血雨，就没法收拾了。"将军，为这事已经牺牲了太多人，我们得为他们讨回公道，不能再有更多无辜的人送命了。"

"所以我们得把你四妹接出来。"

安若晨点点头。龙大却道："可是不能你出面。你回中兰，就是自投罗网。我也不能出面，甚至不能派人与薛家接触。薛叙然无法确定真假，定会查探。钱世新也定是在仔细排查你于城中的帮手，薛叙然不能暴露。"龙大顿了顿，"我们得用偷的。"

安若晨再点头，将军思虑缜密，听将军的。

龙大又道："静缘师太会寻找你四妹，她可能会到军营来。"

安若晨明白龙大的用意了。

"还有一个重要的人，就是南秦皇帝。他御驾亲征，还不知自己正往鬼门关走。后头的事，我需要他活着。南秦、东凌，还有我们大萧，全在这个阴谋里。上至皇帝，下至贩夫走卒，全在棋盘上。"

安若晨深呼吸一口气，事情听上去很是凶险波折。她看着龙大的眼睛，心里全是信任与安宁。

"安若晨姑娘，啊，不对，龙将军夫人，你准备好与本将军一起全面反攻了吗？"

安若晨头点得很用力："将军指哪儿我打哪儿，只攻不退。"

龙大笑起来，将她揽进怀里，额头抵着她的："事情不会那般容易，牵扯众多，势力深远，我们须得步步为营，小心谨慎。"

安若晨也笑："将军放心。我也是有见识的，活到今日，遇到的事里，除了成为将军夫人容易些外，其他的都不容易。"

龙大的眉头挑得老高。夫人，你再说一遍，什么事容易？

龙大与安若晨的婚期定在当晚。如此神速，让安若晨吃惊。

龙大道："原本该是昨日与你说，今晚行婚礼，让你有时间准备，结果你睡了两日。"

居然睡了两日！安若晨更吃惊！想了想，不由庆幸自己及时醒来，不然场面大概会变成龙大拍醒她说："醒醒，起来拜堂了。"

龙大从衣箱子里拿出两套喜服，一套他的，一套安若晨的。

喜服明显是匆忙之下备的，料子一般，绣图简单，没有喜冠，衣裳配着个单薄的红盖头。安若晨却如视珍宝，小心翼翼地摸着，抬起头来，傻乎乎地笑："我从前，真的憧憬过会嫁个什么样的夫君。"普普通通，老实善良，他们和睦平安地过一生。那时候想象中的喜服，与这个差不多。不华丽，不富贵，但有情。

"憧憬过？是什么样的？"龙大问。

安若晨眨眨眼睛，这可不能告诉他。正想转移话题，龙大却道："犹豫什么，照着我的模样描述一遍可就对了吗？"

安若晨哈哈大笑。

龙大一脸严肃："这般拍夫君马屁的好机会，你也不会把握，还能指望你成何大事！"

安若晨差点笑倒，龙大扶着她，顺手将她揽进怀里："我说得不对吗？哪里不对？"

"对，将军说得对！将军说什么都对！"瞧，她抓住了每一个拍马屁的机会。安若晨想到这儿，又笑了。见到将军短短时日，比她独自在中兰城一个多月笑得都多。

"将军。"安若晨想起中兰城，敛了笑容，"成亲都要做什么呢？"

"正经还是有许多事要做的，那些待我们回到京城了，重摆宴席时再操办。今日便是在兵将们的面前，让他们见证我们结为夫妇，然后大家一起喝酒吃肉欢欢喜喜。我父母双亡，你母亲已逝，父亲可以不提，太守大人及夫人从前为我们办好了婚书礼聘等，这礼数算得上齐。你觉得呢，还缺什么？"

"这般啊。"安若晨觉得挺好，她本就不是古板死守礼的人，只是她确有一事想办，"将军，我先准备准备。"

龙大允她。新嫁娘嘛，本就是该有些场面，他委屈她了，她却一句怨言没有。

龙大让人搬来了大桶，烧了许多热水，又给安若晨准备了些澡豆布巾之类的。军营里头本就不太注重这些细节，东西颇是粗糙，安若晨不介意。她迅速把自己洗漱干净，换好了衣裳，梳好了头，然后磨墨铺纸，凝神静气，从她离家那时开始想，一件件事涌上心头，她在纸上写下了一个又一个名字。

写好了，晾干墨，她郑重地把纸折好，放进怀里，贴在心上。然后她掀开帐门一角，小心翼翼地看了看，不远处守卫的卫兵忙奔过来，安若晨让他转告龙将军，她准备好了。

龙大过来的时候已穿好了喜服，神采飞扬，高大俊朗。他看了安若晨半晌，忍不住低头吻她："我可曾夸赞过你的美貌？"

安若晨哈哈大笑："将军是觉得，未能为我备上好的胭脂和首饰，得用夸赞来弥补一下？"

龙大握拳放在心口上，起誓状："确是真心实意。初见时倒是不觉得，可后来不知怎地，越看越好看。"

安若晨脸红了。

"脸红起来的样子更好看。"龙大偏偏还要补一句。

安若晨的脸更红。

龙大再看看她，低头再亲一记，将她紧紧抱在怀里："总觉得很挂念，总觉得对不起，总觉得对你太轻浮了些，总觉得时机甚是糟糕，总害怕你会以为我虚情假意，也总害怕你对我只是感恩回报。但我真的，对你甚欢喜，很想速速娶你为妻。"

安若晨抬头看他，问："将军颇是婆妈，被什么附身了吗？"

龙大撑着脸皮说的这些，闻言臊了脸戳她额头："便知你是个没良心的。这不亏欠你许多，婚礼也没个样子，再不说些好听的，告诉你我的心意，太对你不住。"

"嗯。"安若晨点点头。

龙大等着，等半天居然没下文了，又戳她："这种时候你该回报，也说些好听的。"

安若晨诚恳问："将军，我可曾夸赞你的美貌、智慧与英勇？"

"……"

"初见时倒不觉得，可后来不知怎地，越看越觉得就是如此。"

"安若晨姑娘，你能自己想些词吗？"

"我可比将军多了两个词。"

龙大摆出生气脸。安若晨忍不住又哈哈笑。

龙大亲亲她的眉心，道："我是知道的，你顽皮时，是真顽皮。"再亲亲她的鼻尖，"从前你无处可顽皮，想想便心疼。"再亲亲她的唇，"时机虽算不得好，婚礼也简陋了些，还有许多麻烦在等着我们，还不知道有何凶险波折，但我向你保证，我对你全心全意。从前我与你说过，平南郡的安危、大萧的安危，这些与你的命相比，它们全摆在前面。如今这些仍未变，但我想告诉你，你的命，排在我的前面。"

安若晨把头埋在龙大的怀里，道："将军，你唤我一声龙安氏。"

"龙安氏。"

"哎！"安若晨答应得响亮，声音拖得长长的，答应完了，她抬起头来，对着龙大笑，"将军，好听吗？"他想听好听话，这个可以吗？

"好听。"龙大将她抱紧，"打完仗，回了京城，我带你去拜拜龙家列祖列宗，让他们看看你。我祖父祖母，父亲母亲，定想不到我娘子是这般的。"

"将军，请加个'好'字。"

"好吧，他们定想不到我娘子是这般好的。"

两个人相视笑着，分外珍惜眼前时光。

龙大亲手为安若晨盖上了红盖头。牵着她的手正欲出去，想起胳膊夹板没绑，又亲手帮她绑好。安若晨一脸无奈。将军果然对不起她，婚礼时她不能貌美如花就算了，还要装病残。

出了去。众兵将早已在校场等着。楚青还安排人找来了轿子，用红布扎一扎算是喜轿了。兵士们抬着安若晨，绕了营地一圈，旗令兵挥旗，鼓号齐奏，众兵士大声喝彩，敲着铁甲兵刃，声音响彻天际。

安若晨在轿子里看不到，也不知龙大在何处，但并不慌张，她在心里对母亲道："娘，我嫁给了最想嫁的人，我婚礼的宾客多到你想不到，我逃出来了，我活成了我想要的样子。"

中兰城里，安若希正与喜娘一道绣喜被。她今日见着了薛叙然，心中甚是欢喜。先前她照着薛叙然嘱咐的，去喜秀堂说她想要一支喜鹊立梅枝样式的簪子。掌柜便回话让她第二日来。第二日安若希又去了，掌柜却说还得做出喜鹊喜气的模样来，所以拿不出货。不过公子正巧在呢。安若希喜滋滋地在雅室里见着了薛叙然。

"薛公子是让掌柜的告诉我，你也惦记着我吗？"

"不，我的意思是，你旁的乱七八糟的事莫管，光惦记我就够了。"薛叙然一边嫌弃脸一边问她有什么麻烦事。安若希忙将钱世新到家里来说的那些都说了。家中如今更多钱世新的人，总觉得不太舒服。

"我嘱咐你的，都办到了吗？"

"当然了。"安若希摆出乖巧样，"我未理会他们，只在自己院子活动。他们做什么，我都未打听。"

"多与你娘亲近亲近，有什么事，她会告诉你。也不能全不知道，不然被别人害死都不知如何死的。"

安若希皱眉头撇嘴，要成亲了，说这不吉利的话。

薛叙然也知失言，不过他说话一贯不中听，一时没留意，于是道："这不是婚期近了，中兰城里又乱得很，担心你出了什么意外。"

"担心我？"

"是了，是了，担心你。"薛叙然粗声粗气，觉得自己是被逼迫才说的。

安若希眉开眼笑，这会儿绣着喜被想到薛叙然当时的表情还忍不住笑。

钱世新笑不出来，连装都没法装。他面前站着蒋松和古文达。

古文达恭敬站在蒋松身后，半垂着头，没说话。钱世新未将他放在眼里。于他看来，蒋松才是麻烦的那一个。他脾气火暴，不好糊弄，官职还不低。且如今他能回到中兰城来叽叽歪歪，那表示前线局势真的很安稳了。

蒋松是来送正式的军函的。前线打了胜仗，无论是四夏江还是石灵崖，南秦那头都不敢再乱动弹了。不但不敢乱动弹，还得想法子与大萧谈判，毕竟近万人押在大萧手里，南秦与东凌不急才怪。

但这件事对钱世新来说不算坏事，他冷静问："之前报说南秦皇帝御驾亲征，是否他亲自来谈和？"

"这个便不清楚了。"蒋松道，"将军只说会与南秦东凌相谈议和之事，相关事宜已另去信报梁大人。另外，将军抓到了南秦于我军中的细作，便是一直在安姑娘身边的卢正。"蒋松说到这个，咬牙切齿。卢正是他亲自挑的。这个人是细作，简直就是啪啪啪地使劲打他的脸。他眼瞎脑子坏了，竟然半点没看出来，还一路将他提拔到了营尉的位置。

钱世新正想装装惊讶说他不知道，他反倒一直怀疑安若晨，毕竟白大人是这般交代的，而且她还与姚昆一起逃了。可蒋松没给他编排这些话的机会，迅速接着道："龙将军让我问大人，他派的传令兵，报前线大捷消息的那位，被大人拦在门外的那位，如今何处？"

钱世新继续装惊讶："这个我就不知了。我让偫头侯大人带他下去休息。而后我进了屋，打算等白大人与姚昆议完事就将捷报相报，没想到江鸿青却是行刺了白大人。白大人伤重身亡，实在让人遗憾。"

蒋松压根不理他的遗憾，只道："龙将军指示，白大人遇刺，许是细作的阴谋。凡与细作相关，便是军方待审的案子，相关案录卷宗，移交军方。"

钱世新道："江鸿青死前明确说了，这是姚昆的指示，姚昆便是主谋。这可是抓个现行，人证物证俱在。"

"姚昆已被将军押在军营，如何审案，龙将军自会定夺。"

钱世新顿时一噎，但他仍道："所有案情，我已报梁大人。白大人是梁大人的亲派，自然得与梁大人交代。"

"龙将军自会交代。"蒋松还在为卢正的事生气，说起话来自带一股怒火，"还是钱大人觉得自己不必与将军交代，只与梁大人交代就好了？"

钱世新呼吸几口气，道："自然不是。只是白大人对安若晨怀疑甚深，这怀疑当日也得到了印证。安若晨与姚昆勾结，他们一起出逃，还得细作杀手相助。蒋将军方才也说卢正亦是细作一伙，那么卢正行事是否是受安若晨授意，这里头究竟有何阴谋，将军军中细作潜伏，将军尤不自知，酿成大祸，将军自查恐不妥当，还是由梁大人处置好些。"

这些话简直是火上浇油，蒋松更气："将军给衙门的函报，钱大人仔细看看吧。钱大人说安姑娘，不，说将军夫人嫌疑重大，可有实证？将军夫人因安府段氏一案受审，衙门这处可有实证？未有实证，擅自扣押，且让将军夫人险些送命，不得不惊险奔逃，这责任不知是白大人该负还是姚大人该负，或者钱大人你来负？"

将军夫人？钱世新捏紧那信，他确是还未看，但听起来龙腾那家伙居然不管不顾，给安若晨火速许了个身份吗？而且安若晨才逃了几日，龙腾接回去椅子还未坐热呢，就算成亲，消息传回来哪有这般快！又玩的事情未办完就先派人报信那一招吗？

将军夫人！钱世新在心里冷哼！将军都快没法自保了，何况他夫人！

石灵崖军营里，龙大与安若晨行完礼，喝了交杯酒，众兵将大声欢呼，举杯共饮。有人起哄这辈子怕是唯一一回能在战场上见证婚礼了，想见见新娘真容，想当面给夫人行礼。

旁边一堆人大骂。有说不识礼的，有说拍马屁的，也有人小心附和。众人七嘴八舌。龙大捏捏安若晨的手，安若晨用力回捏了他一记，表示自己并不害怕。

"好吧，你与大家说几句。"

龙大的声音不大，但大家顿时都安静下来，眼巴巴地盯着安若晨看。安若晨咬着唇，但也点点头。

龙大替她把盖头掀了起来。她对龙大笑了笑。

龙大也笑了，道："她说不紧张，原来是假的。"

众人哄笑，有人大叫："夫人好！"

一吵闹，安若晨更紧张了。龙大一抬手，大家安静下来。安若晨深呼吸，道："我，呃，谢谢大家，陪将军出生入死。"

大家都看着她。安若晨脑子里空空，再憋不出话来。龙大问她："只说一句？"

安若晨窘，众人笑。安若晨看着那一张张刚毅的汉子脸，忽然觉得很想再说什么。她拿出那张纸，道："我与将军初次见面，是在将军领兵入城那日。将军来此，是为了调查南秦入侵阴谋。后来我们相识，也是因为奸细之事。因为这些事，死了许多人。那些人，有些是南秦细作，有些是我大萧奸细，有些是无辜百姓，有些是我认识的，有些是素未谋面的，还有些是为了救我而死的。我很幸运，能嫁给将军，但我不能忘了他们。那些真相，那些公道，我还欠着他们。今天是我与将军的大喜日子，我在帐子里，写下他们的名字。"

安若晨咬咬唇，开始大声念名字。

这些名字，兵士们当然是陌生的，但他们心里也有名字。于是一个人说出一名字，另一个也接上，那是他们战死的兄弟。那些名字，远比安若晨名单里的多得多，安若晨并不认识他们，但她落泪了。

真相与公道，必须还清。

安若晨握紧了龙大的手。

这边蒋松还在与钱世新道："既是拿不出实证，又无新的线索，那请钱大人撤销对我将军府徇管事陆嬷嬷的缉捕令函。前线大胜，是我大萧盛事，请大人速发告示，以定民心。郡府徇门那场胡乱混战，前因后果，与细作何干，龙将军要知道。城中搜捕何人，如何搜捕，龙将军要知道。对太守府的管制监察，由我军方接手。"

钱世新真是有些不敢相信，龙腾这是完全不将梁德浩放眼里了吗？巡察使安排的事，他派个人过来说踢开便踢开了？

"蒋将军。"钱世新定了定神，道，"许多事是白大人生前嘱咐的，不止我，他的一众属官均得了令，军方的搜查，对太守府的监管，也是对白大人遇刺一案的交代。蒋将军一直在军营，未知城中情形。"

蒋松打断他："所以如今我来接手，我未知的情形，还请众位大人相告。白大人生前嘱咐了什么，我想龙将军也想知道。白大人既是去世，城中不可一日无主。听说白大人让钱大人暂代太守之职，将军觉得姚昆从前与钱大人相交甚密，恐白大人遇刺之事钱大人也撇不干净，白大人这般安排并不妥当。"

钱世新脸色铁青，这是反咬一口？

蒋松硬邦邦地道："龙将军嘱咐，若对他的安排有异议，都可好好商量。他如今有空了。"

"……"

安若晨与龙大的婚礼时间并不长，毕竟是战时，兵将们热闹了一番后很快就各回各位，各值各岗。有些无事的，坐在篝火旁继续喝酒吃肉歌唱。

歌声嘹亮，称不上悦耳，却颇有气势，让人心情舒畅。安若晨坐在帐子里，听着隐隐传来的歌声，一边与姚昆叙话。

姚昆自被龙大救下，这还是第一次见到安若晨。比起在中兰城里的警惕尖锐，眼前素颜红装的安若晨才真正像个二九年华的小姑娘。今日日子特殊，姚昆也不敢多打扰，只表达了恭喜之意，又说自己已与龙将军将中兰城里发生的大小事都说了，龙将军的意思，是暂时没有办法洗刷干净他的嫌疑，得找证据线索反驳指控。但谋害白大人一事栽赃得太简陋，定有办法处置，让他莫要心急，他家人的安危，已派人去盯着了，谅那钱世新不敢做得太过。

姚昆道："将军说，我龙大还未死，他钱世新不给自己留些余地，便是他找死了。"姚昆颇有感慨，龙将军说话就是硬气。

安若晨安慰道："将军既是如此说，那便是会如此办。大人勿心急。"

姚昆点点头，却道："我想回中兰，将军既是已稳了局势，又有把握制得住钱世新，我想回去。衙门里还有许多我的部下属官，有爱戴我的百姓，我回去了，才能引出线索，找到真相。"

安若晨没说话。

姚昆停了停，见她不接话，只得道："只是龙将军不答应。"

安若晨这才道："将军不答应，自有他的道理。方才大人不是也说了嘛，将军亲口与大人说的，这事已派人去处置，大人莫要心焦吧。钱世新见不得大人，便不敢对大人家人施害，但若大人便在他面前，他自然就得拿着大人软肋要挟。到那时，大人是眼睁睁看着夫人公子落难，还是自己屈从钱世新？"

姚昆心里叹气，就知道龙将军不管做什么，这安若晨定会全力支持。他想让她帮着说话，怕是不能够了。只是他记挂蒙佳月和姚文海，真的不能心安。

钱世新心亦不安，但他未屈从。就算龙腾当着他的面亲自说，他也要驳上一

256

驳，何况只是蒋松而已。

武将说话硬气，喊打喊杀，但真要动手，他们敢吗？钱世新觉得他们不敢。若真敢这般武断行事，先前龙腾怀疑这个是细作怀疑那个是细作便该除了再议，何必磨磨叽叽查来查去。如今亦是一般。他钱世新可疑，证据呢？

所有的事都是思虑清楚才安排。每一个人，每一个位置。龙腾是这样，白英也是。

龙腾会被举荐来这儿，就是因为他如此的性子，他讲究什么公正公道，就必会顾虑冤假错案，顾忌伤害无辜。在武将身上，这可不算优点。未开战前，他都会优柔寡断，所以他们有足够的时间办事。这是当初上头定计划时的思虑。事情也确如他们认为的一般，龙大确是未有疑人就抓，未有闻风就动。所以钱世新觉得，现在也是一样。

钱世新与蒋松道，他受白英之命，代任太守之职，代掌平南之事，如今白英尸骨未寒，他定不能违背所托，抛弃承诺。再者令书已呈梁德浩，若非梁德浩下令，他不敢交出太守之职。

蒋松也不退让："既然钱大人坚持，那我就得依令先将钱大人押下，等候梁大人的令书到了再处置了。"言罢，一摆手，一队卫兵便要上前来。

钱世新大喝："蒋将军，你这是目无王法了吗？"

"王法是你钱世新不成！"蒋松喝起来可比钱世新有气势。

钱世新口气一软，道："蒋将军，你我都是奉命办事，龙将军与梁大人处置这个也自然是有商有量的，我们闹得不好看，会教两位大人为难。不如这般吧，蒋将军与我一同处置衙内事务，我一文官，遇着白大人遇刺身亡，细作四伏的险情确是不知所措，蒋将军对平南事务不熟，处置起来也会吃力。你我齐心协力，才可度过此难关。也好与龙将军、梁大人交代，你看如何？"

蒋松听罢，想了一想，点头："也好，那般也不是你抗命，我也未负将军之令。但我丑话说在前面，可莫要在我这儿耍什么花样，发生任何事，均得相报与我。"

钱世新连连点头称是，道自然是如此，确是需要蒋将军这般人物才能威慑住胆敢谋害杀戮官员的细作。

蒋松满意点头，让钱世新先召白英的卫兵官将过来说话，他要处置的第一件事，就是白英带来的兵。

那官将就在门外，钱世新唤人去请。他看了看蒋松，蒋松板着脸，显然想摆官威。钱世新垂目低首，听着蒋松与那官将对话，暗松了一口气。他故意先硬气后示弱，无非就想取得眼下的成果——共同管辖平南。只是说是共管，蒋松一武夫，又哪里管过一个郡。钱世新只需片刻就想到了许多琐事能让大小官吏烦死这蒋松。而他该干吗还干吗。龙腾不过是刚夺得一点时间，他拖垮这点时机就好。

石灵崖军营那头，龙大很晚才回来。姚昆离开多时，安若晨自己在帐子里整理案子思绪，完全没有新嫁娘的自觉。直到看到龙大，这才感觉到害羞。

龙大进帐一脸惊奇："这么晚了，还未歇息？"

安若晨愣愣，很好，看起来将军大人也没有新郎官的自觉。今晚不是洞房花烛夜，对吧？

"未歇息正好。"

安若晨又警觉了，看来他没忘。还没来得及重新害羞，听得龙大道："正好可以跟你聊聊。"

聊聊？好了，不必害羞了。安若晨不知该给将军大人什么表情合适。

龙大打开柜子，取出两张纸，坐到椅子上，招招手："你来。还未曾与你仔细说过我二弟三弟。"

所以现在是要给她看画像认人吗？

安若晨坐过去了。龙大很自然地将她从椅子上揽到自己腿上，抱在怀里。

有点熟练啊！他抱着和她坐着都是。安若晨心跳得又似战鼓了，咚咚咚！咚咚咚！假装不知道自己脸很烫，她低头认真看龙大手上的纸。

龙大打开了，不是画像，是封信。"是我二弟写来的。"龙大将信展示给安若晨看，"我二弟呢，从商，掌家的。我三弟呢，喜欢交些友人，到处游历。我家里头，父母去得早，所以两个弟弟也皮些，不是太讲规矩，也不爱那些繁文缛节。"

龙大搂着安若晨一边看信，一边絮絮叨叨讲着两个弟弟的琐事，讲着讲着，又道："我二弟讲究些，我三弟不太讲究……"

安若晨已经没顾上听龙大说什么了，她看这信似乎是将军二弟写的，称呼大哥三弟什么的，信上交代了些家常，然后提到龙大的婚事，他说别的不管，但回京必须要摆酒宴，酒宴大小和宾客请谁他已心中有数，这个他来操办，大哥不必操心。另外他郑重告诫大哥，一定要拖到回京生娃，这般可以摆两次宴，请两回宾客。当然多生多好，生一回摆一回。

安若晨都没心思害羞，琢磨半天，这里头讲究的是啥？

她问将军，龙大摸摸鼻子，无奈又纵容的语气："你知道的，我二弟掌家。"

所以呢，还要掌家中兄弟何时生娃？安若晨不明白。

"掌家呢，钱财上的压力是大的。各种花费支出。"

258

这个安若晨懂，包括将军大人让她随便从钱庄取银子，也是支出。

"我何时让你随便取？"龙大不承认。安若晨觉得没关系。但她更不懂了，设宴不是花费更多嘛，银子不是该省着花？

"成亲，娃儿满月，都是喜宴。宾客来了，要给喜钱的。"龙大道。

"……"安若晨决定，将军让她随便支取钱银的事，还是不要告诉二弟的好。

这晚，两个人一起躺在床上。龙大未提洞房的事，安若晨自然也装不记得。只是黑着灯并排躺着颇是尴尬啊。安若晨没敢动，僵着手脚直挺挺躺尸状。

过了好一会儿龙大叹气："说好了适宜时候我们可比比身上的伤痕，其实这会儿便是适宜时候啊。"

安若晨涨红脸，他们有说过这种出格的话吗？她记得没有吧。难道是从前将军自己心里说的，他以为说出口了？但他语气如此笃定，安若晨严重怀疑是不是自己忘了。不不，这不是重点。比身上伤痕什么的，很羞啊。

"其实后头仍有许多凶险，此处又是军营，确是不好做些生娃的事。"龙大又道。

安若晨觉得脸要烧起来。将军，你这般自言自语的话，留在心里默想便好了。

"可我们是夫妻了，新婚夜，你会不会怪我？"龙大居然问。

安若晨闭上眼睛，她已经睡着了，没听见，真的。

可龙大的手在被子下悄悄地摸过来，握住了她的手。安若晨又是惊讶又是害羞，不自禁哼了一声。这声音很小，但在静夜中却很是清晰。

也，很是撩人。

没一会儿，龙大翻过身来，将安若晨拉进怀里，小声道："那，抱着睡好了。"

安若晨咬着唇不敢言声，已羞得动弹不得。

"就抱抱。"龙大又道，声音更小，似在她耳边吹气。

安若晨闭着眼埋头在龙大怀里，很想大叫将军你别解释了！

似乎还真是抱着而已，但安若晨的心快要跳出胸膛。战鼓一直在狂敲，咚咚咚！咚咚咚！

过了好一会儿，安若晨忽然意识道，那战鼓般的心跳，是将军的啊！

"将军。"安若晨忍不住唤了他一声。

这一声，似触碰到了什么开关。龙大猛地低头吻住了她。这个吻缠绵热情，似一把火将两个人烧化。

龙大的手掌热得发烫，熨过她的肌肤，摸到疤痕时，细细抚摸了一阵。他吻着她，在她耳边道："嘘，我们小点声就好，好不好？"

安若晨羞得要晕倒，她发誓，要是将军再问一次，她要答好。

不过龙大没再问，他探索着她，努力让自己和她都小声一点。

去他的时机，去他的地点。猪狗牛羊鸡鸭鹅的，洞房最重要。

蒙佳月这数日食不知味，夜不能寐。她想尽了所有办法，都没能探听到姚昆的消息。他是生是死，如今何处，她都不知晓。而比姚昆失踪更让她揪心的是，前几日钱世新派人到太守府找朱荣，领了他去衙门认尸，说是在西槐街处发现了一辆空的马车和几具男子的尸体。他查问之后，得知那几位男子是太守府上的护卫。遂让朱荣去认一认。

朱荣回来，面色凝重，蒙佳月如五雷轰顶，这才知道，原来当日护送姚文海出城的那些人全部丧命。

"他们问我这些人因何出府，办何事，我只道不知，并非经我安排，须得回府问问夫人。"朱荣道。

蒙佳月话都说不出来，震惊地一把抓住朱荣胳膊。

朱荣知她疑虑，忙道："未见公子尸体，也未有消息。我问了，衙门那处只说马车是空的。除了这些人的尸体再无其他。"

蒙佳月跌坐在椅上，喃喃道："是钱世新吗？他劫走了我儿？"

朱荣道："从前大人查案，我在一旁伺候笔墨，也晓得些许门道。我看那些尸体，全都伤痕累累，并非一刀致命。也就是说，必是经了一番厮杀。如此，总会留下些线索，就算无人目睹，但厮杀拼命，总有痕迹，兵器、人数、骑马、用车、使轿等等。但我细问案情，衙吏只道不知，我要看案录，衙吏也是不让。我想见见钱大人，又说钱大人忙碌无闲。我去找了郡丞大人等想打听打听，他们全都推托不知情。"

蒙佳月红着眼眶咬牙："如今大人不在了，今非昔比，这节骨眼上，钱世新敢用的人，都是听话的。"

"夫人。"朱荣道，"若是钱大人劫走了公子，以此要挟，那他让我去认尸，便是要让夫人知道，公子在他手上。"

蒙佳月闭目，慌得六神无主："他究竟要如何？"

朱荣不语，他并不知晓，只得摇头。

蒙佳月缓了好半天，嘱咐朱荣："让外头的卫兵给钱大人递个话，便说我要见他。"

她给他机会，当面提出他的条件。只要她儿子平安，她夫君平安，什么都可以。

话是递出去了，但是一直没有回信。朱荣每日催问，卫兵只道钱大人忙碌，有空时自会安排夫人相见。但这一等，便等了数日。

越是等待，蒙佳月就越是煎熬。她揣测了千百种可能性，猜测钱世新提出的要求，随着时间的推移，她觉得她能答应的事情越来越多。只要给她一个确切消息，告诉她夫君和儿子的安危，她都愿献出生命。

就在蒙佳月觉得再支撑不住时，钱世新来了。不止钱世新，一同来的，还有蒋松。

蒙佳月非常惊讶。

钱世新过来并非与她谈条件，却是告诉她，龙将军前线大胜，听闻白英大人遇刺消息，便将姚大人扣押在前线军营。如何处置，要等龙将军的意思。如今中兰城内凶险，衙门里头也不安全，怕是有许多奸细潜伏，龙将军为确保前线后方皆安稳，让蒋将军与他一起暂时管辖平南郡，之后如何，等梁大人的指令。

蒙佳月摸不清他们的意图，但抓住了最重要的一点："我家大人在龙将军手里？他可平安？"

"龙将军从四夏江前往石灵崖时，途中拿下了太守大人和其他一众人等，押回了石灵崖。"蒋松道。

蒙佳月忙大叫："白大人遇刺一案，我家大人是清白的。请龙将军务必明察。"

钱世新却道："龙将军已查明，安姑娘身边的卢正是奸细。"

蒙佳月一愣，看向了蒋松。那位卢大人竟然是奸细？他可是一直护卫安若晨的人。他是奸细，表示什么？

蒋松真是一肚子火，钱世新这暗箭刺得！他道："龙将军将卢正抓个现形。他当时正指挥着钱大人派的人，欲擒下安姑娘，不，欲擒下将军夫人，杀掉太守大人。"蒋松顿了顿，道，"夫人，安姑娘与龙将军成亲，是将军夫人了。"

蒙佳月对这重要消息毫不重视，她只关心姚昆："欲杀害我家大人？！"

钱世新赶紧道："我那时并不知卢正是奸细，他说姚大人将他锁在机关里，劫走了安姑娘。我派了人给他，让他将安姑娘……"被蒋松看了好几眼，钱世新改口，"让他将将军夫人和姚大人一并带回。他途中假传我的指令，我并不知晓。"

蒙佳月瞪着钱世新，看着他坦然自若的样子，忽然反应过来蒋松话里的意思，她看了看蒋松，再看看钱世新，问："那么，我家大人被冤谋反，卢正领人谋害于他的案子，是龙将军在审吗？"

蒋松道："事关细作，自然归军方处置。"

钱世新的语气比蒋松温和多了，他道："已将所有事宜仔细报了梁大人，梁大人会与龙将军商议如何处置的。"

蒙佳月皱皱眉头，明白这里头有他们两派的争斗。她问道："我想见见我家大人，不知两位大人可否安排？"

钱世新客气回道："事情还未查清，再者石灵崖路途遥远，战火未尽，按理，是不合适让夫人去的。"

蒋松道："将军未让我安排夫人去。"

蒙佳月又问："那既是我家大人未被定罪，两位大人可否解了我府中的监禁，让我们日子过得方便些？"

钱世新道："白大人遇刺那日，太守府中多人到衙门杀戮，这些事夫人还未说得清楚，虽说是方管事私自所为，但太守府里仆役众多，奸细潜伏也有可能。未查清府中所有人等的嫌疑，恐不能让他们自由进出，不然案犯潜逃，我与蒋将军都没法交代。"

蒋松未反驳，点点头。

蒙佳月心里不确定了，她知道蒋松蒋将军这人，但未与他说过话。如今他突然上门来给她些让她安心的消息，却仍与钱世新一般将她全家软禁着，她见不到大人，又怎知他们消息的真假？卢正一直在安若晨身边，他是奸细，别人呢？

蒙佳月越想越是猜疑，心中似被刀割火烧，她儿子呢？他们说了半天，她儿子呢？她一咬牙，叫道："钱大人，你不如直说了……"

"夫人。"朱荣捧着茶点进来，打断了蒙佳月的话，说道，"夫人与大人们喝些热茶，慢慢说话。"他说着，让一旁的丫鬟给大家换热茶。

蒙佳月缓过神来，知道方才自己差点失态。她抿抿嘴，看着丫头给她倒茶。茶已满，而她还不知该如何反应才好。

这时朱荣道："两位大人，我家夫人这些日子忧心忡忡，精神疲惫，若有失礼怠慢之处，还望两位大人海涵。"

钱世新和蒋松自然说无妨。

蒙佳月看着朱荣。朱荣道："夫人，既是龙将军和梁大人已有定夺，大人的冤屈会洗清的。大人们需要些时候，夫人也莫着急。既是知道大人平安，便先安下心来，好好休息，身体重要。"

蒙佳月红了眼眶，几欲落泪，但却读懂了朱荣眼中的意思，她哽咽道："那，那我就等等大人们的消息。"她起身，向钱世新和蒋松行礼，说自己心急，失仪失态，请大人们包涵。她希望能见一见姚昆，希望大人们能安排，也希望能尽快确认家中所有人的清白，过上清静安宁的日子。

蒙佳月说完，告退了。钱世新和蒋松要安排这府中防卫之事，朱荣出面打点对应。蒙佳月回到自己屋子，捂面痛哭。她的大丫头进了屋，替她擦了泪，小声道："夫人，朱管事让我待你回来了，悄悄告诉你，去西屋一趟。"

蒙佳月一愣，听这语气慎重，难道是儿子逃过一劫悄悄回来了？她赶紧擦了泪，飞奔到西屋。一开门，却见屋内是个身着军服的男子。

男子自称古文达，于军中任职，受安若晨所托前来。

蒙佳月知道这名字，她甚至记得这人就是接替谢刚职权的，但她不知道他的长相。"你如何进来的？"

"自然是与蒋将军、钱大人一同进来的。"

所以是真的古文达？"安若晨托你何事？"

"安姑娘……"古文达顿了顿，改口，"将军夫人托付我，若是城中情势不妙，太守或是太守夫人需要帮助时，由我来提供帮助。"

"所以就是根本没有托付你任何具体事！"蒙佳月简直要抓狂砸屋子，你们一个两个全当我是傻子吗？谁是真的，谁是假的？不过是乘虚而入，趁乱谋害。"我儿子在哪儿？"蒙佳月大叫，双手撑着桌面，险些要跪在地上，"你们要做什么，明说好了，不再要这般折磨我了。"

古文达冷静道："夫人莫要吵嚷，招来别人的注意便不好了。"

蒙佳月瞪着他，她不相信他。最糟糕的是，她不知道可以相信谁。她要找朱荣，问问他究竟是怎么回事，他为何要让她来这儿见这人。

未等蒙佳月开口或行动，古文达又快速道："确是安姑娘让我来的。夫人不信我，总得相信她吧？"

蒙佳月正要说那就让安若晨来，让安若晨当面与她说。可她看到古文达往一旁退开，他身后的屏风后走出一人。蒙佳月瞪圆了眼睛，吃惊地看着那人。

古文达道："城中搜捕令还未解除，所以得将她藏着点。"

蒙佳月已不听他所言，她扑上去，一把抓住那人，叫道："陆大娘。"

陆大娘扶着蒙佳月，将她扶到椅子上，道："夫人信我吗？"

蒙佳月含泪看她半晌，用力握紧她的手："你活着。"

陆大娘点点头："我听说方管事的事了。是他救了我一命，我欠他的恩情。"

蒙佳月想到方元，又是落泪。

陆大娘道："我当日逃离府衙，去了一个只有我与安姑娘知道的藏身处，昨日，古大人用姑娘嘱咐的暗语与我联络，所以我知道，姑娘信任他，嘱咐了他些事。"事实上，古文达在那联络处，留下了给"田老爷"的消息。"田老爷"这个代号，只有安若晨知道。

古文达摸摸鼻子，他看到"田老爷"变出个陆大娘也差点吓坏了好吗？谢大人果然是将全套本领都教给了安姑娘，不，将军夫人了。

蒙佳月看看面前两人，擦干了眼泪，镇定下来，问："那么，你们找我做什么？"

古文达迅速道："蒋将军并不知道我暗中调查之事，请夫人莫要与他提起。"

"我们与夫人的联络，除了朱管事，夫人谁人都不要告诉。"陆大娘道，"我们须得暗中行事，还太守大人清白。"

"安若晨在做什么？我家大人又如何？"

"蒋将军与夫人讲的都是实情，事实上，龙将军安排他来压制钱大人的势力，束缚钱大人的手脚。钱大人只是局中棋子，他的作用，是掌控平南，可若平南不完全在他手里，但局势却还给他希望，他便会加速动作，频频生事，幕后人便会露出马脚。"

蒙佳月也是聪明人，她懂了。所以才会有这共同掌事的结果。

古文达又道："钱大人手里需要筹码，可安姑娘不在了，太守大人不在了，卢正又落到了将军手里，他的压力可比夫人还大。"

"我儿子在他手里。"蒙佳月道。

"那辆被劫的马车吗？"古文达问。

他果然知道，蒙佳月忙点头。将事情说了一遍。

古文达道："听夫人这般说，我却觉得公子不在钱大人手上。他找朱管事去认尸，该是想让夫人觉得公子被他劫走。若要达到这目的，把案卷给朱管事看，会更为确定。但他不这么做，是因为案录里定是记着别的，那个'别的'会让夫人猜疑公子不在他手上，他不希望这样。"

蒙佳月怔了怔。

古文达摸了摸下巴："其实他伪造一份案录给朱管事又如何，小事一桩。大概他觉得没必要。朱管事回来一说，夫人便火急火燎地要见他，让他觉得事情办成了。母子情深，何况太守大人生死未卜下落不明，钱大人料准夫人心情，再拖得夫人几日，夫人定会让他予取予求。"

蒙佳月咬牙，确是如此，她真的打算答应钱世新任何要求。她忙道："那我儿下落，古大人能帮忙去找找吗？"

古文达忙道："这个自然。夫人所托，我定全力以赴。只是还需要夫人帮忙，在钱大人面前装成毫不知晓的模样，听听他的要求。"

蒙佳月忙点头。知道钱世新所求，说不定能推断出一些线索。

陆大娘这时插嘴道："我觉得，方才古大人说得挺有道理。所以夫人不妨表示一下猜疑。若钱大人先前是疏忽，那么现在为了让夫人中计，说不定真如古大人所说的，伪造一份假案录。他们当官的都觉得这是小事，不以为意。"

古文达垮脸，陆大娘你这一竿子打得颇宽啊。

陆大娘继续道："夫人拿到了假案录，便信以为真，听从钱大人的要求。但这时夫人手上已有了钱大人的罪证。白纸黑字，这是物证。再有，钱大人定不会自己写假案录，会让别人办，那就是人证。"

蒙佳月精神一振，用力点头。古文达看着陆大娘的眼神里简直快要有崇拜了，难怪姑娘说若她不在，一定要找到"田老爷"，这人会是重要帮手，果然是人才啊。

陆大娘又道："夫人切莫心慌，我们齐心协力，定能揭穿他们的阴谋。钱大人以为全平南的衙门都是他的帮手，可他却忘了，还有全平南的百姓呢。"

古文达很想问问陆大娘，是不是歧视官府啊，明明现在抗敌主力是他们龙大将军率领的军方好吧。算了，还是莫要得罪陆大娘的好。人家有全平南的百姓撑腰呢。

蒙佳月与古文达、陆大娘商量好，便去找了钱世新。

钱世新与蒋松刚要走，他们已商议好了两边人马于太守府的守卫布置如何分工。朱管事悄悄与钱世新递了话，说夫人请大人留步。这次钱世新未再推拒不见，他等蒋松走后，转回太守府。

蒙佳月早已酝酿好情绪，见到钱世新未语泪先流，倒是与之前的失态接得刚刚好。

"大人，方才蒋将军在，有些话我不好说。但大人忙碌，恐拖延下去日后更没机会说了。"蒙佳月抹着泪道。

钱世新一番客气，让蒙佳月有话直说，他若能帮上忙的定不推辞。

蒙佳月便道，她得向钱世新请个罪，先前钱世新来问话时，她撒了谎。那日衙门里出了大乱子，她也不知究竟是何事，只听说一场混战，打了起来，方元又说不清楚，只说她家大人被诬害追杀，整个府里乱糟糟。蒙佳月说她当时第一反应就是保住儿子，所以火速派人护送儿子出门，打算等过一段弄明白事情后再接儿子回来。因着怕别人说姚昆确有预谋，还把儿子往外送，所以蒙佳月对外皆不敢承认此事。只是她万没料到，护送儿子出城的路途中，那马车居然会遭劫。

蒙佳月说起这事掩面痛哭。她说龙将军扣下了姚昆，居然不让她见一面，她很是惶恐。不知姚昆是否安好，亦不知这事里究竟是何门道。她问钱世新，觉得那蒋将军所言是否属实，她家大人是否真的平安无事？

钱世新道："我也只是听蒋将军所言，并未能见到大人。真真假假，如今还真不好说。实不相瞒，这事里确有古怪。蒋将军说龙将军将大人与安姑娘都接到了石灵崖，可接到石灵崖需要些日子，从石灵崖传消息回来亦需要日子。蒋将军的消息如此快，实在让人诧异。我心里也是有疑虑的。"

蒙佳月顿时似找到了知音人，她忙道："钱大人，我知道你如今处境与我家交往有些尴尬。毕竟白大人让你暂代我家大人之位，这里头容易有些误会，大人恐有避嫌之意。但我想与钱大人说说心里话。我家大人与钱大人相识大半辈子，是知己好友，是患难兄弟。如今出了事，还望大人莫要弃我家于不顾。只要我家大人平安无事，能让我们团聚便好。钱大人深受百姓爱戴，任太守掌一郡之事再合适不过，可比那蒋将军来得靠谱。"

钱世新垂眉，复抬眼，目光清和，语气和蔼："夫人莫要这般说，我只是临危受命，暂代太守之职，日后平南郡如何，那要看朝廷的意思。我只想把眼前的事办好，为百姓办事，为皇上解忧，如此便好。姚大人吉人自有天相，夫人莫太忧心。"

蒙佳月点点头，抹清眼泪，再道："我家大人的事，恐怕还得等等看龙将军那头究竟如何。但我儿失踪案子，却是迫在眉睫，得拜托钱大人查明。"

钱世新道前两日确是忙乱，未及时过来听蒙佳月说这事，还真是他耽误了。既是事关他侄儿，他自然全力以赴破案，相信定能找到。

蒙佳月问："钱大人确有把握？"

钱世新点头，再次保证。

蒙佳月道她如今是弄不清楚究竟发生了什么，龙将军这时候派人回来插手平南郡事务又是为何，她见不到她家大人，心里没底，谁也不敢相信。

钱世新目光闪动，很沉稳地未接话。

蒙佳月望着他，道："大人既是愿意相助，可否让我看看案录，我虽是妇道人家，但母子连心，说不定我能从中看出线索一二。若是能就此找到我儿下落，我愿意做任何事保他平安。"

钱世新未回话，沉默。

蒙佳月看着他的眼睛，道："钱大人，若我儿有个三长两短，我无脸再见我家大人。其他的都不算什么，我儿性命最重要。我愿意为救他做任何事。求钱大人助我。"

钱世新沉吟半晌，终是点头答应。

钱世新回到衙门，问亲信衙差可否见到陆波回来。衙差言道没有。钱世新有些烦躁，陆波不是这么没交代的人，难道他也被龙腾抓走了？

　　钱世新去了书房，看了一遍所有新到的公文信函报呈，然后从所有堆积的公务里挑了一些不紧要但是烦琐的，加上蒋松要的那几件案子的案录，交代了下去让人报到紫云楼蒋将军处。又叫来郡丞等郡官，问了问他们手上的事，暂时也全是整治全郡治安、各县春耕畜牧、军防配合等等，钱世新让他们全去蒋松那儿报一遍，把所有说到的事情，仔仔细细准备卷宗文书堆给蒋松。

　　待所有人走后，钱世新叫来了管卷录库的沈良沈先生。沈良小心翼翼，自太守大人行刺白大人后，钱大人便下令衙门内所有文书严管，所有卷宗案录锁紧，任何人未经他授令不得翻阅，以免有人篡改公文，图谋不轨。

　　这罪名有些大，沈良自然不敢有半点疏忽，所有卷案都锁起来，文书先生桌上的纸片儿他都恨不得也锁进柜子里。钱世新让沈良将马车劫案的案录给他拿来，沈良拿来了。这案录沈良自己看过，因着朱荣曾问他要，他没敢给，但心里也有好奇，于是翻出来自己看了。

　　钱世新翻了翻，问沈良有谁看过，沈良自然答文书先生与办案差爷问好话记好事后就入库锁柜，谁也没动过。钱世新点点头，让把案录放他这儿，他研究研究。

　　沈良走后，钱世新闭目思虑。当日城里多处出事，不止这马车，还有因追捕姚昆等人造成的众多死伤，再加上坊间普通窃案和打斗伤亡案子等。钱世新将所有情况想了一遍，办案衙差是他的人，记案的文书先生也不难掌控，搬尸的杂役无人注意，事情应该掩得住。钱世新将外头的衙差叫了进来，如此这般地交代一番，那人领命，赶紧办去了。

　　钱世新将事情处置完，去了一趟牢里。他将龙腾的安排和蒙佳月的反应说了，然后道：“观察了几日，姚文海确实不是太守府的人救走的，蒙佳月现在以为他在我手里。我打算好好利用这事。卢正被龙腾所擒，他该知道怎么做，但我另一个重要帮手也失踪了。”

　　钱裴皱眉琢磨半天：“你速找个由头，将我移到别处。不能是福安县衙门，要到一个寻常人想不到的地方。”

　　钱世新吃惊：“怎么，你觉得屠夫敢在这时候到衙门里杀人？如今没有比郡府衙门的大牢更安全的地方了。”

　　“不是屠夫，是龙腾。”钱裴道，“若是卢正真按规矩办，自我了断，那龙腾定会急眼。眼睁睁一个重要人证没有了，他只能再找一个。安若晨早就怀疑我了。”

　　“他们没有证据。”

　　钱裴冷笑：“你真是当好官当久了吗？这时候还要什么证据，抓回去严刑拷打一番，我自然什么都招了。”

钱世新瞪着他。

钱裴严肃道："他也会疑心的。"

钱世新自然知道这个"他"是谁，也知道这个疑心的意思是指疑心龙腾会盯上钱裴并让钱裴招供。

钱裴看着钱世新的表情，道："你总不能让你亲爹就这么被谋害了呀，再者说，你亲爹一不小心还会把你供出来。当然了，后半句是玩笑话。这世上我谁都能不顾，却不能不顾骨肉亲情。"

钱世新别开头完全不想看他："最后这句确实是玩笑话。"

钱裴道："我为你铺好了路，你才能走到今天。我本可以不搅进这些破事里，全是为了你。后头的事你还需要我护着你。这些可都是确确实实，没掺半点玩笑。"

钱世新咬咬牙："我想想办法。"

石灵崖军营里，卢止瞪着面前的安若晨也在咬牙微笑："将军夫人！"

"卢大哥。"安若晨努力维持着镇定，她知道将军对卢正用了刑，却没想到会这么惨，卢正两只手掌几乎烂掉，光着膀子，冻得脸有些白，而身上全是一鞭一鞭的血印，简直体无完肤。他被吊在军营校场中间，安若晨觉得这算是给全军一个示警——奸细的下场。

安若晨捧着一杯酒，卢正看了看那酒，因为疼痛而吸着气问："请我喝喜酒吗？"

安若晨道："我想请你帮个忙。"

卢正龇着牙笑："我都这样了都未曾开口，你以为一杯酒，叫声大哥，我就会告诉你吗？"

"田大哥死了吗？"

卢正的笑容僵住了。

安若晨看他的表情，知道了结果。她叹口气，翻转手腕，将那酒倒在地上。"这酒是给田大哥的。他喜欢喝酒，却没喝上我的喜酒。"

卢正抿紧嘴不说话。

安若晨问："他的尸体在哪儿？"

卢正不说话。

安若晨道："将军不让我来见你，他今日出去了，我偷偷来的。我觉得这个问题他来问你，你一定不愿答，但我来，也许你愿意回答。"

"是吗？"卢正笑了笑。

"毕竟朝夕相处，也算有兄弟之情，你就让我替他收个尸吧。"

卢正笑不出来了。他闭上了眼睛，想起另一个人。那人也曾与他朝夕相处，有兄弟之情，他定是也死了，而他不知道他尸体何处。这种遗憾，很平常不是吗？

"你定然不是为了这件事来的。"

安若晨答道："对你不重要的，也许对我很重要。"

卢正道："你真正想问的是你二妹的解药。"

"你觉得重要的事，也许对我不是太重要。"

卢正睁开了眼睛，他看了安若晨好半天，告诉她秀山上的一个方位："在那里挖吧。"

安若晨点点头，转身要走，卢正却道："我可以告诉你你二妹的解药放在哪里，但你得想办法让将军放了我。"

安若晨淡淡地说："我跟你不一样，我不会背叛将军。"

"你被将军哄得真好，死心塌地。男人都会这一套。"

安若晨站回卢正的面前，看着他。

卢正道："你不高兴？我说的是实话罢了。你如今对将军多有用，从他进城开始，再没有遇到比你更好用的棋子。他用你诱捕细作，用你制造沉迷女色的假象，用你当攻击对手的借口——看谁不顺眼了，便当是为你出头教训。你想想，请君入瓮之前要佯败，对方才会掉以轻心，记得吗？"

"所以？"

"所以他挑这时候与你成亲，你觉得将军真的喜欢你？他托庇祖荫，年纪轻轻得封二品大将军，满朝文武，家中有适龄姑娘的哪个不想与他结亲，你算什么？等打完了仗，你再无用处，将军会如何处置你？"

"这些话我听过挺多的，若要挑拨，恐怕得换些新鲜的。"

"我不是挑拨。"卢正语气轻松，仍像从前那般亲切，"姑娘，我再叫你一声姑娘。我如今这般了，只有我会对你说这些。你好好给自己留个后路，将军不可能带你回京，他这样的身份，带你回去，只会丢脸。这事你当他没算计过吗？他心里真正的想法，你可知道？"他顿了顿，道，"五年前，我也认得一位姑娘，我骗了她，我说极欢喜她，我讨好她，于是她也欢喜我。我们成了亲。我这么做，不过是为了能在那个村子入个籍，好入伍。其实我不是那么喜欢她。我娶她，对她极好，全村都夸我，我们还生了个儿子。我常拿他们在军中提起，路过些地方，看到孩童玩的玩意，我会故意说给我儿子买。大家对我印象极好，觉得我稳重可靠忠厚老实。"

安若晨道："我倒是没怎么听你提起。"印象中她是知道卢正成了亲，但知道他是细作后，她以为这身份只是掩饰而已。

"因为离开太久了，能拿来说的事情不多，总不能反反复复地说同样的事，我也不舒坦。"卢正道，"我甚至不太记得她的模样。我儿子，现在该有四岁了吧？她有时会托村里人给我写信，信要很久很久才会辗转到我手里。我收到的最后一封，是她说院子里的树长壮实了，儿子总闹着要爬，她盼着我回去。"

"她真可怜。"安若晨平静地道，"可惜田大哥是孤儿，又没成亲，不能与你比惨了。"

卢正苦笑："你知道，细作被捕，以防泄密，会想法自我了断。我有很多机会，但我没死。可就算没死在将军手里，也会死在南秦的手里。他们不会让我活着。就像唐轩一样。我猜他是被自己人处置的。我只是不甘心就这样死了，我想起了我娘子，我该回去看她一眼。"

安若晨不说话。她想了想，道："你告诉我解药在哪儿，我二妹活过三个月，我就替你想办法。"

卢正大笑，笑得咳裂伤口："你以为我是傻子？"

"那你以为我是？"安若晨转身要走。

卢正又叫住她："我可以给你一个线索。"

安若晨站住了。

卢正道："你说得对。若是将军问我，我该是不会说，但你来问，我得说一些。"

"听上去充满了阴谋诡计。"

卢正又大笑："你还是这般多疑。你告诉将军，钱世新身边有个帮手，代号是船夫，真名叫陆波。他代表钱世新与我联络，该是最亲信之人。钱世新官职在身，将军动不了他。但若是抓到陆波，审出证据来，便可以了。"

安若晨盯着卢正看，卢正回视她的目光，道："你二妹的毒，只有我知道解药。你帮我，我才会帮你。还有，告诉将军，我不会回答他任何问题，若他想留活口，就少用刑吧。但是你的问题，我会看心情答的。"

安若晨看着卢正半晌，转身走了。这回卢正没有再叫住她。

钱世新回了钱府一趟，他不知陆波是否出了什么状况，会否在钱府给他留消息。他还有一些事需要安排钱府的人办。

他回了自己院子，洗个澡打算休息休息，从屏风后头着好衣一出来，他愣住了。两名侍从已经倒地身亡，一颗人头摆在桌上，正是陆波。一个姑子打扮的人坐在椅子上，冷冰冰地看着他。

钱世新后脊梁发冷，僵在了那儿。

静缘师太道："你坐下，我有话说。"

钱世新不敢不坐。坐在静缘师太的面前就是坐在陆波头颅的面前。钱世新一句废话没有，端正坐下了。

静缘师太看着钱世新，面无表情，道："他是个颇机灵的，我追踪了他两日才将他擒下。"

钱世新觉得这种夸奖陆波该不会欢喜。算算日子，静缘师太该是在陆波出城打探卢正追捕安若晨状况时截得他。她让陆波回不得城，还杀光了他领的那些手下吗？

"确是费了番工夫。他们人多，且在山里头躲藏逃窜，不易找到。"静缘师太淡淡说着，仿佛那不眠不休不吃不喝的两日追击算不上什么，"我告诉你这些，是想让你明白，我若想杀谁，便一定能杀掉，除非我死了。"

钱世新没吭声，他猜静缘师太这次并不想杀他，不然也不会与他费这些工夫说话。

果然，静缘师太这般道："我有几个要求。"

钱世新指尖戳进掌心，掩住紧张，他等着静缘师太往下说，可静缘师太只冷冷盯着他。于是钱世新清了清嗓子，回道："师太请说。"

静缘这才开口："第一，不许动安家四丫头一根汗毛。撤回搜捕令，让你那些官兵衙差不许再找她。也要管好你那禽兽爹，他碰了安若芳一根指头，我便砍你两根指头。"

钱世新道："我爹在牢里，自然做不得什么。寻找安四姑娘，也是给她家人一个交代，想让他们全家团聚。"

"别解释，别狡辩，我没耐心。你只管应好或不好。"

"好。"钱世新赶紧应。

"第二，告诉我安若芳她娘是怎么死的。"

钱世新愣了愣，这要求是何意？

"别说谎，别解释，别拖延。"静缘冷道。

钱世新赶紧将段氏想毒害安之甫结果安之甫一怒之下杀掉段氏的事说了。这可没有说谎。只是这事之前他想软禁控制段氏引出安若芳和静缘师太的心思，就不必提了。

静缘也没再问，似乎她真的只想知道段氏的死因，别的毫不在意。钱世新的心稍稍安定。这姑子爱杀人，但也许没那么多的弯弯肠子。

"第三。"静缘师太道，"你要替我查一件事。"

"何事？"

"我女儿，六年前死了。辉王知道真相。你见到他时，问问他，我女儿被劫持的事，究竟是如何的。"

钱世新道："我从未见过辉王，如何问？"

"你帮他成就夺权大业，日后自然会见面。论功行赏，举杯同贺，难道不是机会？再者说，就算见不到辉王，你也可以想办法从其他的途径查查。我给你半年时间，查不到，你就死。"

钱世新忙道："这没头没尾的事，你也与我说清楚，不然我毫无线索，如何查。"

"怎地没头没尾？唐轩不是将我的事告诉了你，让你想办法将我处置了吗？"

"这又是从何说起……"钱世新话还未说完，静缘师太猛地一拍桌子，厉声喝道："莫说谎！再敢对我胡扯我就立时杀了你！"

桌子被拍得一震，陆波的人头被拍得飞起，撞到墙边的柜子又摔到了地上。钱世新脸色惨白，顿时不敢说话。

静缘师太盯着他，道："我从前不爱过问别人的事，我也不喜管那闲事。但我如今发现，凡事还是多问几句好。所以我杀陆波之前，一点点剐了他，让他告诉我许多事。你嘱咐过他的，我都知道。"

钱世新垂目不语，所以方才这姑子问他段氏怎么死的，难道也是想测测他有没有说谎吗？

"陆波是你的左膀右臂，我先断你一臂，以示警诫。你莫要与我耍花样。我不管你旁的，但你得去查我女儿之死的真相。你跟他们是一伙的，自然能想到办法。半年之内，若查不出来，我便来杀你。你可以躲，可以找高手护你，但我发誓，有生之年，必取你人头。"

钱世新咬咬牙，道："师太若是怀疑谁，杀了便是。宁错一百，不漏一个，这般师太才能真正放心不是吗？我若告诉师太什么，师太不信，那我又如何？"

"那就想法让我信。我不信你，自然是你的错。"

钱世新被噎得。

"杀人容易，怀疑谁便杀谁，这又何难？我杀了。我杀了黄力强全家老小全府上下，但直到如今我才知道，也许我根本没有得到真相。想知道真相竟比杀人还难。"静缘师太的手在桌上握成拳。钱世新盯着那拳头，后背冷汗已出。他想起唐轩与他说的话，这屠夫是头猛虎，用好了，天下无敌，用不好，引火烧身。

钱世新道："我查便是。但我若需要求证线索或是告诉师太什么消息，如何联络？"

"在顶松坡观景亭的四个角上挂上铃铛。"

钱世新咬牙："师太莫要说笑。"

"好笑吗？我只是想试试陆波可曾说谎。"

钱世新无语。

静缘师太道："在你钱府后门挂上两个灯笼，一个灯笼双面写钱字，一个灯笼单面写钱字，我便知道了。消息放在灯笼里的烛台下面。两个灯笼位置对调了，便是我来过了。"

钱世新听罢，忽然冷静下来，他道："师太所言，我记住了。我一会儿去衙门便下令取消盘查安四姑娘的下落，但对师太的追捕令无法撤销，毕竟师太众目睽睽闯进衙府杀了许多人，这个我就掩盖不住了。"

"我知道，无妨。"静缘师太毫不在意。

钱世新又道："师太艺高胆大，未把衙差放心上，但龙大将军派了麾下蒋松将军来管制平南安防，尤其中兰城内，更是他们的地盘。他定也会派人搜捕师太，师太莫要大意。"

静缘师太问他："你想说什么？"

"我只是想提醒师太。"钱世新道，"有些事，并不是我能做主的，又或者我能做主，但无法完全控制。比如查找安四姑娘之事，除了我，还会有别人。"

静缘师太明白，这里指的别人当然不是安家人。

"师太定然已经知道卢正是他们派在军中的奸细。而如今卢正已被龙将军擒住，据说带回了石灵崖。"

"那又如何？"

"我还未知卢正生死，若他死了，倒是没麻烦了。但若他不死，恐怕我们都得小心。师太你莫忘了，卢正是唯一亲眼证实师太与安四姑娘关系亲密的人。他有可能对龙腾泄露我们城中情报，亦有可能对军中其他奸细透露有关师太的消息。当初有人那般对付师太，恐怕如今亦是。"

钱世新一边说一边小心观察着静缘师太的表情。

静缘师太平板板地道："你想让我帮你杀掉卢正？"

钱世新听得静缘师太的语气便知此事无望，赶紧否认："自然不是，军营重地，师太出入不便，去了怕是会自寻死路。若要灭口，我有更稳妥的办法。我只是将眼下情形与师太说明白，让师太小心。我们如今既是同盟……"

"你是说同伙？"静缘师太打断他。

"……"钱世新顿了顿，"既是自己人，就该互相帮持些。师太不阻挠我们的计划，我自然也乐意为师太效劳。师太要查的事，我定当全力以赴。安四姑娘的安危，我也会照应着。"

静缘师太冷道："不必攀交情，我与你不是自己人。这世上，我只有我自己，没有别人。你也莫照应着安若芳，你们钱家人的照应，都有毒。"她站起来，"你们的计划我没兴趣，谁人当皇帝与我无关。你不找我麻烦，我自然也不麻烦你。你记住我的话了吗？"

钱世新忙道："查出师太女儿之死的真相，记住了。"

"撒谎解释拖延，死！半年之内无真相，死！找我和安若芳的麻烦，死！"最后一个"死"字迸出来，静缘师太已经离开了屋子。

钱世新瞪着面前的空椅子，好半天才松了一口气。

图书在版编目（ＣＩＰ）数据

逢君正当时. 2，破军卷 ： 全2册 / 明月听风著. ——
南京 ： 江苏凤凰文艺出版社，2017.10
　　ISBN 978-7-5594-0759-7

　　Ⅰ．①逢… Ⅱ．①明… Ⅲ．①长篇小说－中国－当代
Ⅳ．①I247.5

中国版本图书馆CIP数据核字(2017)第153696号

书　　　　名	逢君正当时. 2，破军卷（全二册）
作　　　　者	明月听风
出 版 统 筹	黄小初　沈泠颖
选 题 策 划	北京记忆坊文化
责 任 编 辑	姚　丽
特 约 策 划	张才曰
特 约 编 辑	单诗杰　朱　雀
责 任 监 制	刘　巍　江伟明
封 面 绘 图	容　境
封 面 设 计	80零·小贾
版 式 设 计	段文婷
出 版 发 行	江苏凤凰文艺出版社
出版社地址	南京市中央路165号，邮编：210009
出版社网址	http://www.jswenyi.com
印　　　　刷	北京市通州运河印刷厂
开　　　　本	670毫米×970毫米　1/16
字　　　　数	707千字
印　　　　张	35
版　　　　次	2017年10月第1版，2017年10月第1次印刷
标 准 书 号	ISBN 978-7-5594-0759-7
定　　　　价	59.80元（全二册）

影视版权抢订热线　　　010-57194853
江苏凤凰文艺版图书凡印刷、装订错误可随时向承印厂调换

记忆坊出品

II · 明月听风 著

逢君正当时

正当时

破军卷 下

江苏凤凰文艺出版社
JIANGSU PHOENIX LITERATURE AND
ART PUBLISHING LTD

目录

柒

宝鼎现

安若芳与姚文海数日来藏身小院，平安清静。每日会有人来送饭菜，夜里也有人守夜，一切都很平静，还未遇到什么凶险情况。姚文海趴在大门那处偷偷看过，说这里是个巷子尾，未瞧见外头有人。他还想偷偷跑出去，被安若芳阻止了。

安若芳道："你出去若是被人认出发现了，跟踪回来，会拖累我的。不止拖累我，还会害了救我们的公子。你行事之前，先确认自己有能力善后。若遇上意外状况，可有办法处置？"

姚文海没办法。不但身无分文，而且也没帮手。他觉得安若芳说得有理，坐下长叹："可我们在这儿，都不知外头情形。送饭菜的来，除了今日菜色，其余一问三不知，分明是故意的。你说，我们是被囚禁了，还是被保护了？"

安若芳问他："被囚禁了你又能如何？"

"不能如何。"

"那便感恩吧，就当自己被保护了。"

姚文海想不出什么反驳的话。他开始沉下心来，悄悄观察。他发现安若芳并非表面上这般冷静。她会偷偷藏馒头和咸菜，还认真看每一个来送饭菜人的脸。她对每个人都客气疏远，似什么都不想打听，但说话的时候总有些小试探。于是姚文海也学她，他将自己的观察与她商议，两个人都觉得，做饭的地方肯定不远，因为饭菜拿过来都还是热乎的。

姚文海还觉得安若芳想得对，如果他们被人抓到，将那公子窝藏他们的事说出来，那公子会有麻烦。所以这地方肯定不能无人看守，只是那看守不在这院子里住罢了。这般提防，看来外头情形确是不妙，那公子定也是想法撇清关系，装得若无其事。

姚文海不再莽撞想乱跑，他觉得他们得想法与那公子谈判商量，不能什么都不知道。姚文海正打算找安若芳商议，却听得她屋子里有人说话。

姚文海犹豫要不要偷听，没一会儿安若芳却过来将门开了条缝，与他道："我救命恩人来了，她与我说些事。她不喜欢见外人，也不喜欢有人偷听。你先回屋，我一会儿去找你。"

姚文海皱皱眉，应声："好的。"然后用嘴形无声问她，"可有危险？"又用手比画着划脖子，示意需不需要自己救她。

安若芳看他手忙脚乱的样子，笑了笑："没事的，是我救命恩人。我一会儿去找你。"

姚文海点点头，回屋去了。他将门开着，将偷藏下来的削尖的筷子放袖子里，又拿了根木棍放手边。等了好一会儿，没见安若芳来，忍不住去看了看。却见安若芳红着眼眶坐在屋里。姚文海四下看了看，院子里屋里都没别人。

"你救命恩人说什么？"

安若芳好半天似才缓过神来，道："她说她已想办法让官府不再追捕我。但她自己有些麻烦，拖累了我，所以我暂时还不能回家。"

"啊，这样呀。"姚文海有些伤怀。他也想回家。

"我母亲是我爹爹杀的。"安若芳又冒出一句。

姚文海张张嘴，不知该说什么好。

安若芳不说话了。事实上，静缘还问她，需不需要她杀掉安之甫帮她报仇。

姚文海等半天，问她："那你怎么办？"

安若芳道："我总要回家的。有些账，得自己去讨。别人帮的不算。"

姚文海看着她，不敢细问。安若芳忽然又道："你爹没事，你娘也好。"

姚文海猛地跳了起来："你，你……"

安若芳点点头："我恩人说，总得知道谁与我一道才能放心。她打听过了，现在暂时都没事。我大姐也平安。"

姚文海有些激动："暂时？"

"你家被官府围着，说你爹爹杀了巡察使大人意图谋反。你娘将你送走，也许因为这个。诬陷你爹爹的人，想将你抓走，然后那公子将你救了。"

"他为何要救我？"

"我恩人没说。"

"你恩人能带我们走吗？我觉得你恩人比我恩人靠谱啊。"

安若芳摇头："她有别的事要做。她这次来，主要是想告诉我真相。她说我起码该知道我娘究竟是怎么死的。"

龙大回来的时候夜已经深了。他先去军帐听了各士将的报事，这才回自己寝帐。他手里拿着个大碗装的一簇花。那是回程时路边看到的。花儿开得正好，粉艳艳的颜色，迎风摇曳，花枝舒展，走到近前，还能闻到淡淡香气。

龙大不知道这花叫什么名字，但让他想起了安若晨——若不留心，容易错过。但真正靠近，便会发现美好。

龙大将那一簇花连根带土拔了，回身看到随行将兵的古怪表情，索性命他们每人拔一束，带回营去。

"将军，这有何用？"一卫兵问。

"回去种到营门处。"

"做甚？"另一人又问。

"这等小事还用问？"龙大板着脸道。

不用问吗？可是真的不懂啊。将兵们不问了，还担心不够用，差点将那山坡上所有花都拔了。一众人每人都抱着一大簇花，策马扬蹄回来，很是夺目。回营之后大家集中交花，统一种上。龙大抱着他那簇花镇定开溜。没有花瓶花盆，找个大碗装上。处置完军务，问了问安若晨今天的动静，拿着花碗回帐。

到了帐前有些臊脸，在脑子里琢磨一番说辞，这才掀帐门。

进去一看，白紧张了。安若晨竟趴在桌上睡着了。

龙大放轻脚步，将花碗轻轻放在桌上。看了看安若晨，她没有醒。枕着臂弯侧着脸，长长的睫毛在脸上投下弯弯两道阴影，秀气的鼻子粉嫩的唇，显得娟秀娇弱。

龙大知道她皱鼻子做鬼脸是什么样的，知道她弯起嘴角笑起来是什么样的，长得是娇气柔弱的样子，但他知道她其实一点也不娇气。

龙大忍不住低头轻轻吻她的额角。他还知道她抱起来是什么感觉，知道她唇软软的，知道她咬着唇的样子很可爱，还知道她害羞的时候闭着眼睫毛会一颤一颤的。对了，他还知道她睡觉不老实，半夜会踹人，他控诉她的暴行，她还不相信，末了勉强琢磨出个理由，说自己大概不习惯跟旁人一起睡。

这是可以不习惯的事吗？龙大再亲亲她额角。他也是刚练习与人同床共枕，也没踹她啊。好吧，幸好他没这睡梦中推开人踹人的坏毛病，不然把她踹坏了可没人赔他一个这般让他欢喜的。

越看越是欢喜，居然还不醒。龙大看着安若晨的睡颜，忽然心里一动，摘下两朵花，轻轻别在她的发际。挺好看的。再摘几朵别上去。这般映得脸蛋儿更艳了。可惜另半边头压着，龙大一边琢磨一边继续往安若晨头上插着花，不小心插多了，正想摘几朵下来调整一下，安若晨忽地动了动。

龙大赶紧正经背过手去，轻咳了咳，安若晨睁开眼，看清眼前人，惊喜叫道："将军，你回来了。"

"对的。"龙大严肃状，"听说你晚饭吃得太少。"

安若晨揉揉眼睛，刚醒来声音软软的："我等将军呢，万一将军回来没用过饭，我再陪将军吃点。"

龙大笑起来，捏捏她的脸，自家娘子的脸蛋真是好捏啊。"我用过饭了。你饿吗？我让他们再准备点。"

安若晨忙摇头，军营里头总担心耽误军爷们的正事。"将军，我有事与你商量。"安若晨拉龙大坐下。

"嗯。"龙大坐下了，他知道安若晨今日去见了卢正，他还想着如何委婉地批评她，既是她自己要提了，那就正好。

安若晨说的果然是去见卢正的事。她将她与卢正说的话，卢正与她交代的事都说了。末了道："将军，你说已派蒋将军回中兰城主事了，那是不是已无大凶险，我可以回去吗？那儿还有许多事要办，我想回去。"

"都有何事要办？"

"给田大哥处置后事，为李长史正名，陆大娘的行踪安危，还有接回四妹，再加上我二妹的毒，总得找找解药。若是真有这药，卢正既没带在身边，那定是在中兰城里。还有卢正说的那个陆波，也得查查。"

"为何非得你去查？"龙大再问。

安若晨张了张嘴，答不出来。

龙大又道："若是从前我刚救下你时，问你这个问题，你大概能说出好几大段的理由，如今你知道为何答不出了吗？"

安若晨闭了闭嘴，因为今非昔比，不是非她不可了。

"那时你是唯一与徐媒婆交过手的人，是人证，亦是目标，所以事情你来办，自然比别人强。但如今你身份不一样，便轮不到你查什么陆波。"龙大耐心道，"我不是与你说过，我都有安排了吗？"

"是。"安若晨应了，可心里还是不放心。

龙大道："当初我年少，是前锋将时，初战开路便是我去的。我领着人，与敌军正面相对，拼杀出一条血路，以供后头大军入城。后来我当了主将将军，便调令前锋后卫，安排阵形战略。再往后，我是大将军，打得仗更少，也许就如现在这般似的，只是坐在帐中说话，也许是与我的将官们商议军情，又也许是与敌军将领谈判交手。仗还是得打，但需要我亲自动手时，那一定是非常、非常重要的硬仗。"

龙大看着安若晨的眼睛，道："你明白我的意思吗？"

安若晨点点头。

"身份不一样了，做的事也要不一样。看似越来越闲，其实越来越难。因为你做的决定得更多，而这些决定的影响更大。"龙大问安若晨，"你现在是将军夫人，你知道将军夫人需要做什么吗？"

安若晨不知道，她撇着眉头看龙大，想着若是将军说答案是"伺候将军"，她反驳不得，但心里会不舒服。龙大道："将军夫人是要与将军一起同甘苦共患难的，还要帮着将军一起解决问题。"

安若晨两眼发光，崇拜地看着龙大。将军你这么会花言巧语，难怪威名远播，简直能写一本《龙将军新新传》。

"这时候你该问与将军一起解决何问题。"龙大温柔提醒。

安若晨赶紧听话问："将军，我们要一起解决何问题？"她觉得她知道啊，不就是抓住陆波，审出卢正，找出二妹的解药，抓住师太，让四妹回家，劫来钱裴，找到证据洗清太守的冤屈，揭穿钱世新和辉王的真面目，为那些冤死的人们正名讨回公道，终止战争，两国恢复和平。看，她真的都知道，不过她是贤内助，这些等将军再告诉她一遍好了。

龙大看安若晨表情就知道她脑子里的主意多，于是他又问："我刚才说，大将军都做什么？"

"打硬仗，还有坐在帐子里聊天。"安若晨迅速答。

龙大戳她额头："什么聊天，是决策千里。"

"好的，大将军决策千里。"拍马屁的口吻安若晨用得相当熟练。

"所以将军夫人也必不是跑腿的。"龙大道。

安若晨垮脸。意思是她从前是个跑腿的？好吧，没什么不服气，她从前还真就是个跑腿的，管事呢，而且她现在还想继续跑腿。安若晨明白将军的意思了，但她没本事决策千里，她觉得她跑腿挺合适呀。

"还有，我嘱咐你的事，虽然不是全部如此，但一些特别重要的事，我那般嘱咐，必是有重要原因的。比如说我让你不要去见卢正，也与你简单解释过理由，你也答应了。但你今日违背我的意思，私自去见了他。"

安若晨辩道："那是因为将军今日不在，我心里惦记着田大哥的踪迹，他是生是死，尸首何处，总该要有人知道。将军昨夜还说未从卢正那儿审出话来，我只是想去试探一下……"

"你破坏了我的权威。"

安若晨愣了愣，说不出话来。她想说可她好歹问出了些线索，但她不敢顶撞龙大。

"卢正从军，听的是军令，服的是军威。他是奸细，但这些训练影响仍在。我命人将他绑在校场，施刑问话，也是为了给众兵士看看，叛军者便是如此下场。卢正于昔日同袍面前受辱，比受刑更让他煎熬。他撑这几日，是条汉子，他未似别的细作那般有自我了断的意思，便是他有自己的盘算，这些盘算，必须是向我屈从供出线索才能得到。包括他欲要挟你，欲与你讨价还价，也得通过我。这就是谈判，是筹码。"

安若晨咬咬唇，她自作主张，让卢正占了先机，将军失了筹码。

"所以如今卢正得偿所愿，他一定很满足高兴。他能向你透露的陆波，自然也能向我透露，什么线索可以给，什么情报不能说，你当他心里没数？"

"我错了。"安若晨很难过，问到线索的喜悦消失殆尽。卢正让她转告将军以后只与她透露消息，想来也是这个打算。打破了将军的权威，让将军在他那边不好施展。这些的确是她不懂事造成的。

龙大看她表情，叹道："是我先前未教导过你，你不晓得，如今明白便好了。也不算大错，这不你也问出了些东西，起码我们知道卢正不是大萧人，他得通过娶妻入籍混入军中，那他也许就是南秦人。还有陆波这人，我让蒋松和古文达分头去查。"

龙大顿了顿，看安若晨仍是无精打采，哄她："好了，这不是都说清楚了吗？说不定过两日便将陆波抓回来了，还有钱裴。我们能审出一大堆的线索来。"

"将军。"安若晨道，"你一会儿去告诉卢正，你略施小计，他便什么都说了，一切正如你所料。"

龙大失笑，这是要装作安若晨是他故意派去的吗？"这般气死他了可怎么好，我还要留活口呢。"

安若晨破涕为笑："将军别逗我。"

她一笑，龙大便也欢喜起来，揉揉她的脸，还是喜欢她开心的模样。

"将军总没正经，我有时也猜不到将军说的真的假的。"

龙大板个脸："这便是狡辩了不是。本将军一向严肃，说话清楚明白。"

"我不懂军中规矩，将军多教导我些。将军忙碌，也可让卫兵拦着我点，什么不能做的，教他们不许我做便是。"

"那怎么行，我不嘱咐他们那些，是因为你也需要权威。你是我夫人，难不成还得被他们指来喝去这不许那不让的？"

"可我不懂事，让将军丢脸了。"

"怎么会。"龙大将安若晨搂进怀里，"全军上下谁不知道，本将军的夫人貌美伶俐，智勇双全，甚得本将军喜爱。"

安若晨抿紧嘴忍住笑，觉得龙大将军用这么权威的腔调说这么恶心的情话真的——太教人欢喜了。

"将军。"安若晨看到了桌上那碗花，"为什么桌上有花？"好丑啊，谁会用海碗装着花啊，而且好多花枝子都秃了。

龙大看看她的表情眼神，清了清嗓子道："今日回程时兵士们闹着玩呢，挖了许多花说要种到营前，我就随手从营前拔了些拿回来给你瞧瞧。"

安若晨笑起来，大家还喜欢种花啊。"挺好看的。"她安慰将军。

龙大点点头："嗯，明日便还给他们，让他们再种回去好了。对了，既是说到正事，我得与你仔细说说。"

安若晨从他怀里坐直了，话题又跳到正事了啊，那她仔细听。

龙大严肃道："方才我说了，决策千里才是关键。"

安若晨点头，她不是跑腿的，她记住了。要跑就跑关键的腿。

"所以我们要看计划的实施情况来及时判断和处置。如果计划顺利的话，南秦皇帝会来这里，梁大人也会来。若计划不顺利，南秦皇帝来不了，梁大人也会来。"

"梁大人是重点？"安若晨问。

龙大点点头，压低声音道："南秦皇帝若来不了，会麻烦一些。因为辉王胜了一半，他登上南秦皇位，事情会更棘手些。但我们也还有机会。"

"我们要帮南秦皇帝夺回皇位吗？"

"自然不是，南秦皇帝若来不了，表示他已经死了。"

安若晨一惊。

"别国的事，别国的皇帝，与我们无关。但辉王夺权，是有同伙的。他拿到了皇位，他的同伙拿到什么？这个就与我们有关了。这也不是我们边境这头就能解决的。钱世新不过是个棋子，别说一个县令，就是一个太守，难道还能翻出天去？最大的危机，在京城。"

京城？那真是一个很远的地方啊。安若晨仔细听着龙大分析形势及他的安排，终于明白什么是决策千里。

安若晨正抓紧机会提问，却听得帐外有卫兵报："将军，有信鸽到。"

安若晨忙跳起来，用拍马屁的速度奔到帐边，以为人妻子恭敬谦卑的态度为龙大掀开了帐门，清脆的嗓音报："将军，卫兵来了。"

龙大拦阻不及，只得看着安若晨殷勤开门，与门外卫兵打了个照面。

卫兵见着安若晨，手中捧着的小小信筒"啪"的一声掉在了地上，一脸惊悚，目瞪口呆。

安若晨不明所以，只下意识地低头看那信筒，随着这一低头，一朵小花飘落了下来，落在了那信筒旁边。安若晨愣愣地看着那花，摸了摸自己的头，摸到半边脑袋的花。

一抓就是一把。

安若晨盯着手上的花，狐疑地看着将军。龙大一脸无辜，门外的卫兵更无辜。

安若晨再摸一把头上的花，明白过来了。她叹了一口气，转身对那受惊吓的卫兵道："我正哄将军开心呢，辛苦你了，是这信吗？"

那卫兵点点头。

安若晨也不指望他有什么正常反应了，她自己蹲下来将信捡起，和蔼地问卫兵："还有别的事吗？"

卫兵愣愣摇摇头。

安若晨端庄微笑："多谢，辛苦了。信我拿去给将军。"

卫兵再愣愣地点头。

安若晨继续微笑。大将军的权威啊，她维护得好辛苦。

帐门关上，安若晨转身看着龙大。

龙大摊了摊手，表情特别的无辜，道："既然是紧急军报，快让我看看。"

能不给吗？安若晨板着脸将信塞到龙大手里。龙大打开一看，信上只有一横。安若晨不理他，转身去找镜子。一边找一边瞪几眼那碗丑丑的花，难怪一堆秃掉的花枝子，难怪啊！

安若晨对着镜子哭笑不得，真想把将军大人按腿上揍一顿啊。将花都摘干净了，回身看到龙大的微笑。

安若晨回他一个假笑，将军你还好意思笑呢。

龙大干脆大笑起来，过来将安若晨搂怀里。"夫人。"龙大问她，"我可曾夸赞过你的美貌？"

安若晨没好气。

龙大附在她耳边道："夫人，南秦皇帝救下了。他们正往这边赶。"

就是说说将军的计划成功了？安若晨大喜。站直了，唇上被龙大一啄，他道："我去安排安排，得有人去接应。"

龙大眉飞色舞往外走，走一半摘了一朵花转回来，给安若晨戴鬓角上："只戴一朵挺好看的，真的。"说完火速跑了。

安若晨瞪他的背影，再看不到，这才转到镜子前，将花调整了一下位置："这样才好看，笨蛋。"

曹一涵喘着粗气，扶着德昭帝拼命跑："皇上，加把劲，过了这座山就好了。"

德昭帝脚下一软，差点拖着曹一涵一起摔到地上。他咬着牙撑起来，话也说不出来，只得跟着曹一涵跑。

旁边忽地出来一人，正是谢刚，他低声喝道："莫唤他皇上，叫顺子。"

曹一涵不敢反驳，但也不敢叫顺子。顺子是德昭帝的贴身太监，先头是与他们一起跑的，但半路中箭身亡，他们为掩人耳目，匆忙让秦德昭与顺子的衣服互换，然后将顺子的尸体推入了江中。

之后果然听得有人大叫德昭帝中箭，还有人嚷着快捞尸好回去交代，更多的人喊着继续追，莫留活口。

曹一涵听从谢刚指示，拉着皇上朝着这山头跑。谢刚他们人不多，才八个而已，这一混战，还不知能剩下多少。如今见得谢刚冒了出来，曹一涵心里稍稍安定，起码谢大人还在，若只剩下他一人，他可没把握能平安将皇上带出去。如今哪些是辉王的人，哪些是忠心皇上的，他也分不清了。

德昭帝更是分不清，为什么自己的兵将要杀他，而大萧的兵将却要救他。

黑夜迅速将这山林包裹，月光也看不清。德昭帝觉得脸上湿湿的，不知是泪还是血。一切都这么突然，完全措手不及。

昨日夜里他才接见了东凌的使节团，那一队兵将带着东凌国君的旨意，说前来相迎，以示敬意，并表示东凌将倾尽兵力，与南秦并肩抗萧，决不后退。

德昭帝深受感动，当即赏赐宝剑、玉石，以示同盟谢意。宴罢，他回得房来，却见到曹一涵。

德昭帝吃惊意外，他以为曹一涵早已随霍铭善一同去了。当日谢旭回到朝中，上禀霍铭善领着他们入了大萧军营，但龙腾大将军态度蛮横，将霍铭善扣押，冠以使节之名，实则要将霍铭善劫为人质。霍铭善假意顺从，当着龙腾的面按他的意思写了信，骗得龙腾信任。龙腾同意将谢旭放回传信。霍铭善趁机悄悄嘱咐，将真相告诉谢旭，让他速回朝中向德昭帝示警。

谢旭向皇上陈情霍铭善的忠心与大义，说霍先生说了，定不会让个人安危成为大萧挟持南秦的借口。过不多久，传来了霍铭善的死讯。德昭帝悲痛伤心，听得众臣谏言，决定御驾亲征。

可他万没想到，竟会在此见到曹一涵。

曹一涵拿出霍铭善亲笔信函，言说一切都是辉王阴谋。御驾亲征，也是中了辉王的诡计。曹一涵说自己历尽波折才见到皇上，四处都是辉王耳目，不可掉以轻心。

德昭帝看罢信，陷入深思。谢旭带来的信是霍铭善被胁迫写的，那曹一涵这封呢？

两个人里必有一个在说谎。

谢旭靠着霍铭善的掩护得以脱身，这曹一涵又靠的什么？

"就算是辉王阴谋，可我已走到这里，又如何回头？"德昭帝故意问曹一涵，"前线六千将士落入大萧手中，我弃他们于不顾，回去如何自圆其说？前线将士士气受挫，如何打仗？这不是正给了辉王借口。"

"皇上。"曹一涵将谢刚的交代说了，"皇上可下令大军继续前进，让人乔装成皇上继续随军同行。而皇上随我们另一路悄悄去石灵崖。龙腾大将军希望能面见皇上。"

德昭帝喝住他："我们？你们是哪些人？"

曹一涵犹豫，但还是直说，是大萧龙腾大将军派了人，愿意护送皇上去石灵崖。德昭帝顿时大怒。曹一涵定是被大萧收买了！而他堂堂南秦皇帝，与敌国军将勾结，私自离军，这传出去，不必辉王派人杀他，军、民、臣都得讨伐于他。军心溃散，国将不国，这定是大萧诡计！

德昭帝当即喝道，他身边五万大军，那龙腾若要相见，便石灵崖阵前见。

"看在霍先生的面子上，今日我不杀你。你回去给龙腾回话吧！从今往后，你莫要在我面前出现，莫在南秦出现，否则死路一条。"

德昭帝将曹一涵赶了出去。之后召来左右太监和卫兵相问，竟无人发现曹一涵是如何混进来的。

德昭帝拿着霍铭善的信，信中言辞恳切，一如从前，而他却不敢相信。他盯着那信，忽然想到，霍铭善忠肝义胆，若假意屈服写下第一封信是为了让谢旭能回来报信，并表明死亦无惧，那为何还要写第二封信？

德昭帝心里疑虑不消，惶惶不安，近天亮时才沉沉睡去。第二日近午时，众人从前一夜的宿醉中醒来，欲召集队伍继续出发，这才发现德昭帝的卫兵队全死了。德昭帝顿时怀疑起了悄悄潜进来的曹一涵，但率队一路护他的任重山将军却与东凌的使团吵了起来，他质疑昨夜看到东凌使团的人鬼鬼祟祟偷换了酒。东凌使团自然不认，反问南秦这是何意。几番争吵，任重山拔剑相向，一边大喊保护皇上，一边砍杀了东凌使节团的兵将。

任重山的部下朝着德昭帝围了过来，德昭帝这才突然明白曹一涵所言不虚，那谢旭才是叛徒。一切都是辉王的阴谋，他确是想趁他御驾亲征时置他于死地，可并不是到了边境沙场上再趁乱动手。

居然现在就是时候！居然是他自己南秦的兵将！

德昭帝大声喝令让那些人退下，可显然他们更听任重山的。德昭帝身边还有些忠心卫兵与公公们，但又哪里是对手。这时候曹一涵再次出现，带着敌国的兵将……

"皇上。"曹一涵的呼唤让德昭帝惊醒，又或者是被冷醒的。他居然在山地里睡着了？

"莫唤皇上。"谢刚又冒了出来。丢过来两身衣服。德昭帝还在发愣，曹一涵快手快脚帮他换衣："皇……公子，我们得快些。若他们捞着了尸体，就知道不是你了。"

"我们去哪儿？"德昭帝终于开口，他发现自己声音沙哑。

"石灵崖，见龙将军。"谢刚答。

"怎么去？"

"在找到马儿之前用走的。"谢刚答。他们的马儿逃亡时死的死跑的跑，还是两条腿最靠谱。

德昭帝又累又饿又渴，石灵崖啊，那么远，后头又有追兵。用走的，回答得真好。

"皇上。"曹一涵唤道。

"不要叫皇上。"谢刚再喝，"再改不了我就揍你了。"

曹一涵抿抿嘴："黄公子，霍先生信得过龙将军，我们也相信他吧。"

谢刚看着四周，一个手下冒了出来，跟他打个手势。谢刚把曹一涵他们换下的衣服埋好，对他们道："走。"

曹一涵精疲力竭，但仍强打精神架起德昭帝，一脚深一脚浅跟着谢刚，奔向前路。左右后路，冒出来三人，护着他们三个方向，也一起朝着石灵崖的方向进发。

"皇上，加把劲。哎哟，别打我。"曹一涵委屈得。

过了好一会儿。

"皇上，再不远定就能休息了。哎哟……"曹一涵脑袋又被谢刚拍了。

再过好一会儿。

"皇上……公……哎哟，又打。不是已经改口了嘛。"曹一涵累得想死，委屈得干脆大哭起来，"皇上他打我，皇上他打我，呜呜……"一边哭一边拖着德昭帝跑。

德昭帝一脸菜色，要不是没力气说话，真想求谢刚把曹一涵打到不哭为止，真的太吵了，让人振作不起来啊。

田庆去世的消息传回了中兰城。紫云楼上下皆悲痛伤心，蒋松下令，让一队兵士去秀山寻找他的尸体。

有关陆大娘的搜捕令解除，但陆大娘未回紫云楼，她表示愿助蒙佳月应对钱世新，但太守府被围，她常进常出并不方便，恐惹人猜疑，故而还是以仆妇的身份留在太守府内。这府里先前已被钱世新逐一盘查过，藏于此处，反而容易隐蔽行踪。

蒙佳月正是需要扶助的时候，自然一口答应。如今太守府里内一圈蒋松的兵士外一圈钱世新的衙差，蒙佳月欲与外头通消息，得靠古文达和陆大娘。

这日，古文达借着巡察太守府的机会，将石灵崖那头传来的消息告诉了陆大娘。听得田庆之事，陆大娘长叹一声，托古文达将田庆死讯告诉齐征。

"田大人生前对齐征颇多照顾，似对弟弟般关怀。齐征该知道这事的。"

古文达去了。齐征听罢，呆若木鸡，而后笑道："骗人，我田大哥武艺超群，怎可能就去了？他还说好了，待得空了，教我武艺的。他还说，待我学好了本事，将军军里再要招人时，他要举荐我的……"

古文达看着他，不知该如何安慰。只得默默看着这小小少年泪流满面地笑着。齐征笑着笑着，再笑不出来，靠着墙号啕大哭。

田庆的尸体找到了，随着搜山寻尸的动作，卫兵们还挖出了另一具尸体。尸体已经腐烂，认不清模样。衙门以无名尸收殓。

钱世新来找蒙佳月，拿给她一份案录。正是太守府马车被劫一案。

案录上写着，除了太守府那数名护卫尸体，现场还有另四具尸体，其中一人是中兰城里一个武馆的教头，另三人不知身份。

钱世新道："衙差已去盘查过了，那教头姓董名勇，是主簿江鸿青的远房表侄。平日里颇有些欺霸邻里之事，不过大家看着江主簿的面子上对他容忍。江主簿也为他摆平过不少麻烦。两人颇多往来。"

蒙佳月愣了愣，这倒是出乎她的意料："江主簿？"

钱世新道："劫车一事，也许是受江主簿主使，江主簿那时大概未料到自己会被当场砍杀。"

蒙佳月道："既是当场行刺，怎会没有被当场拿下的准备？"

"具体实情，我也不知。江主簿全家皆亡，也未找到他如此行事的动机与证据，只知他当时说的是受姚大人支使。"

"我家大人定不会支使他做这事！"蒙佳月怒气冲冲。

钱世新摆了个手势，示意她勿恼。他道："当日事情我亲眼所见，虽是诡异，但确是如此。只是为何如此，还待查证。我如今只能凭人证物证推测，想来劫车也与行刺之事有关。府上众护卫全力拼杀，也砍杀了他们四人，但文海失踪，想必还是被劫走了。"

蒙佳月按捺住情绪问："那大人这几日可查出什么线索来？那董勇的同伙，又是些什么人？"

钱世新摇头："除了董勇，暂时还未查到什么。劫人勒索，一般来说，不是为财，便是为事。但我如今并未收到任何关于用文海索要交换条件的要求。太守府被重重包围，想必他们也未有来找夫人。"

蒙佳月抿紧唇不语。

钱世新又道："江鸿青和董勇皆已亡故，不知他们的领头又是谁。必是有人拿主意，才会留着文海性命，不然，绑着个孩子，必是拖累，风险太大。"

蒙佳月闭了闭眼睛，抖着声音道："求大人为我做主，救出文海。"

钱世新冷静地点点头："这是自然，文海是我看着长大的侄儿，我定会全力找寻。不知自那日起，夫人是否收到什么消息，或是见过什么人，有任何事，还望夫人告之于我，也许都是与此事相关的线索。"

这意思是让她不得背着他做任何小动作吗？蒙佳月道："那日将文海送走后，衙门官差便来了，府内外被围得水泄不通，我又哪里见得到其他人。方才大人不也说，劫匪若见此状况，定不敢来找我了。"蒙佳月顿了顿，试探道，"不如大人让官兵们撤了，给劫匪们留些机会，这般他们上门时，便能将他们一举抓获。"

钱世新摇头："夫人想得简单了。如今不是我想围困太守府，是龙将军那头在防着夫人与姚大人。在梁大人定夺之前，太守府还是先这般护着吧。至于那些劫匪，若要来打探，定会想办法的。他们入不得太守府，自然就得到衙门去，一定会被发现的。"

蒙佳月垂了垂眼，只得道："那一切就拜托大人了。"

钱世新柔声道："文海失踪之事，夫人与姚大人去封信吧。将军虽不同意夫人与大人见面，但信总不至于拦的。儿子失踪了，他这个做父亲的，总该知道才好。"

蒙佳月心里一震，看着钱世新的眼睛。

钱世新的眼睛里没有任何情绪，他冷静地道："如果姚大人真对江主簿行刺之事知情，那他也许也会知道劫匪是何许人。若是那般，姚大人大概能帮我们将文海找回来。"

蒙佳月定了定神，道："好，我给大人写信。"

原想着这般钱世新会离开，她回屋去与朱管事和陆大娘好好商议，怎料钱世新却让蒙佳月当场写了，他好带走替蒙佳月寄出去。

蒙佳月僵了一僵，知道无法拒绝，只得唤来朱管事，让人备上文房四宝。

朱荣忙问何用，蒙佳月将事情简单说了说，朱荣与蒙佳月交换了一个眼神，却都是焦急与无奈。朱荣让丫鬟备笔墨纸砚，自己下去找陆大娘去了。

陆大娘听了，也是一惊。如今他们可是都知道了，卢正带着人追捕姚昆时，可是要杀掉他的。谁人授意，再明白不过。如今这信一写，那岂不是告诉姚昆，你儿子在我手上，谁人活谁人死，自己选吧。若是姚昆一死，那么钱世新的太守之位更是坐得稳当，那支使江鸿青刺杀白英的事，也无人翻案了。

蒙佳月也是如是想，她看着丫头磨墨，只盼着永远磨不出来。

朱荣在后院那头焦急，忙问陆大娘可否马上给古大人递口讯，让他来拦上一拦。

陆大娘摇头："如何来得及，又用何借口拦？"

朱荣咬牙，确是如此。

"只能让古大人也去信龙将军，让龙将军拦太守大人了。"陆大娘叹气，"我去递消息，希望古大人这头能比钱大人的速度快。"

前厅里，蒙佳月拿着笔的手有些抖，她已经瞪着面前的信纸许久，不知如何下笔。

她得告诉大人莫慌，得告诉大人她很好，得告诉大人不要被钱世新威胁。他们齐心协力，定能渡过此难关。不能放弃，不能屈从。

可她要怎么写，才能说明白这些。蒙佳月脑子空空，眼眶发热。

若是她一纸信函过去，她家大人出了什么事，她如何承受！

"夫人，夫人既是想不到如何说，那我说一句，夫人写一句吧。"钱世新的声音轻柔，听在蒙佳月耳里却如响雷。

钱世新开始念了，蒙佳月头皮发麻，僵着手腕一笔一画地写着。她的字写得有些歪斜，她希望姚昆看出她是被逼迫的。但是看出被逼迫的又更不好了，她被逼迫成这样，那他岂不是更对钱世新言听计从？

蒙佳月写了许久，似用尽了全身气力，才将那信写完。信的内容其实很简单，就是江鸿青行刺那日她担心儿子安危于是派人将儿子送走，但不料半途遭人劫车，儿子失踪，生死未卜。钱大人全力查案，已获重要线索。劫匪与江鸿青是一伙的，幕后主使也定是同一人。钱大人会全力寻找儿子，一切有他做主，请大人放心。

最后一笔写完，蒙佳月的泪水终于忍不住夺眶而出，划过脸颊，滴落到纸上。

幕后主使也定是同一人。这暗示确实太明显了，这就差明说你儿子就在我手上。

蒙佳月想伸手按着那信，钱世新却比她快些。他将信拿了起来，仔细看了一遍。蒙佳月挣扎道："大人，好不容易有机会与我家大人写个信，我再多说一些吧。"

"好的，自然是可以的。你写吧。"钱世新指了指桌上的信笺。蒙佳月明白这是让她重新再写。那这有何用，她再写十张，他都可以丢弃不送。

蒙佳月的泪止不住地流。他们都估计错了。他们错了。钱世新迟迟不愿给案录不是因为案录有问题，而是因为案录是铁证，他一旦拿出来，便是"你必须听话"的死限。

蒙佳月抹掉眼泪，强笑道："让大人见笑了。我心里确是非常想念我家大人的。能给他写信，我真是欢喜。"蒙佳月随便再写了几句，就是让姚昆好好照顾自己之类的话，她说她与儿子都会平安，让姚昆务必安心。

这张信笺钱世新也拿走了，他答应一定会给姚昆送过去。蒙佳月趁机提出再看看那案录，钱世新又给她看了一遍。蒙佳月将里头的每一个字都记下了，尤其是经手的衙差和文书先生的名字。

不能放弃，不能屈从。她对自己说。

蒙佳月将案录还给钱世新，眼眶里还含着泪，却微笑道："那就万事拜托钱大人了。"

钱世新与古文达两边送的信前后脚到达了四夏江军营，随着信而来的，还有战鼓。

安若晨自上次之后再没有去见过卢正，她觉得龙大说得有道理。她反省了一番，还认真向龙大请教，将军夫人在军营里能做什么。问话时军大人刚刚与他家夫人做完了重要的事，正餍足惬意，搂着他家夫人沉沉欲睡，闻言挑高了眉头，勾起嘴角笑道："你可以看书呀。我们军营里也有书册的。比如兵书，再比如……"他故意拖长了声音，道，"啊，你能看的大概只有兵书了。"

安若晨警惕地看着她家将军闪亮的双眼，这话里定有玄机。"哦，那就请将军借我几本兵书吧。"

龙大噎得。安若晨还甜甜谢过，然后睡了。

居然对还有其他什么书完全不好奇吗？第二日龙大一早起来当真给了他家夫人两本兵书。结果中午回来，安若晨还真看了那书，而且看进去了。竟然还划了重点与他请教，求他解惑。

龙大颇有些失望，她怎么不嫌弃抱怨一下这书好闷，将军再拿些别的来看看什么的。好吧，龙大觉得不问也好，省得他在她心中的形象不够威武正直。

龙大认真给安若晨讲解兵法，这其中又有许多战情故事，安若晨听得津津有味，睡前还求将军再讲一个，惹得龙大叹气："我究竟是娶了个什么样的夫人啊？"

安若晨蹲在花圃前整理花儿。太阳晒得她的脸儿红红的。她在心里与将军说她真的是个勤劳的好娘子，不止勤劳，还善解人意。晚上要陪将军做运动，白天还要照顾将军的颜面权威。卫兵与她说了，说是将军让摘了许多花，全种在营门前。

安若晨笑得傻傻的，便说是她求将军帮着找些花，却给大家添麻烦了。卫兵红着脸说大伙儿也是想着大概是夫人喜欢花，这才来问问。要是夫人欢喜，兄弟们路过哪儿看到，再给夫人摘些。安若晨谢过了。能说什么呢，总不能说是将军孩子气自己要摘的。

于是身为将军夫人在军营要做的事多了一件——种花。营门前的那一片真成了花圃。龙大路过瞧见了，还故意大声对她道："胳膊还未好呢，可不能这般操劳了。"而兵士们还真讨好地又从各处挖来更多的花。安若晨一边整理花圃一边叹气，其实她来这儿是逃命的，顺带还想破解破解细作案，可不是来当花匠的。

夜里，安若晨看着将军熟睡的俊颜，真想悄悄往他头上也插朵花啊。最终还是没下手，她决定回了京城龙府再这么干。嗯，如果她真的能随他回去的话。

安若晨眨眨眼睛，将自己埋进将军的怀里。龙大迷糊中将她抱紧，喃喃道："好好睡，不许再踹人了啊。"

这日，安若晨坐在花圃前头晒太阳看花，一卫兵来唤，说是龙将军找夫人。安若晨随他去了，却是去了马场。远远看到龙大在轻抚一匹熟悉的马儿，安若晨"啊"的一声欢呼，正想撒腿奔过去，前头卫兵回身看了她一眼，她忙端庄慢走。龙大看着她的模样哈哈大笑，安若晨觉得将军真是不该。

但走到近旁，她也忘了将军的权威，抱上了战鼓，她欢喜地唤它名字。

"马夫说你喜欢刷马。"龙大道。

安若晨给他个鬼脸，马夫才不会这么说呢。她只是熟悉环境与人搭话时顺手帮着马夫照顾照顾马儿，帮着伙夫烧了烧水而已，可没干什么出格的事。

"所以把战鼓接来让你有事做。"

安若晨脸靠着战鼓，藏着自己的微笑。她知道将军对她好，她还知道将军会害羞。

让安若晨与战鼓亲近了一会儿，龙大将她带回房，说紫云楼那儿还给她捎来了衣物生活用品。安若晨回去一看，还真有一箱子。她开箱子准备收拾，看到了一个里三层外三层包裹得严严实实的东西。小心拆开，是她熟悉的小罐子。

"霍先生。"安若晨忙恭敬把霍铭善的骨灰罐子请了出来。

龙大冲那骨灰罐子施了礼，对安若晨道："古文达没漏这个就好。你不是答应过曹一涵，要将骨灰送回给他。"

"曹先生可平安？"

"还未接到不平安的消息。"龙大答。只是他们一日未到，一日便不能确定平安。

"霍先生会保佑他们的吧。"安若晨合掌，闭目向那小罐子祈祷。

曹一涵滑下山坡，跌跌撞撞地朝树林里跑，树林那头是什么，他不知道，能不能跑过这个树林，他也不知道。他在心里念叨着霍先生，觉得自己未曾辜负先生所托。他尽力了，他真的尽了全力。

他们一路被追杀。方才情况紧急，叛军有马，脚程快，而谢刚这边又已牺牲两人，曹一涵向谢刚磕头，求他务必将德昭帝安全送到石灵崖。然后他孤身奔向另一路，大叫着："顺子，快，这边！"

他要将叛军引开，为谢刚和德昭帝争取时间。

曹一涵狂奔着，回头看时，已看不到谢刚和德昭帝的身影。他心里又是欣慰又是凄凉。丝毫不敢停留，拿出所有力气奔跑。霍先生啊霍先生，你在天之灵，请保佑皇上。

身后有叛军的追逐和吆喝声响，曹一涵连滚带爬，心里害怕得要命。他不是英雄，但他是英雄的侍从啊。不能给霍先生丢脸，霍先生顶天立地，他自然也是挺直脊梁的。

"嗖"的一声，一支箭从曹一涵耳边擦过。

曹一涵"啊啊啊"尖声大叫，吓得眼泪都出来了。他一边哭一边继续叫："顺子快走，别管我！"

哪里会有人管他呢。他只剩下自己一人了。

曹一涵放声大哭，一边借着树躲箭，一边恨这些树让他跑不快。

"嗖嗖"好些声响，更多的箭射来。曹一涵正冲向另一棵树，忽地腿上一个剧痛，他"哎呀"一声大叫，倒在地上。

转头一看，腿上鲜血一片，他被射伤了。

一抬首，一个弓兵站在不远处，正盯着他看，对着他的目光，拉开了弓弦。

曹一涵猛地闭上了眼睛。

"嗖。"

他听到了箭矢破空之声。但他没感到痛。

曹一涵睁开眼，看到刚才那弓兵倒在地上。

更多的箭飞来，居然是前后两个方向。而他正躺在箭矢互射范围的中间。

有人骑马冲入了叛军的那片林里，林里随即传来厮杀惨叫的声音。曹一涵还在愣，却感到自己领口一紧，有人抓住他了。曹一涵一惊，却感到那人正将他往后拖，一个熟悉的声音大叫着："泽清！留些活口。"

曹一涵猛地回头，看到谢刚的脸。这时候发现自己被谢刚拖到了一棵大树后头。谢刚没管战局，低头查看曹一涵受伤的腿。

曹一涵一把抓住谢刚的胳膊，还未开口，谢刚道："放心，救兵到了。"

曹一涵这才缓过神来，原来如此，果真如此。他号啕大哭起来，太好了，太好了。"腿好痛啊，谢大人。"

谢刚一脸菜色，这人真是吵啊。不过他运气也是好，箭擦伤了腿，看着严重，却不致命。老天爷是嫌弃他太吵不想收他吧。

"哇，他是真的很认真在哭呢。"

曹一涵哭了一会儿听到有人这般说。他睁开眼，看到一位精神奕奕的娃娃脸正看着他。

"你好，爱哭鬼。我是你的救命恩人。你可以唤我虎威将军。"娃娃脸很拽地说。

"啪"的一声，虎威将军被谢大人拍脑袋了。

"他奶奶的熊，老子千辛万苦紧赶慢赶，接到信就十万火急赶来救你们。你居然打老子。"娃娃脸跳脚了。

"你也很吵。"谢刚道，然后一指看戏看得挺入神的曹一涵道，"找个人来背上他，赶紧撤，他们不止这点人，后头还有追兵。"

宗泽清招来个兵士将曹一涵背上，一众人迅速撤退。

"为什么背他？"

"他是条汉子。"

曹一涵听到谢刚的话，感动得想哭。呜呜呜，霍先生，我真的给你争了口气是吗？

"汉子又哭了呢。"宗泽清道。

"你还是这么吵啊。"谢刚道。

石灵崖军营帐中，安若晨一边收拾箱子里的东西，龙大一边与她说中兰城里的状况。

首先是田庆的尸体找到了，确实是卢正所说的那个方位。紫云楼里已经简单安排了入葬礼数，给田庆送行。尸体会火化，骨灰到时会随他们龙家军一起回京城。在京城有一个地方，葬着如田庆这般没有亲人家眷的战士。

安若晨点点头，想起田庆往日对自己的照顾，很有些难过。

龙大又道齐征在紫云楼外长跪不起，希望蒋松收他入伍。他说自己的养父是军人，他视如兄长的田庆亦是军人，他们忠肝义胆，一心为国，最后都被细作害死。他希望自己能接下他们的责任，也入伍效力。

"蒋松没答应，说忠心为国者不会在这乱局时添乱，要入伍哪时都有机会，让他回去了。"龙大道。

安若晨唏嘘："齐征是个好孩子，机灵，也很有义气。"

龙大道："这会儿确是时机不对，待日后再收下他吧。"龙大接着说，古文达的信里用暗语报了，他还未找到安若芳藏身之处，另外要等蒋松将手伸到衙门之内，才好对钱裴下手，如今暂时未找着合适机会。

"另一件紧要的事就是，姚昆的儿子姚文海失踪了。"

安若晨愣住了。

"蒙佳月瞒不住了，钱世新也用此事做文章。古文达觉得未必是钱世新劫的人，但他并没有把握。毕竟那日衙门和城里乱成一团，钱世新早有布局，不是他动手，又会是谁？"

"钱世新意欲何为？"

"他让蒙佳月给姚昆写了封信，暗示姚文海在自己手上。"龙大从桌上拿了封信晃了晃。

安若晨走过去看，信的封口用蜡封好，摸起来薄薄的，一两张纸的模样。"太守夫人与太守大人生死别离，好不容易有个写信相述的机会，竟写得这般少。"

"说是被押着写的。根本没机会好好琢磨。"龙大道，"钱世新很是狡猾，将事情推到了主簿江鸿青的身上，声称劫案与刺杀白大人一案的主使定是同一人。这般既撇清了自己，又让姚昆明白他儿子的处境。且只要无人能证明刺杀白大人一案与他有关，就无人能证明是他劫走了姚文海。"

"但这般也是个机会。如果能证明姚文海被他所劫，那就能证明他就是刺杀白大人的真凶。"

"这就是厉害的地方。如果姚文海根本不在他手上呢？"

安若晨一愣，确是。

"若有人救走姚文海，这事便背上了重大嫌疑。若是姚文海自己逃走，姚昆也有重大嫌疑。他故意制造儿子失踪的假象来洗脱自己的罪名。"

安若晨张了张嘴，这样硬掰也行？但好像也挺合理。

"钱世新既达到了要挟恐吓的目的，还提前先将脏水泼好。"

安若晨皱起眉头："钱世新想要什么，太守大人心里很是清楚。"

要他死。

龙大道："姚文海毕竟是他的独子，姚昆必受煎熬。这事得好好处置。"

龙大与安若晨带着蒙佳月的信去见了姚昆。

姚昆颇激动，当即拆信读了起来。寥寥数行字，看得他面色惨白。他再看一遍，不禁咬紧了牙，垂目难语。安若晨试探问："夫人说了什么？"

姚昆缓了一会儿才哽着嗓子道："钱世新那恶人掳了我儿。"他不愿多说，只把信递了过来。

安若晨接过一看，还真是与古文达所报情况一样。她看了龙大一眼，龙大对她点点头。于是安若晨将信还了，对姚昆道："陆大娘此时便在夫人身边照应，她托古大人发来消息，说钱世新掳走令公子一事，尚有疑点。"

姚昆抬头问："是何疑点？"

"这个，信里倒是未曾细说，只是既然说有疑点，便还需时日查验。"

"他失踪可是事实？"

"是。"安若晨叹气。

"那么不是钱世新，又会是谁？我夫人既是写下这信，那也定是被钱世新摆布，听从了他的意思。她不是个软弱的人，若不是我儿处境凶险，她又怎会如此？"

这个安若晨反驳不了，这确是事实。

"大人有何打算？"安若晨问。

姚昆久久不语。安若晨试图安慰他，道："当初我四妹失踪，我也以为是落在了细作的手里，但最后她吉人天相，另有遭遇。这事大人也是知道的。所以，令公子失踪一事，大人切勿慌神，三思而后行才好。"

姚昆未理她这话，只转向龙大道："龙将军，请让我回中兰城，钱世新要如何，我与他面对面说清楚。"

龙大淡淡问道："大人觉得自己能说什么呢？"

姚昆张了张嘴，终是没出声。要说钱世新的意图，并不难猜。所以其实他知道钱世新要如何，问题只是在于他如何应对而已。面对面，又能如何？可是他怎么可能不回去。他必须回去。不能让蒙佳月独自承受这些，万事该由他来担当。

龙大这时又道："钱世新说让大人死，大人愿死，我是管不着的。钱世新说让大人认罪，大人愿意咽下行刺白大人的冤屈，我也是管不着的。但是钱世新若是让大人写些污蔑我军方行事的供述，大人愿意写，我却是不能同意。"

姚昆一瞪眼："我自然不会如此作为。"

"人人都怕死，何况还是你与你独子两条命，你为了这个，还有什么是做不出来的？"

姚昆大声喝："龙将军！我若做这等龌龊之事，我妻儿看我不起，我又有何颜面活下去。我不可能……"

"所以你还有什么龌龊的把柄落在他手上？"龙大打断他的话，极严肃地问。

姚昆张大了嘴，似突然被狠狠打了一拳。

安若晨也惊讶地看着龙大，不知将军忽然来这么一出是什么意思。这个时候要翻太守大人的旧账吗？可是那也是无凭无据的猜测，甚至连猜都没猜到具体发生过什么。眼前最紧要的，不是处置姚文海失踪一事吗？若姚昆因这事出了意外，那白英之死的真相难辨，郡守之位也危矣。

"晨晨，你先回帐去吧。"龙大忽然道。

安若晨看看龙大，龙大对她点点头。安若晨听话地与姚昆施了个礼，告退了。

帐中只有龙大与姚昆二人，龙大压低声音，对姚昆道："大人，只有我们二人了，你有什么话须得与我说明白，不然我无法帮你。"

姚昆摇头："龙将军这是何意？所有的事，我不是与龙将军都说过了吗？"

"依我看，并非全部。"龙大盯着姚昆，道，"钱世新手上若没有令公子，那他随时会被揭穿。方才大人的第一反应也是，要回去谈谈。并非他让你死你便死，你有疑虑，钱世新必须证实孩子真的在他手上。若他证明不了呢，他拿什么要挟你？"

"所以我儿必是在他手上。"姚昆大叫，"将军，我必须回去。我的妻儿在城中受他胁迫，我必须回去。"

"钱世新也正是想让大人回去。所以大人得告诉我，究竟还有什么把柄在他手上。"

姚昆再坐不住，跳了起来："我不知将军在说些什么。我儿身处险境，将军却在与我绕圈子。"

"不绕明白了，你便不能回去。不然不止你的性命，怕是我全军的安危都会搭上。"龙大极严肃，"如今这局势，每一步都得计算清楚，小心翼翼。钱世新根本没有铁证证明令公子就在他手上，不然占大人不会说此事还有疑虑。但钱世新敢拿一个有疑惑的事来要挟你，他手上必还有个没疑惑的，能令你言听计从的筹码。"

姚昆背对着龙大站着，直挺挺的，全身僵硬。

龙大道："若我不知道这个筹码是什么，我不可能让你回去。钱世新一旦有机会与你见面，不是你质问他，而是他控制你，他让你做什么，你便会做什么。说不定你马上写封奏折，诬陷我与我的众将士如何霸欺百姓，扰乱地方，我如何淫乱军营，强掳民女。钱世新会与你合谋，假造证据，指称是我收买胁迫江鸿青，刺杀白大人，嫁祸于你。因为白大人查出我的劣迹，要向朝廷禀告……"

"我不会做这等事！"姚昆转身大吼，怒火冲天。

"为何呢？这般妻儿会看你不起，这比让你去死更难受？"

"正是。"

龙大叹气，放软了声音，道："大人，你现在只有我一个帮手了。我不帮你，你根本无路可走。就算你愿意去死，钱世新还是可以将那把柄公之于众，你一死百了，你的妻儿，如何自处？所有的事，必须得从根上解决了才好。"

姚昆抿紧嘴不说话。龙大轻声道："说起来，大人你觉不觉得，钱世新此次夺取太守之位，与十七年前的情形颇有些相似。"

姚昆一震，瞪向龙大。

"同样是太守最信任的属下，临危受命。同样是太守遇险，不幸身亡。"

姚昆瞪大眼睛，脸色铁青。

"当然了，也有完全不一样的。十七年前太守遇刺，十七年后是太守行刺。十七年前的凶手认罪，十七年后的凶手还不知肯不肯认罪呢。不过奇怪的是，十七年前的凶手称，自己的家人在战乱里全被南秦军所杀，所以他对我大萧明明取胜却愿议和极为不满。他要杀死主张议和的太守以泄私怨。但原来，他还有一个儿子……"

姚昆一脸震惊，他扶着桌子，似有些站不住。

"那凶手既是极重视家人，为何要丢下年幼的孩子不顾，行刺太守大人。既是还有孩子，他为何声称全家已亡，他不愿独活……"

姚昆一屁股坐在椅子上。

龙大板着脸，冷冷道："大人，其实我早已经查清一切。"

姚昆面色惨白，眼眶发红，表情都僵住了。"我……我……"他艰难地开口，终于湿了眼眶，羞愧地无地自容低下了头，"我当时也不知怎地，一时鬼迷心窍。钱裴说，他说……"

龙大没说话，冷静地等着他继续。

姚昆哽咽道："也怪不得他，是我利欲熏心，不怪别人，最后酿成悲剧，无法挽回。我，我……那日钱裴拿着张纸，上面画着衙门到客栈的地图，还有些笔记，是蒙太守赴宴的时间地点，在一个巷道口画了圈。钱裴说，他书院的一个杂役自两国议和后便不太对劲，对蒙太守和朝廷很是愤恨，说了些大逆不道的话，被人呵斥才闭了嘴。于是他便有些留心。那数日杂役总是外出，两眼通红，像是没有休息。他去盘问，那杂役答得前言不搭后语，慌忙走了，袖中无意中落下这纸，钱裴看了，觉得那人计划行刺太守。"

原来如此，龙大懂了。

"我那时很是着急，想去向太守示警。钱裴却问我，难道我对太守就没有怨言吗？我那时确是……确是心里有怨的。"几番出生入死，虽是为国，但也是为在太守面前表现。太守却对他说莫要对他女儿心存妄想。他借战事休妻，对蒙佳月的那些关怀，对仕途的野心，似乎都被太守看穿，看穿便罢，还看不起他。他豁出命去，得不到肯定，他想日后论功行赏，他大概能得不少赏赐嘉奖，但他永远不会被太守真心赞赏。不被真心赞赏，就不可能步步高升。而太守会将蒙佳月许配别人，与蒙佳月编排他的各种不是，揭穿他的龌龊……

于是那时候姚昆犹豫了。一犹豫，错过时机。他有两日的机会向蒙云山说这事，有两日机会缉捕凶嫌，虽钱裴说那人自那日被他问话后便无踪迹，但这珍贵的两日，足以改变一个人的生死——蒙云山的生死。

而他就这么混账地这让两日过去了。待他悔恨，狂奔向那巷道，赶到那儿却只看到蒙云山倒在血泊之中。轿夫说，有位百姓喊冤，大人便下了轿，在听那人说话时，毫无防备被连刺三刀。那人刺完便跑，衙差们已去追了。

毫无防备——这四个字让姚昆也像被刺了三刀，鲜血淋淋，再无法愈合。但就算有伤，他还是得偿所愿。钱裴恭喜他，帮他打点了关系，加上他实实在在立过好几次大功，他是蒙云山最重要的左膀右臂，是太守女儿蒙佳月最依赖倚重的人，他有人脉，有功劳，有声望——于是他成了太守。

成了太守，娶了娇妻，生了儿子。心中也有了一生抹不掉的悔恨。

姚昆没脸细说，但对龙大而言，只言片语已经足够。

"那张纸还在钱裴那儿，是吗？"

"应该是。"

"因为你的那些龌龊私心，所以你也未有仔细追究那杂役所说的行刺目的是否属实，之后你知道他居然还有个儿子，便让钱裴送走，给了钱银，让人抚养他长大，莫再生事，是吗？"

"他儿子知道父亲刺杀了太守，这身世说出来于他并无好处，自然也不会生事。"姚昆盯着地板，想起自己远远看过那个年轻人，长得与他父亲颇像。改了姓名，笑起来憨憨的。

姚昆不再说话，龙大也沉默，帐子里头静悄悄的。

过了好一会儿，龙大问道："你现在冷静了吗？"

姚昆缓过神来，抬头看他："将军，我不会被钱氏父子威胁的，从前犯过的错，我不会再犯了。你让我回中兰城吧，我必须得与他们做个了断。"

龙大点点头："好，我派人送你回中兰。但你要去的地方，是紫云楼。你作为刺杀白大人的凶嫌，在案子未破之前，要被我军方监管。押于紫云楼内，未经允许，不得见外人。你与钱世新，不得见面，以防串供。"

姚昆愣了愣，不明白龙大的意思。

龙大继续道："至于令公子失踪一案，既是钱大人保证尽快破案，我会让蒋将军督促，十日内若是案子不破，钱大人担责，亦表示他无能力暂代太守之职，蒋将军会接管。钱大人可回他的福安县去。"

姚昆更愣。好你个龙腾，你是借机要斗垮钱世新是吗？拿他儿子的命吗？钱世新既是无法与他协商，又被逼迫，到时将他儿子杀害，交出几个替死鬼说是破了案，那如何是好！

"龙将军！"姚昆大喝。这个他绝对不能依从。

"姚大人。"龙大声音没有姚昆的大，但冷冷的，很有压迫感，"你这么大一个把柄，说得再好听，再有决心，我也信不过你。你给我听清楚，从现在开始，我嘱咐你做什么，你便做什么。我说过了，如今这形势，每一步都是计算，小心翼翼。钱世新是如此，我也得如此。他是别人的棋子，我也需要棋子。而你正好用。你好好助我一臂之力，我便尽全力保你全家安危。你如今除了我，也再无别人可依靠。但我丑话说前头，若你擅自主张，违背我的意思，被钱世新所左右，破坏了我的计划，那我就把你这些龌龊勾当与你夫人孩子细细说明。你娶你夫人是为了太守之位，是为了内疚弥补，是为了制造正人君子的假象。你对她并无半分感情，这二十年全都是虚情假意，蒙骗于她。"

"胡说八道！"姚昆激动得跳了起来。

龙大冷静地道："也许事实确是不全中，但我不在乎真相究竟有多少是对的，而且我还有人证。姚大人，你说，你夫人会相信多少？"

姚昆瞪着龙大。

"与其让你受钱世新胁迫，不如我来。"龙大平板板地道，"姚大人，我的话，你听明白了吗？"

姚昆当然听明白了，他震惊，龙腾比起钱世新，更邪恶几分。

姚昆被送回了中兰城。未入衙门，未回宅府，直接被送到了紫云楼里。

他入城之时骑着高头大马，衣冠整洁，精神抖擞，还与城门守兵招呼寒暄。有百姓认出他来，惊呼"太守大人"，姚昆还点头示意，向其挥了挥手。

姚昆姿态平和，但听在钱世新耳里，觉得那般耀武扬威。再者，手下均说姚昆前后有两队卫兵，是被押入紫云楼，钱世新却觉得，押送还是护送，就是嘴巴怎么说的事。龙大出了这么一招，还真是有些出乎了他的意料。

钱世新等着看。果然姚昆入城未多久,蒋松来了。他拿着龙腾下的令书,道龙将军已获知姚昆独子姚文海失踪一案,亦知钱大人与姚昆交情匪浅,但就算有交情,未经将军允许,竟为嫌犯家属送信,实不妥当。这是其一。其二,钱大人未与将军商议,竟承诺尽速破姚文海之案,将人找回,这亦不妥当。要知道如今城中局势不宁,白大人遇刺一案尚未查获真相,钱大人竟为私情,将一没头没脑毫无线索的失踪案摆在了白大人命案的前头,这分明是分不清轻重缓急,判不明安危情势。

钱世新辩道:"龙将军不在城中,不知晓这里头细节,蒋将军却是知道的。姚文海失踪,或许与白大人遇刺一案相关。现场找到的尸体中,就有江鸿青的同伙。只要找到了姚文海,那么白大人遇刺一案,也许就有了新线索。"

蒋松硬邦邦地道:"这些你不与龙将军说,不与我说,却告诉了姚昆,是何用意?龙将军很是不悦,既是钱大人觉得自己了不得,用不着与我们商议着行事,那么钱大人自己尽速破案吧。你看看龙将军令函所述,大人若是十日内找不回姚文海,那么大人就回福安县去。这平南郡所有事,由我暂行管辖。"

钱世新一愣,这招比把姚昆押回紫云楼更让他意外。这把柄话柄拿捏得,简直是阴险。

钱世新谦和又耐心地道:"破案一事,我自然会全力以赴。只是龙将军言重了,我不是不愿与将军们协商,只是从前习惯了只与衙门各官员议事,这事紧急,一时疏忽,还望蒋将军包涵,确是我做得不周到。龙将军那头,我会亲自去信解释致歉,蒋将军切勿往心里去。"

蒋松眼皮都没未动。

钱世新脸面有些挂不住,又道:"平南郡中诸事,烦琐细致的有,凶险复杂的有,再者前线仍与敌国对峙,城中细作还未剿清,蒋将军毕竟是武将,对郡中了解不够,这数日蒋将军该有体会。我若回了福安县对郡中诸事撒手不管,一来没法与梁大人交代,二来也会拖累蒋将军。"

蒋松这回说话了:"龙将军说了,与梁大人交代,是他的事。我对城中情况不熟,可以去问姚昆。这郡里头,有谁会比姚昆更熟。他如今戴罪之身,急于力证清白,将功补过,于郡务上,自然会全力相助于我。"

钱世新脸色变了一变,绕了一圈,竟然是这意图。

"钱大人还有何疑虑?"蒋松问。

钱世新不说话,他得冷静冷静,肺都要气炸了。

"若是钱大人没问题了,便尽速破案去吧。"蒋松言罢转身要走,却又停下回头,"对了,龙将军还嘱咐,钱大人与姚昆交情不一般,为防串供,钱大人自己也留点心避避嫌,莫要与姚昆见面。若有什么事需与姚昆说的,先来找我。"

钱世新面色僵硬，也只得点头。

"另外，既是姚昆归案，且姚文海失踪，太守府的禁守就解了。绑匪若要对太守府有所行动，也好给他们机会。我已传令下去，钱大人知道这事便好。"蒋松这次说完，未再回头，扬长而去。

钱世新僵直立了半晌，拿起桌上杯子狠狠摔于地上。瓷片破碎的声响让他心里头舒坦了些，他深呼吸几口气，慢慢坐下，盘算了好一会儿，去了太守府。

太守府里众衙差和卫兵们都接到了令，各队人马正准备撤离。钱世新微笑客气，求见蒙佳月。

蒙佳月自然是听说姚昆回来了，她既激动又忐忑，不知姚昆回来会是何结果。想去见他，但又顾虑钱世新，未盘算好之前，未敢找钱世新提见面要求。没想到钱世新这么快便来了。

钱世新见到蒙佳月，和善地道，方才蒋将军来与他商议了诸事。说起龙将军也很重视姚文海失踪一案，故而令他尽速破案。若是蒙佳月能见到姚昆，便告诉他，莫担心，他定会将此事放在头等重要位置。

蒙佳月听得这话，又惊又疑，不知钱世新是何意图。她问道："大人，我能去见我家大人吗？"

"只要紫云楼那头让你进去，自然就能见着了。"

"所以，我该向紫云楼递帖子求见吗？"

"自然是可以的。"钱世新答，"我得避嫌，反而不好见，夫人是家眷，没甚问题。你看，这不是已经将围着太守府的那些人撤走了吗？夫人当去试试。"

蒙佳月深吸一口气，有些惊喜。无论如何，她都想见她家大人一面啊。

"夫人莫忘了，见到姚大人，告诉他，我与他多年情谊，自然是帮着他的。十七年前，他当上太守，走到今日，实属不易，让他切莫忘了当初的艰难，如今这一关，定也要挺过去才好。我定会尽全力找到文海，你们放宽心吧。"

钱世新这番话说得恳切，蒙佳月听得胆战心惊。

送走了钱世新，蒙佳月忙回后院将事情与陆大娘说了。陆大娘也摸不透钱世新是何意，只得去找古文达。

古文达没多说什么，只道龙将军未说不让相见，便让夫人递帖子来吧。先照着钱世新的意思办，走下去自然明白他是何意了。他又道如今太守府解禁，陆大娘也该回紫云楼了，薛府那边，得让陆大娘跑一趟。薛叙然一直毫无动静，他们找不到安四姑娘的下落。将军夫人想确认安四姑娘的安危和行踪，还有，想请薛公子也帮忙留意留意姚文海的下落。

安若芳与姚文海在那小居院与世隔绝，丝毫不知外头的情况。静缘师太再没有出现，安若芳整日静默不语，这让蠢蠢欲动总想逃跑的姚文海有些不忍。

姚文海与安若芳说话，安若芳没什么兴致。姚文海没事找事，便说不如他教安若芳习字，他的字写得不错，夫子一直夸赞。这话题让安若芳有了些许反应，结果她说的是："我娘不让我认字。我这般不孝，总做她不欢喜的事，如今她去了，我总该有件事好好听她的话才好。"

姚文海讨个没趣，忽然灵机一动，道："你娘叫什么名字？"

安若芳想了想："段翠兰。"把夫姓隐瞒了。

姚文海兴冲冲地奔回房，一会儿又跑来，拿着三个字给安若芳看："你看，这是你娘的名字。"

姚文海的字写得确是极好，工整有力，刚劲洒脱。安若芳看着那三个字，愣了好半天，轻声道："我不认得。"

"段落的段，翡翠的翠，兰花的兰，是这三字吧？"姚文海道。

安若芳伸手轻轻抚那三个字，声音小小的："应该是吧，我不认得。"

姚文海很心疼，柔声道："你还记得你娘长什么模样吗？"

安若芳点点头："我娘生得可美了。"她红着眼眶，楚楚可怜，姚文海觉得可以想象得到她娘有多美。

"你会画她的模样吗？"姚文海问，"将她的模样留下来。"

安若芳摇头，泪水在眼眶里打转，她娘没有画像，她也不会画。琴棋书画，她一样不会。因为她娘不喜欢，不让她学。

姚文海道："那我教你这三个字，可好？你起码，会写你娘的名字。这不算不听她的话，你只学这三个字而已。"

安若芳抹去滑下脸颊的泪水，重重点头。

安若芳学得很快，虽然握笔不稳，笔画不齐，字体难看，但她一下就学会这三个字了。她盯着自己写的字，好一会儿道："我要回家去。"

姚文海叫道："我也想回家。"可救下他们的人，也不知究竟要如何，不露面不交代，只把他们软禁了，也不知是何打算。是帮他们还是害他们，总得有个说法呀。

姚文海觉得干等着不是办法，正想与安若芳商议商议，他这段日子天天琢磨法子呢。还未开口，安若芳却道："我逃家，让我娘伤心。我娘死时，我未在她身边。如今连她如何安葬，后事如何我都不知晓，我还算什么女儿。再有凶险，我也该为她守孝。再是艰难，也该为她讨回公道。"

她言罢，将笔一放，转身出去了。

安若芳这番话说得极有气势，就连转身而出的架势都似是武林高手，唬得姚文海一愣一愣的。这小姑娘哪里学来的呀。待他反应过来追出屋去，却见安若芳打开了院门。

"喂，喂。"姚文海赶紧过去，逃跑得悄悄的呀，你别这样。

结果安若芳没理会他的叫唤，她走得极快，大步流星，转眼便走到巷子中段，巷子口有户人家"吱呀"一声打开了门，姚文海疾步上前，想将安若芳拉回来，莫教人瞧见了。

安若芳却是站直停下，看着那户人家里出来的人。

出来的是个汉子。姚文海认得，这人曾经给他们的院子守过夜。原来这整个巷子都被监视着。

安若芳看着那汉子，清清楚楚地道："告诉你家公子，我要见他。"

哇。姚文海心里大叹气，姑娘啊，你年纪小小，深藏不露啊。要真是武林高手，早说呀。

钱世新去找了钱裴，将这数日发生的事以及龙大的安排与他说了，钱裴咬牙恨道："龙腾这厮果然是阴险之辈。你可切莫乱了阵脚。他不过是吓唬于你，有巡察使在，他断不敢真的任意妄为。"

钱世新皱紧眉头："他可是立了大战功，自然嚣张。梁大人那头虽会处置，怕只怕时机落了后头。如今他还未能完全腾出手来，管不到龙腾，我们还得自己想法，先得抢着时候把局势控制住。只要南秦那头准备好，消息一发，事情就妥了。届时龙大再狡猾，也无法子。他疲于奔战，压根顾不上这头。那时候他才会发现根本对付错了目标。只是若我撑不到那时，怕也会白白牺牲。"

钱裴笑道："果然是我儿，颇得我的机智。确是得这般想。咱们做这事，可不是为别人打江山的。你当上太守，日后再凭梁大人的举荐入京为官，平步青云，做你想做的事去。这几年辛苦，可不是白白为人铺路。你听我的，莫要心慈手软，该杀便杀，若是姚昆坏事，便拿他妻儿开刀，他这人优柔寡断，是好拿捏的。龙腾让他来搅乱你，你就反借他之力对付回去。"

钱世新沉吟："姚昆以这种方式回来，怕是龙腾对他也未必礼遇。那些客气都是做给我们看的。若他真是站在姚昆那边，如今姚昆已登堂入室，坐回衙堂首位了。行刺白英之事虽办得粗糙，但眼下他们确是拿不到线索证据，龙腾不傻，不会蹚这搅不清的浑水。我已让蒙佳月去见姚昆，先瞧瞧他们的反应，再做行事。"

钱裴道："姚昆在石灵崖军营待了一阵子，肯定知道些消息。别的不说，卢正是何情况，他定然是知晓的。你让姚昆交代清楚，我们也好想法处置。"

这个钱世新自然已有打算，他看了看钱裴，道："你自身难保，莫操心别的吧。梁大人那头来了令函，将派鲁升大人过来。鲁大人若到了，便由他去对付蒋松那厮。再有，我已判了一些囚匪流放之罪，五日后便得押走。临走前一日，我会在名单里再加上数人，包括你。这般蒋松来不及反应，你便已经走了。流放到了半途，我让人接应你，你且隐姓埋名，先避一阵子。"

"一阵子？"钱裴撇撇眉头，"这哪是一阵子的事。你就没别的法子了？流放是什么狗屁主意！我可不愿过苦日子。我从前苦够了，看人脸色看够了。我要暖被美食，美酒美人，还得有仆役伺候。你判我流放，就得先安置好这些。"

钱世新按压着怒火，问他："那你如今在这牢里，可有暖被美食，美酒美人，可有仆役伺候？"

钱裴冷笑："除了美人外，还真都有。"

钱世新抿紧嘴，很想赌气说那你便在这处等死好了。可他心里明白，龙腾对钱裴下手那是迟早的事，只是如今时机未到，龙腾没有证据，不明内里，没法与梁德浩及皇上交代，所以并无撕破脸的把握。他没有名目提审钱裴，自然也没有名目对付自己。但这只是时间问题。看蒋松现在的架势，削他权职那是势在必行，到时衙门里的每个人都会落到蒋松手里，他想审谁便审谁，想对谁动刑便对谁动刑。钱裴知道得太多，留在平南，确是太危险了。梁德浩虽说派了鲁升过来，但不知压不压得住蒋松，亦不知时间来不来得及。

钱世新看着钱裴，可惜他是他的父亲，不然事情真的会简单许多。

蒙佳月向紫云楼递了帖子求见姚昆，她很是忐忑，恐不能如意，又拜托陆大娘帮忙说情，岂料事情却异常顺利，还用不得陆大娘开口，蒋松便派人去太守府接蒙佳月去了。

姚昆夫妻二人相见，执手泪眼。姚昆细说了当日凶案，江鸿青突然行刺，莫名嚷嚷是他嘱咐。蒙佳月也说了方元与众仆的忠心与大义，以及她当日急急送走姚文海避祸，怎料却将儿子弄丢了。说到伤心处，蒙佳月万分自责。

姚昆一番安慰，仔细询问当日情形及事发后的种种，尤其钱世新的一举一动，言语表情。蒙佳月一五一十全说了，包括案录所述细节，以及钱世新让自己来见姚昆，嘱咐自己要说的话等等。

姚昆听得心里一惊，再问钱世新还说过什么，又问钱裴是何动静，可有托人到府里来留话寻事的。

蒙佳月不疑有他，皆道没有。姚昆仔细看着蒙佳月的表情，内心稍安。他道龙将军答应会帮忙找寻儿子，也会想办法洗刷他的冤屈。让蒙佳月莫太担心，亦不要相信钱世新说的任何话。他们父子看来确是与南秦勾结，心怀不轨，欲杀他夺位，可惜他大难不死，但钱世新定不死心，造谣诬陷，还会生事。

蒙佳月握紧姚昆的手，道："如今得见大人一面，之后再辛苦艰难我亦不惧。大人也定要提防，千万保重。"

姚昆点头，忍不住将蒙佳月揽进怀里，柔声道："夫人，我对你真情实意，天地可鉴。"

蒙佳月失笑，红着脸抬头看他："大人这是怎么了？大人大难不死，必有后福。文海也定会无事的。大人务必振作才好。"

姚昆再点头，看着蒙佳月的眼睛，红了眼眶，道："我只是想起，当日事出紧急，来不及见你最后一面，竟也未与你说过这心里话。差一点便再无机会说。如今补上，日后才无遗憾。"

"大人。"蒙佳月满心感动，动情看着姚昆，"我对大人心意亦是如此。"

姚昆狠狠避开她的目光，扭过头去，借着说话掩饰愧疚："你回去后，那钱世新定会再来找你，你便告诉他，这太守之位，我定是要夺回来的。"

"大人，你比太守之位重要，请多保重。"

姚昆差点落泪，急忙点头。

夫妻二人再说了说话，可卫兵前来催促，二人虽依依不舍，终是别离。

蒙佳月走后，姚昆去见了蒋松："龙将军嘱咐我的，我都照办了。"

蒋松道："那便等着吧。尊夫人还会再来的。"

姚昆有些不放心："钱世新问什么，我便答什么，这般便行吗？我妻儿的安危，你们会护卫的吧？"

"这个自然。将军一诺千金，忠诚守信。他耿直正派，可不是什么钱世新之流。大人不必疑惑。"

姚昆嘴角抽了抽，什么话都不说了，无奈垂头离开。

耿直正派什么的，绝对是对龙腾的误解。

蒙佳月回到家中，果然钱世新又来问候。提到去见姚昆是否顺利，蒙佳月小心答了。钱世新又道："蒋将军与我说，姚大人写了奏折，向皇上诉冤，请朝廷派专使来查此案。"

蒙佳月惊讶："大人并未与我提起此事。"

"因这案子里，姚大人是被抓个现行，且不止白大人，衙门里死伤数十众，还有南秦细作杀手卷了进来，将姚大人救了出去，这事怎么审都对大人不利。姚大人怕是恐夫人忧心，就才未提及。"

蒙佳月想了想，问："钱大人当时在场，可否帮我家大人说说话？若是钱大人肯为我家大人做证，那事情便有转机。"

钱世新点头："这倒是可以的，若朝廷真派了大人下来查案，我自然会将当时情形一五一十说出，夫人且放心。再有一点，姚大人逃跑之后，是与安姑娘、卢正等人一起走的。龙将军说卢正是细作，那卢正必是对所有一切最清楚的人，刺杀白大人究竟是细作安排还是另有隐情，卢正才能说得明白。姚大人在石灵崖时，可从卢正那处问出线索来？"

蒙佳月摇头："我与我家大人见面时候并不长，未听他说安姑娘与卢正之事。"

"那夫人找机会再去问问大人吧，我多知道些消息，才好帮大人申冤，也才好寻找文海。"

蒙佳月心一沉，钱世新是把她当探子用了。

龙大与卢正面对面在帐子里坐着。卢正很虚弱，身上的血迹污渍都被擦干净了，换了身干净的衣裳，却更显出他惨白的脸色来。

卢正警惕地看着龙大，不知他此番过来是何用意。龙大久久不语，卢正越发紧张，越紧张越告诉自己要小心，龙大将军是故意用沉默吓唬他。他不开口，他用沉默对抗着。

龙大看着他的眼睛，忽然微笑起来："你完全不知道自己该怎么办。"

卢正用沙哑的声音道："难道将军知道该怎么办？杀我还是不杀？"

"看心情。"龙大道。

卢正揣测着这话里的意思。

龙大道："我派人查了你说的陆波。他确是钱世新身边的人，侍从而已，常帮他跑腿，各种杂事，没听说有甚太特别的。姚昆与我夫人逃命时，确有陆波这人领郿人追查，但他只是将你救下，后来就没了。"

卢正不禁皱了眉头，"没了"是何意？

龙大盯着他的眼睛，道："他消失了，不见了。你提供的所谓重要线索，毫无价值。"

卢正愣了一愣："不见了？"怎么可能？"他是钱世新的左膀右臂，那时与我分了两路去追杀太守，怎会消失？是不是你们的人走漏了风声，他躲了起来。"

"如何走漏了风声？还有谁是细作？"龙大问。

卢正摇头。他什么都不会说了。让他说话，必须要有对等的条件。

龙大也摇头："那么你对我没甚用处了。不知道你对别人还有没有用。我让人回中兰城传话去了，现在钱世新他们所有人应该都已经知道你还活着，活得好好的。这只会产生两种猜疑，一种是你招了，一种是你快要招了。你不自我了断，就是背叛。"

"所以将军在等我被人灭口，然后抓凶手吗？"

"你有被灭口的价值吗？"龙大反问。

"若有这价值，才能与将军再谈谈条件是吗？"卢正笑得颇难看，"夫人怎地不来看看我了，不知道她二妹有没有生病？你们要多留心啊，毒发开始，只似风寒，一般人便会去看大夫。大夫诊着也觉得是染了风寒，于是便会开药，越喝药，病症越重，最后不治身亡。"

龙大不理这话题，他道："或许你可以告诉我谁会来杀你，我提前做个准备，那样能保住你的命。"

"将军不信有这毒吗？你不觉得这症听着颇耳熟？聚宝赌坊的杨老爹是怎么死的？将军查出是何种毒了吗？没有吧？你们没有解药。我有。"他回视着龙大，道，"将军说我无甚用处了，不知将军夫人的二妹是不是也无甚用处。将军夫人呢，对将军有用处吗？我可还记得，将军说过，兵士只有两种人，有用的和无用的，战场上只有两种人，活着的和死了的。将军说要拼尽全力做有用的人，最后才能是活着的人。我一直记得将军这话。"

"所以你还有用？"龙大和气地微笑起来，"那我考虑看看。"他说完，转身走了。

卢正愣了一愣，暗自琢磨自己刚才紧张着急是不是说错了什么。

陆大娘从薛府回来，与古文达报信："薛公子说他未曾见过什么姑子与四姑娘。"

古文达一愣："怎么可能？"

陆大娘道："他大概也并不信任我。提到太守府公子失踪一事，他说那该是官府管的，他一介平民，普通百姓，又哪里来的办法。"

古文达明白了："他还真是小心谨慎，难道得将军夫人亲自去问他才行吗？"

陆大娘有些发愁："这事可还有别的线索？"

"没了。我派人盯着薛府，但一切如常，府中仆役并不知府中有客人住下，但若是藏在外头，也未见有人送衣送食，薛叙然自己也从未出门探视过。"就好像，真的什么都没发生过一般。

薛叙然确实想当成什么都没发生过一般。但有人偏偏要捣乱。

"谁闹着要见？"

"安四姑娘。"

"确定是她？不是那小子支使的？"

"确是。"

薛叙然撇嘴，若是太守公子，他才不要理，但是小姨子不理似乎不太好。真是可恶啊，所以说好人不能做，闲事不要理。太麻烦了，全都是麻烦。

蒙佳月这日再去见了姚昆，一番谈话后，给钱世新带回了消息。

她道姚昆说了，在军营时他也不得见卢正。但起初卢正是被绑在校场上挨饿受冻及用刑的，所以他也远远瞧了几眼。卢正伤得很重，瞧着是奄奄一息的模样。后来他听安若晨说，卢正招了一些事。但安若晨自己去见卢正，也被龙将军训斥了。再然后，卢正被转到了帐子里，听说将军未再对他用刑。

钱世新问道："安若晨可说卢正招了何事？"

蒙佳月面露犹豫，过了一会儿还是说了："卢正说，钱大人也是细作，他有人证。便是大人身边一个叫陆波的手下。卢正说大人一直让陆波与他接头。又说唐轩亦是细作的接头人，再之前，还有一位闵公子。但这些人都没了。还有静心庵的那位姑子，是细作里的杀手。霍先生、李长史都是被她杀害。"

蒙佳月说着，小心翼翼看了钱世新一眼。她听闻这些事时很是震惊，但姚昆嘱咐她就按他说的原话告诉钱世新便可。当面戳穿他就当面戳穿了，反正是他自己逼迫着要问的。

蒙佳月原以为钱世新会有些恼怒反应，结果他没有。他面无表情地听完，忽地笑了笑："这倒是有趣了。我身边确是有一个叫陆波的手下。可我从未让他联络过卢正，我甚至不知道他认得卢正。诡异的是，我让卢正与陆波去追捕姚大人，陆波却失踪了。他一去不返，也不知如今何处。"

蒙佳月没说话。她可不是要与钱世新对质的，钱世新想怎么辩解都没关系。

钱世新笑完，摇头摆出一副忧心模样，道："卢正这般胡说八道，对姚大人很是不利啊。"

蒙佳月很配合地道："请钱大人指教。"

"那位闵公子，我曾在案录上见过名字，可是招福酒楼那一案里出现过？那案子，是姚大人审的。唐轩是细作，当初也是姚大人放的。姑子是杀手，还杀了霍先生。夫人想想，霍先生死在太守府，杀他的凶手，救走了姚大人。这事情，如何才能撇得清楚？"

蒙佳月紧锁眉头："大人，求大人给出出主意。毕竟那卢正指名道姓指证大人，若是我家大人能洗刷冤屈，证明卢正说谎，那大人的嫌疑自然也撇清了。"

钱世新微笑道："卢正没说谎，姚大人如何洗刷冤屈？"

蒙佳月的脸僵住，钱世新这是明摆着在她面前承认他就是细作吗？她戳穿他，他索性就承认了？蒙佳月心头上压着大石，他毫无顾忌，自然是拿准了她拿他没办法。她怕他。而她确实是怕他。她怕他伤害她儿子。

"大人。"蒙佳月努力镇定，戏还是要演下去的，"求大人指条明路。我们该如何办？如何才能救回我儿？如何才能救回我家大人？"

"夫人莫急，待我想到了，就告诉你。"

钱世新淡定从容的语气，让蒙佳月觉得其实他早已有主意，只是似上回那般，故意吊着她，让她悬着心。

薛叙然的心此时也颇不安稳，他瞪着安若芳："你再说一次，你想怎么着？"

"我想回家，为母亲守孝。"

薛叙然不禁敲了敲桌子："小姑娘，莫当我这儿是客栈，想来便来想走便走的。当初你来的时候，可是你大姐求我的，我心软这才收留。时局凶险，我冒了很大的风险，可不是陪着你玩小孩子的游戏。"

"是吗？"安若芳的表情很是无辜，"我大姐是如何求你的？"

薛叙然噎得。

"那如今，换我求你可好？二姐夫，我确是想回家，我想为我娘守孝。二姐夫，求你了。"安若芳的小脸可怜巴巴的，薛叙然这口气差点提不上来。

你们安家姑娘一个个的，都挺厉害是吧。蛮横起来凶巴巴，狡猾起来惨兮兮。

薛叙然瞪着安若芳，板着声音道："再有五日，便是我与你二姐成亲的日子了。"

安若芳忙点头，巴结道："那我还能赶上喝二姐和二姐夫的喜酒。若是躲在这儿，便喝不上了。二姐见得我回家，也定会欢喜。那二姐夫与二姐的婚事，是喜上加喜。"

薛叙然没好气："你是你大姐带大的是吧？莫学她。怎地不学学你二姐。"

安若芳一脸愁容，二姐耍横拍桌蛮不讲理的做派，不适合用来谈判啊。

薛叙然也不管安若芳的反应，继续道："我与你把话说清楚，你大姐未回来之前，或是城内情势未明朗之前，我不能放你走。不然你出了意外，我如何与你二姐交代。"

安若芳乖巧地听着，原来不是跟大姐交代，是跟二姐交代啊。

"我不会与任何人提到二姐夫的。我不认得二姐夫。十月十五那日，我想着大姐被锁被打，我又即将要被嫁给钱裳，我伤心害怕，便跑到街上去了。不料遇着了个人牙子，将我绑了，藏到箱子里带出了城。我也不知被带到了何处，遂大声呼救，正巧遇着一对好心夫妇，便将我救下了。他们带着位家仆沿江游历，我害怕嫁给钱裳，便想拖得久些再回家，便骗了他们我被打了，不记事了。他们好心，便将我带上，带我寻家。那时离中兰越来越远，我也不敢承认骗了他们。"

安若芳头头是道地说着，竟也说得像模像样。沿江都有哪些地方，什么景致，什么特产，她竟然都说得出来。后来那女主人生病了，她帮忙照顾，一直住在一个院子里。药该怎么煎，大夫怎么说，她也说得出来。就这样一待数月，女主人病好了。安若芳想念母亲，也不敢再瞒恩人，便说了真相。那家恩人便将她送回中兰。她担心连累恩人，便只让他们送到城门口，然后自己回家了。

薛叙然听得愣愣的，这编得颇是周全啊。"你大姐教你的？"

"我恩人教我的。"自师太决定送她回家，为免她招惹麻烦，就认真为她琢磨说辞。她俩一点一点说好了许多细节。安若芳全都背下来了。

安若芳又道："二姐夫请放心，绝不会有人查到二姐夫头上。那恩人夫妇对我有恩，且早已离开，我断然不会泄露他们的行踪，也不知道他们的行踪。我这半年的经历，若有人问得细了，我便哭。"

"……"

"若是我爹问我，我也得问问他，我娘是如何死的？"说起娘的死，安若芳眼眶红了。薛叙然觉得真是服气，这下哭起来理直气壮的，毫无破绽啊。

但薛叙然仍是摇头："你想得太简单，外头的状况你也不清楚。不是你家里追问你去处的问题。而是这城中坏人颇多，有人打你大姐的主意，有人打你安家的主意。你大姐还与太守大人一家子有瓜葛，这其中还牵扯刺杀朝廷命官的大案。虽与你无关，但你回到家里，定会掀起轩然大波。"一起波折，安若希那笨蛋就会被拖累。

安若芳不说话，还有人打她恩人的主意呢，这个薛公子不知道，她就不必告诉他了。

薛叙然看着她，道："这也是我不来看望你们，不让府里人来与你们走动的原因。我将你与那公子藏一处，不是我小气，故意为难你。而是稳妥的地方不好找，且动用越少的人手安置你们就越安全。你们安全，我薛家也才会安全。你可明白？我收留你们，确是冒了极大风险的。虽是有些后悔，但既是已经做了，我就得把事情顾周全。对你好，对我也好，对你大姐二姐都好。我与你将道理说了，你明白了吗？"

安若芳点头："明白的。二姐夫救命之恩，我牢记心里一辈子。二姐夫放心，我定不会拖累二姐夫。那姚公子也不知二姐夫是谁，他也不知这里是哪儿，亦不知晓我的身份。我回家去，对他并无影响，对薛家的安全并无影响。再者说，二姐夫与二姐婚前不好见面，就算是婚后，依我爹的德行，怕是姐夫家里还是会被拖累，姐夫在安家，总需要个内应帮手。"

薛叙然瞪眼，所以这个小屁孩现在在毛遂自荐吗？内应帮手？这孩子肯定是安若晨带大的。

"二姐夫莫瞧我是姑娘家，年纪又小，但只要有心，也定能做成事的。我不知外头如何，二姐夫却是知道的。二姐夫本事大，考虑得必是比我周全，二姐夫帮我安排着，让我安全回家去。之后二姐夫想做些什么，我必会全力帮着二姐夫。若有人想让二姐为难，对薛家使坏，我定然是不答应。"

薛叙然忽然冷静下来了："你娘在安家，过得也挺艰难吧？"

"妻妾争斗，看人脸色，自然都不容易。"安若芳想起她娘，不禁伤怀。

所以养出来的孩子一个个都狡猾，是这道理吗？薛叙然抚下巴。"你什么打算呢？"他问。

"我大姐嫁给了将军，日后定是到京城去的。她虽有心，也顾不了我太多。我娘死了，我在安家没个依靠，我又是个姑娘家，于家中不得势，会被人欺负的。二姐待我是好的，二姐夫也是好人，我总得，在城里找个依靠。"安若芳看着薛叙然的脸色，道，"我助二姐夫防备安家的贪婪野心，护好二姐。二姐夫便助我在安家站稳脚跟，有个一席之地。如何？"

杀死她娘亲的凶手，利用她娘亲的死谋害大姐的那个家，总得付出代价。不能就这么算了，总要讨回来的。

安若芳眼巴巴看着薛叙然，等着他的答复。

大姐说过的，二姐夫有些孩子气，喜欢有难度又有趣的事，又喜欢被别人依靠。

"二姐夫。"安若芳软软地唤着，"在这城里，我只有你和二姐两位亲人了。"

少来这套，薛叙然没好气看着她。

"我们安家，就二姐最有福气，我就盼着沾她的光了。一切拜托二姐夫了。"安若芳可怜兮兮合掌恳求。

真是烦人的孩子啊，以为他不知道她耍的那点小心眼吗？薛叙然愤愤地应："行。"

薛叙然与安若芳约法三章。第一，她要回家可以，但要等五日后，他与安若希成了亲，她再回去。第二，绝不许透露半句她在他这儿避过难的事，亦不许提起姚公子。第三，她回家后，有什么困难可以来找她二姐，他作为二姐夫自然会想法帮她，而她在安家也罢，在其他地方也罢，但凡打听到对薛家不利，对安若希不利的事，都得来告诉他。

安若芳一口答应。

薛叙然看她老成懂事的模样，想了想又道："你想明白了吗？不等等你大姐的消息吗？你家里头，现在与你离家时不一样了。钱裴的儿子钱世新，如今暂代太守之职，他派了人在你家里，不用想也明白，自然没安什么好心思。你当真要回去？"

安若芳想着娘亲，点了点头。

薛叙然道："那就这般定了，我与你二姐成亲那日，会有人送你到安府街口，你自己走回去。那日安府定是忙乱，无人注意你是怎么回来的。你也好圆话。我不会再来了，省得惹人耳目。你自己多加小心。"

安若芳点点头，谢过薛叙然。

薛叙然一边嘀咕不知欠了安若希什么，一边让人去巷底院里把姚文海带过来。反正都来了，干脆都说清楚。

姚文海来了，看到安若芳平安无事松了口气。薛叙然挥手让安若芳先回院子去，他单独与姚文海说说。

薛叙然对姚文海没什么废话，直接道："我对你没什么企图，就是管闲事管得，一不小心撞见你遇险，便将你救下了。不求你知恩图报吧，就是别给我惹麻烦就好。莫打听我是谁，也莫与别人说起我救了你便行。"

姚文海忙点头。

薛叙然又道："你爹爹被龙将军送回城了，眼下在紫云楼里安置着。"

姚文海眼睛一亮，正待说话，薛叙然摆摆手，抢着道："但我还未弄清楚状况，不知这是好事还是坏事。你家里未见有欢喜模样，你母亲出门，瞧着也是焦虑愁苦。我再打听打听，若是没甚要命的大事，便让你回家去。"

姚文海忙道："我便说当日有人劫车，我的护卫拼命救我，我慌忙逃脱，在……在……"一时也没想到他是在何处安然躲藏度过这些日子的。

薛叙然道："我会替你找好说辞，你在何处藏身，怎么吃喝，怎么打听着了消息决定回家，待我安排好，便教人告诉你。"

姚文海忙谢过。

薛叙然又道："你就安心等着，为了确保安全，我不会再来。你从未见过我，也从未见过院子里的那个小姑娘，记得吗？"

姚文海点头。

薛叙然舒了口气："那就行了，就这样吧。"这一番折腾，他感到疲倦了。他起身往外走，他的轿子在外头等着他呢。

姚文海看着他的背影，忽然喊道："你放心吧。我不是个忘恩负义的，不会拖累你们。但若有一日，我们有缘再见，救命之恩，我会回报的。"

薛叙然停下脚步回身，道："那当然得报。若日后你不再是个麻烦，而是个贵人时，我会主动找你要好处的。你当我这般大方呢。"

"……"早知道这人这样，他就不煽情表决心了。

薛叙然乘轿离开，小心翼翼，特意让轿夫绕了远路，又去了铺子，又上了家酒楼坐了一会儿，这才撑着不适的身子回府。但就算如此，他担心的风险，还是发生了。

古文达派出的探子回报了消息，将薛叙然出门的行踪一五一十相报。古文达与陆大娘一盘算，似乎没什么可疑的，但又都可疑。尤其安水街，那儿有个善堂。

古文达当即派人去查。在善堂里没找到什么，最近并没有收留什么十二岁左右的小姑娘，也无人听过这类消息。

在古文达的探子查探安水街的时候，郡府衙门里来了一个人。

钱世新亲自到大门去迎，心中如释重负："鲁大人！"

鲁升，梁德浩身边的重要官员，与白英一般，称得上是梁德浩的左膀右臂。熟悉他们的人都知道，这二人互相牵制，对许多事看法不同，明争暗斗，却也惺惺相惜，为梁德浩出谋划策，办了不少大事。

之前梁德浩带着鲁升在茂郡破案、布兵，严防东凌，整治边郡。将白英派到了平南。白英去世，而茂郡的事安排得差不多，于是鲁升过来了。

"大人到得比我预料的快。"钱世新道。

"你这出了麻烦，我自然得快马加鞭。"鲁升皱着眉，"沿途一里一哨，全挂着'龙'字旗，龙大那厮是打算造反吗？"

钱世新是知道龙将军现在抽得人手了，所有官道全部控制，他的人要送个消息，都得提着小心。"龙将军让蒋将军掌管平南郡呢。"

"你的信我看了。"鲁升颇是恼火，"你且与我仔细说明白了，他都还做了什么。白英之死，未留下什么把柄吧？那个姚昆呢？"

"姚昆活着，还回到中兰了。"钱世新赶紧将近期发生的所有事细细说了一遍。鲁升认真听着，不时提问。二人谈到最后，钱世新道："别的都还好，但就是那蒋松麻烦。他今日找我，给我数日子呢。还有，他抢下了所有粮仓马草的令权，我原是想在粮草供给上为难为难他们，结果他夺权的第一件事，便是管制了这些。"

鲁升嗤笑道："你未打过仗，自然没他有经验。他们最重的就是粮草兵马。龙大防着你，让蒋松回来头件事自然是这个。"

钱世新忙道："确是我疏忽了。我原是想着，那近万战俘，押着越久，越容易出状况，我们供不上粮草，让龙将军头疼头疼也好。"

鲁升看了钱世新一眼，那眼神颇有些看不起，让钱世新心里不太舒服。鲁升道："平南这些粮草自然不够那些战俘用的。龙大那厮是直接问南秦东凌要粮。要么给粮要么饿死，南秦乖乖给了。为这事边境那处还打了几场，东凌在茂郡也闹了。杀一队人，对方自然就服了。你莫当龙大是在朝堂上的龙大，也不是，朝堂上的你也未见过。"

钱世新忍着气，这是笑话他不过是个边郡小县令吗？

"你莫当龙大是中兰城里的龙大。到了战场上，他就是个十足的狠将杀星。我们唤他龙大，不是嘲讽看低的意思，他们龙家人，就算不做官的，在京城里也是有头脸的。三个兄弟论辈排数人人唤一声爷。那龙二不过是个做买卖的，也能在皇宫里晃荡。所以我一早便嘱咐你了，龙大来了，你们莫看轻他，务必小心应对。结果可好，你们还当真是争气的。"

钱世新脸有些臊，被教训得不服气，但又反驳不得。

鲁升看他脸色，又道："我知道不怪你，先前那些办事不力的，甩手西去不济事了，靠着你撑到现在。你说的蒋松确是个麻烦，这人你也得小心，他在龙大军里负责防卫，虽脾气火暴些，但是个稳妥的。开战之时，龙大将他放在后边的总兵营，不是他不得力，而是那是最后一道防线。卢正被揭发，狠狠打了蒋松的脸，如今他自然是使足了劲要扳回来。"

"他事事插手。我原想用烦琐小事缠着他，但他还是腾出手来管案子，我批的公函，他每日过来问询。"钱世新眼下最担心的，是那个流放囚匪之事。

"这些武将都是蛮横之徒，不能硬碰硬的。我之前与你说的，找个言听计从能办事的，编排他们军方欺霸百姓罪名。"

"有的。"

"你说的安家？龙大他那夫人的娘家？"

"对。那家老爷这般好，刚巧杀了人落我手里，儿子也听我使唤呢。他们父子要么死要么听话，我有把握。而且罪名不必编排，强抢民女确是现成的。再者，还有人证呢，姚昆还活着。"

"姚昆肯指证龙大？"

"我对他也有把柄。不止指证龙大强抢民女，指使主簿杀人嫁祸太守，也是可以商议之事。"

鲁升想了想："好，先将蒋松处置了。你且与我说说哪些人可用的，尤其那安家，是何状况。"

安水街善堂的当家人刘先生冷静应付完了探子，等到了第二日，小心避开耳目去了薛府，向薛叙然说了有人上门查探一事。薛叙然皱眉头："是哪里的人来查？"

"对方掩着身份，只说找个六岁大的男孩，由姐姐带着，走丢了。"

薛叙然沉吟，挺机灵啊，拐弯抹角的，但他才去见了那两人便有人上门探问，定然是相关联的。只不知是哪一派的人，找的是安若芳还是姚文海。

薛叙然想了想，嘱咐刘先生："将善堂后头那个废祠收拾收拾，放些旧被和馒头咸菜，吃剩下的模样。趁没人的时候，带姚文海去那儿躲一会儿，熟悉熟悉。告诉他，他死里逃生后，沿着街角小巷逃，不觉逃到了那儿。不敢见人，从善堂偷了被子和吃食悄悄躲着。之后找了机会回家。"

刘先生明白了，忙应承下来。

"到时记得给他衣裳头发都打点好，正经像个流浪过数日的。再有，善堂到太守府怎么走，先摸一遍。我若没给你别的消息，就明晚让他趁夜回去。告诉他，回家莫张扬，莫走大门，会有人暗地里护他，到时引开后门门房，他悄悄去找他母亲。"

昨日衙门里又来了个官，听说钱世新颇殷勤，看来又会有些变化。赶紧先把这烫手山芋送走。后头只护着小姨子一个人就容易多了。

薛叙然给属下们交代仔细，累得不行，躺床上歇息去了。他觉得自己又要病了，真烦啊，他讨厌吃药，若真病了，都是安若希这笨蛋拖累他的。待娈回家了，他定要好好教训她一番。

捌 | 安水乱

话说那日钱世新与鲁升商议许久，定好计划后，钱世新便为鲁升设宴，接风洗尘。

安荣贵跟在钱世新身边，为鲁升安置居院，布菜倒酒，得了鲁升几句夸赞，颇有些飘飘然。回到家里一番吹嘘，很是得意。可第二日却是完全不一样了。他一早便被钱世新派去紫云楼办差，给蒋松传话递公函。但安荣贵拿的是糊涂公函，与传的话搭不着边。他又搞不明白事情如何，蒋松问话，他一问三不知，答不出来。安荣贵平常干事没人教训，对这状况还不以为意，便说文书先生给他拿错了，事情也未与他说清楚，待他回头再找先生要，要着了再拿过来。

这随意的态度和推卸责任的话让蒋松顿时恼火。他喝令安荣贵行礼赔罪，并罚他马上跑步回衙门去取。限时不到，军杖处置。

安荣贵又惊又怒，当场被喝得跪倒在地，但心中极不服气。他在衙门虽是小卒，但是是钱世新手下的红人，人人都对他客气。他在家里有先生供着，在外头有人捧着。在钱世新面前也是能说上话的，昨日那个大官鲁大人对他也是赏识，今日他未犯错，确是别人给了他错的公函，又未与他说清楚，凭什么要被严惩。

且论起来，他大姐安若晨还是这蒋松的顶头上司夫人呢，他是大将军的小舅子，这蒋松对他不敬便算了，居然还故意为难他。这平南郡中兰城，是钱大人当家做主的，他是钱大人的属下，啥时候轮到蒋松罚他了。

安荣贵市井商贾出身，未经得什么场面，且听得好几回钱世新说紫云楼那头不能如何又能如何云云，还真当蒋松是纸老虎，吼几嗓子罢了。他被呵斥后确是奔出紫云楼的，但出去后便用走的回去，回到衙门先与给他公函的衙差大哥抱怨这事。衙差大哥自然也说是文书先生弄错了，便帮他换去。

安荣贵等了等，衙差大哥回来说文书先生弄混了，得翻一翻，且等等。于是两人一顿闲聊，还喝起了茶。后有人来说发新衙服，安荣贵一听高兴，乐颠颠去领了。领回来衙差大哥起哄让他换了看看，一试还真挺精神。一番说说笑笑，这时文书先生送来了对的公函，安荣贵这才又去了紫云楼。

到了紫云楼已快午时了，蒋松事情都处置完了一大堆，等他这个公函等得火冒三丈。这事钱世新其实已经拖了蒋松两日，蒋松已然很是恼火，今天见钱世新故意派了这么一个二愣子安荣贵过来摆嚣张样，蒋松自然更怒。

蒋松知道安荣贵是谁，所以更觉得钱世新故意给他们难看。加上安荣贵把他的话当放屁，就差吃完午饭再过来散步了。

蒋松当即命人将安荣贵拖出去打十军杖。安荣贵这时候才醒悟过来原来真的会说打就打不是开玩笑的，当场吓尿。打完更尿，哭天喊地。被打完了，还被晾在那儿，直到下午衙门那头有人来将他领走。

安荣贵又委屈又愤怒，被抬回家后对蒋松一顿臭骂。

安荣贵这一上午折腾，钱世新却是从手下那儿得了些消息。一是紫云楼在翻旧案，查聚宝赌坊的案子。二是追踪到了静缘师太。

第一件事钱世新虽觉得有些古怪，但并不紧急。但第二件事钱世新却是极在意的。

那日钱世新遭静缘师太威胁，虽满口答应了条件，但他心里自然不敢安心。静缘不除，他还是会有性命之忧。为此他不再回钱府，吃住皆在衙府，出行亦安排人手护卫。同时他也派人暗地里追查静缘的下落。人再厉害，武艺再高强，也得吃喝睡觉。

但今日手下探得的消息却不是太好，因着他们发现静缘师太后，跟踪时似乎被发现了。"她打扮成村妇模样，挎个竹篮，包着头巾，但她气势凌厉，我们肯定未看错人。远远一直跟到了安水街，她忽然停下，绕了一圈走了。"

"走到了何处？"

"不知，没跟上，转眼便不见了人。她定是察觉了。"

钱世新皱起眉头，这下有点糟糕，她察觉了，该会来找他算账的。钱世新还真是有些怕这师太，他可不想死。

钱世新琢磨了一会儿，写了一信，便说是上头已派人过来，他探了口风，有希望能从南秦进一步探得消息。他将信交给一亲信，命他放到灯笼的烛台下，再把灯笼挂到钱府后门。

这般若是静缘来质问他派人跟踪一事，他便说是想找她细商议她女儿的案子。

亲信回钱府去了，钱世新想想又叫来那跟踪静缘的手下，问他那安水街都有什么。

手下如实报来，静缘师太绕一圈走后，他们为找到静缘行踪，在那街上也仔细探过了。那处没甚买卖，比较荒僻，地价租金都便宜，有一个善堂，叫水安堂，另外还有些居户人家。

钱世新认真回想，安水街之前是搜捕过的，倒是未有人报发现什么线索。但是听起来那地方会是静缘藏身的好地方。落难村妇，带着个孩子，善堂通常好心，也许愿意冒险收留也说不定。

"那水安堂谁家开的？"

手下查去了。

古文达这头也在盯水安堂。昨日虽未查出什么，但这地方仍有重大嫌疑。午时探子回来报，水安堂主人刘先生上午出去了，一路很是谨慎，虽未瞧得他进薛府，但确是往薛府方向去，再出现时，也是薛府方向回来。

古文达让探子莫妄动，盯着便好。他继续翻着聚宝赌坊的案录，上面记着厚厚一摞密道里的物什，钱财、药瓶、兵器等等。

陆大娘与齐征一起，在走访城中医馆。当初杨老爹中毒，说是风寒，请了城中大夫过去开药的。其中细节，只有齐征最是清楚。

薛叙然觉得身体有些不适，躺在床上埋怨安若希的时候，却不知道安若希也生病了。她这日早上起来就觉得有些头晕，鼻子有些发堵，嗓子还痒痒。丫头有些慌："莫不是昨夜里着凉了吧？这再过数日便要成亲了，可别在这时候病倒了。"

安若希很不高兴，瞪着丫头骂："乌鸦嘴，这话是能乱说的吗？谁人病了！再胡说八道，我可掌你的嘴。"

安若晨为二妹身上的毒忧心，四妹的下落也一直没有消息。但她不敢露出烦躁的模样来，因为她觉得将军也有些烦躁。当然将军脸上也没露出端倪，他只是开始翻桌上的小物什，似乎想分散些心思。

然后他竟然跟安若晨建议要给她画画眉。这让安若晨觉得将军的心事一定很重，压力大，才会想出这主意来。

要画便画吧。安若晨把脸面交给龙大。

龙大下笔凝重，安若晨看着他的眼睛，觉得他在想战局，而不是她的眉毛。画完了，龙大去拧帕子来给她擦。安若晨提醒自己一定不要看镜子，一定不要去开门。

龙大又画了一次，这回画完一边眉毛他又走神了，安若晨耐心等着。等了好半天忽听得帐外卫兵唤道："将军，宗将军回来了。"

龙大顿时舒了一口气，将笔一丢转身欲往外走，叹道："终于。"

安若晨还未来得及为自己的眉毛松口气，就听得门口宗泽清的声音大叫着："将军！"

话音未落人已冲了进来。那张安若晨很熟悉的娃娃脸上神采飞扬满是激动。

"将军！末将幸不辱命，功成圆满啊！"宗泽清兴高采烈邀功，却被龙大训斥了："宗将军，我可曾说过，我的帐子不能随便闯。"

"不记得了。"宗泽清大大咧咧应，应完想起来了，他奶奶的熊，将军趁他不在之时成亲了！这般闯帐子确是不妥！

然后再一转脸，他看到了安若晨。

"他奶奶的熊。"震惊！但他真的不是故意的！

脏话刚出口宗泽清就被龙大拍了脑袋。但宗泽清毫不在意，他仍震惊中："我是瞎了吗？"

安若晨与宗泽清许久未见，真的不愿这般场面重逢呀。她淡定地伸掌盖住自己一边眉毛，道："瞎就不必了。宗将军，你失忆吧。"

钱世新收到手下报来的消息，去找鲁升商议。鲁升沉吟半晌："灯笼消息屠夫收了？"

"对，她将灯笼调了个，表示她来过了。屠夫就在这城中，离我钱府定是不远。"

鲁升看着地图："安水街倒是有可能的。那善堂主人跟谁都不沾关系，是吗？"

"表面上确是这样。但安若晨那段日子查案时到处结交，她找妹妹时走遍了城中善堂书院和庵庙，也许她所说的托付就是这水安堂。因为与谁都不沾，

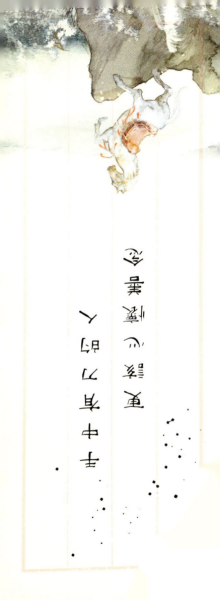

所以她才有把握没人知道。可我的人到善堂里查探了一番，也未见有什么异样。"

鲁升道："既是暗地查探不成，那便明里再搜捕一次吧。顾不得会不会打草惊蛇。屠夫不除，确实后患无穷。她这般谨慎，不会与你见面让你有所准备的。托你查案也可能只是她的缓兵之计，让你以为她有求于你，你便不会追杀她。"

钱世新点头，这个他也确实思虑过。但相比起来，其实他更怕她追杀他。

鲁升道："她今日疑心被跟踪，就算收了你的消息，还是会提防，也许她很快会换地方安身，那般想再找到她的行踪线索便不容易了。无论如何还是得一试。派兵围剿安水街，今夜就动手。"

"万一捉她不到，或是她根本不在……"没有灭杀她的绝对把握就大动干戈，钱世新觉得是给自己招杀身之祸。

"就说是围剿劫走姚文海的劫匪，派兵救人。"鲁升很坚决，不容钱世新犹豫。他唤来了外头的卫兵，开始安排。

钱世新定了定神，希望静缘师太真藏身在那街中，希望重兵围剿能管用。

巷尾小院，姚文海在陪安若芳写字，她还是在写"段翠兰"三字。姚文海看着，忍不住又写了几个字："这是我的名字，姚文海。这是你的，静儿。"

安若芳看了看，轻轻抿了抿嘴，点点头。她没去习那几个字，只问他："是明晚便走吗？"

"嗯。今晚刘先生带我去认路。说是把我这段时日的去处都编排好了。"

安若芳沉默了一会儿，道："我还得四日呢。"

"那，你自己住着，要小心。我是不能回来看你了。"

安若芳点头。

"若是，若是我家能渡过这一劫，日后你有什么事，便来找我。你知道在哪儿能找到我。我定会帮你的。"

安若芳再点头。

姚文海看着她，很想问她究竟是谁，但想了想，忍住了。"希望我们以后还能再见。"

这回安若芳没点头。她低下头，看着纸上姚文海的名字。

古文达收到探子的消息很吃惊："有人悄悄围了安水街？"

探子点头："衙门的人，普通百姓打扮，但人不少，还是显眼。我们去衙门打听了，他们今晚要围剿安水街。说是有人报信，有劫匪绑了位公子模样的在那街里出现过。"

这当然是个假名目。

古文达去找了蒋松。

静缘师太坐在窗边，看着外头渐渐暗下去的天色，在想念安若芳。今日想去看看她的，可她觉得她被跟踪了，于是作罢。她回忆着当时的状况，她究竟有没有被跟踪呢？

静缘拿起了剑，她决定还是去探望安若芳，只悄悄看她一眼便好。

姚文海有些紧张。他将自己的屋子收拾好。其实也没什么可收拾的，这藏身之处似再普通不过的民宅，简单的寝居用具，两三件换洗衣物罢了。离明晚还有一整日的时间，但他觉得别离似乎就在眼前了。

他不知道自己走出这个巷子后能否平安，是否能顺利见到母亲，也不知道见到母亲后会如何。也许，与静儿真的是最后一次见面了。

姚文海不放心地嘱咐安若芳这个那个，告诉她若是他们家中遭难不得不离开中兰城，那必是去了他表舅公家。她若是无依无靠，就来找他。他将表舅公家的地址告诉她，又说到时他会藏些钱银在何处何处，让安若芳若真需要找他时有盘缠。想了想，又说别来找他了，她一个小姑娘，若真是没依没靠了，孤身上路多危险。还是他来找她吧。

再一想，他不知道她在哪儿啊。他看看安若芳。安若芳安静坐着回视他，并没有主动告诉他自己居处的意思。姚文海叹气，便说那到时你写你娘的名字放在藏钱银的地方，我便知道你需要帮助，若我能回来，便每日午时在那处等你。

安若芳不置可否，这时院门却忽然被打开，有人跑了进来。姚文海转头一看，是个守夜人。那汉子压低声音快速道："有官兵围街，恐会搜查。你们收拾一下。"他看了看二人，对粗布衣装打扮满意，再道，"上回给你们的膏，抹一抹，将脸抹得黑些。一会儿大娘就过来，还记得那些说辞吧。"

安若芳和姚文海同时点头。父母到外郡做买卖，他们兄妹二人跟着祖母居于这小院，平日里靠着打些柴做些针线手工活过日子。上回有两个衙差来问过，大娘应的话，他俩躲在屋里垂着头，成功瞒过去了。

那汉子见他们明白，转身走了。安若芳奔进屋里，将桌上那些字全烧了。二人将肤色抹得黑了些。安若芳帮着姚文海将眉毛画粗，粘上颗假痣。手有些抖。

姚文海深吸一口气道："他们定是来抓我的。"

安若芳憋半天，道："我知道去哪儿找你。若你真有麻烦，我定会想法救你的。"

姚文海听得笑了笑，想了想，忍不住又笑了笑："若我爹听到我们说话，定会斥说稚童之言。"都是半大孩子，自身难保，还妄言你救我救你的。

安若芳板着小脸道："我说到做到。虽手无缚鸡之力，但心有千钧之意。倘若有日真是如此，必使尽全力。"

姚文海不笑了，过一会儿又微笑："那我先谢过了。只是希望没有那一日。"

安若芳用力点头。

两个孩子相顾再无言，遂把屋内外院子里各处再看一遍，与先前布置的一般，确是像个打柴做针线讨生活的普通百姓宅子，于是便等着。但等了好一会儿，未见乔大娘过来，两人不禁紧张起来。

乔大娘刚要出门，便被堵在了水安堂。事实上，善堂里的所有人都被围了。官兵动作太迅速，且悄悄静静地突然闯入，众人措手不及。

大人孩子当家的杂役的全都被叫到院子里。善堂里好些做事的都住在附近，刚忙完晚膳杂事，烧水点灯还有给孩子们讲功课夜读，故而大多数人都在善堂里。见得官兵呼啦啦闯入不禁大吃一惊。有个妇人慌乱欲走，被官兵拦下，斥责她鬼鬼祟祟。

妇人当即遭到了盘查。她称是因为看到官兵害怕，便想回家与家人在一起。领头的官兵当即喝问家在何处，都有何人。妇人答一句，领头官兵便追问一句，盘查得甚是仔细。问完了，便教衙差去那妇人家中查看。

乔大娘见此情形，悄悄看了一眼刘先生。刘先生对她微微摇头。乔大娘垂首，不动声色地站在人群里。不惹人注意，反而能帮那两个孩子拖延些时候。

刘先生问领头官兵所为何事。那官将道："有人到衙门报称，在这街中见到劫匪，劫了位十来岁的小公子。我等奉鲁升鲁大人之命，前来搜查。尔等无须慌张。待我们查看完毕，便会离开。"

院中众人听得劫匪二字均是大惊，方才那妇人更是大叫："我得回去看看我儿。"

许多人也叫了起来，要求回家护家人安危。孩子们也抱在了一起，有些年纪小的吓得哭了起来，几个妇人安慰着他们。

官兵们一顿呵斥，才将众人喝住。领头将官道："我们已将里外三条街全部封锁，逐户搜查，断不会让匪类逃脱。尔等勿要作乱，不然让劫匪有可乘之机逃脱，尔等与匪类同罪。"

刘先生心里一沉，封锁了三条街，却是直奔他这善堂来了，看来是姚文海躲藏的消息走漏了风声，但这风声消息不确切，官差们并不知道姚文海具体在哪儿。

刘先生忙施礼，道："官爷辛苦了，还请官爷们务必将那些个恶贼擒住。我这儿都是些无依无靠无家可归的妇孺孩童，若被匪类欺上门来，那可就糟了。"

善堂众人纷纷附和。

领头官将便问："你们这儿，近来可有什么可疑人物出没？"

善堂众人面面相觑，均是摇头。

一汉子问："官爷，那些匪类长得啥模样？我们仔细想想可曾在这街中见过。"

众官兵自然是答不出的，那官将只道："且等我们仔细搜搜。"

在说这话之前，众官兵早已闯入各室搜查，善堂众人敢怒不敢言。

刘先生冷静地看着官兵们搜查，再问："官爷，那报案的是谁人？这街里街外的人我们都认得，唤得那人来，我们仔细问，何处看到贼匪，是何模样。为了大家的安全，我们这些小百姓自然也要出力助官爷们擒贼。"

那领头的也不答，道："你们莫吵闹，让我们仔细搜搜，便是相助了。"

先前发话的汉子忙道："可不止今夜啊。今夜官爷们擒到他们便罢了，若擒不到，我们提心吊胆的，若能知晓些眉目也是好的。街坊邻里互相照应着，见到贼人便拿下报官。"

好些人附和。那领头官将也不言语了。只让他们别说话莫吵，等着官兵们搜完。

刘先生与那汉子互视一眼，转头安慰众人，抱起啼哭的孩子哄着。事情很不妙啊，没法报信，没法求助。善堂后巷那处，也不知如何了。

官差们不止搜善堂，他们还搜街，一户一家查看盘问，渐渐地搜进了后巷。巷口那户人家是开着院门的，见得有官兵进巷，手里端着的大铜盆"咣当"一声重重地摔在了地上，盆里的水洒了一地，端盆的人惊声尖叫。

叫声惊扰了巷子。另一户挨近巷尾的人家重重摔开了门，大声喝问："发生什么事了？"户主探出门来查看，看到官差，也吓得大叫一声。

官差们喝道："一惊一乍做甚。莫吵闹，查劫匪呢。"

姚文海和安若芳听到了尖叫声，均是倒吸一口气。紧张地互相看了看，乔大娘没回来，只能靠他们自己应付了。

姚文海摸到门后悄悄往外看，听到巷子里有人叫道："官爷啊，你们个个拿着刀，我们能不怕吗？是在搜什么劫匪呀，杀人的吗？"

几个官差敲巷口另一家门，摔盆那家道："这户没人住呢。"话未说完就被查户的官差赶回屋去了。

敲门的官差们互视一眼，空宅？那更可疑了。一脚踹开门，闯了进去。

姚文海转头看向安若芳，小声道："若是搜到这儿了，不应门不行。你躲到屋里，不要出来。我来应话。衙门里的小兵小差多了去了，如今城里又来了许多官兵，都未曾见过我，该是无事的。"

安若芳紧张地抿紧嘴，想说姚文海就算穿着粗布衣也是一身官家公子贵气，真的太可疑。他一开口说话，书生气质更是明显，简直就是直接承认我在说谎，我可不是普通人家的孩子。若是没人掩护，让他站在暗处蒙混过去，怎么可能过关。但如今没别的办法，安若芳只得点点头。

姚文海深吸一口气，挥手让她快进屋。他趴在大门后头观察着，心跳加速，简直要跳出胸膛。

听着动静，官差们似是查完了外头的几户，正往里走。隔壁那户似乎也是没人，被官差踹了门。看来马上就要查到这儿了，姚文海抿紧嘴角，给自己鼓了鼓劲，转头欲看看安若芳是否回屋藏好，却吓得差点叫出声来。

那丫头居然踩着院墙边的木柴爬到墙头朝着隔壁探头探脑。

姚文海急得，这被发现了可如何是好？正欲冲过去拉她下来。安若芳却自己下来了。她奔进屋去，还没等姚文海松口气，安若芳却是把屋里的灯吹了，又奔进姚文海的屋把他屋里的灯也吹了。

姚文海愣了愣，这是打算装没人还是装睡下了啊？

安若芳奔到门后，拉着姚文海往那堆柴木跑，飞快地道："你骗不过他们的，咱们爬墙到隔壁去，他们查过隔壁了，该不会再查一次的。"

是吗？姚文海来不及多想。就当是吧。反正若是再查一次，就当他们倒霉吧。姚文海两大步踩上墙头往隔壁看了看，跳下去应该摔不死。

这时候已能听到官兵在门外的动静了。姚文海当机立断，拉上安若芳，将她扶上墙头："你先过去。"

安若芳这时候不与他推拒浪费时候，她咬紧牙关，翻过墙去，姚文海拉着她的手，吊着她胳膊将她放到那边墙下。

安若芳悄然安静地落到那院子里，但这边的门已被敲响，官兵的声音喝着："开门！"

姚文海对安若芳苦笑："来不及了。"

他撑起，坐到墙头，再翻爬到墙那边，可不是一瞬间就能完成的事，但是官兵们一脚踹开门，只需要一瞬间。

而门一开，一眼就能看到他的动静。

这一瞬间，姚文海选择从柴堆上跳了下来，回到自己的院子。

最起码，静儿安全了啊。

"不。"安若芳仰着脸，看着姚文海在墙头上消失。差点泪流。

这一瞬间，门外的官兵抬起了脚，欲往门上端。

这一瞬间，街上马蹄声响，有人大喝："我等龙腾护国大将军麾下，奉蒋将军之令巡查护城，何人在此扰民？！"

声如洪钟，响彻街头，所有人均是一愣。

门外官差的脚放了下来。

姚文海立在院中，心跳如鼓。

安若芳将身子贴在墙边，藏在阴影下，瞪着大门方向。

"我等龙腾护国大将军麾下，奉蒋将军之令巡查护城，何人在此扰民？！"那响亮的声音再次响起，紧接着一声接着一声的锣声敲响了。

城若危急，锣声示警。

这数条街内的百姓都会被惊扰起来。

在水安堂的那个领头官差听到声音，皱起了眉头，他大步出了门外，看到几队骑兵已鱼贯奔入这街中。从街头排到街尾，似不用指挥，百步一岗，安静站好。另有步兵戴甲举灯腰别大刀奔入，将这街上照得灯火通明。

一些人家悄悄开了门探头望了望又迅速关上，街上除了马就是兵，火把和灯笼都带着几分肃杀气氛。

那领头官差喝道："来者何人？"

那将官喝道："营尉肖明。你又何人？"

领头官差道："我乃总捕头贾威。奉钱世新大人之命，来此搜捕劫匪。"

肖明再问："是何劫匪？封街搜户，惊扰百姓，为何蒋将军未知衙门有此计划？"

贾威道："情况紧急，恐劫匪脱逃。我奉命前来。与紫云楼的将军大人们协商可不是我的事。"

肖明催马上前，行到水安堂前，下了马进去看了看。一院子的男女老幼，全部面带惊恐，好几个孩童哭得上气不接下气。肖明转了出来，问贾威："这处搜出什么了？"

贾威应着："还在搜。"

"如何得知这儿有劫匪？"

贾威将那套说辞再说一遍。肖明听罢，嘱咐身边兵士，配合衙门，将这三条街围上，盯紧衙门的人，他们要搜人，卫兵就跟着，对百姓好好解释，不可像对这院子里的百姓似的惊扰欺侮，亦不可让劫匪逃脱。另再叫人，速回去禀告蒋将军。

贾威听得心里着恼。又凑热闹。上回衙门围查太守府，军方也要围一圈，这回他们搜街，军方也要一起搜，这是抢功劳还是监视？

"肖大人。"贾威道，"大人有心相助是好的，但这般敲锣打鼓呼呼喝喝，惊扰了匪类，如何是好？我等已守好位置，排好搜捕路线，做好人手安排，大人们不明就里，横插一杠，恐怕成事不足。"

肖明冷笑："后四个字贾捕头怎地不说了？若我们军方算成事不足，那衙门这头便是败事有余。贾捕头说得对，我们既是不明就里，自然就得横插一杠。尔等砸门呼喝，吓坏百姓，惊得孩童尖声啼哭，哪样的匪类会这般蠢，如此了还不被惊扰？不止匪类，普通百姓亦吓破胆，不然怎会有百姓远远拦马呼救。我们巡夜兵士亦看到黑夜中有人提灯砸门。这等动静，若我们巡城将兵不管不顾，如何对得起全城百姓，如何与将军交代。再者说，我们不明就里，正是因衙门这头行事未与蒋将军商议，我们军方被蒙在鼓里，自然认为城中遇袭，击锣示警，呼兵求援，理所应当。"

贾威自知理亏，反驳不得，只得道："肖大人若有疑虑，自去与蒋将军相报。如今我等搜捕劫匪是紧要之事，耽搁不得。"

"既是耽搁不得，那还请速速安排。我们合力，一起擒匪。这般你我都好交差，如何？"

贾威觉得不如何。但一来他没有肖明的官职高，二来肖明带的兵士多，架势大。况且官府与军方若真是在这城中大街上闹僵了，简直是让老百姓看笑话。

贾威得钱世新交代，知道此次真正搜捕的是什么人，而鲁升大人也派了官兵于外围守卫，共同围堵。

本郡衙差搜第一线。毕竟姑子显眼，藏身市坊太不寻常，若为掩饰身份在夜里在屋中包裹头巾也不寻常。一旦有人查到，自会盘问。这一盘问，姑子定然露馅动手，剿杀她便理所当然。

鲁大人说了，那姑子杀手见得官差搜屋，自然会逃。她逃到外围，就由弓箭手和将兵们将她拿下。衙差们要做的，就是找出可疑人物，并将其引向弓箭手埋伏之地便好。

贾威看着肖明，如今冒出来一群军方的人，若是真搜出那姑子，恐怕军方会逞勇恶战。又如何将那姑子引去埋伏处？

贾威想了想，道："肖大人，此次行动重要，鲁大人与钱大人亲自坐镇监察，他们如今便在长宁街街口等着，不如大人与我一道去向大人们讨个指令，看看这事如何办？我不过一个捕头，实在不敢擅自做主。"

肖明道："贾捕头言之有理，你我不过下面听令办事的，不必惹了上头的不痛快。我与你去见大人们，但我们可以慢些走。毕竟刚才已经去请蒋将军了，蒋将军与鲁大人、钱大人才是真正能议成事的。你说呢？"

贾威对此自然无异议。于是肖明认真问起贾威案情是何情况，搜捕了哪些地方等等。贾威叫人去问了问，回来应了。如此，两人对搜捕的进度了解得差不多，于是便令其他人原地待命，二人一道往长宁街去。贾威想着，反正里三层外三层围着，那姑子若当真在这儿，插翅也难飞。

就在肖明与贾威叽叽歪歪扯皮争辩的时候，古文达带着他的手下已经潜到了各处。之前早已在安水街盯梢的众探子见得古文达来，迅速向他报告了整条街的状况。官差们如何分布，如何搜查，哪里已经去了，哪里是何动静。古文达听罢，嘱咐众探兵行动。

水安堂里，肖明带来的兵士们加入官差的搜查，没有发现什么可疑人物。兵士队长逐一问过善堂内的众人是何身份，不居善堂的又是家居何处，然后让大家各回各屋，但不住这儿的也暂时不能回家。他责令刘先生安抚好孩童，莫要吵闹，莫要出门搅乱官差们的搜捕。刘先生内心焦急，但也只能答应。

队长出了门，转身便将消息传了出去，古文达手下的探子便往各家去查。其他将兵与官差们你盯着我，我盯着你，互相较着劲，牵制了彼此的行动。

大家都在等贾威和肖明回来，看看这搜捕要如何继续。大家也警惕着四周，这动静定是惊动劫匪了，在暗处是否就有凶狠的眼神盯着他们，伺机而动？

静缘师太身贴着墙，站在阴影里。官兵实太多，她没有把握能完全不被人发现悄然到达安若芳居处，若是被人发现，安若芳的行踪会暴露，但她不去，官兵这般搜捕，安若芳也非常危险。

静缘师太握紧了剑，内心非常矛盾。

究竟，还是害了她吗？不该想念她，不该来找她。她被人跟踪，惹了猜疑，所以才有了这场围剿。难道那悲剧还会重来一遍？

静缘师太在黑夜中移动，朝着安若芳的方向。她没办法一走了之，不能接受那孩子被人劫走残害的结果。就算最后大家仍是一死，起码她在她活着的时候曾拼尽全力，哪怕赔上性命。

姚文海与门外的衙差都静止不动。外头的声响他听到了，但他有些弄不清是怎么回事。他紧张地盯着门，防备着。

但门外没了动静。没人敲门，没人喊话，亦没人踹门。

姚文海等啊等，并不知道门外的那两个衙差走开了。他们听到其他衙差的招呼，决定到巷口先看看情形。好奇心人皆有之，搜屋可以等等，但究竟发生了什么，好想马上知道。

衙差们从安若芳这院子门前走过去，他们只要走进来一看，便能发现墙根下的小姑娘。但他们没有。他们径直走了过去。安若芳能看到他们走过门外的背影，她紧贴着墙的后背恨不得陷到墙里去。

安若芳也等了好一会儿。这一会儿没多长，却极艰难。她想知道隔壁如何了，姚文海如何了。是不是衙差没进屋，他为什么不爬过来？

姚文海也在挣扎要不要爬。万一他刚攀上墙院门就开了怎么办？外头究竟有没有人？他们在等什么？

两个孩子隔着墙静立好一会儿。姚文海决定冒险爬墙试试。安若芳打算给姚文海提个醒。

姚文海往柴堆去，为了不闹出动静来，他的动作又慢又轻。

安若芳个子矮，脚下没垫的上不了墙头，不敢拍墙喊叫，于是她猫腰在地上找石子。

一个人影在隔壁屋顶伏身爬着，探头查看着各院情形。正待要路过这个已经被查过的屋院时，被暗影里一个在地上爬动的小身影吸引了目光。

屋顶人影伏下身观察着，正巧那小身影直起身来，二人四目相对。

安若芳吓得倒吸一口冷气。她被发现了！紧接着她看到那人的目光越过她往她身后的墙上去。她随着那视线一转头，看到攀上墙头的姚文海。

姚文海在墙上看到安若芳惊恐的眼神，后脊背一冷，他抬眼，也看到那屋顶上的人。

那人却是把手指比在唇边，做了个噤声的手势。紧接着挥手，让姚文海快下来。站得高容易被巷口的人发现，这孩子傻乎乎地就快蹦起来了。

姚文海不识得这人是谁，不管三七二十一，先跳下墙再说。落了地，咬牙没敢呼痛。安若芳过来扶他一把。他赶紧将安若芳推到身后，将她挡住了。

屋顶上那人做了个手势，指了指他们站的地方，又往下压了一压，似乎是让他们原地不要动。

姚文海紧紧盯着他，感觉到了身后安若芳死死拉住了他的手。

屋顶上的人转身走了。姚文海和安若芳都很吃惊。姚文海扭头，与安若芳互视了一眼。安若芳摇头，低声道："我不认识他。"

"似乎不是来抓我们的。"不然也不会这么鬼鬼祟祟。

两个孩子一时之间不知道该如何办，正慌张时，忽然从外墙跳进来一个人。安若芳吓得猛地抱住了姚文海的腰，姚文海盯紧来人，猛得咽了咽口水。

来人做的第一件事，又是将手指比在唇边，做了个噤声的手势。而后外头有马蹄声响，有人高声道："你们站在这儿做甚？"

"与你们又有何干系？"这回话的声音姚文海记得，是查巷子时呼喝的一个衙差。

"肖大人有令，你们搜查，须得与我们一道。"陌生的声音道，"你们过来，等肖大人回来了，我们再动。"

巷口也不知那些人又说了什么，然后声音小下去了。似乎走了。

姚文海面前的那人这时候小声道："我是龙将军这边的人。"

姚文海刚要说话，就被安若芳用力勒了勒腰，安若芳抢着道："我们在等祖母回来，她在善堂做事。"

"那为何翻墙越户？"那人问。

"害怕。"安若芳又抢着答。

那人仔细看了看安若芳，道："你长得，有些像我们将军夫人。"就算将小脸抹黑了些，也难掩惊艳美貌。这个特征，太明显了些。说话的气质姿态，也不似市坊的贫苦孩子。"我叫古文达，将军夫人名叫安若晨。她在紫云楼时，常与我提起她的小妹妹芳儿。她一直在找她。"

古文达试探着。看来就是如此了。钱世新要搜捕的，是静缘师太与安若芳。

静缘师太趁着巷口没人，悄悄潜了进来。她去了巷底的屋子，却听到隔壁的轻悄说话声响。她伏在了柴堆上，大拇指将剑推出了剑鞘。

"我与哥哥在等祖母回来。她在善堂做事。"安若芳不认得这人，她警惕地答道。

姚文海挪了挪身子，想将安若芳挡得更多些。

古文达看了这少年两眼，对他的身姿气度也是疑惑。他继续对安若芳道："你莫慌，你姐姐知道你不会轻易相信别人，她交代了，会找个你认识的人见你。"

安若芳抿紧了嘴，除了大姐亲来，否则她谁也不会相信的。绝不能承认自己是谁，不到最后一刻，不能放弃。

这时候另一人跳了进来，是个中年汉子，气喘吁吁，显然赶过来很是着急。

古文达见了他，道："该是她了。你来说。"

安若芳从姚文海身后探头悄悄看了看，不认识这人。

这汉子道："我也未见过她，我十月十五那日，并未等到她。"

安若芳一震，从姚文海身后探出半个身子，盯着那汉子看。汉子也看着她，道："你把问题问对了，我才能带你走。"

"你说未等到人，在哪里等的？"安若芳问，心怦怦地直跳。

"南城门。"

"你叫什么名字？"

那汉子笑了笑："蒋忠。"

328

安若芳眼眶一下热了："你要去哪儿？"

"邵城。"蒋忠答，"邵城宾县是我的家乡。"

安若芳紧紧抓住姚文海的衣裳，泪水在眼眶打转。曾经，她为了见这个人，为了这番对话，用心背着。生怕答错一句，那人便不愿带她了。没有人知道这件事，除了大姐和龙将军。

"现在，轮到你证明你是谁了。我们约的何时见面？"

"申时。"安若芳答。

蒋忠点点头："你迟到了，小姑娘。我的马车一直等，过了时辰都未等到人。"

"对不住，我迟到了。"安若芳的眼泪划下面颊，"蒋爷。"大姐说，见了面，便唤他一声蒋爷。是了，大姐离了家后身边有谁她不清楚，但蒋爷她永远记得，永远不会忘，十月十五，申时，南城门，邵城宾县。

蒋忠对她伸出手："走吧，我带你去安全的地方。"

安若芳从姚文海身后走出来，走向蒋忠，却还拉着姚文海的手，道："带他一起走。"

"行。"古文达也不多问，毫不犹豫答应。让安若芳心安冷静与他们走不大喊大叫坏事已经费了不少时候，赶紧的，这重兵包围，想避开耳目还得仔细想想办法。"马车呢？"他轻声问蒋忠。

"两条街外，骑兵带辆马车太古怪了些。那是最近的距离了。"

古文达道："我去教人弄点大动静，先把衙门的人引开。你带他们先躲起来。这里不行，他们随时会回来。"

蒋忠应了，翻墙出去探好路，外头还有探子接应。于是将安若芳和姚文海举过墙去，带着他们往另一条巷子跑。

静缘师太将头靠在墙上，全身因克制而有些僵硬。她说不清自己是什么感受。她方才听到了安若芳的话——我迟到了。

她迟到了，所以她拉住了她的衣摆："师太，救救我。"那时她仰着小脸对她说。

如今她似乎真的安全了。她安全了，离她越来越远了。

静缘不知道自己是如释重负还是心如刀割。她冷静了一会儿，然后抬起头来，翻墙出去了。

他们需要一个大动静掩护，而她正好有些账要清算。

钱世新很不满。今晚这行动既莽撞又无理，不但捕风捉影风险极大，且扰民生怨，日后定留话柄。

钱世新坐在长宁街口的一处茶庄里，看了看他对面正从容品茶等待消息的鲁升。

钱世新很熟悉鲁升，应该说他觉得很熟。因为当初过来与他接触，拉他入伙的人，就是鲁升。这个过程并不简单，钱世新也不是这么没警惕轻易就胡乱应事的人。几番接触，又经了些事，再三思虑，再加上最后见了见做主的人，这才让钱世新下定了决心。

此后数年里，许多消息，许多安排，都是鲁升派人与他接洽。鲁升是京城高官，比起姚昆来那又是高了一级，钱世新与鲁升建立了交情，往来频频，这也让他舒畅愉悦，自觉身份地位也高了一等。京城里的许多安排，钱世新甚至比姚昆知道得更早更多。

但直到今天，钱世新才觉得自己并不真正了解鲁升，又或者该说他从来没有往别处想。毕竟他们是同一条船上的人。谁也不能让谁不好过，不然就真的谁都不能好过了。

所以钱世新听从了鲁升的指示，除掉了白英。计划便是如此的，既除掉姚昆，又除掉白英，两个在大局中的障碍就扫清了。

只可惜，姚昆未死。非但不死，还得到了龙大将军的保护。钱世新初见鲁升赶到时觉得鲁升会对付姚昆与龙腾，但如今他满心怨气，他觉得鲁升若不是要故意打压他，便是完全未将他放眼里，丝毫不替他考虑。

他明明已经说得明白，屠夫要杀他，但因托他办事，留他一命。他不可轻举妄动。虽一直仍在追查屠夫的下落，但更多的是为了掌握屠夫的行踪与意图，好确保自己的安危。待条件合适时，再仔细谋划，一举将屠夫除掉。

条件合适，并不是指在屠夫发现有人跟踪后立即凭猜测推断居处围剿于她。这般无论剿不剿得成，屠夫都一定会把这笔账算到他的头上。如此惊扰百姓，百姓也会把这笔账算到他头上。让他的捕头衙差打前锋搜捕杀手，训练有素的军兵却在外围守株待兔，把谁推去送死一目了然。衙门当差的那些人原本就对在衙府里大开杀戒的师太心有余悸，如今这般安排，他们自然也会不满，这笔账当然是算到他钱世新的头上。

钱世新觉得，届时他名声毁了，百姓不再拥戴，而手下人对他心生怨气，不好使唤，屠夫磨刀霍霍，要取他性命。别说什么未来的仕途大计，他能多活几年，不被朝廷寻机罢官便不错了。

钱世新再看了看鲁升，试探道："大人，若是搜捕没有结果，大人可有后续的计划？"

鲁升慢条斯理地喝了口茶，正待说话，却听得安水街方向传来响锣之声，"当当当"一连数响，他们离得远都听得清楚，怕是安水街里头的聋子都会被吵醒了。

钱世新脸色微变："军方的人。定是蒋松的人马。"

鲁升仍不着急，道："他们颇是吵闹啊。"

钱世新道："紫云楼那处要横插一脚，怕这行动不好办了。"

"怎会不好办？好办得很。难不成他们还会帮着敌国细作杀手不成？他们喜欢凑热闹，便来凑好了。人手更多，那屠夫更无路可逃，拼杀起来，死得更是理所当然。"

"怕只怕屠夫并不在里头。"

"就算不在，她也会来的。"鲁升道，"毕竟这么大的动静，又是在她发现被跟踪的地方，她总得瞧瞧怎么回事。她会来找你的。"

钱世新心里一冷。果然如此，所以让他过来与他一起坐这儿，是让他当饵吧？

钱世新笑了笑，为鲁升倒了杯茶。鲁升自己倒也不怕，敢陪他这饵坐在一起，只是若屠夫当真来袭，这周围全是鲁升的兵将，他们会护着鲁升，可自己呢？

钱世新若无其事道："但愿屠夫早点来，给咱们省些事。"

但是等了半天，静缘师太没瞧见，搜查也未有什么结果，倒是肖明和贾威过来了，一起过来的还有鲁升那边的卫兵队长。

肖明还是那套说辞，因为事先并不知道衙门有这般行动安排，他们以为是匪类扰民，所以击锣示警。且衙差们搜查手段鲁莽，呼喝踹门驱赶等等，已经惊扰了百姓，因此他们也才会误会。如今误会解除，但为免匪类趁乱行恶，他已派人去通知了蒋松将军，这些街区内，得加强巡卫方好。他们的骑兵、巡卫兵士已经集结，在蒋将军有新的指令之前，他们愿配合衙门行动。

鲁升微笑着听肖明说话，看戏似的。钱世新知他的意思是让自己处置这事，于是谢过肖明。称事态紧急，未来得及与蒋将军协商，确是疏忽了。又郑重介绍了鲁大人。称此剿匪事关重大，鲁大人亲自坐镇督察。

肖明向鲁升行礼，却并无慌张拘谨之态。

鲁升道："既是如此，想来蒋将军定在路上了，尔等先忙去吧。切勿因自己人添了乱，给了劫匪逃脱的机会。"

肖明等人行礼应"是"，走了。

雅间的门关起。不一会儿，鲁升与钱世新从窗户处看到肖明与贾威并肩往安水街方向去的身影。肖明一边走着，一边与贾威聊着天。贾威不时点头应话，看起来两人气氛颇是融洽。

鲁升对钱世新道："蒋将军对钱大人的一举一动盯得很紧啊。做事也是动了脑筋的，瞧他派来的人，机灵冷静。如此状况，钱大人确是难以施展拳脚。"

"确是如此。"钱世新顿了一顿，道，"也亏得是我，换了别人，怕早被他们压制了。"他从容应话，抬了自己一抬，这是在告诫和提醒鲁升，平南郡除了自己，再无人应对得了龙大那边的人马。全平南郡，只有他钱世新手上的筹码最多。

鲁升似听懂钱世新的言外之意了，他哈哈大笑起来："确是如此，确是如此。不然我又怎会三顾茅庐，邀钱大人共襄盛举呢。来，让我以茶代酒，敬钱大人一杯。"

钱世新点头施礼致谢，喝下了这杯茶，他脑子里却想起父亲钱裴的话。父亲说对方是因为想拉他入伙，让他相助，这才看中了自己。

钱世新放下杯子，将那话抹去。他优秀出众，人人夸赞，父亲却骄奢淫逸，令人唾弃，与他根本没法相提并论。

"如今已到最后关头，钱大人务必耐心谨慎，你我齐心，必能达成所愿。"鲁升又道。

钱世新应声，他想鲁升是担心他在这节骨眼上给他们拖累，这是在示好了。

后头鲁升果然一直在挑好听的话说，与钱世新细细商议后头如何行事，事成之后，又如何站稳脚跟，如何分获好处。他会如何为钱世新铺路，又细问钱世新的想法。

钱世新一边叙话，一边留意周围。将他泡在蜜罐子里他也没忘，他可是个引杀手上钩的饵。

鲁升转头叫门外的卫兵再让店家拿盘花生时，钱世新看到了斜对角屋顶上的静缘师太。

她的气势如此凌厉，这般远的距离，钱世新甚至能感觉到她的目光如剑，已经在他身上刻了个"死"字。

电光石火之际，似乎有无数个念头一下子涌进了钱世新的脑子，却又空空如也。就算之前他琢磨思虑过抓到屠夫怎么办，抓到杀不死她怎么办，杀的过程中当面遇到了她怎么办等等等等，到了这一刻全变空白。

他应该大叫"她在那儿"，又或者不动声色装没看见然后提示鲁升赶紧动手。卫兵队就在周围埋伏，弓箭手等着要取屠夫的性命。

结果会如何？钱世新没把握。

钱世新没有时间思考。他看到了静缘师太那一刻，全身已然绷紧，然后他对她摇了摇头。

鲁升转头回来，钱世新的头也转了回去。桌上的盘子里还有四五颗花生，鲁升伸手拿了一颗，而钱世新把手放到了桌子下面，掩住微微发颤的两手。

鲁升剥开花生，钱世新飞速扫一眼方才那屋顶，空空如也，没人了。

钱世新的心狂跳着，不知道静缘是何情况，她离开了吗？还是……

"砰"的一声响，紧接着是"啊"的一声惨叫。

鲁升与钱世新同时向窗外望去。

朝他们迎面扑来的，却是一颗人头。

"她来了。"鲁升一声喝，一手掀起桌子，"咚"的一声，挡住了那人头，也挡住了后头随之飞来的一把钢刀。

钱世新脚一软，摔滑在那桌子后头，心里的念头是——她被发现了。

鲁升也躲在桌子后，而窗外门外呼啦啦地涌出一队卫兵，将这雅间团团护住。屋顶墙角跳出许多弓箭手，有人大喝着指挥："放箭！"

示警的锣声敲响了，就在近旁，震耳欲聋。但钱世新心里有个更大的声音喊着："杀了她，杀了她。"

呼喝声，惨叫声，兵刃相撞之声在窗外嘈杂吵闹，钱世新伏地不敢动，却见鲁升已然站了起来朝窗外看。钱世新不好在鲁升面前表现太懦弱，只得硬着头皮也站了起来。

窗外人影闪动，呼啦啦的一大堆人，看不真切是何情形，有人大声叫着："截下她，莫让她跑了！"

于是窗外人群朝着一个方向奔，只余下一排人墙。

这时候钱世新看到了，街道上，血流成河。许多人倒在血泊中，抱着伤处挣扎呻吟哀号，还有些一动不动，不知生死。钱世新胃里一阵翻腾，全身发冷。他从前经历过的最惨烈的情况，便是当日血洗衙门，但他躲在屋里，未瞧见真实状况。只总听旁人提起，他跟着附和感慨。

如今直面如此场景，他已然清楚知道当日衙门里是如何的了。又想起陆波人头被丢到面前的那一刹那，他打了个冷战，是否刚才差一点，断胳膊断腿，或是被砍掉头颅的那人便是他了？

钱世新看向鲁升。鲁升非常冷静，正大喝着让骑兵绕道包抄，又命人提灯上屋顶，为追兵映亮路途，莫失了那姑子的踪迹。

可光会呼喝是无用的。静缘师太的武艺高于小兵太多，若是以多敌一，围而剿之还有胜算，但若静缘想逃，这些小兵又如何追得上？

钱世新远远看着静缘边打边退，脑中忽然闪过一道灵光，静缘不杀他吗？试都不试，这就走了？那她还这儿做甚？她应该可以离开得更稳妥才是。

钱世新皱起眉头，正试图抓住这个念头，却忽见几匹马儿奔来，为首那人一声大喝，拔剑跃起，直冲向静缘而去。

"蒋松！"钱世新呼道。

鲁升点头，未言语，认真看着蒋松与静缘交手。

蒋松并不是静缘的对手，这个很快便显现出来。但蒋松不是一个人。他边打边喝，他手下的那群兵士已经迅速摆好了阵势，轮番向静缘攻去。

鲁升的兵将和衙差们全都退到一旁，人太多，越打越乱。肖明听到锣声也带人赶到了，见此情形也带人攻上。日日练兵，自然甚有默契，兵士们一队接着一队，长枪远攻，大刀近击，缺了位的立时补上，再加上蒋松、肖明和几个武艺高强的兵将围剿，静缘一时间竟被拖住，身上挨了好几道伤。

钱世新心跳如鼓，很有些期待。他听得一旁鲁升问道："你说，最后是屠夫死，还是蒋松死？"

钱世新未答，他盯着战局看，他希望这两人都死。

但这群人打了许久还未有胜负。静缘受了伤却越战越勇，那些流下的血似让她兴奋。兵将们却不如她这般，一时间竟似被她的气势压住了。

静缘终于找到个机会，一脚踢飞一个兵士，扭转身佯装要往左逃，却同时间以极快的速度反手一剑，蒋松避开那兵士，拼全力正欲紧追，眼睁睁看着那一剑过来，躲闪不及，虽避开了要害，腰上却还是被剑狠划一刀。蒋松痛呼，滚到一旁躲开下一轮攻势，静缘看准空当，横剑再砍倒一人，杀出了一条血路。

静缘并不恋战，她逃跑与杀人一般拼命，兵阵被她碾碎，她踩着伤者及尸体奔进夜幕，众目睽睽之下跳进一个民宅。

蒋松一边破口大骂一边招呼大家追上："别落单，不可怯退。还有你们！看戏吗？！不会截道堵路吗？！不清散百姓吗？！"他指着衙差和鲁升的兵士骂，没时间多骂，领兵继续追。若是在战场上，大家拼死一战就算，但这般在城里钻民宅，他的信心顿时矮了一截。

越想越气，他奶奶的熊，那帮家伙打架帮不上忙，堵人还堵不上。

钱世新看着静缘消失在夜幕里，看着众兵将也追进夜色中，一时之间猜不到结局。鲁升在一旁摇头："这般都抓她不住，但她受了重伤，还有机会。"

听这话钱世新很想给他白眼。亏得蒋松他们来了，不然屠夫连"重伤"这种事都不会发生。虽说还有机会，但钱世新已然开始为如何善后解释保住一命想办法了。

静缘这一战动静闹得极大，所有的衙差兵士都往安宁街这头跑，古文达与蒋忠顺利将安若芳、姚文海带上了马车，朝着另一个方向驰去。在城中绕了一圈后，悄悄奔向紫云楼。

两个孩子一路无话，只是握紧双手给彼此鼓励。到了紫云楼，马车停下，古文达先行下车，给两个孩子拿下车凳。姚文海不知后头还会如何，抓紧机会与安若芳道："原来你就是安家的四姑娘。我听说过你的事。你放心，我不会往外说的。"

安若芳看着他，也道："我们没见过对方，互相不认识。"

姚文海点头，张嘴想说什么，又忍住了。

古文达过来，招呼两个孩子下车。待他们都站稳了，这才道："好了，如今安全了。这里是将军府衙，没人能伤害你们了。这位小哥是何人？"

姚文海犹豫，安若芳替他道："我听说他爹爹就在这儿，让他见见他爹爹吧。"

古文达问："他爹爹谁呀？"不会是哪个将兵的孩子吧？千里寻亲来了？

"太守姚大人。"安若芳答。

古文达的下巴差点掉下来，不是吧，运气竟这般好，一次捡回两个重要人物。古文达一思量，将两个孩子分开了。一人一屋安置妥当，热水吃食备好，净脸更衣吃饱肚子，然后开始问话——怎么碰到一起的，这段日子发生了什么事？

安若芳说师太带她到了那屋子安置，然后她有天遇到正巧在门外流浪晃悠的姚文海。

姚文海说他那日被劫，护卫拼死相护，他独自逃脱跑到了安水街，不太熟悉那儿，也不敢向人求助，看到善堂后面有个废祠，他便躲下了。从善堂偷了晾着的被单，又时不时去厨房偷些吃食，苦挨了数日，欲打听现下城中状况，又不敢贸然问人，溜达犹豫时，看到开门的安若芳，被她收留。两人打算回家的，却正巧遇着官兵搜屋。

古文达听得，对两个孩子有些刮目相看，这是把口供都对好了呀，听上去像模像样的。他当然知道这事肯定与薛叙然有关，但两个孩子言之凿凿，摆明是替薛叙然保密，如此有情有义，他自然也不会戳穿他们。于是又分别问了他们的打算。

安若芳道："我想回家，为母亲守孝。"

姚文海道："我想见过父亲后便回家。陪陪母亲，守护家里，尽份孝心。"

好吧，俩孩子心愿都差不多，跟商量好了似的。古文达想了想，找来了陆大娘陪伴安若芳，这小姑娘的情况比较复杂，他得再考虑考虑，倒是姚文海这孩子，让他见见他父亲是可以的。

姚昆满腹心事，还未睡下，见得古文达来，正诧异，却看到古文达身后的姚文海。

姚昆激动地几个箭步迈上去，一把抱住了儿子："文海，你可平安？"

古文达退了出去。姚文海又将编好的那套说辞再说一遍，绝口不提薛叙然。姚昆听得儿子这些话，也不疑有他，心里万幸儿子机智勇敢，躲过一劫，又心疼他流浪多日，风餐露宿。父子二人说了许久的话。

后是古文达进来提醒，说安水街今日剿匪，蒋将军等人与鲁升、钱世新那边的人马和匪类大战，伤亡颇重，天未明时，这消息会传遍全城。为免姚文海与此事搭上关系，他最好今夜就回太守府去。便说是天未黑时，他便离开了安水街，想回家又忐忑，盘桓耽搁了些时候，最后还是决心冒险回家。他对安水街今夜发生的事一无所知。

姚昆觉得也该是如此。而他也明白，若是这般安排，儿子便该马上出发回家去了。

姚昆向古文达多要了些时候，古文达见他们父子俩对回家一事均无异议，于是便去安排。

姚昆趁着这工夫，与姚文海细细说了这段时日里发生的事，说了为何会如此，说了官场里的明争暗斗。就算他不能完全明白理解，但若这是他们父子最后的对话机会，他便该亲口告诉他这些。

"你虽年纪小，但爹爹不能再将你当孩子了。你回府后，替爹好好陪着你娘，她这段日子瘦了许多，人也憔悴了，你好好照顾她，莫教她生了病。爹爹如今一切还好，但这事内情复杂，牵扯着许多官场权谋利害关系，爹爹会尽力自保，终有日会与你们团圆。"

姚昆说到这儿也觉得伤心，只得转了话头鼓励儿子："从前未让你知晓许多丑恶，如今突如其来，是让你受苦了，对你颇是艰难，但务必要挺过去。家里还得靠你，你要多支撑着你娘些。有什么事，你不懂的，便与你娘商议。她虽是妇道人家，但有见地有胆识……"姚昆脑海里浮现蒙佳月的脸，想起自己十七年前做的错事，无地自容，再说不下去，哽咽道，"是爹爹对不起你们。"

一念之差，步步走错。他曾怀疑是钱裴给他下套，但他也得承认，犯错的最根本的问题，还是当初他的贪婪及权欲。善良一时泯灭，便会永远不得安宁。这些年他一直被钱裴拿捏，到了现在还在被拿捏。

父子俩纵有千言万语，也到了别离之时。古文达回返，与姚昆父子商议好了说辞，便带着姚文海走了。"趁着安水街的剿匪未完，你赶紧回到府上，这般时候才对得上。"

姚文海匆匆忙忙上了马车，离开紫云楼之后猛然想起，他还未与静儿告别。

安若芳这头，陆大娘替她收拾了间屋子出来，安若芳还未想睡，陆大娘便与她说话，她告诉安若芳她依安若晨的嘱咐，去找过薛叙然问安若芳的下落，但薛叙然守口如瓶。安若芳道："我未曾见过薛公子。"

陆大娘愣了愣，随即附和点头："是我误会了呢。"

她问安若芳离开安府后的生活，安若芳将那套一对夫妇救了她带她远游的话说了一遍，陆大娘认真听着，挑了她几处错处，为她纠正。比如哪儿的饮食习惯，比如哪儿农夫的特别装扮。她居于市井，与这些阶层人打的交道最多，自然比静缘师太更了解民间人情世故。她还帮安若芳又编了些生活里的小细节，然后道："无人问，你就不说。能少说就少说。说多错多，明白吗？"

安若芳心存感激，点了点头。陆大娘又告诉了她许多安府里发生的事，安若芳仔细问了问她娘亲的状况，小脸平静，看不出喜怒。

过了许久，终是熬得困了，安若芳仍不想睡，陆大娘哄着她，这时候蒋松等一众将兵却是回来了。

蒋松听得古文达报得今晚之事，闻得安若芳便在紫云楼，顿时火冒三丈，立时让安若芳来见他。蒋松受了伤，手下众兵更是死伤惨重，更可恶的是，静缘师太还跑了！虽已将她重伤，但未能将她擒拿归案严审，蒋松终究是难解心头之恨。这姑子便是与卢正一伙的，都是细作。

蒋松一边疗伤一边听肖明与他报死伤数字名单，越听越恼，心疼自家伤亡兄弟，嘱咐定要好好安置。嘱咐完了，古文达也正好将安若芳带到。

蒋松瞪着面前这如花似玉的小姑娘，将军大人的小姨子，他记得呢。但他还是很生气。他粗声粗气道："小姑娘，你知道我是谁？"

"军爷。"安若芳冷静答。凡是从军的对小老百姓来说都是军爷。

蒋松道："那位静缘师太，今夜杀了许多人。"

安若芳吓了一跳，面色惨白，师太原来就住安水街吗？一直在她附近？今夜里，是被官兵搜了出来吗？师太可安好？

"她平常居于何处？"蒋松问。

安若芳摇头。

蒋松一拍桌子，喝道："莫与我装傻。你怎么回来的谁人助你我一清二楚，如今问你话是军务要事，你当是好糊弄的？"

陆大娘在外头守着，听得蒋松在吼，忧心忡忡。古文达对她做了一个无奈的表情，他也没办法。

安若芳吓得一颤，脸色更白。她咬了咬唇，更用力地摇头："我不知道。"

蒋松再拍桌子："你听清楚，她是通缉要犯，她杀了许多人，不止寻常百姓，更有邻国大使，还有官兵衙差，她身上背着一条条人命血债，她还是细作，知晓许多敌国情报。她的去处，非常重要。"

安若芳红了眼眶，低下了头。

蒋松瞧着她的模样，放软了声音道："今夜我们将她打伤，她伤得极重，她须得有大夫医治才可好。我知道她救过你，你也不想她就此丧命对不对？"

安若芳静默了好半天才抬起头，两眼含着泪，声音哽咽："我确是不知晓她的去处。她送我回城时，便说过，我们不会再见了。后来她再来找我，却是担心我的安危，她临走之时，告诉我的话，是她会拖累我。"

蒋松愣了一愣，一时不知该如何接话，吼不起来了。

安若芳的泪水划过面颊，泣声说："她杀过许多人，她说过。可她救了我。她是细作，可她救了我。她为了不让别的细作抓住我要挟姐姐，她还杀了细作。她原本可以置我于不顾，但她还是救了我。我给她带来这么多麻烦，连累她惹上杀身之祸，她从未抱怨过一句，最后对我说的话，却是抱歉连累了我。"

安若芳吸吸鼻子，抬手抹去泪水，道："军爷……"

"我姓蒋，蒋将军。"蒋松有些尴尬地硬声道。他还未开审呢，就哭鼻子了，这也太难对付了些。

"蒋将军。我确是不知道师太在哪儿。我们说好了，从此不再见。我不认识她，未见过她。我离家出走时，是一对好心夫妇收留了我，带我去游历了一番。我不知道什么师太。"安若芳说到这儿又难过起来，"杀人不好，太不应该，但我也心疼师太，我不想她死，也不希望你们捉到她。倘若，倘若她这回能躲过这劫，逃出生天，真正心归佛祖，赎偿她从前的罪过，那该多好。"

蒋松看着安若芳的眼睛，看出来她说的是真话，想来在她身上真是审不出那姑子的下落了。他叹气，对安若芳道："孩子，她是个杀手，杀手的血债，佛祖也背不动啊。"

安若芳泪如雨下。

钱世新与鲁升回到衙门已是半夜，他心里极不安。满街的鲜血、尸首待处置，伤者无数，医馆大夫全被叫起，所有衙差全部待命。用不着到天明，全城就会传遍流言。明日他定会焦头烂额。而最重要的，他不知道静缘师太死没死。

鲁升与他交代了几句善后之事，回屋睡去了。钱世新自然无法安歇，他想了又想，揣测各种后果，觉得自己得再冒一次险。

钱世新拿了许多伤药及各类医药用品，用木盒装好，似拿了个卷宗盒子，回了趟钱府。

回去之后让仆人都莫来打扰，他自己一人捧着盒子回了房。

　　回到房中，一切如常，没什么异样。钱世新没搜查翻找，只安静地坐在了桌前，将盒子打开了，露出里头的药物用品来。

　　他等待着，不知结果。

　　等了许久，钱世新敌不过倦意，撑在桌上打瞌睡，迷迷糊糊间似要睡着，却忽然打了个寒战醒了过来。这一醒，发现自己脖子上架了一把剑。他顿时彻底清醒了。

　　四夏江军营。卢正被绑在帐内柱子上，又渴又饿，身上的伤很痛，他感到虚弱，昏昏欲睡。他希望能睡着，睡过去了，便少挨些苦，时间过得快一些。他要撑到最后，他不甘心。

　　正恍惚间，忽有一人进来了。卢正未在意，帐中总有兵士守着他，刚才那位出去取水喝，现在该是回来了。他闭着眼，努力在那人又干扰他之前睡一会儿，但帐里的动静有些不对劲。应该说，帐里的安静有些不对劲。那些兵士仇视他，不断打骂，不会让他好好休息的。

　　卢正猛地一个激灵，睁开了双眼。

　　那正走向他的兵士似没料到他会突然醒来，怔了一怔。只这一下，让卢正看到了他的模样。这是个陌生面孔，没有表情，眼神冷静。卢正大惊，张嘴欲叫，那人眼角一动，已箭步冲了过来。

　　卢正只来得及看到他手中的匕首，他太虚弱，还未叫出声，已被堵上了嘴。他听到了帐外那个看守他的兵士的声音，他回来了！但同时间，他胸腹剧痛，被狠狠刺了一刀。

　　钱世新看着静缘师太，不敢乱动，只慌忙道："师太，我谨守诺言，绝无伤你之意。"

　　"你该带足人来，趁我受伤，取我性命，便可永绝后患了。"静缘师太冷冷道。

　　钱世新苦笑："师太说笑了。若是带了人，师太怕是一步都不会踏进这里，待回头养好了伤，我无防备了，再来找我算账。"

　　"确是如此打算的。"静缘看了看桌上的伤药，冷笑道，"所以你现在耍的什么把戏？药里下毒吗？"

　　"我是惜命之人。"钱世新小心翼翼，看着静缘青白的脸色和身上的黑色短裳，她处理过伤处了，起码看不出血迹，钱世新暗忖她的伤究竟有多重。他的袖子里，藏着一把匕首，他道："既是与师太约好了，定然不敢弃诺。我们互相帮助，各自得偿所愿，是这般约定的不是吗？"

静缘盯着他，忽然"砰"的一声一掌拍在桌上，手腕处，一缕血迹从她的袖口流到手背，她的声音狠绝有力："若你识相，就确是这般约定的。"

钱世新脖颈一痛，知道自己被划伤了。他不敢低头看静缘手上的血迹，怕静缘多心，他只看着静缘的眼睛。那眼睛里毫无温度，看不出情绪，只有冰冷的戾气。

钱世新的冷汗湿了后背，道："我确是想尽办法帮师太查案，鲁大人欲捉拿师太，我亦想法向师太示警。为了师太，我也建议不要惊动军方。之后军方跑来，是他们听闻风声后自作主张。师太明察。"

静缘师太冷道："既是你拦不住那什么鲁大人对我的搜捕，又阻挡不了军方对我的追杀。留你的命，有何用？"

"就如今日这般有用。除了我，谁还会给师太报信，谁还会知道衙门里头对师太追捕的计划。看，我给师太带来了伤药，师太还可在我这儿休养，谁会料到，通缉要犯竟藏身在我府中呢？鲁大人初来乍到，我对他不熟悉，故而这回未能及时处置这事，下回有了提防，便不会了。下回我定能及时给师太消息。至于蒋将军，若是师太能助我……"

话未说完，静缘师太一压手中剑，喝道："莫使唤我给你杀人。"

钱世新忙改口道："怎敢劳师太大驾，师太只要将自己藏好，莫让官府发现，莫要再在中兰城内杀戮便好了。如今麻烦事太多，我们为了大局，为了有机会找出师太女儿之死的真相，多一事不如少一事，师太以为如何？"

静缘师太未说话。

钱世新又道："我不宜久留，还得速回衙门，以免鲁大人疑心。"他看着静缘，悄悄握住了袖中的匕首，这回能不能脱身，就看静缘这会儿的反应了，"我拿来了许多伤药，师太对治伤该也是熟悉的。不知伤得多重，若是需要大夫，我也可以安排。"

静缘盯他半天，问："我女儿的事，你说有些进展，是什么？"

钱世新暗暗松了口气，道："鲁大人收到了消息，南秦皇帝御驾亲征时，半路遇袭，已然身亡。此时正值战时，国不可一日无君，辉王铲平各派反对势力，便皇权在握。这种时候，两国议和，重启谈判，追究南秦德昭帝遇袭死因等等，我会有机会与南秦相关人等接触商谈，亦可派人到南秦查探，更甚者，我可上奏朝廷，派使节或是亲赴南秦亦有可能。当然，这一切的前提，都是我稳住鲁大人和梁大人，与他们联合将龙腾势力压制，成功登上太守之位，这般方有可为。不止如此，师太可知道，我爹爹在南秦亦有许多人脉关系，他与辉王也有些交情，他如今在牢中不方便，我想了法子，过段时日便安排他到南秦去。"

静缘冷道：“所以你是在提醒我，莫伤你，也莫伤你爹爹，对吧？”

“师太明察，我句句属实。若我有半点假话，师太欲取我性命，我是逃不掉的，我哪有这般傻。”

静缘师太坐下了，眼睛仍盯着钱世新不放。钱世新松开了握住匕首的手，直视着静缘。过了好一会儿，静缘忽地撤下了剑。钱世新背脊一松，舒了一口气。

“滚吧。”静缘道，“若有消息，灯笼不必挂府后门了，挂到你屋门前吧。”

钱世新一僵，还真当他家是居处了吗？“好的。”他赶紧答。

“每十日内必须得有新消息，不然我就杀你。”

“好的。”钱世新咬牙，但还是装得若无其事的模样道，“那我先回衙门了。师太请便吧。”他站起来，将背露给了静缘师太，稳稳地走出了屋子。

一直走到大门处，上了轿子，这才真正放松下来。只有他自己知道，后背早已被冷汗浸湿。

卢正恢复意识的时候，有那么一会儿是迷糊的。他睁不开眼睛，感觉自己躺着，怎么会躺着呢，像做梦一样。可身上很痛，就像是被人捅了一刀，梦里的痛不会这般真实吧。

然后他想起来了，他确实是被人捅了一刀。有人要灭口。

他甚至还记得那人的眼神。真的是自己人啊。

卢正努力想睁开眼睛，他想确认自己是不是活着。

受了那一刀后，他两眼发黑，只听到外头的声音越来越近，而那杀手当然听得比他更清楚，因为他很快速地走了。卢正没有看到他离开的背影，他想大叫抓住他，可惜叫不出来，他喘息着，被黑暗吞没。

卢正睁开了眼睛，他没死，他看到了安若晨。

安若晨也看着他，对于他的醒来也不知是欣慰还是惋惜，只轻声道：“大夫说，若你今日能醒，便不会死了。”

卢正张了张嘴，却发现自己咽喉干得说不出话。安若晨取了水，用勺子给他喂了两口，又道：“你活下来了，将军会高兴的。那个细作未抓住，守帐的兵士没留心，只从眼角看到好像有人出了帐子，转头看只看到一个穿兵服的背影走了，然后待进了帐看到你死了的模样和一地的血，才知道方才那人不对劲。”

卢正咽了咽唾沫，终于能说出话来，虚弱地道：“我认得他的脸。”

安若晨皱眉：“认得脸？所以你也不知道那人是谁吗？”

“若我再见到他，我会认出来的。”

安若晨叹气："你该是有机会再见到他的。将军说了，若你未死，那人也许会回来再杀你一回。"

卢正抿紧了嘴，他知道龙大说得没错。也许自他被捕后，他们就一直想杀他了。只是看守森严，又在军营之中，对方肯定观察了许久才找到这机会。

安若晨静默了好一会儿道："我并不希望你死。我身边的人，死了太多了。若你能知道是谁动手的，在哪儿能找到他们，便好了。"

卢正想摇头，摇不动，只道："我不知道。我们互相不认识。五年前来大萧时，说好的是听暗号行事。互不打听，知道得越少越好。"

安若晨不说话了。

卢正看着她，颇是费劲："我看不清你。"

安若晨低下头，离他近了些："你伤得很重，从鬼门关转了回来。"

"真是福大命大啊。"卢正自嘲，说完这句，嗓子发干，咳了几声。安若晨又喂他喝了两勺水，然后将碗放到一边："大夫说你不能多喝，既是醒了，一会儿药煎上，喝药吧。"

卢正疲倦地闭了闭眼，努力再睁开，虚弱地说："没想到还能再看到你。"

"我以为需要帮你收尸了。"安若晨这般答，"将军同意我来的。"她停了好一会儿，再叹气，"卢大哥，既是命不该绝，你就莫要嘴硬了。这次是个机会。从前将军若放了你，如何与朝廷交代，与军中弟兄交代？但这回你死了，大家都知道你死了。"

卢正脑子有些晕乎，但他觉得他明白安若晨的意思。他闭眼深思许久，就在安若晨以为他睡过去或是晕过去之时，他忽地开口道："我确是不知道军中还有哪些奸细，我只与解先生联络。最后一个解先生，是钱世新，他派了陆波与我接头，这个千真万确。将军说陆波失踪了，那我也没办法。还有钱裝，他也与我接过头，但除了他们让我探听消息，我也不知道其他别的事。"

"谁派你来的呢，总会有些线索。"安若晨语气里有着担忧，这让卢正获得些许安慰，似乎还有人担心着他，就算是错觉，也觉得安慰。

"五年前，我们被挑选出来，在凌永乡受训。我们的师父，叫武涛。他教我们改掉南秦口音，学习大萧习俗，熟悉暗语，苦练武艺。一组三个人，我只认得同组的，我知道肯定还有其他人，但从来没见过。闵东平，便是与我一组的。我也是见到了他才知道他来了这里。我们去不同的地方，争取入伍，或是入仕途，或是做些能招揽人脉的买卖。离开南秦后，我再未见过武涛，也未听到他的消息。"

卢正一口气说了这么多，停了许久，缓了半天才能继续说："我随龙将军来中兰后，递出消息，才接到联络，让我打听军中状况。最终的目的，是要两国打起来。"

"打仗死这许多人，究竟有什么好呢？"安若晨的语气悲伤。

卢正咳着笑："有权就好。谁不想当皇帝呢。必须打大仗，这般皇上才会御驾亲征。他死了，皇位便能换人坐了。"

"那对你又有什么好呢？"

"我们都是快死的囚犯奴隶，一朝翻身，为什么不好？"卢正太疲倦了，闭了眼轻声道，"不听话的，早就死了。"

安若晨道："既是如此，那你告诉我我妹妹的解药在哪儿吧，你不杀她，我便想法说服将军。现在是个好机会。你借死遁走，离得远远的，再别回大萧。"

卢正猛地睁开眼睛，盯着安若晨看："将军若是这般好说服，那他还是龙将军吗？"

安若晨悲伤道："那你的意思，是非要与我妹妹一起共赴黄泉吗？卢大哥，死的人还不够吗？"

卢正喘着气，觉得有些心软，他觉得这一定是伤重闹的，他试图理清脑中的思绪，道："将军不是还要用我引军中其他的奸细吗？"

"假装你未死，用替身引不是更好？"安若晨道。

卢正一下蒙了，对，确实如此。方才抓住把柄的得意一下子被打散了。他皱着眉，努力再想。

安若晨等了好一会儿，长叹一口气，道："好吧，既是你不改主意，那就这般吧。我去唤大夫来，该给你煎药了。下一回，将军未必同意我再来了。"

安若晨作势要走，卢正脑子一热，道："等等。"

安若晨又坐下，卢正道："我不能给你解药，但我可告诉你拖延一下的法子。那个药，吃一颗可以维持近一个月的时候不发作，但吃得越多，毒积得越深。你可再给她吃一颗，然后你有一个月的时间，帮我离开大萧。我安全离开的时候，就给你解药。"

安若晨道："你离开了，又如何给我解药？"

"解药就在你身边，在你可以取到的地方。只是你想不到，谁也想不到，只有我知道。我离开后，告诉你在哪儿，你取出来便是了。"

"这太荒谬，我见不到东西，无法证实，你怎么鬼扯都行。我不能相信你。"

卢正闭上眼睛，这谈判真的太累，他的体力快要支撑不住，但他必须撑住，安若晨说得对，她下回未必有机会再见他了。这是他的大好机会，必须抓住，他得把话说完。

"你不敢信我，我又何尝敢信你。你又不是能拿主意的那个。将军不同意，你什么都做不了。那药就放在我紫云楼的屋里，书桌靠右的抽屉，剩下八颗，全是那药。田庆买回来的滋补药丸我全换掉了。光明正大放着，这般才不会惹人怀疑。你让你妹妹再吃一颗，然后你有时间好好考虑如何说服将军。我离开的时候，就告诉你解药在哪儿。"

安若晨瞪着他。

"真有解药？"

卢正听着安若晨的声音有些远，他努力睁开眼睛看她："真的。"

"解药长什么样？"

"小小的红色盒子，黑色的丸子，拇指头一半大小，油纸裹了三层，一共两颗。"

"在我一定能拿到的地方？"

"是的。"

"你怎能确保它还在，没被别人拿走？你的屋子，早被搜了个遍。紫云楼、军营，凡是你待过的地方，全搜遍了。万一它被别人无意中毁了呢？"

"不会。"卢正的眼睛快睁不开了，他喃喃地道，"那么……重要……肃穆，你，你不会碰的。没人会去碰……不会损坏……我藏得，很好。"

卢正闭上了眼睛，安若晨等了许久，他都未再睁开。安若晨探了探他的鼻息，他活着。

安若晨走出帐子，帐外正站着数人，监听着小帐内的动静。安若晨走出来，看到龙大，腿有些发软。只是短短的一小会儿交手，她已紧张得手心冒冷汗，耗尽全力。

龙大迎向她，将她搂入怀里。

谢刚摆了摆手，曹一涵忙扶起德昭帝，进入隔壁另一顶帐内。龙大带着安若晨也过去，进门时对谢刚低语了几句。谢刚应了声，转身走了。他行到树林那头，几个手下正等着，其中一人抬起脸，正是那杀卢正的刺客。

谢刚拍拍他的肩："干得好，他醒了。"

那刺客夸张地松了一口气的模样，拍着心口："吓死我了，真怕捅偏了。"旁边数人笑话他。谢刚招呼大家："走吧，我们入南秦。"

德昭帝着一身兵服，沉着脸，默默坐着。

龙大牵着安若晨进来，对德昭帝道："陛下如今亲耳听到了，细作活动的筹划和安排，五年前就开始了。"

德昭帝恨道："他表面与朕亲近，誓言忠心，暗地里却一直狼心不死，原来

344

他从未放弃过要夺取皇位。处心积虑，竟有这般耐心隐忍五年。"

"如今陛下既是明白了，那便照我说的办吧。陛下也务必须得耐心，等得辉王出招，露出马脚，朝廷上下方有呼应之力予以反击。"

德昭帝想了想，辉王这几年势力猖獗，朝中确是有不少他的党羽。也难怪建议御驾亲征之事后人人附和。德昭帝道："这卢正万不可死，他是重要人证。他能指证辉王。那个武涛，还有受训的细作，全得靠他指认。龙将军将他交给朕吧。辉王能给他的，朕也一样能给，甚至更多。他一心想要活命，朕能将他救出，他会听朕的。"

龙大道："这倒不是不行，可如今陛下活着的消息切不可泄露。辉王就算捞着了那尸体察觉不是陛下，但一直未有陛下的消息，辉王便会当陛下死了，才敢继续施展下一步。"

"他施展了，龙将军也才能确认他的下一步，进而抓到大萧的奸细，是吗？"

"我们两国合作，铲除狼子野心、阴狠败类，方有和平。"龙大道，"陛下，从前十余年，是和平带来了繁荣昌盛，两国安宁使百姓安居乐业，这难道不是陛下想要的？"

德昭帝点点头，确是他想要的，所以当大萧挑衅，在边境进犯，打破了和平安宁之时，他才会如此慌张和愤怒。而这让辉王有了可乘之机。"但只是朕想要也是无用。贵国皇帝又如何想？这事情里，是贵国奸细作恶，还是贵国皇帝指使？"

"若是这般，陛下又如何能安稳坐在此处？"龙大反问，他看了看德昭帝的表情，接着道，"陛下，救陛下与杀陛下，需要的勇气和招惹的麻烦是一样大的。我既是敢将陛下救下，便定是有些把握和盘算。"

他未再细说。德昭帝很想问个仔细究竟是何盘算。他堂堂一国之君，竟要装小兵、装农户过活，且还未知下一步如何。但他看着龙大，知道这人若是要说，他拦不住，若是不说，他也逼不得。有时候隐忍这事，也包括守住嘴吧。这个也是不容易。

龙大与德昭帝交代好了后头如何行事，便让人将他和曹一涵带下去安置了。为免惹人耳目，招来军中其他细作的窥查，德昭帝和曹一涵居于军营不远处的一个村子里，由谢刚手下密探护卫着。

龙大将安若晨带回房，让安若晨即刻给古文达去信。一是用飞鸽传书寄送，这般快些，二是让驿兵再递送一封，确保交代仔细、安稳周全。

安若晨一边写一边问着："将军，卢正的话可能信？"

先前龙大便疑虑过卢正那毒如何掌控时机。

他让卢正佯装下毒，正好给了他下真毒的机会。当时他说的是假装给安若希下个毒，告诉她半年内发作，他有把握半年内将安若希的婚事安排妥当，彻底断了她对安若晨的威胁。

但卢正建议一月一颗，反正是假的，让安若希紧张一些更好，且还可以用每月给解药的机会向安若希套问消息。龙大觉得这比半年内发作更有效，便同意了。如今想来，却是卢正给自己下真毒创造了机会。

但时机如何控制？第一次给真毒，第二次给解药，接着再给毒药？但给了解药后若没机会再给毒岂不是前功尽弃？龙大让安若晨去刺探打听的，主要也是这个。原来那毒竟如此诡异，一颗撑得一月不毒发，难怪卢正胸有成竹。

卢正比他们料想得更狡猾。刚刚死里逃生，又被药物整治迷糊，竟还能如此讨价还价。

"该是真的。他必得留个后手。若是假的，你妹妹的毒没发作，他就没戏唱了。他对这个筹码很有信心。所以若这个月未生变故，他会给第三次毒药，而不是解药。"龙大是这般推测的，"解药是他最后的筹码。"

龙大说着，有些自责，自安若晨身后将她抱着，下巴靠在她脑袋上，柔声道："是我不好，未能察觉他的诡计，给了他可乘之机，置你于险境，也害了你妹妹，教你难过。"

龙大的道歉颇是诚恳，安若晨有些吃惊，未想到将军竟会如此服软认错。

"呃，若是能样样如意，料事如神，那这世上也不会有这些险恶麻烦了。如今尽力弥补，找到解药便好。"安若晨这话不知是宽慰龙大还是她自己。

"担心你怨我。"龙大将脑袋埋在安若晨的颈窝处。

"将军。"安若晨一脑门的无奈。这是在撒娇吗？

安若晨不知道还能如何安慰因愧疚而撒娇的猛将，于是就这般身上挂着个大汉将信写完了。她一写完，龙大便恢复英明将军状，将信拿过来仔细看了一遍。安若晨在信里将事情说明白了，让古文达找到那些毒药，若是安若希真是毒发，找不到解药的情况下就先继续吃颗毒，争取些时间。另外在她紫云楼的屋子，将军的屋子，陆大娘的屋子，招福酒楼，她常去的地方等等全都要仔细搜查。最后还补充了一句，去看看她娘的坟、老奶娘的坟是否有被动过的痕迹，有无可能卢正将解药藏那儿了。

"你娘和老奶娘的坟？"龙大真是佩服自家娘子的心思缜密，这个他还真是没想到。

"他说藏在我身边，我绝不会去毁坏轻动的地方。对我来说重要的地方。"安若晨也是瞎猜，反正都找找，没坏处，"我娘的坟，我爹可能会去动，说起来老奶娘的坟更保险些，不起眼，安家也不会打那儿的主意。"

信很快递出去了，安若晨忧心，真希望卢正是骗她的。

但她的信还未到中兰城，却收到古文达的飞鸽传书，陆大娘打听到了消息，安若希染上了风寒。他们暂时还没有找到有关这毒药的线索。还有，他们找到了安若芳，已将她接回紫云楼，但安若芳坚持要回家，说是要为母亲守孝。

安若晨的心顿时如被狠狠揪了一把，生疼生疼。安若希生病的时间与症状，果然如卢正说的一般。而四妹丧母之痛，甚至母亲临终前都不能陪在她身边的那种心酸，她完全能够体会。她不禁又想起四姨娘当时托二妹来告诉她的话，她说她会活着等四妹回家，要活着见到女儿。

安若晨越想越是唏嘘，觉得很是愧疚。是她的逃家念头，竟牵出这许多事，死了这许多人。

龙大办完事回来，看到的就是安若晨没精打采的沮丧模样。

"怎么了？"龙大在她身边坐下，将回来路上随手摘的花又插她头上去。

"将军。"安若晨一头扎进龙大怀里，原来愧疚真的会让人想撒娇，"我还得给古大人寄封信。"

龙大亲自帮她铺纸磨墨。

安若晨写了信，告诉古文达四妹向来有主意，她想回家，就让她回去吧。安排好说辞，让陆大娘与她对好接应的办法，若她需要帮助时，陆大娘能及时收到消息伸出援手。她最后又再提安若希身上的毒，请古文达和陆大娘多多费心寻找解药，必要时，打开她母亲和老奶娘的棺木搜搜。

龙大看到她写的内容，没说什么，只握住了她的手给予安慰。

"我真该回去的。"安若晨很难过，"若是需要再给二妹一颗毒，我该当面向她解释。情况如此糟糕，我害得她们丢了性命，自己却跑了。"

龙大摇头："这不是个好主意。这里更需要你，晨晨。辉王很快要有动作了。我们有许多事要处置。"

安若晨低头不语。

龙大又道："你再与陆大娘交代下，你四妹回了安家，让她盯着些安家的动静。先前不是说，钱世新派了人在安家住下吗？还给了你弟弟差事。钱世新定还打着主意。"

安若晨猛地抬头："我四妹还是个孩子。"

"是个很有主意的孩子，不是吗？你莫小看她，当初敢逃家，如今敢回家，她不是一般的孩子。而且她知道所有的秘密，她是找到静缘师太的关键，她还知道薛叙然是我们于城中的内应，她还拉拢了姚文海。她会是个很有用的帮手。"

安若晨咬紧牙关，她不能认同。将军看到的是用处，而她只觉得心疼。

"写吧。"龙大将信纸往安若晨面前推了推。

安若晨瞪着那纸，她欠将军的，所以她愿意为将军赴汤蹈火，万死不辞，但她舍不得四妹也这样。

"写吧。你知道我说得有道理。"龙大再次道。

确实是有道理，可安若晨突然很想认真问一问将军，在他心里，是真的喜欢她这个人，还是因为她很有用处。但安若晨终究还是没有问，她提笔，将龙大交代的写了。

天刚蒙蒙亮时钱世新便起来了。他只睡了两个时辰，这一日发生太多事，于他而言颇是惊险，他疲倦却也思绪繁多，睡不安稳。

早饭还未用完，就又听到一个震惊的消息——姚文海回家了。

亲信言遥来报，一早姚夫人便差人送来口信，说是姚文海昨晚回到家中，毫发无伤，就是身上脏些狼狈些。言道马车遭劫那日，姚文海独自逃脱，自行躲藏了起来。因害怕再遭追杀，所以不敢露面，流浪了这段日子，觉得颇安稳了，这才悄悄回家。

钱世新冷笑："就他这般娇生惯养的公子哥，还能独自流浪大半个月，毫发无伤，自行回家？糊弄谁呢！"

言遥道："那属下去查查看，是谁人收留了他。这人不动声色行事，瞒了这许久，忽然将人放了回来，也许有所图谋。"

"自然是有图谋。"钱世新道，"也太巧了些。我们昨夜围街剿匪，他昨夜便回来了。"这个幕后人，必得揪出来。钱世新起身，带上言遥，亲自去太守府。

蒙佳月很快出来相迎，她满脸喜悦，神采奕奕，整个人焕然一新，没剩下半点憔悴忧心。显然儿子平安归来让她极欢喜。

钱世新假惺惺地恭喜了一番，蒙佳月也假惺惺地客气。钱世新知道，蒙佳月这么早迫不及待叫人来报信，是为了打他的脸给他难看。他暗示这孩子在自己手上，结果不是。

钱世新若无其事，只道为了查案，有些案情细节得问问姚文海。蒙佳月未推辞，让人将睡下的姚文海叫了出来，说钱大人来问话了。

过了好一会儿姚文海来了，钱世新仔细打量了他一番，这皮白肉嫩的，哪像流过浪吃过苦的。还未开口，却见姚文海比他更惊讶地问："钱大人，方才我院里小厮说，昨夜安水街出大事了？"

钱世新心里一动，道："有人报称在那街中看到有劫匪踪迹，绑了个如你这般年纪的少年，我答应过你母亲定要全力搜寻营救于你，便派了官兵围街抓人。"

钱世新一边说一边打量姚文海的神情，时间碰巧真的不只是碰巧对吧，那个幕后人趁着搜街大乱之时，将姚文海送了回来。那时官府的人马都在安水街，无人注意太守府。

姚文海道："那个报信的人对大人说谎啊。哪里有什么劫匪，我自己便是一直躲在安水街里头。"姚文海将事先商议好的说辞讲了一遍，钱世新听得更是怀疑。

这下可好，不止时间巧，连地点都巧了。大家都混安水街是吧？钱世新仔细一问，姚文海还都能应付得上，怎么从马车逃的，从哪儿跑，怎么到了安水街，在哪儿怎么躲藏，那个废祠在哪里，如何度日的等等。

蒙佳月在一旁听得抹泪，哭道："苦了我儿。"

钱世新面无表情，转身嘱咐言遥派人到安水街查探去，废祠和水安堂，都得仔细问清楚。

他转回头来，姚文海对他抱拳施礼："大人，那报案之人所报之事为假，想来定是有所图谋，大人可曾将他扣下？这人定得好好审审，他编排这般大谎，说不定就是细作一伙。惹得大人出动官兵围街，听说还真遇着个强盗打起来了，死伤了许多人。大人，那报案的是不是故意引官兵上钩，欲劫杀城中兵将？大人切莫放过他，抓起来好好审一审。他看到的劫匪是何模样，被绑的少年又是何模样？搜街搜不出来，他如何狡辩？"

这一长串明问暗讽，钱世新脸抽了一抽，万没想到，他原想抓住姚文海把柄，却被反咬一口。钱世新板着脸，他哪里变得出一个可疑的报案人来，所以真的是被那鲁升坑了。主意都定得不周全，弄了个烂摊子让他收拾。

钱世新只得道："那报案之人说完便跑，也不知是哪里人士。如今这般说来，确是我疏忽了。我让俺差们全城搜查，定要把他找出来。"

姚文海和善微笑，一脸无辜，又道："说起来，真是感激钱大人。我家落难，父亲被冤，大人还对我们如此照顾。那报案人扯谎跑了，这般明显靠不住，大人还出动全府官差搜街，不惜扰民惹骂名也要解救于我，当真是义薄云天，我谢过大人，代我父亲也谢过大人。"

蒙佳月在一旁附和，也连声称谢。

钱世新脸再抽了一抽，他觉得自己被骂了，不但被骂，还发作不得。钱世新深吸一口气，宽慰姚文海几句，又说了些客套话，转身沉了脸离去。

钱世新回得俺府，很快言遥报回了消息，那废祠里确实有被褥和馒头碎，还有个碗，还有两件脏衣，看上去像是有流浪汉住过，衣裳大小确是十来岁少年穿的。水安堂里也问过了，他们不知道废祠有人住，倒是堂里这大半月总丢些东西，被子、吃食之类的，还有衣裳。周围也问了一圈，没人见过流浪的小少年。

言遥刚报完事，蒋松派人来了。说是昨夜险些抓到细作杀手，全靠钱大人的情报。听说是有人报案，那报案之人定知晓细作内情。蒋松问钱世新报案人身份情况，报案时如何说的，是否还有其他线索。让将那人带去紫云楼，有话问他。

这番问的就要比姚文海更细致多了，何时报案，哪位偤差接待，具体细节，案录在哪儿等等等等。

钱世新完全没脾气，很好啊，大家都抓到了这把柄，且说辞还不带重样的。钱世新不能像打发姚文海那般打发蒋松的人，便说人是鲁升大人见的，后让那人回家去了，免得细作觉察了起疑心。最后确定消息可靠让重兵围剿安水街也是鲁升大人决定的。所以蒋将军想了解细节，他得去问问鲁升大人，以免这案子里有需要保密的重要内情。

那人走了。钱世新去找了鲁升，将事情告之。鲁升并不在意，道："你这般回得甚好，蒋松想知道什么，便让他们来找我。谁不服气，想做什么，便让他们来找我。我到这儿来，便是给你撑腰的。我是巡察使派来的属官，又比他们官大一级，他们能如何？"

钱世新自然不能有异议，蒋松不能如何，他当然也不能如何。

鲁升又道："其他的事你先莫管，搜捕屠夫的事我来安排。蒋松要如何随他去，眼下最重要的是抓紧时间将他干掉。不但要让他永无翻身之日，且要拖累住龙大。你安排得如何了？安二姑娘的婚礼，是在大后日吧？那日便得动手。"

钱世新忙道："是。今日正要去安家张罗此事。"

鲁升拍拍他的肩："你专心先办此事，万不可出差错。灭了蒋松，压制住龙大，你在平南郡才能站稳脚，我们将你扶上太守之位也才会顺利，算算时候，辉王很快会有动作，我得去前线接应，不能一直在这儿扶着你走。"

钱世新有些不悦，什么叫扶着他走，他又不是残废。

薛府里，薛叙然真病倒了。昨日本就有些身体不适，结果夜里出了那等大事，他忧心善堂老小的安危，忧心他那一条街的乡亲和房宅，还有那两个麻烦精，谁都莫要出事才好。这一着急，病情来势汹汹，半夜里再撑不住，昏沉沉躺下不能起了。

幸好醒来后听得好消息，安水街和善堂的人均无事，两个孩子失踪了。但善堂发现废祠里有人悄悄按原先他们给姚文海安排的那套说辞放好了各类物什。接着又听说昨夜里姚文海回家了。之后衙门果然有人来盘问，大家按准备好的说，顺利过关。

薛叙然心头一松，看来是安若晨那边的人将两个麻烦接走了。他嘱咐看着点安家，若是这几天安若芳也回去了，就无事了。再有，近期内都不要与安水街那头接触，以防官府还盯着捉把柄。

向云豪应声，转身准备去交代下面人，薛叙然却又叫住他："我生病的事，莫让安家知道了。若是安二姑娘去喜秀堂递消息，让掌柜的机灵点，莫走漏风声。"

安家这般势利小心眼，万一嫌弃他要成婚却病倒了，他可是会生气的。

"把我娘叫来，我与她说。"让娘也得管好嘴，莫露出对他病倒忧心的模样来，这般媒婆子喜娘等人可是会察觉的。这些人最是碎嘴，得严防。

安府里，安若希咳得颇厉害，身子无力，也躺在床上养病呢。这事自然瞒不住谭氏了，她过来将安若希一顿骂，把她院子里的丫头婆子也骂了。这婚前将新娘子照顾病了，真是了得。若不是看在婚前忙碌的分上，真是要将她们个个都打了才行。

"请陈大夫来，让他开些重药，将这病赶紧压住。别耽误了上花轿。还有，谁都不许把这事往外说。不然我扒她的皮。"谭氏瞪着眼睛，很是凶悍。

安若希有些喘不上气，她狂喝水，试图让咳得火辣辣的喉咙舒服些。她一直躺着，希望自己快些好，不能这般不争气，不能病，她要顺顺利利嫁给薛公子。

母女二人正都为这病生气之时，钱世新踏进了安府。

安荣贵昨日被蒋松施了杖罚，伤还未好，正侧躺在床上吃着点心骂着蒋松。听得钱世新来了，忙让下人将东西收走，端个药碗进来摆桌上，自己趴好了，装作伤重的模样。

没过多久果然安之甫领着钱世新进来，说是钱大人有心，来看望他了。

安荣贵艰难状欲爬起身，钱世新忙上前按住了。他宽慰了安荣贵几句，问了他的伤情，嘱咐他要好好养伤，又谴责蒋松简直目无法纪，任意妄为。末了再自责，说安家与军方那头本就有些过节，他应该考虑得周全些，不该让安荣贵去办这趟差事，累得安荣贵被蒋松故意找由头打了，都怪他这做大人的没给手下安排好。

一番话说得安荣贵心里很是受用，安之甫也觉得心情舒畅，父子俩表忠心的表忠心，说感动的说感动，最后一起咒骂蒋松与紫云楼里一众人。

钱世新道："蒋松也不过是听龙将军的指令行事。龙大将军与安大姑娘对安家是何态度，那紫云楼和军中上下，自然也对安家是何态度。"他叹气，说自己这关口暂代太守之职，也是背了许多压力，他父亲当初得罪安若晨，龙将军也看他分外不顺眼，蒋松不止对安荣贵不客气，对他这位大人，也是呼来喝去。龙将军一心想扶姚昆重回太守之位，于是处处排挤拿捏他。

钱世新说得委婉，安荣贵却是明白的。那些风言风语，他在衙门里可听过不少，也与钱世新报过，谁人说坏话了，谁人编排短处了云云。于是赶紧附和，与安之甫道钱大人如何不容易，龙将军与蒋将军如何混账。

钱世新摆手苦笑，道："我也不知日后是不是会被排挤得连平南都待不下去，但如今在这儿一日，便为百姓做好一日的父母官。"他顿了顿，叹气，"这事说起来很是复杂，鲁升大人也与我聊了许多，梁大人那头是定不会让姚昆再回来，但龙将军是个人物，梁大人连带也得处置好龙将军，他也颇头疼，说龙将军从前可不是这般公私是非不分的，如今怕真是陷了温柔乡，被迷惑摆布了。"

安之甫忙道："大人是知道的，安若晨那贱人可与我们安家没关系了。"

钱世新笑道："她的所作所为自然与你们无关。你们非但不是帮凶，还是苦主。我爹也有对不住你们的地方，我定会尽力补偿，你们放心。若我撑过这一劫，日后真正坐上太守之位，定会好好提拔荣贵。再有，如今仗是不打了，日后两国恢复了商贸，安老爷与南秦熟悉，这生意买卖，安老爷也可好好施展。"

安之甫和安荣贵听得两眼发光，心道钱大人你务必一定要是太守大人啊。

安之甫朗声道："大人放心，大人对我们安家的照应，我们铭记心中。大人那头有需要我们安家的地方，直管说。我们安家万死不辞，定为钱大人排忧解难。"

钱世新等的正是这句，他摆出个为难模样来，苦笑道："安老爷有这心，我自是感激。但我的麻烦太大，我是不好意思开口……"

安荣贵抢着道："大人这话说得，有什么事我们能帮得上的，自然全力以赴。"

钱世新道："我最大的麻烦，还是在蒋将军和龙将军那头。方才不是说了嘛，他们想把我撵走，扶姚昆回来。梁大人和鲁大人虽站在我这边，但苦于拿不住龙将军的把柄，不好处置。"

安荣贵瞪眼："那龙将军与姚昆勾结，强抢民女，毁我大姐婚事的那罪，不是还未与他们清算吗？梁大人与鲁大人知道那事吗？"

"龙将军也是狡猾的，他与安姑娘在前线成亲了。这般一来，虽然礼数不全，但他们是夫妻，安姑娘也是自愿，这把柄可不好拿捏。就算你们安家是苦主想翻旧账，也没有好时机。再有，鲁大人现在翻各案录，对四夫人之死一案很有兴趣，问了我几回。我是以没有新线索，没有实证搪塞过去了，但这事当初是塞到安若晨头上，龙将军如今没空回来，待回来时，怕是会认真追究此事。"

安之甫心里咯噔一下。当苦主没事，当罪犯可就糟了。

他亲手杀死了段氏，别人再怎么猜疑都没事，没有证据，但钱世新不一样，他手下人帮他处置了尸体，他亲口向钱世新承认了他杀人。前因后果，钱世新清清楚楚。

安之甫素来善巴结，爱揣摩巴结对象的心思，他看了看钱世新，对他想要的也明白了几分。钱世新有被龙将军踢下官位的危险，于是他得先下手为强，让梁大人、鲁大人抢先把龙将军处置了。

安之甫小心问："钱大人，你觉得，我们能做什么？"

钱世新作势想了半天，道："若想告得龙将军强抢民女之罪，便得带上他居功自傲，军纪不严，其部下亦有样学样，军中上下贪色好利，欺凌百姓。"

安之甫与安荣贵互视一眼。那个有样学样的部下，定是指蒋松了。

安之甫道："那就是得让蒋将军也强抢一回民女？"这个难度颇大啊。

安荣贵道："或者我们买通个艳妓，让她去勾引蒋松那厮。蒋松与她春宵一度时，找来众人目睹，再弄些公务差错，指称蒋松沉迷女色，无心正事，啊，可以再找个汉子，与他争风吃醋，然后那汉子死了，自然便可指证是蒋松所为。"

钱世新摇头："哪个艳妓吃了熊心豹子胆，敢陷害堂堂将军。再者，上个妓馆，多大的事？怎值一提。再弄出个命案来，这是嫌麻烦不够多是不是？万一出了差错，给人抓到杀人把柄，到时是你们安家完蛋，还是蒋松完蛋？"

安之甫瞪了安荣贵一眼，净出什么馊主意。

钱世新接着道："莫说娼妓，就是个丫头，身份低微，蒋松便说他娶了便是，那丫头还能死倔着不依？梁大人和鲁大人还能死倔着不让？"他顿了顿，看了看安之甫和安荣贵，道，"必须是自家人，对安老爷言听计从，有些身份，且让蒋松犯下的是大罪，凌辱良家妇女，被抓个现行，安老爷才能理直气壮告官，让那蒋松无从辩驳，不能翻身。"

安之甫皱起眉头，本能地紧张起来。这话里头几个意思？

钱世新看他神色，道："安家人受了天大委屈，迫不得已告了官，安若晨帮腔龙将军说话，便不作数了。龙腾的强抢民女之罪才有得可说。他没法帮蒋松开脱，也没法为自己开脱。只需要有这么个由头，其余的事，我与大人们便好处置。到那时，扳倒了龙腾人马，安若晨便没了好日子，谁还能追究四夫人之死呢？"

最后这句又戳了安之甫一下。安之甫忙道："大人英明，还请大人指点，大人说该如何办，我们照做便是。"

钱世新问道："二姑娘的婚期是大后日吧？"

"对，对。"安之甫心里发毛。不会要求他叫女儿去勾引蒋松吧，这勾不勾得上另说，女儿怕是不能答应啊。这都马上要出嫁了，难道又跟大女儿似的毒打一顿？

"安老爷和荣贵委屈些，给蒋将军赔个礼，便说荣贵确是不懂事，没将差事办好，惹了蒋将军不痛快。又听说蒋将军受了伤，所以赔礼加探望，讨好于他。"

"然后呢？"安荣贵问。

"然后邀他参加二姑娘的婚礼。让二姑娘亲自给他送帖子，求他转送喜礼给大姑娘。他定不好推辞。"

不好推辞吗？安荣贵再问："他若就是不愿呢？"

"那就由我想办法了。"昨夜未抓到静缘师太，蒋松耿耿于怀，若他以为这婚礼静缘会悄悄去，那就一定会去探个究竟。

"就是务必要让蒋将军去参加婚礼。"安之甫懂了，"去了之后呢？"

"婚宴里定是要喝酒吃菜的，你们看好了机会，给他酒菜里下些药粉便好。"钱世新道，"然后会有人引他到间屋子里，那屋子里，需要有位安家的姑娘。"

安之甫脑袋"嗡"的一下，吓呆了。

钱世新低声道："也不会真的出事，待听到喊叫挣扎声音，便会有人冲进去制止。姑娘安全脱身，而蒋松被抓个正着，后头的事，便由我来办了。"

安之甫咽了咽口水，说不出话来。

钱世新盯着他："安老爷觉得如何？"

安之甫不知如何，只能点头。

钱世新笑了笑，和蔼道："荣贵与安老爷好好商量商量。这事如何办，真得靠你们。我在衙门还有许多事要忙，晚上再过来，听听你们的主意。"他顿了顿，"这事万不可透露风声，不然，招来杀身之祸，我就没法帮着你们了。"

安之甫父子互相看了一眼，点点头。

钱世新便起身要走，临走再说一句："这事里的好处坏处，利害关系，你们想仔细了。行事细节，也得仔细了。"

送走了钱世新，安之甫疾奔回儿子屋内，爹毛似的在屋子里走来走去。安荣贵只这一小会儿便想好了："爹，这事得办。必须帮钱大人保住太守之位。不然所有的好处，就都没有了。"他还指望着以后做大官呢。

"怎么办！"安之甫害怕起来，"说他凌辱了你姐姐？那可是你姐的婚礼。这事闹起来，如何收场？薛家都得拼命。"

"不是还有三妹吗？"安荣贵道，"她比二姐合适。爹你想想，那日二姐是新嫁娘，怎能出新房。三妹送嫁，却是可以到处走动张罗事的。到时找个理由让她去那屋取个东西，便成了。再者，她不是与祁县的杜家二公子谈好亲事了吗？事情完了，正好她嫁到祁县，中兰城里的风言风语很快便会没的。于咱家也没甚大影响。薛家也不得罪，好处也拿着。"

安之甫想了想，坐下了。听起来似乎可行。而且杜家与薛家比，自然是薛家的好处更多些，就算杜家那头许久之后听到什么流言，也是后话了，大不了女儿被休回来，找户人家再嫁便是。比起钱大人能给的照应，女儿的委屈自然不值一提。

安若兰与母亲薛氏对这父子俩商议的事一无所知，她们正在选喜枕的花样子。与祁县杜家的婚事谈定了，就等挑个好日子。安若兰是觉得待秋天时再过门得好，一来可以多陪陪母亲，二来天气不那么热了，人也舒坦些。

薛氏却不这般想，她与杜家说了，他们安府三月二十五有喜，喜上加喜才是吉利，最好是在二姑娘嫁了之后三个月内就迎亲。所以杜家在等先生算算六月前的日子，而薛氏也开始着手准备嫁妆诸物。

"会不会太着急了。"安若兰挑好了花样子，抱着母亲的胳膊道，"我舍不得母亲。"

"傻孩子，早嫁晚嫁都是嫁，自然是早嫁得好。你过得好，娘才能放心。"薛氏拍拍女儿的头，笑着道。她可一点都不羡慕谭氏那贱人，安若希嫁给病鬼没什么好的。看吧，还未过门呢，自己就变痨病鬼了。八字相合，还真是合。婚礼该不会抬着两张病床行礼吧，薛氏幸灾乐祸地想着。

当晚，钱世新再度来到安府。听了安之甫与安荣贵商议好的计策，觉得满意。人手及各方安排上都没什么问题，只出了一个意外。

"希儿染了风寒，请了大夫喝了药，夜里却是更严重了。她娘见瞒不住，这才来告诉我。"安之甫道。

钱世新皱了皱眉头："染了风寒而已，不是什么大事。吃几天药便好了。婚事不能有变数，到时就算找个丫头替二姑娘拜堂，婚礼都得办。"

紫云楼里，陆大娘带回了消息，说是她的探子打听到的消息，见着安府有大夫出入，傍晚时大夫又去了一回，脸色凝重。她去找了大夫，给了银子探了话，安家二姑娘染风寒，吃了药反而更严重了。已是说不得话，起不来床了。

陆大娘忧心忡忡，当年杨老爹就是这般，撑不到数日便去了。

古文达一筹莫展，他也没查到什么有用线索。夜深了，一只信鸽飞到，古文达急忙看信。按信中所言，火速搜查了各处，很容易便找出了卢正所说的"八颗毒药"，但除了那八颗药丸，其他地方再未找到与解药模样相似的东西。他亲自领了人，趁夜黑之时，悄悄去了安若晨母亲和老奶娘的墓地搜寻，未见有明显挖掘藏物的迹象。

天将明时，古文达赶回紫云楼，却听说又有一封飞鸽传书。他一看，可以开棺。急忙再带人重返墓地，开了棺仔细搜查了一遍，仍是什么都没有。

古文达再度回到紫云楼已是中午，陆大娘与安若芳在等他。安若芳已经知道了大姐的嘱咐，她可以回家为母亲守孝了，她还需要帮着陆大娘探听安府里的情报消息。

"我愿意的。我可以做到。"当陆大娘给安若芳念完那封简短的信，安若芳一脸老成，平静地应道。

古文达回来，那表情让陆大娘和安若芳都知道了，没有解药。

"看来真得冒险一试，再吃一颗毒了。起码争取些找解药的时候。"古文达叹气，"可如何让二姑娘吃下？"

"我来。"安若芳道，"我要回家了。我还能赶上后日二姐的婚礼。"

安家的请柬顺利送到蒋松手上，安荣贵回来与钱世新报，说他拖着伤负荆请罪送请柬的架势大概让蒋松有疑心，所以蒋松答应赴宴。

钱世新满意，蒋松的反应在意料之中。这人自负狂傲，觉得事情不对劲，定会想去看一看。他防着安家人，自然就疏漏了其他。

钱世新做好安排，派言遥联络打点后日婚礼之事上的各人，又嘱咐李成安于安府中务必盯好安家的动静，切不可在这计划里出了什么差错。

要扳倒龙腾，这场婚礼会是关键。

但钱世新也留了个心眼。他不希望帮着他们扳倒龙腾之后，接着被扳倒的是自己。所以钱世新想到了父亲。

钱世新再去了一趟牢狱。去见钱裴。

昨日从安府回来后，他就已与钱裴详谈过，他需要南秦的关系，需要辉王相助。钱裴露出意味深长的笑："你终于明白，其他人都靠不住，只有你亲爹爹才是真心为你的。"

钱世新不喜欢钱裴的这种笑，但他不得不承认，他自认为攀上的高枝，若没人帮他撑着点，恐怕他会摔下来。他相信辉王与他一样，虽与这边是共建大业的同盟，但也提防着大业成功之后被人背信反咬一口。所以辉王也需有人接应，这个接应，是耳目牵制，最好是在边境地界。平南郡及平南郡太守，自然重要。

钱裴听了这个要求便笑："这还用你说，他知道你是我儿子，当然站在你这边。"

"他得知道可以与我直接联络。"钱世新道，"我需要这个联络管道，就像解先生一样，如何传消息，如何一起配合。"

钱裴道："我昨日才给他递了消息，告诉他我儿即将安排我离开牢狱，我出去后安置好落脚处，便重新建立联络线。"

钱世新皱起眉头，昨日？昨日正是他们围剿安水街的时候，衙门的人手大多都派出去了。所以他爹爹时刻盯紧衙门动静，抓住机会趁乱行事吗？

钱世新压住不悦，道："你想递信，可以告诉我。"

"你这不是才告诉我，你要撇开大萧这边的人，往辉王身边靠吗？我从前不知晓你的心意，自然不会胡乱生事。"

"我不是要往他身边靠，我是觉得他有用处。"

"这便对了。你莫要太清高，得放下身段，只要对方有用处，什么人都可以合作的。"钱裴教导他，"再者，我并不是提防你，而是提防鲁升与梁德浩，还有龙腾这些人，他们肯定都盯紧了你的一举一动，通过你递信，并不比我自己处置更安全。"

钱世新想了想，确是如此。

"明日午时囚队出发去容西矿区，我一会儿就去将你加到名单里。到水莲镇时，有人接应你，你到西江隐居一段日子。我找机会去看你。"

钱裴点点头，却道："明日最后一刻再加名单。"

钱世新愣了愣："蒋松他们被屠夫闹了一把，也是忙乱，该不会盯得如此紧。况且鲁大人在这儿，他们也没法阻……"

"防的就是鲁升。"钱裴道，"那鲁升来问了我好些南秦的事。"

钱世新再愣，这事鲁升可未与他提过半句。钱世新明白了。他点头，明日出发前再加名单也好，虽然会落人口实，但确实不那么冒险。

钱世新又道："你不在这儿了，我得知道如何与辉王那边的人联络。我需要将屠夫引到南秦去，让那边将她杀了。在这儿动手，杀她不死，我还惹一身麻烦。"他顿了顿，压低声音道，"那姑子跟疯魔似的，不知何时就会疯起来。她要求我每十日必须给她些新消息，这么短的时候，我上哪儿给她找消息，编得多了，她该察觉了。到时便是我的死期。"

钱裴皱起眉头，想了想，道："我明日告诉你。"

于是这日钱世新又来了。他把钱裴与其他三个囚犯的名字加上了，衙差们准备囚车和路途安排，钱世新抓紧时间与钱裴说话。

钱裴告诉他，中兰城外的野狼山里有户猎户，眉心有痣，叫宋正。他会负责将消息递到四夏江，那儿渡口有个船户老大，叫岳福。这两人，能将消息送到南秦。

钱裴将暗语及信件里要埋的密令都仔细说了一遍。钱世新记下了。

"我已让人与他们打过招呼。待我安置好，我也会与辉王招呼一声。"钱裴如此道，"你且再应付那姑子一回，灭掉她的事，我会想办法的。我说过，这世上谁人我都不想管，你是我儿，我不能不管。"

若是从前，钱世新定然觉得这话很教人厌恶，但如今他得偿所愿，且父亲这一走还不知何时再见，他竟然觉得不那么厌烦了。

"你自己多加小心。"钱世新道。

押送钱裴的囚车车队于西城门静静地出了城，囚车上蒙着布，没人看到里头关着谁。但有人还是留了心。

没过多久，陆大娘收到了消息，流放的囚车队出城了，提前安排好的耳目在盯着车队。当日稍晚，一农夫来报，囚车队在林子旁休息时揭起过布帘，他确认里头有钱裴。

古文达得了陆大娘的消息后安排人悄悄出了城。

玖 | 千机变

　　钱世新这一日略有些紧张，但如他所料一般，紫云楼忙着搜查静缘师太的下落，根本没注意到囚牢里押走一批流放囚犯一事，更未注意到钱裴已经离开。倒是鲁升，在傍晚时发现了这状况，过来问他怎么回事。

　　钱世新自然是想好了说辞的。他道这确是有意为之，防着龙腾下手。

　　"毕竟我爹知道得太多，他离得越远越好。"钱世新道，"大人放心。我爹的下落，只有我知道。"

　　鲁升看着他的眼睛，点了点头："那就好。"

　　钱世新的言下之意他听懂了——钱世新平安无事，钱裴便会守口如瓶。

　　钱世新这个时候还不知道，在父亲的囚车驶出西城门时，南城门这头发生了一点小动静。一个小姑娘从一辆灰扑扑的马车后头跳下来，冲着赶车的老汉挥手："多谢老伯。"

　　赶车老汉挥手回应，驾车走了。

　　这一幕本是平常，不惹人注意，但那小姑娘声音甜脆，貌美如花，看到她的人不禁多看了两眼。她风尘仆仆的模样，脸上身上都有些灰，似乎赶了挺长的路。走进城门时，包袱松开了，里头的果子撒了一地，她惊叫一声，赶忙去捡。守城的官兵帮了她的忙，得了她的感谢。官兵问她去哪儿，她说她回家，她家就在中兰城。那声音听着颇是欢喜，大眼睛笑起来弯弯的，让人印象深刻。

之后稍晚，安家炸了锅。失踪许久的四姑娘突然回来了。

门房傻眼状看着似乎长高了些的四姑娘穿着身粗布衣，背着个破包袱，冲他笑着道："我回来了！"

门房完全不知道该如何反应，只眼睁睁地看着四姑娘蹦进了府里，一边跑一边大声嚷着："娘！娘！我回来了！"

直到安若芳跑得不见了踪影，门房才想起来，哎呀，忘了告诉她了，她娘，没了啊。

安家好半天才消化过来四姑娘真的平安归家的事实，而安若芳从号啕大哭到抽泣也似乎终于接受了她娘亲离奇死亡的现实。

安之甫问清了小女儿离家的经历，也将段氏去世的对外那套说辞说了。安若芳听着听着，猛地扑过来将安之甫抱住了，她将脸埋在安之甫怀里，似哭得说不出话来。安之甫心虚，抚着她的头道："回来就好，回来就好。莫伤心，还有爹在呢。爹疼你，绝不让别人欺负你。"

谭氏与薛氏看着这副父女情深的景象，皆不言语。

安若芳回家半日，问了无数问题。娘怎么死的？大姐呢？爹怎么样？哥居然去衙门当差了？二姐居然要成亲了？三姐也定亲了？五弟还是这么淘气吧？还好，还有五弟没有变。

安若兰见得妹妹回来，心情很好，拉着安若芳说了许多话。将这段时日城里发生的大小事都告诉了她。还邀安若芳晚上到她那儿睡。毕竟四房院子早冷清了，都没收拾。

夜里头，安若芳去探望二姐。今日只有她没来，听说病得颇重。安若芳一派天真，趴在安若希的床前，看着她病重昏沉的模样，握着她的手道："二姐啊，我大难不死，是个有福的，我把福气给你，你快些好起来。"

安若希紧闭双眼，没有反应。谭氏心忧女儿的病，听得这番话颇是受用。

安若芳问她："二姐后日出嫁，病得这般沉可如何是好，不能延一延日子吗？"

谭氏道："都定好的，延不得。"

安若芳没说什么，只安静陪着安若希。过了一会儿，谭氏道该喝药了，出门唤丫头去。安若芳摸着安若希的额头，安若希动了一动，仍未睁眼。安若芳轻声道："二姐，你会好的，会好的。"

她拿出药丸，捏碎了，悄悄塞安若希的嘴里。不一会儿，谭氏领着丫头端了药进来，安若芳忙抢着喂药。谭氏随她了。安若芳将药汤喂了，仔细看了看，安若希嘴里的药丸碎都咽了。她暗自松了口气。

安若芳从谭氏院子出来，与丫鬟道她想回自己的院子，陪一陪娘。那院子死过人，丫鬟是不乐意待的，听得安若芳说想自己静一静，很乐意地把她丢下跑了。

安若芳独自坐在母亲屋里，悄悄在心里对娘亲说，一定为她报仇，一定。

安若芳折了枝花，悄悄去了安之甫的院子，如果被人发现，她就说来给爹爹送花来。但是还好，没人看到她。她看到一个陌生中年男子进了安之甫的屋子，她猜那定是钱世新的手下。于是摸到窗户下，打算听听动静。

三房院里，薛氏在帮女儿铺床，一边铺一边埋怨女儿，怎地邀那安若芳来睡。"她突然冒出来，怪瘆人的，谁知道里头有什么事。今夜就这般吧，明天就让她搬回院子去。咱不招惹她，知道吗？"

一番唠叨后，她出屋门打算叫丫鬟快找四姑娘来，莫耽误她女儿睡觉。一出屋子，吓了一跳，安若芳正站在屋外，夜色将她笼罩，鬼魅一般。手里居然还拿着一枝花，古怪得很。

薛氏看她神色，以为她听到了自己对女儿说的话，于是道："四姑娘，我也不是说你什么坏处，但我就这么一个女儿，自然是心疼的。不管你在外头经历了什么事，都与我们母女无关。你也知道，我们母女一向不惹是非，她也快嫁人了，你莫拖累她。"

安若芳眨眨眼，她自然是知道的。三姨娘是墙头草，哪边得利帮哪边，但她从来不自己抢先出头，都是捡别人的便宜。她娘私下里总骂三姨娘，又狡猾又贪心。

薛氏见她不说话，便走近两步，压低声音放狠了语调，再道："莫说我欺你丧母，但你若对我女儿不利，我定不会放过你的。明日你便自己说要回你院子住去，然后离我女儿远一些，知道吗？你若老老实实，我平日也会照应于你。这府里，如今是夫人做主了。她为人如何，你该晓得。当初她最恨你娘，你没了你娘撑腰，她定会打你主意。老爷是不管后宅这些琐事的，五房只顾她儿子，所以只有我会照应你，明白吗？"

"明白。"安若芳垂下头，小声答。

薛氏怔了一怔，仍是不安心。这四姑娘离开大半年，回来后感觉完全不一样了，单是站着，就显得镇静冷冽，不似从前软糯的模样。薛氏更是打定主意，一定要让她远离自己女儿。

正要再开口威胁，却听安若芳怯生生地小声道："三姨娘，蒋将军是谁啊？我方才，听到爹爹与人提起三姐与蒋将军。可我明明记得，今日你们说三姐定了亲，是外郡的杜公子呀。"

薛氏一愣。

第二日一早安府全家喜气洋洋，不只是安若芳意外平安回家之喜，更喜的是安若希一夜安睡，今晨居然大好。能下床能说话，胃口也好了。

安之甫悬着的一颗心顿时落了地，谭氏更是高兴得合不拢嘴。念着安若芳昨日说的什么"我把我的福气给你"的话，对安若芳分外亲切和善。早饭时亲手给安若芳布了好些菜，又与安若芳道会好好叮嘱婆子丫头将安若芳的院子布置妥当，若觉得缺了什么，只管与她说。

薛氏未动声色，一切如常。附和着谭氏，二姑娘既是大好，后头定是福来运转，可惜这福气要带到薛家去了。

谭氏白她一眼。这人说话就是这般不讨喜，听着像是随你的话头，但总让人觉得暗藏讽刺。

安若芳未听得太多姨娘们的明争暗斗，她被安若希叫到屋里去了。说是姐妹俩许久未见，有体己话要聊。

门一关，两人面对面坐着。安若希的脸沉了下来。她病这一场，虽是大好，但仍显虚弱，面色发白，气势上不如从前。安若芳安静看着她，等她发话。

安若希盯着安若芳许久才开口："四妹长大了啊。"

"是的，二姐，我长大了。"

"昨日我听到你的声音，还以为做梦来着。今早问了，原来还真是你。听说昨晚是你给我喂的药？"

"是的，二姐。"

"不止汤药，对吧？"安若希当时虽是昏沉，但仍记得。

"是的，二姐。"

安若希皱眉，烦躁起来："你给我吃的什么？丫鬟们皆说不知，说大夫只开了汤药。"

"二姐若不能冷静听，后头的话就不好说了。"安若芳淡淡道。

安若希愣住了，眼前的这个四妹，哪里还是从前那个甜美可爱的小姑娘，那冷冽的姿态，平静的语调……"你，你失踪的这段日子，都与谁人在一起？"

"一对好心的夫妇救了我。"安若芳道，刚起个头就被安若希打断了。

"行了，行了。我听说了，莫重复了。"安若希再看看妹妹，深吸了一口气，道，"我很冷静听你说，你且告诉我实话。我的病怎会突然就好了？"

"二姐不是风寒，是中了毒。"安若芳小声道。

安若希心一沉。她越喝药病越重之时，她就想过这事。那时她已开不了口，清醒的时候很少，但她想到自己要死了，算起了日子，却突然想起卢正当时给她服毒时说的，一个月为限，若没有解药，会死。

她觉得必是如此，不然怎会小病变大病，一病瞬间倒。她悲痛等死，甚至无力表达她的悲痛，她想念薛公子，想见他最后一面，可是连睁眼都困难。就是这样的关头，失踪已久的四妹忽然回来，偷偷瞒着别人给她塞了颗药，丫鬟以为她幻觉，病重迷糊了，可她知道没有。

"什么毒？"安若希问了。

"大姐身边的那位军爷，叫卢正的，是个奸细，他瞒着大姐和龙将军，给二姐下了毒。"

安若希怒从心起，拍了桌子："瞒着？我呸。就是他们支使那人给我下毒的。大姐还有脸告诉我说这毒是假的，告诉我无事，让我安心。"

安若芳不理她的脾气，继续道："他要杀大姐，大姐逃到了龙将军那处。龙将军将那奸细抓了，那奸细为了自保，便说他给你下的是真毒，若不放了他，你会毒发身亡。"

"你原来一直在大姐那处？"

"不是。一对好心夫妇救了我。"

安若希瞪眼。

安若芳继续道："我回城后，撞见了陆大娘，她正想法要给你药，救你一命。我便自告奋勇。"

"真是巧啊。"

"是的。二姐这一个月当小心些，好好保重身体，若有什么头疼脑热的，便不好了。大姐还在努力找解药，二姐你先撑着些。"

安若希傻眼："你等等，莫说这般快，你说的什么意思？我不是已经服了解药了吗？"

"解药还未找到，服了毒，可以再撑一个月。"

"……"安若希不语，脸色渐渐冷下来。

安若芳道："大姐在努力帮你找解药了。她连她娘亲的坟都开棺了。"

安若希气得："她就算刨了她家祖坟又与我何干！"

"自然相干的，她家祖坟就是咱们家祖坟。"安若芳平静答。

安若希噎得。她呆了好半天，实在坐不住，在屋子里打转，复又回来，确认："我只是暂时好了，但若这一个月没有解药，我又得死，是吗？"

"按卢正所言，似乎是这般的。"安若芳看着二姐，轻声道，"大姐会帮你找到解药的。"

"莫提她。"安若希拍桌子，"就是她害了我。"

安若芳低下头，小小声帮大姐说话："莫提她，她不也还在帮你找解药吗？"

安若希瞪着她，瞪半天："你失踪这段时日，真的不是躲在大姐那儿？"

安若芳摇头。

"好吧。那我就当她没骗我。"

安若芳道："大姐是好人。"

安若希又怒了："我是坏人？你这个没良心的，平素我也对你不错。你也不想想，是谁下毒害了谁，我才是受害的那个。"

安若芳低头，小声道："我确是没良心，我娘死了，被我害死的。我若不跑掉，她也不会如此。她走了，我却不在她身边。"

安若希闻言，又心虚起来，气势一下灭了，嘟囔道："你小小年纪，莫学大人说话。你自己想不明白，对错分不清楚，待你长大了，便知道了。"

"二姐说得是。"安若芳附和着，又道，"二姐，你明日成亲，我陪着你。待日后我得闲了，常去你那儿看看你，行吗？我也没什么亲人了，与二姐还能说说话。"

安若希忍不住又瞪她了："你在自己家里说没什么亲人了，这一宅子全死了是吗？啊，呸，你胡说八道什么。刚才还嫌弃我不如大姐呢，这会儿又拍我马屁，你当我不知道？想来看来呗，又没人拦你。到时要是家里你待得不好，我照应你。我与大姐可不一样，我会帮你找门好亲事，让你早些嫁了，嫁到好人家去。"她看看妹妹，叹气，"早些嫁了好。"

"我不嫁。"安若芳却道，"我就在安家到老。"她在安家，有许多事要做的，哪能嫁人。

安若希自然不明白她的言外之意，只道她又胡言。她现在还为自己的事发愁，顾不得想太多妹妹。她觉得她必须要见薛公子一面。

"芳儿，你与我出一趟门。"

"大姐大病初愈，明日一早就得上花轿，哪能出门？"

"所以是你闹着要出，我怕你又丢了，便陪着你出去的。"安若希道，"你帮我做了这事，我便不追究你帮着大姐给我下毒的事了。"

"我明明是帮着大姐救你来着。"安若芳嘟着嘴不服气地嘟囔，又恢复了些许从前的天真模样，安若希摸她脑袋："你平安回来，我很高兴，真心的。"

就这般，两姐妹约好，用过了午饭，安若希借口与四妹一起午睡说说话，实则趁着大家忙于婚事筹办无暇顾及她们，悄悄出门去了。

安若芳路过街口的面人摊，非让二姐给她买一个。安若希没办法，给她买了，她却非要现捏的孙悟空，于是摊主师傅现做。安若希心急，生怕家里突然出来人把她们叫回去。她往路边去，雇了顶轿子，先钻进去躲着了，却没注意妹妹与面人摊师傅有一搭没一搭的说话里，已经对过了暗号，说了婚礼上有人要对蒋将军不利的事。

姐妹俩坐着轿子往薛家去时，面人摊里的探子迅速奔回紫云楼报信去了。

安府里，安之甫在三房院子里听琴。薛氏让女儿安若兰给安之甫好好弹弹明日婚礼上要为恭贺二姐大婚，为宾客助兴的曲子。

"兰儿苦练多日，可就是为了让老爷开心啊。明日宾客众多，若是有人起哄咱安家，让咱也来个琴棋书画啥的，兰儿这曲子，也是拿得出手的。"

安之甫对安若兰心中有愧，连连夸赞，又道："明日不用兰儿露脸，这般场合，兰儿只要好好陪着希儿便好，若有什么状况，帮着喜娘和婆子些便是。"

薛氏笑了笑，给安之甫倒了杯酒，再来些下酒菜。听得院子外头喜娘和喜乐先生们的吆喝声，道："今日便这般热闹了，明日更得闹吧。老爷，我家兰儿的婚礼，可不能比希儿的寒酸了。"

"那是，那是。都是宝贝女儿，我不会亏待哪个的。"安之甫喝得有些多，听得外头响起了唢呐喜乐的声音，心情大好，又喝一杯。

"有老爷这话便成。那明日，兰儿不用帮着招呼宾客，对吧？有什么事，老爷先与我们说好了。你也知道，夫人天天盯着我们的错处，明日兰儿要是做错了什么，怕是会被扒皮。"

"哪会。不用做什么，放心吧。大喜事，谁也不许借故找事，不然我抽她。"

"那就好。"薛氏再给安之甫夹菜，"我上午时遇着李先生，他与我招呼来着，说明日婚礼有位重要的蒋将军，让兰儿帮忙招呼着，莫怠慢了。"

安之甫愣了一愣，心虚转头，猛吃两口菜，昨夜里李成安确实有建议让安若兰与蒋松敬个酒，这般后头才好说蒋松因此见色起意。

安之甫觉得李成安大概随口与薛氏提了句，于是道："蒋将军如今掌管平南郡诸事，确是重要人物。兰儿招呼着些，也是没错的。"

薛氏摆出不高兴："兰儿都定亲了，哪能大庭广众之下对某个男子献殷勤的。要不我替老爷招呼吧。"

安之甫忙道："你明日跟着夫人，她差你办什么，你便办什么去。明日杂事多着呢，再有，严老爷他们也会到，你与他们相熟，招呼他们去。明日兰儿跟着希儿，在新房后院那处，你就莫管了。"

"兰儿笨手笨脚的，我怕她做错事惹了麻烦，不如我带着她，事情多，我也需要帮手。"

"那不行。你这许多婆子丫头不是帮手？希儿身边没个姐妹照应着怎么行。"

薛氏听罢，不再反驳，赶忙应了是。再给安之甫倒酒夹菜，恭顺态度让安之甫满意。

安若希与安若芳到了喜秀堂，安若希与掌柜的说要定做喜鹊发簪，还说她就在这儿等。掌柜的便往府里递消息去了。

安若希在雅室里累得靠着安若芳打瞌睡时，薛叙然来了。

薛叙然一进屋看到安若芳顿时一愣，还以为安若芳被他藏匿的事露了馅，安若希十万火急来问罪呢。可安若芳见他只眨眨眼，推醒了安若希，道："二姐，这位公子是谁？"

薛叙然皱了眉头，不是为了四妹的事，那他家这笨蛋为何在婚礼前一日着急见他。

"薛公子。"安若希清醒过来，连忙施礼。

"就是二姐夫？"安若芳也跟着施礼。

"她是谁？"薛叙然跟着一起演。挺好，他家娘子总领着一家子在他面前演戏，颇是有趣。

安若希认真介绍了一番，这时注意到薛叙然脸色不太好，顿时有些心疼。薛叙然也皱眉，发现安若希瘦了一圈，脸色惨白。这是婚前被家里虐待了？

两人都隐忍着不去问对方为何一副病容，薛叙然先开口："你着急找我何事？"

安若希赶紧将自己中了毒，然后四妹带回颗毒药，她暂时还有一个月的命的事说了。她说得着急，有些语无伦次，安若芳在一旁安静听着，并不帮腔，薛叙然也安静听着，并不嫌弃她说得乱七八糟。

等她都说完了，薛叙然仔细问了些细节，安若希一一答了，拉过安若芳道："如此大事，我确不是蒙你的。四妹可以做证。"

薛叙然沉默许久，安若希心慌地捏紧了手。薛叙然转头瞪安若芳，一字一句道："你大姐，居然敢对你二姐下毒！你是什么时候知道的？"要是一早就知道，还有脸跑来求他收留，他真要叫人揍她了。

"她昨日回家前才知道的。"安若希忙道。

"我是在问你吗？"薛叙然不高兴。安若希忙闭嘴。

"我昨日回家前才知道的。"安若芳跟着二姐的说辞答。

薛叙然咬着牙根，隐忍怒气："你们安家人，全都满嘴谎言。"

安若芳垂目低首，觉得确是如此，不然怎么活。安若希却是听得心上人如此重语，顿时红了眼眶："我就是不想瞒着你，所以才着急见你的。既是出了这等事，万一我真的只能活一个月，那怎么过门。要不要，婚期推一推呀？待我的毒治好了再……"

"怎么推？"薛叙然瞪她。

安若希想说说主意，再被薛叙然喝了："能推也不推，你明天赶紧给我嫁过来，你成了我薛家妇，我才好去找你大姐算账去！"

安若希眼眶更红了，是她的薛公子，真的对她太好了。"那万一我一个月就死了，岂不是晦气？"

薛叙然气得咬牙，明日成亲，今日死啊死的挂嘴边，她便不嫌晦气了。"你这般想，死的时候是安家女儿终身未嫁的好，还是墓碑上写着薛叙然之妻的好？"

安若希跳起来，精神百倍："我明日一定嫁过来。"

薛叙然给她个大白眼。安若希毫不在意，拉着安若芳要走："快快，问题解决了，赶紧回家，莫教爹发现了。"

"轿子呢？"

安若希忙出去叫轿子。

安若芳逮着这时机赶紧与薛叙然说了明日婚礼有可能出乱子，他们想向蒋将军下手的事，希望薛叙然提前警惕早做安排。

薛叙然对这小姑娘道："你告诉你大姐，她与我结仇了，也就是你提前跑掉了，不然这会儿我肯定拿你对付她。我不会再帮她做任何事，她欺负希儿的事，我定会讨回来的。"

石灵崖军营，安若晨收到了古文达的消息，开棺了，没有解药。安若晨叹气，撑着脑袋苦思，究竟会在哪里？还有什么办法问出来吗？

这时候她听得帐外号角吹响，忙出去看。

楚青的副官正骑马奔过，见得安若晨忙下马施礼，安若晨问他发生何事，那人道："南秦来了使节，通报国书，南秦皇帝御驾亲征途中被东凌军杀害。辉王暂掌皇权，下令全面停战，并向东凌讨要交代。来使言称，恐怕先前许多案子，都是东凌暗中使坏的计谋，需严查。希望我们大萧相助。"

安若晨大吃一惊。这与她料想的怎地不一样。夺了皇位，议个和，然后相安无事，辉王也得偿所愿。这指称东凌所为是何意？

"龙将军呢？"安若晨问。

"将军去了石灵县。"

安府里，薛氏扶着安之甫回房，府里噼里啪啦地奏着喜乐，仆役丫头婆子们走来跑去忙碌布置，甚是吵闹。薛氏笑道："真吵啊，老爷回屋怎么睡得着。"

安之甫脚下有些浮，道："没事，我高兴着呢。也就闹个几日便安宁了。大闹才好呢。"

薛氏扶着安之甫在花园池塘边站住了："老爷你看，风景不错呀。"

"回房吧，我倦了。"

"老爷说得对，不大闹一场，怎会有安宁。"薛氏说着，手帕掉在地上。她弯腰去捡，捡的却是她早早挑好的一块大石，四下无人，她用力挥动胳膊，在安之甫脑后使尽全力一拍，紧接着在安之甫后膝用力一脚。

安之甫"啊"的一声摔落水里，薛氏将手中石头朝安之甫砸去，又抄起一旁捞水中落叶的木棒，将试图挣扎的安之甫按进了水里。

安若希与安若芳悄悄回到府里，似乎没人发现她们出门，安若希暗自欢喜。可回到院里，却见谭氏正皱眉站在她屋门前，安若希心里咯噔一下。谭氏问她："你们不好好午睡，跑哪儿去了？"

安若希道："这般吵，如何睡得着，我们便到宅子里逛了逛。四妹许久未回来，许多地方改了布置，她都没瞧过呢。"一边答一边心里盘算着下一句怎么应付。

结果谭氏道："可曾见过你爹。有客人让他见见，找不着人了。"

安若希松了一口气："未曾。"

谭氏皱了皱眉，走了。还以为老爷也许会想着来找女儿，趁出嫁前再嘱咐些事，却也没有。谭氏再次来到了薛氏的院子。

薛氏正与女儿在绣喜被，见得谭氏来了忙问："夫人，找着了吗？"

谭氏冷着脸问："你送老爷回屋时，老爷可曾说他要做什么？"

薛氏摇头："老爷只说他想回屋去，但未曾到院子呢，忽说不用我送，让我回来了。他是不是去找大少爷或是李先生了？安平那儿问了吗？"

"他们都未曾见。只知道午饭后老爷上你这儿来了。"谭氏很不高兴，这忙碌的关头，居然找不到人了，这让她很恼火。

薛氏安慰道："夫人莫急，今日府里热闹，不是好些亲戚友人都到了吗？各院都热闹着，也许老爷顺脚就去溜达了。"

谭氏想了想，转头走了。

薛叙然这头，回到府里后，让向云豪找来几个属下，亲自与他们嘱咐了事。一是监视安若芳，那小丫头分明就是与她大姐一伙的。还有，救下她的那姑子就是细作，若是细作使毒，姑子该也会知道一二。二是让人盯着紫云楼陆大娘。三就是前线状况的收集，仍不能怠慢，任何线索都要及时回报。若是安若晨有什么行踪变化，也速要来报。

想到这儿薛叙然又有些恼，安若晨那家伙居然就躲在前线不回来了。你说军爷们护国打仗，你一个妇道人家赖在那儿不走是做甚，龙将军居然不避讳这个吗？这事能落人话柄，就看怎么用了。

薛叙然与大家商议交代完，让他们速速行事。自己躺回床上养养精神，想了想催丫头给他煎药喝，多喝两碗，身子快些好起来。明日洞房花烛夜，可不能让安若希那傻姑娘小看了。

薛叙然躺床上，想着婚后得想个法子去前线见安若晨一面，她这般蠢，居然找不到解药？是故意的还是真的？可他自小身子不好，从未出过远门，这又是去前线，娘亲和爹爹肯定不让。

嗯，就说他娘子想出去走走，他得陪着。哎呀，这般想来，不止可以去前线。待安若希的毒解了，他想去哪儿就能去哪儿，就说他娘子想去的便行。他想干什么便干什么，就说他娘子想干的就行。

娶个娘子回来真好用呀。毒一定能解的，他家安若希那傻瓜是个有福气的，大师都排过八字了，她福旺，铁定会没事的。

薛叙然想着明日，有些开怀。喝了药睡不着，爬起来翻藏在柜底的图册，新婚夜要怎么做来着，他再学习一下。

龙大的面前坐着东凌国的将军马永善。两人中间摆着个棋盘。

这是马永善被俘后第十一次见到龙大，也是第五次与他对弈。只是他们之间的谈话还是没有结果。

马永善每一步棋都下得很快，龙大却要思虑许久。所以他们一盘棋颇是费时。在等龙大落棋之际，马永善再一次道："龙将军不必再费口舌，我不可能写降书。"

即使沦为战俘，即便身陷囚牢，但武将一身傲骨仍在。

龙大盯着棋盘看，点点头，表示听到他的话了，他道："马将军，南秦易主了。"

马永善一愣，但很快恢复镇定："看来龙将军是神算，说天地震荡，国之巨变，竟然成真了。龙将军赌赢了，可惜我没法兑现赌约。"当日龙大与他劝降时曾打赌变故一事，约定输的那人请喝酒。

龙大抬眼看了看他，道："其实定那赌约，我是希望我猜错了。我输了，请你喝酒，倒是好事。"

马永善沉默了好一会儿，问："你们将南秦皇帝杀了？"

龙大摇摇头："他并非战死沙场。南秦声称，是东凌迎驾使团杀害了德昭帝。"

马永善愣了好半天，不说话了。

"既是盟国，为何要诬陷你们？"龙大终于落下一子。

马永善无话可说，他仍在震惊中。东凌与南秦确是盟国。

"当初贵国为何下定决心要与南秦一道攻打我大萧？"

"大萧杀我使节。"马永善答。

"如今变成贵国使节杀南秦皇帝了。"龙大看着马永善，"马将军，这些伎俩简单得太羞辱人了，不是吗？"

马永善置于膝上的手慢慢握紧了拳。是简单，若放在一起连着用，简直让人笑话。但是拆开了，一步一步慢慢来，中间穿插了各种复杂状况，情形却又不一样了。

马永善沉默。而后看了一眼棋盘，不再胡乱下子，而是真正观察，思索棋局。"若我们未被将军打败呢？"

"东凌照样损兵折将。德昭帝照样会死在你们东凌手里。时间、地点、方式也许不一样，但结果必是相同的。"

马永善觉得也是如此。他又是一阵长长的沉默，道："龙将军，你早有此推断了是不是？"

"一直到今天收到确切的消息，我才能肯定发生了什么。但我还要大胆猜测，这不是最后的结果。"

"为何？"

"三方之中，只有两方是同盟。为何与小结盟，而不与大结盟？东凌最是弱小，不是吗？"

确是。也正因此，东凌时刻警惕着不想被大萧欺辱，当南秦示好，抛来善意友爱，东凌自然感恩靠拢。

"但是，两个大国要侵灭一个弱小，为何这般费劲，弯弯绕绕，拖泥带水？这不仅会造成不必要的损伤，还徒生事端。"

马永善答不出。他看着棋盘，先前未考虑输赢，快攻快打，如今已不知如何继续才好。他沉声问："龙将军心中可有把握？"

"你行一步，我想三步动一步，见招拆招罢了。"

若不行到最后一步，局面未定，谁又敢说把握？

马永善思虑良久，叹道："龙将军，我不能给你降书。就算你说的是真的，我也不可能写降书。这般，我无颜回去面圣，更没法与那些与我同生共死的将士弟兄们交代。活着的，死去的，降书就是对他们的折辱。"

龙大不语。

马永善看着他，反问："龙将军，换了你，你会写吗？"

"不会。"

马永善笑起来："我们，重新再下一盘可好？我这一回，定不懈怠，好好思虑。"

中兰城，安府。

天翻地覆地裂山崩都不足以形容安家如今的状况。

安之甫的尸体在自家花园池塘里被发现了。

就是全家招呼宾客，各种亲朋好友欢聚一堂听戏谈笑胡吃海喝闲扯八卦等着喜宴到来的时候，当家老爷死了！

简直晴天霹雳！所有赶到现场的人都惊呆了。谭氏与安荣贵足足愣了半晌，除了尖叫，没有人反应过来该如何办。

薛氏抖若筛糠，一脸惊恐地拉住谭氏的胳膊道："夫，夫人，快报官呀！"

报官？谭氏茫然地瞪着薛氏，报了官，婚事怎么办？她慢慢反应过来了，不报官，婚事也没法办啊。"对，对，报官，报官。"

谭氏推着安荣贵，一旁的李成安忙发话："夫人莫慌，我这就派人去报钱大人。"

"安平，安平。"谭氏连声大叫。安平忙从人群里挤了过来。谭氏看了一圈围观人等，看到一脸震惊的女儿紧紧抱着惊恐万分的安若芳，又看到害怕得躲在薛氏身后的安若兰，还有五房廖氏及她那个很碍眼的儿子安荣昆。

谭氏恢复了理智，甩开薛氏的手，站前两步，对着众人厉声大喝："都给我滚回屋去，没我命令，谁都不许出自己院子。安平！封府门！在官府派人来之前，谁都不许出去。各院掌事的把人都点清楚了，有人不在的，有人想跑的，全都记下了。一个院子一个院子查清楚。谁最后见着了老爷，都干了什么，必须得交代明白！"

周围一片沉寂，众人噤若寒蝉，不一会儿，各人回各人的院子，陆续都散了。

谭氏瞪着安之甫的尸体，双腿一软，再站不住，跪坐在了地上，放声大哭："老爷！老爷！"安荣贵一旁看着，过去扶她，忍不住也抹泪。

谭氏被扶回了屋子，安平命人安置了安之甫的尸体，静等官府的人过来。仔细查看了一圈池塘周围，没发现什么异样，因着刚才的围观，周围也被踩得乱七八糟。大致问了问，没人看到老爷是如何到池塘的。

谭氏悲痛愤怒，丫鬟悄悄来问，说媒婆子说，这事务必得通知薛府，让谭氏拿个主意。谭氏看向儿子，安荣贵道："明日确是没法办喜宴，但热孝内婚事得办，不然得等三年，我去与媒婆子说吧，让她与薛家再拿个日子好了。"

谭氏点头，全交给儿子处置。如今她可没什么心思想这婚事了，满脑子全是老爷没了，这家可怎么办。她想着想着，忽想到什么来，用力一拍桌子，喝道："把薛氏给我叫来！"

薛府里，薛叙然卧床上正看册子，忽听得门外仆人叫："夫人好。"

薛叙然一惊，赶紧将册子塞被褥里，转手抄过一本《论语》展开看。

门开了，薛夫人走了进来。薛叙然再一惊，他的《论语》拿反了。他赶紧把书合上丢到一边，一副认错的样子："好了好了，莫训我，我不躺着看书了。"

可薛夫人没训他，只是一脸忧愁地看着他。

薛叙然心里有些发毛，他不过看了看画册而已，不是什么重罪大事吧，那也不会怎么伤身吧？娘亲，你这表情怪吓人的。

"儿啊。"

"哎。"

"安家出事了。"

"……"薛叙然一愣，猛地跳了起来，"安若希那笨蛋又怎么了？"

"安老爷过世了。"

薛叙然更愣了，有这等好事？！不不，这一点都不好，安若希明天不能过门了，是这意思吗？

谭氏瞪着眼前的薛氏，薛氏回视着她，双目通红，显然方才痛哭过一阵。

谭氏对付薛氏是有计策的。她让下人将薛氏叫来，却不让她进门，只晾在屋外头，让她看着一个又一个相关的仆役丫鬟被带进屋里问话。待全都问了一圈，钱世新领人来了。谭氏又与安荣贵见钱世新去了，薛氏被罚站似的，看着他们来来往往。

钱世新带来了仵作。仵作验尸很快有了结果——安之甫是溺水身亡。其后脑有处撞击的伤处，有可能是被人打的，也有可能是落水时撞到的。

捕快和钱世新去了池塘查看，未看出什么来。没有搏斗挣扎的痕迹，没有血迹，亦没有找到凶器。

池塘边上有根长长的粗壮棍杈，斜靠着岸，一半落入水里，一半在岸石上。钱世新拿起棍杈看，上面也没什么特别。安府的仆役说，这是用来捞落叶和池塘垃圾的，平时就放岸边，也未有特别安置。

安荣贵道:"我爹会水,可他中午确是喝了许多酒。"

谭氏道:"若是自己摔的,不是该前额撞伤吗?"

仵作道:"若是转身离开时踩着石子或是木棒往后摔倒,那后脑砸到石块,落入湖中,亦有可能。"

一旁捕快查看完毕,报来:"未看出什么可疑之处,不是被人推下去的,便是自己滑倒摔了。"反正都有可能。

钱世新沉吟了一会儿,问谭氏可有人看到经过。谭氏道问到现在,还未有人言称见到。钱世新再问,最后一个见到安之甫的是谁?

"是三房薛氏。午膳后老爷去她院子听三姑娘弹琴去了,在她那儿又用了些酒菜。"谭氏答。

钱世新眉角一动,表示自己先去见过李成安,看看他的调查情况,然后去见一见薛氏。

谭氏自然无异议。钱世新走后,她回到院子,薛氏还在她屋前老老实实等着。谭氏摆足威风,甩袖哼声,喝令薛氏随她进屋。

进得屋来,谭氏观察着她的表情,薛氏略有不安,但也显得颇不服气。双目通红,目中含泪,悲伤得很是真切。但不知是觉得自己委屈了悲伤,还是为安之甫的去世难过。

"我再问你一次。"谭氏冷道,"老爷从你院子离开,你送老爷去了哪儿?老爷最后说了什么,做了什么?"

"夫人。"薛氏应道,还未开始说,就被谭氏打断了。

"你仔细想好了再说话。我可是将仆役丫头婆子们都问明白了。方才钱大人也已经审视清楚,事情究竟如何,我们心中有数。让你说话,是再给你一次机会,你好自为之。"

"夫人这话是何意?"薛氏一脸惊讶,"我送老爷到了哪儿,老爷怎么吩咐的,我不是已经告诉过夫人了吗?何谓好自为之,我如何不好自为之了?给我什么机会,我又需要什么机会?夫人说话夹枪带棒,从前便罢了,如今老爷刚过世,夫人当家做主,大公子掌家握权,夫人便这般迫不及待地欺负起我们母女了吗?"

她顿了一顿,抬起了下巴,傲声道:"夫人本事,我是没有的。但若是夫人想这般给我们母女身上泼脏水,借机撵走我们,我可是不会答应。"

谭氏气得一拍桌子站了起来:"你这泼妇,满口胡言。你若不心虚,胡说八道这些做什么?究竟谁往谁身上泼脏水!你以为你诬我有这些心思,便能逃过去了吗?全府上下,最后见到老爷的就是你。好端端的,撇开仆役,非要自己送老爷回房,却又说送到一半老爷让你回去。老爷如今出了事,不是你有鬼,又会有谁！就算不是你亲手所为，亦是帮凶。你且从实招来，免得受那皮肉之苦。待押你去了官府，一顿好打，你还不是得口吐真言。"

薛氏也一脸怒容，上前一步，喝道："谭氏，你血口喷人！若有哪个仆役见着我害了老爷，你不用捕风捉影胡乱猜测，让人证出来，直接押了我便是。只是这人证真假，你可得负了责任。再者说，用不着到衙门对我用刑，这府里头如今你最大，你打死了我，谁又敢说什么？将我押到衙门去，我口无遮拦说漏了话，反倒是不好了。"

谭氏一愣。

薛氏见得她表情，压低了声音："夫人，大公子伤过的人命，夫人打死的婆子，老爷买卖里的不干净，还有段氏的死，没有不透风的墙。如今这城里，并非钱大人一手遮天，还有巡察使鲁大人、紫云楼蒋将军都在盯着，夫人若是要害我，我反正是一死，上了刑受了罪，我只求自保。死便死了，这个家会如何，又与我何干！"

谭氏瞪着她。

薛氏再上前一步，握住谭氏的手："夫人，老爷突然去世，我心亦悲痛，我刚才那些都是气话，我与夫人一般，怒急攻心，口不择言。如今这个家没了主心骨，全靠夫人与大公子撑着了。二姑娘嫁了，我那兰儿也嫁了，我在这府里也没什么好待的。剩下五房那小子，四房那小丫头，这全家不是夫人说了算嘛。夫人你想想，你在这关头将我打压害死了，又有何好处？一家子死两个，不清不楚的，二姑娘的婚事还能行？兰儿的嫁事还能行？不全是大麻烦压在夫人头上。坊间怎么传？大人们怎么审？老爷死了，我得到什么好处了？反倒是夫人和大公子，整个家都是你们的。"

谭氏瞪着薛氏，似不认识她一般。这是那个墙头草贴皮泥，只会随势起哄占小便宜的薛氏？可她说的每句话都是对的。

论事实，薛氏最可疑，但论结果，却是她谭氏最可疑。

安之甫一死，最大的受益者，就是她这当家夫人了。

有可能是他杀，也有可能是意外。她若是不依不饶，最后是何结果，还真是不好说。

谭氏缓了缓心神，拉着薛氏坐下："你说得对，我们都莫要口不择言。老爷去世，家要塌了，这种时候，最是该齐心协力的。"

"夫人。"薛氏含泪欲泣，一脸感动，她吸吸鼻子，低声道，"夫人最紧要的，是快些安抚住五房那个。她一直指望着她儿子长大成人后仗着老爷的喜爱夺得家产权势，如今老爷死了，她可莫做出什么傻事来。咱家里，如今切不可再出乱子了。"

谭氏点点头，确是不能再出乱子了。这个家，现在是她的了。

钱世新这边，正与李成安仔细商议。李成安确定安排在婚礼里的计划并无外泄，一旁的安荣贵也说他与父亲也绝未与外人说过。而宾客方面，来的人虽多虽杂，但每个都是清清楚楚的，没有混入不相关的人等。

"钱大人觉得，有人谋害了我父亲？"安荣贵的悲愤可不是装的。

钱世新摇头，其实安之甫怎么死的不重要，为什么死才是关键。若是因为婚礼计划的事走漏了消息，那便有可能，段氏之死的真相也会泄露。

钱世新回到堂厅，谭氏带着薛氏过来。钱世新仔细询问了一番，薛氏话说得明白，谭氏也在一旁帮着证实，仆役丫头们都问过话了，事情确是如薛氏说得那般。

钱世新又叫那安若芳来问话。安若希带着妹妹一起过来的。安若芳早哭成泪人，显然吓坏了。钱世新问的话，一半是安若希替她答的。姐妹两个这日就未分开过，自然也没什么可猜疑之处。钱世新纵使怀疑静缘师太，也没法探查出什么来。

事情最后不了了之，衙门以安之甫酒后失足意外溺水身亡结案。安薛两家婚事暂时停办，婚礼变了葬礼。

谭氏做主，当日便与薛家再议婚期，择了四月三十日，恰好一个月多五天。

安若希哭湿了枕头，她没把握，她的墓碑上，还能写上"薛叙然之妻"几个字吗？

薛氏得了谭氏承诺，可于头七过后亲自带媒婆子去一趟祁县，商定安若兰与杜家二公子的婚期，热孝期内将婚事办了，以免后患。薛氏不动声色，踏踏实实帮着谭氏里外打点，很是殷勤能干。

紫云楼里，蒋松得知了安之甫的死讯，气得猛踹椅子，他都准备好了要在婚宴上找由头猛揍那安之甫一顿，竟然不给他机会。

古文达待他发完了脾气提醒他，既是命案，便该去安府查一查。

于是安府刚被衙门官差查完，又迎来了紫云楼的官兵。古文达趁乱单独见了安若芳，这也是要来安府查案的主要目的。

安若芳哭惨了，她真心没想到会是这样的结果。她真心想要自己报仇。她问古文达："大人，我爹竟这般死了，我娘的冤屈如何伸？"

古文达答不出，他只得提醒她："孩子，你两个姐姐都要趁热孝期内嫁出去，你家夫人可不是什么善主，到时家里只剩下你一个姑娘了，你可得当心些。"

安若芳抹十眼泪，无心思虑这些。现在就算是钱裴回来了，她也不觉得害怕。

钱裴确实打算回中兰城，那什么西江太远了，又是穷僻地方，他不喜欢。他也不喜欢被别人控制的感觉。什么西江隐居，不是他挑的，他不想去。他觉得他儿子就是不明白，姜是老的辣，若没有他在旁边为他打点，他定是会吃亏的。

所以钱裴的计划是，在牛山就离开囚队，先去桃春县避一避，然后神不知鬼不觉地回到中兰城。他早已经嘱咐好了他的人手，囚队的衙差也听他指令。

到了牛山，会有囚犯逃队，混乱之中，数人失踪，他正好是其中一个，这般便好。

一路顺利，近牛山时，沿途乔装成农户保护钱裴的护卫找机会悄悄潜近，他告诉钱裴，发现有一队人跟踪，不清楚来路，但似乎来者不善。

密林里，宗泽清的探子回来向宗泽清报，钱裴自己有一队护卫，看起来有计划逃脱。另外还有一队人跟踪囚车队，不清楚来路，但似乎来者不善。

宗泽清觉得自己既倒霉又走运。倒霉的是，也不知怎么地，明明自己这般骁勇善战，将军却总给他派些琐碎奔波的活。明明从前总是让他打前锋，来平南郡之前的粗略安排也是说好了，他擅水战，届时战起，让他于四夏江主前锋。后来计划有变，早早把他派到石灵县做前期的埋伏安排，这虽然是委以重任，但不该轮到他啊。他这么睿智圆滑，反应敏捷，该让他与细作周旋才是。

但宗泽清觉得自己很走运。县令和乡亲们都非常好，任务完成得很圆满，而且一举拿下九千多人，稳稳当当全部围堵困住，这委实是他的大功劳。宗泽清这般一想，又觉得将军真是有眼光会用人。

如此立了大功，却没能好好休息，又将他派入了南秦，说是随时有状况需要他接应。最后他及时救下了谢刚和南秦德昭帝。时机赶得刚刚好。宗泽清又得意了，觉得自己真是牛了个大掰，屡建奇功啊。

可回到军营，屁股还没坐热，话没说上两句，又被支回中兰城。让他领人在城外候着，莫要暴露身份，隐匿好行踪，随时等古文达的消息。这一回，让他抓钱裴。

宗泽清紧赶慢赶，就这么走运，刚安排就位，古文达传的消息就到了。于是一刻不停歇，又奔波在了跟踪钱裴的路上。但居然有另一组人也在追踪这囚队，让宗泽清有些意外。

也是盯上钱裴了？宗泽清想起龙大的一番嘱咐，于是让兄弟们藏好行踪，按兵不动，且看看究竟会发生什么。

　　钱裴这头也是不动声色，一路小心观察，未见异样。到了牛山，见得手下人埋伏就位，便与衙差打了个眼神。衙差遂安排大家休息，开了车门赶囚犯们下来，一些绑在车辕辘上，一些押着到林子里方便。其他衙差也抓紧机会坐下喝口水。

　　钱裴就在那些去方便的囚犯里，他一路嚷了好几句憋不住，等的就是这个机会。

　　行到林中，突然跳出来几个蒙面大汉，大叫着交出财物否则纳命来。喊完之后那几个大汉一愣，似乎这才发现劫错了人。衙差和囚犯们更愣，见过蠢的，没见过这般蠢的，这打劫的时候还兴闭着眼不成。没看见穿着囚服衣衫褴褛吗，这像是值得打劫的样子？

　　愣完之后双方开始骂娘。蒙面大汉们互相指责愚蠢，但既然被衙差发现了，这人不得不杀。衙差一听，拔刀相向。囚犯们大叫着四下逃窜。衙差又要截住逃犯，又得与劫匪相拼，一时间手忙脚乱，大声呼叫增援。劫匪们又要杀衙差，又得杀逃犯，也是忙乱。

　　林外的衙差听到呼喊，慌忙赶了进来。只见林中一片混乱，伤的伤死的死，劫匪们已然逃窜。一点人数，少了五人，受伤倒地的衙差喊着，谁谁谁逃了，谁谁追去了。

　　过了好一会儿，两个衙差受了伤回来，抓回了一名逃犯。他们说追着逃犯到崖边，他们竟敢顽抗。有一名砍死了，一名摔落山崖，定也是死了。而劫匪全跑了。

　　"摔落山崖的是何人？"

　　衙差一脸紧张："钱大人的父亲。"

　　衙差们面面相觑，这确是难办了。钱大人乐意自己父亲被流放是他家的事，但他父亲死在半路了，且还死不见尸，这如何交代？

　　钱裴甩开手上枷锁，在手下的带领下快速在林中穿梭，很快穿过山林，到了后山的一条小道上。他站在林边左右张望。手下从路边停着的马车上拿下一套衣裳，过来与他换上。五个人围着他一通收拾，然后三人簇拥着他往马车走，另两人拿着他换下的衣裳潜入山林，似是回去打点好局面。

　　钱裴上了马车，车子很快驶动起来。驶出了小道，过了牛山地界，转入一片竹林。

　　林中突然飞出箭矢，擦过护车的手下脸庞，射中车身。

众人大惊失色，急忙停下，寻遮蔽物躲藏。更多的箭矢射来，"咚咚咚"地扎在马车上。众手下一边挥刀挡箭一边退散，很快躲得不见人影。

而马车里头丝毫没有动静，钱裴该是知道受袭，不敢下车。

箭矢停下了。很快，一群蒙面人出现，围着马车迅速靠拢。一人在马车门前打了个手势，用力一把拉开车门，正待往里冲，却是"啊"的一声惨叫，被车里刺出的一剑洞穿心口。

其他人见此情景大惊失色，最靠近的两人忙朝着车里攻了过去，不料同一时间，马车里却跃出了五人，朝着蒙面人打了过来。

车门洞开，车里头又哪里有钱裴的踪影。

方才四下逃窜的护卫此时也已然回来，悄无声息将蒙面人包围了。

不远处，伏在暗处的宗泽清津津有味地看着两派人马打成一团。不得不承认钱裴还真是颇有几分狡猾的。这招金蝉脱壳，无论他的手下是输是赢，他都得以脱身了。

两边很快打完，两败俱伤。钱裴的人马抓到两名俘虏，其他未死的拼命奔逃，钱裴的人也未追，带着俘虏赶紧离开。

宗泽清打了个手势。他的人散开，分两路跟踪去了。这时候奔来一人相报，钱裴穿着护卫的衣裳，穿过林子上了另一头的马车，朝着桃春县的方向去。

宗泽清检查了一番地上的死人，确实没活口，于是也往桃春县去。他信心满满，这么多大事都办好了，抓钱裴，小事一桩，定会让将军满意的。

石灵崖军营，安若晨正在校场练习马术。战鼓与她的配合越来越好，安若晨甚至学会了在马上射箭。

这个会，仅限于箭能射出去了。教习她的兵士称赞她学得快，安若晨很不好意思。她微笑道谢，看着对方红了脸的模样，想起田庆大大咧咧的豪迈直爽，又想起仍重伤卧榻的卢正。她妹妹的解药，她仍想不到能放在哪儿。但她拿不出实质回报，从卢正嘴里问不到了。

"嗯哼——"

一声重咳将安若晨从沉思里拉了出来，她听到兵士恭敬喊着："将军！"

安若晨转头看，果然是龙大。

"将军。"安若晨招呼着。龙大昨夜未归，也不知忙什么去了。

龙大挥挥手打发兵士走开，侧头看着安若晨。

"将军忙完了？"安若晨客气问，知道将军忙不完，不止不完，看上去事情似乎越来越靠近紧要关头了。南秦大使来了，请求休兵停战，而军营上下却越发紧张，操练更强，盘查更严。

龙大忽地翻身上马，与安若晨挤在一起，将她搂进怀里："一回来就看到你凝视着脸红的年轻小伙儿，心情颇是不好。"

"将军。"安若晨没好气。她家这将军哪儿哪儿都好，就是爱装。撒娇也不是正经撒娇，埋怨也不是正经埋怨。

"告诉我你方才是在想我我就原谅你。"龙大语气威严，安若晨却叹气，她伸手覆在龙大搂着她腰身的手背上，问："出什么事了吗？"

一有紧张局面就爱调戏人，一思虑焦急就要给她画个眉抹个唇的，这毛病也不知道是怎么养出来的。

"夫人。"龙大捏她的腰，安若晨痒得缩了缩，"夫人得配合为夫，这话才能接下去呀。"

"将军，我方才在想你。"安若晨忍不住做了个鬼脸。

"我也想你。"龙大靠着她的头。再不说话。就这么静静坐在马上不动。

安若晨等半天，等急了："然后呢？"不是要接话吗？话呢？她一点都不想杵在这儿演恩爱给兵士们看好吗！

"然后得回帐里收拾行李。"龙大一夹马腹，带着安若晨回营帐。

"将军让我回中兰吗？"

"不，是我们得一起带南秦使节去茂郡通城见梁大人。"

"我也去？"安若晨很惊讶。她问着，被龙大拉进了帐里。

"梁大人说，我成亲了，他还未见过你。"龙大摸了摸安若晨的脸，"我也不放心将你独自留在军营里。"

安若晨看着龙大的眼睛，整理下思绪："将军带着南秦使节过去，然后东凌的使节也会去，大家须得在通城谈判是吗？"

"差不多是这意思。梁大人来信，之前在通城发生的屠杀使节的案子他查出来了，凶手是东凌买通的游匪。他们与在平南边境杀人劫货的是同一批人。那些人犯案后，便逃回东凌境内。接到新的任务，再潜入大萧。"

安若晨皱起眉头："那梁大人可有说，东凌为何如此？"

"只是派人过来传令，未有细说。但提了一句，这事朝廷里有人参与。"龙大挑了挑眉头，"往白了说，这是谋反。"

安若晨看着龙大，他并没有惊讶的样子，似乎了然于胸。

"梁大人说恐怕我与他都有危险，须得细细商议，嘱咐我将你带上。"

"确是会有危险吗？"安若晨问。

龙大笑了笑，抚抚安若晨的脸："从我决定要做武将那日起，便有危险。从我接旨来中兰的那天起，便有危险。你不是早知道？"

她知道。安若晨白了她家将军一眼："这是关怀问句。若将军知道细节，便告诉我让我有个心理准备，若是将军不知道，便说些安慰话回应我的关怀。"

"我安慰了呀。"龙大一脸无辜，"我不是说了，哪儿哪儿都危险，所以无须忧心。"

"这安慰颇有效。"安若晨回道。

龙大哈哈笑，将她搂进怀里："最危险便是我遇着你的时候。"

她又不是刺客，是有多危险？安若晨掐将军的腰。龙大把头埋在她颈窝，沉声道："糟糕的是，我那时候还不知道原来这般危险。不然……"

不然如何？

龙大没再往下说。

安若晨抱着他，也没问。她在想，若是当初她知道得将军施救日后会经历这些，她会如何？她觉得一切应该没什么变化，因为那是她唯一的出路，除此之外别无选择。

"你在发呆？"龙大忽然问。

安若晨愣了愣，他抱着她，没看她的脸，如何知道她发呆的？

"发什么呆？"龙大再问。

"想将军。"

龙大抬起头来看着她。那目光深邃，如潭水一般，却是温暖的。安若晨觉得自己沉了进去，被那暖意包围。

"所以……"龙大似按捺不住，低头下来吻了她。他呢喃的话尾安若晨听不清，是什么真危险还是真心什么。这个吻极温柔，让安若晨觉得这才叫"安慰"。

龙大吻完她，抬头看她，又将额头抵在她的额头上，微喘着气道："你这么看着我……"

安若晨动动眉头，她怎么看他了，她都没怪他那么看她呢。

"在出发前我们还有些时间。"

什么？安若晨吃惊："要走得这般急？"

龙大一副安慰口吻："无妨，为夫可练练速战速决。但这不是为夫的真本事，你莫误会便好。"

安若晨还在想这般着急后头隐藏的意思，是梁大人着急，还是将军自己着急，抑或是情势里有什么急迫处，待发现龙大又吻上来，大掌也抚上她的肌肤，她这才反应过来龙大最后那话的意思。

"将军！"安若晨咬牙，一是着恼，二是怕自己叫出声来。

既是事态紧急，怎地会有这心思！男子脑子里想的与女子就是不一般是吗？

"嘘，你小点声。"龙大将她抱到了床上。

"将军！"

"到了那儿，恐怕没法安心亲热。"龙大咬她的耳朵，很熟悉她的各种反应。

安若晨涨红了脸，她这会儿也没法安心亲热。但来不及了。她咬着唇，后又觉得委屈，干脆咬住将军肩头。

龙大一边占领，一边在她耳边轻声细言。安若晨听着听着，听明白了。这是她先前问他的危险，她说若他知道些细节便告诉她，若不知道便安慰她。他是不知道细节，但他有推测，他就这么一边"安慰"着一边将推测告诉了她。

安若晨咬得更用力些。都说武将是莽夫，她原是不服气的，她觉得她家将军不一样。但如今她觉得这话有道理，她家将军何止莽夫。跟他在一起不但得有胆子，还得有气度才行。若不是腿圈着他的腰，她真想踹他两脚。什么时候该干什么事分不清是吗？有这么混一起胡来的吗！

可是越生气就越热情，她感觉整个人要烧起来了。

到了最后，龙大在她耳边道："我知你惦记你妹妹的毒。南秦皇帝是重要筹码，亮他出来才能诱卢正说更多。但这筹码还不到用的时候，还有许多事要做。你莫着急，再给我时候。"

安若晨应不出话来，怕一张嘴便喊出来，只得点头。

龙大看她的模样低声笑。笑得她决定，一会儿一定要踹将军两脚方能解气。

前线正式停战，龙将军带着将军夫人与南秦使节一起去茂郡见梁大人的事不是秘密，事情很快传到了薛叙然的耳朵里。

没结成亲，没娶上夫人的薛叙然一肚子气，听得消息，思虑半晌，做了个决定。

薛叙然去找安若希。

此时安家正为安之甫的头七法事忙碌准备。安荣贵与谭氏还忙着打点安家各商铺生意，与各掌柜盘点买卖，安抚伙计。因安之甫死得突然，并未立下遗嘱，家产怎么分配，各铺子买卖权利的归属均未做安排，五房廖氏感到了极大的危机。在安荣贵与谭氏忙着巩固家中财产势力的时候，她找来了各房亲戚叔伯，借着为安之甫办丧的机会，带着儿子安荣昆与各房叔伯的拉关系套近乎，哭诉老爷一死家中无人做主，他们母子日后竟不知容身之处在何地。又暗示谭氏与安荣贵借此霸占家产，若无人阻止，恐怕日后还会加害儿子安荣昆。

各房亲戚叔伯平素与安之甫也是生意往来，各有各的算盘，还有些买卖上的酒肉朋友也借此搅了浑水，打着廖氏和安荣昆的名义也想来分一杯羹。于是谭氏、安荣贵与廖氏及这些人吵个不停。廖氏带着安荣昆一哭二闹三上吊，跟安之甫是被谭氏母子谋财害命似的。

这时候，薛氏等人自然是站在了谭氏这边。薛氏与谭氏道你瞧我当初如何说的。谭氏再不耐烦，不欢喜薛氏邀功的嘴脸，但也得买她的账。她需要薛氏的支持。于是互相说些好听话，商议好周旋对策。家里丧事里外交由薛氏掌办，谭氏专心应对家产之争。府中再无人提什么最后见到老爷的是四姨娘这类的话了。

安若芳乖巧安静，不争不闹，仿佛家中最卑微弱势的就是她这孤女，有她安身之处，管她温饱便好。没人注意到钱世新的耳目李成安一直暗自观察安若芳，除了安若芳自己。

李成安也是无奈，家产之争本与他无关，但他的身份是安荣贵的先生，安荣贵拉着他一道商议处置那些烂事，李成安一个头两个大，正事被耽误了不少。他也曾问过钱世新，安之甫已死，安家可还有用处？

钱世新答道："安若芳不是还在吗？静缘师太未死，安家就还有用处。你盯好那小的，安之甫之死还不知是否与静缘有关。毕竟她问过段氏之死的真相，也不知是不是她为安若芳报仇来了。"

虽说那姑子伤重，按常理一时半会儿不会冒险犯事，但静缘不是一般人，不能以常理判断之。

如此这般，安家鸡飞狗跳吵闹不休，一边治丧一边争产，惹得坊间议论纷纷。这光景下，薛叙然的突然来访让安若希吓了一跳。虽然薛叙然之前对婚事表现得颇为坚定，但安若希一直没甚信心，坊间难听话听多了，总会有些担忧。

"你这是什么表情？"薛叙然瞪她。这姑娘让人每次看见她都想骂骂她是什么本事？

就是明明说好了一定会娶她，让她墓碑上能写上薛叙然之妻，所以如果他反悔了她会想打他的表情。安若希清了清嗓子，道："见得公子来探望，很是欢喜。"

薛叙然一脸没好气："你家里这几日名声响亮，快被人踩破门槛了，我可不想凑这个探望的热闹。我是来知会你一声的。"

安若希心里咯噔一下，把拳头藏在了身后，克制，坏脾气得收一收。她舍不得打薛公子。

"我要去一趟茂郡通城，听说你大姐和龙将军要去那儿。"

安若希很惊讶："做什么？"

"自然是去问他们要解药。"薛叙然白了她一眼，这笨蛋，难道真的打算就在家里等死不成？自己的命，自当自己努力去救一救，还真等她那个没良心的大姐把解药送过来吗？先前他们在军营，他还真是不好见。如今去了通城，倒是机会更大些。

"原是打算成亲了，用出去玩耍的名义带着你一起去。但如今既然婚事推后，可等不到你过门了，没法带上你，我自己去。"薛叙然粗声粗气老气横秋地说，"你给我听好了，你家里头那些乱七八糟的事儿你别管，你就老老实实地等着我回来，一定让你安安稳稳地过门。那些铺子归谁银子归谁都与你无关，就是嫁妆也不稀罕，人平安最重要。"

安若希听得心头发热，最后一句却是不依："那不行，谁动我的嫁妆我肯定不能饶他。"

薛叙然真想敲她脑袋，那些身外物重要吗？重要吗？！他真的敲了，喝她："重复一遍，我跟你说什么了？"

"你说婚后带我出去玩耍。"安若希抿着嘴笑。

"……"薛叙然噎了半天，行，这话当他说过，他粗声粗气道，"与你没什么可说的了。你那个讨人嫌的妹妹呢？"

"你要见我三妹？"

"更讨人嫌的那个。"

"最讨人嫌的就是我三妹。"安若希对此非常坚持。

薛叙然又想敲她了："你四妹，叫她过来。我有话说。"

安若希答应了，但转头又警惕起来。

"干吗？"

"我四妹貌美。"

"你最美。"薛叙然咬着后槽牙说。

"那行吧，让你见她。"

安若芳来了，张嘴便喊："二姐夫。"

这叫得安若希心生欢喜。而薛叙然端起了姐夫架势，一番交代。他有事要出远门，让安若芳帮着照顾她二姐。要是有什么人欺负她了，需要外头帮助的，让安若芳机灵点跑跑腿，到薛府求救去。

"有些事你二姐身份不方便去做，丫头也靠不住，你却是可以的。反正是孩子，也没人好与你计较。"

薛叙然话中带话，他知道安若芳听得懂。安若希也觉得听懂了，心里更是欢喜。她出去招呼丫头准备些礼物，好让薛叙然带回家中给薛夫人。

薛叙然趁机飞快问安若芳："你爹的死，怎么回事？"

"不清楚。"安若芳答。

"不会是你那个什么恩人来了吧。"

"不是。"

"你爹打算婚礼上谋害蒋将军的事，还有谁知道？"

"该知道的都知道了。"安若芳低头小声道。

薛叙然静默看着她，想了想道："之后有谁与你说了什么吗？"

安若芳摇头。

"钱世新那头有何表示？"

"没什么表示。"

薛叙然抿抿嘴，那好吧，就算安之甫之死是有人故意为之，眼下看来也不会有什么后患会祸害到安若希身上。

"既是没人说话，你就当不知道这事。谁也别再说了。小小年纪，别管大人的事。你护好自己就行。"停了停，再补一句，"还有护着你二姐些，她脑子笨，不似你们这般狡猾。待她过了门，就不劳你们操心了。"

安若芳眨了眨眼睛，答应了。她觉得二姐夫其实也没有那么聪明。二姐若是笨，能在家里把众姐妹欺负下去吗？在他们安家，好人与笨人都不好过。

安若希回来，看到薛叙然与安若芳相处和睦，很是开心。那笑脸又遭了薛叙然嫌弃。

薛叙然走时，安若希送到大门外。问他何时启程，嘱咐他注意身体，多带些人。絮絮叨叨说个没完，最后薛叙然不耐烦了，安若希却又想起件重要的事："通城有多远，你会去很久吗？一个月内会回来吧？一定得回来啊，要不就见不着我了。"

"再唠叨我就不回来了。烦人。"薛叙然板脸给安若希看，净问些蠢问题。

他上了轿，没有听到安若希招呼离开的声音，正想掀轿帘看看她如何，轿窗这边突然探进来一个脑袋，吓得他一哆嗦。

"薛公子，我可欢喜你了，就像你欢喜我一样。"安若希嘻嘻笑着，说完就跑。

薛叙然愣了愣，反应过来她的话急得跳脚，谁欢喜她了！不害臊啊！给他等着，待他找到安若晨问个明白，拿回解药了再收拾她。

钱世新正打算收拾人。他的目标是姚昆。

大局计划已经走到关键一步。南秦易主，接下来议和后将与大萧一同讨伐东凌。朝廷里也会风云变色，动荡波澜。包括龙大在内，拦路的，危险的都会被灭除更替。只是大人们没有与他多说细节，只与他保证，平南郡会是他的。

朝廷里的派系可不止于京城，在这边境重地自然也是需要拉拢人脉。他钱世新是被拉拢的一个，先踩上太守之位，之后一步一步，再向京城而去。

如今大人们的权位计划第一步已经达成，而钱世新需要确保对他的计划不会生变。除了他，太守没有第二人选，这样才是最稳妥的。

姚昆不死，实难心安。

被逼到绝境的人是最容易收买的，所以若是这时候鲁升向姚昆示个好，钱世新恐怕自己地位不保。虽然他们撇下他的可能性不大，但钱世新还是警惕，得确保这种可能不存在，他必须要让自己是有用的，并且是唯一能用的那个。

姚文海一事是他失手，老天送给他一个大好机会他没有把握住。至今还不知道究竟是谁横插一杠。但无妨，他还有另一个筹码。而这个筹码，已经向姚昆亮了出来。

现在钱世新在等待着，等着姚昆自尽的消息。就算他不死，他也必能让他身败名裂、名誉扫地，这样的姚昆，自然是不能再做太守了，是一颗没用的棋子。

"我已拿到安家对龙腾、姚昆强抢民女的讼书，安之甫之死看来虽是意外，但最后必要之时也可栽在龙腾的身上。讼书便是他的动机。姚昆是其同谋，若他也死在紫云楼里，与我们对付龙腾大有益处。"钱世新与鲁升道。

对付姚昆的计划，他是坦白向鲁升说的，撇去自己暗地里的心思，其他的他悉数告之。这也是在试探——鲁升的态度，表示着他钱世新在这条船上的位置。

鲁升对钱世新的安排很是支持，他道："如今正是要对付龙大的时候。他带着安若晨去通城，这是向我们亮出了能拿捏他的筹码，最后就看棋盘上是什么棋局。姚昆会是我们重要的一子。但毕竟性命攸关，恐他不会乖乖就范。若姚昆不听话，你就把他丑事抖出来，让他成过街老鼠人人唾弃。到那时我们再动手，做成他自尽的样子。他迫于压力，羞愧而死，也是合情合理。龙大失去了一个重要人证，许多事他都百口莫辩，他侵占人妻的铁证就在身边，到时也无须别的什么，皇上盛怒之下想怎么处置就怎么处置。"

钱世新安下心来。这般甚好。他觉得满意。

至于姚昆究竟会不会自我了断，以钱世新对他的了解，姚昆太在乎别人的看法，太看重家人，他觉得姚昆会动手的。

姚昆确是很想动手，他原以为，待逼到了这个份上，自尽这种事也不是太难。但其实很难。他如针刺心，煎熬痛苦。想象着蒙佳月和姚文海知道真相后看他的眼神，他真想一死了之。

若不是龙大也威胁了他。

只差一点点。

姚昆辗转反侧，数日难眠。他也不知该感激龙大还是该怨恨他，是他在后头推着他逼他面对这个现实。他躲在假象之后藏了十七年的现实。

姚昆终还是屈服了。向龙大屈服。反正最后的结果都是一样的，他丑陋的面目终会被揭穿。由谁来揭都是揭，他决定选龙大这边。

姚昆忐忑不安，将蒙佳月与姚文海叫到了紫云楼。

"有些话，我想亲口告诉你们。虽然难以启齿，但与其让你们从别人嘴里听来受到伤害，不如我自己来说。"姚昆还未进入正题，就已然哽咽。

他这般模样，将蒙佳月与姚文海吓着了。

姚昆看着他们，不自禁双目含泪。他拼命忍住泪水，再道："不，其实也不是这般。我不是因为这个原因才与你们说的。若我能够选择，我宁愿将这件事带进棺材里，假装它从来都没有发生过。可惜我不能如愿。我是因为被威胁……"

姚昆哽住了，泪水终于滑下脸颊，他伸手将蒙佳月抱进怀里，将脸藏在她的颈窝处，哽咽道："我把真相告诉你。我不敢求你原谅，你便当我已经死了吧。"

钱世新听得手下来报，说蒙佳月与姚文海去了紫云楼。钱世新心里一动，看来姚昆想了两日终是有了决定，只不知这决定是如何。待看了蒙佳月与姚文海离开时的模样便能知道了。

钱世新让人盯好蒙佳月，有情况速来报他。

这手下得令，前脚刚走，后脚又有衙差来报，这次报的事却是让他大吃一惊。流放容西矿区的囚队在牛山遇匪，衙差伤了三人，囚犯死了四人，其中一人便是钱裴。

所有的计划就是一样的，但是地点不对。明明该到了水莲镇才会遇匪，在水莲镇那处钱裴才该死遁。

钱世新横眼一扫其中一个衙差。那衙差是他安排好半途放钱裴的，见他望了过来便明白意思，忙道："大人，小的们该死，当时钱裴说憋不住，要方便，我们这才放他们到林子里去的。确是他自己要求的。"

其他衙差赶忙附和，称确是如此。

钱世新明白了。不由得怒火中烧，又是如此，那老头非要与他作对，非要自作主张。明明安排妥当，他偏不遵从。表面上应得好好的，实际自己另做安排。

钱世新将衙差们遣了下去，仔细想了想钱裴的话。现在也没有别的办法了，只有等钱裴与他联络，他才能知道他躲到了何处。

龙大带着安若晨到了通城。安若晨终于见到了闻名已久的梁德浩。

太尉大人，五十岁左右的模样，修剪整齐的胡须，炯炯有神的眼睛，仪表堂堂，文质彬彬，待人和蔼，说话亲切。这般模样与安若晨听了龙大所述之后想象得差不多。

梁德浩见了安若晨很是客气，嘘寒问暖，赠她礼物。安排了好些婆子丫头照顾，给她与龙大安置的屋子也是布置得极舒适。还说念她路途辛苦，免她拜见各官员，也不必与各官夫人应酬说话，甚至与南秦使节的洗尘宴等等都不必她出席。让她只管好好休息，吃的用的玩的，想要什么便与婆子说，休息好了，想出去走走也随她意。

龙大也不客气，让安若晨谢过大人，然后便由她休息去了。

安若晨回到屋里坐了会儿，真觉得累了。方才吃得太饱，这会儿看到床眼睛都要睁不开。她索性真休息，躺床上睡去。这一睡竟睡到深夜，醒来时发现天已黑了，外屋有人掌着灯，听得屋内动静，进来为她点灯，问道："姑娘醒了？饿了吗？要用饭吗？"

安若晨初醒有些迷糊，听得来人声音更迷糊，看到她的模样，一度还以为自己仍在紫云楼，然后她很快清醒，惊讶道："春晓？"

春晓比了个小声的手势，道："是我啊，姑娘。不，夫人。"

安若晨惊喜，拉着她的手仔细看："你怎会在这儿？"

"孙掌柜让我来的。"

孙掌柜该是指的玉关郡正广钱庄的那位孙建安掌柜。安若晨记得当初是让春晓出城向他报信，却怎地会听孙掌柜使唤跑到这儿来了。

春晓看了看外头，见得无人，便坐下与安若晨细细说。那时春晓派了两个男仆出城，引开了衙门的追兵，自己由招福酒楼赵佳华帮忙，平安到了玉关郡兰城。

春晓见得孙掌柜，将信给了他，把事情相报。原是想赶紧回中兰城给安若晨帮忙，孙掌柜却是不让。他说城中局势不明，她一个小丫头回来也是无用。春晓不服，说她冒险赶来送信便是用处，她虽是小仆，但也有忠义良心。

孙建安便道，那更该留下，忠义良心的人不能随便送死。然后孙建安派人打探情形，告诉春晓中兰城里发生的事，之后又与她道，他奉命得派人到茂郡做些安排，若春晓愿意，便可到茂郡来。春晓听说安若晨有可能到茂郡，这边的事又是极重要的，于是便请命过来了。

"姑娘的脾气我知道，若不是相熟的人，姑娘不会轻易信的。"春晓道，"有我在姑娘身边，姑娘自然会安心许多，办起事来才方便，对不对？"

"对。"安若晨很有些感动，"你受苦了。"

"不苦。"春晓两眼发光，精神抖擞，"就是当初去找孙掌柜时心中颇迷茫，有些害怕。不知道会遭遇什么。那会儿我就想着姑娘从前逃家时是不是也这般。后一想不对，我还有赵老板派人照应着，而姑娘当初只有自己。这么一比，便觉得无事。"

安若晨心头温暖，紧紧抱住春晓。

春晓难掩兴奋，将孙掌柜怎么派人带自己来的，怎么安排打点人脉，怎么混进了府衙都说了，然后问："姑娘，不，夫人，下一步我们做什么？"

安若晨眨眨眼，她哪知道，她都不知道原来这里这么多埋伏。虽然将军是与她说过些安排，但没讲得这般细啊。而且将军行事颇小心，没把握就不张扬，所有事都藏着自己慢慢剖。且他说话有时让人弄不清真假，不好琢磨。

"春晓，你与我仔细说说，孙掌柜如何与你说的，你行事听谁嘱咐，后头是何计划？"

春晓仔细说了一遍，道："后头没计划，就是一直等夫人来，说将军与夫人会来，就是时间的问题。之后要做什么，听将军和夫人吩咐。我先前在这儿也没什么可做的，就是把人都认清了熟悉了，让夫人来了，心里能有底。"

龙大在宴上已经看到了自家人的身影，眼神一碰，他心里也有底了。孙掌柜果然按嘱咐都办好了。

宴上龙大与梁德浩没能说什么正事，光听南秦那几个大使慷慨激昂控诉东凌的罪行，言称他们南秦是被东凌蒙骗，中了计谋，才会与大萧刀戈相见。东凌狠毒狡诈，肯定是想借此坐收渔人之利。梁德浩一番安抚，为南秦国君之死表达了遗憾哀悼，并称议和也罢，讨伐东凌也罢，事关重大，得好好商议。

龙大当着梁德浩的面再问南秦使节："贵国国君遇难真相，你们确实查清了吗？那东凌既是想从中挑唆，为何做出这等蠢事来？这岂不是暴露了自己，惹来祸端？"

梁德浩点头。

南秦使节丘平道："龙将军、梁大人，正如我等先前报的，东凌那使团喝多了说漏嘴，于是皇上对东凌质疑，宴中起了口角，皇上大怒之下称战事蹊跷，必要严查。要到前线来与大萧重启谈判。东凌那些人便觉得事情恐有暴露的危险，于是便想阻止皇上如此行事，再将刺杀皇上之罪嫁祸给大萧，结果被任重山将军撞破，双方打了起来，皇上中箭落水身亡。"

梁德浩与龙大对视一眼，梁德浩问："那么，如今是辉王暂代掌管国事？"

丘平忙应："确是。辉王派我等来，希望能与贵国澄清误会，停战和谈。共同讨伐东凌恶行。"

梁德浩抚了抚胡子，道："这事容我们禀了皇上再议。讨伐之事，便是开战之事，贵国与东凌的怨仇，我们大萧掺上一脚，似乎也不妥当。"

丘平忙施礼："大人，东凌害的可不是我们南秦一国，若无贵国相助，我们南秦与东凌讨不回公道，大萧又岂能安然？"

梁德浩不再言语，将话题转开了。

宴后，梁德浩与龙大关在一屋细商，头一句便点出南秦的心思："他们也不过是怕我们隔山观虎斗，捡现成的便宜。"

龙大不言声。

梁德浩道这事他已经写了奏折快马送到京城，朝廷那头的意思且等着呢。他须得先将边境这些事都处置了再说其他。"你那近万战俘不能久留，时间长了定有麻烦。"

"这不是要等大人的意思，若议和便得放，若不和便得杀。"

梁德浩皱起眉头："莫将杀人说得如此简单。"

龙大摊摊手，表示自己对这种事没意见，他道："说起杀人，当初在安河镇，我与大人会面之时，那些个刺客，大人审得如何？"当时梁德浩抓走两人，说要严审，挖出丞相罗鹏正谋害他的证据。

梁德浩道："我将他们抓了回去，还未等审呢，他们二人竟暴毙了。"

龙大问："那么可与罗丞相质问此事，刺杀重罪，难道就这般了了？"

"自然不能。但前线军情更是紧要。原想着待处置完前线之事，回朝后再好好参他一本。届时还得有你帮忙，你可证明我未曾诬陷于他。只是我未料到，追查使节一案，却又查出与朝中重臣有千丝万缕的联系。"

"大人觉得与罗丞相有关？"

"还未找到实证。"

龙大垂眸，沉吟道："我这儿倒是有条线索，只可惜也没甚用处。"

梁德浩惊讶，忙问："是何线索？"

"安河镇时，大人押着刺客走了之后，我发现地上有一刺客还未气绝，便问了他几句。他说未曾见过罗丞相本人，那时候拿银子过来找他们办事的，是一个叫陶维的中年男子。"

"陶维？这人是谁？"

龙大道："联络这等勾当，往往掩去身份换个假名。陶维这个名字，也没甚用处。"

"那刺客可认得那人，他可指证出来？"

"他伤势极重，说了这个后便死了。"龙大摇头。

梁德浩沉默，皱眉苦思。

京城。

春雨下了一日，石板路洗过一般，空气里也弥漫着清新的气息。市坊里人来人往，各家铺子卖力殷勤，雨后的生意颇为不错。一家瓷器铺子门前，掌柜模样的中年男子客气地送两位客人出铺子，客人道："陶老板请留步。那套花瓶来了，可记得帮我留着。"

陶老板满脸堆笑，点头答应。

客人走后，他站在铺子前左右看了看，转身回了店里。

在这铺子的斜对角，有家茶楼。二楼里雅间坐着两人，正透过窗户看着那瓷器铺子。

"就是他，那个叫陶维的？"坐左边的那位蓝裳华服贵气公子问。

"对。"右边穿白衣的公子应着，约莫二十左右的年纪。

贵气公子多看了陶维两眼，问道："你觉得，这是怎么回事？"

白衣公子笑道："我怎知道，我又不是朝中官员，哪晓得谁与谁斗，谁要害谁。"

贵气公子白了他一眼："少装无辜。你将这事儿告诉我，不就是想让我插一脚，为你们龙家做主吗？"

白衣公子又笑道："我们龙家有甚紧要的？最重要的是，皇上为了立太子之事，左右摇摆，改了好几回主意还未定下心来。朝中眼看着就要腥风血雨，一场大乱了。这个时节总得有人出来拨乱反正，为皇上解忧，让皇上安心。皇上一安心，主意就容易定了。殿下，你说对吧？"

三皇子萧珩沂轻哼一声，抬手给白衣公子倒了杯茶。白衣公子笑嘻嘻，拿起壶来也为三皇子倒了一杯回礼。

萧珩沂道："龙二，这点你就不如你大哥了。事情一二三四还未摸清楚，你就嚷嚷什么腥风血雨一场大乱，你这是想给你们龙家招祸是吗？"

"哪能啊。"龙二道，"我说的可都是实话。你们在朝堂上说话藏来藏去习惯了，事情如何大家心里有数。朝中人脉，一个拉着一个，一人出事，牵动一串，若是梁大人有个什么，受牵连的可不止三五人。我提早给殿下示个警，也是冒着极大风险的。"

"这事牵连最大的怕是你们龙家。"萧珩沂一下揭穿龙二的心思。至于他自己，哪边都不站，若真是出事，他也是隔山观虎斗，伤不着。

罗丞相与梁太尉势均力敌，还未有胜负，所以他还没有选定哪一派。一旦选错，皇位就与他无缘了。他对此等事小心谨慎，甚至与龙家的关系里，比起与龙大来，与龙二私下里走得更近。他可不像皇兄那般明枪明刀摆明面上对着干，他有他的策略。只是他也知道，朝中势力，终归有一派他是要选边站的，他得挑好了。

"确是会拖累我龙家，所以我赶紧来抱紧殿下大腿也是没错。"龙二喝口茶，"殿下莫要告诉我大哥，他最烦我这般没骨气了。"

萧珩沂再白他一眼，说得跟真的似的。谁不知道他们龙家三兄弟一条心，全家都一个毛病——护短。自己嫌弃自己家人可以，别人碰一指头就不行。龙二来找他一事，龙大怎可能不知情。非但知情，还很有可能是龙大授意。

眼前这事，关乎朝廷重臣，确有蹊跷。南秦易主，东凌诡谋，这边重臣闹着刺杀的把戏，要说掀起腥风血雨还真有可能。出头时机也罢，避祸保身也好，他提前知道了这事，总归是有好处。

"好，这事我记着。"萧珩沂话未多说，但龙二明白，这话里意思既是领了他的情，也是应允了帮忙打探打探朝中情形。

"那我便等着殿下的消息。"

中兰城里，钱世新也等到了消息。两个对他来说都不是什么好事。

先是姚昆那头，他的人来报，蒙佳月与姚文海离开紫云楼里双目通红，情绪激动。蒙佳月更是几近崩溃，靠着姚文海的搀扶才勉强走到门口上了轿。

这反应与钱世新来说大大地不妙，这表示姚昆自己与蒙佳月坦白了。这有些出乎钱世新的预料，他想了想，冷笑着，其实也不该意外，他爹爹和他都看错了姚昆，还以为他黏糊懦弱，把名节声誉看得比命重，却原来与其他人一样，不过也是个贪生怕死之辈。他们不该高看他的。

钱世新去太守府欲见蒙佳月，想探探究竟，但他吃了闭门羹。蒙佳月让管事朱荣转告，这府里上下，与姚昆皆无关系了，钱大人与姚昆有何纠葛自己处置去。姚昆是生是死，日后如何，皆与他们蒙家无关。

钱世新与朱荣对话时，看着朱荣的眼睛。那眼神里的愤怒真切，不似装的。朱荣是老管事，当初为蒙云山管家，从小看着蒙佳月长大。他从前恭敬称姚昆为大人，如今却直呼其名，且抬头挺胸地说着他们蒙家。这般看来，确实是知道了当年的真相，与姚昆决断了。

钱世新回到衙门，唤来手下，将之前他与鲁升商议的事嘱咐下去。

没过多久，市坊间里开始传，听说前太守姚昆的夫人蒙佳月与姚昆恩断义绝，是因姚昆竟是当年害死蒙太守的真凶。为了夺权篡位，霸占蒙佳月为妻，表面善良仁义，实则阴险毒辣，不但暗杀了人家的父亲，夺了太守之位，还欺瞒蒙佳月，假情假意地与她装成恩爱夫妻十多年。

此事一传开，全城震惊，有人不信，有人大骂。还联系起了这次刺杀白英大人的事，称姚昆的狠心肠果然藏不住，二十年后再现端倪，看来白大人之死确是他所为。

又有人大呼蒙氏母子可怜，哀悼万人景仰的蒙太守。

在群情激荡，争论不休的情势里，钱世新与鲁升开始筹划灭杀姚昆的计划。这其中钱世新还见了一次静缘师太，十日之期内，他得给静缘递消息，这事他可不敢忘。

再见静缘，她精神气色已是大好。钱山新暗暗心惊，这姑子真是个怪胎。

钱世新先是客气一番，问候静缘身体。静缘一言不发就拔剑。钱世新这才免了那些客套废话，直接与她说正事。

正事也不敢用些装饰词汇，直截了当地说他已取得了与辉王联络的办法。日后联络起来了，见机行事，他可向辉王查探当年案情的线索，但眼下不能操之过急，反而惹来猜疑。他希望静缘师太多些耐心。并言称自己在位越稳，越有机会与南秦走得近，与辉王和南秦里各头关系就越容易打点，到时查起事来会更方便的。

静缘看他半晌，问他："你就是想告诉我，有人想扳倒你，将你踢开是吗？"

钱世新小心道："倒不是要与师太诉苦，只是我确有自己的难处，但答应师太的事，我一定尽力而为。与师太说这些，是希望师太能体谅，莫要动不动就喊打喊杀。若是打杀能解决问题，师太也不必与我费这口舌，对吧？你我既是达成共识，就该齐心协力，师太要信任我才好。"

"好吧。"静缘师太思虑了一会儿，将剑收了起来，"你既是愿为我办事，我自然也予你方便。你有什么难处，告诉我便是。"

钱世新假模假样地道："确实有难处，但恐怕师太不愿意帮这忙。"

静缘师太很干脆地道："既是觉得我不愿意就不用告诉我了。"

钱世新噎得，这招屡次在静缘师太这处碰壁，看来是真不能用。他只得继续装下去："那我就先告辞了，姚昆那头正准备反击夺回太守之位，我得去应付他，师太的事情我也会上心打听，希望十日后我们再见时，我还在继续暂代太守之职，好为师太办事。"

静缘冷笑道："好的，你快走。到紫云楼送死这事我可不干，你自己好好解决。若你不是太守了，于我没了用处，我就去杀你。"

钱世新被噎得，半点反驳不得，被揭了皮似的难堪，只得讪讪离开。

回了衙门，钱世新将事情与鲁升说了，道静缘师太利用不上。鲁升哼道："原本就没指望那姑子，她不来添乱便是好的，你且将她稳住了，日后有了机会我们再灭了她。"

他细问钱世新可追踪到静缘师太落脚点，可曾与安府联络等等。钱世新皆是摇头。鲁升皱眉不满，钱世新心里亦不痛快。

转头钱世新就接到个消息，这让他更不痛快。

消息是一个叫吕丰宝的小厮带来的。

他风尘仆仆，自称奉了钱裴老爷之令，来给钱大人递消息。

钱世新从未见过这人，也未曾听说过他的名字。但这吕丰宝与钱世新对上了钱裴留的暗语，还带着钱裴的书信。钱世新打开信一看，确是钱裴的笔迹。

钱裴在那信上说，自己已经安顿好了，目前在一个安全的地方落脚，让钱世新暂时不要找他。倒不是信不过儿子，只是鲁升那人靠不住。他在信中说了自己半途遭劫的经历，声称抓到了劫匪，审讯之下，就是鲁升派去灭杀他的。

钱裴说这个叫吕丰宝的人是个生面孔，中兰城无人认得，只要钱世新不要与鲁升多言，没人会将这小子与死去的逃囚钱裴联系到一起。他让钱世新安顿好吕丰宝，有什么事便让他给自己递信。提防好鲁升，其他的事等他消息。

钱世新看完信，将信烧了。给吕丰宝安排了住处。想了又想，去找了鲁升。

鲁升对钱裴未死之事一定是知晓的。他的人没能办成事，没能回来，他自然明白刺杀任务的结果了。钱世新决定问一问，这里头究竟是什么打算。

钱世新没料到，鲁升竟然毫不遮掩，供认不讳，与他道：“你爹爹当真是有几分手段的，但越是这般就越危险。我未与你招呼便动手，也是不想让你为难。”

钱世新怒极反笑：“鲁大人这般说，我惶恐了。我不为难，但是否该做好与我爹爹一样的准备？”

鲁升道：“你如此说，便是还不明白情势。你爹爹与屠夫一般，都是极危险的人物。”

钱世新怒道：“他们有何一般的？”

“都是南秦那边的人。”鲁升道。

钱世新一愣。

鲁升看着他，道：“你一定要分清楚，我们与辉王合作，是利用他，而不能只被他利用。你是我们找的人，是我们看重的，对你也是委以重任，期望甚高。而你爹爹，是辉王的人。这么多年来，他一直与南秦与辉王有着紧密的联络，他不止把南秦的消息带到大萧，也把我们大萧的消息给了南秦。从前也就罢了，因为我们大家在做同一件事。但如今走到这一步，辉王已经达到他的目的，而我们还没有。所有辉王的人，都必须铲除。辉王于我们大萧里的耳目必须灭掉。辉王只得直接与我们联络，我们想让他知道什么，就让他知道什么，我们不想让他知道的，他就不能知道。”

钱世新心里一紧，他明白了。

“你不用提防我，你该提防的是你爹。平南郡是你的，这件事已经板上钉钉，我与大人都能确保你日后飞黄腾达，但你爹却不这么想。他认为你就是他儿子罢了，他认为你什么都得靠他。他甚至觉得我们找上你是因为他的缘故。他搞不清楚自己的位置，左一个辉王右一个辉王，仿似他与我们平起平坐，他代表着辉王的势力，来与我们叫板。你自己说，他是不是与屠夫一般危险？"

钱世新什么话都说不上来，父亲确实看不起他，确是口口声声说他有今日全靠他的扶持。

鲁升又道："你爹爹与屠夫一般，完全不受控制。你让他到水莲镇有人接应，他偏偏要在牛山自己脱逃，他不与你提前商议，任性妄为。还有重要的一点，他没有官职，又有罪在身，龙大也就是还未找着机会下手，不然找着由头将他提审，一番严刑拷打，你猜你爹爹会不会撑得住，他能对我们的计划守口如瓶？"

不能。这个钱世新知道，所以他才想把钱裴送走。

"我急忙赶来中兰城，有部分原因也是因为这个。"鲁升道，"我得确保你在中兰城坐得安稳。你不方便办的事，没能力办的事，我得替你办了。"

所以，他来中兰的一部分目的，是杀了他爹爹吗？

钱世新看着鲁升，听他道："原是不想让你为难，你爹爹闹出这一出来，不为难你也是不行。如果你没有决心守住平南郡，现在我们还有机会换人。不是一条船的，唯有丢到江里去。"

钱世新心一沉。

"但若是你有这意志和铁腕，证明我们从前没有看走眼，那我们就一起，把障碍都清除掉。杀掉姚昆，让龙大再无筹码，杀了你父亲，让辉王再无耳目。"

鲁升盯着钱世新，问他："你可能办到？"

钱世新静默半晌，吐出一个字："能。"

鲁升与钱世新很快便开始执行计策。

流言四起，民心不平。这是个好借口。钱世新翻出了十七年前的旧案录，把钱裴一直保留的那张纸加了进去，又去了宁县清河村，找到了当初被判刑斩首的书院杂役尤怀山的儿子。

其子当年才四岁，钱裴派人将他交给了村里一个老翁抚养。老翁姓梁，孤苦伶仃，白得了一笔钱，又多了个孩子，自然喜不自胜，没多问就将孩子留了下来，为他改名梁清河。

如今梁老翁早已去世，留下梁清河独自过活。梁清河今年二十一岁，家徒四壁，一贫如洗，靠着编竹器赚钱度日。太穷，也没个亲戚叔伯照应，连媳妇也娶不上。听得衙门找上门来的原因，大吃一惊。

梁清河一身破旧衣裳，背了个烂包袱就随着衙差到了中兰城。听了钱世新说了当年他父亲的冤情，沉默好半天，犹豫问道："大人的意思是？"

钱世新道："你父亲蒙冤受死，如今真相大白，当为他讨回公道。你是他在这世上唯一亲人，该由你亲手为他申冤。"

梁清河皱了皱眉，道："我对，呃，父亲，没什么印象。我是梁老爹养大的。报官讨公道什么的，颇费时日吧？再者，我也不记得当年的事。"言下之意，似乎是嫌这事拖累他花费时间精力。

这下换钱世新皱眉，他道："我知道你自小也听过些风言风语，受过不少委屈。那都是因为当初你父亲的冤案。如今你有机会，为他洗刷冤屈，摆脱污名，也可令自己堂堂正正过日子。"

梁清河似乎有些缓过神来了，他搓了搓双手，讪笑道："那都是十几年前的旧事，我那会儿还是个孩子，说起来也真是吃了不少苦头。大人能够体恤真是太好了。这个，我是说，当初这冤情让我家破人亡，我能得些钱银的赔偿吗？"

钱世新一愣，为他平冤，又哪有跟官府要钱的道理。钱世新看了看梁清河，对他脸上现出的贪婪有些厌恶，但他需要这个苦主，他还需要他做人证。毕竟蒙佳月和姚文海是不可能出来指证姚昆的，他只凭一张隐含着谋害意图的图纸，还不足以给姚昆定罪。况且隐瞒不报不是什么罪名，只能说这人无德，定不了罪。但若刺杀一事是姚昆策划，支使尤怀山动的手，那事情就不一样了。

梁清河想要银子，是件好事。

钱世新道："可以给你银子。"

梁清河脸上顿时露了惊喜。

"但你需配合着，好好申冤告官。"

梁清河用力点头："那是自然的。我爹是冤死的，自然得申冤。"

这会儿又记得他爹了。钱世新对梁清河更是看不起："要翻案也不容易，毕竟你爹爹当初对罪行供认不讳，亲手画押。所以，你得拿出些真凭实据，且能说出门道，这才能指证姚昆。"

梁清河有些着急："怎么还得拿出凭证？我可是没有的。我当初年纪小，什么都不记得了。只隐隐记得有人来我家，给我吃好吃的，说我爹不会回来了。然后将我带到了清河村，交给了梁老爹。我后来，就一直跟着梁老爹过日子了。是有听说过些传言，什么有人刺杀了太守，但我一提起这事儿，梁老爹便打我嘴，让我莫要多言，以免惹下祸端。我后来就再没问了，也未听梁老爹提过。"

钱世新听得脸色难看，道："你这般说自然是不行的。告不倒姚昆，即是说你爹不冤，那你就没有银子可拿了。"

梁清河急道："那可如何是好？大人，大人，得要什么证据才能告倒他呀！"

钱世新道："这般吧，我把东西给你准备好，你按我说的，好好练练说辞。练好了，你便到衙门大门处击鼓鸣冤去。"

梁清河听了，赶紧点头："好的好的，大人你怎么说我怎么做。"他顿了顿，又道，"大人，那这般我是得在中兰城里住下吧？这城里什么都贵，没钱银可不行，我身上没钱……"

钱世新忍耐着道："自然会给你安顿好，不会缺你银子。"他冲一旁候着的亲信言遥使了个眼色，言遥上前来，拿出两串钱给梁清河。

梁清河喜笑颜开，飞快将钱接过了。

钱世新道："这些你先拿着，事成之后，再给你十两银子。"

梁清河听到十两，眼睛都发起光来："大人，你就是我再生父母，我全听你的。"

安若晨听龙大的话，在吃饭的时候，当着众仆的面发了顿小脾气。理由是到了通城后，她都未出过院子。龙大时时忙碌，背影都没能见过几回。原先哄她的什么到了这儿肯定没什么事，定会有空带她到处逛逛，见识见识，全是骗她的。

龙大摆出一脸宠溺，哄着说等忙完这一阵，等东凌使节到了，将事情谈清楚就有空了。到时定带她出去玩耍，绝不食言。

安若晨默不作声，摆出一脸不高兴闷头吃饭。

事后，龙大与梁德浩谈公务时，梁德浩提起了这事，他说听仆役们在传，龙将军惧内，问龙大究竟怎么回事。

龙大简单解释了几句。梁德浩颇不认同："你这位夫人，出身低微，见识短浅，如何带得出去？我是听说了些她的事。她有些坎坷经历，有些蛮勇，在中兰似乎是立下了些功劳。你若喜欢，收入房也是可以，但明媒正娶怕是不妥。二品夫人便该有二品夫人的模样，她小里小气不懂规矩，为这等小事给你脸色看，不识大体，日后还了得？"

龙大拱拱手："让大人为我操心了。晨晨有晨晨的好，我心里头知道。她从前受了苦，又为我做过许多事，该让她过些好日子的。大人就莫忧心我的事了，我心里有数。倒是东凌这头，使节迟迟不到，大军于边境严守，姿态甚是倨傲，大人如何看？"

"东凌小国，兵力不值一提，就是再加上南秦，也不会是我们对手。"

龙大笑了笑："倒是我不好了，手脚太快，虏了太多人，未给大人横扫沙场的机会。该让楚青慢些诱敌，待大人处置完茂郡的事亲自布兵。"

梁德浩白他一眼："你这是显摆自己功劳吗？那仗确是漂亮，你干得好。好了，我也夸过你了，莫炫耀了。"

龙大哈哈大笑，道："既是兵力悬殊，大人不觉得东凌做那些小动作很是愚蠢？挑衅我大萧，无异于以卵击石，自取灭亡。再把南秦也得罪了，弑君大仇，他们怎地这般想不开。"

梁德浩点点头，道："杀了南秦德昭帝一事怕真是意外。被识破了，情急灭口。但这下也全部败露了。说起对付我大萧，若无人煽动，暗中支持，他们断不敢有这胆子。那些劫掠的游匪道，他们的行动，皆有大萧人士的指点。所以他们才能每次都找到好时机，也能全身而退。刺杀使节团那回，便是精心策划，拿到了详细的时辰和地点。我查到史平清身上，当初是他这太守留下使节，招呼游乐，行程住宿，他清清楚楚。他说是收到过罗丞相的指示，让他与东凌交往时多些客气，他是万没想到，东凌居然有此居心。"

"罗丞相也可说他万没想到东凌有此居心。"

"确是。"梁德浩道，"暂时未有铁证能证明罗丞相在此事中做了什么。另还有一事，你说你布在南秦的探子被杀，朝中有人泄密。我派人查了，彭继虎曾进过军谍密库，时间上差不多。库守禁卫录上记着，当初彭继虎是说要查固沙兵库的将官名录，夏国有些异动，罗丞相颇忧心。但我派人进库中看时，发现你祖父的密令盒被撬开了。那些陈年密令，早已封尘，谁会动呢？"

龙大动容："他们这般作为又是为何？"

梁德浩道："你想，南秦有进犯之意，于是你领兵来了。平南郡里细作潜伏，甚至你军中也有奸细，你处境如何凶险。不止平南，茂郡也是如此。你将遭遇前后夹击，损兵折将。罗丞相还想派彭继虎来任这巡察使，你打胜仗也罢，打败仗也罢，总能抓住你把柄。你那夫人便是一个，你军中奸细又是一个……"

"所以，是想借机置我龙家于死地？"

"也许是其中之一的目的。当然这只是我的推测，最坏的结果，怕是他欲勾结外敌，毁我大萧兵将，到时南秦、东凌边境进犯，夏国蠢蠢欲动，内忧外患，是逼宫篡位的好时机。"

龙大挑了挑眉头："这推测颇是大胆。"

梁德浩苦笑摇头。

"如若这般，他如今该是急得火烧眉毛。南秦易主，若他是与辉王勾结，辉王已得偿所愿，随时能将他踢开。东凌原是与南秦一起唱出戏，结果德昭帝还未到边境，已看穿东凌的把戏。他们不得不将德昭帝灭口。罗丞相若是与这两国勾结，必是答应日后称帝后给他们好处。辉王篡位是好处之一，东凌弱小，皇上一直对他们颇为严厉，若是罗丞相承诺免他们贡金，多给资源，也是可能。但可惜东凌被大人查出背后的阴谋动作，南秦又装得无辜不依不饶，恐怕罗丞相这戏不好唱下去了。"

梁德浩认真思虑："你这般说，还真是如此。"他沉吟道，"若你是他，你会如何办？"

"最紧要的，是提防南秦、东凌将我供出来。只要维持了清白，在皇上面前还是忠臣，继续得皇上重用，日后定还会有其他机会。"

梁德浩道："我们得想办法揭穿他才好。"

"此事从长计议，省得引火烧身，惹了皇上猜忌。"龙大道。

梁德浩点头称是，又与龙大商议了些细节。待送龙大出门时，却见龙大的卫兵等在门外，一脸焦急。

"怎么？"龙大见状问。

那卫兵道："将军，夫人自己出城去了，她说将军没空，她自己逛逛也好。"

龙大脸一沉："胡闹。可有派人跟着她？"

"有的。"

龙大对梁德浩施个礼："大人见笑了。我先去处理一下家事。"言罢，匆匆与那卫兵走了。

梁德浩看着龙大的背影，直到再看不见，这才转身回屋。

龙大领着卫兵数骑赶到城外，安若晨的马车在一林边等着他。见得他来，问道："如何？"

龙大笑道："委屈夫人装怨妇了。实在我出入不便，总被盯着。若是寻妻，倒方便了。"

"所以将军要做什么？"

"你领着他们到处逛逛吧。我得去个地方，回来再与你说。"

安若晨听话照办。龙大单骑穿过树林，拐上大道，直奔到一村落里。村子东边有个宅院，红漆大门，两棵大树。

树上坐着一人，一脸无聊地摇着树枝，见得龙大，殷勤地跳了过来，娃娃脸笑得很是灿烂。

"哎哟，看这来的是谁人啊？多日未见，将军越发英俊潇洒春风得意了。"

龙大不理他，将缰绳丢给他，问道："人呢？"

"在里头呢。"宗泽清笑嘻嘻，"将军啊，我见面夸了你，按礼数你不回夸一下吗？"

"多日未见，你越发无聊三八春风得意了。"龙大面不改色一口气说完，推开大门进了宅子。

宅子里有兵士着布衣扮成村民模样守着，见得龙大进来忙施礼，将他引到里屋。

门一开，只见得屋里空空荡荡，只一把椅子。椅子上绑着一人，嘴里塞着布。

宗泽清尾随龙大身后，道："将军，我知道你想亲自动手，所以我都未舍得打他。"

龙大盯着眼前这人看，点头："你说得对。"

椅子上的人看见龙大来，眼露惊恐。

"许久未见了。钱老爷。"龙大面无表情地招呼完，一拳朝钱裴的脸上揍了过去。

安若晨直等到太阳落山才见得龙大回返。龙大意气风发的模样，满脸笑容，显得心情很是舒畅。

上了马车，将安若晨抱在怀里，却不说话，只是笑着。

安若晨狐疑地拍拍他的背："将军定是干大事儿去了。"

龙大哈哈大笑。

"打了大胜仗似的。"安若晨道。

"比打了大胜仗还舒坦。"

安若晨撇撇眉头："那定是遇着了心爱的姑娘。"

龙大再次哈哈大笑起来，轻拍她脑袋："不许调戏本将军。"

安若晨眨眨眼睛，一本正经地道："你们当官的都这样，只许州官放火，不许百姓点灯。"

龙大又笑起来，他伸长了腿惬意地靠在车壁上，道："我若是个寻常百姓，早就将他揍得满地找牙。这不碍着为官的身份，有些事要办起来束手束脚。"

安若晨顿时眼睛一亮，一把握住龙大的手，压低声音问："钱裴？"

龙大点头。

安若晨整张脸都亮了起来，握紧拳头挥舞了两下，仿似打人的人就是她。"揍得如何？可有将他打得不能人道？"

龙大垮脸："这位夫人，端庄呢？"

"为民除害的时候，计较这些个做什么？"安若晨理直气壮，然后急切问道，"不会再让他逃了吧？不会再让他出去害人吧？"

"不会的。"龙大将她抱在怀里，"他无处可逃。在官方案录里，他已经是个死人了。我怎么处置他都不为过。"龙大将如何抓的钱裴，审了什么都告诉了安若晨，"这老家伙可不是什么硬骨头，多打几拳就都招了。问什么答什么，但里头的真假还需验证。只有一样，他咬死不承认钱世新也是细作。他说一切都是他联络安排，钱世新完全不知情。"

安若晨很惊讶："这般恶心的恶人，居然会顾念亲情？"

"他再如何顾念也是无用。钱世新罪孽累累，怎么都是掩不住的。"龙大敲了敲马车车头的厢壁，示意车夫启程，"我们回去，还有许多事情要办。"

龙大如此这般地交代安若晨一番，安若晨仔细记下了。听着听着，却又遗憾，插话道："那钱裘交代得如此利索，岂不是不能再揍他了？"

龙大眉毛挑得老高："谁说的，交代完了接着揍。我也就是赶着时候，又恐弄脏了衣裳回去不好掩饰，才没怎么亲自动手。我走了，还有别人招呼他，你放心吧。再者说，他供述的是真是假，供述的是不是全部，是否有隐瞒遗漏，是否有栽赃诬陷，多的是需要揍他的理由。"

啊，这么残暴之事，当真让人欢喜。安若晨心安稳了，很有干劲："将军放心，将军嘱咐的事，我一定办好。"定不辜负将军帮她揍坏人的恩情。

两人回到城中府衙，代任太守崔浩闻讯过来，给安若晨带了些玩耍的小玩意儿。他道："听梁大人说，将军夫人在这处住得颇是烦闷。这怪下官招呼不周，这些东西给夫人解解闷。我也嘱咐了贱内，待夫人方便时，过来多陪陪夫人说话。夫人有什么想做的，赏花看戏等等，皆可交代与她。"

安若晨客客气气地谢过，道自己暂居于此处，却给大人添了如此多的麻烦，真是过意不去。龙大在一旁附和训了安若晨几句，给足了崔浩面子。又嘱咐安若晨，若真觉闷了，可以出去走走，只要带好婢女和卫兵便行。不许自己乱发脾气，也别弄得跟谁囚禁了她似的。想玩便玩，别闯祸就好。

安若晨和崔浩都互相客套了几句。今日这场将军夫人闹出走的小小风波便算过去了。

之后数日，安若晨果真是时常出去玩耍，有时还拉上了其他官夫人，有时自己带着丫鬟和卫兵。龙大这头忙碌，东凌的使节终于来了。三国官员一起坐下谈判，他也无暇顾及自己夫人去处。大家看在眼里，见不再有吵闹，便也安心下来。

说到东凌这头，其使节姗姗来迟，却也不卑不亢。他们否认了所有对东凌的指控，反而质疑南秦在这一系列事件当中的角色和作为。

东凌使节包恒亮道当初是南秦邀东凌结盟，是南秦恳请东凌协助与大萧的和谈，让东凌派出使节团，带上南秦使节一同赴大萧京城。所有的事都是南秦提了主意，东凌基于同盟立场和情义提供援助。去迎接御驾亲征的德昭帝，亦是南秦的要求，说是彰显两国同盟缔结的决心。如今出了意外，事实真相未明，南秦就着急忙慌地与大萧共同将东凌树敌，且从前所有种种南秦与大萧间的争端纠纷，倒成了东凌的罪过。这让东凌不得不怀疑，这一切都是大萧与南秦共同的阴谋。

南秦使节丘平情绪激动，驳斥反击，一件件一桩桩又将事情翻来覆去地再诉一遍。

包恒亮脸色阴沉，道东凌不会屈服，又警告南秦，与大萧合作，那是与虎谋皮。他声称已发国书予各邻国，声明澄清东凌于这些事中的无辜。"且让天下看看你们大国的阴谋嘴脸。"

梁德浩对东凌使节包恒亮的态度极不满，与龙大私下抱怨，但又顾虑到这事大萧朝廷里真有叛国逆臣，故而也不敢将话说得太过。

但南秦这头丘平却是不依不饶，席上与包恒亮几番争执。对于梁德浩不温不火的反应也极为愤怒。

梁德浩的意思，既是大家对事情有不同的推测，那就先等等，认真调查出了真相后再做反应。南秦易主，想必朝中也有许多事务要处置，东凌发兵，亦有许多纷扰要处理，谁也不愿大动干戈血流成河，不如都冷静下来，再等一等。

这话听不出什么毛病，丘平与包恒亮吵破喉咙也没有结果，大萧没表态站在哪一边，他们谁也不敢拍着桌子喊战场上见。于是算是捡到个台阶下，暂时散席，各自回房休息去。

龙大与梁德浩道："到了这一步，拖延周旋也不是办法。若真是罗丞相从中捣鬼，我们得找到证据，揭穿他的阴谋。阴谋揭穿了，事情也就解决了。目前我们手上还有两国的兵将俘虏在手上，仍是占了先机。但正如大人所说，这么多的俘虏，关押久了会出大麻烦。不如这般，我们邀请辉王来大萧商议解决争端的办法。辉王在此事中已经拿到好处，拿到好处的人，是最容易背叛盟友的人。过河拆桥，人之天性。他若愿意揭穿罗丞相，指证他的罪行，我们在两国和谈的条件里让他一步也不是不行。"

梁德浩一愣，想了想："他堂堂国君，若不愿来呢？"

"德昭帝御驾亲征，为国而死。他想取而代之，不做足姿态怎么可以？"

梁德浩思虑半晌，点头应允："你说得有理，这事我去安排，速速办来。"

拾 雾非雾

　　中兰城里，钱世新的计划进行得非常顺利。梁清河虽然目不识丁，没甚见识，但也是个聪明人。他很快就把钱世新交代的说辞都练好了，还帮着出了不少主意。为了挣那十两银子，他很是卖力。

　　最后定下的说辞是这般的：当年日子过得很苦，父亲只在书院做个杂役，没有别的本事，挣不到什么钱，他当初还生了病，父亲得带他求医，欠下不少银子。后来某日父亲说有位贵人托他办一件极凶险的事，若是办成了便会有许多银子。听得有银子，他还问了父亲几句。父亲哭了起来，说这是件违背良心的事，但他们穷到这份上，也顾不得良心不良心了。后来父亲被捕，他才知道父亲说要做的事居然是刺杀太守大人。

　　父亲死后，他被人送到了清河村，交到了梁老爹手里。后来他见过几次姚昆过来，给了梁老爹银子。那会儿他不敢多问，生怕惹下祸端，又怕梁老爹不肯抚养他。后来日子久了，事情慢慢就淡了。直到前一阵子，他听得坊间传，说是姚昆是刺杀蒙太守的主谋，他这才将所有的事都联系起来。他想起自己冤死的父亲，觉得不能再沉默下去，故而前来告官。他手上藏着当初父亲留下的一张图，说是托他办事的人给的。这是物证。

那张图，自然就是钱裴留下来的路线图纸。钱世新重画一张，上面按姚昆的笔迹写上字，好指证姚昆。

梁清河便是带着这张纸敲响了鸣冤大鼓。钱世新像模像样地听他诉冤，接受了他的状子。案子一立，公文递到紫云楼，有苦主诉状，须得姚昆到案。

蒋松自然没办法再藏着姚昆，便将姚昆交了出来。但他叮嘱钱世新，姚昆亦是白英刺杀案的重要人证，希望钱世新莫要擅动重刑，若将姚昆打死，后果自负。

钱世新自然不会做这样的傻事。他将姚昆收押入牢狱，按规矩提审，按规矩入狱。姚昆正眼也不看钱世新，似是对他怨恨之极。

钱世新还亲自去了趟太守府，欲告之蒙佳月重审蒙太守遇刺一案，但他仍旧吃了闭门羹。管事朱荣出来答谢，只说已将消息转告夫人，但夫人身体欠安，不便见客。

钱世新又道若是蒙佳月欲见姚昆，他可以代为安排。

朱荣又答，夫人与那人已没有关系，不会再见。且蒙太守遇刺案过了许多年，当年夫人并不在蒙太守身边，对事情全不知晓，在审案上帮不了大人。此案对夫人伤害甚深，夫人不愿再提，也不愿再想，还望大人莫要再打扰。

钱世新听罢，放心了。他微笑告辞。蒙佳月不打扰他那才好。

有人证有物证，姚昆心如死灰亦不多言，案子很快就定了结论。姚昆被打入死牢。

另一件事，钱世新就没有办姚昆这般果断。他拖了又拖，拖得鲁升过问，这才下定了决心。他找来了吕丰宝，问他钱裴的具体地址。吕丰宝有些警觉，钱世新借口吕丰宝被人察觉了，鲁升来问了他钱裴是否给他递过消息。他说鲁升正在追查钱裴下落，他需要在鲁升之前找到钱裴，将钱裴转移到安全地方。

吕丰宝忙道："那我即刻出发，给老爷报信。"

"方才不是说了，你已被盯上。你就在城中不动，方能转移他们的注意。我派别人送信，这才妥当。"

吕丰宝不再迟疑，将钱裴的居处说了。

钱世新拿了地址，交到了鲁升的手里。

鲁升看了看，满意了："这事我就不插手了，你派人去办吧。"

钱世新应承下来，当着鲁升的面叫来了亲信言遥，把刺杀钱裴的事交代了，同时交代了杀掉姚昆，伪装成自尽的模样。姚昆虽在死牢，但为免夜长梦多再生变故，还是死了干净。

言遥领命下去了。

鲁升笑道："你有如此决心，我便放心了。我得去石灵崖监军，这平南，就全放到你手上了。"

钱世新有些吃惊："监军？"

"刚收到的消息，在那处有事情要办。龙大不在，我是巡察使官，我说什么便是什么，不然他们便是谋反。"

钱世新明白过来，喜道："终于要收拾他们了？"

"一步一步来嘛。"鲁升拍拍他的肩，"这里就是你的了。"

鲁升当真走了，事情看来很急。

钱世新舒了口气，这阵子连轴转，他有些疲累。他让手下准备些酒菜，当晚对月独饮，既兴奋又伤感。想到钱裴，他忍不住唤来手下，回福安县将他儿子接来，他也许久未见到他了。

酒过三巡，钱世新的心情好了起来。所有的事情都很顺利。就连静缘师太那头，他也应付了一关过去。

辉王给了他一个消息，说当年静缘的女儿被绑架一事，看起来有德昭帝的指示。他指使黄力强雇凶杀他，他有防备，不好下手，德昭帝那头又不能露出破绽刺杀是皇室所为，否则影响德昭帝登上大位。所以他们欲找个最厉害的杀手。最厉害的杀手，定然不容易摆布。最后黄力强想出了用人质要挟的法子来。

钱世新将这个消息告诉了静缘师太。

静缘静静听完，问："如何知晓的？"

钱世新道："德昭帝死了，辉王掌了皇权，入了宫，从宫里那些太监近侍处查到的线索。他倒不是特意与我提起，只是问起了霍铭善，他恐怕霍铭善在宫外仍有余党，请我帮忙留意平南郡这头。"

"霍铭善也与此事有关？"

"那我就不清楚了。"钱世新不敢编太多。他觉得辉王其实也是瞎编，哪有从前查不到，现在突然一下子全查出来了，凶手还都是死人。说多错多，而且把答案全说完了，他就没用了。

静缘思虑片刻，喃喃道："难怪霍铭善找到了我女儿……"

看来静缘师太信了。钱世新佯装冷静地看着静缘。

静缘道："既是如此，我心里有数了。"她说完转身便走。

钱世新恍惚一阵，差点不敢相信自己的好运气。

如今月光清明，酒醇花香，钱世新也是一阵恍惚，觉得自己真是好运气。他回了房，舒服地洗了个澡，躺床上很快睡着了。心情非常好，他等着明天见到儿子，还有姚昆的尸体。

钱世新完全没想到，一觉起来，天地变色。

　　儿子来了，但是姚昆不见了。连同刺杀他的那手下，都不见了。言遥也不知道发生了什么。说等了一晚，那手下一直未来复命，这才知出了事。

　　到狱中查问，看守牢狱的衙差一脸茫然，待跟言遥进了狱中一看，姚昆竟是不见了，这才惊恐起来。他承认自己夜里睡着了一会儿，但未听到有异样动静，也未见着任何人。

　　钱世新气得拍了桌子，为了暗杀姚昆，他入狱之时就特意安排了偏僻单间，视角受限，与其他牢房隔开。这下可好，无人目睹究竟发生了何事，这人还能凭空不见了不成？！

　　他正怒斥当晚守值的衙差，却有手下惊慌来报："大，大人，蒋将军来了。他领着大队卫兵，说要拘捕大人。"

　　钱世新傻眼："什么？"

　　"蒋将军说，有人到军衙击鼓鸣冤，状告大人伪造证据，诬陷良民。"

　　钱世新更傻眼了："谁？"

　　"梁清河。"

　　听到梁清河的名字，钱世新顿时心一沉，他让言遥赶紧去安排人手，抓紧时间找到姚昆，务必将他灭杀。又提醒言遥，梁清河反咬一口，必会牵扯到他身上，让言遥做好准备。

　　言遥领命火速退下。

　　言遥前脚刚走，后脚蒋松便带着人到了。

　　钱世新一脸从容，冷静问蒋松有何事。

　　蒋松气势汹汹，言称前些日子来报官指称姚昆雇凶杀人的梁河清到军衙报官，说他状告姚昆一案，乃受钱世新指使。如今须得钱世新归案，接受审查。

　　钱世新笑了，摆了摆手，示意蒋松一同坐下。蒋松板着脸毫不理会。

　　钱世新道："梁清河击鼓鸣冤，衙差接了他的状子，我审了他的案，人证物证皆是齐全，规矩程序没有差错，案录也是记得清清楚楚。这里头有何问题？怎地能诬到我的头上？梁清河告完一状再告一状，是否有所图谋？蒋将军怎地不先将他审清楚，着急忙慌先来与我兴师问罪，这不妥当吧！"

　　蒋松道："审过了，这才来的。钱大人，我这人没甚耐心，咱们有话直说，你伪造物证，支使证人做假证，给了他十两银子收买他。这些事，我都知道了。"

　　钱世新摇头："蒋将军莫要乱扣罪名。且不说他手上的银子怎么来的，有人给他银子就表示收买？他幼年丧父，含冤十余载，生活贫困，境况可怜，有人给他银子不是挺正常的吗？难不成他空口白牙，说什么便是什么了。证据呢？凭他一面之词，蒋将军便要捉拿我这朝廷命官吗？梁清河刚刚申诉冤屈，转头便把为他平冤的官老爷告了，这事不蹊跷吗？寻常人等又怎么会想到要去军衙告状？"

蒋松道："钱大人能言善辩，但恐怕这次可逃不过去。可不正因为钱大人官威遮天，那百姓心中惶恐，想到如今军衙也兼管着平南百姓事务，这才来击鼓的。"

钱世新喝道："蒋将军！伪造物证，谁人证明？收买证人，谁人证明？不全是那梁清河吗？那梁清河又如何证明他没有诬陷我？谁又证明他说的就是真话呢？"

"梁清河可以证明，姜虎说的是真话。"

钱世新一愣，姜虎是谁？

蒋松道："梁清河根本没有冤情，自然不用上告姚昆。你为了捏造案情，找来姜虎，冒名顶替梁清河告状。姜虎拿了你的钱银回村，被真正的梁清河痛斥。他良心不安，这才来军衙告你。"

钱世新彻底愣住。

衙堂上，钱世新与蒋松各坐一端，堂下跪着两个年轻人。一个自称梁清河，钱世新未曾见过。一个自称姜虎，钱世新认得，就是自称是梁清河，给他银子就愿意告姚昆的那个。

不止这两人。门外还站着些清河村的村民。他们皆可做证，梁清河是梁清河，姜虎是姜虎。两个年轻人是邻居，都住清河村，平日里常来常往，关系很好。而梁清河也确是梁老爹十七年前收养的，身世就如钱世新知道的那般。

钱世新知道自己中套了，他抿紧嘴，谨言少语。只称衙差们听得坊间百姓相告，事关蒙太守之死真相，于是便到清河村走访，找着了当年的稚儿，今日的梁清河。他怎知梁清河不是梁清河，也不知姜虎假冒他意欲何为。想来是有人故意安排，诬陷于他。

姜虎大呼："明明是你说，清河不愿做，若是我愿也行。反正没人识得当年尤怀山的孩子究竟长什么样，中兰城离得远，没人会仔细追究。"

梁清河也道："我知道自己身世，但杀人凶手的孩子这名声可不光彩，我是不愿张扬。只村里几位与老爹走得近的叔伯知晓。况且我爹当年杀人之事我并不知道内情，我那时也没生病。我爹也没与我说过有人支使他这般做。直到他杀了人再没回来，我才知道出了大事。当初有人抱了我送到清河村，说是钱老爷安排。那钱老爷是谁，什么样，我并不知道，未曾见过。老爹也未提起。"

蒋松冷眼一扫："钱大人，你听清了吗？把孩子送走的，是钱老爷。这般严格算起来，你父亲的嫌疑可比姚昆大得多。"

钱世新冷道："姓钱的何其多。要论罪，见得孩子可怜送养也是罪，这倒是稀奇了。"他顿了顿又咬牙道，"姚昆已然认罪，是按了手印的。在押重犯，蒋将军将人劫了去，这才是罪。"

"谁劫了？"蒋松一脸惊讶，"姚昆不见了吗？钱大人，看来还得再论你一条渎职之罪。死囚人犯，何等重要。如今看来，还是重要人证，就在这节骨眼上失踪了，你是故意的？"

钱世新咬牙道："蒋将军莫要装蒜。"

蒋松喝道："再论你一条污蔑朝廷命官之罪。竟敢胡说我们军方劫人，紫云楼的大门敞开让你搜，你要是搜得出姚昆，我脑袋让你当球踢。"

钱世新噎得，再说不出话。这般有底气，莫说他也不敢派衙差去搜紫云楼，就算去搜，他相信也搜不出姚昆来。

他中套了，还是个连环套。梁清河这头要是扳不倒他，丢失死囚重犯这罪也可往他头上扣屎盆子。钱世新瞪着蒋松，心里又急又怒，拼命想着办法。

招福酒楼里，陆大娘与古文达一边吃着点心一边听着食客们热议衙门里的大事件。陆大娘慢条斯理地道："看吧，善有善报，恶有恶报，不是不报，时候未到。"

古文达点头："这回他定是逃不掉了。"

陆大娘又道："我就说嘛，莫与百姓作对。百姓若是团结起来，可不比兵队差。官老爷们得知晓才是。"

古文达摇头："大娘，你对我们当官的有偏见。"

陆大娘也摇头："不妨事，你的官反正不大。"

古文达垮脸，大娘，是将军夫人把你惯成这样的吗？

安府里，三房薛氏正在收拾行李，准备到祁县亲自将女儿的婚事定好，确保她于热孝三个月内顺顺利利嫁出去。安若兰随奶娘选料子去了，安若芳过来，问薛氏有没有什么要帮忙的。

薛氏自然称不用，让她一旁喝茶吃点心。安若芳坐着陪了薛氏一会儿，见得丫头出去了，问："三姨娘，你得去多久？"

"顺利的话，半个月左右吧。"

"这么久啊，要是你不在的时候，他们又打坏主意欺负三姐可怎么好？"

薛氏一愣，想了想道："我会与夫人说明白。"

安若芳又道："若真出事了，夫人也做不得主。他们都听李先生的。"

薛氏停下了手上的活，将东西放下，转头看向安若芳。安若芳也看着她。

一丫头要进屋来，薛氏摆了摆手，让丫头出去了。这屋里仍是只有她与安若芳两人。安若芳道："那个李成安先生，是钱大人派来的，颇有来头。夫人与大哥都听他的。"

薛氏不说话。

安若芳继续道："他们说，父亲死的那时，最后见着父亲的，是三姨娘。"

薛氏微眯了眼。

"我知道他们猜什么，但我觉得不是。怎么会是三姨娘。要我说，嫌疑最大的就是那位李先生。"安若芳似看不到薛氏的表情，自顾自地说道，"他提议害三姐，肯定是爹爹后来没答应。"

薛氏惊讶，准备扬起的威胁凶狠在脸部迅速消失："你说什么？"

"三姨娘，李先生要用三姐陷害蒋将军，爹爹不答应，还说要去报官，你说有没有可能，李先生因为这个就把爹爹害了呀？"

薛氏冷静下来，她走近安若芳，问她："谁教你的？"

安若芳继续道："我是小孩子，哪知晓这其中的利害关系。事情如何办，还不是得姨娘和夫人当家做主的去办嘛。今日钱大人的事闹得满城风雨，他先前与咱家走得这般近，会不会拖累咱家？那李先生在咱家待着，打的什么主意？如今钱大人失势，咱家是不是该把李先生踢出去，与钱大人撇清关系才好。"

薛氏思虑着。

安若芳道："咱家没外人了，清静了，姐姐们才能安全。也不会再有人说什么最后见着爹爹的是三姨娘了。"

薛氏在心里对安若芳进行了重新估计，这小丫头再也不是当初逃家之前的那个天真鲁莽的姑娘了。

"三姨娘，我娘没了，我不怕死。我能为咱家做些事，得罪钱大人的事我来办，反正我是孩子，若有什么，官府也不会重罚我。但我去了，家里头也需要人照应。三姨娘，你也照应着我些，可好？"

自然好。薛氏虽不知安若芳背后究竟是谁撑腰，有何底细，但出头的是安若芳，她左右都能当个好人，得些好处，不吃亏。

薛氏仔细听了安若芳的话，与她一番教导。安若芳点头走了。

稍晚时候，蒋松还在衙门里继续审着钱世新，衙门外的鸣冤鼓又被敲响了。来敲鼓的是个美貌小姑娘，正是安若芳。

安若芳状告李成安谋害父亲安之甫，指名要见蒋松将军。她声称自己无意偷听到李成安指使父亲在二姐婚礼上用迷药陷害蒋松将军，父亲不敢，拒绝了。但李成安要挟父亲，称父亲杀害了自己母亲段氏，是李成安帮着处理尸体，放到了陆大娘的旧居处。李成安说若是父亲不答应他就要让钱大人处置父亲，听起来，这事似乎钱大人也是有份。后来父亲死了，不明不白，钱大人却迅速判定为失足落水，实在可疑。她恳请蒋将军为她全家老小做主，抓捕李成安，查出她父亲和母亲去世的真相。

蒋松听罢，大手一挥，卫兵们用攻城略地的速度将李成安和一众钱世新安插在安府里的人全抓了回来。安府上下措手不及，很是震惊。薛氏忙装作刚刚知晓的模样，与谭氏商议，仔细分析利弊，谭氏也是忧心钱世新的处境拖累安家，于是装聋作哑，由得安若芳闹去了。

钱世新目瞪口呆，这比被那假梁清河陷害更让他吃惊。曾几何时会料到，柔弱天真的安若芳竟会化身猛犬狠咬他一口，防着安家的每一人都没防着她，明明视她于猎物，却被她拿捏住要害。

这事可不好辩驳。当初静缘师太问起段氏之死，他心里害怕，自然原原本本说出。如今安若芳说的每一句都是当时的情形。蒋松正愁没把柄，这下有理由严审酷刑，李成安和那几人又如何守得住？

钱世新惊怒之余，对上了安若芳的双眼。这小姑娘看着他，眼神凌厉，身形单薄却极有气势，他恍惚看到了小几号的静缘师太。

钱世新突然想起了父亲。所有的一切都是被父亲钱裴所累，若不是他当初贪恋安若芳美色，招惹出这一连串的事端，又怎会如此！

钱世新入了大牢。言遥也入了狱，他给钱世新最后递来的消息，是手下人还在寻找姚昆，但暂时没有结果。打听了紫云楼，探查了与姚昆交好的那些官吏及大户人家，甚至招福酒楼这类与安若晨相关的地方都查探了，全都没有。

钱世新很恼火，姚昆失踪让他不安，他背着渎职放跑人犯的罪职，下一步就是指使他人谋害姚昆借以栽赃治罪的罪名。毕竟他派去杀死姚昆并打算让姚昆伪装成自杀的那两个手下也失踪了。这些都是隐患。他相信人就在蒋松手里，蒋松不急着放出来，是想有足够的时间查清证据，慢慢栽他罪名。若是姚昆在，他还有机会将姚昆拉进这浑水中，毕竟这么多年，许多旧账还是可翻的。

姚昆不在，大家便只注意他，翻起旧账，也只翻他一人的。

让钱世新恼火的还有鲁升留下的那些人，什么忙都帮不上，除了说会给鲁升报信外，没有屁用。且就说了那一句，再不来了。而且蒋松也是做得狠绝，说他会串通外贼联络细作，竟不让钱家人和手下等来探视他。就连妻儿也不得见。

之前所有巴结钱世新，对他阿谀奉承说尽好话的那些官员似乎突然都跟他不太熟了。大家都在避嫌，生恐沾上共犯之嫌。明明在这衙门里当差，混进监牢探视再容易不过，却没人来看望他，没人问他是否有冤情是否需要帮助，先前时不时在他眼前晃的，如今都不见了踪影。

但有一个人及时出现了。吕丰宝。

吕丰宝跑到了牢狱里，见到钱世新，低声道："钱大人。我说是别个囚犯的家属，买通了衙差能进来一会儿，我能如何帮你，你快些嘱咐。我可以赶回桃春县给钱老爷递消息，看他有何办法。或是钱大人还有什么帮手，需要我传个话的吗？"

这简直是雪中送炭，让人感动。钱世新大喜，忙道："莫去桃春县，我爹也帮不上忙。"他可是还记得已派人去桃春县杀死钱裴。吕丰宝既是对钱裴忠心，还是莫让他知道这事为好。

吕丰宝道："能帮上忙。老爷有些南秦的友人，他与我说过若遇着最糟的情形，便到南秦去。如今是大人你遇着了最糟的情形，让老爷联络友人，将大人救出去才好。"

钱世新道："我也有路子联络那头。你替我跑一趟便好。事成之后，定有重谢。"钱世新将与南秦的联络办法告诉吕丰宝，让他找野猪林的猎户宋正。若是宋正出了事，还可到四夏江渡口找岳福。

吕丰宝听罢忙道："带口信不牢靠吧，人家如何信我。大人且等等，我偷偷带些纸笔进来。"吕丰宝出了去，过了一会儿匆匆回来，从怀里掏出纸笔墨递过去。钱世新飞快写了封信，交给吕丰宝，将接头密令也告诉了他。

吕丰宝还问："若是老爷差人来问，我可否告诉他大人的情况？"

"行。"钱世新觉得，钱裴不可能再差人来问了。他派过去的人，钱裴是不会防备的。他对着牢门，一时心中也不知是何滋味。与父亲最后一面，也是隔着这样的牢门。

吕丰宝从牢里出了来，低下头挑僻静路走，生怕招人耳目的模样。拐了一个弯，直入一间屋子。屋子里坐着蒋松和古文达。

吕丰宝将钱世新写的信递了过去。

蒋松看了信："这下可好，连他串通外敌叛国的证据都有了。"

吕丰宝道："我得赶紧去宗将军那儿，把那些联络人等线索告诉他，与钱裴的口供对一对，瞧他是否说了谎。"

"好。我一会儿便派人去将他们拘捕了。"蒋松道。

"钱世新未曾怀疑你吧？"这是古文达在问。

"自然不会怀疑，他哪知道我不是吕丰宝。"钱裴确实派了个名叫吕丰宝的人传信，只不过半途被他们截下。一番审讯，问清楚身世来历背景及各项事，知晓钱世新压根未曾见过他，他也从来未去过中兰。钱裴怕惹人猜疑走漏风声，不敢用熟面孔。于是古宇便冒充吕丰宝，拿着钱裴的亲笔信来了。有钱裴的亲笔信函作保，钱世新自然不会怀疑什么。

古宇将事情报完，即刻上路，朝着通城方向急赶。

安若晨接到消息后找了机会悄悄赶到客栈，直到进了屋亲眼看到薛叙然仍有些不敢相信自己的眼睛。

"薛公子，你怎地来了？"

"我不来，还等着你主动找回良心，给你妹妹送上解药吗？"薛叙然脸色苍白，一脸病容。从未出过远门的体弱公子哥，这回真的尝到了远途的滋味。上路第三天就病倒了。一路病一路撑到这里，然后打探城里形势，寻找机会联络安若晨。

之所以这般麻烦，是他心里明白，安若晨跟着龙大到这里可不是来游玩的。他可不会傻乎乎地蹦出来暴露自己与安若晨"很熟"，不然解药没拿到空惹一身麻烦，不但拖累了家里，以后在安若希面前也会丢脸。

"你生病了？"安若晨道。

薛叙然咬牙切齿："对，病得很重。你以后再有机会见到安若希，一定记得告诉她，你见到我时，我是如何奄奄一息但又机智勇敢地从你手中夺回了解药。"

安若晨叹气，坐下了："我还没有找到。"

"我请你坐了吗？"薛叙然很生气，"没有找到！你真有脸说。你认真找了吗？尽心尽力了吗？每一处可能都找了吗？你把那下毒的骨头一节一节都敲断了，你看他说不说。"

安若晨不语，没法辩解。就算动用了许多酷刑，就算冒着风险差点把重要人证卢正刺死，就算她差人把自己亲娘的坟都挖了，结果就是没找到。所以之前的过程都是无意义的，不值一提。

薛叙然见她不说话更是生气："你妹妹被你害得在那儿等死，你怎么对得起她？解药没找到，你还这般不上心。不守着那下毒的天天抽他逼他说真话，跑到这山长水远的地方。你不愧疚吗？"

安若晨紧咬牙根，愧疚的。她脑子里时时在想每一种可能性，但古文达和陆大娘仍是没有找到解药的下落，石灵崖那头，卢正也再未说话。而自己，确实丢下了这事，跟着龙大到此处别别的。

薛叙然瞪着她，末了道："你爹死了，我想你已经知道了吧。"

安若晨点头。确实收到了消息。

"你二妹也快死了你知道吗？"

安若晨握紧了拳头，再点点头。

"你把事情仔仔细细地与我说一遍，你既是没用，找不着，那我来想想办法。"

安若晨没介意薛叙然那极不好的语气，耐心地把事情与他讲了一遍。卢正在那个境况下，说的该是真话。东西藏在一个安全的地方，不会被人损毁，不会丢失，因为那是安若晨珍视的，认真收藏的东西。"两颗黑色药丸子，指头一半大小，油纸裹了三层，放在一个红色的小盒子里。"

薛叙然一时也是发愣，这般大小的，能藏到哪里去？

"你有没有什么你娘留下的遗物，首饰盒，珠宝箱，镂空的簪子，花瓶，带孔的瓷娃娃，你喜爱的花的花盆，你的枕头……"薛叙然一口气说了许多物什，每说一件安若晨就摇一次头。

薛叙然把能猜的都猜完了，开始往安府里头想，或者安若晨的母亲还在安府里有什么遗物？但一想安府里的东西不是安若晨能掌控的，随时有可能被安之甫扔了，于是放弃了安家的念头。

"或者龙将军的东西呢！你有没有帮他做过什么锦囊，香袋，衣服，裤子，鞋子，帽子……"

"没有。都找过了。"安若晨沮丧地说。她当然也想到过这点，但龙大身上的东西也翻查过了，确实没有。

薛叙然急得脑子嗡嗡响，时间不多了。他路途上耽搁了不少时候，就算马上拿到解药，原途赶回，时间上也相当紧迫。何况现在毫无头绪，丝毫不知能从哪儿下手。

虽然来之前已做好心理准备，当真的面对这一结果时，他发现心理准备就是个屁，什么用都没有。他会焦急会难过，甚至会害怕他赶回去时只能见到安若希的尸体。

两个人沉默地坐着，一筹莫展。

过了好一会儿，外头有人敲门。春晓的声音隔着门板响起："夫人，出事了，将军让你速回。"

薛叙然瞪向安若晨。

安若晨站了起来："先告辞了。若我想到什么线索定会告诉你。你自己多加小心，这城里不太平。若是可以，赶紧回去吧。我发誓若想到任何解药下落的可能，定会通知他们马上找，第一时间送给二妹。"

薛叙然凶巴巴地瞪她，不愿搭话。

安若晨也不指望他给好脸色，转身走了。

刚迈出两步，忽听得薛叙然道："安若晨，你二妹若真的就这般去了，我也发誓，我会亲手将她的衣物烧了装骨灰盒里带给你，让你日日看着，铭记于心，她是被你害死的。"

安若晨脚下一顿，停住了。她忽然猛地回头，道："你方才说什么？"

"我说我会亲手烧了……"

"对，装骨灰盒。"安若晨面露惊喜。

薛叙然脸绿了："莫要咒你二妹！"

安若晨叫道："我怎会没想到！骨灰盒！不是我娘，不是奶娘，不是将军，不是我的东西，是骨灰盒。我珍视的、尊敬的，不会损毁，不会遗弃，必会好好收藏的。因为我承诺过，必要将他的骨灰送回去。"

薛叙然愣了愣，啥？

安若晨快步往外走："我马上与将军说，让他速派人去找。你快回中兰吧，我二妹服解药时，希望你能在她身边。"

薛叙然急了："东西在哪儿？我亲自去拿。"

"你拿不到。"霍先生的骨灰她已经交回给了曹一涵，那在石灵营军营边上的一个村落里。不可能给薛叙然泄露德昭帝的下落。安若晨回头道："再者说，你脚程太慢，等你去拿到了，再送回中兰，定然来不及。"

薛叙然板脸，居然揭他的短。怎么知道他脚程慢的？他让马车跑快点不就快了吗？

"我马上回去，安排好了便给你递消息。你收拾行李等着吧。"安若晨说完，急匆匆走了。

薛叙然生气，他行李都没怎么好好拆呢，不用收拾。

安若晨兴冲冲地赶回府衙，还未与龙大说这解药之事，却听得一个重大消息。

巡察使大人梁德浩失踪了。与他一起失踪的，还有以包恒亮为首的东凌国使节。

确切地说，东凌国使节将梁德浩绑架带走了，留下一纸书函。

罗鹏正吃了一口菜，借着这时候认真思虑。他身边坐着心腹彭继虎。对面是三皇子萧珩沂。

罗鹏正慢慢嚼着，将菜咽下去了，再品一口酒，这才决定该说的话。

"殿下问的，梁太尉奏折一事，臣还真没什么想法。他既是查出东凌国的阴谋诡计，化解与南秦的争端，自然是好事。东凌这般作为，若不给他们些教训，确是说不过去。与南秦结盟，打下东凌那该也是有胜算的。皇上想来不会推拒，臣自然也不好拦着。"

说白了，拦着皇上，于他有何好处？打下东凌，丁他有何坏处？虽然梁德浩让他不痛快，但他犯不着为这事惹了皇上不高兴，平白无故跑去碍皇上的眼，可不是什么明智之举。

三皇子笑了笑，也饮了一杯酒，道："丞相大人想得开，倒显得我多事了。梁太尉这一连串事务处理得好，不但查明茂郡乱根，揪出敌国阴谋，平复稳定平南郡情势，还与南秦缔结盟约，看上去不久的将来，还即将为皇上拓出新疆土来。皇上不拒绝，当朝臣子无人有异议，这新疆土十成十是稳拿下了。届时梁大人功勋卓然，风头无人能及，待他班师回朝之时，恐怕那些与他平素不对付的人，日子该不好过了。"

罗鹏正慢悠悠地道："皇上心如明镜，断不会让某位臣子权倾一国，一手遮天。梁大人素来警醒，也断不会做出令人诟病，落人口实之事。谋反之罪，哪怕只是嫌疑，谁又担得起？"

"罗丞相所言极是。谋反之罪，哪怕只是嫌疑，谁担得起。所以在梁大人与边境处理战局危机，剿灭细作阴谋之时，有人欲谋害于他，取他性命，这是将私人恩怨置于国家安危之上，此其一。其二，梁大人正稽查使节被杀一案，若他出了什么意外，细作得以脱逃，战局失利，这是助敌国一臂之力，勾结外敌，刺杀本国重臣。这些，算谋反吗？"

罗鹏正眼角动了动，道："自然是谋反。"

三皇子道："那罗丞相可得当心了。谋反之罪，株连九族。我得了消息，听说梁大人认为，丞相曾经派人刺杀于他。幸得龙将军所救，他这才捡回一命。"

"这真是一派胡言！造谣者定有图谋。"

"我听说他为此写了奏折，他当时带的卫兵皆可为他做证，龙将军也可为他做证，当时的刺客口口声声说，便是罗丞相指使。奏折该是到了父皇手里……"三皇子顿了顿，看了看罗鹏正的表情，道，"看起来父皇并未与丞相大人提起此事。"

罗鹏正道："既是胡言，皇上自然不信。荒诞无稽，不值一提。皇上自然不会与臣提起了。"

"这倒也是好事，丞相大人有时间好好准备准备，调查清楚，待到父皇问起时也好应对。"

罗鹏正道："殿下如此为臣着想，臣有些惶恐了。"

三皇子笑笑："丞相大人领我好意，莫误会我别有用心便好。"

罗鹏正道："只不知殿下需要臣做什么？"

"不必丞相大人做什么，大人自己说得好，造谣者定有图谋。这图谋无论是什么，对你我皆无好处。大人若是被扳倒，朝野定会大乱。列国对我大萧虎视眈眈，外患未平，可莫再生内忧。大人也知道，父皇年纪大了，还未立下太子，自然是心中自有计较。无论这皇位最后传到谁手里，都得国泰民安，盛世太平才好。"

说到底，还是为了皇位。罗鹏正垂下眼眸，未动声色。前线的事他也略有耳闻，梁德浩想诬他罪名他是不惧，他不信这姓梁的抢了个巡察使的活就能给他编排出什么大动静来。

没错，一开始他想让彭继虎任这巡察使自然是有他的打算。龙大领兵与南秦一战，他觉得龙大的胜算更大些。巡查使到了那儿，就是坐等功劳的事。运气好些，拿捏住龙大的把柄，挑挑他的毛病。再将边境那两个郡借这机会都整治了，把两郡太守都换成自己人。

这般一来，多了地盘在自己阵营手里。日后能有大用处。但这事被梁德浩抢了，他是不欢喜。如今看来后果比他想得严重。

方才三皇子萧珩沂所言里，其中最戳他心的，就是梁德浩确是立了大功勋的模样。萧珩沂只字未提龙大，俨然办下这些事儿的只有梁德浩了。萧珩沂是如此，朝中其他人也定会如此。正如他先前所料，龙大十之八九会打胜仗，巡察使过去就是坐领功劳。只是梁德浩的运气更好些。联合南秦打东凌，这事皇上定会欢喜，反正皇上素来不喜欢东凌，弱小无用，还喜欢生事。若能据为己有，还是名正言顺，皇上当然不会拒绝。

这些事让梁德浩办成了，怕是他会最得皇上欢心。这是罗鹏正不愿看到的。

罗鹏正给萧珩沂倒了杯酒，道："殿下所言极是。"

萧珩沂道："若真与东凌开战，我也想到茂郡走走。"

罗鹏正暗笑果然人人心思都一样。萧珩沂在京城一直不算得势，趁着这事去蹭个功劳，拿个爵位，甚至得权辖管东凌，回过头来再争皇位也是大有益处。

罗鹏正正思量如何应话，萧珩沂直接问他："届时丞相可愿向父皇举荐我？"

罗鹏正权衡一番，点头道："殿下有心为皇上解忧，臣自然乐观其成。"

萧珩沂满意微笑，向罗鹏正推过一张折起的纸来："丞相愿助我，我自然也会助丞相。这信上有地址名字，是他派人暗杀梁大人，亦是他雇凶时声称是受罗丞相指使。"

罗鹏正一愣，万没想到萧珩沂居然有这个。他打开纸一看：陶维。

罗鹏正从未听说过这名字。他看了看彭继虎，彭继虎摇头，表示自己也不知道。

萧珩沂道："楼下青色轿子里，绑了一个人，是当时刺杀梁大人的一名杀手。他是唯一的活口人证。我便送给大人表表诚意吧。他身上的伤也未好，大人问话时当心些，臭教他死了。"

罗鹏正心里一动，问："殿下从何处得到的这些？"

萧珩沂道："若是丞相大人站在我这边，那我们自然还有许多机会好好坐下聊聊。今日喝得有些多了，先这样吧。"

当天夜里，龙二得到了消息，罗鹏正已将那杀手带回，细细审去了。龙二拨着算盘细算账，觉得萧珩沂真是占大便宜了。两头均拿好处，两头还都得谢他。

通城里，安若晨一时不好消化消息，再问一遍："东凌使节绑架了梁大人，还留下书信？"

龙大点头："他们声称遭到大萧与南秦的陷害栽赃，他们过来谈判，是我们两国拖延时间，好谋划侵占东凌的策略。所以他们无奈只能出此下策，让梁大人为他们作保。若想他们释放梁大人，有几个条件。第一，释放所有在石灵崖被俘的东凌兵将。第二，他们于南秦境内的兵马全部撤回，南秦不得阻止。第三，南秦与大萧对东凌边境的兵马必须后退三百里。第四，对他们的栽赃指控，须得给他们侦查的时间，亦须同意他们询问调查相关人等。还要等其他国介入共同谈判。"

安若晨叹气："这下糟糕了是吗？将军猜测的都对了。"

"我没猜到会有这招。这招是步险棋，但颇高明。想来是被逼急了。"

"将军快与我说说。"安若晨虽得龙大指点许多，但梁德浩失踪这事突然，她还真不知道会如何。

"辉王不可能来。"龙大道，"当然，原本辉王就不可能来。他刚夺权，皇位未稳，朝中宿敌要清，自然不会贸然到边境来。"

安若晨点点头。这个她知道。将军说过，那般与梁大人说只是试探局势。

"东凌使节绑走梁大人，表面上看，是为了给东凌争取时间，事实上，却是加速了关系恶化。"龙大道，"他们前两天明明平静许多，在城中等待消息，如今突然发难，是因为，鲁升到石灵崖了。"

"这之间有关系？"

龙大点头："鲁升是梁德浩的属官，手上有他的令牌，他代表着巡察使的指令。我不在石灵崖，没人敢拦他的令，也没法拦。"

除非想造反。安若晨明白。

"梁大人被东凌劫持，鲁升便有理由对东凌的要挟进行回应。马将军及那三千东凌将士，怕是命不久矣。"

安若晨张了张嘴，惊得说不出话来。东凌三千俘兵全死，两国必会开战。

"将军。"她握住龙大的手。她知道龙大最不愿见的就是打仗。所以他冒险前来。明知山有虎，偏向虎山行，便是抱着寻找真相，阻止战争的心愿。如今又被人抢先一步，他心里多难受，她能体会。

"梁大人前两日刚嘱咐了，若真与东凌交战，让我在茂郡带兵。原本这命令里所说的东凌之战，就算发生，也会许多日子之后，时间之长，足够将平南与茂郡的兵马调度安排，如今突然这般，鲁升守着石灵崖，楚青定不能绕过他擅自调兵。我若领军开战，用得都不是自己的兵将。"

安若晨反应了一会儿才明白过来意思："这是要置将军于死地。"

"就这般便想置于死地不容易，但手下兵将不好用便是战场上的拖累，如此我不得不全神贯注于战事上，其他事无暇顾及。"无暇顾及查案，无暇顾及家眷，什么事都顾不上，只能闷头打仗。

安若晨想了好半天也终于明白了："就如同南秦能在大萧布下这许多细作一般，大萧在东凌，自然也是可以的。"

所以东凌使节才会出这般的状况。想让他们姗姗来迟他们便会姗姗来迟，想让他们狗急跳墙他们便会狗急跳墙。"这般说来，将军所有派回石灵崖的人，都会被盯得紧紧的吧？"

"对。"

"将军想让我做什么？"

"我须得用战乱之名，将你送回中兰城。没人知道泽清在这边，他可以暗地里护你。你回中兰也行，非说要等我赖在这城里不走也好，看形势而定。"

"好。"安若晨毫不犹豫地一口答应。

龙大却面露为难，他抚上安若晨的脸："晨晨。"

"我明白。将军说过的每句话我都记得。"她的性命，排在大萧安危的后头。她落单，是绝佳的诱敌之饵。在城中或是在途中，她要给对方制造些机会。或者对方给她机会，让她找到证据。

"这是下下策。"龙大强调。

"没关系。"

没关系吗？龙大觉得安若晨这样的表情离他有些远。他将安若晨抱进怀里，又道："我会派人悄悄回石灵崖，让德昭帝现身。现在的时机可以了。"幕后黑手的破绽露得太多了，足够了。德昭帝一现身，南秦攻打东凌的理由便没有了。那东凌阴谋之说，自然也没了。

是时机了。但可惜未占先机。龙大叹气，十分懊恼。

"还得防着德昭帝不被鲁升发现暗地里杀掉。"

"对。"龙大答，将安若晨抱得更紧。

楚青接到关卡卫兵报来的消息，说鲁升正往石灵崖前线来，便速派人去通城给龙人报信，并做了相应的安排。

鲁升来得很快，简直飞速，楚青都怀疑他是否不眠不休地赶路。这让楚青更是警觉。

鲁升来了之后先摆官威，楚青等将官恭恭敬敬。鲁升要干什么便让他干什么，毫不忤逆。鲁升查完军将兵队，再问战俘。楚青领他去了石灵县，那里严严实实关押拘禁着近万俘兵。因人太多，拥挤不堪，环境恶劣，有人病倒，有人伤重身亡。

鲁升细问情形，然后下令，先将南秦的六千多战俘释放。理由有三：一是南秦易主，两国已经停战，正在议和。二是战俘太多，不及时处置会产生疫情，后患无穷。许多百姓有家归不得，太过扰民。第三是眼下战局微妙，仍有细作流窜，全军上下该好好操练备战提防，不该浪费许多人力在看管战俘上。

楚青问："那东凌的三千战俘如何办？"

"东凌正是战事的罪魁祸首，战俘如何办，且等梁大人与东凌相谈协商的结果。"

楚青听罢，自然不反对，他只要求鲁升写军令盖官印，他才敢行事。不然他日后没法与龙将军交代。

鲁升爽快写了军令。楚青依他指令，派人与南秦那头联络，做好接收战俘的准备。之后数日，分次分批将南秦的战俘押送过境，送出石灵崖外。

南秦兵被释放送走之时，东凌大将马永善的囚房里，好些东凌兵趴在窗边或门缝后头看。一东凌兵挤到马永善身边，问他："将军，大萧开始放人了。好些南秦兵都被放走了。会不会放我们啊？"

马永善静静坐着，不语。他想起他与龙腾下的最后一盘棋。

这么大动静的释放，而龙腾并未出现，看来情况确是最糟糕的那种了。马永善看了看拥挤的屋子里塞满的东凌兵士。许多年轻的面庞流露着焦虑的神情。马永善心里对他们说抱歉，他不可能写降书，不能背主弃义，就算这样也许能救下这些人的命。

为国死为君亡，是为将为兵者的骄傲。马永善抬了抬下巴，闭上了眼睛。希望他们以生命为代价，能换来相应的回报。

这数日，鲁升日日巡查军营，要求各营每日向他报告兵将状况。他还仔细清查军队防务，对何处派了多少人手，营中人员总数等等进行核查。楚青不知他是何用意，小心应对。

鲁升又问起细作一案，询问卢正都供出了什么。楚青答："那厮骨头硬得很，没说出什么有用的东西来。"

"可有谈条件？"

"自然是要求将他放了。"

"他如何回报？"

楚青答："一直是龙将军亲自审讯，细节我是不太清楚。只听龙将军说卢正什么有用的情报都未透露。"

鲁升听罢，站了起来，说要亲自去审一审卢正。

楚青大声应话："是。"

楚青率先出帐，一边对着个卫兵冲卢正囚帐方向一摆头，一边为鲁升掀起帐门："鲁大人，这边请。卢正囚在三营区东边囚帐。"

楚青说着，看到那卫兵已绕到帐后迅速消失了踪影。

楚青带着鲁升稳步朝囚帐而去。那卫兵急速飞奔，抢先赶到了囚帐处。守帐的卫兵见了他，也是会意，忙道："他醒着。"

卫兵二话不说，一个箭步迈了进去。守帐的卫兵左右四顾，为他望风。

囚帐内，卢正的伤势已有好转。他许多日未见安若晨与龙大，亦未有其他人过来。他心里颇是着急，正想着办法，忽见有人闯了进来。他还未来得及说话，进来那人竟一拳打了过来。

卢正两眼一黑，晕了过去。

卫兵查看了一番卢正状况，确认他只是晕倒了，放心转身出帐。刚出帐，见得楚青与鲁升远远正往这处走来。鲁升的目光正看着此处，那卫兵来不及撤退，干脆站在帐边值守状。

转眼楚青、鲁升走到帐前，卫兵们忙行礼。鲁升问刚从帐中出来的卫兵："帐内可是卢正？"

卫兵恭敬答："禀大人，正是。"

楚青道："大人有话要问他。"

卫兵再答："小的刚查看过。他伤势未愈，正昏睡。"

鲁升皱了皱眉，大步迈入帐中。楚青拍了拍卫兵的肩，以示夸赞。

卢正确实昏睡不醒。鲁升盯着他半晌，未让人强行将他弄醒，只说待他醒后来报他。楚青与卫兵都一口答应。但那一整日，卢正都"未醒"。

第二日，鲁升欲再审卢正。营将们却有许多事来报，石灵崖处交换南秦俘兵还出了些乱子，鲁升被耽搁了。待有时间去见卢正，卢正却喝了伤药昏睡中。

鲁升未发脾气，冷静地说明日起给卢正停药。

第三日，鲁升一早起来便自行去了卢正的囚帐。这次他终于见到了清醒的卢正。

卫兵忙悄悄去报了楚青。楚青摆摆手表示知道了，这般已经拖延了两日，不错了。看来鲁升确是极在意卢正这人的。他道随鲁大人去吧，让卫兵盯好情况。

能偷听就偷听，送点水送点吃食，看能查看到什么，继续观察鲁大人的反应。

卫兵领命走了。楚青细细思量，有些担心龙大在通城的处境。

卢正并不认识鲁升。鲁升却说："我认识你。你入伍后，是我动用了些人脉将你放到龙大军中。"

卢正笑道："又来套话了吗？这是龙将军与安若晨耍出的新计谋？"

鲁升道："不必套话。我知道的比你多。我还知道你什么都不知道，所以你才能活到今天。"

卢正的脸慢慢沉了下来，他看着鲁升，思索着，然后道："我能活到今天，是我骨头硬，命还大。上次遇刺未死，你们又会想出什么新花招。"

"我并未听说军中还有其他细作。"鲁升道，"所以我也奇怪，是谁刺杀你。你不过一个小卒，根本没有冒险刺杀的价值。你除了知道钱裴、钱世新父子，还知道什么？"

卢正警惕不语。

鲁升轻笑："你什么都不知道。你也没有证据。就算你说自己是南秦细作，说出辉王，那也无用。南秦已经易主，辉王的目的达到了。你看，你甚至对钱世新都构不成威胁。钱裴比你更危险些。"

卢正的心慢慢开始动摇："你是谁？"

"我一进来不是就说过了。我是巡察使的属官，如今是来监军的。"鲁升顿了顿，道，"我手上的令牌，甚至能让龙大听令。"

这时候一卫兵进了帐，要给鲁升倒水。

鲁升安静等他倒完水，说道："我审人犯时，不喜有人打扰。念你初犯，不罚你了。若没我招呼擅自进来，我便斩你的首。"

那卫兵吓得"扑通"一声跪地，又是求饶，又是谢恩，然后连滚带爬跑出去了。

卢正不动声色地看着鲁升摆威风，但鲁升转头向他时，他才问："你既觉得我无甚价值，又为何来审我？"

"你对龙大没价值，对我却是有的。"鲁升道，"在这军营里，只有你对他不是忠心耿耿。我要知道龙大有什么把柄，他犯过的错，做过的违律违纪之事。你知道多少，就告诉我多少。还有，这军营里头，还有谁是有把柄的，谁犯过错，谁该死。你在军中这么久，总该知道些事。另外，你被捕后，龙大都问了你什么？我要知道，他都想知道什么。这样我就会晓得，他都知道些什么。"

卢正的脑子飞快地转着。他看到鲁升起身，鲁升嘴里说着："你慢慢想，我有的是时间，我就坐在这儿等你说。"他一边说着一边退到帐门处，猛地一揭帐门，门外两个卫兵端正站着，跟他进来时一样。

卫兵见他掀帘，忙道："大人有何吩咐？"

"无事。"鲁升看了看这两人，道，"你们退下吧。"他招了招手，换了他的人守帐。

鲁升回到帐中，道："给了他们机会，他们却连偷听都不敢。"

卢正嗤笑："你想抓着他们错处，借机整治楚青吗？"

"初来乍到，总要有理有据地做些杀鸡儆猴的好戏才行，不然如何立威？"鲁升不以为然，他复又坐下，"好了，现在无人会偷听了，你把我想知道的告诉我吧。"

卢正看着他，问："你会放我一条生路吗？"

"当然。除了我，没人会放过你。龙大不在，此处我说了算。如今正是好时机，你当把握住机会。"

卢正还是警惕："我怎知你不是龙将军派来演戏给我看的，一旦我开始答话，警惕消除，也许就被你套出话来。到时候我才是真的没了价值，只能等死。"

"你成功入伍后，留了暗号在村口的槐树枝上。树下埋了你的信。信上写了你的名字，村名，征兵编队号数等等消息。这信经手几道联络人，送到了我这儿。是我安排将你编入龙大的军队的。"

卢正惊讶地张了张嘴。

"如今你信了吗？"

卢正一咬牙："好。但我们先说好了。你要将我安全送回南秦境内才算数。"

"当然，你留在大萧只有死。"

"你想知道什么？"卢正道，"我现在手上有个筹码，我给安若晨的二妹下了毒。"

鲁升听了动动眉头："安家人的死活不重要。龙大与安若晨此时也不会顾得上这事的。"

龙大想法遣开相关人等，让安若晨得以再次悄悄来到客栈，与薛叙然见了一面。

薛叙然听了她的要求很是吃惊："什么，这般快就改口了？你究竟有没有个明白主意？不是嫌弃我脚程慢吗？"

"脚程慢也比到不了的好。"安若晨再将情况的危急分析了一番。

薛叙然瞪着她："所以是想声东击西？你们的人会被监视？那就甩开监视

啊，怎地这般废物？”

　　"甩开也是需要时候，风险颇大。可能还比不上脚程慢的。你是百姓出游，没人会怀疑到你头上。所以他们引开敌方注意，你这头便能安全拿上解药。"

　　"顺带还帮你们把人运到中兰城交给蒋将军？安若晨，你逮谁就利用谁是吗？"

　　"自然不是谁都可以的。"安若晨道，"你是二妹夫，自己人。"

　　"少来这套。"薛叙然瞪着她。就知道当初安若芳那小狡猾肯定是跟安若晨学的。

　　"若我没机会活着再见二妹，你替我与她说句对不住。"

　　薛叙然一愣，顿时垮脸，居然换招。

　　"此事风险极大，那个人身份极重要。我知道求你相助实属不该，但你是最佳人选。若你答应帮忙，我才敢将他是谁人告诉你。"

　　薛叙然想捂心口了，这连环击，他真的快撑不住了。他娘亲的，他好想知道那人是谁，好想担此重任啊。薛叙然挣扎一会儿，咬咬牙道："我是为了你二妹才答应的。"

　　"这是自然。"安若晨道，"若我有机会再见二妹，定告诉她你对她的心意。"

　　薛叙然涨红脸："不必了，我对她没甚心意。"

　　"我会告诉她，你为她能赴汤蹈火。"

　　薛叙然觉得安若晨真是全天下最讨人厌的姑娘了。龙将军颇是可怜，跟着这般的姑娘怎地过日子啊。还是他家安若希这样的讨喜。

　　"废话少说！快交代了，这事要如何做！"他家安若希还等着他拿回解药呢。

　　那日鲁升审了卢正许久，出来后没说什么，只嘱咐让人好好给卢正治伤。

　　楚青主动相问："这卢正可招了什么有用线索？"

　　鲁升摇头："暂时未说出什么来，待他伤好些了再仔细审。"

　　楚青多问两句，被鲁升撇开了话题，反道："楚将军军务似乎不忙，莫要懈怠了。"

　　楚青不好再言语，遂退了出去。行了一段，远远看到一名偏将，那偏将对楚青点了点头，楚青回了一个眼神，若无其事继续往前走。

　　此后，鲁升开始严查军纪。各营各处抓了人来盘问。还将所有军官将领全召了过来训斥，表示过去军纪松散，违律之事频出，人人当警醒改正，互相督促。军营上下气氛肃然，大家全都谨言慎行。

紧接着，从通城那头传来了梁德浩失踪的消息，鲁升表现出了震怒。接连派出快骑奔通城了解具体状况。楚青提出龙将军便在通城，可去信龙将军，听听龙将军的意思。

很快，快骑兵不眠不休急赶，带回了通城中各位官员的通报。

茂郡的代太守崔浩证实先前的消息属实。梁德浩大人被东凌使节劫持，下落不明。东凌使节提出的几点要求均属无理无稽，他们已与东凌那头严正交涉，要求东凌释放梁大人。但东凌拒不承认，反咬一口，声称东凌使节来了大萧后杳无音讯，必是被大萧所劫。要求大萧将人交出。另再次声称南秦与大萧对东凌的指控是栽赃陷害，别有居心。若想用此手段欺凌侵占东凌，东凌人绝不答应，必将抵抗到底。东凌已将此事通告各国，让天下人看清南秦与大萧的险恶嘴脸。

鲁升看完崔浩的呈报气得拍桌，大骂东凌。

再看梁德浩带到茂郡的大将尹铭的呈报。尹铭称东凌大军压境，显然早有预谋。小国弱兵，竟敢如此挑衅，定有诡计。他已安排探子打探军情，对阵之事须得谨慎。

龙大的呈报字最少，语气却是坚决。他强调，事态可疑，切莫妄动。平南郡有南秦细作确是事实，这事未必不是南秦想渔翁得利下的套。莫轻下结论，莫轻举妄动。待查明真相再议。

鲁升连催数日呈报，日日得到的都是无进展的信息，于是便发了脾气。他亲自领着兵队往石灵县，要处斩东凌俘兵，将人头送至东凌，以示警诫。

楚青得了消息，领人赶了过去。"大人，此时处决战俘，恐会引发两国争端。"

鲁升喝问："他们为何会被俘？"

楚青没法答。因为这些兵将入侵我大萧。这话若答了，便是火上浇油。"大人三思。"楚青只得道。

"败军之将，若是不降，理当处斩。是也不是？"鲁升再问。

楚青硬着头皮答："当审时度势，不同情形，不同处置。"

鲁升冷笑再问："东凌在我大萧境内劫持我大萧堂堂太尉，御封巡察使，事情过去多日，音讯全无，梁大人定已遭了毒手。如此时势，如此情形，奇耻大辱，国仇族恨，不该回报？楚将军，你倒是说说看，你言称不同处置，是当如何处置？"

"鲁大人，且等等茂郡那头的消息，再行动作不迟。"

"茂郡那头的消息楚将军未见吗？东凌兵马便就压在我大萧边境，随时进犯。他们于各国散布谣言，谎称我大萧欺凌于他。若不及时处置，待得各国都被煽动起来，联手围剿，我大萧又会是如何处境？"

楚青忙道："龙将军说了，这也有可能是南秦阴谋。"

"南秦有何阴谋？趁我们与东凌交战之时他们再杀将过来？这事不是发生过了吗？南秦与东凌盟军犯我大萧，不是已经发生过了吗？他再有阴谋，打将过来，我们这些驻守边境的兵将们是干什么吃的？"

"大人……"

"楚青！"鲁升怒目而视，喝道，"自我来了石灵崖，你表面依顺，实则事事拖延，我看在龙将军的薄面上，未曾与你计较。你军中纪律散漫，操练不勤，当初对阵南秦，连连败仗，有负皇上亲封于你的虎勇将军之名。认真论起来，当依军法处置。如今我要处斩东凌兵将，你百般阻挠，是何图谋？"

"大人。"楚青也喝道，"大人这是欲加之罪何患无辞。梁大人生死未卜，东凌情势未明，大人急欲杀戮，又是何图谋？"

"来人！"鲁升一指楚青，"将楚青给我拿下。"

周围的兵将均是吓了一跳，直觉反应举枪戒备，护着楚青。

"你们这是要造反！"鲁升怒喝。

楚青摆摆手，让周围兵士退下。他跪了下来，对鲁升道："是末将失礼，言语顶撞，实在不该。请大人责罚。"

楚青一下便示了弱，倒让鲁升不好发作。他缓了语气，再次道："将楚青押下，容后发落。"

鲁升带的两名卫兵上前来，将楚青双臂反剪，绑于身后，押了下去。众兵将看着，满脸不平，但也不敢言语。

鲁升处置完了楚青，环顾四周，所有人均不再有异议。鲁升喝令兵士继续动作，将东凌兵将分队拉出，行斩首之刑。

马永善走出那屋子时面容平静，屋外灿烂的阳光让他微微眯了眼睛。而后他很快适应，看了看四周。周围的东凌兵士以他为尊，均看着他。马永善朝他们点点头，在萧国兵士的呼喝声中带头向前走。

走了许久，见得一片空旷之地。马永善停了下来。他见到一排兵士，隔着三人宽距离列队站着，手里拿着斩首大刀。

马永善听到身旁许多小兵的窃窃私语，甚至还有哭声。马永善继续前行，每一步都沉重，稳稳扎在地上。

身后有人拉他，他听到他的兵士喊他："将军。"

马永善回头看了他们一眼，只道："莫怕。今日天气还不错。"

鲁升皱了眉，喝道："马永善？"

东凌最强的武将，大名鼎鼎。也正因此，南秦才要求东凌派他助战。原是想一来能与龙氏军队拼上些时日，二来若是东凌没了马永善便是没了一臂。先用他牵制龙氏军队，完成第一步计划。接着再寻机灭杀于他，让东凌失去一臂，军力大减。

第一步计划被龙大破坏了，还好，第二步计划是顺利的。

马永善不认识鲁升，未曾见过他。但看他的官服与气势，再加上周边的气氛，也能猜到他的地位身份。但马永善不理他。马永善走到斩刀前头，转过身来，盯着鲁升的眼睛。

身后踹来一脚，踢到马永善的后膝窝处。马永善闷哼一声，被踢得跪倒在地。他双手被缚，但鲁升仍是提防他，离他有些稍远距离，又问："可是马永善？"

马永善的人头，是要特别保存，好好送回去让东凌看看的。

马永善对他轻蔑一笑："我就不问你是谁了。反正，你要完蛋了。"

鲁升皱紧眉头，想了想，对兵士挥了挥手，示意行刑，人太多，且得杀一阵呢。他盯着马永善。马永善却是看了看天空。身后是刀刃破空之声，耳边有军中兄弟的哭喊嘶叫。马永善生命里看到的最后景象，是蓝天白云。

那一刻他最后的念头，是想起他问龙大："换了你，你会写降书吗？"

"不会。"龙大这般答。

也算知己吧。

马永善的人头，落了地。

鲁升挥了挥手，让人过去将人头捡了。东凌兵士怒骂哭喊，还有人欲冲过来以死相拼，被萧国兵士全灭杀了。鲁升丝毫不管这些，他嘱咐将马永善的人头单独保管好，转身走了。

今日天气不错。他完成了一件大事。接下来，就是收拾龙大了。

鲁升回了营帐，问了问手下楚青的状况。手下称把楚青禁在他自己的营帐里。他老实待着，没吵闹叫嚷，也无人去闹事。

鲁升满意点头。他想了想，决定去看看卢正。自那日审完他，便一直忙碌，没再见他，这也是给卢正时间再好好想想。

鲁升去了卢正帐里，卢正醒着，脸色看起来好些了。卢正见了鲁升，态度已是不同，想来这数日被军医照顾得好，饮食等均有改善，他已体会到有鲁升照应的好处。

鲁升又与卢正问了问话。卢正一一答了。鲁升耐心听着，也回了几句卢正的问题。而后他嘱咐卢正好好休息，尽快将伤养好，日后有用得着他的地方。待一切结束，便将他送回南秦。

鲁升从卢正帐中出来，有些失望。卢正招供的那些，对他用处不大。还不如让安之甫状告龙人强抢民女这罪名来得惹眼。不过安家已没用处，他不再多想。而卢正的价值在后头。他若能笼络好他，日后自然让他说什么他便说什么了。到时龙大已死，无从辩驳。

鲁升还未走到自己帐子，便有手下人来报，在附近村落搜查时，见得一村口有兵士出没，其行迹看着颇是可疑。赶前追上却未逮着人，丢了他们的踪影。只见得是着兵服，该是这军营里的人。

"如何可疑？"鲁升问。

"若是巡查，该是队伍出行。他们只两人。且出村时左右张望，颇是小心。走路找有遮挡物的地方走，似乎不想教人瞧见。也不知他们是不是发现了有人看到他们，走得飞快，一会儿便没了人影。看他们奔逃的方向，就是朝这军营而来。我们追过来，近军营时便全是着兵服的，分不出谁是谁了。"

鲁升叫来了军中长史，核对卫兵巡查周边的队伍和时间。想了想，嘱咐那两名手下悄悄去那村子探查一番，看看村中是何状况。是否有兵士在那儿做过什么事。

响竹村一间村舍里。曹一涵仔细地将霍铭善的骨灰罐子擦了擦，为他上了一炷香。他看向坐在窗边的德昭帝，喊道："公子，我做饭去了。"

德昭帝点点头，低头看了看自己的手指，告诫自己务必要忍耐，他定会回南秦，揭露辉王真面目，夺回皇位的。

薛叙然的马车正全速前进，奔向石灵崖的方向。沿途兵哨关卡，他拿着安若晨给他的官府通行令，便称是中兰城郡府授权，允他到响竹村接病重的亲戚到城里看病。

响竹村离石灵崖军营颇近，确非一般人能出入的。薛叙然凭着通行令，一路过关。他紧张又兴奋，越靠近石灵崖，便越有些激动。就该这般干大事啊，凶险中穿行，豪气万千有没有！

薛叙然与安若晨商议好了所有的事。他甚至提了些建议，还给安若晨留了个人手。说是安若晨若有危难，中兰城虽远，不能救急，但好歹有人帮她报个信，可以做后应。其他人他不认识，不敢相信。

安若晨也给了他人手，帮他一路引开追踪，挡住怀疑，为他打点通关。在军中给他做支援。

安若晨告诉他："莫以为越近石灵崖越安全，那处如今被鲁升掌控，确有凶险。你小心行事。那人极重要，切不可让他落入鲁升手里。一定要将他平安送进紫云楼。"

安若晨与他说了几个暗语，一些是联络军中帮手用的，一些是让他拿到解药接上人所用。

薛叙然紧赶慢赶，竟未生病。他的随侍向云豪脚程快，先行一步到前方打探。一路是有小波折，但都有惊无险过去了。这日薛叙然听得车夫的话，掀开了车帘看。

响竹村，就在眼前了。

薛叙然停车等待。过了好一会儿，向云豪独自奔了过来："公子，村子里有兵士搜村。"

薛叙然一惊："为何搜？"

"不太清楚，他们只问村民村子里是否常有兵士过来，他们在村里做过什么，村中可否发生什么不一般的事情。"

"那村民如何说的？"

"就说村子近旁就是军营，出入不便，许多人都已经外迁了。要采买些什么也不方便，货郎也不敢进村了，有个病痛什么的也麻烦。他们听说龙将军自建军营起是有规矩的，兵士隔五天要过来查看村落状况，所以常有兵士到村子里来，他们也都习惯了。兵士有时每家每户问状况，有时会给些独居老人送些米面。倒未曾见到有什么特别的事发生。"

薛叙然松了一口气，但也不敢掉以轻心："他们搜得严吗？"

"一家一户问着呢。"

"那户呢？"

"在村尾。我让宁子先去看着了。"

薛叙然跳下马车："快，带我去。再晚些怕是要糟。"

向云豪甚懂薛叙然，自家公子跑不快，只会拖累脚程。他蹲了下来，薛叙然赶紧伏他背上。向云豪施展轻功，带着薛叙然朝着村尾方向去。

到了那儿，藏身近旁的竹林里。向云豪将屋子指给薛叙然看。烟囱里冒着炊烟，显然这户人家正在做饭。薛叙然心道，真够可以的，死到临头了还不知晓。

正想着，远处走来了几个人。两个兵士领着个看着痞里痞气的村民，村民指手画脚地说着什么，正指着那屋子方向。

宁子跑了过来，低声道："公子，那人跟军爷报，说村尾住着户新来的，他偷偷瞧过，口音语调皆不寻常，像是贵气人家，却穿着粗布衣裳，颇是可疑。他与之前常来村里的军爷们报过这事儿，但军爷们没当回事，还与他说过好自己日子便成，莫多生事。还质疑他跑到村尾偏僻之处是何打算？是不是还跟从前似的，手脚不干净？将他训斥了一顿。他心中颇不服气。如今见得再有军爷盘查，他便再报这事，还问军爷要赏。"

薛叙然皱眉头："真是哪儿哪儿都有奸细呀。那龙将军也不是万能的，这不换了个人管事就能烧他后院了。"

薛叙然迅速做了决定，飞快地嘱咐了一番。宁子领命跑开了。

那两个兵士在那村民的带领下离屋子越来越近。薛叙然的心怦怦跳着，伏低了身子，等待着。

突然，在另一头的山坡林中传来宁子的大叫声："你站住！鬼鬼祟祟做甚！站住！不许跑！来人呀！别跑！"

那两个兵士闻言顿时停下，仔细一听，转头朝着那山坡树林的方向跑去。那村民也着急忙慌跟着跑。

薛叙然一拍向云豪。向云豪背上他几个纵跃奔到那屋前，停也不停，飞快跳到院子里。

院子很小，薛叙然一进去就看到一个青年拿着扫帚伏在院子门后，似乎隔着门缝看着外头情形。看来他们也不是全无准备。

那青年还未察觉院子里进来了人，薛叙然低声喊道："是龙将军派我来救你们的。"

那青年闻声转头，吓了一大跳。

薛叙然抓紧时间，再道："你是曹一涵？"

青年紧张地握紧扫帚。

薛叙然道："安若晨让我问你，一扎新的纸笺有多少张？"

"啊。"曹一涵顿时丢下扫帚，领着他们进屋，"快进来，龙将军有什么嘱咐？今日有兵大哥过来提醒我们要当心，刚才村里刘大叔过来说有人搜村，我正犹豫要不要带着公子走。"

薛叙然摆臭脸："你怎地这般容易就相信人了？你好歹先说个十二张，听听我怎么答才好啊！"

曹一涵傻眼："啥？"

"十一张。"薛叙然挥挥手，有些不高兴。对个暗号也不好好对，如何委以重任！"龙将军让我来领你们进中兰城，到紫云楼，有蒋将军保护你们。这处军营不安全了。"

"走。"曹一涵一点怀疑犹豫的意思都没有，背起打好的包袱，转头对德昭帝道，"公子，龙将军派人来接应我们了。"

薛叙然又嫌弃他："你家公子一直在一旁，听得清清楚楚，用不着你重复一遍。现在最紧要的，霍先生的骨灰罐子在哪儿？"

"公子。"一进屋就四下打量做好戒备的向云豪将供桌上的一个小布包递了过来，依大小形状看，是个小罐子。

薛叙然动手拆布包结子，曹一涵急忙大叫："你做什么？"

薛叙然道："骨灰里有重要物品。"说话间，布包已经拆开，确是个骨灰罐子，上面认认真真写了个"霍"字，罐子上还留有供香的香味。

曹一涵大叫："不许碰先生！"

向云豪"唰"的一声抽出剑来，架在曹一涵的颈上。薛叙然左右看看，拿起桌上的一张纸笺，折弯起成斗状，交到曹一涵手里："帮拿一下。"

曹一涵那个恨啊，真想把他这纸扔地上。但薛叙然已打开罐子倒了起来，曹一涵赶忙捧好纸接住，生怕骨灰有一丁半点掉到地上。

德昭帝身后藏了个棒子，琢磨着要不要上去给向云豪一下，将曹一涵救了，但又怕那剑伤了曹一涵，也心疼霍铭善的骨灰。犹豫间，向云豪却转头横了他一眼，低声喝道："莫动。"

德昭帝不敢动了。

这时听得薛叙然一声轻呼。从罐子里倒出了一颗蜡丸子。他看了看罐子里头，再摇了摇，似乎没有别的重物了，便把罐子递给曹一涵："给你，将你家先生再倒回去吧。"

曹一涵委屈又心疼，双手捧握着纸斗不敢动，眼睁睁地看着薛叙然将那颗蜡丸子拿走了。向云豪替他接过罐子，与他道："快些倒，没时间了。"

曹一涵真想将这二人痛揍一场，没时间了，是谁在这浪费时间的！

薛叙然没理他们，他喃喃自语："不是说是个盒子吗？怎地是个蜡丸子？"他将丸子捏开，看到里头确是个盒子，盒子里有药丸，颜色数量都对得上。这才松了口气。

"找到了，快带他们走。"

曹一涵含着泪，仔细倒骨灰，不想理他。德昭帝问："这是何物？"

"解药。"薛叙然一边答一边跑到后窗望了望。

德昭帝跟了过来："卢正的那个？他说回到南秦才会说藏在何处。"

"不用管他，找到了。"薛叙然说完一顿，"不对，还是得管管他，不能这么放过他了。"

德昭帝又问："你在看什么？"

"安若晨说，屋后不远有个土堆，那后头林子里给你们安排了个藏身处，可暂时躲躲。"

德昭帝这下是真的全信他了："确是。"

"可这窗户颇高呀！"

德昭帝道："你撑着我上去。"

薛叙然摇头："我没这力气。"开玩笑，他虽不够尊贵，但也是娇生惯养且病弱无力的贵公子好吗！

这时向云豪过来了，一手拎一个，火速将他们依次丢到窗外。转身再把已包好霍先生骨灰罐子紧紧抱住的曹一涵丢了出去。

这时院外头传来了敲门声，是那两个兵士回转。"有人吗？开门！"

向云豪跳出窗子，将窗子掩好。德昭帝、薛叙然领着曹一涵已经朝着土堆方向在跑。向云豪赶上前去，一把将薛叙然负在背上，轻松领路。德昭帝转头看了看曹一涵，曹一涵抱着罐子布包猛摇头。他背上人就跑不动了，皇上！不如还是自己跑自己的吧！

四个人刚在土堆后头藏好，屋子后窗猛地被推开了。

德昭帝压低身子，曹一涵忙着将霍铭善的骨灰塞包袱里，薛叙然四下张望观察地形，只有向云豪在盯紧屋后窗的动静。

那两个兵士离开了窗口。向云豪道："快，趁这会儿跑到林子里去。厨房里还烧着饭，他们定会起疑，该会在屋子周边转转的。"

四个人接着朝林子跑。薛叙然伏在向云豪身上，毫不费劲，气也不喘，道："你说你们，要逃命了还惦记着做饭。"

曹一涵很不服气："做饭的时候哪知道要逃命。"

德昭帝更不服气："要么下来，要么闭嘴。"

薛叙然闭嘴了，他觉得自己不是因为德昭帝让闭就闭的，而是他大人有大量，人家怎么都算是大萧的客人，他是主人，客气点是应该的。

四个人跑进了林子里，这段路颇有些距离，德昭帝与曹一涵气喘吁吁，藏身树后，看到兵士果然绕了一圈查看，没看到什么，又绕了一圈走了。

向云豪让曹一涵先带着去事先准备好的藏身处。那是林子里的一块崖缝山穴，外头有茂密的枝叶挡着，看不到里头。穴里放了些水和干粮，看来确是能短暂藏身。

向云豪安置好这三人，便去安排接应诸事。薛叙然叫住他，将解药递过去："这个紧急，安排单骑快马先送回城。"

向云豪应声走了。

薛叙然三人默默蹲穴坑里等着。曹一涵对薛叙然仍有气，头扭一边不理他。薛叙然也不理他，只对德昭帝道："我姓薛。救命之恩就不要求你报了。但毕竟还是有恩的，日后你回了南秦，对百姓好些，对我们大萧也恭敬些。还有，玉石买卖什么的，记得交给我家。"

德昭帝气结："你们大萧人简直……一个赛一个的……"枉他饱读诗书，也找不出合适的词来形容。

"机智勇敢？"薛叙然帮他总结了一下。

德昭帝也将头扭一边，不想理他了。

天黑了，有人进了林子。落叶与断枝被踩得咔咔轻响。德昭帝等人都警惕起来。

一个声音轻喊着："公子。"

薛叙然松了口气，看到向云豪拨开了枝叶。

这回向云豪是带着宁子来的。他说已让人将药送走了。军营那边看不出大动静，但他们动作还是得快些。

向云豪背上薛叙然，宁子背上德昭帝，一行人快速穿过树林，奔到马车处。薛叙然对德昭帝道："安若晨说会派人回中兰城报信，让人接应我们。但他们如今处境也是凶险，不能全指望他们。回中兰虽比来石灵崖好些，但也不能轻忽了，你听我安排。"

"行。"德昭帝爽快应了。

"别忘了玉石生意给我家。"

德昭帝把"行"字咽了回去。

军营里，鲁升皱眉沉思，他刚把些村民放了回去，什么都没问出来。之前卫兵回来报称村中有户人家是外地来的公子，听说气宇不凡，他们想审上一审，但屋里却没人。诡异的是，厨房里烧着饭。

鲁升顿时起疑，让人继续搜村，再把村长等管事的找来。但一连问了数人，他们都说打仗了，村里人走了不少，村尾那处都荒僻了，他们不常往那处走动。是有外地人来借住，但他们没有盘查身份，不知道是什么人。只听说是路过病重，不得不停下养养病，病好就离开。要说模样，也没什么特别之处，就是个十八九岁左右的年轻人，带着个二三十岁左右的青年。

鲁升想不出有什么特别人物是这般的，但他觉得不安。中兰城现在也出了状况，钱世新那蠢货居然被人下套，原本一切都给他安排好了，居然出这乱子。这表示龙大这边还是有准备的，虽然看起来他们一直被压制着，但总藏着些小手段。

这节骨眼上，可不能再出任何的差错了。鬼鬼祟祟的兵士，做着饭偷偷逃跑的贵公子，这里头一定有事。

鲁升下令，两队卫兵出发，一队赶往中兰城，一队往四夏江，沿途盘查可疑的马车和路人，找个十八岁左右的贵公子，他身边有个随从。

中兰城里，钱世新烦躁不安地走来走去，夜深了，他睡不着。牢里又臭又脏，没人特别照顾他，喝的水都不净，他从起初的愤怒，到慢慢绝望。他的罪名定了，多得数都数不清，案录能压满一桌面。

从数年前县里的旧案到现在的收买梁清河，甚至还有他篡改姚文海被劫的案录这等小事，全被挖了出来。这里头定然有姚昆的"功劳"，只有他才会对从前旧案如此清楚。

钱世新气得简直百爪挠心，鲜血淋淋。他用来要挟姚昆的手段，现在被姚昆用在了他的身上。还有他给野猪林的猎户递消息的事，蒋松居然也知道。猎户宋正已被抓了回来，四夏江的岳福也已经被捕，这条往南秦递情报的路子被查了个底朝天。他钱世新通敌卖国的罪名这下是坐实了。

钱世新简直要疯魔，怎么回事，是他父亲钱裴未死，还是那个吕丰宝被抓住了？或者是什么别的出了差错？他不知道。没人告诉他怎么回事，鲁升那边也毫无动静，没有任何消息。

钱世新烦躁大叫，用锁链击打牢门。一个衙差走了进来，对他喝道："莫吵闹，现在这处可不是你做主了。若你生事，我可是会报给蒋将军的。"

钱世新咬牙怒瞪，用力再将锁链甩向牢门，牢门"铛"的一声巨响。那衙差也怒了，迈前两步喝道："让你莫……"

他话未说完，忽然什么闪了一下，他的脑袋掉了。

钱世新目瞪口呆，眨了眨眼才反应过来，这衙差被人削了脑袋，死了。

钱世新"噌噌噌"往后退，衙差的身子歪倒摔落地上，露出了身后的静缘师太。

钱世新一时也不知该喜该忧，是福是祸，只下意识地喊了一声："师太。"

静缘师太也不言语，默不作声地弯腰在那衙差尸体的腰上取下了钥匙，将钱世新这牢房的门锁打开了。

钱世新背贴墙，大气都不敢喘，不知这杀人魔究竟有何打算。

静缘师太看了他一眼，说了一个字："走。"

钱世新又惊又疑，难道竟然是来救他的？

静缘师太也不理他的反应，转头就走了。钱世新这才如噩梦中惊醒，赶紧跟上了她的脚步。无论这静缘师太是何意图，他留在这牢里只有死路一条。错过了这个机会，恐怕再没有了。

出了监牢大门，只见门口倒着两具衙差尸体，静缘师太似未看见一般，脚下停也不停，直接迈了过去，走在墙根处隐身阴影中继续前行。钱世新见此情形，也不敢多看，紧跟在静缘的身后。他对这里地形很熟，几次想出声提醒静缘怎么走更好，但看着静缘冷冰冰的背影，还是将所有的话咽了回去。

先前父亲钱裴入狱，就是恐被静缘刺杀，那时候衙门上下均是戒备，静缘确实没来。如今谁也想不起她，她却来了。

钱世新暗暗服气静缘的心机。莫看她杀人不眨眼，于事情处置上却是细心。这次劫狱，该也是有准备的。

静缘确实如钱世新所料，有备而来。所以他们一路顺利，避开耳目。有些岗哨处没人，钱世新不禁猜测这些人是不是被静缘杀了。之后走到一暗角墙根处，静缘转身抓住钱世新胳膊，拎着他跳了出去。

之后又是一路奔走。暗夜里的街道冷清肃杀，钱世新不太能跟上静缘的速度，但丝毫不敢抱怨。他听到自己的喘气声，还有震耳的心跳。

到了目的地，钱世新又是大吃一惊，竟然带他回了钱府。不过也是做贼一般，悄悄进去，无人知晓。

静缘师太这时候说话了："去拿些衣物钱银，莫让别人发现。"

钱世新愣了愣，想想确实需要这些身外之物。他赶紧去了主屋，静缘师太替他把风，他拿了些财物、干净衣服，想了想包了一套笔墨纸砚，打了个包袱这才出来。

静缘师太也不吭声，带着他又默默地走。这次是去了钱府旁边的一个小侧院。

这院子布置得简单雅致，与钱裴喜欢的主院的华丽俗气完全不同。钱世新在中兰城里的钱府住得少，后来闹出了静缘刺杀一事，他更不敢住了，一直是在衙府待着。竟然也未曾留心还有这么一个小院子，从外头看，似钱府的一部分，但在钱府里头走，这院子又似隔壁人家的。两者中间有一道不显眼的小门通行。

那小门还在院树的后头，着实不起眼。

静缘师太带着钱世新翻墙过去，随手推开一间屋门，进去了。

钱世新跟了进去，又吃一惊。看起来这里竟是静缘师太在住。所以她一直就住在钱府里头？而他却不知道。难怪什么放府后门的消息，放主屋门前的消息，她能很快拿到。

静缘坐下了，对钱世新道："等着，差不多时候再走。城门一开，我们就出城。你乔装一番，他们不会将刚刚逃掉的囚犯与一对中年村民夫妇联系在一起。"

钱世新说不出话来。确是如此，他们发现有人劫狱，定会全城搜查，城门设卡。依劫狱的杀人手法看，蒋松很快会联想到静缘师太。就算他们防着他钱世新出城，大概也猜不到他能与静缘师太乔装夫妇。

钱世新打了个寒战，竟然要跟冷冰冰的杀人魔乔装夫妇……他真是低估了静缘师太，她居然这么能屈能伸，真是让人惶恐啊。

"师太，我们要去哪儿？"钱世新问得小心翼翼。

"去南秦。"静缘师太冷道，"难道你在大萧还有活路？"

是没有。但钱世新觉得静缘师太不可能在意他的生死。"师太的意思是？"

"你答应帮我查案子，忘了吗？"

钱世新傻眼，他如今还能查案子？静缘师太对他的信心和执着也让他惶恐啊。"上回不是有结果了？"钱世新偷偷看了看静缘师太的脸色，仔细斟酌用词，"不是说了，是德昭帝所为。他那时为了登上皇位，所以想除掉心头大患辉王，便指使人做了这事。"

"上回是这般说的。"

钱世新的心悬了起来。

"你帮了我，我自然也会回报予你。你在大萧死路一条，唯有去南秦才能活。你投奔辉王，可有信心他会收留你？"

钱世新的心又落了回来。原来不是逼他继续查，而是回报他。这也是邪门了，静缘师太这种人还会回报别人的恩情？钱世新琢磨了一会儿："我得到了南秦之后，联络看看才能知晓。"说完又恐静缘瞧他不起生出事端，忙又道，"虽非十成十，但也是有把握的。"

"好。"静缘师太非常爽快，"我送你到南秦，从此之后便不欠你什么了。当初辉王帮过我，我也为他杀了不少人，我也不欠他什么了。你联络辉王时，替我把这话带给他。让他莫找我，我也不想再看见他。"

钱世新赶忙点头，有些不敢相信自己的好运气。原先最提防最害怕的隐患，最后竟然是自己的救星。

静缘师太不再理他，自顾自闭目养起神来。钱世新想啊想，盘算着出路。确实啊，他怎么就没想过能去南秦投奔辉王呢。辉王能稳坐江山，怎么都有他钱氏父子一份功劳。

钱世新这会儿后悔杀了父亲了。这辉王与父亲钱裴交情颇深，若父亲还在，会更好结交更容易投靠。

钱世新的悲伤遗憾只有一瞬，他很快振作起来。父亲将联络的办法都告诉了他，他当然可以去投奔辉王。对辉王来说，安置他这样一个小人物再简单不过，改名换姓，给个一官半职委实太容易了。他对大萧又是了解，对平南郡更是熟得不得了。辉王日后肯定还有用得着他的地方。

对，就是如此。钱世新如此一想，顿觉鼓舞。这过程中当然会有些波折，但总比死在这儿强。强太多！

钱世新脸露喜色，微一转眼，却见到静缘师太不知何时已睁了眼，正冷冷地看着他。钱世新忙正了正脸色，道："多谢师太救命之恩。"

静缘师太没理他，闭了眼继续养神。钱世新心里不禁有些发毛，但一想又释怀，静缘师太一直如此，表情显得凶狠罢了。

天蒙蒙亮时，钱世新与静缘乔装成中年夫妇，随着上农活的人群出了城。

城里，钱世新逃狱的消息传遍了大街小巷。勃然大怒的蒋松几乎将衙门里的人全派了出去搜寻，卫兵队也将城门严守，但都没有找到逃犯。

蒋松自上次与静缘师太一战便一直留心搜查，一直没有再见到她的踪迹。这回又让陆大娘去了一趟安家，找安若芳盘问。可安若芳表示一无所知。蒋松派人盯紧了安家，也没有看到静缘师太去找安若芳，安府里也没人见过有姑子来。

蒋松恨得牙痒痒。他知道自己丢了一个最重要的人证，也摸不清静缘师太在这事情里究竟是何意图。他将消息派人送出，以确保楚青和龙大能有相应的应对准备。

通往中兰城的官道上，这几日颇是热闹。有官兵在盘查过往马车和路人，见着贵气公子带随从模样的，都要拦下问一问。而另一拨的驻哨官兵却不一样。碰上有这般的官兵盘查，他们也要盘查，盘查这些官兵是哪里的，做什么的，谁让他们这般行事的。查他们的手令，查他们盘查的人，阻止他们无理扰民。

诡异的是，这数日有好些马车通行，皆是贵气公子带着随从，个个手里都拿着请柬，说是受邀到中兰城参加薛家公子的婚礼。

有邻郡的，邻城的，邻县的，总之附近四面八方的城县都有人来。公子哥们的说辞都挺一致的。请柬都一样，人人带着贺礼。盘查的兵士们一个头两个大，这阵势，是公子爷组队入城抢亲怎么着？

德昭帝坐在一辆马车里，两名随从一个车夫。随从替他递出了请柬。他是邻城穆家的二公子，家里做丝绸买卖的，家宅铺子买卖等事他都照着背了一遍，以防万一。但兵士们盘查得不耐烦，一看又是请柬又是贺礼的，挥挥手让他们过去了。

德昭帝于马车里松了口气。那姓薛的虽是狂妄不讨喜，但确是机智。且这调度安排，没些人脉手腕也是办不到的。

薛叙然的马车被排在了最后，盘查的卫兵觉得他最可疑，没有请柬，也没有备贺礼。薛叙然很是不高兴："我就是那个要成亲的薛公子！我没贺礼，我是要回去拜堂收贺礼的！"

卫兵也很不高兴，耍他们吗？这公子看起来甚是讨人厌，押下再说。

薛叙然被扣下了，但所幸没被扣太久。薛书恩带着管事亲自出城接儿子。一路迎着宾客马车，迎到最后终于见着了儿子。有人证明他还真是那准备收贺礼的薛公子，卫兵们也不能如何，将人放了。

薛老爷领着儿子一路训，要成亲的人了，还毛毛躁躁，都是被他娘宠坏的。婚前闹着游历，游历又不好好游历，又要求张罗请宾客，这里头肯定有什么事。

薛叙然白着脸捂着心口："爹，快别说了，我要生病了。"

薛老爷噎得，生病就生病，还有打个预告要生病的吗？他也想装病给儿子看，告诉他这是被他气得。

德昭帝的马车顺利进了中兰城。车夫提前得了嘱咐，将马车驶向了紫云楼。

紫云楼外岗哨把守，马车未接近，跑了一圈停在了路旁。车夫下了车，到岗哨处递帖子，说是陆大娘的远房亲戚，来见见陆大娘。

卫兵拿了帖子进去了。过了好一会儿，陆大娘出了来，车夫与她低语了几句，陆大娘点点头，走到马车旁，曹一涵重回中兰，颇有些激动，对陆大娘道："安若晨让我告诉你，是林先生让我们来的。"

这是最保险的办法。若是通城那头往中兰城报信失败，或是中兰城里出了什么变故，他们不好进紫云楼，这个暗语能让他们通关，得到接应。

铃先生，是安若晨的代号。只有陆大娘知道。

陆大娘看了看马车里的人，说道："通城的消息刚刚平安送到，你们前后脚。不必担心，进来吧。"

德昭帝的马车驶进紫云楼时，石灵崖那头的鲁升仍未想通，那逃走的公子和随从，究竟是什么人。

拾壹

罪己诏

　　罗鹏正带着调查的证据，悄悄去见了皇上。未带同僚，未张扬事由。

　　正明帝听完罗鹏正所述，看了他带来的案录，道："依丞相所见，不宜将此事交由刑部？"

　　"皇上，此事是个大局。梁大人可不是只想污蔑臣这般简单。此时虽未有大动静，但肯定都有时机准备。后头一环扣着一环，深不可测。此时他就在局中，我们所有人都在棋盘之上，若是打草惊蛇，他毁棋不动，撇清干系，再反咬一口，臣受辱事小，但让这乱臣贼子祸乱朝野，侵害皇权便是大祸，届时大萧危矣，皇上危矣。"

　　正明帝想了想。

　　罗鹏正再道："臣以为，如今这境况，不止刑部，朝廷中越少人知道这事越好。与梁大人交好的大臣官员可不是一个两个，如今未彻查清楚，还不知晓有谁人参与，走漏了风声，有害无利。"

　　正明帝点头道："爱卿所言，有其道理。但爱卿也是知道，朝中与梁大人不对付的大臣官员也不止一个两个，朕也收到了梁大人的奏折，确是对某些朝中重臣有所指控。若不发到刑部和御史台调查，大家各说各的，各有证据，岂能服众？事实真相如何，还是要公正调查为好。"

罗鹏正松了口气。皇上说出梁德浩有发来诬陷栽赃他的奏折就好。事实上，三皇子萧珩沂已经查到，皇上悄悄让刑部调查他。查到了什么，到哪一步，他都已然知晓。原本他不以为然，但萧珩沂比刑部查到更多。这个更多，让罗鹏正吓一大跳。

梁德浩布局缜密，显然不是一时念起，临时准备。有证据可证明罗鹏正偷取兵库暗令、串通细作、买通杀手、私建军队，罗鹏正自己八百年没去过的别庄，竟暗藏地库，存储军备……这些一件件一桩桩，足够罗鹏正全家死一百回。没个几年的筹划布置是断不可行的。若是被刑部查到，罗鹏正定然百口莫辩，只能等死。

萧珩沂觉得，刑部没查到，是因为梁德浩还不想他们查到。因为时机未到。梁德浩自己不在京中，若案子有个什么闪失，他先前的那些布局就全浪费了。而且有些为他办事的人他也得处置干净，不得走漏风声。再有就是，这些罪证，不能凭空出现，定得有什么事引出来。没什么比梁德浩在茂郡查到了线索，进一步回京查证更自然的手段了。

"他先拿下了东凌，讨得父皇欢心，再回京呈报上禀边境处调查所得。那些细作报的消息，将会在罗大人的罪证里一一得到证实。再加上刑部已然取得罗大人欲杀梁大人的罪证，为何刺杀，自然是罗大人自己去不了茂郡，恐梁大人去了之后查出些什么来。"

简直天衣无缝，毫无破绽。

罗鹏正不得不承认，这布局巧妙，计策高明。"那刑部未查到，殿下又是如何查到的？"

"刑部是查罗大人，我查的是梁大人，自然查出的东西不一样。罗大人，茂郡离京城甚远，我们坐在此处得到的消息都是滞后许多，如今梁大人的计策也不知实行得如何，他何时再抛出绳来将罗大人紧紧绑住，这个我们也未可知。罗大人当抓紧时机，抢先下手，摆脱困局。"

于是罗鹏正来见了皇上。他被萧珩沂说服了。

计划是这样的，罗鹏正先来探探正明帝的意思，让皇上相信这事非同小可，并非权臣派系争斗，而是借用争斗掩饰布局的逆臣谋反。此事须得暗查深究，确保涉案众人逃脱不得。而且这个领头查案的，须得是个中立公正的人。萧珩沂到边境与梁德浩周旋查探取证，而罗鹏正自己留在京城压制梁德浩那一派的人马，让他们不得从中捣鬼，不得暗助梁德浩行事。

萧珩沂还说，若他能前往，可借此事帮罗鹏正拉拢龙大。此事中龙大也定是受害一方，罗鹏正借此多一盟友，岂不是好。

当然好。罗鹏正自然也是看中龙大，但梁德浩与龙家关系素来亲密，他从前也只能将龙大视为对方阵营，若能借机拉拢过来，当然再好不过。不止龙大，罗鹏正觉得若是扳倒了梁德浩，朝中许多人与事都将不一样了。

"臣以为，由二皇子殿下领头查办比较适当。二皇子殿下聪慧英明，定能看出这些事里的玄机。再有，茂郡那头如今不知是何情形，到了那处，得有个压得住的身份。哪个官臣去都恐怕不能胜任。再派巡查使？哪个巡查使权势更大？这恐怕会引起梁大人警觉，将事情掩盖了。"罗鹏正与正明帝一番讨论后，终于提出了人选。

正明帝果不其然反对了："我倒是知道，珩隆与爱卿走得颇近。"

罗鹏正忙道："皇上明察，二皇子殿下全心向着皇上，素来以能为皇上解忧而欢喜。他定全力以赴，公正断案。"

罗鹏正越是夸萧珩隆正明帝就越是不放心。这事情里，如今他还没有决定要相信谁。梁德浩与罗鹏正两个都是重臣，两个都指责对方谋反，两个都有证据。罗鹏正的证据更夸张些，他摆出了"自己谋反的证据"，说这是梁德浩准备的。

有可能是梁德浩准备的，也有可能是罗鹏正看梁德浩已经揭穿了他，而不得不先声夺人，反咬一口。

这事情务必得认认真真查究。不偏帮任何一方，不放过任何一人。将朝堂上的波澜压到最小，不造成大乱才好。

正明帝道："这般吧。让珩沂去。他与梁大人也没什么大交情，该会公正判断此事。你拿来的这些证据也得查，既是布置了这许多，总会有些线索源头。你担心刑部走漏风声，担心御史台有失公允，那么这事由朕亲自来督查。朕倒要看看，谁敢串通谋反，谁敢给反贼通风报信。"

罗鹏正心中暗喜，叩首道："皇上英明。臣遵旨。"

如此这般，萧珩沂得了皇令，要到茂郡和平南郡督查谋反一案去了。正明帝没有大张旗鼓宣扬此事，嘱咐萧珩沂低调行事。

萧珩沂很快带兵上路，临走悄悄与龙二招呼了一声。龙二晃着脑袋："莫与大哥说你帮他找了盟友，他最烦罗丞相了。"

萧珩沂没好气："不增加些筹码，如何确保罗丞相一定顺我之意。他拿了证据，转头让二哥立功去，我成桥板子了。"

"是是是，殿下英明。"龙二夸赞的语气非常真诚。萧珩沂白他一眼，踏上征程。

通城里，龙大拿到了石灵崖的军报，面色凝重："马将军被斩首了。"这是可预料的结果，但真的发生时，他仍觉得不好受。

安若晨过去抱住了他的腰，试图给他安慰。

"他是位汉子，忠义勇猛。泽清说，他冲进陷阱之时，已知中计，他还有机会逃脱，却为了救手下兵将，杀到了最后，方才被俘。"龙大叹息。

"若是逃脱了，也会被借机处置的。"安若晨道，"他与将军一样，会让反贼觉得是个隐患，不除不安心。"

龙大点点头。

这确是事实。走到这步，他确是个大隐患了。所以鲁升杀了马永善，确保东凌与大萧会开战，这是除掉他的好时机。而他如今还不知道京城那头的进展如何，而石灵崖一如所料，楚青被制住了。鲁升借口防止南秦阴谋，趁乱局之时入侵石灵崖，要求众兵将原地戒守，不得发兵茂郡。

要揭穿阴谋，得先保自己平安，保安若晨平安。京城也罢，石灵崖也好，要等到他们支援，怎么都得想法撑到解局的那日。

也许他们还能有时间，如果德昭帝这步棋走得够快……

门外忽有卫兵来报："将军，东凌宣战了！"

好吧。不如鲁升送人头的速度快。

龙大应了一声，有些无奈。若他是东凌主将马永念，收到兄长马永善的首级也定要宣战，可不会慢吞吞等皇帝的旨意。

他看了安若晨一眼，安若晨忙道："将军务必保重。"她知道，龙大得走了。

"我与你说的那些，你可记住了？"

"记住了。"安若晨看着龙大的眼睛。将军此去，何时能回来，能不能回来，都是未知了。现在只求德昭帝安全到中兰，希望薛叙然真的顶用。

安若希看着薛叙然，大叫一声，冲过去捶了他好几下。

薛叙然傻眼，哇哇大叫："你这疯姑娘，做甚打人！"他在外头冒了这么大的凶险都没挨上一指头，回到家来却被揍了？！

"我以为你回不来了。"安若希抹眼泪。

薛叙然动了动肩膀胳膊，还真挺疼的呀，她打起人来手劲挺大。娘亲的，不会婚后总被打吧？这样可不行。到时让护卫跟她切磋也不合适呀！难不成得叫几个丫头练一练？

"以为回不来，那回来了不是该欢喜吗？"

"很欢喜呀。"

薛叙然给她个大白眼。

"看来那解药没错，看你吃得生龙活虎的。"

440

"我还没吃呢。"安若希答,"我吃了毒药。"

"……"

"毒发了,又吃了一颗续命,然后解药才送到的。"

"那赶紧吃呀!"

"万一那解药吃了马上死了呢。我好歹死在你面前。"安若希答。

薛叙然捂着心口倒在桌上。

安若希吓了一跳:"薛公子!"

"莫管我,我气死了。"

安若希撇了撇嘴:"我说的是真心话。你看,我把解药带来了,打算当着你的面吃的。"为了当面吃药还得跑到喜秀堂对暗号,也是辛苦。

薛叙然偷偷抬了眼皮看。安若希拿药的手在他眼前晃了一下,然后就着水把解药咽了。

薛叙然见状,正想抬头与她说话,却见安若希忽地捂了心口也倒在桌上。薛叙然吓得:"怎么了,这药真有问题?你哪儿不舒服?"

"没不舒服。"安若希抬头道,"我这是表示,与你一起死。"

薛叙然猛地跳了起来要去抓安若希,气死他了,来不及让丫头练了,他自己来!安若希也跳了起来绕着桌子跑。薛叙然骂道:"你站住,再这般讨人嫌,我不娶你了!"

"那不行。"安若希没站住,他追她就躲,"你要是悔婚,我就披麻戴孝到你家门口哭晕倒地,还要唱你是负心汉。"

薛叙然才真要晕倒,这还有连哭带唱的?

"撒泼耍赖我挺在行的。"从小于家中看母亲与众姨娘斗法,得了不少言传身教。

"这没什么可自豪的好吗!"薛叙然真的好想悔婚。现在还来得及吗?悔了还能看她是如何连哭带唱的。

"你见了我大姐了吗?她好吗?"

薛叙然愣了愣,他正想象负心汉要如何唱呢,怎么话题转这般快。他停了下来,正了正脸色,清了清嗓子道:"你大姐,她说,也许她不能再见你了,让我与你说,对不住。"

安若希的笑容僵住了。

薛叙然忙解释:"也不一定会死,她这么狡猾阴险,那龙将军也是,定不会出事的。"

安若晨骑着战鼓一路相送,将龙大送到城门外。

队伍浩浩荡荡，千余骑精英骑兵列队尾随，那是龙大从石灵崖带过来的队伍。除了这队人，前线兵营也罢，城中驻兵也好，全都是茂郡驻兵及梁德浩带来的兵队。

茂郡代太守崔浩和其他郡县官员陪同送行，在城门竹亭摆了好酒好菜列了仪式，预祝龙大战场取胜凯旋。

龙大脸上没甚表情，全无武将赴战场之前的意气风发、鼓舞人心姿态。一路上大多是与安若晨说话，说的尽是嘱咐与告别，颇有生死别离的意味。

崔浩于一旁看着，心里也能理解。他知道龙大心里不痛快，武将手里没有自己亲自训练出来的兵，自然是不踏实。但梁德浩失踪之前下过令，三国形势复杂，东凌小国挑衅定有诡计，若是开战，要由龙大挂帅。平南郡与茂郡的兵将全由龙大调遣。

如今开战太过突然，龙大的将兵定不可能马上从平南赶来。龙大连下兵符调令，但石灵崖、四夏江的兵马严防南秦，没有合适的调度也不能乱动。鲁升在那处守着，龙大处处受制，自然心中窝火。

崔浩心知肚明发生何事，却还得装成无辜模样，配合着打好官腔，安排好诸事。如今他立在龙大身边，竖着耳朵听龙大与安若晨说话。

事实上龙大与安若晨没说什么正经事，只在那儿儿女情长、离情依依。什么夜里早睡饭要吃饱，各自保重云云。在亭子那儿行过送军礼，各官员都商议前线情势，只龙大拉着安若晨站在太阳下头看影子。

"从前我初初对你牵挂，便觉不该，便离了紫云楼躲到军营找事忙碌。但越忙碌心中越是想你，便知事情不妙。从前不知晓欢喜一个人是何滋味，后来看到自己于灯光下映在帐上的影子，忽然明白。"龙大这般说着，安若晨握着他的手静静听。

崔浩听得嘴角抽抽，但仍不避开，装没听见。

龙大继续道："帐壁上只我一人影子，我竟觉得孤单。后来我快马赶回紫云楼，见到你时，心生欢喜，再无沮丧。"

安若晨接话道："我还未曾见过将军沮丧呢。那会儿只觉得将军颇爱训斥人。"

龙大哈哈大笑，笑完了，又道："那会儿我最欢喜的事，就是与你在紫云楼里头散步。你在耳边絮絮叨叨，我俩的影子在地上挨得很近，颇是舒畅。"

"那时候只觉得将军甚是严肃，总是低头不语。有时走了许久也不吭声，我还紧张，不知将军想些什么。"

龙大低头看着地上的影子，安若晨挨在他身边，影子贴得近似一个人。"我想若一直能成双成对，那该多好。"

崔浩低下头去摸了摸鼻子，按捺住浑身的不自在。威武严肃的大将军说什么情话，怪恶心人的。他假意与旁边的官吏扯了几句别的，一边继续留意安若晨与龙大说些什么。

于崔浩看来，安若晨也是沉着，龙大说得这般恶心，她居然面不改色，还能接话。

"将军既如此说，那我也不客气了。将军知道，我一向要求无多，如今想求将军，日后无论如何，将军莫要将我独自撇下，将军回家，便带我回家，将军打仗，便带我打仗。我定不会拖将军后腿，坏将军正事。这般将军沮丧想看影子时，我就在呢。"

龙大没马上说话，停了好一会儿，才道："若我此次能平安归来，便依你所求。"

崔浩抚抚眉角，未动声色。

回到城中，崔浩派人细心留意，手下人回来报，说将军夫人如常起居，未见收拾打包，似乎没有离开通城的打算。但崔浩仍不放心，因为龙大那句话——若我平安归来。

不过是小小的东凌，就算兵将不是自己的，但龙大久经沙场，经验老到，见识多广，加上还有尹铭等大将在，他甚至可以不亲自出战，就这般还担心不能平安归来，是故意拿吓唬当情话，还是他根本已经察觉到了什么。

崔浩想了又想，还是决定先什么都不做，看清情况再报。

第二日，安若晨仍是如常，她甚至又出去瞎逛瞎买了。但这日也有件不寻常的事，城中有流言散传，说巡察使梁大人被东凌使节绑架，已经遇害了。

这个论述有理有据。首先，若不是确切知道梁大人已然遇害，石灵崖又怎敢杀了东凌三千人报复。其次，东凌使节绑着个大活人，如何能逃出通城？如何确保梁大人不会逃脱后带兵讨伐，只有杀掉才是最稳妥的法子。杀了，却说人在我们手上，借以要挟。再有，若是梁大人活着，且使节又逃回东凌了，那将梁大人押于阵前，大萧兵将，哪个还敢战？可居然开战了，打起来了。显然东凌没那般做，这自然是因为手上没人。为何没人？因为死了。

崔浩听得手下报来这些，大吃一惊，想了想忙问："是谁人传的，可是龙将军夫人在外头说的？"

手下忙称不是。这些话应该前些日子就开始传了，只是大家未相议太甚，可昨日前线狼烟起，战鼓响。龙将军领兵出城穿街过巷，老百姓看在眼里，自然惊慌。这些传言才在市坊间爆发开来，街头巷尾议论纷纷。大家还说，一直未能破案，找不到梁大人，也是因为如此。

另一手下称，今日跟踪龙将军夫人，她在衣铺子里与旁人聊天时，似才听得这些话。她还问了好些，与那些妇人聊了许久。

崔浩皱紧眉头，知道事情不妙。看上去这只是市坊传言般小事，但却有一个后果，这会让所有人都觉得，若是梁大人未死，就太可疑了。

崔浩终是不放心，他写了封信，去了趟美膳酒楼。

这世上奇事很多，但若想死后复生得顺顺利利，却也不那么容易。

德昭帝坐在蒋松面前，听他说计划安排。

"第一，须得将陛下活着的消息尽快泄露出去，堵住开战的借口。但不能让别人知道是将军救了你……"

蒋松话未说完曹一涵便忍不住问："为何？"

蒋松答："眼下情势复杂，莫要把将军卷了进来，省得被栽了罪名，解释不清。到时对谁都没有好处。"

曹一涵又问："会被栽什么罪名？"

"很多。"蒋松耐着性子，但这说来话长的事，真没耐心一点一点揉碎了掰开了细细与他分析。

曹一涵还想问，但见皇上看了他一眼，赶紧闭嘴低头。真是喊公子喊顺嘴了，都忘了规矩。

蒋松继续道："陛下可知我们大萧平南有放福灯的习俗？"

"知道。"

"陛下将自己逃脱逆臣谋害，仍平安活着的消息立在福灯上，消息沿江漂流，不止南秦人能看到捡到，我大萧兵也可以。于是我军兵将遇到了逃难的陛下，将陛下救下，暂送回中兰城安置询问。"

"好。"这个与龙大先前说的一样，德昭帝早有心理准备。

"陛下到了中兰，我得马上将消息上报朝廷，由皇上定夺如何处置落难的陛下。陛下也可借此机会，向皇上陈情请求庇佑和协助。"

合情合理。德昭帝点头："行。"事实上他在响竹村时就琢磨了好些日子该如何写这陈情书。不止要给大萧皇帝，还要传遍各国，让天下人都知道辉王诡计，天下人共讨伐之。

"再有，我的兵将会保证陛下安全，可一旦陛下活着的消息传出去，辉王如何反应，我国皇上如何反应，前线战情又会如何，细作奸细们会有什么行动，我们可是不能全都预料到的。陛下与辉王之间的权位之争，也不是我们能插手的。"

"这个朕明白。"最难的部分，其实是最后的部分。辉王如今稳坐朝中，而自己落难他国。手中没有钱银，没有兵将，也不知道朝中有多少人归顺了辉王，他如何把皇位夺回来？！

德昭帝咬咬牙，道："先让天下人知道，朕还活着！"

蒋松道："我比陛下着急，但恐怕我们还得等等。"

"等什么？"

"石灵崖那处，有个官阶比我们大，拿有巡察使令，能名正言顺差使我们的人。得先把他解决了。不然陛下的安危无法保证。陛下若是与东凌马将军一般遭遇，恐怕我们的仗打也打不完了。"

"你们如何解决他？"

"自然是抓到把柄罪证名正言顺地处置。错一步，都是麻烦。所以要等。"

石灵崖。

鲁升很不安。那个不知身份潜逃出去的公子让他觉得会是个大隐患。他琢磨数日，终还是决定给通城那头写封信禀报这事。

用暗语将信写好，封上火漆，放入竹筒，交给他的驿兵。这驿兵刘广只送秘密信函，对事情该怎么办很是清楚。

刘广出发了，可刚出营门没多久，却被人拦了下来。

拦下他的卫兵搜他的身，劫他的信，还将他押了下来。刘广大惊失色："这是鲁大人的紧急公函，必须火速报通城，尔等居然敢劫信，这是要造反！"

卫兵们二话不说，将刘广的嘴堵了，五花大绑，避开鲁升的耳目，将刘广押到楚青帐子里。

楚青接过信，拆开看了看，问刘广："这是要送给谁的？"

刘广不敢不答："茂郡崔太守。"

楚青点点头，又问了几个问题，派了卫兵下去传令，然后让人将刘广押下去了。营中各兵将得了令，皆是精神大振，迅速分扑各处，将营中鲁升的人马全都拘了起来。

楚青拿着那封信，去找了鲁升。

鲁升见得楚青来有些警惕，再看到他手中的信，脸色一沉："楚将军好大的胆子！"可笑，他不会以为一封信便能拿住他的把柄吧？

楚青装模作样道："鲁大人才是胆大包天，我这点胆子不值一提。"

鲁升喝道："楚将军劫了我的信，意欲何为？"

楚青道："鲁大人意图谋反，我当然得处处小心，提防着大人些。大人的信件往来，人手调度，我自然是关切的。"

鲁升怒极反笑："意图谋反？我看意图谋反的是楚将军！自我来了这石灵崖，楚将军便摆弄许多小动作，弄些小绊子。我看在龙将军的面子上，未曾将你严惩。没想到倒是我做错了，我低估了楚将军。原来楚将军不止有些小动作，如今却是连我的公务密函都敢公然劫了。这不是谋反是什么？只不知这是楚将军自己所为，还是根本有龙将军授意？"

楚青道："我也想问问鲁大人，鲁大人意图谋反，是鲁大人自己所为，还是根本有梁大人授意？"

"一派胡言。"鲁升喝道，"梁大人为皇上解忧，为国涉险，遭了东凌的谋害，如今生死未卜，下落不明……"

鲁升话未说完，就被楚青打断了："鲁大人不是断定梁大人已然遇害，这才斩了东凌三千将士，还大张旗鼓嚣张至极地将众人头运回东凌示威，如今怎么说梁大人生死未卜？"

鲁升冷笑："你不必咬文嚼字话里挑刺。梁大人遭东凌劫持确是事实，我斩了东凌三千人以示回敬也是事实，东凌挑衅，难不成我们还得跪下求饶。我的作为，又有何错？就是摆在皇上面前请他评理，我也是要这么说。"

楚青回道："随你怎么说，你意图谋反，我有证据。"

"就凭你劫的这封信？就凭我处置了东凌俘兵？"鲁升冷笑，"楚将军谋反，我才是有真凭实据。巡察使监军处置战俘，你堂堂大将当众闹事，意图煽动众兵士，在战俘面前灭我大萧国威，辱我大萧国格，此乃重罪。你监视巡查使行踪，劫取公务密函，又一重罪。我现在就能将你斩于帐前！"

"鲁大人说得挺威风。斩我！凭什么？凭大人的贼胆？"楚青笑了，"还是凭鲁大人高超武艺？我得说，不必别的将兵凑热闹，我自己单独与鲁大人比画比画，也是稳操胜券。对了，忘了告诉大人，大人带来的那些兵将，我全拿下了。"

"楚青！"鲁升这下是真有些慌了。再能言善道，也敌不过刀剑棍棒。鲁升来这儿所凭仗的，不过就是自己的官威。他比楚青官大，拿着巡查使令，他代表的就是皇上的旨意，所以他觉得没人敢将他怎么样，但如若这些混账兵将胆敢拘了他的人马，就表示他们压根没将他放在眼里。官威不存，他在这军营里就是狼群中的羊。

别说什么谋反不谋反，证据不证据，他们想把他切成几段，都是随意。

"楚青，你莫犯糊涂。"鲁升忙道，"我在石灵崖监军一事人尽皆知，莫说我与我带来的所有人马都出了事，就是我一个人有点什么差错，你也脱不了干系。你求一时痛快，后患无穷。你不仅自己犯下重罪，还拖累了全营兵将。朝廷怪罪下来，龙将军也难逃罪责。你可得想好了。"

"我可没糊涂。你以为我要做什么，杀了你吗？若真能这般，事情倒也简单多了。可惜我们与你们不一样。你们处置事情，除了栽赃陷害就是杀人灭口，宁杀错不放过。我们却还得苦苦找寻证据，得有理有据地将你们处置了。好人总是比坏人难做。若真能不管三七二十一全杀了，又何至于闹出这许多事，牺牲了这许多人。"

鲁升不言声，狐疑地瞪着楚青。所以他打算用什么手段？

楚青举了举手中的信，问他："这信里说，石灵崖旁的响竹村逃掉了两个可疑的年轻人，你还未查到身份，让'他'也警惕些。这个他，是谁？"

鲁升定了定神，将楚青为何能读懂他用暗语隐藏的意思的不安压了下去，道："如今是战时，细作猖獗。前些日子在响竹村查到两个可疑的年轻人，可惜未查到身份，便叫他们跑了。我估计就是细作。于是去信崔太守，让他通城那头也警惕些，这有何问题？"

"有的。一是信里的口吻颇恭敬，我觉得崔太守会受宠若惊屁滚尿流。二是既是细作，为何只提醒茂郡，却不通知平南。明明你发现细作的地方，属平南地界。你也未要求营里严查，只悄悄派了自己的人手沿途设卡拦截。"

鲁升冷道："平南也要通知，但我还未来得及写信。不要求营里严查是因为我没有凭证，只是直觉那二人可疑，而你对我的嘱咐向来不好好遵守，我也懒得多事。"

"大人的意思是说，隔着老远特意嘱咐崔太守，是因为崔太守听话？"

"我未曾说过。"

"那日后给大人定罪之时，我会告诉刑部，也要好好查查崔太守。因为看起来崔太守跟大人是一伙的。"

鲁升冷笑："你当刑部是你掌事，你让查谁就查谁。你方才还夸耀什么有理有据，你押了我的人，还想处置我，就凭一封合情合理的公函？这叫有理有据？"

"这封信表面一堆杂事，实则藏了暗语，这些暗语的办法，与南秦细作用的很像，所以我读懂了，此其一。其二，表面上虽是写给崔太守，但实际这信是要给另一个更重要的人看的，所以语气才会恭敬。在茂郡，身份官阶比鲁大人高的，便是梁大人了。可梁大人明明被东凌大使劫持，用大人的话说，生死未卜，下落不明，又怎么可能能读到大人的信呢？这些疑点，够大人慢慢解释的。"

鲁升正待嘲讽楚青强词夺理，楚青却又继续道："但还有些事，是大人没法解释的。大人与南秦合谋，在大萧境内安置细作，为南秦细作安排身份，利用权职之便让他混入军中刺探情报。为了让他立功表现，还曾故意制造事端，谋害百姓，将功劳送到他手上，使他得到军中赏识，步步高升。有县令对案情怀疑，你还找了借口将县令远调。"

楚青越说鲁升的脸就越难看，难道他与卢正说话的时候，他们还真找了机会偷听了？

偷听又如何，没人承认，就是他们信口雌黄，瞎编乱造。

但鲁升还未有机会谴责楚青，楚青又抢先道："我有人证。"

鲁升飞快道："你自己的人，怎么教怎么说，算个屁人证。"终于抢到说话机会，自觉将楚青噎回去了，还如愿说了脏话，心里舒坦些了。

可楚青却道："不是我的人，是大人的人。"

楚青对帐外大声喊道："带他进来！"

鲁升一看，心里一沉。是卢正。

卢正这段时间伤养得差不多，气色好多了。他被五花大绑，由卫兵推了进来。他进来看到鲁升，已知是怎么回事，摇头道："大人，我也是无奈。"

鲁升一惊，还待挣扎："你们胁迫他做假供，自然……"

"不止他这人证。大人与卢正说的地点人物细节，我们都派人快马去查。最近的旺福村那事，已查得证据。大人自己交代的，可比卢正知道的还多。其他的事，后头再慢慢查来。我说了，若不是要有理有据地拘捕大人，我们真犯不着等到这时。我不是因为大人的信来的，而是我刚刚收到了消息，事情查清楚了。但有了大人的信，我们多了份证据也是不错。这般若是大人有担当欲一肩承担罪责，包庇其他的卖国贼子，就不能够了。"

楚青挥了挥手，让卫兵过去将鲁升拿下。

鲁升这时候才真正明白事情糟到何种地步。他瞪着卢正，万没想到，最后竟是毁在他身上。

卢正低声道："大人莫怪我，大人承诺的事，早有人承诺我了。依我看来，那人的承诺更稳妥些。"

德昭帝亲口答应让他回南秦，给他份差事让他好好终老，自然比鲁升说送他回南秦更可靠。德昭帝需要他指证辉王，他有价值。鲁升却不一样。杀人灭口这种事，他真的见得太多了。

楚青看得鲁升的表情，心里很是痛快，他道："大人莫要不服气，从大人踏进这营里开始，我们便是做了准备的。故意拖延不让大人见卢正，不过是给大人增加些信心，让大人觉得我们拿卢正没办法，防着大人审他。卢正越是受欺凌很无助，大人就越对自己的筹码有信心，觉得卢正必会言听计从，所以大人才会放心说那些话。当然大人涉案之深，出乎我们的意料，这也算老天相助了。卢正没办法暗示大人，也必须按我们的要求每次谈话诱导大人多说些罪证，因为那帐子有隔层，有人时刻盯紧了他的动静，监听他的每句话。他若忤逆，死路一条。我安排卫兵在帐外试图偷听，被大人察觉，也是想让大人笃定，没人能偷听。大人安安心心，自供罪状。"

鲁升气得七窍生烟，大喊道："你们这群粗汉莽夫，你们且等着看！"

楚青踏前一步，看着他的眼睛道："你才要好好等着看清楚，看看最后是如何将你们这些逆臣贼子收拾干净。你们让龙将军去通城，欲谋害于他，夺他兵权，你当将军傻，不知道吗？！武将没脑子，如何打仗？你自诩聪明，可曾想过，你远在中兰之时，我们便在这营里盘算推演各种对付你的可能。将军一早就交代好了，你们对他'请君入瓮'，我们对你'瓮中捉鳖'。"

鲁升被押下去了。他脚步踉跄，心中不安。通城那头，不知会如何解决。原以为龙大孤身无援，家眷拖累，败象已露。如今看来，竟不是如此！

十里坡其实是处风景优美的地方。此时正值夏初，绿树葱葱，鲜花盛开，微风拂过，似有清香，正是观景的好时节。若在以往，必是人头攒动，欢声笑语。可惜如今却不一般。两军对阵，十里坡正夹在中间。坡上南北两头插着东凌、大萧两国战旗，战旗之后一路延绵交错摆置着长枪拒马、箭盾铁索、巨石拦墙等等，谨防对方突袭冲刺。

高高的岗哨台上，值守士兵眺望远方敌营，值守戒备。

龙大初到兵营，主将尹铭亲自来接。为他介绍了营中各处状况，报了口令交了令牌，引见了各将官等等。龙大细问军情，查看了军略地图，问清战需准备及东凌宣战情形等等，与众将商议应对之策，一日很快过去。

第二日一早，岗哨处吹起号角，显示有敌来犯。一卫兵匆匆来报："尹将军，东凌大将马永念率兵阵前，要求与龙将军一战。"

尹铭皱了皱眉，忙出帐去找龙大。

到了龙大那儿，却见他已穿好铠甲，拿起大刀，正上马。

"将军。"尹铭忙迎上前来，"龙将军，万万不可。哪有阵前叫嚣单挑决战的，他可不够格。若要战，兵阵发来便是。如今形势对他们东凌可是不妙，他约战，怕是诡计。"

"正是形势不妙，他才出此下策。论大军兵力，他们东凌不值一提。但他若是能将我砍倒于阵前，那便不一样了。"

"既如此，将军更不该应战。"

龙大脸一沉："尹将军，你的意思是，我还打不过区区一个东凌将官吗？"

尹铭自知失言，忙施礼道："末将不敢。"

龙大高坐马上，俯视尹铭，道："他兄长因我而死，他心里有恨，自然想找我寻仇。你只想着他斩我于阵前的后果，怎不想想我砍灭他威风的好处。东凌势弱，竟敢自不量力，当教训之。"他顿了一顿，又道，"再有，他们劫了梁大人，却不押于阵前示威要挟我们退兵，这难道不古怪？"

尹铭张了张嘴，欲辩解梁大人是重要人质，谅那东凌也不敢轻易亮出，但龙大根本未打算听他说话，话一说完，便一夹马腹策马离开。他带来的骑兵跟在他身后，"嗒嗒嗒"地留下一串烟尘。

尹铭赶紧让兵士备马，领着人也赶到十里坡去。

到了那儿一看，龙大的千骑兵在他身后排开阵形，东凌那方亦是如此。将双方的主将围在了中间。尹铭欲拍马上前，龙大手下兵将却将他拦下："龙将军吩咐，莫打扰。"

尹铭见得无法阻止，便认真观察起来。

"你就是龙腾？"马永念手举大刀，厉声喝问。

"正是。"相比之下，龙大的语气可是温和许多，"你是马永念？手中有刀的人，更该心怀善念的那个念？"

马永念二话不说，大喝一声，一夹马腹朝龙大冲了过来，举刀便砍。

龙大扬刀相迎，"铛"的一声，兵刃在空中击起刺耳的声响。骏马如风踏蹄走位，为背上的主人龙大创造进攻方向。龙大借势一抢，大刀砍向马永念大腿。马永念急急拉动马缰扭身躲过，再挥刀朝龙大砍了过去。

龙大一击不中，一拉缰绳，如风扭头后撤，躲开了马永念这一刀。

两人两马错开，飞快地打完一回合。

马永念大吼一声，也不说话，继续调转马头朝龙大的方向追击，大刀高举，阳光下闪着银光。龙大也不多言，挥刀迎上，"铛铛"两声，二人又打到了一起。

东凌骑兵拍打大刀长枪，发出怒吼，为马永念助阵。龙大这头的骑兵也一边整齐大叫"必胜！必胜！必胜！"，一边策马左右奔走，一时烟尘滚滚，响声如雷，声势浩大。

尹铭皱紧眉头，挥手号令兵将们准备，以防场上一时失控，敌军大批冲打过来。

隔着烟尘和兵马，尹铭隐约看到龙大与马永念的厮杀颇是激烈，两人多次擦身而过，又多次兵刃相接，马头相撞。但形势没多久便显得分明，龙大与如风明显都占上风。

就在尹铭盘算着龙大多久能取胜，要不要趁此时就展开奇袭时，忽见得如风后腿扬蹄狠狠踢到马永念的马头，龙大趁势挥刀，马永念的马儿失控，他避无可避，弯腰侧身下马闪躲。龙大的刀却是更快，转眼杀到。可那刀却是侧着，刀身拍到了马永念的后背，将他击落马下。

尹铭急切拍马上前，欲趁此机会将马永念拿下。

可没想到龙大一击得手即后退，只朗声道："手下败将，无须多言。再敢来犯，取你性命。"

尹铭忙喝："将军！"

可已经来不及。马永念的骑兵呼啦啦地涌上前来，将马永念护在了队伍里。尹铭张了张嘴，犹豫要不要赶紧调令兵马冲上去杀他们个片甲不留，却听得龙大道："尹将军！"

尹铭眼睁睁地看着马永念那些兵马迅速后撤，退到了铁盾长枪阵之后，强攻已然失去时机，只得应道："龙将军！"

龙大还未说话，马永念在那头大声呼喝："你等着！终有一日，取你首级，慰我兄长在天之灵。"

龙大闻言看着马永念声音的方向，已看不到他的人影。没一会儿，东凌兵马越退越远。高高的哨岗上显然看得到他们的踪迹，吹了两声短号表示敌军退散。

龙大喝道："回营！"调转马头领兵回去了。

尹铭看了看四周备战状态的兵将，真是憋了一肚子火。他按捺住脾气，安排好各兵队，然后赶回营地，直奔龙大营帐。

还未等他开口，龙大却是抢先道："昨日人多，未曾与你细谈暗探之事。你这儿谁负责刺探敌军情报，如何安排人手的，如今他们都在何处，查些什么，你且细细与我说来。"

尹铭愣了愣，定了定神，反问道："将军刚才明明有大好机会，为何放过马永念？不杀他也行，活擒于我们也有利。将军放走敌军，实不妥当！"说到最后一句，已是责备口吻。

龙大却道："梁大人被劫这些时日，都能从通城到十里坡慢悠悠转上数十回合。通城那边查不出什么，你这头为何也没有消息？"

尹铭吸了一口气，沉声道："将军这话是何意思！"

"责备你失职之意。"龙大声音不大，语气却是强硬，"巡察使遭敌国绑架，必会用在战时要挟筹码上，我在通城之时便数次去信问你，你半点进展没有。查探需要时日，我也不好太过催促，但如今已然开战，对方指名道姓挑衅，却未将梁大人押于阵前。若是你，你可会有筹码不用？"

尹铭无语。正常的，自然该是将梁德浩绑上阵前，龙大赢一招便在梁德浩身上割一刀，如此一来，龙大自然束手束脚，马永念要为兄长报仇，便有大好机会。

尹铭只得道："他们定有别的诡计。"

龙大喝道："那便告诉我是何诡计！"

尹铭说不出。

龙大再喝："我于阵前对敌，你在一旁动些小心思，莫以为我不知道。我劝你就此作罢，否则有何后果，自己承担。再者说，活擒马永念会如何，灭杀他们这些兵队又如何，不过就是让东凌怀揣鱼死网破之念拼死一战，于我们有何好处？你当鲁大人在石灵崖杀了三千将士成效颇佳便有样学样吗？我告诉你，皇上未有旨意攻占东凌，你擅作主张，给皇上惹来各国讨伐的麻烦你就是死罪，可没什么梁大人替你挡着！"

尹铭辩道："龙将军说的什么，我可不明白。有敌军来犯，我们拼死护国，这有何错？"

"很好。那就好好拼死护国！"龙大道，"今日马永念颜面扫地，身受重伤，东凌军该会安分一阵子，趁着这时候，赶紧将梁大人找到。活的也好，死了也罢，总该有个下落消息。"

尹铭想了想，道："我这就去催催。待有了消息，便来回报将军。"

龙大道："那好，给你三日时间，若是再无进展，便让你的人待一边去，我用我的人查。"

尹铭忙道："请龙将军放心，我定不会辜负龙将军所托。"

龙大挥挥手，让他下去了。

尹铭出了龙大的帐子，脸沉了下来。

帐子里，龙大从怀里掏出厚厚一封信，那是马永念趁着近身时塞给他的。

当初与马永善下最后一盘棋，马永善思虑良久，他最终还是没有写降书，但他写了一封家书交给龙大。他说他们推测的那些事真的发生时，他必已经死了。他不能再做什么，但他弟弟却是可以。到时若龙大需要东凌的帮助，可以将需求连同这封信一起送到他弟弟马永念的手上。他只有一个要求——莫欺东凌小，莫让东凌冤。

龙大还记得马永善哼的那首歌谣："东凌男儿有宏志，骑上骏马奔千里。东凌男儿有铁骨，保家护国热血扬。"

马永善告诉龙大，联络他弟弟时，需要说一句话，当作对应的暗语。

"手中有刀的人，更该心怀善念。"

这是他们马家的祖训，亦是他们兄弟二人名字的由来。

梁德浩失踪之时，龙大便知道事情确如所料，一切不可回头。他速派人潜入东凌，联络马永念。果然没多久，收到了马永善去世的消息。马永念心里会有多恨，他完全能理解。失去亲人的痛苦，他也深有体会。对马永念能在事情里帮多大忙，龙大不敢高估。

今日却收到了这信。

龙大拆开信，认真看完，明白了马永念所言"以慰兄长在天之灵"是什么意思，而后不禁叹息，马家兄弟果真都是人物。

手中有刀的人，更该心怀善念。

鲁升被捕的消息，被悄悄传回了中兰。为防影响茂郡那头的事态，此事仍是保密阶段，只蒋松和古文达知晓了。

于是那日清晨，天刚蒙蒙亮时，四夏江面上忽然漂浮起许多竹筒，竹筒上有个小洞，洞上插了杆小旗，小旗上三个大字——罪己诏。

看见这些竹筒的人无不惊疑。"罪己诏"那是皇帝犯大过错时，自省检讨的诏书啊，谁人如此大胆，竟敢用这方式冒国君之名，暗骂皇上糊涂犯错吗？！

四夏江的两岸，分别是南秦和大萧。很快两岸的官兵和百姓都捡到了竹筒。竹筒的筒口用蜡封上了，里面有封信。拿出一看，竟像模像样，跟真的诏书似的。

诏书的内容让看的人更是吃惊，尤其南秦将兵，要么吓得赶紧丢弃当没见过，要么十万火急飞速上报，生恐耽误半分担上罪名。

为何如此紧张，因为诏书揭露了一个惊天大阴谋。弒君、夺权、战争、嫁祸，简直触目惊心。若这诏书是真的，那就是南秦德昭帝亲笔所述！

诏书里，德昭帝先是自责自己轻信辉王，令忠臣忧心，令自己遇险。又自责自己防备不足，令东凌使节被叛将任重山杀害，自己也险些丧命。再自责自己未能提前查知辉王这数年筹划的阴谋，令邻国遭殃，使自己百姓受苦。一长篇话悲情恳切，道尽辉王及其党羽的种种逆行。最后一段却话锋一转，声言自己犯下大错，思及兵将之苦，百姓之苦，邻国之苦，他刻骨之痛。他以此诏立誓，活着一日，定纠此错，杀灭奸臣，复江山锦绣。要让百姓和乐，要促天下太平。诏书的最后甚至还盖有德昭帝的玺印。

这罪己诏分明就是一封伐罪诏。但写着罪己，便更让人想一探究竟罢了。

江面上，无数的竹筒漂荡，"罪己诏"三个字很是刺眼。南秦那头兵士接了急令，速将所有"诏书"捞上。但江流湍湍，带着诏书奔向远方，又哪里捞得干净？！

大萧与南秦百姓闻讯皆是哗然，街头巷尾热议，消息更是以燎原之势迅速烧到了两国都城。辉王勃然大怒，传来任重山当着朝臣众人的面，细细问他当时情形，摆足了姿态。任重山自然也是按嘱咐把戏做足，指天发誓所言句句属实，更指称当日正是德昭看出了东凌的阴谋，东凌使节才惊慌下将德昭帝杀死。如今大萧正与东凌打仗，东凌肯定得再制造事端搅乱战局，此事定是东凌阴谋。若是先帝还活着，怎地只写个诏书，不露脸呢？他若活着，能在四夏江上放"诏书"，为何不找到边境的南秦军队，号令他们追随讨伐逆臣？他任重山有多大能耐，难道还能让全南秦的兵将全听他指使？况且德昭帝遇刺后，他速回都城禀报，揭露东凌阴谋，没到边境。

任重山说着说着，愤恨难平状："屈辱了臣事小，但王爷于危难之时，扛起一国重担，鞠躬尽瘁，为国为民，却被这假诏书指称忤逆谋反，这般阴谋险恶，昭然若揭。很有可能不止东凌，还有本朝中人相助。"

朝中重臣没人言语，那些反对质疑辉王的人心里明白。此时事情真假难辨，德昭帝只闻其诏未见其人，后头会如何还未可知，此时若犯傻跳出来发难，怕是会正中辉王下怀，将他们这些政敌栽上通敌卖国之罪处置了。

几个人互相看了看，眼神的意味只有自己明了。事实上，他们收到过密函，函中就说过"罪己诏"中的事，但密函也说了，暗中调查，勿打草惊蛇，勿让辉王有机会找理由将他们处置了。不然德昭帝于朝中没了忠心之臣，回朝无望，南秦亡矣。

那段时日辉王确实是忙着对付他们这群人，好几个被拿了由头问罪削官，还有入狱的入狱，问斩的问斩。他们原也以为这会不会是辉王挑唆的阴谋，但一查探下去，德昭帝被东凌使节谋害一事确是疑点重重，甚至从河中捞起的都不是全尸。被鱼蛇咬得辨不清面目，身上特征无法分辨，只凭着破碎的衣裳和将兵的供词言称那是皇上。皇上身边忠心的近侍全部身亡，死得也太干净。

如此情形，众人互通了消息，好一番商议，最后决定，无论谋反与挑唆哪个计谋是真的，他们都先让辉王以为得逞了吧。他们没有给那个密函回信，也不再处处抵制辉王决策。过了一段时日，却又收到另一封密函，函中只有一个字：等。

等什么？如今他们明白了。

这次朝会无终而散，两派人各怀心思，互相不动声色。

紫云楼里，齐征在帮德昭帝封竹筒。德昭帝是以陆大娘的远房亲戚身份住下的。竹筒运进运出靠着齐征的菜货马车。一切的事情都尽量掩人耳目，越少人知道越好。齐征自觉捡了个好差事，非常珍惜。以各种名目暗地收来许多竹筒，保证了数量，又尽心削竹封蜡，每日半夜里去不同的江段放漂，很是辛苦。

德昭帝对齐征这少年很有好感，嘴甜机灵又卖力，谁会不喜欢呢。德昭帝这段日子天天写诏书，他坚持自己亲笔，希望有见过他笔迹的臣子看到时，能确认这就是他写的，他活着。曹一涵自然也没闲着，帮着盖印折信，伺候前后。

三人通力合作，又有军方暗中相护，事情颇是顺利。齐征在坊间听到什么，会回来与他们相报，也会帮着传些需要外传的消息。

这段时日，姚昆出现了。这当然是蒋松的意思。需要有大事件吸引众人的注意力，以避免大家太过探究德昭帝诏书的真相。姚昆这个人很管用，他身上的各种谜团吊足了坊间的胃口。他究竟有没有杀害蒙太守？他与蒙佳月会如何？他是如何从牢里神秘失踪的？钱世新失踪与他又有关吗？

姚昆很是低调，默默住进了衙府旁的一处小屋里，过着清苦朴素的生活。平常鲜少出门，更没有如大家期望地那般哭着喊着到太守府门前闹着回家。

许多好事之人在衙府和太守府门前转悠，想看到些闲事八卦感人戏码，可惜没有。蒙佳月对姚昆现身的回应，是将"太守府"的牌子摘了，换上了"蒙府"。

是蒙，不是姚。

姚昆自然是听说了这事，他没去看，也未与任何人议起此事。他就是沉默地独自生活，在蒋松需要他做什么的时候，他尽心去做。后来，他找了件他能做的事，就是帮穷苦百姓写状纸。不识字的，不懂律法的，只要来问他，统统都能得到解答。有什么人会比一个前太守更了解平南郡的状况，更了解状纸要怎么写，官司要怎么告吗？

姚昆开始忙碌起来。小屋内人进人出，全是衣衫褴褛的穷苦人家。姚昆不收钱银，不理会有心人的奚落嘲讽。想告状的，看热闹的，常将他的门堵得严严实实。

正明帝也知道了诏书的事，他收到了平南郡蒋松的奏折。奏折上说在江边捡到诏书，抓到了逃难避祸躲到大萧境内的德昭帝。他已将德昭帝扣押在紫云楼，未张扬。问正明帝这事如何处置。

正明帝大吃一惊，第一反应就是庆幸自己听了罗鹏正的劝，未下圣旨让梁德浩借机与南秦联手拿下东凌。不然平白卷入南秦的权位之争，背负阴谋侵占东凌的名声，遭各国唾弃讨伐，这麻烦就大了。

正明帝忙将罗鹏正找来，共议此事。罗鹏正的马屁找到了机会使劲拍，盛赞正明帝英明，早早看穿隐患，未落入有心人的圈套里。

"依爱卿看，这德昭帝如何处置？"

罗鹏正想了又想："皇上，此时既是情势不明，还是莫要插手南秦之事。若帮错了人，最后坐上皇位的不是他，那对我们大萧而言，岂不是有害而无利。"

"可那诏书随江漂流，许多人都看到了，南秦定会严查此事，辉王用不了多久就会猜到德昭帝在大萧。"

"可是皇上还不知道呢。蒋将军自己办的事，就让蒋将军自己担当。他也不笨，未张扬这事。那皇上也可以晚一些才知道，待看清形再做定夺。三殿下已经赶往那处，到时蒋将军也会向他禀报。"不做回应，便掌着主动权。事情办得好，皇上说什么都好，事情没办好，就是蒋松和三皇子的错。这些都不是坏事，罗鹏正觉得挺好。

"那梁太尉被东凌劫持之事呢？"

"皇上，这事放着放着，如今不是有些眉目了吗？若是东凌根本没杀德昭帝，那南秦联合大萧灭东凌的借口就是谎言，大萧差一些被利用。梁大人被劫之事也就诡异了。"

"你看梁太尉怎么都不顺眼，自然都往坏处想。那东凌若是被冤，自然恼火，冲动之下做出傻事也有可能。"

罗鹏正不说话了。其实他琢磨过许久，觉得被劫这事还真办得挺聪明的。受劫者的身份，说起借口来怎么都比较容易让人信服。

中兰城里，薛叙然跷着二郎腿躺在软榻上，吃着安若希喂给他的蜜饯，刚被灌了一碗苦药，需要甜的润润嘴。

他道："我打赌，钱世新肯定是逃到南秦去了。"

安若希掏出一颗碎银摆到一旁的小几上。

薛叙然给她白眼："怎么，觉得我说得不对？"

安若希摇头："相公说得对，只是相公想打赌，谁人与相公赌呢，只有我了。"

这么乖？薛叙然很高兴，爬起来去找了块碎银也押上，新婚夜生病到今日的奇耻大辱暂时可以忘却了。

"那再赌一个。我说那梁大人未死。被劫持这招数，进可攻退可守。若是情势好，他再出现，说是逃出虎口，形象英勇，颇是不错。若是形势不妙，他也可以诈死逃遁，隐姓埋名。"

"什么是情势好？"安若希问。

薛叙然沉默了，有些事还是不要让他这傻娘子知道。"真无聊，这些日子都没什么好做的。"他佯装着恼地背过身去，"通城这么远，就不要管他们的事了。"

安若希想了想："那我们找个近一点的谜团来解吧。李嬷嬷说，她家表侄的猪莫名死了，说是那猪挺有灵性的，鼻子还灵，与狗一般……"安若希说着，忽然闭了嘴，发现她家相公瞪她了，"这个没意思吗？没有细作案有趣吗？"

当然没有。薛叙然没好气。他真想说不知道安若晨有没有他这般聪明，能想到他想的点子，怎么也不见她派人来求助，或者给点什么消息，当然他只是好奇，不是真希望安若晨需要求助……但他不敢提安若晨的名字，他怕安若希担心。

薛叙然瞪着安若希，暗自叹气，没精打采地道："挺有趣的。你再仔细说说，那猪怎么了？"

安若晨在屋子里走了一圈，将所有要说的话都练了一遍，然后她对着镜子，整了整衣冠，出门去找茂郡太守崔浩去了。

崔浩没拒绝见她，安若晨进屋后客气行礼，问道："大人，听说尹将军昨日回城了，可是前线有什么事吗？"

"龙将军命他查梁大人被劫案，准他回来的。他只是问询城里的查案进展，今日就回营了。"崔浩道，"龙将军没什么事，夫人放心。"

"哦。"安若晨一脸失望，"他也没给我捎封信，想来忙碌吧。"

崔浩不言声，龙将军与安若晨分别时那一番恶心肉麻他可是听到的，想来这夫人颇娇气，得将军甜言蜜语哄着，打仗不来信那不是正常吗？谁还时时捧着个妇人不成。

安若晨又叹气，道："让大人见笑了，其实也是我这人没什么信心，毕竟出身低贱，配不上将军，将军说的话好听，我却老疑心他是不是哄我的。"

崔浩更不说话了。但他其实很想说你颇有自知之明。

"也不知将军会不会真的带我去京城。别人告诉我，带我回去，将军会很丢脸，所以无论现在怎么说，到时候是不会带我走的。"安若晨问崔浩，"崔大人去过京城吗？"

"未曾。"崔浩其实有些不耐烦。他并不想应酬安若晨，但他却得这么做。安若晨，是重要人质。

"大人也与我一般担心吧。"

"担心什么？"

"担心被人利用完了，再被人一脚踢开。"

崔浩一愣，看着安若晨坦然镇定的眼神，忽然有些明白大人为何要嘱咐他小心安若晨了。

"大人怎么忽然有些警惕的模样？"安若晨问。

崔浩对安若晨的装模作样十分厌恶，冷道："夫人这算离间计？"

安若晨笑起来："离间计是什么？我能给大人什么好处？我大概会用反间计。"

崔浩顿时僵住，这般若无其事地把计策说出来，是哪一招？

安若晨又笑了："我与大人玩笑呢。离间与反间是什么，我可是不明白。只是如今情势不妙，将军带我来此，是让我做人质的，这个我懂。"

崔浩完全不知道要如何反应，很想就此中断谈话，请她离开，却又想听听她到底要说些什么。

"我给自己留了后路，我劝大人也要如此。"安若晨道，"无论大人以为我有什么意图，都没关系。大人不必紧张，我一个弱女子，孤身在这城里，身边是有些兵士护卫，但这些人手，与大人满城的官兵相比，无疑螳臂当车。我可没这般傻，大人也莫犯傻。"

"夫人多虑了。将军前线打仗，夫人在此城安居。我身担太守之职，自然会顾全夫人的安危，哪有什么人质不人质的。夫人来去自由，未被囚禁，无人谋害，夫人莫往歪处想，好好过日子，等将军回来便是。"

"大人这般说，我倒是不好接话了。原想着你我处境相似，可以互相通个气。我与大人无甚交情，要说有心相助大人，大人定然不信，我也确是没那心肠。但现如今这境况，万一将军出了什么事，我一弱女子，也得找些靠山友人，以后才好过日子。"

崔浩冷笑道："若是夫人说把我当成照应夫人的后路，我也是不信的。"

安若晨回他一笑："大人又怎知，我不会是照应大人的后路呢？"她顿了顿，道，"你我皆是棋子，谁也不比谁高明。你莫小瞧我只是商贾之女身份低微，我先前既是拿得下将军，之后也会有办法。所谓母凭子贵，大人定是懂的。"

崔浩一愣，惊道："夫人有身孕了？"难怪她说什么有后路，就算龙将军死于沙场，她挺着大肚子到京城，龙家也定会将她好好供着。

安若晨笑了笑，不接这话，却是道："我一弱女子，帮不了大人什么，说好听些，算是提个醒，说得不好听，就当是我妇道人家，啰里啰唆唠叨些担忧。毕竟，我所知道的各位大人，但凡卷进这事里的，都没什么好下场。"

崔浩仔细观察着安若晨的表情，他在思索。若安若晨有了身孕，那有她在手里，对付龙大将易如反掌，但她方才明明说了知道自己是人质，为何还要透露这般重要的讯息？是陷阱，还是她示弱？

若她有了身孕，确是会对自己的处境顾虑重重，毕竟这大局里，她无力改变什么，可若是能保住孩子，就是保住了她将来的好日子。

"大人。"安若晨似看穿他心思，道，"我说大人处境与我一般，大人定是能明白。对付谁都不重要，你我只是小卒，自保才是头等大事。"

"夫人就是来提醒我，我只是个小卒？"

"大人不必不服气。太守之位听上去颇威风，但在梁大人他们这些一品大官眼里，不是小卒是什么？何况崔大人原先只是主簿，史太守失职犯错，闯下大祸，总得有人取而代之。崔太守定是尽忠职守，平常勤政爱民，又对茂郡事务清清楚楚，是最好的顶上太守之位的人选。我猜，在谋划如何祸害史太守将他赶下太守之位时，梁大人那边就是这般与你说的吧。"

崔浩的脸色顿时变了，斥道："一派胡言。"

"方才崔太守还挺冷静的，与我有说有笑，怎么说起谋害史太守，崔太守就生起气来。不必着恼，我不是说过了嘛，我是人质，是将军安放在这儿让大人们安心的筹码，我对大人毫无威胁，大人且听我唠叨几句便好。我为何敢说史太守是被人谋害，因为这些事，平南就发生了。"

崔浩抿紧嘴，他自然知道平南发生了什么。

"大人可认得平南的江主簿吗？他的运气没有大人好。他被杀了。钱世新大人顶上了太守之位，不过听说他的罪行被揭穿了，入了大牢。钱大人与大人有些像，都是名声很好百姓爱戴的好官，一开始确是没人会想得到，原来前头那些刺杀、嫁祸，所有的纷乱，都是这样正人君子模样的人干的。两个相邻的郡，连着两个带着阴谋的国，太守都犯了大错，代太守都是梁大人选出来的好官。你瞧，一模一样。"

安若晨越说，崔浩的脸色越难看，他道："我是曾听说夫人能说会道，今日算是见识了。只是夫人若想仅凭言语就栽赃陷害，怕是不能够的。"

"瞧大人说的，栽赃陷害那是大人们干的事，杀人灭口也是习以为常。但凡小卒，都逃不掉这般命运，平南死了多少人，大人清楚吗？我想大人该是顾不上打听平南，茂郡为了这事死的人恐怕也不少。大人，我是好心才提醒大人，想想近来情势有何变化没有，是否以为一切顺利？想想平南的钱世新大人，出了事，都是他担着呢。鲁升大人可是堂堂正正，半点错处没有的。对了，鲁升大人最近有给你消息吗？我听说，出了大事呢。"

崔浩在犹豫要不要接她这话，他总觉得是个圈套。

"这等大事，鲁大人未通知大人，也该知会梁大人一声。也许，他们有自己的路子联络，不需要大人了。"

"我与夫人没甚好说的，夫人请回吧。"果然是离间计，崔浩决定还是少听为好。

"好呀。"结果安若晨居然很爽快就答应了，这让崔浩一愣。

安若晨站起身来，又道："待大人听到那消息后，就知道我绝无虚言。到时大人若觉得你我处境相当，需要互相扶助些的，便来找我吧。还有，大人再好好想想，梁大人被劫持后，梁大人的好处，以及大人自己的坏处。我告辞了。"安若晨施了个礼，慢悠悠地走了。

崔浩瞪着她的背影，心中满是疑虑。他想了又想，不敢多想，终是将安若晨的话撂到一边。但这晚他一晚没睡安稳，第二天召来盯梢安若晨行踪的属下，问他安若晨这几日都做了什么。那属下说没什么特别的，将军夫人不怎么出门，也没见什么外人。

崔浩想了想，又唤来安若晨身边的丫头问，丫头答夫人这些日子睡得多吃得多，精神很好，没见哪儿不舒服的。

尹铭要回十里坡了，来与崔浩打了招呼。崔浩问他除了龙大那头摆威风施压之外，还有什么事没有。尹铭心情不佳，粗鲁地回了句没了，有事自然会嘱咐，扭头走了。

"嘱咐"二字让崔浩心里颇有些不舒服，这让他想起安若晨说的"小卒"。确实，太守之位对他来说是天上掉的馅饼，但对京城来的官将而言，却未必看得起。

不能多想。崔浩提醒自己，不能中了那妇人的离间计。

但很快，崔浩听到了一个惊天消息。震惊之余，他去找了安若晨。

"南秦帝活着！"

"嗯，我也听说了。听说是写了许多诏书随江漂流，想必过不了多久，皇上也会知道，东凌也会知道，天下人都会知道了。"

"他在平南郡！"崔浩觉得这事无论如何都与龙大有关，安若晨定然知情。

安若晨问他："大人是觉得南秦皇帝未逃到茂郡来丢了面子吗？大人该庆幸才是，大人没招来这烫手山芋。大人既是来找我了，想必梁大人的好处和大人的坏处大人都想好了。"

"你这是在挑唆离间！"

安若晨再问他："我离间大人，大人有何坏处没有？"

崔浩哑口无言。

"大人该庆幸才是，你还有值得离间的价值。"

崔浩深吸一口气："你就不怕我对付你？！"

安若晨失笑："瞧大人说得，好似没在对付我似的。"

崔浩被噎得。

安若晨道："大人，我们长话短说，莫绕弯子。大人来见我，自然已是深思熟虑。梁大人被劫后，事情有几点。一是东凌与大萧火速结仇，鲁大人有借口杀东凌三千将兵，两国开战。我家将军不得不赴前线，带领那些他根本不熟悉的兵士与满腔怨恨分外骁勇的东凌兵将厮杀。这种情况，出个什么意外都有正当理由。二是梁大人失踪期间，若茂郡出了任何问题，都是崔大人担责。梁大人既是受害，又不在此处，那发生的所有不好的事，自然都得推到大人身上。"

崔浩抿紧嘴，事情确是如此。所以他必须确保茂郡平平安安，什么糟糕的事都不要发生。必须确保前线的计划顺利，尹铭需要的帮助，他须得全力以赴。

安若晨继续说："第三，若是前线谋害将军的事顺利，除掉了将军，尹将军就会顺利救出梁大人，然后梁大人集结所有兵力，拿下东凌。你立下大功，太守之位稳稳当当，梁大人保你可获皇上亲封，再不是暂时代任而已。"

崔浩心跳得厉害，是龙将军安排好一切让她这般说的，一定是。她一个商贾之女，哪会有这般见识。

"但是还有第四点。"安若晨看着崔浩的眼睛，"若是事情不顺利，尹将军的预谋被识破，我家将军将他拿下，他会告发的人，崔大人觉得会是谁？是梁大人，还是崔大人你呢？"

"我不过是一个小小主簿，危难之时，代任太守，又如何指使得动京城来的大将军。"

"小小主簿为夺太守之位，与细作串通，谋害使节，嫁祸史太守和龙将军，蒙蔽了京城来的巡察使和将官，骗取信任，欲借他们的手铲除史太守与将军。东窗事发后自知难逃一死，索性自尽……啊，若是没自尽，大概也会在逃亡路上不小心摔死了或是被官兵杀死了。"

崔浩目瞪口呆。

"大人你瞧，编个罪名不难的。不论是套在平南郡钱大人身上还是你身上，都很好用。事情只要稍有差池，便是替死鬼派上用场的时候。"安若晨看着他，继续道，"这是梁大人与尹将军能够诡辩的情况下可能发生的事，当然也有罪证确凿辩无可辩的可能，那就不用说了，大人的把柄想必一大堆。"

崔浩强笑道："夫人当真什么都敢瞎编，不知平南是什么水土，养出夫人这般人物。"

"大人，对我来说，谁当太守，谁做皇帝都不重要，重要的是将军。他才是能带我离开边城，到京城过好日子的人。我想要的只是这些。对大人来说，东凌如何，南秦如何，梁大人如何，龙将军如何也都不重要，重要的是咱们大萧的皇上。东凌阴谋，南秦求和，梁大人被劫的消息奏折传了多久了，快马加鞭不眠不休递送，为何还没有皇上的旨意下来？崔大人，你认真想想，攻打东凌，真的是皇上要的吗？南秦皇帝根本未死，东凌阴谋之说不攻自破，你该庆幸皇上没按你的奏折所报下旨，不然你就是欺君犯上，十个脑袋都不够砍的。"

崔浩笑不出来了。

"崔大人，如今你说，我们的处境是不是一样？我对将军，可不是有十足把握的。他面上说得好听，待我百依百顺，但遇危险状况，为了稳住大人们，将我留为人质借以迷惑耳目，半点没心软，丝毫不为我的安危着想。大人你说，是也不是？若不使出点手段，可不能确保他真的对我一心一意。我想跟将军回京城，我想当二品夫人，享荣华富贵。我不能死了。大人想做太守吗？大人以为，那些京城来的大人们拉拢你相助的时候，说的甜言蜜语就能全信？大人，我们都是小卒，不能白白让别人糟蹋利用了。"

崔浩长时间沉默。他在脑子里将安若晨的话从头到尾理了一遍，末了问："夫人说了这许多，还未说到重点。"

安若晨应道："大人未表明心意，我还不知大人是否愿与我齐心协力，又怎会将筹码尽数亮出。"

崔浩道："我得先听听夫人的指教，才能做决定。"

这下换安若晨沉默。

崔浩盯着她看，观察着她的表情与小动作。他觉得安若晨也很紧张，这让他稍稍放下心来。

"大人。"安若晨终于开口，"辉王在平南郡布下了许多细作，茂郡定也一样，大萧朝中若是无人接应，怎能办到？南秦皇活着，定会讨伐辉王，我们大萧朝廷要不要追究严查？那些逆臣贼子布局这些之时就想好了后路，安排好了替死鬼。若事情顺利，抬你上位，你心中感恩，必会忠心耿耿。这般他们在边境之地便有自己的势力人脉，日后想做什么都方便。但若是事情不顺利，阴谋败露，便需要有人顶罪。大人手中须得有过硬的证据，一来证明自己并非主谋，二来确保他们有所忌惮，不敢轻易对大人下手。"

安若晨顿了顿，问崔浩："大人手上有证据吗？"

崔浩沉默。

安若晨笑了笑："大人不必告诉我，自己心里有数有所安排便好。他们的手段无非就是嫁祸和灭口罢了。你若手里有筹码，他们自然不敢让大人背罪，不然一旦大人受审，他们反会被指证。也不敢随便将大人灭口，因为大人若死了，会有人揭穿告发他们。我呢，就不凑热闹了，知道了太多秘密也不是什么好事，我也怕被人灭口呢。"

崔浩问道："你不需要证据，那你想要什么？"

"我想让大人照应我。将军在前线如何，我是顾不上的，他离我甚远，自然也顾不上我。我这人质若是要被处置了，或是将军要被处置了，还望大人及时递个消息，让我能有所准备。梁大人被劫持可以是假的，我的自然也可以。大人手下留情，留我一命，我定会回报的。"

崔浩道："我从未与你说过梁大人被劫持是假的，也从未说过史太守失职诸事是被陷害的，更从未与任何人有过任何承诺协议。"

安若晨眨眨眼睛，道："没错，崔大人与我不熟，都没说过几句话。所有的事都是我自己猜测推断，与大人无关。梁大人被劫持一事，将军与我分析过。若梁大人与辉王勾结在一起，目标是拿下东凌，那么南秦往大萧派了细作，自然也会往东凌派细作，梁大人也一样。"

462

崔浩忍不住问："为何？"

"合作与牵制是绑在一起的，没有细作耳目，何来牵制？没有牵制，何来信任？"

确是这道理。崔浩听明白了，心里却是颇不痛快，这问题问得，显得自己还不如一个商贾之女。

安若晨继续道："东凌使节团来了八人，这其中定是有梁大人派去的细作，不然计划不可能得逞。八个人人数不少，不可能让他们绑架他们就绑架，让他们消失他们就消失。要让八个人都听话，只有一个可能。"

崔浩暗暗心惊，这个他们居然都猜到了。

"除了细作之外，其他人都死了。"安若晨看着崔浩的表情，知道将军推测的都是对的，"不然八个人带着一个人质，如何隐匿行踪？吃住行样样显眼，不可能没有线索。将军查不到，故而有此推断。由细作下手，杀人灭口，嫁祸栽赃，梁大人留书一封，与那细作藏身通城。数个大活人不好隐匿行踪，尸体却是可以的。"

崔浩颇不自在地换了个坐姿，道："这么大的事，夫人说得挺轻巧，我却是不敢想。斩杀来使，这责任可不小，我是未曾听说有这事。"

"也就是将军奉命去了十里坡，不然这会儿，尸体该是已经查出来了。鲁大人着急忙慌地对东凌三千将士痛下杀手，也有这个目的，就是把将军赶紧赶走，莫让他于城中查案。"

安若晨也换了个坐姿，继续道："其实我已知道线索，明白查探的方向，我要是愿意，也是可以查出来的。梁大人被劫持当天，行馆管事称使节有马车出门，他未多想。使节的马车多么显眼，很容易找到。所以当天就找到了马车，可是车上没人，也没有线索痕迹，没人看到可疑状况，未听到有人呼救，未见八人踪迹。大人装模作样派人在发现马车的那数条街范围严查，又排查了那处通往各城门的方向，结果什么都没有。将军当时很是懊恼，怎么会什么都没有。马车踪迹这么显眼，八人同时消失也不可能。"

"夫人颇会讲故事。"

"我是故意要与大人显摆的。因为这线索，是我给了将军提醒。什么都查不到，是因为原本就什么都没有。那马车就是辆空马车，是故意误导将军，也让大人有理由将所有人手调开，好让梁大人和细作行事。将军对梁大人怀疑，所以没被绑架一事拉着跑。他推断使节已死。行馆没有血迹，没有格斗痕迹，是因为用毒。当所有人团团转在外奔走查找被劫持的梁大人行踪时，其实他们和尸体还在行馆，只是换了个房间。大人当时装得惊惶无助的模样，事事拉着将军做主，其实不过是想干扰将军。大人也确是得逞了，待将军抽得空来想通整件事，行馆里已经人去楼空。"

安若晨说到这儿，缓了口气，喝了几口水。崔浩注意到她似无意识地抚了抚小腹。

安若晨靠向椅背，继续道："梁大人忙着藏身，后继的收尾打扫安排定是大人你办的，杀害来使是大罪，不能让太多人知道，也不能走漏了风声破坏计划，所以定是大人的心腹亲自收拾，行动会是在夜里，六七具尸体可不少，埋在城里风险太大，最好是出城。所以夜里，马车，崔大人的心腹，对了，将军还说，不想让别人盘问查探，又能于夜里合理出城的，有倒夜香恭桶车。那些马车，人人都会躲得远远的，没人会查。"

崔浩背脊一凉，这时候才意识到当时的状况是多么凶险，真的只差一步就会被查出来。幸好鲁大人在石灵崖及时处置，逼走了龙将军。

"大人你瞧，将军是不是留下挺多线索的，不过请大人放心，我不会往下查的，我势单力薄，可不想被灭口。我给自己留了个重要筹码，是个人证，他可以证明梁大人才是所有事情的主使。大人若是不想在最坏的结局里成为替死鬼，便留我一命。我活着，便能让那人证出来帮大人解围。大人做过的所有坏事，都说是梁大人官大一级，逼迫于你，这理由虽不太好，但好歹罪责能减轻许多。"

崔浩沉默了一会儿，问："什么人证？"

安若晨笑道："我若告诉大人，岂不是没筹码了？大人不必费心问，我不会说的。我的条件多简单，于大人而言毫无风险。只要事先提早告诉我消息，让我有所应对就好。一点都不难，是不是？"

崔浩道："你告诉我人证是谁，我得辨识真假，若你说的是真的，我便照应你。"

安若晨收起了笑脸，盯着崔浩半晌，说道："将军总说我妇人之见，看来确是如此。我真是天真，以为能与大人好好合作。大人既是没甚诚意，那便算了吧。大人随时听令来对付我便是，我若有什么好歹，定也不会让大人好过的。大人请回吧，不送。"

安若晨说完便起身，竟要走了。崔浩一愣，万没想到安若晨说翻脸就翻脸，他下意识站起，唤道："夫人。"

安若晨已走到门口，闻言转身道："各种利害关系我已与大人说得明明白白，大人自己掂量吧。"

安若晨走了，崔浩立在原地，寻思良久，回到了衙府前院衙堂。

崔浩找了当初善后的心腹细问，处置尸体之时，可被什么人看到？使节团那段时日进出，与什么人走得近，可会泄露消息？心腹一一答了，未琢磨出什么可疑的地方。

崔浩突然灵光一现，问道："那七个人，确实全死了吗？"万一有人根本没喝酒，但见得情形不对，也倒地诈死，之后再寻机逃走呢。也许安若晨说了大半的真话，她根本就已经查到了，不然怎会连细节都推测准确。她手上的人证，也许是使节之一。

这想法太过荒谬，但南秦皇帝都能死而复生，谁能肯定哪儿不出差错呢。崔浩想起安若晨侃侃而谈的淡定模样，心里更不安了。无论是有人发现也好，有人未死也罢，总归会有痕迹的。

崔浩忙让心腹去检查检查埋尸处。心腹去了，当晚回来报，没有异样，七具尸体都在，没人死而复生，也没人挖过坟。

当晚安若晨也收到宗泽清派人来报的信，他的手下跟踪追查到埋尸处了。崔浩果然让人去查看。七具尸体，表示有一个细作，排查出来的身份，是使团里一个叫蒙吉的书吏。

安若晨舒了口气，将军的推断没错，她如今也找到证据了。下一步，就看崔浩会不会继续上钩。

崔浩当晚写了封信，信上说从安若晨那处套到了重要情报，希望能与大人见一面。第二日一早，他去了美膳酒楼，将信塞进后院小门旁的一块青砖背后。

崔浩用过午饭，靠在软榻上稍事休息，犹豫着是不是不等晚上了，冒个险现在就去看看青砖后头有没有回信。这时候门外有人唤道："大人，大人在美膳酒楼订的酒菜送来了。"

崔浩一怔，猛地翻身坐起："进来。"

门被推开，一个衙差捧着一个托盘走了进来，托盘上有一小壶酒，还有一个食盒。那衙差将东西放在桌上，转身去关了屋门。

崔浩刚要问美膳酒楼的人呢，见得那衙差的动作，顿时闭了嘴。崔浩走到桌边打开食盒看了看，一盘烧鸡一盘炒笋，都是极简单的菜式，但这不是重点，重点是里面没有信，而这衙差关了门后站回桌边，一副等候嘱咐的模样。

崔浩当然认得这衙差，他叫郑恒，管着衙府前院的杂役事项，人员出入、文书往来递送等，是个机灵人，嘴甜又勤快，很有人缘。崔浩在郡府当差九年，对这里上上下下的人手再熟悉不过。他想了想，若是没记错的话，郑恒在这儿也有三四年了。

此时郑恒拿出一串打着个如意结的竹片挂饰放在桌上，对崔浩笑道："大人，酒楼那头让我问你，安姑娘与你说了什么事。"

崔浩是有些意外的，但他很快冷静下来，他想起了安若晨那句话——没有牵制，哪有信任。梁大人能找上自己，自然也能找上别人，或者，安插进别人。越是不起眼的小卒越容易暗地里观察到一切。

崔浩不由得暗暗庆幸自己送出了那封信，不然他与安若晨几番谈话，该会让梁德浩起疑了。

崔浩道："有重要事情，我须得与大人当面说。"

郑恒道："崔大人有什么话，与我说就可以。"

"恐不妥当。"崔浩不放心。

郑恒笑道："大人多虑了。大人坐上这位置，都是我举荐的，消息告诉我，不会不妥当。"

这下崔浩是真的大吃一惊，脸色都掩饰不住了。这个小卒，竟是个能建言决策的重要人物吗？

郑恒再道："我原先是在京城当差的。"

崔浩定了定神，再次庆幸自己没出差错。梁德浩的心腹竟然一直就在他身边监视着，这简直……崔浩吸口气，道："梁大人离开前未曾嘱咐让你传话。"

"崔大人之前也未曾要求见面说事。"

崔浩懂了，若是没什么大事或是意外，郑恒这个暗桩梁德浩是不想显露的，所以只是书信暗号传递。但他忽然说要见面，梁德浩不愿暴露行踪，又担心真有大事发生出了差错，只得让郑恒出面了。

"大人究竟有什么重大消息？"郑恒问。

"南秦德昭帝活着。"

"这个梁大人已经知道了。"郑恒一脸镇定。

"那该如何办？他活着，所有的事都会被推翻。"

"不过只是证明了东凌没有刺杀南秦皇帝，一切都是辉王幕后捣鬼。南秦国中有谋反之事，与我们何干？"

崔浩张了张嘴，一时还真是说不出什么来。但过一会儿他反应过来了："可是南秦帝会讨伐辉王，那辉王与梁大人……"

"崔大人当谨言慎行，辉王与梁大人有何关系？他们二人八竿子打不着，是南秦派人来与大人说东凌杀害了德昭帝，让我们大萧帮着讨伐，梁大人与大人都写了奏折上报朝廷，请皇上定夺。东凌使节恼羞成怒，不甘被冤，却将怨恨使错了方向，绑走了梁大人，这才惹下了战事祸端。德昭帝死里逃生，出来指明真相，梁大人也吉人天相，逃了出来。崔大人你说，事情是不是这样？"

崔浩摇头，压低声音道："安若晨已经知道了。"

"知道什么？"

"知道东凌使节全死了，知道使节团里有细作。"

郑恒皱眉："她如何知晓？"

"他们推断出来的。龙将军若是晚走一些,事情细节怕是会全暴露了。我上封给大人的信不是已经报了,龙将军对去前线的事有提防,他知道是个陷阱。如今看来,他知道的远不止这些。"崔浩将安若晨说的那些话仔细与郑恒说了一遍。

郑恒若有所思,问道:"安若晨与你说这些,是何意?"

"她有身孕了。"

"什么?"郑恒有些吃惊,"你确定?"

"自然不能找大夫押着把脉确认,但她提起她有后路时说漏了嘴,说母凭子贵什么的。我问了她身边的丫头,说她睡得多吃得多,她说话神情,有些小动作,看起来确实是如此。梁大人提醒过我这妇人在平南闹出过些事来,是个狡猾豁得出去的,我也有认真提防。她能说会道,确是有些心机。"

郑恒没说话,似在思索。

崔浩继续道:"她有身孕,行事有所顾虑,故而想拉拢我,让我照应着她些。龙将军将事情都推测出来了,但没有证据,所以他没办法指证大人什么,大人下的令他不得不听从。明知十里坡是个陷阱,他也得去。而安若晨知晓这一切,知道自己被留在城中做人质,似待宰羊羔,自然害怕。"

"她让你如何照应她?"

"就是要处置她时,提前与她说一声。我猜她的打算是逃往京城,毕竟肚子里有龙将军的血脉,到了京城,龙家定会好好供着她。只是如今时局不明,她又得了龙将军的嘱咐,不敢乱动。"崔浩道,"我想与大人说的是,不如将计就计,我假意答应了她,骗得她的信任,将她知道的情况都套出来。以防龙将军与她留了什么后手。龙将军知道的事,安若晨知道,他的那些大将自然也会知道,平南郡如何守得住?还有,南秦帝没有死,万一他要求见皇上,希望大萧助他夺回皇位,那到时他与皇上说些什么,惹了皇上疑心,对梁大人、鲁大人,以及我们都没有好处。"

郑恒没说话。崔浩又道:"安若晨说了,她手上留了个人证,可以指证大人的罪行。若她出了什么意外,那人证就会派上用场。"

郑恒眉头紧紧皱起,盯着崔浩。崔浩道:"这话不知是真是假,我会尽力去套出话来,人证是谁,在何处,都知道些什么,这些都得套出来。还有,处置了龙将军,他手下那些将士如何办,那些人可不少。这些都是棘手的,还得请大人定夺。"

郑恒想了想,道:"好,我会转告大人。你今后不必往酒楼放信了,有什么事,直接找我。"他从怀里掏出一张纸,上面写着个地址,"你将安若晨安置到这个地方,就说衙府是官廨,官差人犯来来往往的,龙将军不在,她这妇道人家总住着不合适，让她搬出去。"

崔浩道："若是要软禁她，还是衙府方便啊。毕竟全是官差，耳目众多，我又调令得动，她做些什么我都能知道。"

"就是耳目太多，才不方便。"郑恒道，"安若晨不傻，她明知这里全是大人的耳目还赖着不走，为何？住在狼窝里，若出了什么事，自然是狼咬死的。"

崔浩一愣，不说话了。

"让她搬出去。出了什么事，是龙将军留下的卫兵护主不力，与大人们无关。"

傍晚时分，崔浩忙完了一天事务，去找安若晨。他与安若晨道，他已经考虑好了，可以与安若晨合作。若是他知道要对付龙将军或是安若晨的消息，会提前通知她一声。

"这会儿便有一个消息。梁大人希望让夫人搬到此处。"崔浩将那张写着地址的纸条拿了出来，给安若晨看，"他们想让夫人在府衙范围之外，那般动手时就方便了。"

安若晨拿起那纸仔细看，道："这笔迹既不是梁大人的，也不是崔大人的。"她把纸折好，收怀里去了。

崔浩愣了愣，这安若晨居然知道他俩的笔迹吗？他道："重点是，那处既是梁大人指定的，周围必是预先安排好了人手埋伏。我问过了，是个二进的院子，颇是僻静，要说宅子本身是不错的，但地方比不得衙府，这许多卫兵吃住值守皆不方便。夫人身边也没带丫头婆子，这个我倒是可以安排，就让如今照顾夫人起居的丫头婆子跟着过去。只是卫兵的事还是颇麻烦。"

"不麻烦。"安若晨道，"我没打算搬。"

崔浩再愣："夫人，这般不合适吧。"

"如何不合适。你有让我搬的道理，我有不能搬的理由。而且这理由崔大人方才已经帮我分析过了。我的卫兵没地方住，不方便值守防卫，我不搬。"

崔浩皱起眉头："这般我对梁大人如何交代？我连这事都办不好，那如何对付龙将军，如何对付夫人的计划，他都不会告诉我了。"

安若晨摇头："大人这借口找得可不好。大人如今可是茂郡太守，全郡上下，须得听大人差遣。梁大人藏身暗处，不便行事，要做什么，还是得靠大人。大人借口我不搬，梁大人便不信任你了，这事我可不信。大人口口声声说愿意照应于我，但一来要将我赶出庇护之地，二来先埋下话头，日后与我说早说过了，梁大人不会将消息告诉你。大人，你当我是傻子吗？你说愿意照应我，不过是想骗出我那重要人证的情报。"

崔浩有些许被揭穿的尴尬，恼火道："我这如何是找借口。夫人自以为聪明，又夸口在平南经过许多事云云，难道夫人想不到，这城中梁大人也埋伏了暗桩吗？我的一举一动，也在他们的监视之中。这城里，指不定还有谁是他们的人。这些我都不知道，你说，梁大人能对我有多信任？！"

"暗桩？"安若晨扬高了音调，"居然有大人也不知道的暗桩吗？"

崔浩涨红了脸，自觉很是丢了颜面。

"大人如何知晓有暗桩的？"安若晨压低了声音，一脸紧张。

崔浩不答，只道："夫人要信任我，才能安稳度过这一关。我既是答应了夫人，自会尽全力保夫人平安。"

"大人也得信任我，我们才能相互扶助。到时我的人证便是大人的人证，大人可凭此自保。"

这话说到崔浩心里。他格外在意安若晨所说的那个人证。

"夫人既是能明白，那我也不怕与夫人多说些。我不知道梁大人藏身何处，但我有与他联络的方法。那日与夫人谈过后，我便递了信，想与梁大人面谈。可没想到，来的却是另一人。"崔浩将郑恒现身的事说了。也交代了郑恒的来历背景，他说既是有郑恒，那定是还会有别人。郑恒在这城中数年，不可能只盯上他一个，定是也发展了其他人脉势力。

安若晨没言声，仔细听崔浩侃侃而谈。她当然不必说她对这些套路有多清楚，这通城里的细作门道，简直与中兰城一模一样。

崔浩说完了，安若晨沉默半晌，道："大人还真是小心警惕，八面玲珑。既想在梁大人那处讨得好，也想我这儿拿到护身法宝。两头报消息，两头要信任，最后且看哪头有胜算再站哪边。无论梁大人或是龙将军哪一派赢了，大人都不吃亏呀。"

崔浩道："夫人此言差矣。官场争斗与细作阴谋的凶险，夫人不会明白。我若是不能自保，如何保夫人？梁大人心思缜密，布局谨慎，我与夫人两次相谈，若是未与他交代，他定会怀疑。你看郑恒，他日日值守在我附近，用意就是监视。我说出有人证这事，也是为了夫人好，他们有所忌惮，自然就不敢胡乱下手。我报出重要线索，方能取信他们，他们对我信任，我们才可进行下一步。"

安若晨道："崔大人看重自身安危，那便是好的。既如此，大人便帮我一件事吧。"

"夫人不想搬出，这个我确是得再想想如何应对。他们提此要求，定是有动手的计划了。"

"我想拜托大人的，并非此事。"

崔浩道："夫人改主意了，愿意搬出？"

"不，我不搬。大人说得对，他们定是有计划了，我不搬，才好拖延他们计划，大人也才有时间继续往下查。除了郑恒之外，还有谁是暗桩？梁大人藏身何处？他们打算如何谋害龙将军？南秦皇帝活着，他们的对策是什么，对朝廷、对辉王是否联络了，有何手段？"

崔浩听愣了，好半天他反应过来了，跳起来道："你不是说，只需在他们要对付你时，来提前与你报个信便好吗？追查梁大人？我疯了吗？！"

"那时候大人知道的不多，自然只能报信。可如今不一样了，大人不是找出了暗桩吗？"

找出暗桩？崔浩张了张嘴："我……"

实在是噎得不知能说什么好。他没有找！人家自己出来的！

"我不可能做这些事！我不答应！你想都不用想！"

他可不愿找死！

"大人若是不好好与我合作，那我只好派人去将那郑恒拿下，对他严查酷审，逼问梁大人的下落以及其他暗桩名单，就说崔大人揭发他是东凌细作。"

崔浩瞪着安若晨那张从容的脸，喝道："你当你是谁，能在我这茂郡拿人审讯？！"

"不能吗？"安若晨镇定道，"那我到时将他还给大人好了。只是就算还给大人，所有的人也都会知道，大人出卖了梁大人。"

崔浩目瞪口呆。

"不但出卖了梁大人，还有可能是与东凌细作一伙。不是东凌细作，那就是南秦细作，反正跟奸细沾些边。梁大人借着台阶下，将罪责全数推到大人身上，所有的事又回到我们说的那些推测上了。大人当好替死鬼，莫忧心我与梁大人后头如何相斗吧。"

崔浩深吸一口气，再深吸一口气，指着安若晨骂："你这个妖妇！"

安若晨继续道："大人也不必费心去与郑恒通风报信让他躲藏，我抓不到他，便抓别人。反正郑恒是衙门的人，衙门的人都认识他，我随便抓一个，随便问问郑恒有没有可疑之处。你们太守大人可是说了，他是细作。"安若晨摊摊手，道，"大人你瞧，消息是拦不住的。"

崔浩气得七窍生烟，踏上前两步，逼近安若晨，狠道："我现在就将你处置了。便说你牵挂将军，非要上前线，我劝阻于你，你……"

崔浩事先并无准备，一时竟卡了壳，编不下去。

"我如何？我太想念将军所以疯了？自尽了？"安若晨笑了。

崔浩气道："夫人一时心乱，出了意外，谁又能说什么！"

"大人编谎都不会，大人听听我编的。我只要放声尖叫，扯乱衣襟弄乱头发，大喊住手你这禽兽，然后将头撞到墙上，弄出伤痕，连滚带爬往门口逃，都不必逃到门外，我的卫兵就会冲进来将你拿下。我什么都不用说，只管放声大哭便好。当天你就会被绑入囚车，身背重罪，押往京城。"

安若晨沉着脸，接着道："大人深知梁大人的阴谋底细，手上怎可能没有证据。大人在我手里，在往京城路上，你说梁大人会不会有所忌惮？大人问我能指证梁大人的重要人证是谁？就是大人你啊。"

崔浩忽然反应过来，他中圈套了，他完全被这个妖妇耍得团团转。她连自己的名节声誉都可拿来陷害钳制他，又哪里有什么想上京城享荣华富贵的渴望。

崔浩咬牙，再踏前一步，恶狠狠地道："你有身孕也是假的对不对？你故意说那些，让我以为你为了将军留后所以示弱求生存……"他话未说完，站住了。他看到安若晨手里握着一把匕首，匕首尖露在袖外，正对着他。

"大人莫要离我太近，我容易紧张。我一紧张，可是会以命相拼的。大人不防着我发疯，我却是防着大人与我同归于尽呢。"

崔浩吓白了脸，下意识地退了两步。

安若晨道："无论大人是对我心存怜悯，还是有意看轻，孕妇这个身份还是管用的。做人质，分量能重上几分。做罪责，趁将军为国抗敌时，谋害将军夫人致其没了孩子，人神共愤，谁来断案都得重判吧？"

崔浩说不出话来，他再退两步，惨白着脸僵立着。

安若晨柔声细气地道："大人，我手上的筹码，远比大人听到的、看到的、想象到的多出许多。龙将军这头，也有比南秦皇帝更有用，更有权势的盟友。梁大人罪责难逃，大人莫要追随他共取灭亡。大人若是想明白了，便坐下吧。我们好好商议商议对策，共同应对梁大人的诡计。"

崔浩站了许久，坐下了。

安若晨微微一笑，道："这一回，我与大人说的话，大人就莫要再往外透露半句吧。"

崔浩白着脸，点了点头。

崔浩回到屋里，脑子还有些发蒙。他呆呆坐了许久，直到有人进来为他点着了灯，他才发现原来夜已经颇深了。

"大人用过饭了吗？"进来的是郑恒。

崔浩摇摇头："原打算回去用饭，没想到时间过得这般快。"他的居宅就在衙府旁边，走两步就到。

郑恒道："我为大人布饭吧。"他转身出去，不一会儿就回来，捧着装着饭菜的托盘。

崔浩这会儿脑子已经清明起来了，只是想得越清楚就越有些紧张。安若晨的话说得有道理，她已将他逼入崖边，他走错一步，就坠入深渊。

只是梁大人这头又怎会是省油的灯，瞧瞧郑恒，对他的一举一动全盘掌握，连他用没用饭都知晓。他当然知道，郑恒并不在乎他饿不饿，他只是想向他表明他的处境，警告他勿有背叛的歪念头。

郑恒将饭菜摆在桌上，然后侍立一旁。崔浩没动碗筷，道："安若晨不肯搬。"

"哦？"郑恒动了动眼皮。

"她说她搬出去便危险了，她不走。"

"那大人如何与她说的？"

"自然不能说硬话，她的顾虑有道理，我得显得是站在她那边的。我说会想法再周旋周旋，顾全她的安危。"

"那她如何反应？"

"她很是警惕，当然并不会完全相信我。她说我这太守既是梁大人给的，自然也是帮着梁大人。我与她道，既是认定我帮着梁大人，又何必找我照应。我确是听梁大人嘱咐办事，但可怜她的处境，这才愿意替她着想。若她总是这般夹枪带棒的，那也不必多说什么，大家井水不犯河水，各自安稳。她听得我这般说，这才软下话来。"

"那么大人打算如何周旋？"郑恒问。

"我跟她说我未必能让梁大人改主意，让她自己也想想法子。我这头探探梁大人的意思再与她说。她求我帮她拖延半个月，说龙将军说的，一个月后若是他没有回来，或是连消息都没有，让她赶紧回京城去。她自己觉得一个月太久了，半月后若是将军没有好消息，她便走。"

郑恒沉吟，道："既是如此不安，为何不马上走？"

崔浩心抖了抖，果然想得细，多疑啊。他忙道："这话我也问她了，想着若她不肯搬，但愿意走的，那大人在半途中下手也是方便。若她要走，我探得打算，也好让大人有所准备。但她说，将军让她在城中等消息。她原先也未觉得事态会多严重，但如今南秦皇帝未死，与东凌之战恐有变数，攻打东凌的借口没了，她恐怕自己会成为下一个借口，故而才觉得急迫起来。但现在变故刚出来，她恐怕梁大人这头也正是紧张急迫之时，此时离开，反而惹急了大人，遭了毒手。这半个月，也是想再观察观察情形。"

崔浩顿了顿，道："我听着那话里的意思，似乎想等援军到。"

"平南郡那头的龙家军吗？"

"只能是那儿了吧。"崔浩小心翼翼问，"梁大人那头，可有鲁大人的消息？"

郑恒不答，他看了看崔浩，道："你这般吧，等等我的消息。我问问大人的意思，再告诉你如何处置安若晨。"

崔浩欲言又止，一副忧心忡忡模样。郑恒皱眉："怎么？"

崔浩犹豫了一会儿，道："我还是想见见梁大人。总觉得这里头有些什么事。"

"大人不相信我？"

崔浩一咬牙，道："若说很相信，自然是假话。原以为稳操胜券了，只要等着龙将军阵亡的消息，然后将军夫人悲切殉夫，所有的麻烦就都解决了。可是现在，居然跑出来一个南秦帝。这如何收场？这节骨眼上，梁大人不露面，你却突然说你来传话，我自然是担心的。再有，说句不好听的，若你也出了意外，突然失踪了，我找谁去？你不是说，美膳酒楼递消息的地方不再用了。那若遇紧急情况，哪处联络？"

郑恒道："大人突然变得多虑了。"

"若你是我，你如何想？"

郑恒道："待我问过大人，再回复你。"

第二日，郑恒来找崔浩，让他告诉安若晨，大人让他准备明日劫人。计划是这样，送一箱子衣料玩具等物予她，抬着箱子去，外头会有人引开卫兵，屋里会派人下手将她弄晕，搬入箱子里，将人运出来。

"劫到哪儿去？"崔浩问。

"田志县。那儿有我们的地方，藏人方便。但其实恐怕用不上，这个消息你告诉安若晨，她自然会做些决定。是同意搬出，还是逃往京城，抑或是在城中暂时藏身，总不会坐以待毙。她会与你求助，告诉你打算，你再来告诉我。"

"总之不论她如何打算的，我们将她悄悄劫走就对了，是吗？"

"对。"

崔浩去了。安若晨听完他所言，深思半晌。

"所以梁大人也没有鲁大人的消息？"

"他未答。"

"那就是没有。"

"夫人，我没问出他们是否有其他联络办法，也没问出其他奸细的名单，但现在重点是明日我得派人来劫你，你要如何应对？"

"不，重点是，梁大人可能不在城里。"

"什么！"崔浩又惊到了。这一天天的，要不要这么变化莫测？"梁大人在的，只是我不知晓在何处。他走之前嘱咐过我的。让我在美膳酒楼留消息，他会派人去取。回信也会放在那处，我收到过他的回信，确是他的笔迹。"

"回信说什么？"

"说事情已知悉，让我按原定计划办就好。"

"没有具体的指示？"

"指示早就嘱咐好了。"

安若晨不说话，这招将军也用过，提前写好几封信交给别人，然后看来信的内容挑其中一封回复。"大人肯定这个郑恒确是梁大人的人，对吧？"

崔浩吓得汗毛都要竖起来了，这要是也是假的，他得疯。周围人一个个的，都太恐怖了。他想了又想："他拿着信物，这信物是梁大人与我定好的。可不会是假。"

"可他没去找梁大人。"

"什么？"

"上回也罢，这回也好，他都没去找梁大人禀告。我这头有人盯他了。"

"是你的人没跟上他，他悄悄见的。"

"只有一种可能，梁大人不在城里。这些事如何应对，是郑恒自己做主的。你也说过，他是梁大人的心腹，他甚至可以向梁大人举荐人选。太守这么重要的人物，按他挑的人办了。"

崔浩觉得脑子糊涂了："梁大人不在城里有何重要？"

"如果不重要，为何他要瞒着你？"

崔浩噎着，他想了想，又道："不对，梁大人在城里。尹将军还特意向龙将军借口回城查案，回来向梁大人请示事情。"

"尹将军也未见梁大人。他回城后，我的人也盯着他的动向。他去的地方，我们查过了，没有梁大人的踪迹。"

崔浩吃惊得不知还能说什么。

安若晨忽然想通了："梁大人在前线。尹将军回来不是找梁大人请示的，是将梁大人的嘱咐转告郑恒的。"

"这……"崔浩已经不想动脑子了，所以梁大人不在城里究竟有什么重要？！

将军有危险！安若晨猛地站了起来。他们都预估错了，虽然只错一点，但情势会大不一样。梁德浩根本没打算用她来做什么人质要挟，他被逼到这份上，自然也知道局势对他极不利，他得铤而走险，速战速决。

用不着弯弯绕绕搞什么前线战场的杀戮意外，不必等将军对战之时在他背后做小动作，而是直接硬碰硬的，五万兵马对付一千兵将……安若晨不敢想这结果。

若对手是尹铭，那将军肯定觉得不足为惧，虽会小心应对，但料想尹铭不敢号令那数万兵马如何，因为尹铭官低一级，若真号令兵将谋害将军，那是谋反，那些兵将未必敢，而且师出无名，后患无穷。

但梁德浩在就不一样了。梁德浩的官最大，权势最重，他手握圣旨巡察边郡，他说谁谋反谁就是谋反，他说要剿灭谁那些兵将焉敢不动手？！

虽然理由不充分，借口不圆满，证据有缺失，但先杀干净了再来圆场面，被逼急了只能如此。

安若晨心急如焚。将军判断梁大人躲在城里，只这一个消息不对，事情便会是完全不同的结果！

梁德浩一定是这般的打算，所以他才处心积虑制造他还在城里的假象。他察觉将军在怀疑他，他也知道将军的本事，就是太知道了，所以他才会将将军列为敌人，若不除之，定会成为阻碍。

他知道所有的事。

安若晨用力捏紧自己的手。

他知道自己在平南郡的经历与表现，他知道自己一定会替将军严查通城的动静。他冷静地看着她与将军一起演戏，暗中盘算对策。他当然也知道太守会是她列为重点的首要敌手，怎么可能放过？！在她对付崔浩的时候，其实梁大人已经在利用崔浩对付她了。

拖延她，迷惑她，让她以为自己能拖住敌人后腿，让她与将军一样，都以为他在城里。

安若晨倒吸一口冷气，这一步棋估算错误，全盘皆输性命不保。

她必须通知将军！必须尽快告诉将军！

拾贰
生死劫

　　尹铭快马回到十里坡，手下大将来报，龙将军这几日严格操练，诸多要求，摆足了威官。许多将士都被叫去问询兵法战术，防驻要领，东凌将兵做派战法风格等等。

　　"威慑人心，拉拢距离，还刺探了情报。他那一千兵，也分驻到各营去，但营帐都靠着边，我仔细看了，看似融到各营去，但分而不散，很好呼应。"

　　尹铭点头："由他闹腾去吧，很快就会结束了。再怎么折腾，他也只有一千兵而已。"

　　"他趁你不在，出了调令。借口他已了解仔细各营的实力和强项，针对东凌的状况以及南秦的危机，要重新调整兵队。将两万人调往石灵崖，从石灵崖再抽他的兵马过来。"

　　"没关系。"这事早在意料之中，尹铭并不意外，"调转大批兵队可不是三两日的工夫，远水救不了近火，没甚可惧。你告诉兄弟们，一切听龙将军的指示办，他让你们做什么，你们就做着。然后等我的号令便是。我先去回了大人，听听他的意思。"

龙大这边，他的探子也跟着尹铭的屁股后面回来了。

"将军，尹将军一路未停，直接回城。回城之后去了三个地方——府衙、军衙和美膳酒楼。这三个地方，皆未查到梁大人的踪迹。小的去见了夫人，将南秦皇帝的消息告诉她了，她说她已经准备好，会先从崔太守身上下手。夫人身边未有可疑人靠近，仆役丫头皆未换人。衙府那头没什么新动静。"

"嗯。"龙大严肃点头，想了想道，"她看起来如何？"

"夫人吗？"

龙大挑了挑眉头，还能有谁？

那探子赶紧答："夫人看着挺好的。"

"挺好的是如何好？"

"呃……"探子挠头，如何好是怎么个意思？

"她气色如何？"

"啊，挺精神的。"探子明白了，"我还问了春晓，春晓说还没人找麻烦，夫人每天吃喝都挺好，睡得也不错，将军放心吧。"

龙大点点头，再问："她可问起了我？"

"春晓吗？春晓有问将军如何，可有打仗……呃……"探子反应过来了，赶紧改口，"夫人问了问了，问将军可好，前线如何，可有打仗，可有什么新消息和嘱咐没有。"

龙大皱着眉头，探子认真站直。他以为尹将军的动向才是重点呢。

龙大瞪他半天，让他走了。

帐中只有龙大一人，他看了看帐壁，上面隐隐有一个孤单的影子，他不禁叹口气，想起在石灵崖时，安若晨坐在他身边安静看书的模样。那么枯燥艰涩的兵书，她竟然也看下去了。他那时就提醒自己，待有机会回城里，要给她买些闲书和小玩意备着，省得她闷了。如今她是在城里了，他却没在她身边，分开短短时日，便如此想念她。

总感觉危险就在身边，说不出具体，但是一种直觉，就好像战场之上，明明什么都未发生，却突然知道有箭射来要滚地躲开的感觉一样。这种感觉非常强烈，他没有把握，这般就格外挂心远方的安若晨。

他竟然把她留在了梁德浩的身边，将她置于危险之中，她没有任何不悦的反应，他知道她会理解，也会全力以赴，却生怕她心里有怨。怎么会无怨呢？夫君该护着娘子的，他没有做到，而以她曾经的经历，她该会很容易联想到她父亲吧。她会不会以为，全天下的男子皆薄幸，视妻女为筹码和利益？

不止她父亲，还有姚昆、钱世新等等，她身边似乎没什么好例子，就连他的表现看起来也不是个好东西呀。龙大再叹口气，真想念她，若这回真能险中取胜，他以后都带她在身边，绝不将她抛下。

京城里，有官员写了奏折参报丞相罗鹏正收买江湖杀手刺杀太尉梁德浩，又报罗鹏正结党营私，灭除异己，目无法纪，私铸兵器等等。

正明帝看了，将罗鹏正唤了来，让他也看看。罗鹏正暗暗松了一口气，这里头说的事，他十有八九是逃不掉的，幸好他占了先机，梁德浩派人刺杀陶维欲灭口，正好让他抓个正着备了人证。其他种种，也抢先应对，不然就真是毁在了梁德浩的手里。

"皇上，这正说明，此前臣所报，句句属实。南秦帝未死，对他们是个严重打击，这不赶紧把压箱底的祸乱翻了出来，用我来将朝廷上下关注的重点转移了，前线那头就任由他们胡闹。闹完了，我这事还没处置干净，结党营私，意图谋反，那得牵扯出多少官员？朝廷大乱，大萧动荡，到时那梁德浩从前线领功而返，再帮着皇上肃清叛臣，谁还会去追究平南与茂郡那些事情里面究竟有多少见不得人的勾当？大事化小小事化无，他的如意算盘也打得太好了，还真是没将皇上放在眼里。"

"好了，朕明白你的意思。事情还待查纠，你也莫要急着煽风点火。"

罗鹏正忙道："皇上圣明。可不是臣煽风点火，梁大人既是让刘大人告我一状，那表示他已然有所准备。狗急跳墙也罢，稳操胜券也好，他必是很快要有行动了。京城与茂郡路途遥远，梁大人与刘大人之间的联络也不知过了多久，现在前线如何，还真是不知道。事态严峻，只希望三殿下能及时赶到，戳破诡计，查明阴谋。"

崔浩回到屋里，果然郑恒在等他。

崔浩道："安若晨……竟然说那就把她绑到田志县吧。"

郑恒一愣。

崔浩道："我也是觉得古怪。我劝她不如就说同意搬出去了，这般还是在城里，我还能照应她。结果她说田志县好，那处连着平南郡，一直是奸细的地盘，她很熟。田志县要比通城安全。"

郑恒吃了一惊："她很熟？她是这般说的？"

"我问她是否去过，她说没有。但什么点翠楼、贵升客栈啥啥的，她说她全都知道。田志县那个地方，她派人严查过。我劝了几句，她仍说无妨，但她说她需要提前安排一下，问我是否有派人监视跟踪她的，先把人支开，我知道得越多反而越惹麻烦。"

"这是何意？"

崔浩压低了声音道："我觉得，她想将人证带走。"

"人证是谁？"

"她未说姓名，只说是个老浑蛋，但那人对田志县细作据点状况再清楚不过。我猜那意思，她想先派人将那人证押往田志县，这头她假意被劫，然后到了田志县，她有人手安排，再将她救出来。"

郑恒心一沉，老浑蛋，对细作状况很清楚，那只有一个人——钱裴。可是鲁升早已来信相报，已将钱裴处置了，这老家伙不会再是隐患。安若晨使诈？

这时候外头有人报，崔浩让他进了来。是个衙差，郑恒也认识，正是派在安若晨居处外头悄悄监视于她的。那衙差报："大人，确是如你嘱咐的那般，小的看到了，有三个卫兵穿着布衣，扮成村民汉子模样，出去了。"

崔浩忙道："可派人跟上？"

"让树子去了。我赶紧来与大人报信。"

崔浩看了郑恒一眼，郑恒道："先回去再继续盯着吧。"

崔浩忙嘱咐那衙差回去，郑恒跟着那衙差一起告退。过了一会儿他又回来，崔浩道："如何？"

"我让人去换下了树子。"

"哦。"崔浩早知会如此，树子傻乎乎的，傻子才会放心让他去跟踪。

"大人与安若晨说的何时？"郑恒问。

"明日午时。我说会往她饭菜里下些药，待她晕睡过去，丫头婆子以为她午睡了，我让人将她装到箱子里带出来。"

郑恒道："提前吧。晚饭时放药，今夜就将她送出城。"

崔浩惊道："那可不行，我还没安排好人手。"

"我安排好了。"郑恒冷板板地道。

崔浩闭了嘴，点点头。

晚饭过后，两个衙差抬了个箱子，说是给将军夫人送的衣料和书，还有些逗趣的玩意。卫兵让开箱检查了一遍，然后叫了个婆子出来接。衙差说箱子太沉，他们帮着抬进去，一会儿东西理出来了，他们顺便把空箱抬走。婆子应了，带着他们进去了。

进了院子，婆子低声道："大人嘱咐我了。你们随我来。"

那两人抬着箱子跟着婆子进了一屋，婆子让他们将箱子里的东西清出来，她自己进了内屋，一会儿扶抱着一位华服女子出来。那女子昏昏沉沉，垂着头低语了两句，婆子哄着："夫人，没事，你定是做梦，继续睡吧。"

两个衙差忙将箱子扶好，搭了把手，将安若晨放入了箱子里。箱底垫了软垫，以防硌得身子疼把安若晨弄醒了。婆子再将一层薄布铺在上面，说如果遇到安若晨的卫兵盘查，便说这些布料夫人不喜欢，让他们拿回去。

婆子先到门口看了看，一会儿回来道卫兵被人支走了，让他们趁现在快走。

两个衙差不敢耽搁，抬着箱子火速离开。一路行到衙府后门处，郑恒与崔浩正等在那儿。郑恒打开箱子检查了，满意地合上，嘱咐衙差将箱子抬上后门马车。

这时一个布衣男子奔来，对郑恒道，他让跟踪的那几个卫兵，非常警觉，一直在城里绕圈，这会儿在酒楼吃起饭来。他问郑恒如何办。

"莫被迷惑了。他们这般只是想确认有无人跟踪，你们就一直跟着，小心些，换着人走，莫被发现就好。待他们去押人，你们盯好行踪回来报我。"

那人领命走了。崔浩心里直打鼓，这人他瞧着脸熟，肯定也是衙门里的人，或者时常在衙门里走动。

"大人。"郑恒看他一直盯着那人的背影，出声唤他。

崔浩忙应了，不敢问那人是谁。郑恒道："大人回去吧。这里交给我了。大人切记盯好安若晨那些手下，他们有何动静定要跟上，找些机灵人。"

崔浩讪讪应声，转身走了。走了两步，回头看，郑恒还在看着他。崔浩不敢再回头，赶紧走了。

郑恒待再看不到崔浩的背影，这才嘱咐人整理好马车上路。几个人过来，抬了些粮草和兵器放上马车，随便装了装。郑恒上马，领着马车出发了。

他也很是警惕，绕了一圈才转向城门方向。此时天已经黑了，城门已经关上。但郑恒不担心，他手里有令牌。

拿出令牌，城门将看罢，命人开门。郑恒等待着，这时却听得身后有人大叫："等等！"

城门将一看，是太守大人，忙喊了停。

郑恒皱起眉头，警惕起来。

崔浩带着几个衙差，骑着快马赶到。城门将与众衙差向他行礼，他挥了挥手，说有事嘱咐郑恒，先等等。

崔浩将郑恒拉到了一边，郑恒见得四下无人，立时板了脸斥责："你这是要如何？"

崔浩硬着头皮道："这正是我要问的，你这是要如何？你说要将她带到田志县，为何走东城门。去田志县，当走西城门。你出东城门，难道是要去十里坡？"

郑恒道："大人办好梁大人嘱咐的事便好，我办事自有道理。"

"你欺瞒于我，是何道理？"崔浩的不满压根不用装。

"大人非要挑在这个时候这个地方与我较劲？"郑恒压低嗓子，上前一步，道，"是何道理，梁大人会告诉你的。"

"我就是一直未曾见到梁大人，才觉得不安心。你口口声声梁大人嘱咐，可梁大人呢？若你诚心相待也就罢了，可你居然嘴上说一套，暗地里做一套……"

崔浩的唠叨还未说完，却听得有人喊："哎，站住，别跑！"

郑恒与崔浩同时往马车方向看去，只见车上的木箱打开了，一个身着华服的姑娘背影飞速奔跑，很快就要潜入夜色里。

郑恒大惊失色，顾不上教训崔浩，一边冲上去一边大声叫道："快追，把她抓回来！"

郑恒的手下拔腿跟着追，慌得满头大汗。他们先前是见得马车被拦停，心中疑惑。崔浩带来的衙差也过来探问这是怎么了。他们哪里知道怎么了，只是看太守大人那架势似乎是出了什么重要之事。于是应付几句，一边防着衙差打听运的什么，一边探问太守在说什么。

结果只这么一会儿工夫，有人发现箱子竟然是打开的。而不远处，华服姑娘撒腿狂奔的姿态甚是显眼。于是郑恒手下忙大叫，叫完又才想起郑恒嘱咐过不能泄露此事。

但此时郑恒自己也着急，大喊着快追，于是所有人也跟着追。崔浩也忙大声呼喝城门将兵快帮着追人。一时间一群人呼啦啦地蜂拥着朝那姑娘消失的方向跑去。

崔浩瞪着他们的背影，直到再看不见，然后忙跑到马车边，小声喊道："夫人？夫人？"

安若晨自粮草袋子后头钻了出来。崔浩忙道："快，他们一会儿该回来了。"

安若晨点头谢过，跳下马车，朝城门跑去。崔浩跟着她奔过去，对留下的几个城门兵道："莫声张，否则砍你们脑袋。"

那些兵士不知发生何事，只得紧闭了嘴用力点头。

安若晨从开了两人宽的城门缝里出了去，崔浩心里紧张，说了句："夫人，请务必凯旋，我这是将身家性命都押在夫人手里了。"

安若晨一点都不想提醒他，他的身家性命是他自己毁的，又与别人何干。她道："大人莫忘了我的话，大人处置好城内之事，便是最好的自保了。"

崔浩点点头，看着安若晨头也不回地奔向远方，很快便没了踪影。崔浩知道，在这城门之外，肯定有人接应她。龙将军也不知从哪里捡到的这奇女子，啊，对，他怎么忘了呢，中兰城。龙将军是在中兰城相识的夫人。

崔浩嘱咐城门将兵："关上城门，今夜里没我亲自来下令，谁都不许出城。有硬闯者，格杀勿论。"

城门将兵慌忙点头，把城门关严了。

崔浩回到马车边，看了看那打开的箱子，觉得紧张狂跳的心这才算平复下来了。

春晓狂奔着，心要跳出胸膛。夫人果然没有猜错，她断定郑恒不会将她送到田志县，那里的细作窝点早被发现，怎么可能会冒这个险，最重要的是，那里离梁大人更远了。既是快要对将军下手，那么重要的人质，当然是交到梁大人手里才管用。所以她断言，会走东城门。

于是春晓听了嘱咐，拿好了衣裳首饰等物，先行出门。人人都盯着安若晨，却是没人注意她这个丫头。她到孙掌柜安排的宅子那处，把消息传出来，东西都交代好。然后换好衣裳，梳好发式，戴好头饰等，只要不近看，不打照面，是能鱼目混珠的。

入夜后，刘大叔用马车将她送到东城门角落等待着。她等啊等，等到了郑恒领队押的马车过来，崔浩一如计划般，及时将车截下，将人引开。春晓紧盯着马车，看到上面的箱子打开，安若晨探出头。春晓忙把墙角的挂灯点上，这是信号，表示她看到了，下一步她来办。于是安若晨迅速出来，钻到了粮草袋子后头躲藏。

春晓走到月光下，急急走着，然后开始跑。这是一条笔直的颇长的路，这个距离，能让他们看到她，却看不清。如果那些人毫无警觉，一个都没看到，就由太守大人发现"她"逃了。

身后是许多人大声呼喝追赶的声音，春晓努力跑着，她拐了个弯，再拐弯，奔进了巷道弯弯的民宅街区。还没有甩掉追捕，她能听到有人大叫包抄两头，她再拐一个弯。一户人家的门开着，她奔了进去。

门后是刘大叔，他迅速将门关上了。刘大娘拉着她的手，牵她进屋里："好姑娘，辛苦你了。"

"干得好，春晓。"刘大叔话不多，简单一句夸赞说完，迅速到后门，挂上一盏灯笼。隔壁巷子的一户人家看到了，打开了门，一个穿着一模一样衣裳的姑娘跑了出来，朝另一个方向跑去。

"在这边！"四下分散包围搜索的众人听到这一声喊，忙朝着那方向追去。

屋子里，春晓换了衣裳发式，坐下休息。刘大娘替她将衣裳包好，藏在了柜子里。回过身来，对她笑，为她倒了一杯水。春晓想起了陆大娘，陆大娘总说，妇孺百姓，亦有担当。春晓很高兴，她觉得自己办了件大事，待回到中兰与陆大娘重聚，定要好好与她说说这凶险刺激的经历。

郑恒率人追捕了半夜，那安若晨腿脚不是一般快，一会儿这儿出现，一会儿那儿出现，竟连逃了好几条街。再然后，就不知躲到哪儿去了。众人搜索了一圈，没有发现她的踪迹。

定是躲在哪个宅子里。郑恒很生气，他虽焦急，但还没有昏头，他没有权力命人搜屋，也没有正当理由搜屋。他命人围守，若是发现有可疑人出入，就拿下。郑恒赶回了东城门，崔浩已经不在。城门紧闭，城门将兵言道太守大人下令封城，谁都不许出去。

郑恒怒气冲冲，再赶回衙府。这回他见到了崔浩，崔浩问他："追到了吗？"

"大人又何必装模作样！"郑恒咬牙切齿。

崔浩皱起眉头："我装何模样？"

郑恒逼前两步，问他："是你在捣鬼，是不是？你根本就被安若晨收服了，你在帮着她。"

崔浩道："你这是弄丢了人，怕梁大人怪罪，赶紧往我身上推卸责任吗？你让监视安若晨动静，我照办了。你要下药困人，我照做了。人在箱子里，好好地交到你手上，是也不是？你要令牌出城，我也给了。我甚至安排了人在西城门接应你，生怕你拿着令牌都不好解释为何是你这般一个小小衙差杂役押车。结果呢？你阳奉阴违，偷偷往东城门去。如今出了状况，你反咬一口，赖到了我身上。"崔浩也一脸怒容，叫道，"你有本事，我们到梁大人跟前好好理论理论，看看究竟是谁的错？"

郑恒瞪着他，半晌不说话，然后转头要走。

"你等等，我准你走了吗？我可不是玩笑话，我要见梁大人。我不相信你了。"

郑恒理都不理，径直离开了。

郑恒先是找了自己的人手，悄悄查探那几条街，但查了一日，没有好消息。安若晨那边的卫兵就安若晨饭后小憩却失踪一事质问崔浩，也倾尽所有人手上街寻人。崔浩借机斥责郑恒，再提要见梁大人。他说这事务必要梁大人出面解决才可。不然这些卫兵闹起来，是会出大乱子的。

郑恒怒急攻心，确实是出乱子了，他派去跟踪那几个卫兵的人手没有回来，安若晨又丢了，这里头肯定有什么事。他让崔浩出面处理，崔浩却不搭理，坚持见过梁大人再说。郑恒脑子一热，索性拿着崔浩的令牌，调集了更多的衙差捕快人手，去安若晨消失的那几处街区搜查，说是将军夫人被人劫持，嫌犯就躲在那一片的屋子里。让大家封街搜屋，务必要将将军夫人找到。

为何知道将军夫人被劫持？线索是什么？谁人报案？劫匪是何模样？有何目的？既是有线索，为何不告诉卫兵，为何要求悄悄行动？前线正在打战，百姓已有惶恐，官府还要如此扰民，若无铁证，责任谁担？！有捕头质疑这事，当面斥责了郑恒。就算郑恒手上有令牌，他也只是个不起眼的衙门小卒，几时轮到他来做主。捕头转头去找了崔浩。

崔浩骂了句："胡闹！"然后令捕头带人将郑恒拿下，还列了张单子，那是郑恒前日号令的人手，崔浩派了人观察仔细，趁这回全拿下了。

郑恒敢拿令牌说事，自然是笃定崔浩不敢异议，万没料到他竟将他关到牢里去。他让人去警告崔浩，结果又暴露一个，崔浩又将人拿下。

郑恒目瞪口呆，破口大骂，叫嚷着让崔浩来见他。

崔浩来了，与他道："你若安安分分，低调行事，我也不必用这手段。这都是你自找的。我也是为了确保计划顺利，不出岔子，不得已将你制住。待梁大人回来了，我会与他说清楚，到时找个由头再将你放了，你莫闹事，不然到时找不着放你的借口。"

郑恒哑口无言，明知对方捣鬼，却说不出半点错处来。

崔浩扬长而去，走到牢狱外，忍不住微笑起来，对自己的表现着实满意。这般一来，无论龙将军或是梁大人哪一方赢了，他都算没把事情办坏。安若晨说得一点都没错，梁大人不在城里实在是太重要，因为这表示，城里诸多官员，最大的就是他这太守。为何要怕郑恒，那不过是个衙差罢了。惹了乱子，就收拾他。

崔浩心情舒畅，上任以来，这是第一次找着了做太守的感觉。

安若晨心情很是焦虑，宗泽清领了一队人，带着她快骑赶往十里坡。但是半途，他们遇着了过不了兵哨关卡的探子。

安若晨一推测出梁德浩的动向，就给宗泽清报信，让宗泽清火速派人赶往十里坡。让孙掌柜那帮潜于坊间的人手带着春晓演那一出，也是为了拖住郑恒的人。让他们以为她被困城中，就不会向前线报信，引起梁德浩的警觉。

安若晨夜里出城，比探子慢了小半日，她觉得再如何探子都会赶在她前方见到龙大。但没承想，宗泽清派出的两拨人都没能过卡。

"盘查得特别严，基本不让人过去。就是寻常百姓说回家，都不让走了，有生病求医的，也不行。打听了下，说这两日全部卡住，不让通行。百姓已经怨声载道。"

安若晨听得心一沉，这表示马上就要动手了吗？就这两天？所以严防所有人出入十里坡？

"宗将军？"

安若晨看向宗泽清。

宗泽清脑子里飞快过了一遍这里的地形："我们得爬山，翻过岗哨。"

"行。"安若晨毫不犹豫。爬刀山她都愿意。

"到了山顶放烟令示警，希望将军能看到。"

"我们还是分三拨。脚程快的先赶去，莫被我耽误了。"安若晨道。

大家没异议。

宗泽清补充道："我们最后一组来放烟令。烟起之时，不止将军可能看到，其他梁德浩的兵将也可以看到。到时他们会封山搜捕，前面已经过去的，莫回头，尽速赶路。"

众人齐声相应，各自奔向前路。

安若晨的脚程果然是最慢的，要翻山越岭，马儿是骑不了了，全靠两条腿。脚上起了泡，手被树枝划伤，她一声不哼，半点不叫苦。

宗泽清安慰她道："莫埋怨自己，你的决定是对的。你得赶到将军身边，不然将军见不着你，那梁贼怎么都能把你当人质说事。不能眼见为实，怎么都会受制于人。"

安若晨点点头。她知道她的决定是对的，只是她拖累了队伍也确是事实。

山顶到了。宗泽清找了个空旷处，与众兵士架好四个巨大的柴堆，倒上了粉末。他与安若晨道："准备好了，烟一起，也许麻烦就来了。"

安若晨看着那些柴堆，语气坚定："点吧！"

烟令一出，消息送到。

但烟令并不是信，所以能传达的信息极有限。大萧军中，对烟令的意思是这般定的：一进二退三不动，四烟有诈要小心，五烟诀别再不见。

战时，距离太远，旗令看不到，鼓声听不清，遇到突发状况时，来不及送信或是无法送信，军队之间就会用烟令向其他队伍确认自己的状态。

一股烟，表示意外不构成威胁，他们会继续前进。

两股烟，表示他们没办法，得撤退。

三股烟，原地待命不动。

四股烟，情报有误，大家小心。

五股烟极少用到，那表示取胜无望，但他们会守战至最后一人。那是死士之军的死前诺言。让其他兵队了解战情，为他们争取撤退的时间。

龙大帐内。

"是晨晨。她与泽清定是想过来，被卡住了。"发生了什么事？为什么她要离开通城？情报有误，什么情报有误？

龙大看向沙盘。翻过石屏山，穿过铁蹄岭，就是十里坡。要冒险翻山，就是非来不可。大道上的岗哨这般严吗？连探子乔装成百姓也过不来？所以他们需要放烟令。

究竟是什么情报？龙大一时也想不到。他从马永念那处已经拿到细作名单，又查到了尹铭大军准备侵占东凌的路线和战策，可能在战场上进行的伏击和陷害他都做了预估，究竟是哪个地方有误？

龙大收到四股烟令消息的时候，梁德浩也收到了。

"是何处？"

"石屏山。那山险峻，无山路可行，山下大道，盘绕山前，二里一岗，不可通行。山后是绵江。烟令自山顶飘起，定不是我们的人。"尹铭答。

梁德浩看着沙盘想了半晌："真妙啊，倒不像是在对付龙大一人了，得跟时间拼速度啊，慢一步就前功尽弃了。"

"大人。"尹铭看着梁德浩，等着嘱咐。

"铁蹄岭都安排好了吧？"

"是的。"

"那就提前动手吧，只是计划得改改。"梁德浩如此这般地交代了一番，尹铭领命去了。

尹铭回到营中，带着三个副将去了龙大的营帐："将军，接到了消息，石屏山那边的岗哨兵回来报，他们截获了疑似东凌国的细作，对方见得行迹败露，逃到了山上。有一队兵追上了山去。我原是想待他们抓到人后押到营中再报予将军，但刚刚见得山顶有烟令，四股烟，表示消息有诈，须得小心。"

龙大未动声色，问道："依你看，是何消息有诈？"

"我细问了岗哨兵当时情形，觉得那些细作败露身份有些刻意，想来是故意要引开哨兵的注意，调虎离山，好让真正重要的人物借乱通行。"尹铭道，"将军，我于城中查到的线索正好都对应上了，他们绑着梁大人，在城中躲不久，先前没找着机会出城，如今将军和我都在十里坡，崔大人毕竟新官上任，未曾应付过这般复杂情形，那些细作定是趁机出了城，想将梁大人送到十里坡，绑于阵前要挟战果。"

龙大沉着脸喝："你既是知道崔大人无甚经验，又查到了线索，为何不守在通城里继续追查，好将梁大人救出。"

尹铭伏身请罪："末将知罪。之前的消息探得不仔细，末将是想着赶紧回来先与将军商议商议，未曾考虑周全，请将军允我再去追查。对方既是闯过了石屏山，算算时候，这一日工夫，该是能到铁蹄岭，他们过不得我们的营哨，只能在

486

铁蹄岭绕道过境，也许会走水路，我这就带人沿路搜查，必将他们找出来。"

龙大久久不语。

尹铭高声呼道："将军，请允我带队搜查，必要将梁大人救出。"

三名副将也跪地请命："请将军下令，允我等带队搜查，将梁大人救出。"

龙大沉思半晌，道："人定是要救的。所以，先将那哨兵叫来，待我问个仔细，切莫有所疏漏了。然后我们再行商议搜查之事。"

这话没什么漏洞，尹铭赶紧把帐外候令的哨兵叫了进来。

哨兵报了自己的姓名职务，值守岗哨位置，然后细说当时情形。那时候人流颇多，排着队过岗检查。他注意到有两个庄稼汉子运了一车饲料干草，看起来颇重。他招手让他们过来，想着先检查他们，让他们俩先过去。但这两人不动。这时候正在接受检查的两个人，其中一个身上掉下一把匕首，匕首上刻着东凌文字。

哨兵看到，忙喝问。结果那些人竟动起手来，转身就往山上方向跑。他们一行五人，拿出了暗藏的兵器，将哨兵打伤了。于是哨兵结队追逐上去，现场一阵混乱，许多人尖叫跑散。待他回过神来，发现那辆马车不见了。他当时也未在意，赶紧回来向尹将军报信。

但石屏山上竟然传来烟令，他这才联想到那辆装满干草的马车。

龙大问："后头的岗哨可曾有消息截到那辆可疑马车？"

尹铭摇头："没有。前头岗哨查过了，后头会不太在意。且在见到烟令之前，这头也未在意那马车，只关注那逃窜的五人了。他们既是有策略，定然想好了后头过岗哨的办法。算一算时候，一日时间追到山顶，一日时间也能绕路到铁蹄岭了。"

一副将摆出一张地图，尹铭在地图上指着地势分析，他建议即刻派兵包围铁蹄岭，截山后水路，查岭中洞窟，堵住到十里坡的必经之路，然后沿东路一直盘查到大道上。

想得仔细又周到，这也没什么漏洞。龙大道："此时不宜大举搜查，铁蹄岭地势复杂，极易藏人，若他们察觉到了动静，反而不好找了。再者，若是惹急了他们，伤了梁大人就不好了。"

尹铭问："那将军说，如何办？"

"先行派人围堵包抄，安静的，悄悄的，待到了夜里，潜伏进去。"

"暗夜里可不好搜人。举着火把太显眼，这更容易让他们察觉。"这样不是多给了龙大一个晚上时间准备？

"所以先潜伏进去，莫要火把灯笼的。待天一亮，各处兵将一起搜查，他们措手不及，也无处可逃。"

龙大看着尹铭的眼睛，两人的眼神中都透着"我知道你打什么主意"的意思。

"好，那便以日出为信号。"尹铭道，"这般也省得呼喝惊扰了他们。"

"可以。"龙大道，"梁大人安危事关重大，我亲自领兵搜山。"

大家商议了一番，安排好了人手队伍，定好行动细节，各自安排去了。

通城里，崔浩紧张地等待着各方的消息。但是哪一方都没消息。中兰城那头南秦皇帝怎么样了？没人告诉他。石灵崖鲁升在做什么呢？没人告诉他。前线东凌战事如何了？没有消息回来。安若晨到哪儿了呢，现在在做什么？这个他就更不可能知道了。

崔浩告诫自己要耐心。他把所有的事从头理了一遍，细细琢磨哪一方赢了自己该怎么办。甚至想过要不要狠一狠心将郑恒杀了，这般若是梁德浩胜出归来，就没人告他的状了。但终究是胆子小，又想不到什么合理的借口，没敢动。

直到这日，一衙差飞奔来报："大人，有圣旨，快接旨！"

崔浩吓得赶紧整了整衣冠，飞快小跑了出去。

衙门堂厅里，一位一身华服，气宇轩昂的青年站在正中，身旁站了位公公模样的人，手里拿着锦黄圣旨。二人身边两排锦衣护卫，个个精神抖擞威风凛凛，身后还站着数位官员，神情肃穆，站姿里都透着对这青年的敬畏。

一众人身上难掩远途赶路的风尘仆仆，但威仪压人。崔浩顿觉腿软。

"来者可是崔浩？"那位公公尖着嗓子问。

"臣崔浩。"

那公公确认了身份，开始念旨了。崔浩认真听着，生怕错漏一个字。听完了，明白了。三皇子殿下被封为沂王，代皇上亲查边境乱局。

"梁德浩与龙腾，这二人在何处？"沂王问。

崔浩赶紧作答。他知道，无论这二人在十里坡如何，沂王来了，胜负已定。

崔浩后怕得出了一身冷汗，幸好啊幸好，他没有站错边。难怪安若晨自信满满，说什么她的筹码远比他能想象到的还多。

安若晨伏在宗泽清背上，十个兵士护在四周，分散阵形朝着山下奔去。她的腿脚实在抬不动了，又困又累，但后有追兵，前有凶险，实在顾不得男女有别，办要事正经。宗泽清背着她，跑得飞快。

"天亮之时，我们能到铁蹄岭。到时在村子找马，绕一圈去十里坡。"宗泽清道。

安若晨困得半眯了眼，但实在也睡不了，脑袋还是清醒的，应道："宗将军，你觉不觉得，我们逃得太顺利了？"

"有吗？"

"山下的哨兵集结队伍，梁大人看到烟令后察觉不对赶紧派骑兵增援，若是这个阵势，怎么都该火光遍山，满是火把和灯笼光影才对呀。山脚下，应该早围了一大圈了。大道上，也该看到火光。"安若晨在秀山可是在夜里被围剿过，现在这场面只有零星火把，比秀山都不如，哪里像兵将搜山的场景。

宗泽清脚下一顿："你说得对。"

"就好像，有意放我们去铁蹄岭一般。"安若晨道。

宗泽清吹了个口哨，四周兵士迅速围了过来。宗泽清道："是这般没错，铁蹄岭可能会有埋伏，我们得小心行事。"

一顿嘱咐商议，再行上路。

天蒙蒙亮了，宗泽清他们站在了铁蹄岭的外围山坡上。要绕过这山岭到十里坡，会是个大冒险。他们在等消息，不一会儿，两个兵士探子过来，说在附近村子找到了马。村子里没异样，可以进村。另一人潜过来，说找到了前头两拨先入岭的探子留下的暗号。似乎确实有麻烦，暗号警告岭中有危险。

宗泽清决定，先进村子偷马，休息一会儿。让探子进岭先行查探一番再行决定。

大家正往村子方向退，忽见岭中高地升起三股浓烟。

烟令。

三股烟表示原地留守。

安若晨惊讶："这是让我们待着别动？"

"不是。这表示他们在那里。"宗泽清道。

"他们是谁？"安若晨问。将军，还是梁德浩？

"为什么要告诉我们？"安若晨再问。谁放的烟？

宗泽清答不出，这真奇怪啊。但无论如何，这铁蹄岭不能随便进。

龙大身边的偏将指着浓烟对他道："将军，有烟。"

龙大嘱咐道："命人速找个地方再烧两股烟。"话刚说完，听到远处尹铭的声音在大叫："龙将军，快来！"

龙大策马过去，一路小心观察，那是一片密林，是藏人的好地方。龙大抬了抬手，身后骑兵迅速分了两边。龙大看了周围一眼，下了马，走进了那树林。

一直走到树林中间，见到了梁德浩。

龙大面无表情，冷静站住了。

梁德浩对他道："龙将军，我们终于见面了。"

尹铭站在梁德浩身边，一抬手，周围呼啦啦冒出来一群兵将，将树林围成了一圈。

龙大的兵将在圈外，龙大没施令，他们没有动。

再外围，更多的兵将包抄了过来，将龙大的人马围住了。

宗泽清带着安若晨和众人，找了个高处藏身兼观察。不一会儿，竟然又看到两股烟。

一探子小声问："现在这算两股还是五股啊？"

"都是让我们快走的意思。"宗泽清答。

两股表示退，五股表示我拼死挡着你们退。

安若晨再无疲态，她的每一根神经都绷紧了："起码我们现在知道了，他们两边人马都在！"

树林里，两边人马正对峙着。

"龙腾！"梁德浩道，"我受困之时，已然查明，是你通敌卖国，意图谋反，如今我逃出虎口，率军剿杀于你，你可服气？"

"我立时跪地求饶，写上认罪降书，就不该被剿杀了吧？"龙大应着。

尹铭与龙大不算熟，听得这话顿时一愣，相当意外。

梁德浩皱眉："你小时说话便淘气，做了大将军还是如此。"

"梁大人突然怀旧让我也颇是伤感。"龙大再应着，当然表情没半点伤感模样。

尹铭看了看梁德浩，再看一眼龙大，喝道："龙腾，你意图谋反，该当死罪。如今莫要嚣张，你只有一千兵。"而且还未都带在身边。

"我当年单骑破万军的时候，你正在辽城吃败仗呢，小子。"龙大斜了尹铭一眼，"轮到你说话了吗？有本事，单独一战！"

"莫受他挑衅。"尹铭正待发怒，被梁德浩喝住了。

"是啊，要听大人的话。"龙大微笑。

铁蹄岭外，安若晨对宗泽清道："我不走，我来这儿就是要救将军的。你教我该如何办？"

宗泽清自然也不想走，不大杀一场怎么对得起自己虎威将军的名号。安若晨这般说，他简直太满意了。

宗泽清开始下令，让两个探子先去探路，按着暗号找一找。若是先前的探子入了岭，发现不对劲，该会还在打探。摸清情况，给他们引路。另三人去村里拉马，冲锋陷阵没马不行。再嘱咐两人，入林找旗兵，若真是开战，先灭掉旗令。再有一人上树，远眺敌情，及时小旗传令。

大家各自散开。

宗泽清对安若晨道："你跟着我。"又对剩下的五个人道，"记住，护着夫人的安危。"

安若晨问宗泽清："将军有多少人马？"

"一千兵。"

安若晨咬紧牙关，跟着宗泽清伏低身子奔向铁蹄岭。

树林里，梁德浩与龙大道："我当唤你一声贤侄，但你确实让我太失望。为国为民，我只好对不起你祖父与父亲了。"言罢，他举起了手。围着他们这一圈的兵士忙举弓箭，对准了龙大。

龙大也举拳抬手，他的骑兵反手从背上拉过弓箭，对准了梁德浩和尹铭。龙大道："大人难道不想死得明白？"

尹铭忍不住又喝："究竟是谁死得明白？"

龙大不理他，继续道："梁大人的破绽露得太早，这么长的时间，大人难道会以为，我完全没做事吗？"

"你做了什么？"梁德浩问。

"大人多长时间没收到京城的消息了？皇上可有给你圣旨？你那些一条船上的同僚，有没有给你递消息？"

没有。确实挺长时间了。但没消息就表示没事，梁德浩很忙，自然不打算认为这是应当停手的提示。

"大人多长时间没有收到鲁大人的消息了？他在石灵崖还好吗？"

没收到。但这是因为他"被劫"离开了通城，消息当然是会滞后的。

"大人你瞧，你不知道的事情太多，若是不问清楚。我怕是你杀了我之后，没法交代，应对不了呢。前头那数年全都白费工夫，我要是你，我也会不服气的。"

梁德浩想了想，道："安若晨在我手上。"

"是有可能快在你手上吧？"龙大摇头，"那四股烟令，是她点的。你们封了路，她没法报信，却一心想到我身边来，为什么？我猜就是因为这个。你随便一张嘴，说她在你手上，我是信还是不信？没见着人，我是不能信的，但又会有所忌惮。她觉得，让我看到她，我就能放心了。你点了三股烟令，就是想引她过来是不是？"

梁德浩道："将军把夫人教导得好呀，都会烟令了。你没猜错，她确是被引来了。你的那两股烟令，点晚了。"

"大人糊涂了，我家夫人没这般傻。她的聪慧你根本想不到。她这般的姑娘，再不会有了。我总说遇上她的时机不对，对她心生欢喜的时机不对，但我不能错过了。我知道，错过了，就再没有了。要将她娶到手，也是颇不容易的。我也是费尽心思，鼓足了勇气才办到。我揭起她盖头她对我笑时，我心中欢喜无法言喻。如获至宝，此生无憾。"

尹铭按捺住鸡皮疙瘩，看了一眼梁德浩，真的需要听龙大说这些恶心话吗？什么乱七八糟的，他分明在拖延时间。

可是梁德浩显然另有计较，他不动声色，面无表情地听龙大说完，问道："龙将军在等什么？你拖延了一晚，又能如何？"

"总归是一线生机。这个也是我家晨晨教导我的，莫放弃，直到最后一刻都不要放弃。她这个人呀，让我说什么好。那山这般险峻，她居然上去了。她想告诉我情报有误，我没想出来她指的什么。直到尹将军过来说细作要将梁大人运到十里坡，我就明白了。晨晨告诉我，你不在城里，你在十里坡。"

"我被东凌使节劫持出城，自然不在城里了。"

龙大笑了笑："你在何处，对整个局面会有大影响。尹将军压制不了我，你却是可以的。你既是演了场被劫持的戏，就得再有一场被解救的戏。在其他地方解救出来均不行，因为离我太远，离得远，怕制不住我，你须得突然被救出，让我措手不及，当面诬我罪名，马上号令军将斩杀于我，这才稳妥。我猜若是我夫人没有放那四股烟令，我没有防备，接下来应该就是尹将军说有人闯了岗哨，他带兵去搜查，然后意外地找到了你，将你救出。你到了军营，将方才那番话再说一遍，指责我通敌卖国，就地斩杀。军营之中，我根本无处可逃，只得束手等死。就算发生了不可能的意外，我侥幸逃出，也只能往这铁蹄岭方向，而你们在此肯定也布了伏兵等着我。届时更是笃定了我的叛国之罪。只是这个节骨眼上，我夫人放了烟令，你们须得将烟令说成是岗哨兵放的，不然我洞悉烟令的意思，便可以名正言顺地亲自到石屏山接她。这般一来，事情便有了意外，不可控了。"

"确是怕你会跑，或是找着什么新借口回城煽动别的。把烟令说成是我们自己人放的，你是没办法找借口，但你要亲自领兵搜山，防着被谋害于军营之中，也算是反应颇快。可惜你就算到了山中，又能往哪里逃？多拖一晚，又能如何？"梁德浩道，"你其实是个难得的将才，我也舍不得取你性命。但可惜，你未站在我这一边。"

"大人如何断定我不会站在大人这边？"

尹铭插话："大人，莫要中他诡计。"啰里啰唆扯这些闲话做甚？直接杀了事情就了了，收兵回营。

"大人比你清楚形势的严峻，他若是不打探明白，不知道有何后患，杀了我后又如何应付？"龙大语带叹息，对尹铭道，"我说，高人对弈，在认真谈判衡量对策，你这样的就莫插嘴吧。"

尹铭气得七窍生烟，他这样的，是怎样的？！这藐视的口吻，是有多看他不起！

尹铭费尽了力气才压制住自己拔剑冲向龙大的冲动。"大人！"他看向梁德浩，只求梁德浩一声令下，他定要让龙大血溅三尺，脑袋落地！

可惜梁德浩没理他。梁德浩看着龙大，思索着，然后问："你又是如何想的？"

"若是大人当初没有耍那么多的心眼，想要挟利用我，也许我也不会那般早就怀疑大人。"

"是吗？"梁德浩慢吞吞地问，"我如何，想要要挟利用你的？"

"我们于南秦的探子被杀，显露出朝中有人勾结南秦，泄露重要军情。我觉得事态严重，故而约大人在安河镇悄悄见面。想提前与大人通个气，让大人到了茂郡后有所防范，好好应对。那个时候，我对大人是全心信任的。"

梁德浩安静听着。

"可到了那儿，竟然遇上了罗丞相派来的刺客想刺杀大人。我赶去相救大人，大人大喊的那一声'龙将军'，让我非常诧异。我身着布衣，普通百姓模样，如果没有大人那一声喊，谁又会知道我是龙将军？他们知道了我就是龙将军，于是开始全力砍杀于我。大人武艺不精，想来也不是太明白，凭那些刺客的身手，在我赶到之前，大人肯定非死即伤。可大人精神抖擞，毫发无损地把他们引向了我。"

"龙将军还真是多疑啊。"梁德浩道。

"当时情急救人，未曾多想，有些事是事后琢磨出来的。看那些刺客的身手及行事做派，该是江湖人士，罗丞相若是想收买他们行刺，定会有中间人出面，他又怎会这般傻，让中间人告诉刺客是他指使的呢？这是第二个破绽。"

"我听说，有些江湖刺客接任务时，会要求查清主使人是谁才肯干。龙将军又怎知那些江湖刺客不是这样的？"

"听谁说？辉王吗？他是说静缘师太吗？啊，或许他会称呼她邹芸。邹芸确是这样的行事做派。后来她女儿的父亲于一次刺杀任务中身亡，她为了女儿隐退江湖，再不接任务。所以辉王利用这点想了个嫁祸他人的办法，或许还是一石二鸟之计，趁机做了好人，笼络邹芸为他所用。"

"我与辉王在国宴上确实有数面之缘，但并不相熟。龙将军说的什么我完全不明白。"

龙大也不在这事上纠缠，反正静缘师太之事他也是瞎猜的，借机多说几句话，拖延下时间，随便试探试探梁德浩对辉王的反应，给他增加点压力罢了。

"梁大人对辉王当然熟，熟得表面上可以推心置腹，共商大业，兄弟相称了。你看尹将军那般二愣子的模样表情，才真是不熟，不明白。"

尹铭气得脸都铁青了，手握了拳头，但没有动手。

龙大观察着他们的反应，知道火候未到，于是继续说："那些刺客不但刺杀大人，还给我的马下毒。但有趣的是，他们明明是来刺杀大人的，竟然不给大人的马下毒。这是第三个破绽。"

龙大一边说着，一边似不经意地往前挪了一步，道："后来我才想明白给我的马下毒的用意。我在战时私离军营，就是重罪。这本是悄悄行事，只有大人知晓。但如果我的马儿没了，我又被刺客砍伤，留下医治，必得拖延回营的时间。那个时候，中兰城里正等着抓我的把柄，一旦发现我私离军营，便可大做文章。若是这般，只有一个人可以保我。就是大人。"

梁德浩对龙大竟推测得如此透彻有些意外，他皱起了眉头。细节及意图这般清楚，他定是琢磨了许久，但是怎么可能只琢磨不行动？所以他一定是做了许多事，而他竟然没有察觉。

在这片刻之间，梁德浩的脑子里已经闪过许多个可能发生的最坏结果，他开始真正地感到不安。他挪了挪身子，换了个站姿。在心里宽慰自己道，其他的都不重要，重要的是皇上。皇上的意思，才是决定他们之间胜负的关键。

"若到了那时，我便得来求大人相助。若是大人愿意说是大人召我去相见的，并要求我保密，那我自然就无罪。我会与大人商议对策，大人再对我说说罗丞相谋害于你的恶行，我又正好是这事件的人证。于是我们可以一拍即合，携手合作。有没有打败南秦不重要，那时候辉王已经说动德昭帝御驾亲征，紧接着德昭帝被东凌使节杀害，东凌的阴谋败露，你我携手，联同南秦一起攻打东凌。小小东凌，自然不在话下。之后辉王称帝，与大人和谈，答应从此乖乖听话，并退出东凌的争夺。将东凌交予我大萧管制。"

梁德浩冷静地道："皇上对这结果定然满意。"

"那皇上是否对这里头暗藏的门道也满意？"龙大上前两步质问道，"你借着这事，除掉朝中死对头罗丞相，将他的派系灭杀，自己独大。你灭掉忠良，杀害无辜，于平南、茂郡均安插了自己人为太守，从京城到边郡，完全掌控权力。你勾结辉王，助他夺权，与他结盟，吞并东凌。你挑起战事，让多少将士白白流血牺牲，多少百姓无端受苦。你是不是还想着，若是运气好，还能让皇上封你为东凌王？然后呢，你的野心还有多大？"

尹铭大喝："一派胡言！"

这周围可是有许多兵将的。有些人已经买通，有些人却是不知情只听令的。人多嘴杂，龙大故意放大嗓门，会有后患，这让他紧张。

龙大怒声道："你这熊包，瞧你反应就知道你根本就是知情，你选择助纣为虐，其实是与虎谋皮。你当梁大人看重于你？那是因为我在意朝廷有人出卖探子一事，梁大人心生警觉，之后苦等我受挫消息，结果等不到。我一步步铲除他的布局，他这才不得不放弃我这棋子，选择将我消灭。不然哪轮到你在这里放屁！"

尹铭上前两步，吼道："你找死！"

这回梁德浩没有阻止尹铭。他站在那儿，脸色相当难看。他脑子里只有一个念头，然后他听到龙大说了出来。

"你被揭穿了，梁大人。皇上已然知晓。若你放我一条生路，这事如何圆场，我们好好商量。"

"你全是瞎编！"尹铭喝道。

"狗先别吠。"龙大也喝他，然后道，"梁大人，通城全是你的人，你想想，晨晨为何能顺利出城，那必是崔太守那处出了差错。能出什么差错？"

"大人切莫中计！"尹铭抢着喊道，紧张得脸涨红，额角青筋凸出，声音压过龙大。

龙大继续道："晨晨领着大军而来，否则怎敢如此？我拖延一晚，就是为了等这个。大人你想想，真要自相残杀，自己人打自己吗？你真当自己就有胜算吗？再有这尹将军，瞧瞧他这熊包模样，一点小事紧张成这样，能担得大任？皇上一审他就什么都招了。我刚与心上姑娘成婚，我不想死，也不想她死。不如这般，我们莫要再互相猜忌，我将这尹铭杀了，然后替你做证，事情与大人无关，所有的罪名都由尹铭来扛……"

龙大话未说完，尹铭已一声大吼扑了过来，"铛"的一声剑出鞘，朝着龙大砍了过来。

方才说那一番话时，龙大悄悄前移，尹铭愤怒之中也踏前两步，两人间的距离不远不近。远得不会让他警觉后退，近得让他有可乘之机。而这可乘之机，就是龙大想抓住的。

尹铭的动作很快，梁德浩来不及反应，但龙大却是反应了。他不退反进，似是早料到了会这般。侧身击掌，躲开剑锋，一手抓住他的手腕，一手直击其腋下，错步扬脚，狠踢裆部。

尹铭的胳膊"咔"的一声，被打脱臼，他"啊"的一声凄厉惨叫，胯下剧痛。他完全没料到龙大堂堂一个大将军，勇猛武将，动起手来却是这下三烂的招数。

这一招的工夫，梁德浩终于反应过来了，他大声喝道："放箭！"

尹铭痛得动弹不得，只得眼睁睁地看着自己被反转到龙大身后为他挡箭。

"噗噗噗"几声，尹铭后背连中数箭。他两眼发黑，两耳嗡嗡作响，感觉自己腾云驾雾一般飞了起来。他听到龙大的声音，却听不真切："莫嫌弃你死在这招之下，非常状况只得如此。我告诉过你，你在与虎谋皮，他怎可能顾虑你性命。"

这是尹铭能听到的最后的声音，他并不清楚那一瞬间发生了什么。

当梁德浩大喊"放箭"时，龙大这边的骑兵也动了，他们甩出了许多罐子，"砰砰砰"地击向周围的敌军。马儿疾奔，组成阵形，一部分人冲向龙大方向接应，一部分人冲向敌军包围圈砍出退路，还有一部分人点燃了火头箭，射向罐子破碎方向。

"是油！"有人大叫。火油遇火就着，许多兵士身上着火，惊叫着扑地打滚，地上的油烧着了，形成一道火墙，浓烟阻挡了他们的视线，无法再放箭。

"莫伤着大人！"

"带大人撤！"

几个副将大声叫着，在刚才变故一起时已然冲向梁德浩，护着他后退。

"杀了他！"梁德浩怒吼，但看不清龙大的身影了。他最后看到的，是龙大一招制服尹铭，然后将尹铭甩到后背当盾，尹铭的剑落在了他的手中，龙大抡起砍落几支箭，同时间几个纵跃，脚一点跳到了树上。

大火熊熊，一片混乱，树被烧着，落叶带着火星飞扬，兵士滚地惨叫。浓烟滚滚，看不清敌人，辨不出对手。

梁德浩目瞪口呆。"单骑破万军"的传说是太夸张了些，但他明白龙大打仗的威名是怎么传出来的了。可他们人多呀！闭着眼睛也能将龙大乱剑砍死！

"杀光他们！"梁德浩大吼着。

烟雾之中，看不清龙大在何处，却听得他极洪亮的声音："梁德浩，你意图谋反，诬陷忠臣，挑起战争，谋害军中将士，罪该万死。"

声如洪钟，清楚响亮，一连喝了三遍。声音是在移动当中，听起来他似乎在马上。

梁德浩举目四望，试图找到龙大的踪迹。他大叫着："杀了他，杀死龙腾！"

然而龙大手下将兵的吼声将他的声音盖住，他们齐声高喊："梁德浩谋反，罪该万死！梁德浩谋反，罪该万死！梁德浩谋反，罪该万死……"

这高喊一波接着一波，声浪连绵，竟似漫山遍野全是他们的人。

梁德浩又惊又疑，周围是围了一圈将他护在当中的兵将，远处是厮杀呐喊，血流成河。但梁德浩看到了，许多小兵听到那些"梁德浩谋反，罪该万死"的呐喊后，在迟疑后退。

梁德浩大怒！指着那些兵喝道："阵前脱逃，不斩敌者，杀之！"

一将军闻言赶了过去，一刀砍倒一个兵士，喝道："违军令者！斩！"

而龙大的兵将还在一边厮杀一边喊："梁德浩谋反，罪该万死！梁德浩谋反，罪该万死……"

梁德浩听得简直百爪挠心恨得咬牙，但他也反应过来了，按声音追杀这些人，一个也别放过。可还没等他下令提醒，那些呼喝声没有了。

梁德浩身边一个将官道："搅乱军心之计，大人莫理会。他们人少，撑不了多久。分散大吼，营造人多势众的假象也是无用。我们准备充分，将他们尽数拿下只是时间问题。"

正说着，号声响起，鼓声雷动，梁德浩的那些兵将似乎终于反应过来已经开战了，号令和鼓令开始指挥队形，火场烟雾之外，他们后退再后退，找好了空地和合适地形，凌乱的队伍开始聚合，盾架盾，长枪刺，摆成了专门对付骑兵的兵阵。

旗令兵站在高高的山头上挥舞旗子，向兵队指示着敌军的方向和情况。弓箭手隐蔽身形，搭箭齐发。

龙大的骑兵几声惨叫，数人中箭落马。其他人火速变换队形，将空缺补上。数人举盾围在龙大周围护他，数马齐奔，跟着前锋军杀出血路。油罐子再抛出，燃烧的烟雾阻挠了周围敌军视线。但是未能阻挠远处旗令兵的视线，他挥舞旗子，指示战情。

龙大队伍变换路线的举动被察觉，梁德浩人马火速绕到前方，再架起盾墙枪刺。

"他娘的。"数个骑兵一顿猛杀，被枪刺击落马下。两个骑兵纵马跃上，压垮盾墙，人与马皆被砍得面目全非，但也为后方拼出一条血路来。

一骑兵大声骂着，含泪奔出那路，回头看了一眼旗令兵，太远了，他们的箭射不到。但这般下去不是办法，他们人本就少，这般死伤可是会杀不出去的。

"将军！"这时一个骑兵大叫着。龙大回头一看，那旗令兵倒下了，他身边站着自己派在外围潜伏专挑旗令鼓令兵下手的部下。

但这旗令兵周围也有许多护军。那部下孤身一人，虽突然发难砍倒旗令兵，但其他人围攻之下，他被逼退一旁，另一兵士已重拾大旗。龙大身边的骑兵惋惜大叫。

这时候那坡上突然跳出个平民打扮的汉子。出其不意，快攻快杀，转眼砍倒两人，大旗再次倒下。那汉子与龙大部下合力，与其他兵士打成一团，阻止其他人再扛大旗。

骑兵们精神一振，大吼："增援！"

另一个声音也大叫着："正是，增援到！"

随着这一声吼，几头牛狂奔向梁德浩的兵队，它们尾巴上绑着火绳，发疯一般，势不可挡。一个又一个盾墙阵被冲倒，躲在树后的弓箭手们纷纷大叫着跑出，被牛群追得慌不择路。

宗泽清骑着匹瘦小的马杀入敌阵，马不威风，他却是神采飞扬，双刀使得虎虎生风，手起刀落，瞬间砍倒一片。

"增援！"宗泽清大叫着，"正是增援！老子来了！"

他领着的数人也冲散敌阵，一顿砍杀，目标先灭掉弓箭手，嘴里大吼着："杀！"

没了弓箭威胁，骑兵们的压力顿时减弱，龙大一声喝："散！"骑兵们"唰"的一下散开，形成三角阵形。龙大一马当先，领着众兵将杀出重围。

他杀到宗泽清身边，问道："晨晨呢？"

宗泽清还未回话，忽地一阵鼓声于山岭高处传来。众人举目一望，梁德浩这方竟有另一队旗令兵，此时正在另一个山头挥着旗令示意——东边有敌军，大批敌军！

宗泽清也看到了，答道："将军，四夏江与石灵崖的援军赶到了。我让夫人去那头了。"

探子探到的重要消息！

前两拨探子已在深夜与龙大接上了头，但那时龙大已经安排入岭之事，探子的消息无用了。探子速退出铁蹄岭，打探周边情形，为龙大寻找退路，另一拨也要赶往石屏山方向截住安若晨，但这时候却打探到了水路上的消息。援军到了，可还有段不短的距离。

十万火急！铁蹄岭被梁德浩的人手全部占据潜伏，龙大这头忙着准备应对。探子无法轻易再进铁蹄岭，也不能浪费时间在等待机会上，于是果断先一陆路一水路赶向援军，通知他们莫绕十里坡，直接到铁蹄岭来。

安若晨与宗泽清入岭潜伏，探子琢磨暗号意思，一路寻到东边绵江江畔，遇着了已经通知援军并赶回先行探路的探子。两拨人一会合，赶紧将情报报给宗泽清。

那个时候岭上突然火光冲天，厮杀声起，安若晨心急如焚。宗泽清制定对策，让安若晨到东边去，在自己军队的身边安全些。他带着兵士杀到岭中，给将军解围，领将军到河边与大军会合。毕竟梁德浩人多势众，他们从水路撤退也是一个路子。

安若晨依言行事，她感激在这种时候有宗泽清这样经验老到的大将在身边，看他沉着反应，她也有了几分信心。她不鲁莽，知道战局里战术战略重要，不是急着马上见到将军的时候，大家各行其是，各自努力，才有机会取胜。

取胜，意味着能活下来，团聚。

安若晨在探子和三名兵士的护送下奔到江畔，寻好位置，帮着探子一起在江畔给船队留下登岸信号。耳中听到远处的拼杀哀号，心跳如鼓。

梁德浩终于看到了龙大，也看到了宗泽清。他认得宗泽清，龙大身边的一员猛将，但这猛将不该在十里坡，却突然出现了。

梁德浩已无法判断自己内心的感觉，焦急愤怒不安已无法形容，他觉得龙大说得是真的，并不是唬他。皇上知情也许是真的，有大军赶到是真的，只有一件事不是真的……

龙大不可能与他为伍，帮他脱罪。

龙大要做的，是把他治罪。

究竟还有哪里出了差错？他能躲过去吗？把龙大的人全杀光可不可以？用什么说辞脱罪呢？还有什么证据不利？还有别的人证吗？

梁德浩的脑子空空，已经没法想了。他盯着龙大，看着他砍飞一个兵士，奔到了宗泽清的身边。

有战鼓响，梁德浩看了过去，旗令——东边有敌军。

东边？！

梁德浩突然醒悟过来，他懂了，他懂了。他守住了所有的要道，严防中兰城和各军营的状况，他以为只要龙大的军队有丝毫朝着十里坡迈进的消息他一定会知道，他能及时处置。但他漏掉了。

四夏江。水路。

绕了一个大圈，水路跋涉，遥远艰难，但竟然是用这个路子。

梁德浩大声喝道："去东边，杀光他们！他们从水路来！用火！"他身边的将官闻言忙用小旗施令，高处的旗令兵看到了，用旗令指挥各队往东边杀去！

"安若晨也一定在那儿！"梁德浩一夹马腹，领着兵队便往东边冲。他失败了吗？不，把龙大和安若晨还有他们那些兵将全杀了再说！

"用火！"将官们大声下令。到处都是火，这个很容易办到。

船队远远驶来，载着一船船兵将，逆流而上，缓慢前进。安若晨站在树上，看到了船队的踪影，看着他们越来越近，心弦紧绷。

再一转头，却看到叛军的旗令，他们发现船队了！紧接着，大军奔来的声响如雷贯耳。

安若晨大叫："杀掉旗令兵！"

一兵士纵身上马，赶紧杀了过去。另一头已经干掉一组旗令兵的探子也在往那处赶。

安若晨已经看到远处喊杀过来的大军了。他们沿路在准备火把、火枝，弓箭手在处理箭头。

安若晨明白了，他们打算用火头箭烧船，不让船队靠近。

她对余下的兵士大叫："阻止他们！砍树枝设拒马桩，让他们慢下来！"那几个兵士忙冲向树林。

安若晨看向他们自己阵营的旗令兵，那兵士手中两面小旗，正在挥舞着，显然在向宗泽清那头报告着敌军状况。

必须得有人向船队报信。

安若晨焦急地看着。那几个兵士的动作很快，他们火速砍了许多枝繁叶茂的大树枝，搭架了在道路中间，枝叶高耸，能挡着马儿和军队的视线。但这只能缓一缓对方进发的速度，终究不是解决办法。

安若晨一咬牙，踹断一根树枝，撕下了自己的衣摆，将布条绑在枝条上，向着船队挥动旗令。若只是挥舞树枝，她担心对方误会，绑上布条，怎么都容易联想一些。

旗令里，对前方陷阱风木水火土都有设置，这是告诫军队小心应付。一般来说，风指箭，木指拒马枪阵，水是江河，火便是火阵火油，土一般指大坑悬崖。

安若晨向叛军方向挥一下旗，然后往前推两下，向上举三下。她希望自己没有记错。她重复着这个动作，挥一下，往前推两下，向上举三下——这个方向，敌军要用火头箭。

安若晨满头大汗。但她看到船头有兵士回应旗令，他们看到了！

安若晨简直喜极而泣。

她看到船队在分散，以准备应对火攻。最靠近岸边的一艘船上有兵士跳了下水，迅速朝岸边游来。越来越多的兵下水，速度快得已经接近岸边。

身后方向马蹄声响，马儿嘶叫，敌军到了！

马儿在树枝丛前停了下来，不愿再走。步兵冲了上来，一些人搬枝条，一些人攀爬着要过来。

安若晨这边的兵士挥刀砍上，两边打了起来。

船兵已经游了上岸，抽出背上的大刀就往这头跑。安若晨大声叫着给他们指路，越来越多的兵士上了岸，冲到了树枝路阻的前头。两边人马激战起来，弓兵暂时被挡住了。但更多的兵士赶到，绕过战区往岸边冲。

第一艘船靠岸！

兵将蜂拥而出。

两边很快交会，打成一团。

"安若晨！"

有人大叫她的名字，安若晨举目一望，是梁德浩。

"杀了她！"梁德浩朝着树上的安若晨一指。旗令太过明显，她的藏身处早暴露无遗。

安若晨可不会坐以待毙。她哧溜一下滑下了树，朝船兵的方向跑。但没跑多远，叛军的两个骑兵已经赶到，安若晨一猫腰钻进矮树丛，躲开了骑兵砍下的一刀，顺手抓了把沙泥，钻出来洒向马的眼睛。

那马受惊嘶叫，扬蹄昂身，马背上的将官摔了下来。另一匹马上的兵士一惊，策马要躲开。安若晨不待他有机会回身砍她，在马儿擦过她身边时匕首一挥，刺伤那兵士大腿，那兵士惨叫一声，从马上摔了下来。

安若晨脑袋嗡嗡作响，一切都是本能，她纵身一跃，跳上了马背。

那摔下马来的将官向她扑来，她扬手将匕首掷了过去，那将官大惊，向后一跃，不料安若晨却是虚招，根本什么东西都没有。安若晨已趁这一瞬，策马跃出。

"杀了她！"梁德浩喊着。

"保护夫人！"这边的兵士喊着。

周围是一片混乱，尸体、鲜血、厮杀呐喊。安若晨从未经历如此场面，她脑袋发晕，胸膛紧绷。身后有骑兵追来，她忙策马逃窜。有兵士冲了过来砍向她身边的追兵，但另一边又冲出一个兵向她砍来。她调转方向跑。

弓箭手在射箭，靠岸的船已经被点着，到处都是火光，树林也被烧着。安若晨骑的马受了惊吓，不肯再往前跑，竟转了方向。一支箭射来，擦过安若晨的肩膀，火辣辣地疼。

更多的箭射来，安若晨努力控制身下的马儿，让它往树林里跑。树林里林木茂密，是躲箭的好地方。但可惜阻止不了其他的骑兵和步兵。

安若晨辨不清方向，只能尽力控制马儿。耳边是呼呼的风声，还有纷杂的吆喝呐喊。这个时候，她听到了龙大的声音："晨晨！"

"将军！"安若晨看不到龙大，她大声叫着，却叫来了一记长枪猛刺。

安若晨侧身躲开，摔下马来。那长枪刺中马儿，马儿痛苦嘶叫。安若晨顾不得摔疼，爬起便跑，一边跑一边大叫："将军！将军我在这儿！"

那持枪骑兵紧追不舍，安若晨借着树干躲过一枪，转身欲逃却被绊倒在地，那骑兵欲再向她刺来，她将手中的匕首朝他掷去。

长枪一挥，骑兵将匕首打落，下一刻就又朝安若晨刺来。这次手刚抬起，一柄刀刃从他胸膛刺出。

安若晨眨眨眼睛，这才看清了那骑兵身后的人。

"将军！"

龙大来不及应声，他把长刀抽出，反身砍倒另一个朝他袭来的人。一个兵士趁机朝安若晨扑来，安若晨爬起便跑，龙大追在身后，一刀砍掉那兵士的脑袋。但同时间另两名骑兵又冲了过来，向龙大挥刀。

龙大以一敌二，奋力砍杀。安若晨留心龙大动静，观察着周围环境，却见梁德浩竟策马朝她冲了过来。安若晨转身再跑，眼看就要被追上，危急时刻，一个人忽从树上跃下，将梁德浩从马上撞了下去。

安若晨一边跑一边回头看，听得动静，还未看清状况，却是脚下一滑，身子竟然坠了下去。她失声尖叫，慌乱中抓住一根枝条。

这一排乱糟糟的树，竟是长在崖边上！

安若晨左手紧紧抓紧枝条，本能地往下看，下面是湍急的江水，崖不算太高，但她一点都不想摔下去。

"晨晨！"龙大的声音由远而近。

"将军！"安若晨右手攀上崖石，努力支起身子往上爬。爬不上，但她看到了，梁德浩被宗泽清制住了，而龙大正朝她奔来。

"将军！"安若晨朝龙大露出笑脸，她的将军满脸焦急。不用急啊，她没事。

龙大的身后，忽地冒出一个持刀兵士。龙大似浑然不觉，只顾朝她跑来，安若晨大惊失色，抓起手边一块石头朝那偷袭的兵士砸去，大叫着："将军小心！"

她一使劲，那不知连在哪儿的枝条忽然松落，安若晨猛地向下坠去。

她看到龙大惊恐地扑向了她，他的指尖碰到她的，而她"扑通"一声，掉进了江里。

江水湍急，很快将她卷走，她努力冒出身子，对龙大大喊了一句："我会水！"

龙大下意识地要往下跳，但身后大刀砍到，身体本能地就地一滚，夺刀砍人。待再转回头来，已不见了安若晨的踪影。

只那么一瞬，怎么就没了？

"将军！"宗泽清架着梁德浩过来。

龙大怔了一怔，似乎才反应过来现在是什么状况，他道："嘱咐船兵，下水寻人。"他夺过梁德浩，将他押到空旷高处，让众兵将能看到他，然后用力一扳他的胳膊，喝道："下令他们休战！"

梁德浩还待犹豫迟疑，龙大的刀刃已经陷入他的脖子，一阵剧痛，感觉到鲜血流了出来。

"休战！住手！"梁德浩喊道。

所有人都愣了，然后大家纷纷传令。

龙大恨道："你有点骨气多好，这样我就可以砍了你的脑袋。"

梁德浩全身紧绷咬牙不语。龙大的手劲很大，那刀似要砍断他的脖子，他的手腕也似要被捏碎。

龙大握紧了刀，久久没有松开。宗泽清嘱咐完兵士跑回来，在一旁看着，不敢言声，生怕开口一劝梁德浩脑袋就没了。

龙大突然将梁德浩往地上一摔，一脚踹他脑袋上。梁德浩顿时晕了过去。

"将他绑了！"龙大喝了一句，转身朝江边奔去，"扑通"一声，没影了。

那一日，大火烧掉了半个铁蹄岭，龙大与众船兵江中寻人，没有寻到。梁德浩则被押到了十里坡。

军营里，一个公公尖声问："龙腾何在？"

宗泽清答："江里。"

"梁德浩何在？"

"晕着。"

那一日，梁德浩没有醒，龙腾没有回，威风凛凛来处置危机的沂王被晾了一天。好在满营官兵和乱七八糟的后续处置还很多，他还有许多可发挥之处。

三日后，龙大回营了。他问宗泽清："晨晨最后一句话，你听到了吗？"

"好像说的是'我会水'。"

龙大不语，转身走了。

宗泽清也很是难过。夫人不会就这样死了吧，遗言是我会水，那也太让人伤感了。

后头的事情其实没那么复杂了。

东凌听闻了大萧的兵变内斗，静观结果。然后东凌帝新派的使节来访，与沂王开启谈判。谈判的地点设在中兰城，南秦德昭帝也在。

谋反、勾结、细作，所有的案情清清楚楚，容不得梁德浩狡辩。崔浩、钱裴，光这两个人证，能证明的内容就够多的了。

龙大去牢里见过一次梁德浩，他问他为什么。他不明白，就算推测出真相，证明了真相，他还是真的不明白，为什么？

梁德浩讥笑道："因为这个昏君不值得。罗丞相坏事做尽，却得宠幸。那昏君是非不分，害了多少忠臣？忠良只能受辱受屈，是何道理？凤大人受辱，你祖父被冤，这些事你不记得了？我呢？二十年前，他夺我所爱，却不善待，我奉他为君，仍尽忠尽责，他却时时拿这事暗地嘲笑。他恃强凌弱，对夏国那暴虐之政唯唯诺诺，百般讨好，对东凌、南秦却各种欺凌掠夺。他那副嘴脸你难道没有看到？你问过我野心有多大，我可以告诉你，我这不是野心，是雄心。我铲除罗丞相一派，朝中到边郡，全是我的人，我联合南秦，我占领东凌，三国资源各有优势，待时机成熟，我合并三国，壮国力，扬国威，我要让那昏君最后看到，一个贤明之君应该是怎样的！"

龙大面无表情地看着他："我从前怎么会觉得你是个让人尊敬的长辈呢？贤明之君？真是恶心的借口。你把骂皇上的话，全部往自己身上一套，毫无差错。"

沂王对整件事非常满意。他胜利归朝，不但得了皇帝的嘉奖赏识，还借此建立了自己的势力。梁德浩那一派自然元气大伤。但罗鹏正这一派也不好过，因着这件事，他们的许多过往也被翻了出来。皇帝对朝臣派系心生警觉，将罗丞相的势力也打压了下去。

沂王与东凌和谈，举荐了平南郡与茂郡的太守人选。又与南秦德昭帝建立了友谊。为他夺回皇位出谋划策，答应斡旋各方力量助他一臂之力。

德昭帝原本计划是让卢正为他做人证，回南秦指证那些细作和辉王，但没承想，这个计划落空了。

原因在齐征身上。

德昭帝是真心喜欢齐征的，所以当齐征说愿意为他效力，与他回国助他夺权，德昭帝是欢喜的。他将齐征带在身边，去了石灵崖，接上了卢正。

结果齐征见到卢正，二话不说扑上去用匕首连捅卢正数刀。

"这匕首，是田大哥送我的。我用他的刀，为他报仇。"齐征杀完了人还很冷静，一字一句清清楚楚地跟卢正说。

卢正很快咽了气，众人目瞪口呆。

齐征把匕首擦干净，重插回腰间，向德昭帝跪下了。他说他并不想去南秦，他的义父，他的田大哥，全是大萧兵士，他自然也忠于大萧。他说愿为德昭帝效力，只是为了能接近卢正，为田庆报仇。如今心愿已了，任杀任刚，绝无怨言。

德昭帝有怨言，但哑口无言。倒是沂王表示对齐征这小少年的欣赏。有勇有谋有忠有义，日后定是将才。他将齐征收归麾下。

德昭帝第一步计划受挫，却还有一个人证可用，那就是钱裴。可钱裴毕竟是大萧人，又被打得断腿独眼残废成了公公，很有屈打成招之嫌，这说服力怕是不够。正商议事情要如何办，却收到了一个惊天消息。

辉王遇刺，死了。

刺杀他的，是当年那个女杀手邹芸。她出了家，如今叫静缘师太。

消息说，静缘师太与大萧的一个叛臣钱世新到了南秦，钱世新求见辉王，共商国是，辉王欲从钱世新处探得大萧秘密，便准见了。他并不知道钱世新还带着静缘师太。静缘师太上了朝堂，挥剑便杀。辉王死于她的剑下，而她与钱世新也被卫兵乱箭射死。

南秦朝中大乱，于是众臣恭迎德昭帝回国。

德昭帝晕乎乎的，被抢走皇位和拿回皇位都跟做梦似的。

姚文海日日到当初与安若芳约定的地方坐坐，不指望能见到她，只是心中郁结无人可诉，来这里似乎可以有友人能说说心里话。这日他又来，却发现树洞里有张纸，上面有丑丑的"段翠兰"三个字。

这是他们联络的暗号。姚文海大喜。他等了许久未见安若芳，第二日午时又来，终于见着了。

安若芳拿着一封信，说这是她恩人托人送给她的，但她不识字，也不能让家里人知道。所以想求姚文海帮她看看。

小事一桩，姚文海很开心静儿的恩人给她写信了。

他给安若芳念了信。

信确是静缘师太写的，那是她在行刺辉王之前。她说她离开中兰城之前去看过安若芳，看到她很好。没有告别，是怕会难过。杀手不应该难过。她写这封信的时候不难过，但这是一封告别信。她知道，当安若芳看到信时，她已经不在人世了。她让安若芳也别难过，她是个罪孽深重的人，死这个结果是必然的。能为女儿报仇，已是老天厚待。亲自写信向安若芳传递死讯，还是那个原因——应该要知道真相。不会再见面了，真相是她不在人世了。这般便不会挂心。好好珍重，莫被别人欺负。

安若芳大哭了一场。姚文海也跟着哭，许久来压抑的委屈与痛苦，全都哭了出来。

两个孩子互诉心事。姚文海说了家中近况，父亲当初帮着钱裴做了些错事，得服劳役。沂王准他留在平南郡，继续为民写诉状，也得清扫城街，做个杂役，得做十年。母亲不让他去见父亲，母亲说此生不会原谅父亲。姚文海心里很难过。

"那你今后什么打算呢？"安若芳问他。

"我要考功名。母亲说，父亲让外祖父一世英名蒙羞，我得把蒙家的名誉拿回来，必须做个好官。"

"那你好好努力。"

"你呢？"姚文海问，"你家里，还要给你说亲吗？"

安若芳摇头："我不嫁人，我打算跟招福酒楼的赵老板学商。她是大姐的友人。"

"学商？"姚文海很惊讶，"怎地学这个？"

安若芳的眼睛明亮，眼神很坚定："爹爹总当我们女儿家是财物货品，我学了商，要将安家的买卖都拿过来。他们的财物货品，是我的。安家欠我母亲的，我要为她报仇。"

姚文海更吃惊了，这小姑娘，竟想着夺家产吗？"那，那不嫁人吗？"

"不嫁。"安若芳应得斩钉截铁，"我三姨娘在三姐嫁时喝多了，与我哭了一场，她承认她杀了爹爹，她说她就是不服气，一直忍着，终于忍不下去。当初她是周掌柜的妾，周掌柜说将她送人就送人了，送给了我爹爹。我爹爹就图个新鲜，心里并没有她。她没有儿子，不得势，总被欺负。她只有三姐这个女儿，她说只求三姐能嫁好，不要像她一样，被当成货品一般。她好不容易为三姐谈成的亲，却要被爹爹毁了，不但毁了亲事，还要毁了三姐一生，她不能接受……"安若芳顿了顿，道，"三姨娘这般用心，可是，前两日，三姐来信，三姐夫想纳妾了。这才嫁了多久？你瞧，嫁人多危险，我没人撑腰，嫁了就会成货品。我可不要。"

姚文海张了张嘴，不知如何反驳，只得道："你不识字，如何经商啊？你连账本都看不明白。"

安若芳瞪眼："我可以请掌柜和账房先生。"

姚文海道："万一遇上坏的，蒙你呢？"

安若芳抿嘴。

姚文海道："你娘若知道你想经商，就会同意你习字了。"

安若芳站起来要走。

姚文海追到亭外，道："那个，你若想习字了，你就留字给我呀。我可以教你的。"

安若芳一溜烟跑掉了。

安若芳想着，若是大姐在就好了，大姐字写得可好了，她可以教她。

龙大也在想，若是晨晨在就好了。可他还没有找到她。

在江中搜寻，沿江寻觅，一直没有结果。但龙大不相信安若晨死了，那是他家晨晨呢，比任何人都坚强的安若晨，就算到了最后一刻都不会放弃的安若晨。她不会死的，她肯定困在了某处，等他找到她。

龙大在宗泽清的眼里看到同情，龙大不理他。他依然在找，沿江村镇，一个一个地找。

沂王命他的兵队继续驻守边境，毕竟南秦仍在政乱中，东凌的冲突也刚刚平复，先前的祸端也不知有没有铲除干净，这两个郡还是暗藏凶险。龙大除了奉命回京一趟上禀案情做证之外，其他时间都在绵江一带找人。

有一日，探子来报，坊间有本新书颇受欢迎。

龙大心一跳："《龙将军新新传》？"

"不是，是《将军夫人传奇》。"

安若晨坐在树下晒太阳，树荫挡着，日头不会太猛，稀稀落落地洒在身上，感觉刚刚好。

她的腿搭在小椅子上，这样不会太难受。这复原的速度让她有些着急，但这村子太小，没什么好大夫，腿能治上就不错了，也不知道以后会不会瘸。

啊，腿瘸这一点可以写到书里去。但她得想想有什么事情能把这个带进去。

不知道将军怎么样了。她被江水冲得很远，这村子竟是在南秦境内。有些闭塞，村民出城一趟不容易，打探点什么消息，总是一问三不知。只知道不打仗了，但前线谁主事？主帅是谁？不知道。还说不打仗就好，别的不用管太多。又问她的来历，问她的家乡。

安若晨不敢问太多，也不敢说太多，撒谎自己撞了头，有些记不清。毕竟不是大萧，谁知道还有没有危险呢，她现在没法逃跑，还是隐蔽一些好。她的腿落江后被水流冲得撞到石块，又正好有浮木也撞来，不但骨头伤了，差点流血而亡。幸遇着村民捡着了她，将她救了回来。她衣裳破碎，又是投江，一开始昏昏沉沉，村里都以为她是被人迫害了投江的，她醒来也顺水推舟，正好就在这处养伤。

安若晨担心龙大以为她死了，又担心龙大会不会在那一战中出事。他会不会其实已经回了京城？毕竟早已不打仗了。可能他早走了。

安若晨叹气，看了看地上的影子。想起将军说过的情话，他说喜欢看他与她的影子成双成对。安若晨又叹气，你说好好一个武将，怎地说起肉麻话来面不改色的。

她真想念他啊。想念他挑眉毛的样子，想念他说肉麻话，想念他装得很厉害故弄玄虚的模样……

安若晨眨了眨眼睛，发现地上的影子多了一个。挨在她的身边，成双成对。

安若晨猛地回头，却差点扭着了腰摔了腿。

龙大赶紧将她扶稳，只看一眼，便明白怎么回事了。难怪她一直没消息。

龙大坐在安若晨的身边，安若晨一直看着他。久别重逢，好期待将军对她说的第一句话。

龙大安静很久，说话了："《将军夫人传奇》，你怎么想的？"

竟然是说这个？安若晨哈哈大笑。

龙大也跟着笑："是要给我线索找你吗？"

那书里写了一个被父亲卖掉的姑娘怎么凭借着自己的聪慧成为探子破解细作阴谋然后嫁给了将军的故事。写得乱七八糟，悲情又凶险，跟她的乐观开朗一点都不像，但是事情却是有六七成相似的。

"不止啊。这故事传遍了大街小巷，这将军夫人为国为民，忠肝义胆，感人至极，若是将军不带她回京城，她可以拿着书去告御状了。"

龙大哈哈笑，捏她脸蛋："你这是还瘸着腿呢就想着如何对付本将军了吗？"

"我既是嫁了，当然不能吃亏，你当我好欺负呢？我可不是受了委屈眼泪往肚里吞的，我一定要讨回来。"

龙大再次哈哈大笑，搂着她道："可惜啊，我真不能带你回京城。"

安若晨瞪他。

龙大道："我自己也回不去。"

安若晨继续瞪他。

"我还得继续驻守边境，我答应过你，我在哪儿，便让你在哪儿。"他低头亲亲她的脸蛋，"你差点吓死我了。"

安若晨道："我自己也吓死了。"

"下回危急时刻，你喊句'将军我爱你'也好呀。你想想，若是遗言是'我会水'……"龙大搂过她，亲亲她额角，"说起来，你是否说过你对我的心意？我怎地没印象？"

安若晨抿着嘴笑。

笑得这般好看，龙大忍不住低头吻上她的唇。

"放开姑娘！"一个老妇冲了过来，手里举着锄头。

"大娘。"安若晨抬头，看着自己的救命恩人，道，"这是我相公，他来接我了。"

要是不来，待她腿好了，她真要去告御状的，可不是玩笑话。

龙大似乎知道她在想什么，眉毛挑得高高的。

安若晨哈哈大笑，龙大也笑起来。

救命恩人很迷惑啊，不知道他们在笑什么。

龙大握紧了安若晨的手，握得紧紧的。

"这是我相公"，应该——也算情话吧！

【全文完】

番外一 大嫂

　　龙二觉得当家真是不容易。若是如他这般遇着任性的弟弟，狠心的哥哥，那要当好家就更是难上加难。

　　前一阵子大哥龙腾前线遇险，陷入谋反阴谋之中。龙二于京城这头帮着解局斡旋，好不容易解开了危机。这过程里还要忧心着在外头闯荡江湖四处游历的三弟，恐其被人谋害，借以要挟龙家，钳制大哥，于是又派人悄悄寻找三弟行踪。家里买卖又遇着些麻烦事，他几头都得顾着，颇有些焦头烂额。

　　终于所有事都转入顺途。三弟找着了，平安无事。大哥的危情解除，逆臣贼子收入监牢，他们龙家于朝中势力巩固。

　　但是，龙二更烦心了！

　　烦的是大哥火急火燎地回了京城一趟，居然直接奔进宫里见了皇上，然后拍拍屁股就走了！

　　走了！

　　直接又去了平南郡！

　　他们龙府离皇宫太远还是怎么地？！他们兄弟之间没感情还是怎么地？！千

里迢迢回来一趟，居然连家门都不入！

这像话吗！

还有脸给他递信报平安说近况！

他都不想看！

有这写信的工夫，怎么没有回来见他一面与他当面说说话的工夫！

说到兄弟间感情，龙二还有气。就是那成日外头游荡要当个侠士的弟弟，好不容易找着了人，听说是二哥找他回家，人家不想回。说是大哥要见，立马屁颠颠地回来了。

还知道回来！

龙二没给三弟好脸。

而听闻大哥回京一趟不回家，三弟脸也绿了。这让龙二心情稍好些，觉得兄弟感情还算维系住了。这叫什么？有气一同受，才算亲兄弟。

亲兄弟对亲大哥着实是不放心的，大哥这般匆忙焦急是有缘由，他们当然也听说了。大嫂阵前落难，摔入江中，生死未卜。不，其实除了大哥以外，其他所有人都认为，大嫂必是死了。不然这般久了，不会杳无音讯，一点生还的线索都没有。

可是大哥不死心。他不接受这个事实。

这让兄弟担心。龙二与龙三商议一番，觉得情况不妙。大哥这般年岁，遇着心仪之人不容易，看他在意的程度，想来是真把那姑娘放在心尖上的。但人死不能复生，大哥身边没人好好劝慰开解可不行。他们做兄弟的，这种时候得显出兄弟情谊来。

于是兄弟俩命人收拾行囊，赶往平南郡。

紧赶慢赶到了平南中兰城，却听说龙大在茂郡通城。于是两兄弟又转头去了通城。到了通城一问，说是龙大将军外出了好些日子，没交代归期。

龙二皱了皱眉头："去了哪儿，办何事？"

"将军未嘱咐，我只知将军收到探子报事后就走了。二爷三爷要不先住下，等谢刚谢大人回来再问问。谢大人定是清楚。"接待龙家兄弟的兵将不敢怠慢，但也确实答不上来。龙将军走时匆忙急迫，定是军探探到了军机密要，他们官职不够，不敢乱打听。

龙二龙三也没了办法，只得等等。住了数日，龙二一点没闲着，把通城的商脉都打听了个遍，反正有空，聊聊生意。龙三也结交了些江湖友人，逛了好些险山。顺手事办了不少，可知道龙大确切行踪的谢刚一直没回来。但两兄弟还是见着了前线巡防回来的宗泽清，从他那儿得知大哥可能是去找大嫂了。

宗泽清一脸无奈伤感："这哪里找得到？都过了这般久了，人若活着，早自己回来了。既无音讯，定是……"

宗泽清说不下去，又长叹一声："将军真是痴情种，原先以为他只是会打仗，可原来他的倔脾气也是能用在情字一事上的。你们来了正好，好好劝劝他，我们说的他不听。如今这关头，虽无战事，但也暗藏凶险，他这般丢下军务不管，跑去办个不靠谱的私事，这若是被皇上知道了，可是重罪。"

龙二抿紧嘴不语，这个他当然知晓，大哥回京面圣就办得潦草，他也听得些大臣私底下传言说皇上颇为不满，但念在这次大哥立下大功没追究什么，可他回了前线也这般不上心，万一出了岔子就真是没法交代了。

"他去寻人的事，我们都未往外说，省得给将军惹祸。军中只知他得了密报后出去办事了。你们心中有数就好，莫与人提起。回头见了将军，好好劝劝他。佳人既已去，就向前看吧。"宗泽清说到此处竟是哽咽，"你们不晓得，将军夫人是个人物。不怪将军对她情深义重念念不忘，若没有她，这回梁老贼的诡计怕是能够得逞，我们龙家军全部危矣。"

是个人物？不就是个商贾之女吗？

龙二龙三皆是疑惑。

宗泽清索性与兄弟二人细细讲述了一番安若晨的事迹。她如何抓捕细作，如何临危不惧，最后又是如何阵前牺牲。他道安若晨貌美如花，可惜生命短暂，但死前英勇，留名百世。宗泽清讲故事向来语气夸张，情绪投入。龙家兄弟以为听了场说书先生讲故事，半信半疑。

之后两兄弟收到了谢刚的信，原来他办完了事就径直回中兰城去了，他听说龙家兄弟到访，于是派兵传信过来，告之龙家兄弟龙将军有消息，正在回中兰城的途中。

居然又回中兰了？龙二那个心塞，拉着三弟又奔中兰城而去。

途中越想越是窝火，龙二与龙三道："待见着了大哥，莫给他好脸色。"

龙三瞥了二哥一眼，说得跟真的似的。

"要教他晓得，他这般颓废不争气，我们很生气。"

龙三再瞥二哥一眼："那若是大哥表现得更生气，我们如何办？"跟大哥比硬脾气摆臭脸，他可是没信心的。

龙二一噎，道："那你便闹离家出走给他看看。"

"大哥应该早习惯了。"他不就是经常离家的顽劣弟弟吗？

龙三被龙二瞪了。

"不然二哥就当对付我似的，克扣大哥的银两，不给他钱花。"龙三痞痞地出主意。

龙三又被龙二瞪了。堂堂护国大将军，没钱花，像话吗！他们龙家丢不起这脸。

两兄弟一路拌嘴一路急赶，终是到了中兰城。谢刚出城办事了，接待的兵将说大人嘱咐了好好安置两位爷，待他晚上回来便来相见。还有龙将军也差不多该回来了，两位爷先好好休息休息。

龙家兄弟没什么可说的，吃饭睡觉等人。

下午时分，谢刚未归，但龙大居然回来了。

龙二龙三接到消息火速赶到后院。一辆马车正停在那处，两个马夫候在一旁，却不见龙大。

龙二心里一紧，正想着大哥是不是受了伤，不然怎地坐马车，却见龙大开了车门出来了。

看上去安然无恙。

龙二松了一口气，赶紧迈前一步："大哥。"

"大哥。"龙三也赶紧往前凑。

龙大见着他们很是意外："你们怎地来了？"

龙二细细再打量了一番龙大，衣着整齐，神采奕奕，确实不像是受伤的。他安下心来，道："余嬷嬷和铁叔担心你，我们来看看。"

龙三噎得，咳了几声，硬生生将"我跟二哥担心你，所以来看看"这话咽回去了。

余嬷嬷和铁叔是家中管事，亦是将他们三兄弟从小带大的长辈，在三兄弟心中，他们可不是下人，是亲人。父母离世后，他们遭遇了许多逆境困苦，余嬷嬷、铁总管尽力尽心帮持着他们三兄弟，他们对两位老人很是敬重。如今龙二竟拿两位老人当掩饰，龙三觉得二哥真够害羞的。

"我无事，你们莫担心。"

龙大说得云淡风轻，龙二的眉头皱了起来："我们没什么担心的，大哥堂堂武将，征战沙场，为国为民，见识及胸襟自然是比我们做弟弟的强。"

龙三摸摸鼻子，嘴损的二哥谄媚起来着实让人尴尬。

可龙二一个眼神过来，龙三赶紧附和："是啊是啊。"

龙大挑了挑眉头，一脸狐疑地看着弟弟，很好奇他接下去要怎么扯。

"所以我们自然没什么担心的。但你也知道，余嬷嬷就是爱操心。她原是满心期待着大哥带着大嫂回京行礼办婚事，我们龙家也热闹风光一场，她还准备好了祭祖礼数，要与龙家列祖列宗好好说道说道大哥终于娶妻的大喜事。"

龙大的眉头挑得更高了。龙三也看着二哥，然后呢？

龙二不理龙三，只看着龙大道："不料世事无常，大嫂竟意外遭难。余嬷嬷和铁叔听得消息，悲痛自是不用说，但心里更忧心大哥，生恐大哥想不开。我是宽慰了他们一番，大哥身负重责，奉皇上之命镇守边关，办的是国家大事，必不会沉浸伤痛无法自拔，亦不可能丢下国家安危不顾而沮丧消沉。"

龙二说到这儿停了一停，看着龙大。

龙大只得接口道："二弟言之有理。"

然后呢？龙三看看大哥又看看二哥，不是说好了不给大哥好脸看的吗？

龙二横龙三一眼。龙三赶紧附和："二哥言之有理。"

龙二对三弟真是没好气，一点忙没帮上，还拖后腿。他再看龙大，提到丧妻之事面色如常神情平静，也不知是真的放下了，还是强自佯装无事。

"总之我们过来一趟看看，大哥无事便好。"龙二顿了顿，又道，"若心中伤苦无处相诉，大哥也不必逞强，我们兄弟已在此，大哥可与我们好好说说……"

龙三实在没忍住用力干咳了两声，好尴尬，二哥煽情起来有些做作呀。

"老三别添乱，让你二哥好好说。"龙大摆出一副慈祥兄长的架势。二弟强行装温柔体贴的样子还颇有几分可爱呢。

龙二有些不高兴了，这是怎地？看戏吗？他也是强忍着别扭想表现表现兄弟之情，你们两个一起拆台是要怎地？让他好好说？他说起实话来可就不这么中听了。

龙二清清嗓子，不客气了："大嫂遇难，我们也是难过。但事情既已发生，大哥还是向前看，天涯何处无芳草，大丈夫何患无妻，何况大哥身负护国重责，这数万兵将还等着大哥施令监管，人人看着大哥的一举一动。大哥当速速将那商贾之女忘了，再寻个门当户对的好姑娘，生几个娃娃……"

"快别说了。"龙大打断他。

可龙二停也未停，继续道："京城里好些官家大户上门打听大哥之事，想来对与我们龙家结亲的意思还在，我回去后便为大哥张罗。大哥莫瞪眼，先前不是说愿意听我说嘛，我得与大哥分析分析利害关系。人去了惦记又有何用，大哥想想，你若不快些振作，早日忘怀，皇上能放心吗？这边关重地还指望着你守护呢。所以当赶紧再张罗门亲，也是教皇上和朝中各位大人放心，毕竟现在派系之争激烈，大哥是重要臣子，趁着眼前的局势，又正遇丧妻，正是结亲立盟的好时机，之前你不是也有这意思，娶谁不是娶，挑个最得利的……"

龙二说到这儿，忽然噎住了。他看到马车门后，探出了一张女子的脸。明眸秀眉，清丽娇美。

龙大看到龙二的视线方向，也是明白他看到什么，叹了口气道："不是让你快别说了。"

龙二看看那女子，再看看龙大。

龙三看看那女子，再看看大哥二哥。

两人视线一碰，不说话了。

大哥这么快又找了个新人？

龙二皱眉头，这不行。先前倾心个商贾之女便罢了，他这做兄弟的虽觉得不太合适，但大哥难得动情，他也不好置喙，可如若再找一个，便不能这般马虎草率，再弄个乡下姑娘进门，岂不是落人话柄，教人笑话了。

龙二清清嗓子："大哥，这事我们再商议商议。"

龙大转头看向那女子。女子向龙大伸出手，龙大走过去，将她抱下车来。

这举动让龙二眉头皱得更深。龙三低头挠挠额角，不说话。

那女子下得车来，问龙二："商议何事？"

"家事。"龙二严肃板着脸，摆明了她这外人没资格掺和。

那姑娘似对龙二给的下马威不在意："你方才说要趁着这时机快些给你大哥娶个新妇？"

"龙家私事，与外人无关，姑娘僭越了。"龙二索性将话挑明了。

那姑娘仍不介意，笑眯眯地向龙大道："你们龙家兄弟说话都挺有气势的。"

龙大叹气道："莫淘气。"

这下不止龙二，龙三脸上也要挂不住了。

"二哥，我们先回房休息吧，等大哥得空了再找他叙话。"秀恩爱这事他没眼看，先回房冷静一会儿行吗？

龙二也正有此意。再多说几句他怕得管不住嘴巴说刻薄话了。

可这时候那女子又道："初次见面，我也没备个礼，二位叔叔莫怪。"一边说一边还正经施了个礼。

龙二很努力地按捺住脾气，龙三掏掏耳朵，想装作没听见。

谁是你叔叔呀！

龙二、龙三很果断地转头就走。龙二走了两步，忽地停下了，一股微妙的、不祥的感觉在他胸中涌起。

等等，这不对呀。大哥再糊涂也不该如此，怎么会这般快就找着新妇，还歪歪腻腻的？

除非……

龙二缓缓转过身。

果然，那女子笑吟吟地道："你们也该回我礼数，叫声大嫂呀。"

龙二的脸僵住。

龙三闷头逃似地走，一看二哥怎么停了，正疑惑，听得那女子的话下一跳。

他停下脚步，犹豫了一会儿，也转身。

"快叫大嫂。"安若晨笑得特别和蔼。

龙二与龙三对视一眼，而安若晨看了一眼龙大。

龙大再叹气："快叫大嫂。"那语气和表情，纵容又宠溺。

龙二与龙三顿时起了身鸡皮疙瘩。

龙三忍不住问："你是哪位大嫂呀？"难不成是死的那个？

安若晨转脸问龙大："你有几位娘子？"

龙大牵着她的手："只你一个呀。"

龙二龙三顿时又起了一身鸡皮疙瘩。

龙大看向两位弟弟，正色道："确是你们大嫂，晨晨未死，只是腿脚受了伤，我将她找回来了。"

龙二龙三不知该给什么表情，原是极高兴喜庆的事，是怎么发展出如此尴尬微妙的气氛的？

"大嫂。"龙三行个礼。

"大嫂。"龙二也赶紧行个礼。

"我头有些晕，定是赶路赶的。"龙三找借口脱身，"我先回房缓缓啊，回头再来好好拜见大嫂。"

话刚说完就被龙二瞪了。

龙大笑道："三弟莫慌，晨晨有时是活泼了些，这回死里逃生，又添了些嚣张。但久了你们便晓得了，她是很好相处的。"

"夸谁嚣张呢？"安若晨撇嘴。

"你呀。"龙大对她笑。

龙二也受不了了："我想起我还有账本未看完，我先回房忙去了，回头再来好好拜见大嫂。"

两兄弟火速撤退，安若晨对着他们的背影打了个哈欠，强打起的精神终于放下，软绵绵地靠着龙大："他们比我还紧张呢。"

龙大点点她鼻子："没瞧出你紧张来。"

安若晨再打一个哈欠："我确是紧张的，又有些生气。"

"生什么气？"

"你这么快要娶新妇呢，能不气吗？"

龙大啼笑皆非："这事怎么能赖到我头上。"

"你还与你弟弟编排我坏话。"

"你确是嚣张。"龙大看她累得睁不开眼，弯腰将她打横抱了起来，"先回房睡一觉。"

"得告诉陆大娘、春晓，我回来了。"

"好。"

"还有战鼓，我想见见它。"

"睡起来再见，你累了。"

"你得去与弟弟们解释，我不嚣张，我素来温良恭俭让的。"

"好好，你最是贤淑得体。"

"我想喝汤。"安若晨的眼睛闭上了，还嘟囔着。

"好，我嘱咐厨房做。"龙大一口答应，没提醒她这才走了十多步，她这做夫人的已对二品大将军下了好几道吩咐了，十分嚣张。

话说龙二龙三回了房，缓了好一会儿终于反应过来了，大嫂真的活着。

没多久，他们看到楼中各仆满脸喜气奔走相告，均在传夫人活着，夫人回来了的大喜事。很快，楼里热闹起来，不知从何处变出来的彩灯红绸，众仆竟开始布置起来，显然是要庆贺庆贺。

龙三有些心虚，与龙二道："相比起来，我们的反应是不是太冷漠了些？总该做些什么补救补救。"

龙二也是心虚，但他们两手空空来的，当初可没预料到会发生这种事，自然也没备礼。打听了一番，龙大在忙，还没有想召他们见面的意思，于是龙二与龙三出门去了，打算置办些礼数。

来得坊间，正寻思买些什么好，却见得各户热闹，东一群西一群地聚了好些人，走近一听，却是在说听某某说安家大姑娘，那位龙将军夫人居然回来了。只是如何回来，回来时什么样，却是众说纷纭，乱七八糟，编什么的都有。

龙二逛了几间铺子，都看不上这边境小城里的货色，不然就是京城普通玩意，这儿竟当宝贝卖价奇高，龙二觉得亏得慌，买不下手。出得铺子找弟弟，从人堆里将龙三挖了出来。龙三已经将传言听得七七八八，转述了五个版本与龙二听。

龙二背着手点头："甚好，正愁挑不着好礼，这般吧，你说得挺有趣的，回头见着大嫂，讲与她听，给她解解闷，也算我们没怠慢她。大礼待回京了我从库里挑予她。"

龙三白他一眼，他又不是说书的。"这么多铺子竟挑不出一样？二哥，这时候可不能小气。"

"那你买。"

龙三摸摸鼻子。给大嫂的见面礼，寒酸不得。他这么穷，平日里可是能省就省的。跟着二哥出门当然也不会带太多银钱，买不起。

两兄弟空着两手回了紫云楼，一看衙楼外的阵势，愣了。

楼外站了一堆要送礼的。说是听闻将军夫人回来了，前来相贺。一盒盒一箱箱，颇有气势。

紫云楼是军衙重地，自有卫兵把守。送礼的人全被挡住，礼也不能收。卫兵一律回复夫人在歇息，不见客不收礼，只能留下帖子，待夫人闲时再给各位回话。

龙二龙三从人群里挤过去，进了紫云楼，互视一眼，又挤了出去。还是去买份礼吧，丢不起这人。龙二捂了捂心口，隐隐作痛。

晚饭时，龙二龙三未见到大嫂。龙大倒是出现了。他说安若晨路途劳累，睡到现在未醒，不叫她了，他们三兄弟自己吃。

龙二龙三自然无异议，趁着大嫂不在，先把事情打听清楚，待再见面时不会尴尬。

饭毕，龙大与他们细细说了与安若晨的相识经过，还有她失踪后发生的事。她腿不能行，在局势未明之时又不能对外泄露自己的身份求人帮她给龙家军报信，于是撰书留下线索，让龙大自己找她。龙大对安若晨的机智聪慧好一番夸赞。

原本龙二龙三听得也是津津有味，后龙大越说越欢喜，露出了宠溺得意，龙二龙三又不想听了。正待劝大哥闭嘴好好喝茶休息休息，龙大却是话锋一转，正色道：“如今你们来了正好，我正有一事需得你们帮忙。”

龙二龙三顿时严肃，端正坐好仔细听着。

“你们大嫂呀，路上便有些不适，我原以为是腿伤未愈，落水又落下了病根，所以途中劳累发了病。可方才回得院中，找来大夫与她看了，大夫却说，你们嫂子有了月余的身孕。”

龙二龙三顿时愣住，心中一沉。这个……他们互视了一眼，小心不敢言声。只心中皆在寻思，大嫂落难时遭恶人欺侮，这事非同小可。须得将消息压下，但那禽兽恶徒也不能放过。这事大哥确是不好出面，不然容易令人生疑，走漏消息，由他们来办更妥当。但大嫂是何态度，大哥又有何想法？

“你们是何表情，为何不恭喜我？”龙大问。

“啊？”龙二龙三更愣了。毫不介意这也罢了，难道还是件欢喜事不成？

“大哥。”龙二狐疑问，“这孩子……”

“自然是我的。”龙大这时候也反应过来弟弟们误会了什么，横了一眼过去，“你们这趟过来，怎地稀里糊涂，脑子都转不过弯来。先前见着你们大嫂的时候就一副呆样，现在又想到哪里去了。"

龙二没好气："大哥你一副沉痛模样说话，我们还能往好事想？"

"我这是太过欢喜，总得稳着点。"

龙二龙三头扭一边，完全不想搭理他。成日就会装，欢喜便欢喜呗，稳给谁看呀！这般稳得住，怎地大嫂腿还伤着就把人肚子搞大了，禽兽呀这是！

"再者说，与你们商量的事颇为难办，希望你们多加重视。"

龙二龙三听得此言转回头来，好吧，有难题要办，且听听。

龙大清了清嗓子，道："她有了身孕，自然不好与我留在这边城里。如今边境危局虽解，但乱象仍在，保不齐后头还有何凶险。我想让你们带她回京城去，这一路有你们照应，我也放心。"

这有何难。龙二龙三一口答应。

龙三道："大哥嘱咐好了，我们领大嫂回去便是。"

"我会提前通知府里一声，让他们收拾好屋院，大嫂到了家里，定会被好生照顾。"龙二开始琢磨府里各项安排。

"余嬷嬷知道大嫂怀着龙家子嗣，怕是恨不得插上双翅飞来相迎了。"龙三哈哈大笑，"大哥放心，我们定会好好照顾嫂子。"

龙二想得更周全些："毕竟有身孕，路上恐有不便。大哥此处可有大嫂使惯的丫头婆子，大夫是如何说的，若是大嫂身体有恙，也得养好了再上路。除了丫头婆子，最好也带上个大夫随行照料。"

龙大摆摆手："这些都不成问题，她也刚回中兰，不好马上上路，怎么也得休养休养。还有些时间安排，不愁。只是最棘手的，是这事我不好劝她，这段日子你们多与她熟悉亲近，然后想个法子，让她主动想与你们回京去。"

龙二："……"

龙三也愣愣："大哥，这里头有何门道？"

龙大清了清嗓子："我曾经答应过你大嫂，不与她分离。我在前线她便能在前线，我回家她便与我回家，我们不分开。"

真够腻味的。龙二龙三互视一眼。

龙二道："大哥怎地如此糊涂应诺这种事。"

龙三也道："这话听着便不可信，哪有妇道人家留在前线拖爷们后腿。大嫂若是明理的，便知这是大哥哄骗于她，做不得准。"

"你年纪小，不明白。"龙大瞪龙三，"自己家里的妇道人家，可是不能哄骗的。"

龙三是不太明白，但他不敢问了，因大哥这话里头隐隐含着肉麻当有趣的深层含义，他怕问出更肉麻的来承受不住。

龙二也瞪龙三："大哥的意思，在大嫂面前，他做好人，我们两个做坏人。"

"凭什么呀。"龙三叫起来，二哥明明也不愿意，借着对他吼来表达对大哥的不满，他虽年纪小些，但也走南闯北见识多广，一点都不傻好吗？"我看着便是单纯小弟，大嫂怎么都不会信我是坏人的。挑唆使坏这种事，得二哥来干。"

"你们两个。"龙大板起脸，严肃威严，"大夫说了，再过两个月，胎便稳了，可以上路，只要路途不赶，不要劳累便好。你们便以两月为期，说服你们大嫂回京去。"

两个月？！龙二龙三脸绿了。龙二心想着拖上这两个月他京城的生意得少赚多少钱。龙三却是生怕被困在这儿两月，没朋友没奇事那不得闷死。

"还有，你们大嫂说了，让我与你们解释解释，她不嚣张，她一向温良恭俭让的。"

龙二龙三："……"

"好了，我解释过了。你们记着便行。"

龙二龙三不说话了，大哥这是惧内吧？

龙大当看不到他们脸色，将如何安排安若晨回京之事与他们细细商议了。这里头自然不能只是接安若晨回京这般简单。他不能回去，安若晨大着肚子独自与小叔子回家，礼数上确有怠慢。所以十里红装相迎是要的，沿途各郡各城里有龙家商号别院的，须将相迎礼数做起来，让安若晨一路风光到京城。

还有皇上那头，安若晨在梁德浩一案上有功，皇上之前便说过会为安若晨追封加赏，但当时龙大没心思听这些安抚的话，只匆忙赶回来继续寻人。如今人寻到了，这追封加赏的事就要计较一下。龙大打算给皇上写个奏折，再与众臣讨些交情。一来是向大家相报安若晨死里逃生与他团聚之事，二是为妻子向皇上讨个诰命夫人封号，这般安若晨在京城才能挺直腰板，不被看轻。这事也得沂王帮着说话，须得龙二去斡旋。

龙二自然知道轻重，一口答应。这细商下来，许多事得打点安排提前准备，算起来两个月怕是不够用的。兄弟三人商量好分了工，列清了单子，这算是把事情说清楚了。

龙大军务繁忙，离开军营寻人这许久确是积压了不少军务须得处置，第二日一早用过早饭便赶到军营去了。

龙二龙三用完饭到安若晨处请安。本以为因初次见面那情景会有些尴尬，怎料安若晨半点不拘谨，似是全无听过什么娶新妇的误会。她热情招呼龙家兄弟，对他们送的礼也收下了，毫无扭捏，亲切从容，既没架子，也未放低姿态。

这倒是让龙二有些刮目相看了，还道边城商贾之女会没甚见识小家子气些，如今看来倒也是有着大家风度的。

刚坐下客套了几句，谢刚便来了。他昨晚回来得晚，龙大又一直与兄弟叙话，谢刚都没来得及与龙二他们见面招呼，这番见面自然又互相客气几句。

谢刚细问安若晨别后状况，安若晨将遭遇讲了一遍。她与谢刚有似师徒一般的情谊，说话自然没甚隐瞒。她将她落江受伤被人救起，腿不能行，也不敢透露身份的窘境说了。道最后自己想了办法，写了本《将军夫人传奇》让村民帮忙送书局印卖，所得钱银大头让他们所得。村民见有钱银可分，自然卖力。如此这般，发展出许多热心帮她卖书的帮手，不但帮着卖，还帮着夸赞吆喝，很快村县各处都流传开来，书被传卖到更远的地方。

于是安若晨有了钱银，落脚安稳，除了有些顾虑安全外，便无其他所忧，只专心养病，盼着书传到龙大手里，他定能知是她所为，会来接她。

龙二在一旁听着，对安若晨更有改观。先前他只是听旁人说安若晨如何如何，如今见得真人，口齿清楚、思维敏捷、谋略得当，确是个有脑子的聪明姑娘，难怪大哥倾心，他一向是欣赏有勇有谋之人。

谢刚与安若晨叙完旧，也忙公务去了。龙二龙三无事，继续与安若晨说话，他们可没忘龙大嘱咐，要多与安若晨熟悉亲近，为劝说她回京做准备。

其实龙二觉得这事该是不难办。莫说个妇道人家，就是个爷们，正常人等，谁不对京城的繁华热闹好日子向往？再者大嫂有了身孕，难不成真打算挺着个大肚子陪大哥打仗不成。

龙二与安若晨说了许多龙家的事情，拿着龙大从小到大的各种糗事为引，逗得安若晨哈哈大笑。他说京城如何如何，龙府如何如何。京城有哪些景致，新鲜事物，奇人异事，龙府有哪些家人，庭园花草，起居生活等等，安若晨听得津津有味，两眼发光。

龙二觉得火候正好，忙道："待回了京城，嫂子便知我所言不虚。到时嫂子玩的吃的，怕是要忙不过来了。"

安若晨也笑道："听着便觉得好呀。"

这话接得正合龙二心意，他正待提一提回京城之事，先探探安若晨的态度，岂料还未开口，安若晨却抢先道："说来有些不好意思，我刚回来，事情积了一堆，听陆大娘说帖子都积成小山了。我得赶紧处置处置，不然旁人以为我成了将军夫人便趾高气扬端架子，与从前不一样了。"

龙二一愣，这是下了逐客令？

"还望二位叔叔体恤，莫怪我冷落。我们一同用晚膳可好？"

自然没什么不好的。龙二龙三一口答应，被客客气气地请了出来。

出得屋来，瞧见外头确是有数人候着等见。为首的那位陆嬷嬷龙二见过，也听人提起过她与安若晨的交情。一旁站着的春晓他也知道，听说是位忠仆。龙二心里一动，他是个精明的人，谈买卖生意对对手心思自然也会盘算，如今安若晨的态度让他敏感疑虑，场面似乎正在谈话兴头上时她打断了，又提起从前，想来是明白大哥与他们兄弟的意图，挡了他的话，暗示于他，她并不想独自与他们回京。

当晚晚膳时龙大赶了回来，安若晨与三兄弟谈笑风生，提了好些龙二龙三说到的趣事，但丝毫没有提起回京城这件事。龙大趁安若晨未注意时用眼神询问龙二，龙二眨了眨眼。餐后兄弟几个单独叙话，龙三这般心宽的人也察觉了："大嫂似乎没打算接这话头。"

"她是沉得住气的，你们也莫慌张。"龙大鼓励弟弟们。

龙二给大哥一个白眼，这话说得，谁慌张？又不是他们惧内。

龙二不理龙大，他先给三弟布置任务。给龙家报信，让沿途各铺各府安排，还有朝中各官员的打点等等，总得有个龙家人出面亲自办。龙大走不开，而他得留下张罗大嫂这头，所以跑腿的事交给龙三。

龙三一听觉得甚好，跑腿适合他，他有预感，大嫂不好对付，他年纪小，辈分轻，不用管这些最好了。

龙大龙二将需要置办处理的事项清单交给龙三，对三弟一番交代，沿途哪个城找哪位管事，钱银的事如何安排，礼数有什么要求，时间有什么限制，回了京城找哪位大人，礼数这些让铁总管余嬷嬷办，然后龙大龙二的信如何递，与大人们怎么说等等。

"好了好了，我晓得的。我虽更喜欢江湖的自在，但从小也跟着爹爹与各位大人走动，我知道如何应付。"龙三不耐烦了，自己将所有事过了一遍，倒也颇是周全。两位当哥哥的说不出什么来，龙三很高兴地走了，直说时间紧迫，赶路去。

"那也用不着连夜呀。"龙二冲着三弟的背影喊，但龙三头也不回，逃也似的跑了。

这出息！龙二对这弟弟很不满。转过头来，看着无事人一般的大哥，更不满："虽说我答应了你会帮着劝大嫂，但你自己也得上点心。你跟大嫂提过没？"

"提什么？"

"让她与我们回京的事。她与你是如何说的？她有意避开这话题定是有所准备。"

"我自然没提。不是说了嘛，我答应过她的，不能食言，若是由我来说让她回京，她会恼的。"龙大不理会弟弟鄙视的眼神，用正直又无辜的语气道，"但她已然知晓自己有孕了。"

"所以呢。"

"这般境况，她大概会猜到我们想让她回京生养孩子，而她当然也知道我皇命在身，镇守边关，短期内是回不去的。如今就待你与她商议此事，你提了，她便会来与我说，到时我站在你这边，也有了由头一起劝她。"

龙二对大哥可没什么信心，他可是没忘，大哥惧内。得确保他做了这坏人后，大哥不会拖自己后腿。"待她真与你商议时，哀求也罢，训斥也好，你可都莫要应允她留下。"

"当然当然。只要是你先提的，我自然就能说是家里的主意，家中二弟做主，且他的顾虑甚有道理，我也不好反驳，没有办法。"端着严肃脸说着这没骨气的话，真是够了！龙二没忍住，又白了大哥一眼。

"我今日倒是想到了个劝说的好法子。"龙二说到这儿，停了一停，看着龙大。

龙大赶紧很配合地道："还是二弟聪慧，快说来听听。"

龙二这才接着往下说："须得有她牵挂的人和事在京城那处，让她能操心，有事可做，她才能安心踏实地住下。大哥你不是说过大嫂家中状况，我觉得可以从那儿下手。"

龙大眼睛一亮，对的，他怎么没想到。"她四妹，如今在安府孤苦无依呢。"

后头的日子，龙三走了，龙大忙于公务，龙二开始实施计划。可他没想到，安若晨竟与龙大一般忙，他好几次想见都未曾见着，安若晨不是正在接待访客，便是出去相会友人。什么各府夫人，农户商家，还有郡府衙门，她竟是仔细过问先前那些细作案、谋反案，还有她们安家的命案等等，想确保她的友人和亲人不会受到牵连。这般忙，回得府来自然是倦的，睡得天昏地暗。陆嬷嬷与春晓一直伴她左右，龙二想拉拢也未寻着机会。但龙二不着急，他知安若晨也不是故意躲他，没那必要。他也出门，与这个聊聊，与那个叙叙，还去拜访了安府。

待得安若晨把身边那些旧友人情诸事都处理完毕，又正遇上龙二也在紫云楼，于是找了龙二相叙。她向龙二致歉，道这段日子招呼不周，又将自己忙碌的事由解释了一番，希望龙二谅解。其间她问起了龙三的去向。

龙二等的就是这个机会。他说龙三是为安若晨回京做准备。他们龙府的期盼，沿途的大礼相迎，京城预计要办的排场，十里红装，皇上加封的美好前景等等都描述了一番。

安若晨听得颇是动容，最后竟有些哽咽："我前世定是做了不少好事，今生换得与将军相伴，得你们龙家如此相待。说来惭愧，我的血脉至亲，都未曾待我如此好。"

安若晨态度诚恳，龙二信她是真心的，他忙道："大嫂如今也是姓龙，是我们龙家人。这些是我们该为大嫂做的。"

安若晨谢过他，却道："我不识好歹，有些任性，我与将军约定了，他在哪儿，我便在哪儿。"

果然啊。龙二对这话早有准备，道："大哥对大嫂情深义重，所有人都认定大嫂已经去世，大哥却不放弃，我们兄弟也是感动。只是他重责在身，为了寻找大嫂，回京面圣之时颇有不敬，已招闲话，若是镇守边关一事上再让人捉到把柄，恐怕对他不利。"

安若晨笑了笑："好在我这人有些运气，先前帮了将军破了些案子，又与逆贼周旋，也算立了功，想来没人会认为我是误事妇人才是。"

龙二被软软噎了回来，可竟也反驳不得。对的，大嫂不是寻常妇人，她可是与细作斗智斗勇，为护国立过功勋的。这在《将军夫人传奇》里亦真亦假地写了，虽未指名道姓，但这书在坊间流传甚广，人人都道是称颂大嫂事迹的传记。这般在民间建了如此高的声誉，大嫂自然很有底气，拿寻常的规矩礼教可吓唬不了她。

龙二这般一寻思，忽觉得这书流传开来，可是一举数得，怕不只给大哥留线索找人这么简单。他再看了看安若晨，不能确定是自己想多了还是先前低估了她。

龙二定定心神，换了一招："若是大嫂是担心大哥不愿让大嫂独自回京，这事我倒是可以劝劝大哥。毕竟前线情势复杂，说不好什么时候又会开战，再有呢，虽说逆臣贼子细作等已被拘捕，但他们毕竟深耕中兰多年，保不齐还有同伙潜伏伺机报复。在他们眼里，大哥大嫂可是死敌大仇，大哥就不必说了，大嫂的处境也未必安全。这道理大哥自然晓得。如今不只是大嫂一人性命安危，还有我们龙家骨血。大嫂肚子里，可有我们龙家之后。大哥若是这般都不愿大嫂回京过安逸舒适的日子，好好生养孩子，那他也太不懂事了，我定得与他理论理论，揪他到列祖列宗面前自己交代去。"

龙二这番话说得句句在理，且给足了安若晨面子，把责任错处全推到龙大身上，那些该劝说安若晨的道理都说成了要劝说给龙大听，敲山震虎，台阶都给安若晨摆好了，只需她顺水推舟，拾阶而下，事情便圆满办成，大家都安乐舒心。

龙二看着安若晨，等着她接话。

安若晨沉默了好一会儿，在龙二以为还得继续多劝几句时，她开口了："我从前特别想离开中兰，这地方没有我想过的日子，安家里也没有我想过的日子。所以我逃婚，遇着了将军。将军对我说过一句话，我永远都记得。那句话，比任何一句都来得让我心动。他说，日后你好好过日子，活得像你自己所希望的那样便好。"

龙二安静听着。

"我其实没甚大愿望。我不过是个商贾之女，有些胆大妄为，认为不公不平之事，我便希望能去改变，希望能过得宽心舒坦。这种宽心舒坦，不是吃多好的饭菜，穿多美的衣裳，而是亲人和睦，爱人知心，友人知己。我落入江中之时，拼着最后的机会对将军大喊'我会水'，我想告诉他别担心，我一定好好的。后来我在江中沉浮，受伤挣扎，似无生机，我又后悔，我留给他的最后一句话，竟然是这一句。我不想分离，不是因为多么离不开，而是我想，为什么要离开？生离死别，本就无常，在我们可掌控的日子里，却要自己离开，为什么？因为规矩这么定的？因为别人都是这么做的？"

龙二张了张嘴，一时竟想不开话来反驳她。

"若将军不是将军，只是个寻常百姓，他外出经商、耕种、狩猎，也会有意外可能，但这比不上阵前杀敌的凶险，我离开他，回到京城，日日牵挂他的安危，担惊受怕，想着哪一日是不是会有他受伤遇害的军报。路途遥远，待收到军报之时，我又是否连他最后一面都见不着？确是可以这样过日子，但是否必须这样过日子呢？"

龙二说不出话来。

"我知道二叔来劝我，定是有将军的意思，这些话，其实我该与将军说。说到底，这事是将军的态度，他说我可以留下，我就可以留下，他说不行，我自然就得跟二叔走。但他既是承诺于我，又想反悔，借二叔之口劝我，我是有些生气的，所以这些话，我不想与他说了。"

龙二简直要挠头，所以两口子在斗气吗？不，他大哥还不知道大嫂已然记恨上了。哎呀，这是不是有些吓人，大哥话都未说，姿态摆得这般低，还被娘子记恨了。妇人的心思，当真不好揣摩。

龙二清了清嗓子，道："大嫂莫要怪大哥，大嫂如今有了身子，与平常可不一般。大嫂会牵挂大哥，大哥又何尝不是挂念大嫂。你想想，大哥费尽千辛万苦，终将你找回，失而复得，很是珍惜，自然恐你再出意外。京城有家有仆，照顾周到，他才好安心，也不会愧对列祖列宗。说起来，大嫂入了我们龙家门，还没有正经在家宅里行过礼，也未与公婆祖宗牌位敬过茶，确是不该的。"

"行军打仗，总有归期，我与你大哥既是夫妻，便该一同回去。两人一起，才能行礼，共同敬茶，才是礼数。二叔你说，是也不是？"

龙二与许多难缠的人周旋过，但头回遇着妇道人家这般温婉客气却伶牙俐齿的，有理非理都让你反驳不得。他想了想，看来真不能绕圈子了。

"大嫂，三弟已去布置安排，许多事得操办，还有京城那头，大哥已经上奏请旨为大嫂加封。大嫂也知道大哥不是寻常人物，他是二品将军，大嫂是将军夫人，想任性想自在，恐怕不是这般容易。大嫂自己也是明白，大哥说让大嫂回京，大嫂便得回京，这里头可不止你们夫妻二人之事，还牵涉许多利害关系。大哥没与大嫂说那些话，而是费了心思，让我来劝，也是体恤大嫂心情。大嫂心如明镜，当明白才是。"

安若晨又沉默许久。龙二不说话，耐心等着，他知道，话说到这份上，安若晨是没有退路的，除非她打算与龙大耍性子，那也太不得体了，不但招人厌烦，也有失体面。他觉得安若晨不是这般糊涂的人，她只能答应回京。他坏人做到这地步，可以了。

安若晨叹了口气，道："二叔说得有道理。"

龙二点点头，她知道就好。

"我一妇道人家，能做的事确是有限，若无将军支持，若将军不为我撑腰，我确是不好任性的。既是嫁了他，便该以他意愿为先。"

龙二松了口气，再点点头。

"所以，还得请二叔帮我说服将军，让他觉得，我留在他身边最好。"

龙二的头点到一半僵住。啥？她说啥？居然让他帮她说服大哥。

"啊，我应该先说服二叔，让二叔觉得应当站在我这边才对。"

龙二简直无语，大嫂你一直是这般调皮的吗？

"那我要开始劝了，二叔请好好听。"

龙二不太想听，他这时才发现大嫂跟大哥好像！

"二叔啊，事情是这样的。俗话说了，长嫂如母，是这个理吧？啊，我不是问话，只是强调下语气。都说长嫂如母，我虽出身不好，但既是嫁了龙家，便该为龙家操心，尽心操持。若你大哥在身边，我自然是照顾他多些，恐怕顾不上叔叔们。但他不在时，我闲着无事，还不得为叔叔们多考虑？两位叔叔已到适婚年纪，该办婚事了吧？"

龙二的额角抽了抽，觉得头疼。完了，感觉被点中痛处了。

"怎地家中没人张罗呢？你大哥是没机会了。但叔叔们一表人才，相貌堂堂，又是堂堂二品大将军的亲弟，京城达官贵人难道都没人提个亲什么的？"

有！不少！龙二完全不想说话。

"身为长嫂，这事是我该为叔叔们打点张罗的。若我回了京城，定有不少权贵人家女眷与我结交，我正好借此为叔叔们物色挑选，定当挑个好的。"

"大嫂啊……"龙二拖长了语气唤。

安若晨眨了眨眼睛，一脸单纯无辜地看他。龙二定了定神，他还没输呢，他还有招。

"大嫂言之有理，可大嫂到了京城，怕也是有事可忙，顾不上管我们兄弟的亲事呢。是这般的，我听说，大嫂有一个心疼的妹妹，家中排行老四。我到大嫂家中拜访过，大嫂姨娘不善，兄长奸猾，那小妹妹的日子不好过呢。大嫂无论何时回京，总归是要回京的，那小妹妹在城中孤苦无依，很是可怜。我是想着，不如大嫂带着她一同回去，这般大哥放心，我好交差，大嫂也了却了一桩心事，如何？"

换言之，安若芳的好日子就是他龙二的好日子的交换条件。

安若晨笑起来："多谢二叔，二叔真是心细之人。其实我确是有过这个念头，我去见了四妹，如若她想离开安家，我便要带她离开。可是她与我说，她不打算走。她娘亲被我爹爹杀死，她不能一走了之。"

龙二一愣，他倒是未见到那四姑娘，但听说是个弱质纤纤的小美人，怎地跟大嫂一般也是个硬骨头吗？

"她打算学习经商，日后继承家业。血债公道安家要用钱财家业来还。"

龙二眨眨眼睛，更惊了："她是个女儿家。"

"那又如何？女儿家不能经商做买卖？"安若晨又笑了，"二叔这便是偏见了，女儿家力气不如男子，但心智可半点不差。男子能办的事，女儿家辛苦些也能办到。男子一边嘲笑着女儿家见识少，一边将她们困在深宅里不让她们见识，这如何公平？'"

龙二不认同，他闭嘴不说话，这事没法与嫂子争论。

"我原是想带着四妹，亲自教导她些，回京时也带着她，二叔买卖做得大，家中也定有掌柜管事，该是能给我四妹指导一二。"

龙二额头又抽抽了，头疼。

"但我四妹不愿离开安家，她自己有主意，她说离开了，安府中的事情她便不好掌握了，在府中没了人脉势力，她的愿望便没法实现。她找了城中的酒楼老板做帮手，我那友人愿意教导她，她觉得挺好。她让我过好自己的日子，她也会过好她的。"

安若晨看了看龙二，接着道："二叔若是帮着我说服将军，让他同意我一直留在他身边，我便不会给二叔添麻烦了。不然，我只好回去找我四妹，与她说先前答应让她留在安家的事我后悔了，我要带她去京城。到时我又得忙着给叔叔们张罗亲事，又得忙着找人教导妹妹经商，待她学得一二，少不得还得让二叔给个铺子让她练练手。再者说，我既是长嫂，那便是当家主母，那龙家上下的事，我也得管着。三叔可不能再出去什么江湖玩耍了。二叔也该给弟弟做个好示范，赶紧娶妻生子给列祖列宗交代。你瞧，我还未进府呢，已经想到好些要做的事了。"

龙二："……"

当晚龙大回来，听说二弟一直等他，便去了龙二屋里。龙二与龙大如此这般地一说。

龙大听完叹气："我就说吧，她聪明着呢。"

龙二没甚好气："你自己娘子，自己去劝吧。当然我的意思，她与你待一起是最好，家里许多事需要我操持，当真是没工夫与她周旋的。别的倒罢了，她若被你逼着回了京城，回头折腾些事由出来非要来寻你，又或是郁郁寡欢成日在家中闹性子，那可就不好办了。"

龙大失笑："你是担心自己郁郁寡欢吧。晨晨不会的。"

龙二头扭一边不想理他了。

"你看，你不就被她怂恿得站到她那边去了嘛。"

"她给了你台阶下。"龙二冷哼，这两口子，玩起花样来真是一套一套的，把他这弟弟夹中间竟然一点没有不好意思，"反正你自己看着办吧。事情我是说了，她不依，我也没办法。你自己去处置吧。对了，忘了告诉你，她说她恼你了。"

龙大一愣："她怎么说的？"

龙二笑得开怀，觉得终于报复了一把，将大哥整治回来了。"她不让我告诉你。"

龙大走了。龙二好奇得心痒痒，不知大嫂会如何与大哥过招。但他也没心思留下来看了，他知道最后肯定是大哥妥协。事情已经办完，他得收拾东西赶紧离开，应该还能赶上三弟的脚程，计划有变，所有的事都往后延延吧。京城啊铺子啊，等着他，他马上就要回来了，太想念账本和算盘了。

第二天一早，龙二打算去向大哥大嫂告辞，却见大哥正在院中摘花。龙大踮着脚尖，伸臂折着高高枝条上开着最艳的那一簇，他怀里已经抱着好几枝了。

龙二停了脚步，赶紧站到院墙外躲躲，省得大哥尴尬。看来大哥定是在讨大

528

嫂欢心呢。他还是等等再去。

龙二转身溜达了一圈，吃过早饭，再去见大哥大嫂。

这回走到屋子跟前，却在窗外看到龙大正给安若晨画眉。拿惯大刀的粗大手掌握着纤细的笔，"唰唰"两下描完画好，看着竟是熟练得很。

"画得真好。"

龙大画完了还要自夸一下。

龙二起了鸡皮疙瘩。这还是他亲大哥吗？

龙二又转身走了，省得大哥尴尬。

回到院子，龙二却发现自己在微笑，真心替大哥欢喜。大嫂说得对，她留在大哥身边是应该的。为什么要分离？他俩不应该分开。

之后的日子，龙二回到了京城，他时常收到安若晨的来信。虽见面的次数不多，相识的时光很短，但安若晨与他们兄弟两个却毫不生分，她问候龙府的情形，仔细叙述她与龙大的近况。他们在中兰如何，搬到了通城如何，她认识了谁，做了什么事，龙大晒得黑了，喝汤烫了嘴，她的肚子越来越大了，大夫如何嘱咐，她贪吃，能吃五人的饭等等。虽未进过龙府，但她似乎已经是这家中的一员。她知道龙家院子里的牡丹开了，她关心余嬷嬷的腰伤，她嘱咐龙三出门小心，她想玩的小玩意求龙二为她捎来……

龙二龙三不得不承认，他们喜欢这个大嫂。

再后来，茂郡前线真的打起仗来。东凌向胡国求兵，攻打大萧，要报那三千将士之仇。南秦那些辉王余党趁机作乱，于边境处配合制造事端。南秦内乱，德昭帝自顾不暇，帮不上大萧的忙。龙大领兵一边抵挡东凌入侵，一边平息边境纷乱。

之后又有坊间消息传来，称将军夫人安若晨为保村民安危，以己为饵，挺着大肚子诱敌入阵，为全村撤退争取时间，保全了全村百姓性命。之后在村中临盆，却遇难产，全村百姓护她，为她祈福，后龙将军赶到，将军夫人诞下一子，母子平安。

龙府上下听闻此事吓得魂飞魄散，余嬷嬷当即要收拾东西去茂郡探望。这时龙二却收到龙大的家书，称战事平息，前线安稳，过一段时日他要带安若晨和儿子回京。当初要为安若晨办的礼数，如今是时候办了。

信中最后道，他儿子，取名龙庆生。

看来一切顺利，人人平安。龙府上下欢喜雀跃，就等着龙大带着夫人回家了。

只这一等，没想到又等了大半年。

龙庆生快一岁时，龙大终于带着安若晨回京。

十里红装，众臣相贺，皇上亲封诰命夫人……所有当初龙大要为安若晨办的事，全都应诺了。

而《将军夫人传奇》一直在民间流传，成了畅销奇书。

番外

恶有恶报

时候到了

静缘师太一副寻常村妇打扮走着，在一巷口停了下来，她看了看，巷子中间一屋外摆了块砖石，她若无其事地沿着巷子外头转了一圈，确认没人盯梢，一切正常，这才走到那屋前，敲了敲门。

门很快打开，门后站着钱世新，他兴冲冲地喊道："师太，有好消息。"

静缘皱起眉头。钱世新才醒悟过来，他赶紧侧身，让静缘师太进了门，又飞快把门关好，压低声音道："我都是按师太嘱咐的，回来的时候小心看过，平日里进出也是留心，无人注意我。"

静缘抬起手，阻止他往下说，只问："何事？"

钱世新已经习惯了静缘师太的冷淡，忙道："叶大人派人给我递消息了，辉王愿意见我。"

"如何见？"

"宫里。"钱世新道，"如今南秦时局不好，辉王也是警惕，他只在宫中活动，要见他，就得入宫。叶大人花了时日查我的事，终是查明白了，他对我再无疑虑，这才答应安排。他已向辉王禀明情况，辉王说了，与我爹爹有些旧情，爹爹为了他的大业牺牲，他关照关照我也是应该。他愿意见我，想听我说说大萧的消息，没人比我更清楚平南郡里那些事了。我提的要求，于他而言都是小事，容易办。明日亥时，叶大人的人在北宫门处等，会有马车送我进去。"

"安全吗？"

静缘冷不防问这么一句，钱世新忙道："也是有些顾虑的，所以才赶紧找师太商议商议。"

钱世新这次从中兰城一路逃到南秦，途中多亏静缘师太一路照应。钱世新自小锦衣玉食，未曾受过什么苦，也从未到过南秦，他得承认，若不是有静缘师太引路，他不可能这么顺利到达都城，若不是静缘护着他，也许他早被途中流匪劫杀。有这段时日的相处，他对静缘师太颇是信赖，他觉得先前他在中兰帮着静缘，着实是明智之举，如今便是得了回报。

途中静缘几回打算丢下他不管了，他把功劳拿出来说，又保证自己在南秦立稳脚跟后给静缘一大笔钱银，让她可继续避世过清静日子，还会想法子帮她解决南秦通缉她之事，做她在南秦的靠山。静缘顾虑在他做到这些事之前先将她出卖，他立誓不会与任何人提起她，绝不给她添麻烦。几番劝说，静缘才允诺与他互助合作。

此时静缘听得钱世新这番说，想了想道："你把我带上吧。便说我是你夫人，因着一路凶险，你恐出意外，不敢透露带着家眷之事。如今要入宫了，为保安全，你希望见过辉王后，能留在宫中暂住以避大萧的追杀。"

"若他们不同意呢？"

"那你也莫进去。这摆明就是个圈套。若是愿意为你提供庇护，为何不愿多一位你的夫人？你只是通过那叶大人联络，未曾见过辉王，又哪里知道这叶大人究竟什么心思。若进去后有什么不对劲的，我还能带着你逃出来。若一切如常，顺利见到辉王，你与辉王谈好条件，正好当面说清楚我的事。"

钱世新听出了静缘师太的多疑。想来她是希望能当场听听自己与辉王是如何说的，确认自己会遵守承诺。钱世新一口答应。眼下他确是需要师太保护他的安全，可对师太没什么坏心眼。

两人一番商议，约好第二日见面时间，静缘师太便离开了。

静缘一夜未眠。她磨好了墨，摊开了纸，执笔沉思许久，终是写下了一封信。第二日天亮，她出城找了驿夫，递了银子让驿夫两天后帮她把信送出去。之后她悄悄去了一处坟地，抚了抚墓碑，静坐许久。再然后，她回屋饱餐一顿，睡了一觉，起来磨剑。磨好了，约定的时候差不多到了。

静缘化了妆，抹了脂粉，穿戴好衣物，藏好短剑，用斗篷掩盖自己的身形，穿戴幂篱，微掩容颜。

钱世新见到她的打扮时吓了一跳，但很快回过神来，暗想师太果然心细，准备周到，她这番模样，倒是真像避难的官宦夫人。当下也不多言，二人同乘马车到了北宫门外。

夜色中，守宫卫兵铠甲铁枪长刀，威风凛凛地站了两列。钱世新紧张得手心冒汗，静缘师太偎他身后，低着头，一副温驯害怕的模样。

不一会儿，两辆马车缓缓从宫中驶出。为首的一辆马车上下来了人，走到钱世新与静缘师太面前，正是先前与钱世新接头的联络人。他很意外钱世新还带着一人，钱世新按着与静缘商量好的说辞说了，那人看向静缘，静缘半抬头，对他施了个礼，又害羞害怕似的往钱世新身后躲了躲。

那官员见得这妇人妆容姿态确是像深闺妇人，又是怯弱胆小，也不怀疑，便与一旁的公公说了几句。那公公上前，将钱世新与静缘引上了后头的马车。

一路无话，到了中宫门前，下了马车，那公公引着钱世新和静缘师太穿过宫门，走上台阶，却不入殿，又绕了两道廊，这才在一处偏殿前站定。公公让钱世新和静缘稍等，他进去通报。

钱世新施礼应了，看着那公公进了殿门，这才敢往周围看了一眼。卫兵林立，气氛肃杀，这非常时期，传言德昭帝活着，要回南秦夺回皇位，辉王警觉防范也是应该。

等了许久，又一位公公出来看了他们二人一眼，问了些身份的问题，然后进去了。

又等半晌，最早接人的那位公公终是出来了，领着他们入殿。

这偏殿颇大，两旁立着卫兵，一条长席摆在东首，席上摆着酒水瓜果，一个华服中年男子坐在席上，想来就是辉王。他左右两侧客席上，各坐着两位中年男子，钱世新想着，许是辉王身边幕僚，正在议事，故而方才让他等那许久。

引路的公公对席上人物施礼，道："启禀……"

他话刚起头，钱世新做好了跪地施礼的准备，但他眼角一晃，却是见得身边的静缘师太突然向左席那头冲了过去。

所有人都没有防备，那公公的话还在继续："……殿下，钱世新到了。"

钱世新都跪了一半，所有事都在进行中，然后全都卡住了。

静缘师太如魔附身，动作神速，她直直冲到左席，也不知从哪儿变出来一把短刀，猛地刺进了左席那位中年男子的胸膛。

那男子目瞪口呆，简直无法相信。周围人全都愣神，盯着这状况还未反应。

但只这一瞬，静缘师太抽出了短剑，"噗噗噗"再连插数刀。

那男子瞪圆了眼睛，本能地想抓住静缘师太的手腕，却被静缘师太一脚踢开。男子倒在血泊之中，再无动弹。

这时一旁的卫兵们终于反应过来，喊叫着举刀向静缘冲了过去。静缘丝毫不惧，砍倒两人，跃向席案，将那正欲逃跑的华服男子一把揪住。

钱世新终于回过神来，惊声大叫："殿下！"

静缘冷笑着将剑架在那男子脖上，道："他可不是辉王。那个才是。"她向被刺杀倒地的男子方向偏了偏头，钱世新惊得张大了嘴。

"住手，快住手！"被静缘劫持的那男子大声喝着。卫兵们将他们包围了一圈，不敢妄动。

"你，你是……"那男子此刻看不到静缘正脸，但刚才她动武，斗篷幂篱皆已落地，真容显露，他惊鸿一瞥，已然忆起。

"许久不见了，你依然还是辉王的狗啊。"静缘师太冷道。

"你杀了殿下，无论如何是跑不掉的。"

钱世新呆若木鸡，终于明白发生了什么事。静缘师太利用他混进了皇宫，她的目的是行刺辉王。

辉王如今草木皆兵，对他也有提防。他不识得辉王真颜，辉王便让手下官员假扮，待审问清楚觉得他确是有用确有忠心，这才会显露身份。只是辉王万没想到，他竟会将静缘师太假扮成夫人带进宫来。

静缘与辉王是旧识，自然一眼识破。只是所有人均未料到，静缘竟然二话不说动手便杀。

果然，还是那个静缘师太呀。

钱世新的冷汗已经浸湿了后背，而卫兵拥上将他按倒在地，大刀架在了他脖子上。钱世新咬紧牙，恐惧已无法形容他的心情。他以为静缘师太带他逃出生天，却不料她领着他走向地狱。

钱世新听得静缘的声音冷冷问："你且交代，当初是否是辉王布局杀害我女儿嫁祸黄大人？"

"对，对。"那官员吓得瑟瑟发抖，哪里还敢狡辩，这排场这阵势，他的脑子也转不过来，只能高喊，"莫杀我，你还有一线生……"

"机"字都没说完，静缘就一剑抹了他的脖子。

"咚"的一声，染血的尸体在静缘面前倒下。静缘师太一脸冷漠地迈过那尸体，朝着围着她的那些卫兵走来。

卫兵被她的气势镇住，不禁后退几步。领钱世新进殿的公公尖声大叫："快丢下兵器速速投降，不然我就杀了他！"

钱世新的头一紧，被人踩在地上，脖子上的刀也被压得更深了。他知道，这公公说的这个"他"指的就是自己。他大声叫着："师太，莫做傻事！公公，我与她不是一伙的，我不知道她要行刺！"

静缘看着钱世新狼狈的样子，再看一圈举剑围着她的兵士，笑道："杀他吗？杀吧。他就是个恶人，不忠不义不孝，该死的。我一直忍着没动手，就是想让他带我来这儿，不然辉王防备着我，可是不好近身呢。如今我心愿已了，你们杀他吧。"

钱世新脑子嗡嗡作响，大声叫："师太，我救过你！"

"省点力气吧。我也不是什么好人，没有恻隐之心。我与你的区别只是，我死前能多杀几个陪葬，而你没这本事。你也不必觉得冤屈，你贪权叛国，弑亲灭友，坏事做尽，独自出逃，竟半点都没顾虑过你的妻儿家人，你狼心狗肺，难道不该死？"

她一边说一边往前走，卫兵们一退再退。静缘继续道："所有的恶人都不会有好结果的。所谓恶有恶报，如今，时候到了！"

话音刚落，她一声厉喝，举剑冲进了人群。卫兵们顿时大乱，一通乱砍。

钱世新只觉得身上忽地一松，那些压制着他的人竟然放开他了。他赶忙抬头看，只见殿上乱成一团，卫兵们有逃跑的，有冲上去围剿静缘师太的，还有护着公公往外撤的。

钱世新连滚带爬地躲到殿柱后头，一个兵士惨叫一声，倒在了他的面前，钱世新吓了一跳，探头往外看，静缘师太一身鲜血，如魔附体，杀招不断。她面前的卫兵一个接一个地倒下，她毫不动容，冷着脸似无感觉继续杀着。

钱世新不敢再看，瞅着空当跪爬着朝殿门移动，越来越近，越来越近，没人顾得上要抓他，没人砍他。殿门就在眼前，钱世新大喜，他爬起来往外奔逃，只要出了去，离开这个杀戮地狱，就有生机！

钱世新冲出了殿门，他使尽了全力，却在奔出门后猛地一顿。

眼前是满满当当数不清人数的兵将，将这大殿围了个水泄不通。人人手里都拉着弓弦，对准了大门。

钱世新瞪大了眼睛，听到有人大喊："放箭！"

钱世新只瞧见漫天飞箭朝他涌来，身上一阵剧痛。他踉跄着往后摔，撞到门柱，滑坐下来。他动弹不得，两眼模糊。他看到静缘师太提着滴血的剑朝他走来，身后是一地尸体。

她对他笑，该是笑吧，他看不清，但他能感受到那份嘲讽。

"放箭！"

又是一声厉喝。

漫天的箭矢再度朝大殿门方向飞射而来。钱世新睁着眼睛，眼前一片黑暗，他最后看到的，是静缘师太举起手中之剑，朝着箭雨的方向冲去……

他仿佛还听到静缘师太的声音。

所有的恶人都不会有好结果。所谓恶有恶报，如今，时候到了！

番外 病夫悍妻

　　薛叙然觉得这世上于他而言没甚遗憾事。虽打小病弱，身子不好，但命就如此，他也没甚好埋怨的。再者他生在富贵之家，得尽父母疼宠，要什么有什么，依着有失有得的道理，他觉得老天爷对他也算是照顾。

　　但只一样，他想着就来气，就是他好不容易成趟亲吧，老天爷居然这般不给他颜面，让他成亲那日病倒了。虽说成亲前他是出了远门太过劳累，费了心神耗了精气，但也不能让他拜堂之日这般姿态呀！他强撑着拜完了堂，就被送回屋里灌了碗药，都没来得及好好跟他新婚娘子交代交代新婚夜的规矩就睡过去了。

　　话说新婚夜啥规矩来着？他明明在脑子里定好的，昏昏沉沉，喝完药就睡，竟记不清了。

　　待睡醒睁眼，已是白日。薛叙然一眼就看到坐在他床头的安若希。

　　安若希抬眼看他，一脸惊喜。薛叙然愤愤地想，若是她开口第一句便是"你哪儿不舒服"他便三日不要理她。

　　安若希开口了："你做梦了吗？"

　　薛叙然一愣。

"梦见我了吗？"

薛叙然完全接不上话。虽说这般挺好，没说他不爱听的，但话无边际，不知道她脑袋瓜里想啥也颇教人生气呀。

这时丫头听到屋里动静赶紧进了来，见得薛叙然醒了忙唤道："公子醒了！"

很快又进来两个丫头，捧着个托盘，上面一只碗，熟悉的气味让薛叙然知道那是什么。

"公子睡了两日了，喝些药粥吧？温热的，正好入口呢。"

两日？！薛叙然皱了眉头，颇是生气，正要耍耍性子，不料安若希飞快替他答了："要喝的，拿来吧。"

安若希把薛叙然扶坐起来，力气还挺大，然后一手接过粥碗一手拿勺，麻利地就往薛叙然嘴里塞。

"方才午睡时，我梦见相公了。"

薛叙然正想抗议不吃，听得安若希如此说，顿时竖起耳朵，好奇她梦见他什么了。

"相公与我说，'我饿了'。"安若希一边喂粥一边道，"我一下就醒了。相公饿了，那哪行呀，我得赶紧来看看。"

薛叙然一口粥噎得，他不止病恹恹的，还在她梦里是个吃货？好气！他初为人夫的形象呢！面子呢！他想说什么来着？对！他要教训她，哪能乱做梦！还有，先前想好的那堆规矩呢，也得好好与她说说。

薛叙然在脑子里复习了一遍规矩，好好酝酿情绪，正待开口，却发现自己已被塞完了一碗粥。完了，怎地吃得这般快？这气势怎么撑得住。

安若希满意微笑，放下碗，扯了帕子为他擦嘴："相公果然饿了。相公快夸我。"

夸你太闲？烦人劲的。薛叙然给了她一个白眼。

安若希没在意，只觉得薛叙然这般精神是好了许多。他有精神了，她便开心。

安若希对着薛叙然傻乎乎地笑，薛叙然正待再一个白眼过去，却警觉屋里还有丫头。不行，不能在丫头面前给安若希不好看，毕竟是刚进门的新妇，若是他显出看她不起的模样，日后丫头们该怠慢她这少夫人了。

薛叙然清了清嗓子，严肃脸问安若希："你吃过了吗？"一边问一边扫了丫头们一眼。

丫头们忙回话："回少爷，少夫人用过饭了。"少爷真是病糊涂了，方才少夫人明明说了睡了午觉，那不是早用过午膳了。

"她们有没有好好服侍你？"薛叙然又问安若希。

丫头们赶紧答："少爷放心，奴婢们一定对少夫人尽心尽力。"

安若希都没机会说话，只觉得开心舒畅，一个劲地笑。

傻子似的。

薛叙然又嫌弃她了。

他让丫头们下去了，待屋子里只剩下他们夫妻二人，他用力白了安若希一眼，心里方才痛快。

可安若希继续笑，薛叙然无语了，一时也不知要说什么，盘算了几句教训的说辞，均觉得这般开场不够气势，干脆问："你带来的丫头婆子，都安置好了吗？"

"都好了。"

"嗯。"薛叙然又没话了，接下来难道该问问昨晚睡得好不好？哎呀，这新婚之后，大家都聊什么话题？

"相公。"安若希靠了过来。薛叙然心里一动，未露声色，故作冷淡地"嗯"了一声。她离得近，他闻到了她身上的芳香，淡淡的，柔柔的，颇有些撩人。薛叙然脸有些热了起来，接着又觉得烦躁，身子沉重心口发闷，这身子骨，连红个脸都这般不利索。

等等。他脸红个什么劲！

"相公。"安若希又唤。

那声音有些羞怯。

薛叙然忍不住悄悄看了她一眼。

安若希垂着头，脸蛋粉嫩。薛叙然移不开目光。

"相公，我就想问问……"

话还未说完，却听得外头丫头喊："见过夫人。"

安若希猛地抬头，对上了薛叙然的眼睛。二人均是惊讶懊恼模样。

已经来不及再说什么，薛夫人领着两个婆子和一个大夫模样的人匆匆进来了："叙然，你醒了？"

"嗯。"薛叙然只得应声，一边看了安若希一眼。要问什么一会儿接着问知道吗？

安若希退后两步，给薛夫人腾出位置。她悄悄看了看薛叙然，心里有些委屈，又不是她让夫人来的，干吗瞪她呀？

薛夫人对安若希安抚地笑了笑："没事，莫担心，让大夫给他瞧瞧。"

安若希忙施个礼，回个笑容。

薛叙然的手腕被大夫把着，看大夫那脸色想来一会儿说不出什么好听话来。

薛叙然看了看安若希，不乐意了："你先回房去吧。"

薛夫人与安若希俱是一愣。

薛叙然又道："这屋里全是药味，又闷得很，你莫要在这儿了，回屋休息去。"

薛夫人听了，明白儿子的意思，他定是不想让安若希听大夫讨论他的病情。这也对，儿媳妇刚进门，莫听这些的好。于是薛夫人也道："对的，希儿，你先回去休息。这儿有大夫照看着，叙然没事的。"

安若希张了张嘴，很想留下来，却不知说什么好。她悄悄看了一眼薛叙然，他却垂眼未瞧她。安若希咬咬唇，点头答应了，施了礼往外走。

薛叙然瞧着她的背影，用力咳了一声。

安若希回头看他。他用力瞪了安若希一眼，眼神示意一会儿大夫走了你再过来知道吗？刚才想问什么问题来着，一会儿来了接着问知道吗？回房去多想几个话题，见面了好有话说知道吗？

安若希眨了眨眼睛，复又转头走了，走的步子有些沉重，心里真是憋屈，为什么赶她走，她明明是他的娘子。赶她就算了，还瞪她，生怕她还来烦他吗？明明先前对她很好呀，是他坚持让她嫁过来的，她可没逼迫过他。

越想越是难过，安若希垂着脑袋回屋自己伤心去了。

安若希在屋里待了好半天，薛夫人来了。薛夫人对安若希好一顿软语安慰，这媳妇入门当日儿子病倒，分房而居，累她提心挂念，确是他们薛家对人家不住。薛夫人自觉有些愧疚，送了安若希好些首饰，说了说薛叙然的病情，又请她多体谅，道日后日子长久，莫与薛叙然的臭脾气计较，若是被他惹恼了，便来告诉她，她这当娘的，定会为儿媳做主的。

安若希听罢颇有些感动，这要是换了她娘，怕是会来几场下马威，镇一镇儿媳妇吧。这般一比，安若希又觉薛叙然讨厌，婆婆对她这般好，他当相公的却只会瞪她。

安若希赌了气这一日未再去找薛叙然，夜里头打听了一下，薛叙然这日身子并未大好，大夫说了得再卧床数日，喝药休息。

第二日是安若希归宁回娘家的日子，她带着薛夫人给的一大堆礼，独自回了安府。

谭氏见得女儿自己一人回来，很是不高兴。这女婿大婚之日连个酒都未曾出来给各家宾客们敬一杯，真是太失礼，他们安家的脸面受损，这数日她可是听到不少风言风语。

谭氏拉着女儿仔细问，可曾圆了房？

安若希有些羞，支支吾吾没说出什么来。

谭氏更不高兴。直言道这薛公子连圆个房都不行了，他那身子，还能撑几年？

安若希听得这话顿时恼了。

谭氏未看安若希脸色，只当她女儿家不好意思，于是一番教导，无论如何，圆房才是重中之重，这嫁过去了，什么都是白搭，唯有生下子嗣才能立稳脚跟。薛家的家产最后总得留给薛家子孙，薛叙然一脸短命相，所以还得尽快想办法怀上孩子。

安若希抿紧嘴不言声，忍了半日母亲的唠叨，听了一堆母亲对薛叙然生病的抱怨，终是忍不住，推说得早点回去了，起身要走。

谭氏板了脸不高兴："这是急什么？"

"急着回去生娃！"安若希更不高兴，甩下一句气话走了。

回到了薛府，脸色仍不好看，却听丫头来报，说薛叙然醒了，要见她。

安若希赶紧去了。

薛叙然见着她就骂："怎地回事？有相公没相公一个样是不是？嫌弃我病是不是？"

安若希一惊，又是心疼又是心虚，没等他把话说完就扑过去，一把将他抱住："我没有，不是我说的，全是我娘自己的意思。我没有嫌弃你生病。你在我心里，是谁人也比不过的。"

喊完了话想想不对，抬头一看，薛叙然皱着脸表情微妙。

咦，难道不是知道了她回娘家娘亲与她嘱咐的那些话？也对，他又没有顺风耳。

"呃……"

"你娘说什么了？"

安若希老老实实站好，正经脸问："相公你找我有何吩咐？"

想撇开话题呢？薛叙然冷哼，这招不管用。他养病养这几天可不是白费的，这会儿精神抖擞，能与娘子斗法三百回合！这账一点一点算，哪样都不错过！

"你说！今天是什么日子！"

安若希仔细想想，小心翼翼答："五月，初三……"她家相公脸色不好看呢。

"是问你这个吗？"薛叙然更生气。

安若希张了张嘴，不是问这个吗？

这呆样！薛叙然再问："你去了何处？"

这个好答。"回娘家了。"

540

"为何回去？"

"这不是，归宁的日子，得回娘家的呀。"

"你也知道是归宁！"薛叙然终于听到自己想听的了，横眼一瞪，训道，"这般日子，不是该我领着你回娘家去的吗？结果呢，你自己悄悄走了，问过我了吗？"

安若希愣了愣，把"可是相公你在养病哪知道何时会醒，就算醒了也不宜出门"这话咽了回去。她垂下脑袋，盯着鞋尖。

"知错了吗？"

"知道了。"

这换薛叙然一愣，这么乖？这么乖让他如何发挥。

他清清嗓子："那你说，如何办？"

"我从家里带了好吃的点心，给相公拿一份？"

"稀罕吗？"

那难道他稀罕跟自己回家？安若希抿抿嘴。她可是知道薛叙然对她母亲不喜。

"那罚我搬进来，伺候相公更衣用饭。"安若希想了半天，灵光一闪！

薛叙然一愣，抬眼看她。

安若希抬头挺胸理直气壮的模样。

"你娘都跟你说什么了？"

安若希顿时被戳到，有些泄气："她让我好好服侍相公。"

"是吗？"薛叙然一脸不信。

安若希辩道："虽不是这般词句，但意思是一样的。"

"那她原话是什么？"

"啊，她原话是什么来着？竟想不起来了。反正差不多就是这些吧。"安若希耍无赖。

薛叙然瞪她："你嫁了我，便是我们薛家人，你莫要再听你娘亲的支使，她心眼不好，我可不想日后要收拾你们的破事。"

安若希不乐意了，再如何，那也是她亲娘，虽然她对娘亲有些失望，但别人这般看轻她，评价如此低，她很不高兴。

"我娘又没如何，你生气不能与我一道回门，难不成是觉得没能监视于我？我是薛家妇，是你薛叙然的娘子，对你自然就是一心一意，但我才刚过门，你便这般中伤我娘，看轻我敌视我娘家，这难道又是为人夫婿当有的态度？"

薛叙然愣了愣，也不高兴了："我说什么了，说一句你顶十句，你才需检讨自己的态度！"

"我态度挺好的！你说要见我，我赶紧来了。你问话我赶紧答了，态度如何不好？"

"那你说，你娘亲是否嫌弃我病？"

"你病确是事实呀，都病了一辈子了，挑剔什么别人嫌弃！"

"你看，这是不是我说一句你顶一句！"

"你方才说的是你说一句我顶十句！这会儿自己数出来了吧，没有十句！"安若希越拌嘴越来劲，就差把腰叉上了。

"你还觉得自己挺机灵是吧？"

"没有相公聪明。"

"哼，拍马屁的时候语气好点，才能显出诚意。"

"谁人拍马屁了！我说的是实话！"

薛叙然瞪她！凶巴巴地捧他，这到底是真心夸还是气话呢！

安若希回瞪回去，她现在气势正盛，干脆一口气说了："你身子不好，是事实，我娘亲为人钻营，也确是事实。可我嫁你，不是我娘亲想的那样，我是喜欢你才嫁给你的。你体弱多病，又如何，谁人没个天灾人祸的，说不定还不如你的命长久。你命不长久，又如何，我嫁过来之前也是想过的，我们同年同岁，一般年纪，死的时候，自然也要一般年纪的。"

薛叙然整个人僵住了，他料想过他这娘子许多，但万万没想到她会如此说话，说这般重的……情话。薛叙然的脸慢慢热了，感觉心里似有什么燃了起来，心跳得快，滚烫滚烫。

他清了清嗓子，再清了清，勉强维持着正常的语气："你自己说说，你这话，恶不恶心？"

安若希叉腰了："哪句恶心！你说！哪句恶心！"

简直比山野村妇还凶！

薛叙然看着安若希，却生不出半点嫌弃的心。她凶巴巴的，说话又不文雅，但他竟觉得她发亮的眼睛如此美丽，她凶狠的姿态生气勃勃，真是招人喜欢。

两个人你看着我，我看着你，都没揭穿对方脸红了。

安若希暗地里掐了自己一下，强撑着脸皮道："相公没什么事，那我回房了！"言罢赶紧撤退，走出屋外一拍脑门，哎呀，最重要的事怎么忘了，应该借着这势头说自己要搬进来跟相公一起住……

安若希犹豫片刻，一咬牙，反正刚才已经失了仪态，这会儿就装作还有气势好了！

安若希迈着大步冲回屋里，张嘴便喊："我与你说，我要搬进来，你病了需要……"

"需要人伺候"这话没说完，因为安若希看到薛叙然已经起了身，正自己着衣，看上去精神颇佳。真是讨厌，那她的理由不能用了？

"搬进来？"薛叙然看着她。

"不行吗？夫妻就该一屋住的。"安若希被薛叙然的态度惹恼了，"先前是你病倒了，怕打扰你静养，我才听婆婆的话，在另一屋暂住的。如今你既是康复了，我就搬回来了。"

快答应！快说好！

结果薛叙然没言声，转身干别的去了。

安若希被晾一边，咬咬牙，一跺脚："就这么说定了。"然后她转身跑了。

薛叙然听得她走了转过头来，眼睛透着欢喜的光，哎呀刚才差点没忍住，让他说好你搬吧怪不好意思的，她自己下了决心就好。那他就等着好了。对了，日后还能用这事笑话她厚脸皮，这般主动想圆房。

圆房圆房，他的小册子呢，他要再看看。

可直到了夜里，薛叙然也没等到安若希搬进来。他想着再等等，催问多没面子，可是安若希没动静。他觉得还是再等等，不然其实人家正准备呢他一问显得他多挂念她似的。结果安若希还是没动静。

薛叙然不知道，安若希此刻正陷入深深的沮丧中，恨不得将自己埋了。她回了屋越想越觉得丢人，于是一直等着薛叙然发话，只要他说一句"你不是说要搬吗？怎么没见人？"，那她就赶紧火速搬。可她遣了丫头打听，薛叙然一直在屋里，半点没问起她。安若希把自己埋在被子里哀号，没脸啊没脸，这要怎么搬？

这般两人都拖了一夜，各自屋里生闷气，各自困倦，都睡了。

薛叙然起晚了，一夜琢磨没睡好，第二日近午才醒。一睁眼就见着安若希坐在他的床边，手里捧着本书。

薛叙然仔细一瞧，汗毛都竖了起来！他的小册子！昨晚藏哪儿来着，难道没收起来，被这悍妇翻到了！

安若希目光不经意一转，见着薛叙然醒了，顿时大惊失色，差点要把册子一丢，但又心虚地撑着脸皮假装没发生什么。

两人脑子里都飞速转着，这场面如何处置？

未等二人开口，外头丫头唤："夫人好。"

薛叙然与安若希都跳了起来。薛夫人走了进来，身后跟着丫头捧着食盒。她看到屋里情景，镇定地让丫头把食盒放下，遣了出去。

薛叙然与安若希全都紧张地看着她。

薛夫人失笑，正想交代几句后自己也走，却看到了安若希手上的书。

薛叙然恶人先告状，道："啊，娘，我刚醒，怎么你俩都在？娘子，你手上拿的什么？从哪儿整的书，怎地带到我屋里看来了？回自己屋看去。"

安若希目瞪口呆，这才反应过来赶紧把书册背到身后去，支吾半天挤出一句："我，我娘塞了一堆东西，我拿过来看看，翻到本册子，还没看呢，不知道是什么。"

薛夫人真是没眼看，也不想听了。她挥挥手："行了行了，你们好好聊，慢慢看。我就是送吃的来，看看叙然的身子。既是无大碍了，那就麻烦希儿照顾他吧。"

安若希忙一口答应。

薛夫人转身要走，忽又道："叙然身子好了，希儿你就搬进来吧。两口子住一个屋才好。"

安若希与薛叙然齐声应："好的，好的。"

薛夫人笑了笑，又道："先吃饭啊。"

"好的，好的。"

薛夫人走了。薛叙然与安若希同时松了口气，两个人对视一眼，又脸红别开了目光，听得薛夫人在外头对丫鬟说里头少爷少夫人没叫人就不许进去。

安若希与薛叙然脸更红了。

两人站了半天，安若希小小声道："这不是我的书。"

"那谁的？"薛叙然耍无赖。

安若希抿抿嘴，不揭穿他。

薛叙然看着她的红脸蛋，问她："你饿不饿？"

安若希摇摇头。

薛叙然又道："我也不饿，我困了，我要午睡了。"说罢又回床上去了。

安若希愣愣看着他的举动，不知道要怎么接话。薛叙然在床上躺好，盯着她看。

安若希还在愣，他睡觉，那她怎么办？

薛叙然等半天，恼了，这悍妇，不是特有主意吗？不是耍横要搬进来吗？放完狠话屁都没干，现在居然能傻站着！

"你打算站多久呀？"薛叙然吼她。

安若希咬唇，委屈低头往外走。

薛叙然简直捶心肝！居然走了！走了！想将她叫住，又觉没脸。

安若希走了几步，发现自己手上还拿着那本许多图画的羞人册子，她看看书册，再回头看看薛叙然，太可气了！这家伙藏着这等羞人东西，还装得道貌岸然的模样！

安若希把书册用力往地上一摔，回身朝薛叙然走去，凶巴巴地喊："我也要午睡！"

薛叙然在床上打了个滚，用被子埋住自己欢喜的表情，嘴里嘟囔道："讨人嫌。"

薛叙然竖起耳朵，没听到安若希的动静，生怕她又突然走了，翻过来一探手，抓住了她的手腕。

两人均觉肌肤发热，四目相对，又是羞涩又是欢喜。

帐子放下了。

帐里嘀嘀咕咕各种声音。

"你会吗？"

"要不你去把册子捡回来，我们对照一下？"

谁也没去捡册子。

过了不久，帐里响起轻柔的喘息声。

番外
恶妇贤妻

　　"什么？"薛叙然简直不敢相信自己的耳朵。

　　"少夫人让属下教她些拳脚功夫，说是要简单易行有效的。"向云豪老老实实再说一遍。

　　"不不，下一句。"

　　"因为少夫人与李家三姑娘打架打输了，不服气。"向云豪老老实实继续答。

　　薛叙然抚额："她又打架了。"

　　"是。"

　　"这次又是为何？"上回是因为杜家嫂子暗讽他身子不好估计她是生不出孩子的，她便故意绊了对方一跤，惹得对方丫头冲撞过来，她便与人厮打了。这回呢？

　　"李家三姑娘说陈家公子气宇轩昂，高大俊朗，比少爷强。少夫人'一不小心'泼了那姑娘一身茶。"

　　薛叙然完全没脾气，气都叹不出来了："不是找了人跟着她了吗？"

546

"少夫人埋怨下人不好使。"向云豪欲言又止，"少爷……"

"我明白，我明白。"薛叙然摆摆手。护院打手怎敢动大户人家的女眷一根指头。他那娘子倒是不惧的，身份不一样。再者说她每回都不先动手，总是挑衅使坏，遇上软柿子就忍了她，遇着与她一般恶妇的便斯打起来了。她是不嫌丢人的，打完了还要恶人先告状说对方管教不好下人打她，要不然就是装哭懊恼自己粗心笨手笨脚性子太坏脾气不好年纪小不懂事，认错抢第一把对方噎得。

薛叙然也不知他家娘子这招能用几年，总不能老说自己年纪小吧。

"少爷。"向云豪苦着脸求救，"属下如何应付？"

"什么如何应付？"薛叙然想娘子想走神了，一时没反应过来。

"就是少夫人让教她拳脚功夫的事。她还说，若是告诉少爷了，或是不教她，她要教属下好看。"向云豪发愁。

"她说要教你好看？"薛叙然惊奇了。

"对。"

"那行呀，你别教她，我想知道她能如何教你好看。"

向云豪脸垮下来。少爷和少夫人太恩爱这事可不太好呀，他们做下人真是受苦了。

向云豪最后并没有教安若希如何打架。他去与安若希回话了，说少爷很好奇她能怎么教他们好看。

然后这事就没有然后了。因为安若希忙着谋划既不为难向云豪又能让薛叙然惊奇的"好看"招数。结果是——她一直没想出来。

没想出来的原因也挺简单，因为这世上本就没有既不为难伤害又能让人"好看"的手段。安若希是典型的窝外横家里尿，护短那是相当严重。向云豪是她相公的忠仆，她自然也会与相公一般对他看重。

相公喜欢的，她便喜欢。相公想做的，她便帮着。

每回薛叙然说想自己待着，或是想安静看书别扰他，安若希便知相公有秘密的事。她便到屋外玩耍，不是编些小玩意，便是拿本书看看。若是有人来找，她便扯着人一通闲聊，要不便是拉到别处玩耍去了。下人挡不住的人，她是能挡住的。

薛叙然初时不知，后来也察觉了。他察觉他的小秘密他家娘子有察觉，但从不多问。她为他守门守得欢喜，他便也佯装不知，让这成为她的秘密。

她的欢喜总是藏不住的，傻里傻气。为他成功守了门，过后她总会得意扬扬，不说为什么，就是得意扬扬。有次他忍不住故意问她可是发生了什么喜事？

她愣了愣，然后居然扯了个借口："没什么呀，我就是觉得我今日又美了些，相公你觉得呢？"

薛叙然一口气差点提不上来。他觉得？他觉得他家娘子脸皮真厚。

安若希一看薛叙然答不上话来，脸皮更厚，扑过来黏他："是不是更美了些，是不是？"

无论"是"与"不是"都答不出来。薛叙然噎得。

"若觉得是，你便亲我一下。若觉得不是，我便亲你一下。"她很故意地闹他。

她脸皮一定比中兰城的城墙还厚。薛叙然板正脸色，很正经地拿起一本书挡住脸不理她。

"讨厌。今日等不到你回答我便不离开。"安若希闹脾气枕他腿上。

薛叙然仍不理她。不离开就不离开，谁怕谁。

他安静盯着书，一个字都没看进去。她嘀嘀咕咕枕他腿上，过了一会儿竟没声音了。

薛叙然等啊等，竟然真的没声音了。他从书下偷偷看她一眼，她闭着眼，在他腿上睡着了。

薛叙然不高兴了，撒娇呢，这么快就结束了？是猪吗？这么容易睡着！他不回答，难道她就不能亲过来吗？他身手这么不敏捷，也躲不到哪儿去的不是吗？

安若希呼吸轻悄平稳，真的睡着了。薛叙然过了好一会儿才发现自己竟然一直盯着她看。这么看着，她好像真的比从前美了一些呢。

嗯，一定是嫁给了他的缘故。嫁给他，她变美了。

薛叙然低下头，轻轻在她脸上啄了啄，而后迅速坐直了，用书挡着脸。

脸很热，心里真欢喜。

图书在版编目（ＣＩＰ）数据

逢君正当时. 2，破军卷：全2册 / 明月听风著. ——
南京：江苏凤凰文艺出版社，2017.10
ISBN 978-7-5594-0759-7

Ⅰ. ①逢… Ⅱ. ①明… Ⅲ. ①长篇小说－中国－当代
Ⅳ. ①I247.5

中国版本图书馆CIP数据核字(2017)第153696号

书　　　名	逢君正当时. 2，破军卷（全二册）
作　　　者	明月听风
出 版 统 筹	黄小初　沈滟颖
选 题 策 划	北京记忆坊文化
责 任 编 辑	姚　丽
特 约 策 划	张才曰
特 约 编 辑	单诗杰　朱　雀
责 任 监 制	刘　巍　江伟明
封 面 绘 图	容　境
封 面 设 计	80零·小贾
版 式 设 计	段文婷
出 版 发 行	江苏凤凰文艺出版社
出版社地址	南京市中央路165号，邮编：210009
出版社网址	http://www.jswenyi.com
印　　　刷	北京市通州运河印刷厂
开　　　本	670毫米×970毫米　1/16
字　　　数	707千字
印　　　张	35
版　　　次	2017年10月第1版，2017年10月第1次印刷
标 准 书 号	ISBN 978-7-5594-0759-7
定　　　价	59.80元（全二册）

影视版权抢订热线　　010-57194853
江苏凤凰文艺版图书凡印刷、装订错误可随时向承印厂调换